J. K. Rowling

Harry Potter

és a Félvér Herceg

J. K. Rowling

Harry Potter

és a
Félvér Herceg

animus®

Budapest, 2006

A mű eredeti címe:
Harry Potter and the Half-Blood Prince

Text copyright © 2005 by J. K. Rowling
Minden jog fenntartva; a műnek részletei sem közölhetőek,
és semmilyen formában nem sokszorosíthatóak
a jogtulajdonos engedélye nélkül.

A Harry Potter nevet, a könyvsorozat szereplőinek,
színhelyeinek és tárgyainak nevét engedély nélkül
felhasználni tilos.

Warner Bros. © 2000

Borítóterv: Mary GrandPré, copyright © 2005 by Warner Bros.

A fordítás a Bloomsbury Publishing
2005-ös kiadása alapján készült

Hungarian translation © Animus Kiadó 2005

Fordította: Tóth Tamás Boldizsár

ISBN 963 9563 75 7

Kiadta az Animus Kiadó 2006-ban
1301 Bp. Pf.: 33
info@animus.hu
www.animus.hu
Az 1795-ben alapított
Magyar Könyvkiadók és Könyvterjesztők
Egyesülésének tagja

Felelős kiadó: Balázs István
Szerkesztette: Gábor Anikó

Nyomdai előkészítés és tipográfia: Scriptor Kft.
A nyomtatás és kötés a debreceni
ALFÖLDI NYOMDA Rt. munkája
Felelős vezető: György Géza vezérigazgató

*Gyönyörű lányomnak, Mackenzie-nek
ajánlom papír-tinta ikertestvérét*

Első fejezet

A másik miniszter

Éjfélre járt az idő. A miniszterelnök egyedül ült a dolgozó-szobájában. Egy hosszú jelentést olvasott, de a mondatok a legcsekélyebb nyomot se hagyták benne. Épp egy távoli ország elnökének telefonhívását várta, s vagy arra gondolt, hogy mikor jelentkezik már a nyavalyás, vagy a mögötte álló hosszú és kimerítő hét kellemetlenségeit próbálta száműzni emlékezetéből. Minél erősebben próbált a szövegre összpontosítani, annál tisztábban látta maga előtt egyik politikai ellenlábasának kárörvendő képét. Az illető politikus éppen aznap nyilatkozott a híradónak, s nem csupán felsorolta az elmúlt hét borzalmas eseményeit (mintha ugyan bárkit is emlékeztetni kellett volna rájuk!), de azt is hangoztatta, hogy mindegyikért a kormány a felelős.

A miniszterelnököt még így utólag is felzaklatták a messzemenően igazságtalan és alaptalan vádak. Hogy a ménkűbe akadályozhatta volna meg a kormány, hogy leszakadjon az a híd? Arcátlanság azt állítani, hogy megspórolták a karbantartási pénzeket, hisz az építmény alig tízéves volt, és a legkiválóbb szakértők se tudnak magyarázatot adni rá, hogy mitől tört hirtelen ketté. Márpedig kettétört, és tucatnyi autó zuhant róla az örvénylő folyóba. Nem kevésbé felháborító állítás az sem, hogy ha több a rendőr, nem követték volna el azt a két, sajtószenzációvá felfújt gyilkosságot, vagy hogy a kormánynak előre kellett volna látnia a hirtelen támadt hurrikánt, ami hatalmas pusztítást végzett a nyugati országrészben. És vajon ő, a miniszterelnök tehet róla, hogy az egyik miniszterhelyettes, Herbert Chorley pont ezen a héten kezdett el annyira különösen viselkedni, hogy a közeljövőben jobbára családi körben kell töltenie a napjait?

„Sötétség borult hazánkra." – jelentette ki végül az ellenzéki politikus, alig palástolva kaján vigyorát.

És ebben sajnos igaza is volt. A miniszterelnök maga is érezte, hogy az emberek komorabbak, mint máskor – s ezt még az időjárás is tetézte. Dermesztő köd június közepén... – ez nem normális dolog.

A miniszterelnök a jelentés második oldalára lapozott, de látva, hogy milyen hosszú még a szöveg, inkább felhagyott az olvasással. Nyújtózott egyet, és búsan körülpillantott a dolgozószobában. Csinos helyiség volt, szép márványkandallóval és magas tolóablakokkal, melyek most – tekintettel a zord időre – zárva voltak. A miniszterelnök kissé megborzongott, felállt, az ablakhoz sétált, és az üveghez tapadó ködbe bámult. Ekkor hallotta meg háta mögül a halk köhintést.

A miniszterelnök megdermedt, akárcsak rémült tükörképe a sötét ablaküvegen. Ismerte ezt a köhögést, hallotta már néhányszor. Lassan megfordult, és körülnézett az üres szobában.

– Igen? – szólt megjátszott nyugalommal.

Egy fél pillanatra teret engedett lelkében a hiú reménynek, hogy nem kap választ. De már zendült is a felelet, szenvtelenül, határozottan, ítéletszerűen. A hang tulajdonosa – a miniszterelnök ezt már a köhintésből tudta – a szoba távoli sarkában lógó, piszkos olajfestményen ábrázolt ezüstszürke parókás, békaforma emberke volt.

– A muglik miniszterelnökének. Sürgősen találkoznunk kell! Azonnali választ kérek! Tisztelettel, Caramel.

A portréalak várakozva nézett a miniszterelnökre.

8

– Öhm... nézze... most nem a legalkalmasabb. Tudja, fontos telefont várok... egy államelnök...

– Az halasztható – vágta rá a portré, s a miniszterelnöknek elszorult a szíve. Pontosan ettől tartott.

– De kérem, nagyon fontos lenne, hogy beszéljek vele...

– Elintézzük, hogy az államelnök úr elfelejtsen telefonálni – darálta a kis ember. – Majd holnap este pótolja a mulasztást. Kérem, haladéktalanul válaszoljon Caramel úrnak.

– Nos... öhm... nem bánom – adta be a derekát a miniszterelnök. – Rendben van, fogadom Caramelt.

Azzal visszasietett az íróasztalához. Menet közben megigazította a nyakkendőjét, és higgadtnak szánt kifejezésbe rendezte vonásait. Ám alighogy lehuppant a székére, ragyogó zöld lángnyelvek csaptak ki az üres márványkandallóból, s a tűzben búgócsiga módjára pörgő, pocakos alak jelent meg. A miniszterelnök mindent megtett, hogy arca ne áruljon el se meglepetést, se félelmet. További néhány másodperc múltán az alak kilépett a kandalló előtti szép, antik szőnyegre, és citromzöld keménykalapját fél kezébe fogva, lesöpörte hajszálcsíkos köpenye ujjáról a hamut.

– Á... miniszterelnök úr! – Cornelius Caramel kinyújtott kézzel indult vendéglátója felé. – Nagyon örülök, hogy újra láthatom.

A miniszterelnöknek nem volt kedve hazudni, így inkább nem mondott semmit. A maga részéről cseppet sem örült, hogy viszontlátja Caramelt, akinek a felbukkanásai nemcsak rémisztőek voltak, de általában kellemetlen hírek érkezésével jártak együtt. Ráadásul Caramel kimondottan rossz bőrben volt. Lefogyott, a haja ritkább és őszesebb lett, az arcán elmélyültek a ráncok. A miniszterelnök látott már politikusokat ilyen állapotban, és tudta, hogy mit jelent ez.

– Miben állhatok szolgálatára? – kérdezte egy kurta kézfogás után, az íróasztala előtt álló székek legkényelmetlenebbike felé mutatva.

– Nem is tudom, hol kezdjem... – dörmögte Caramel. Közelebb húzta a széket, leült rá, és a térdére helyezte zöld kalapját. – Micsoda hét volt ez, micsoda hét...

– Szóval maga mögött is nehéz napok állnak... – jegyezte meg hűvösen a miniszterelnök, főként azért, hogy érzékeltesse, van elég baja Caramel nélkül is.

Caramel fáradtan megdörzsölte a szemét, majd komoran a miniszterelnök szemébe nézett.

– Pontosan ugyanolyan hetem volt, mint önnek. A brockdale-i híd... a Bones- és a Vance-gyilkosság... no meg az a rumli ott nyugaton...

– Arra... öhm, arra céloz ezzel, hogy a magafajtáknak közük volt ezekhez... ezekhez az eseményekhez?

Caramel pillantása megkeményedett.

– Természetesen igen – felelte. – Felteszem, rájött, hogy mi folyik az országban.

– Hát...

A miniszterelnök pontosan az ilyen helyzetek miatt viszolygott annyira Caramel látogatásaitól. Az ország első embereként cseppet sem élvezte, hogy egy tudatlan kölyök szerepébe kényszerítik. Márpedig ez történt minden egyes alkalommal, Caramel első látogatása óta, mellyel éppen a beiktatása napján örvendeztette meg. Úgy emlékezett arra az estére, mintha tegnap lett volna, és tudta, hogy az élmény holta napjáig kísérteni fogja.

Egyedül állt ugyanebben a szobában, élvezte a sokévi álmodozás és cselszövés után kiharcolt diadalt; aztán, csakúgy mint ma, váratlanul köhintést hallott a háta mögül, s mikor megfordult, a csúf kis portréalak közölte vele, hogy a mágiaügyi miniszter bemutatkozó látogatást készül tenni nála.

Az első gondolata természetesen az volt, hogy az agyára ment a hosszú és kimerítő választási hadjárat. Borzasztóan megrémült a beszélő festménytől, de ez semmi volt ahhoz képest, amit akkor érzett, mikor a kandallóból kiugrott egy ma-

10

gát varázslónak nevező alak, és megszorongatta a kezét. Egy szót se bírt kinyögni, mialatt Caramel barátságosan felvilágosította, hogy varázslók és boszorkányok márpedig vannak, titokban ott élnek az emberek között világszerte, de neki, a miniszterelnöknek ne főjön a feje miattuk, mert a Mágiaügyi Minisztérium felelősséget vállal a varázslótársadalom minden tagjáért, és gondoskodik róla, hogy a varázstalan lakosság ne is sejtse létezésüket. A munkájuk, magyarázta Caramel, roppant nehéz és összetett, mindenre kiterjed a seprűhasználat rendeleti szabályozásától a sárkányállomány ellenőrzéséig (a miniszterelnök emlékezett rá, hogy ennél a mondatnál meg kellett kapaszkodnia az íróasztala szélében). Caramel ezután atyai jóindulattal vállon veregette őt.

– Egyet se féljen! – mondta. – Jó esély van rá, hogy többé soha az életben nem lát. Csak akkor fogom zavarni, ha igazán komoly gondunk támad, olyasmi, ami a muglikat… bocsánat: a varázstalan embereket is érintheti. Egyébként élni és élni hagyni – ez az elvünk. Megjegyzem, ön sokkal higgadtabban fogadja a hírt, mint a tisztelt elődje. Ő megpróbált kidobni az ablakon, mert azt hitte, az ellenzék által felbérelt csaló vagyok.

A miniszterelnök ekkor végre visszanyerte a beszélőképességét.

– Tehát ön… nem csaló?

Ez volt az utolsó, halvány reménysugara.

– Sajnálom, de nem – felelte együtt érzőn Caramel. – Nézze csak!

Azzal ugróegérré változtatta a miniszterelnök teáscsészéjét.

– De hát… – nyögte a miniszterelnök a csésze-egérre meredve, amely békésen rágcsálni kezdte a következő beszéde sarkát. – De hát miért… miért nem szólt nekem senki erről?

– A mágiaügyi miniszter csak a mindenkori mugli miniszterelnök előtt fedi fel kilétét – magyarázta Caramel, és zsebre

11

dugta a pálcáját. – Úgy véljük, ily módon őrizhető meg legjobban a titok.

– De akkor... – hebegte a miniszterelnök –, akkor miért nem figyelmeztetett az elődöm?

Caramel harsányan felkacagott.

– Drága miniszterelnök úr, ön talán elmondaná ezt bárkinek is?

Ezután, még mindig nevetve, beleszórt valamiféle port a kandallóba, majd a fellobbanó smaragdzöld lángnyelvek közé lépett, és hussanó hang kíséretében ködde vált. A miniszterelnök csak állt földbe gyökerezett lábbal, és arra gondolt, hogy való igaz: soha életében senki emberfiának nem mer majd erről a találkozásról beszélni. Mert kitől is várhatná el, hogy higgyen neki?

Ezután még jó ideig a megrázó élmény hatása alatt állt. Egy darabig arról győzködte magát, hogy Caramel hallucináció volt, a túlhajszoltság és a kialvatlanság szülte látomás. Hogy megszabaduljon a képzelt incidens tárgyi emlékeitől, az unokahúgának ajándékozta az ugróegeret, titkárát pedig utasította, hogy vigye ki a dolgozószobából annak a csúf kis embernek a képét, aki Caramel érkezését hírül adta. Kimondhatatlan bosszúságára azonban a festmény eltávolíthatatlannak bizonyult. Miután több asztalos, néhány kőműves, egy művészettörténész és a pénzügyminiszter is hiába próbálta leszedni a falról, a miniszterelnök nem erőltette tovább a dolgot, s abba a reménybe menekült, hogy hivatali idejének hátralevő részében a portré néma és mozdulatlan marad. Sajnos néha esküdni mert volna rá, hogy ásítani látja a festmény lakóját, vagy orrvakaráson vélte kapni őt; egyszer-kétszer az is előfordult, hogy a portréalak egyszerűen kisétált a keretből, üresen hagyva a sárbarna vásznat. A miniszterelnök ezért egy idő után inkább már rá se nézett a képre, s ha mégis mozgást vélt látni abban az irányban, mindig meggyőzte magát, hogy csak a szeme káprázik.

Azután három éve, egy hasonló estén, mikor megint egyedül volt a dolgozószobájában, a portréalak ismét bejelentette Caramel érkezését. A következő pillanatban a varázsló ki is rontott a kandallóból, mégpedig csuromvizesen, és igencsak feldúlt állapotban. Mielőtt a miniszterelnök megkérdezhette volna tőle, miért áztatja el az axminster szőnyeget, Caramel hadoválni kezdett egy ismeretlen börtönről, egy „Szírjusz" Black nevű emberről, valami Roxfortról és egy Harry Potter nevű gyerekről – de a miniszterelnök az egészből egy árva szót se értett.

– ...most jövök az Azkabanból – zihálta Caramel, miközben jelentős mennyiségű vizet csurgatott át keménykalapja karimájából a zsebébe. – Tudja, az fent van az Északi-tenger közepén... rémes repülésem volt... a dementorok tombolnak... – Caramel megborzongott. – Még soha senki nem szökött meg tőlük. No mindegy, szóval erről akartam értesíteni, miniszterelnök úr. Black hírhedt mugligyilkos, és nem kizárt, hogy csatlakozni készül Tudjakihez... jaj, de hát ön nem is tudja, ki Tudjaki! – Caramel egy pillanatig csüggedten meredt a miniszterelnökre, aztán így folytatta: – Jól van, üljön le, üljön le, mindent elmondok... igyon egy whiskyt...

A miniszterelnök kissé zokon vette, hogy székre parancsolják a saját irodájában, és a saját whiskyjéből kínálják, de azért leült. Caramel előhúzta pálcáját, és két, borostyánsárga folyadékkal teli poharat varázsolt elő a semmiből. Az egyiket a miniszterelnök kezébe nyomta, majd odahúzott magának egy széket.

Ezután több mint egy óra hosszat beszélt. A történet egy pontján vonakodott hangosan kimondani egy nevet, inkább leírta egy darab pergamenre, amit aztán a miniszterelnök szabad kezébe adott. Mikor aztán a monológ végére ért, és felállt, hogy távozzon, a miniszterelnök is felemelkedett székéből.

– Ezek szerint úgy véli, hogy ez a... – Rásandított a bal kezében tartott lapra. – ...hogy ez a Volde...

– Ő, Akit Nem Nevezünk Nevén! – vágott a szavába Caramel.

– Elnézést... szóval úgy véli, hogy Ő, Akit Nem Nevezünk Nevén, életben van?

– Dumbledore szerint igen – felelte Caramel, és összecsatolta hajszálcsíkos köpenyét az álla alatt. – De mi még nem bukkantunk a nyomára. A magam részéről úgy gondolom, hogy addig nem veszélyes, amíg nem talál csatlósokra, úgyhogy az igazi gondot most Black jelenti. Akkor hát figyelmezteti a lakosságot, ugye? Kitűnő. Nos, reménykedjünk benne, hogy nem látjuk viszont egymást, miniszterelnök úr! Jó éjt!

De viszontlátták egymást. Alig egy évvel később Caramel zaklatott képpel felbukkant a kormány üléstermében, és közölte a miniszterelnökkel, hogy volt egy kis gond a „gvidiccs" (vagy valami hasonló) világkupán, amiben számos mugli is „érintve volt", de a miniszterelnöknek nem kell aggódnia, semmit nem jelent, hogy újra feltűnt Tudjukki Jegye; Caramel ezt elszigetelt incidensnek tartja, és a Mágus-Mugli Kapcsolatok Hivatala haladéktalanul elvégzi a szükséges emlékezetmódosításokat.

– Ó, és majd' elfelejtettem! – tette hozzá Caramel. – Behozunk külföldről három sárkányt és egy szfinxet a Trimágus Tusára. Rutindolog, de a Varázslény-felügyeleti Főosztály azt mondja, hivatalból értesítenünk kell önt, ha kiemelten veszélyes varázslényeket hozunk be az országba.

– Hogy... mit... sárkányokat? – hápogta a miniszterelnök.

– Igen, hármat – bólintott Caramel. – Meg egy szfinxet. Nos, minden jót, uram!

A miniszterelnök ezután hőn remélte, hogy a sárkányoknál és szfinxeknél rosszabb már nem vár rá – de ismét csalódnia kellett. Két év sem telt el, és Caramel megint kiugrott a tűz-

14

ből, ezúttal azzal a hírrel, hogy az azkabani rabok tömeges kitörést hajtottak végre.

– Tömeges kitörést? – visszhangozta rekedten a miniszterelnök.

– Aggodalomra semmi ok! – harsogta Caramel, fél lábbal már ismét a tűzben. – Pillanatok alatt kézre kerítjük őket! Csak gondoltam, szólok önnek.

S mielőtt a miniszterelnök rákiálthatott volna, hogy várjon még egy percet, Caramel már el is tűnt a zöld szikraesőben.

Bár a sajtó és az ellenzék erről másként vélekedett, a miniszterelnök egyáltalán nem volt bolond. Nem kerülte el a figyelmét, hogy Caramel kezdeti fogadkozása dacára meglehetős rendszerességgel találkoznak, ráadásul Caramel egyre feldúltabban érkezik hozzá. Bár két látogatás között nem szívesen gondolt a mágiaügyi miniszterre (vagy ahogy magában nevezte: a másik miniszterre), tartott tőle, hogy Caramel újra eljön, és még vészesebb híreket hoz majd. Épp ezért, mikor meglátta a tűzből kilépő, zilált külsejű, komor varázslót, aki ráadásul elvárta, hogy ő, a miniszterelnök pontosan tudja, milyen ügyben érkezett – nos, ezt az amúgy is gyászos hét abszolút mélypontjaként élte meg.

– Honnan tudnám, mi folyik az izé… a varázslótársadalomban? – fortyant fel a miniszterelnök. – Egy egész országot kell irányítanom, és pillanatnyilag elég gondom van anélkül is, hogy maga…

– A gondjaink ugyanazok! – vágott a szavába Caramel. – A brockdale-i híd nem magától roskadt össze. Nyugaton nem hurrikán tombolt. A gyilkosságokat nem muglik követték el. És Herbert Chorley családja nagyobb biztonságban lenne Herbert Chorley nélkül. Szervezés alatt áll, hogy beutaljuk őt a Szent Mungo Varázsnyavalya- és Ragálykúráló Ispotályba. A beszállítására még ma éjjel sor kerül.

– Hogyhogy… attól tartok, nem értem… Micsoda!? – fakadt ki a miniszterelnök.

15

Caramel mélyet sóhajtott, és így felelt:

– Miniszterelnök úr, sajnos közölnöm kell önnel, hogy visszatért. Ő, Akit Nem Nevezünk Nevén, visszatért.

– Visszatért? Mármint... él? Vagyis...

A miniszterelnök az emlékezetében kutatva igyekezett összeszedni a három évvel ezelőtti rémes beszélgetés részleteit. Caramel mesélt neki a varázslóról, akitől mindenki retteg, s aki ezernyi szörnyű bűnt követett el, de aztán tizenöt éve titokzatos módon eltűnt.

– Igen, él – bólintott Caramel. – Azaz... nem tudom... mondhatjuk arra, akit nem lehet megölni, hogy él? Nem egészen értem a dolgot, és Dumbledore nem hajlandó részletesen elmagyarázni. Mindenesetre van teste, tud járni, beszélni és gyilkolni, úgyhogy azt hiszem, a beszélgetésünk szempontjából élőnek tekinthető.

A miniszterelnök nem tudta, mit mondjon erre, de mivel afféle belső kényszer volt nála, hogy minden felmerülő témában jól informáltnak tűnjön, igyekezett minél többet felidézni a Caramellel folytatott korábbi beszélgetésekből.

– És az a Szírjusz Black ott van – öhm – Vele, Akit Nem Nevezünk Nevén?

– Black? Black? – kérdezett vissza szórakozottan Caramel, keménykalapját az ujjai közt forgatva. – Sirius Blackre gondol? Merlin szakállára, dehogy! Black meghalt. Kiderült, hogy... nos, hogy tévedtünk vele kapcsolatban. Ártatlannak bizonyult. Soha nem volt Tudjukki csatlósa. – Caramel zavarában még gyorsabban pörgette a kalapját. – Pedig hát minden bizonyíték arra utalt... több mint ötven tanú látta... de ez már lényegtelen, mert, mint mondtam, meghalt. Pontosabban meggyilkolták. A Mágiaügyi Minisztérium épületében. Természetesen vizsgálatot indítunk...

A miniszterelnök maga is meglepődött ezen, de ekkor megszánta Caramelt. A futó érzést azonban szinte rögtön elnyomta benne a kaján önelégültség fellángolása: a semmiből

16

és a kandallókból való feltűnés terén vannak ugyan hiányosságai, viszont az ő hivatali ideje alatt egyetlen kormányzati épületben se történt gyilkosság... eddig legalábbis nem...

A miniszterelnök bal keze középső ujjával háromszor az asztallap aljára koppintott. Közben Caramel folytatta:

– De Black most mellékes. A lényeg az, miniszterelnök úr, hogy hadban állunk, és cselekednünk kell.

– Hadban állunk...?! – visszhangozta riadtan a miniszterelnök. – Ez kissé túlzó kifejezés, nem gondolja?

– Ő, Akit Nem Nevezünk Nevén, összeállt azokkal a csatlósaival, akik januárban megszöktek az Azkabanból. – Caramel egyre jobban hadart, és már olyan sebesen pörgette a kalapját, hogy az citromzöld folttá mosódott el a kezében. – Immár nyíltan színre léptek, és sorozatban követik el a rémtetteket. A brockdale-i híd – az ő műve, miniszterelnök úr, ő fenyegetőzött tömeges mugliöléssel, ha nem állok félre, és...

– Szent ég, szóval maga tehet róla, hogy azok az emberek meghaltak! – fakadt ki a miniszterelnök. – És még én magyarázkodjam mindenféle rozsdás sodronyokról, korrodált tágulási illesztésekről, meg az Isten tudja, miről!

– Én tehetek róla!? – fortyant fel liluló fejjel Caramel. – Maga talán engedett volna az efféle aljas zsarolásnak!?

– Nem valószínű... – A miniszterelnök kilépett íróasztala mögül, és feldúltan járkálni kezdett a szobában. – Viszont minden rendelkezésemre álló eszközt bevetettem volna, hogy elkapjam a zsarolót, még mielőtt ilyesmit elkövethet!

– Azt hiszi, én nem tettem meg minden tőlem telhetőt? – védekezett Caramel. – A minisztérium teljes aurorállománya őt és a csatlósait keresi! Csakhogy az emberünk történetesen minden idők legnagyobb hatalmú mágusa, akire közel három évtizede vadászunk hiába!

– Felteszem, mindjárt kijelenti, hogy a hurrikánt is ő kavarta nyugaton! – dühöngött a miniszterelnök. Indulata szinte lépésről lépésre nőtt, ahogy a köröket rótta a szobában. Őrjítőnek érezte, hogy hiába tudja meg a katasztrófák okát, azt nem tárhatja a nyilvánosság elé – ez szinte rosszabb volt, mint ha valóban a kormány bűne lenne minden.

– Az nem hurrikán volt... – dörmögte Caramel.

– Már megbocsásson! – hördült fel a miniszterelnök. Immár döngött a parketta a léptei alatt. – Tövestül kicsavart fák, letépett tetők, kidőlt lámpaoszlopok, borzalmas sérülések...

– A halálfalók műve volt – magyarázta csüggedten Caramel. – Tudjaki csatlósaié. És... gyanítjuk, hogy egy óriás keze is benne volt.

– Minek a keze?

Caramel komoran elfintorodott.

– Régen is óriásokat használt, ha látványos pusztítást akart véghezvinni. A Félrevezetési Ügyosztály munkatársai éjjel-nappal dolgoznak, és a helyszínre vezényelt amneziátorok módosítják mindazon muglik memóriáját, akik látták, mi történt valójában. A Varázslény-felügyeleti Főosztály emberei tűvé teszik Somersetet, de az óriásnak egyelőre nyoma sincs. Katasztrofális a helyzet, uram, katasztrofális!

– Na, ne mondja! – morogta dühösen a miniszterelnök.

– Mi tagadás, meglehetősen borúlátó hangulat uralkodik a minisztériumban – csóválta a fejét Caramel. – Főleg azóta, hogy elveszítettük Amelia Bonest.

– Kicsodát?

– Amelia Bonest. A Varázsbűn-üldözési Főosztály vezetőjét. Tudjukki feltehetőleg saját kezűleg gyilkolta meg, mert a hölgy kivételes képességű boszorkány volt, és minden jel arra mutat, hogy a végsőkig védekezett.

Caramel megköszörülte a torkát, és – minden önfegyelmét latba vetve – abbahagyta a kalappörgetést.

– Írtak az újságok arról a gyilkosságról. – A miniszterelnök egy pillanatra megfeledkezett dühéről. – A mi újságaink. Amelia Bones... Egyedülálló, középkorú nő volt, nemde?

Roppant csúnya eset, és igen nagy publicitást kapott. A rendőrség értetlenül áll a történtek előtt.

– Az nem is csoda – sóhajtott fáradtan Caramel –, mivel Bonest egy belülről bezárt szobában ölték meg. Előttünk nem titok, ki volt a tettes, csakhogy elfogni mi sem tudjuk. És hát ott van még Emmeline Vance, róla talán nem is hallott...

– De mennyire, hogy hallottam róla! – kapott a szón a miniszterelnök. – Hiszen itt történt a közelben! Hogy mit csámcsogtak rajta a lapok! Véres bűntény a miniszterelnök szomszédságában...

– És mintha mindez nem volna elég – folytatta Caramel, meg se hallva a miniszterelnök sopánkodását –, a dementorok egyre több embert támadnak meg.

Egykor, boldogabb időkben ez a mondat érthetetlen lett volna a miniszterelnök számára, de most már sajnos nem volt az.

– Úgy tudtam, hogy a dementorok az azkabani rabokat őrzik – jegyezte meg óvatosan.

– Régen úgy is volt – felelte fáradtan Caramel. – De fájdalom, ma már nem ez a helyzet. Otthagyták a börtönt, és beálltak Tudjaki seregébe. Nem tagadom, ez is súlyos csapásként ért minket.

A miniszterelnökben borzalmas gyanú ébredt.

– Nem azt mondta, hogy azok a lények kiszívják a reményt és a jókedvet az emberekből?

– De igen. És szaporodnak. Attól van ez a fojtó köd.

A miniszterelnök leroskadt a legközelebbi székre. Az ájulás kerülgette a gondolattól, hogy holmi láthatatlan lények országszerte kétségbeesést és reménytelenséget oltanak a választóiba.

– Ide figyeljen, Caramel! Tennie kell végre valamit! Mint mágiaügyi miniszternek ez a kötelessége!

– Drága jó miniszterelnök úr, csak nem képzeli, hogy ezek után még miniszter vagyok? Három nappal ezelőtt menesztettek. Már két hete követelte a lemondásomat az egész varázslótársadalom! – Caramel megpróbálkozott egy sötét mosollyal. – A hivatali időm alatt egyszer se tapasztaltam ilyen egységet a közvélemény részéről.

A miniszterelnöknek egy pillanatra elállt a szava. Változatlanul felháborította, hogy ilyen szörnyű helyzetbe hozták, mégis részvétet érzett a vele szemben ülő, megtört ember iránt.

– Nagyon sajnálom... – szólt végül. – Tehetek valamit önért?

– Köszönöm kérdését, miniszterelnök úr, de nem. Azért küldtek el önhöz ma este, hogy beszámoljak a legutóbbi fejleményekről, és bemutassam önnek az utódomat. Úgy volt, hogy mostanra megérkezik, de hát a jelen helyzetben érthető módon nagyon elfoglalt.

Caramel rápillantott a bodros ezüstparókát viselő csúf kis ember portréjára. A festett alak a fülét turkálta egy penna hegyével, s mikor elkapta Caramel tekintetét, így szólt:

– Azonnal itt lesz, csak még befejez egy levelet Dumbledore-nak.

– Sok sikert kívánok neki. – Caramel hangja most először sértődötten csengett. – Két héten keresztül naponta kétszer írtam Dumbledore-nak, de hajthatatlan volt. Ha beleegyezett volna, hogy ráveszi a fiút, talán még mindig én lennék a... Na majd meglátjuk, mire megy vele Scrimgeour.

Caramel mogorva hallgatásba merült, de a csendet szinte nyomban megtörte a portréalak szenvtelen, hivatalos hangja:

– A muglik miniszterelnökének. Sürgősen találkoznunk kell! Azonnali választ kérek! Rufus Scrimgeour mágiaügyi miniszter.

– Persze, persze, jöjjön... – felelte szórakozottan a miniszterelnök, és a szeme is alig rebbent, mikor a kandallóban ismét felcsapott és smaragdzöldre színeződött a tűz, hogy aztán egy újabb pörgő varázsló jelenjen meg benne, aki utóbb szintén az antik szőnyegen landolt. Caramel felállt, s némi habozás után így tett a miniszterelnök is. Együtt nézték a jöve-

20

vényt, aki közben felegyenesedett, leporolta fekete talárját, és körülnézett.

A miniszterelnök első, komolytalan gondolata az volt, hogy Rufus Scrimgeour úgy fest, mint egy vén oroszlán. Vörösesbarna, sörényszerű haját és bozontos szemöldökét ősz szálak szőtték át; pásztázó szeme sárgán fénylett drótkeretes szemüvege mögött, és – jóllehet, sántított egy kicsit – hosszú, ruganyos léptekkel járt. Első pillantásra látszott rajta, hogy agyafúrt és keménykezű ember – a miniszterelnök nyomban érteni vélte, miért Scrimgeournek szavazott bizalmat a varázslónép Caramel helyett ezekben a vészterhes időkben.

– Üdvözlöm, uram – köszönt udvariasan a miniszterelnök, és vendége felé nyújtotta jobbját.

Scrimgeour futólag kezet fogott vele, közben körülpillantott a szobában, majd pálcát húzott elő a talárja alól.

– Caramel mindent elmondott? – kérdezte, s máris az ajtóhoz lépett, hogy pálcájával a kulcslyukra koppintson. A miniszterelnök hallotta a zár kattanását.

– Öhm, igen… Megbocsásson, de örülnék, ha az ajtó nyitva maradna.

– Én viszont nem szeretném, ha megzavarnának minket – felelte kurtán Scrimgeour. – És azt se, ha kilesnének – tette hozzá, és pálcája egy intésével összehúzta az ablakfüggönyöket. – Nos, meglehetősen elfoglalt vagyok, úgyhogy térjünk a tárgyra. Mindenekelőtt beszélnünk kell az ön személyi biztonságáról.

A miniszterelnök dacosan kihúzta magát.

– Nagyon köszönöm, de tökéletesen elégedett vagyok a jelenlegi biztonsági…

– Mi nem vagyunk elégedettek vele! – vágott a szavába Scrimgeour. – Sötét jövő elé néznének a muglik, ha a miniszterelnökük az Imperius-átok béklyójába kerülne. A külső irodába felvett új titkár…

– Nem vagyok hajlandó elbocsátani Kingsley Shackleboltot, ha arra gondol! – heveskedett a miniszterelnök. – Kiváló munkaerő, kétszer annyit dolgozik, mint bárki más...

– Hogyne, mert varázsló – felelte a leghalványabb mosoly nélkül Scrimgeour. – Speciálisan képzett auror, aki azért van itt, hogy megvédje önt.

– Na, álljon meg a menet! – fortyant fel a miniszterelnök. – Hogy jönnek maguk ahhoz, hogy a nyakamra küldjék az embereiket!? Én döntöm el, hogy ki dolgozik nekem...

– Mintha azt mondta volna, hogy elégedett Shackleboltal – jegyezte meg fagyosan Scrimgeour.

– Igen... azaz elégedett voltam vele, amíg...

– Akkor nincs semmi probléma, igaz?

– Nos... ha Shacklebolt továbbra is... öhm, kifogástalan munkát végez... – makogta ügyefogyottan a miniszterelnök, de Scrimgeour nem is figyelt rá.

– Ami Herbert Chorley miniszterhelyettest illeti... – váltott témát – arra az úrra gondolok, aki a széles nyilvánosság előtt egy kacsát igyekezett megszemélyesíteni.

– Mi van vele? – kérdezte a miniszterelnök.

– Ezt a viselkedést kétségkívül egy hibásan végrehajtott Imperius-átok váltotta ki nála – magyarázta Scrimgeour. – Agyalágyult lett az átoktól, de azért még potenciális veszélyt jelent.

– De hiszen csak hápog! – tiltakozott erőtlenül a miniszterelnök. – Biztos, hogy ha kipiheni magát... és nem nyúl a pohárhoz...

– Jelen pillanatban is vizsgálják őt a Szent Mungo Varázsnyavalya- és Ragálykúráló Ispotály gyógyítói – felelte Scrimgeour. – Chorley eddig hármójukat próbálta megfojtani. Úgy vélem, célszerű egy ideig távol tartani őt a muglitársadalomtól.

– Hát… nos… de meg fog gyógyulni, ugye? – kérdezte aggódva a miniszterelnök. Scrimgeour csak egy vállrándítással felelt, és már indult is a kandalló felé.

– Lényegében ennyit akartam mondani önnek, miniszterelnök úr. A továbbiakban is tájékoztatni fogjuk a fejleményekről. Ha jómagam nem tudok időt szakítani személyes látogatásra, Caramelt fogom elküldeni, aki tanácsadói minőségben továbbra is nálunk dolgozik.

Caramel mosolyogni próbált, de nem sok sikerrel; inkább úgy tűnt, mintha fogfájás gyötörné. Scrimgeour ekkor már a zsebében kotorászott a tüzet megzöldítő titokzatos por után. A miniszterelnök egy pillanatig reményvesztetten bámult a két varázslóra, aztán kitörtek belőle a szavak, amelyeket egész este igyekezett magába fojtani.

– De hát az Isten szerelmére – maguk mágusok! Tudnak varázsolni! Mindenre képesek, nem?

Scrimgeour lassan megfordult, és hitetlenkedő pillantást váltott Caramellel. Utóbbinak ezúttal valóban sikerült elmosolyodnia, úgy válaszolt a miniszterelnöknek:

– A baj csak az, hogy az ellenfeleink is varázslók, uram.

Azzal a két mágus a ragyogó zöld lángnyelvek közé lépett, és eltűnt.

Második fejezet

A Fonó sor

A dermesztő köd, ami a miniszterelnök dolgozószobájának ablakát ostromolta, sok-sok mérfölddel odébb egy szeméttel teleszórt, gazfelverte partok közt kanyargó, zavaros vizű folyó fölött lebegett. Távolabb egy elhagyott malom kéménye magaslott sötét, fenyegető emlékmű módjára. A táj csöndjét csak a sötét víz suttogása törte meg, közel s távol az egyetlen mozgó élőlény egy csontsovány róka volt. Az állat a magas fű rejtekében lesomfordált a partoldalon, hogy megszaglásszon egy összegyűrt sült halas zacskót.

Egyszerre azonban halk pukkanás hallatszott, s a víz mellett egy karcsú, kámzsás alak bukkant elő a semmiből. A róka mozdulatlanná dermedve meredt a különös jelenségre. Az alak hamar összeszedte magát, s könnyed, fürge léptekkel elindult. Hosszú köpenye a zizegő füvet söpörte.

Ekkor egy második, hangosabb pukkanás kíséretében újabb, hasonló öltözetű ember tűnt fel a parton.

– Várj!

Az éles kiáltás megijesztette a fűben lapuló rókát. Kiugrott búvóhelyéről, és felfelé iszkolt a partoldalon. Zöld fény villant, ezt fájdalmas nyikkanás követte, és a róka holtan gurult vissza a vízhez.

A második alak cipője orrával megbökte a döglött állatot.

– Csak egy róka – csendült egy fagyos női hang a kámzsa alatt. – Pedig azt hittem, auror. Cissy, várj!

25

De az első kámzsás, aki a villanásra megállt és hátranézett, már ismét felfelé kapaszkodott a parton, ahol a róka az imént lebucskázott.

– Cissy... Narcissa, hallgass meg!

A második nő utolérte és karon ragadta az elsőt, de az kitépte magát a kezéből.

– Fordulj vissza, Bella!

– Meg kell hallgatnod!

– Már meghallgattalak. És döntöttem. Hagyj békén!

A Narcissának szólított nő felért a lejtő tetejére, ahol a folyópartot szebb időket látott kerítés választotta el egy keskeny kőúttól. Hamarosan Bella is felért, és a két nő immár együtt bámulta az út túloldalán sorakozó rozzant, sötét ablakú téglaházakat.

– Itt lakik? – fakadt ki undorodva Bella. – Itt? Ebben a mugli koszfészekben? Ide se tette még be magunkfajta a lábát, az biztos...

De Narcissa nem figyelt rá. Fürgén átbújt a rozsdás kerítés résén, és már a kőút közepén futott.

– Cissy, várj!

Bella lobogó köpennyel szaladt Narcissa után, aki időközben eltűnt a házak közti sikátorok egyikében, ami egy másik, a folyópartihoz hasonló utcába torkolt. A lámpák közül itt jó pár nem égett; a két szaladó nő útja fényszigeteken és koromsötét szakaszokon vezetett keresztül. Bella a következő sarkon érte utol társnőjét. Elkapta a karját, és egy rántással szembefordította magával.

– Cissy, ezt nem teheted, nem bízhatsz benne...

– A Sötét Nagyúr is bízik benne, nem?

– A Sötét Nagyúr... attól félek... téved – zihálta Bella. Egy pillanatra megcsillant a szeme a kámzsa alatt, mikor körülnézett, hogy valóban maguk vannak-e. – És különben is, az a parancs, hogy senkinek ne beszéljünk a tervről. Elárulod a Sötét Nagyurat, ha...

– Eressz el, Bella! – sziszegte Narcissa, azzal előkapta a köpenye alól varázspálcáját, és társnője arcának szegezte.

Bella azonban csak nevetett.

– Nővérek vagyunk, Cissy. Csak nem fogsz...

– Én már bármire képes vagyok! – felelte kissé hisztérikus hangon Narcissa, s kés módjára lefelé rántotta megvillanó pálcáját. Bella úgy rántotta vissza a kezét, mintha parázshoz ért volna.

– Narcissa...!

A nő azonban már elfutott. Bella fájós kezét dörzsölgetve ismét a nyomába eredt. Már nem akarta utolérni Narcissát, csupán követte őt a düledező házak néptelen labirintusának mélye felé. Narcissa végül befordult egy Fonó sor nevű utcába, ami fölött figyelmeztetően felemelt, óriási ujjként ott tornyosult a malomkémény. A nő visszhangzó léptekkel haladt a bedeszkázott és törött ablakok sora előtt, mígnem elérkezett az utca utolsó házához, ahol az egyik földszinti szobából halvány fény szűrődött ki a függönyön át.

Már bekopogott a házba, mire a halkan szitkozódó Bella utolérte. Együtt várakoztak az ajtó előtt, kissé zihálva, orrukban a szennyes vizű folyó szagával, amit az éjjeli fuvallat sodort be a házak közé. Néhány másodperc múlva léptek zaja hallatszott odabentről, majd résnyire kinyílt az ajtó, s mögötte egy férfiarc szelete tűnt fel: fakó, sárgás bőr, fekete szem, függöny módjára kétoldalt lelógó, hosszú fekete haj.

Narcissa hátravetette kámzsáját. Olyan sápadt volt, hogy szinte világított az arca a sötétben; leomló szőke hajával majdhogynem úgy festett, mint egy lebegő vízihulla.

– Narcissa! – A férfi kissé szélesebbre nyitotta az ajtót, úgyhogy a benti fény immár mindkét nő arcát megvilágította.

– Milyen kellemes meglepetés!

– Beszélhetnék veled, Perselus? – kérdezte fojtott hangon Narcissa. – Nagyon fontos lenne.

– Természetesen.

Piton félrehúzódott, hogy utat engedjen neki. A kámzsás Bellatrix nem várt külön invitálásra, követte húgát.

– Piton – vetette oda, mikor elhaladt a férfi mellett.

– Bellatrix – felelte Piton, gúnyos félmosolyra húzva vékony ajkát.

A bejárati ajtó egy szűk nappaliba nyílt, ami némileg sötét gumiszobára emlékeztetett. Minden falat plafonig érő könyvespolcok takartak, tele jórészt fekete vagy barna bőrbe kötött, régi kötetekkel. A mennyezeti lámpa gyertyáinak halvány fénykörében egy ócska pamlag, egy régi karosszék és egy rozoga asztal állt. A lakás elhanyagolt volt, mintha csak ritkán és rövid ideig laknák.

Piton egy intéssel a pamlag felé tessékelte Narcissát. A nő levetette és félredobta köpenyét, majd leült, s ölében összekulcsolt, remegő kezére meredt. Bellatrix lassan, óvatosan húzta le fejéről a kámzsát. Húgával ellentétben neki éjfekete haja volt, hozzá hosszú, sötét szempillái és markáns állkapcsa. A pamlagon ülő Narcissa mögé lépett, de közben egy pillanatra se vette le a szemét Pitonról.

– Nos, mi járatban? – kérdezte a férfi, miután helyet foglalt a nővérekkel szemközt, a karosszékben.

– Itt… itt magunk vagyunk, ugye? – kérdezte fojtott hangon Narcissa.

– Hát persze. Illetve Féregfark is itt van, de élősködőkkel nem törődünk, igaz-e?

Piton pálcájával a háta mögötti könyvespolc felé bökött. A polc egy része erre nagy robajjal kifordult a helyéből, s mögötte keskeny lépcsősor vált láthatóvá. A lépcsőn egy tömzsi ember állt dermedten, elkerekedett szemmel.

– Féregfark – szólt hátra lustán Piton –, mint már magad is észrevetted, vendégeink vannak.

A kis ember görnyedten ledöcögött az utolsó pár lépcsőfokon, és belépett a szobába. Apró, vizenyős szeme és hegyes orra volt; a szája undok, szenvelgő vigyorba fagyott. Baljával szüntelenül dajkálta a jobb kezét, ami úgy csillogott, mintha ezüstkesztyű lett volna rajta.

– Narcissa! – kiáltott fel cincogó hangon. – És Bellatrix! Micsoda öröm...

– Ha parancsoltok italt, Féregfark majd felszolgálja – szólt Piton. – Utána pedig visszamegy a szobájába.

Féregfark úgy összerándult, mintha kővel dobták volna meg.

– Nem vagyok a szolgád! – visította dühösen, de kerülve Piton tekintetét.

– Nem-e? Úgy tudom, a Sötét Nagyúr azért rendelt ide, hogy segíts nekem.

– Hogy segítsek, igen! Nem azért, hogy pincérkedjek és... és a házadat takarítsam!

– Fogalmam se volt róla, hogy veszélyesebb feladatokra vágysz – gúnyolódott Piton. – Könnyen el tudom intézni: beszélek a Sötét Nagyúrral, és...

– Tudok én beszélni vele, ha akarok!

– Hát persze... – mosolygott gúnyosan Piton. – De addig is hozz nekünk egy üveggel a manók borából.

Féregfark egy pillanatig tétovázott, majd lemondva a további vitáról sarkon fordult, és kiment egy másik rejtekajtón. Pár másodpercnyi dobogás és üvegcsörgetés után újra felbukkant, kezében tálcával, amin poros palack és három pohár állt. Ezeket lerakodta a rozoga asztalra, majd azonmód ott is hagyta a társaságot, és becsapta maga mögött a könyves-polc-ajtót.

Piton megtöltötte a három poharat mélyvörös borral, s kettőt átnyújtott a nővéreknek. Narcissa motyogva megköszönte az italt. Bellatrix egy szót sem szólt, viszont továbbra is izzó tekintettel meredt Pitonra. A férfit ez szemlátomást cseppet se nyugtalanította, sőt, úgy tűnt, egyenesen szórakoztatja a dolog.

– A Sötét Nagyúrra! – szólt, és a magasba emelte, majd kiürítette poharát.

29

A nővérek ugyanígy tettek. Piton ismét töltött a palackból.

Mikor Narcissa átvette a második pohár bort, kitört belőle a szó:

– Perselus, bocsáss meg, hogy így rád törtem, de nem volt más választásom. Te vagy az egyetlen, aki segíthet nekem...

Piton egy intéssel elhallgattatta, majd újfent a lépcsőt takaró rejtekajtóra szegezte pálcáját. Dörrenés és visítás hangzott fel, s ezt szapora dobogás követte: Féregfark felfelé iszkolt a lépcsőn.

– Elnézést – szabadkozott Piton. – Mostanában rákapott a hallgatózásra. Rejtély, hogy miért csinálja... Kérlek, folytasd, Narcissa!

A nő mély, borzongó sóhajjal újra belekezdett:

– Perselus, tudom, hogy nem lett volna szabad eljönnöm hozzád. Azt mondták, senkinek nem beszélhetek erről, de...

– Akkor hát tartsd a szád! – ripakodott rá Bellatrix. – Főleg ilyen társaságban!

– Ilyen társaságban...? – visszhangozta cinikusan Piton. – Ezt meg hogy értsem, kedves Bellatrix?

– Úgy, hogy nem bízom benned. És ezt te is nagyon jól tudod!

Narcissa felzokogott, és tenyerébe temette arcát. Piton letette poharát az asztalra, hátradőlt, kezét a karfára helyezte, és belemosolygott Bellatrix gyűlölködő arcába.

– Narcissa, úgy vélem, meg kellene hallgatnunk Bellatrix mondanivalóját. Akkor a későbbiekben talán megkímél minket zavaró közbeszólásaitól. Nos, halljuk, Bellatrix: miért nem bízol bennem?

– Ezer oka van! – Bellatrix kirontott a pamlag mögül, és lecsapta poharát az asztalra. – Hol is kezdjem? Hol voltál, mikor a Sötét Nagyúr elbukott? Miért nem próbáltad felkutatni, mikor nyoma veszett? Mit csináltál azokban az években, amikor Dumbledore talárja zsebében kuksoltál? Miért akadályoztad, hogy a Sötét Nagyúr megszerezze a bölcsek kövét? Miért nem tértél vissza nyomban, mikor a Sötét Nagyúr újjászületett? Hol maradtál a múltkor, amikor a próféciát próbáltuk megszerezni a Sötét Nagyúr számára? És Harry Potter, aki öt éve karnyújtásnyira van tőled, miért van még mindig életben? Bellatrix mellkasa vadul hullámzott, orcáit pirosra festette az indulat. A háta mögött Narcissa mozdulatlanul ült, még mindig kezébe rejtve arcát.

Piton elmosolyodott.

– Mielőtt felelnék – ó igen, Bellatrix, felelni fogok! Elviheted a válaszomat mindazoknak, akik a hátam mögött rágalmaznak, azt állítva, hogy elárultam a Sötét Nagyurat. Mondom, mielőtt felelnék, engedd meg, hogy visszakérdezzek. Komolyan úgy gondolod, hogy a Sötét Nagyúr nem tette fel nekem ugyanezeket a kérdéseket? És komolyan úgy gondolod, hogy ha nem tudtam volna kielégítő választ adni rájuk, most itt beszélgethetnél velem?

Bellatrix habozott.

– Tudom, hogy ő hisz neked…

– De szerinted téved. Szerinted a bolondját járatom a Sötét Nagyúrral. Úgy véled, sikerült félrevezetnem a valaha élt leghatalmasabb varázslót, minden legilimentorok legnagyobbikát.

Bellatrix nem felelt; szemlátomást elbizonytalanodott kissé. Piton nem ütötte tovább a vasat, újra felemelte poharát, ivott egy kortyot, és így folytatta:

– Azt kérded, hol voltam, mikor a Sötét Nagyúr elbukott. Nos, a Roxfort Boszorkány- és Varázslóképző Szakiskolában voltam, mert a Sötét Nagyúr odaküldött, hogy kémkedjek Albus Dumbledore után. Azt, felteszem, tudtad, hogy urunk parancsára vállaltam állást az iskolában.

Bellatrix szinte észrevehetetlenül bólintott, majd szólásra nyitotta a száját, de Piton megelőzte:

– Azt kérded, miért nem kerestem őt, amikor nyoma veszett. Nos, ugyanazért, amiért nem kutatott utána Avery,

Yaxley, Greyback, Lucius – itt finoman Narcissa felé biccentett –, Carrow-ék és sokan mások: mert azt hittem, a Sötét Nagyúrnak vége. Cseppet sem vagyok büszke rá, súlyos tévedés volt, de gondolj bele… ha nem bocsátott volna meg mindazoknak, akik akkoriban feladták a reményt, ma nagyon kevés hívére támaszkodhatna.

– Rám igen! – csattant fel Bellatrix. – Rám, aki hosszú évekig szenvedtem érte az Azkabanban!

– Igen, ez valóban csodálatra méltó – felelte unottan Piton. – Börtönlakóként ugyan nem sok hasznodat vette a Nagyúr, de nemes gesztus volt részedről, az nem vitás…

– Gesztus!? – visította Bellatrix. A dühtől tébolyult fény csillant a szemében. – Engem a dementorok kínoztak, amíg te a Roxfortban ültél Dumbledore dédelgetett kedvenceként!

– Ez túlzás – szögezte le higgadtan Piton. – Nem engedte meg, hogy a sötét varázslatok kivédését tanítsam. Talán mert attól tartott, hogy kiújulna a régi szenvedély… hogy megkísértene a múltam.

– Ez volt a nagy áldozat, amit a Sötét Nagyúrért hoztál? – sziszegte Bellatrix. – Hogy nem tanítottad a kedvenc tárgyadat? És miért maradtál továbbra is az iskolában? Talán akkor is a Nagyúrnak kémkedtél, amikor halottnak hitted?

– Nem – felelte Piton. – Bár megjegyzem, a Nagyúr hálás érte, hogy mindvégig a helyemen maradtam. Mikor visszatért, a Dumbledore-ról tizenhat év alatt összegyűjtött összes információt megkapta tőlem, s ez kétségkívül hasznosabb üdvözlő ajándék volt számára, mint az azkabani szenvedések felemlegetése…

– De ott maradtál…

– Igen, Bellatrix, ott maradtam – vágta rá Piton, most először egy árnyalatnyi türelmetlenséggel a hangjában. – Előnyben részesítettem a kényelmes tanári állást az azkabani fogsággal szemben. Akkoriban, mint tudod, vadásztak a halálfalókra. Dumbledore pártfogoltjaként viszont elkerülhettem a börtönt. Ismétlem: a Sötét Nagyúr nem vette zokon, hogy a Roxfortban maradtam, nem látom hát be, téged miért háborít fel.

– Tudni szeretnéd továbbá – Piton kissé emeltebb hangon folytatta, mert Bellatrix szemmel láthatóan közbevágni készült –, hogy miért álltam a Sötét Nagyúr és a bölcsek köve közé. A magyarázat roppant egyszerű. A nagyúr nem tudta, bízhat-e bennem. Azt feltételezte, amit te: hogy hűséges halálfalóból Dumbledore bérencévé lettem. A Nagyúr akkoriban szánalomra méltóan gyönge volt, egy középszerű varázsló testét használta. Nem merte felfedni kilétét előttem, egykori híve előtt, attól tartva, hogy esetleg Dumbledore vagy a minisztérium kezére adom. Végtelenül sajnálom, hogy így történt. Ha nem kételkedik a hűségemben, három évvel korábban nyerte volna vissza a hatalmát. Így viszont csak annyit láttam, hogy az a sehonnai Mógus kapzsiságból szemet vetett a kőre, s elismerem, mindent megtettem, hogy meghiúsítsam a tervét.

Bellatrix elhúzta a száját, mintha keserű orvosságot adtak volna be neki.

– De nem tértél vissza hozzá, amikor újra eljött, nem keltél azonnal útra, amikor égni kezdett a karodon a Sötét Jegy…

– Úgy van. Két óra késéssel érkeztem. Csak Dumbledore utasítására tértem vissza a Nagyúrhoz.

– Dumbledore utasítására!? – rikácsolta magából kikelve Bellatrix.

– Gondolkodj! – förmedt rá ingerülten Piton. – Gondolkodj! Azzal, hogy két órát, két kurta órát vártam, lehetővé tettem, hogy mint kém, a Roxfortban maradhassak! Elhitettem Dumbledore-ral, hogy csak az ő kérésére engedelmeskedem a Sötét Nagyúr szólításának, s így azóta is szállítani tudom az információkat róla és a Főnix Rendjéről, a Sötét Nagyúr legteljesebb megelégedésére! Gondold végig, Bellatrix: akkor már hónapok óta egyre erősebben éreztük a Sötét Jegyet.

Mint minden halálfaló, én is tudtam, hogy a Nagyúr hamarosan visszatér. Bőven volt hát időm átgondolni a helyzetet, és kitalálni, hogy mit akarok tenni. Akár el is menekülhettem volna, mint Karkarov!

– Biztosíthatlak – folytatta Piton –, hogy a Sötét Nagyúr kezdeti neheztelése a késlekedésem miatt nyomban megszűnt, mikor elmondtam neki, hogy hűséges maradtam hozzá, ugyanakkor Dumbledore a saját emberének tart. Igen, a Sötét Nagyúr tévedett, mikor azt hitte, elhagytam őt.

– Na, és miféle segítséget kaptunk tőled? – kérdezte megvetően Bellatrix. – Milyen használható információt szállítottál?

– A jelentéseimet személyesen a Sötét Nagyúrnak teszem – válaszolta Piton. – Ha ő úgy döntött, hogy nem osztja meg veled az...

– Nekem mindent elmond! – vágott a szavába fellobbanó indulattal Bellatrix. – Legodaadóbb, leghűségesebb szövetségesének tart!

– Valóban? – kérdezte Piton, finoman adagolt szkepszissel a hangjában. – Még most, a minisztériumi fiaskó után is?

– Arról nem én tehettem! – védekezett elvörösödve a nő. – A Sötét Nagyúr megosztotta velem a legféltettebb... ha Lucius nem...

– Ne merd... ne merészeld a férjemet hibáztatni! – szólalt meg halk, de annál fenyegetőbb hangon Narcissa, és a nővérére meredt.

– Nem kell mindig felelősöket keresni – szólt békítően Piton. – Ami történt, megtörtént.

– De a távollétedben történt, Piton! – lendült újabb támadásba Bellatrix. – Amikor mi, többiek szembenéztünk a veszéllyel, te megint megbújtál valahol!

– Azt a parancsot kaptam, hogy maradjak a háttérben – felelte Piton. – Szerinted rosszul döntött a Sötét Nagyúr? Úgy véled, Dumbledore nem vette volna észre, ha a halálfalók ol-

34

dalán harcolok a Főnix Rendje ellen? Ami pedig a veszélyt illeti – már megbocsáss, de a veszély, amivel szembenéztetek, hat iskolás gyerek volt, nem?

– Akikhez aztán a fél Rend csatlakozott, mint te is nagyon jól tudod! – vágott vissza Bellatrix. – És ha már a Rendnél tartunk: még mindig azt állítod, hogy nem mondhatod el, hol van a főhadiszállásuk, igaz?

– Nem én vagyok a titokgazda, így nem tudom kimondani a címet. Ugye, nem kell elmagyaráznom, hogyan működik ez a varázslat? A Sötét Nagyúr egyébként értékesnek ítéli az információkat, amelyeket a Rendről szerzett általam. Talán magad is kitaláltad, hogy az én segítségemmel sikerült nemrég elfogni és megölni Emmeline Vance-t, valamint korábban Sirius Blacket – akinek a kivégzése persze a te múlhatatlan érdemed.

Piton udvariasan biccentett, és felemelte poharát. Bellatrix azonban nem enyhült meg.

– Az utolsó kérdésemre még nem válaszoltál. Harry Potter. Az elmúlt öt évben bármikor megölhetted volna őt. Nem tetted meg. Miért?

– Beszéltél erről a témáról a Sötét Nagyúrral? – kérdezte Piton.

– Vele... mostanában nem... Téged kérdezlek, Piton!

– Ha megöltem volna Harry Pottert, a Sötét Nagyúr nem használhatta volna a vérét az újjászületéséhez, nem vált volna legyőzhetetlenné...

– Mert te előre láttad, hogy fel akarja használni a fiút, mi? – gúnyolódott Bellatrix.

– Azt nem állítom. Fogalmam sem volt róla, mit tervez. Mint mondtam, halottnak hittem a Sötét Nagyurat. Csak azt magyarázom, miért nem bánja a Nagyúr, hogy Harry Potter tavalyig életben maradt...

– De miért hagytad életben?

35

– Hát még mindig nem érted? Csak Dumbledore pártfogásának köszönhettem, hogy nem zártak az Azkabanba! Nem gondolod, hogy ha megölöm a kedvenc diákját, akkor ellenem fordult volna? De volt egyéb okom is. Emlékeztetlek, hogy amikor Potter beiratkozott a Roxfortba, még olyan mendemondák keringtek, hogy ő maga is nagy hatalmú sötét varázsló, ezért élte túl a Nagyúr támadását. A Nagyúr régi hívei közül sokan abban reménykedtek, hogy egyszer majd Potter fog újra összefogni minket. Elismerem, kíváncsi voltam, lehetséges-e ez, és eszembe sem jutott Potter életére törni, mikor a kastélyba érkezett.

– Persze egykettőre nyilvánvalóvá vált, hogy Potternek nincsenek különleges képességei – legyintett Piton. – A puszta szerencsének és a nála tehetségesebb barátainak köszönheti, hogy mindeddig ki tudta verekedni magát a szorult helyzetekből. Potter középszerű kis senki, emellett pontosan olyan ellenszenves és öntelt, mint az apja volt. Minden követ megmozgattam, hogy kicsapják a Roxfortból, ahova a legkevésbé se való... No de megölni, vagy hagyni, hogy a jelenlétemben végezzenek vele? Azt dőreség lett volna megkockáztatnom Dumbledore iskolájában.

– És mindezek után higgyük el, hogy Dumbledore sose gyanakodott rád? – kérdezte Bellatrix. – Töretlenül bízik benned, nem is sejti, hogy valójában az ellensége vagy?

– Jól játszom a szerepemet – felelte Piton. – És ne feledkezz meg Dumbledore gyenge pontjáról: a legjobbat feltételezi az emberekről. Mikor volt halálfalóként az iskolába érkeztem, és elhitettem vele, hogy mélységesen megbántam minden vétkemet, ő tárt karokkal fogadott – bár, mint mondtam, mindig úgy intézte, hogy ne lehessen közöm a fekete mágiához. Dumbledore nagy varázsló, igen, az – nyomatékosította a kijelentését Piton, mert Bellatrix itt megvetően ciccentett –, ezt a Sötét Nagyúr is elismeri. Örömmel állapíthatjuk meg viszont, hogy vénül. A múlt havi párbaja a Sötét

Nagyúrral alaposan megviselte. Súlyos sérülést szenvedett, mert már nem olyan gyors, mint egykor. De Perselus Pitonban a mai napig se rendült meg a bizalma, és pontosan ez tesz engem értékessé a Nagyúr számára.

Bellatrix még mindig kételkedett, de egyelőre kifogyott a kérdésekből. Piton kihasználta hallgatását, és Narcissához fordult:

– Nos, tehát... Ha jól értettem, segítséget vársz tőlem.

A nő leplezetlen kétségbeeséssel nézett Pitonra.

– Igen, Perselus. Csak te segíthetsz rajtam, nincs más, akihez fordulhatnék. Lucius börtönben van, és...

Behunyta szemét, s pillái alól két nagy könnycsepp gördült ki.

– A Sötét Nagyúr megtiltotta, hogy erről beszéljek – folytatta, még mindig lehunyt szemmel. – Az akarja, hogy senki ne tudjon a tervről. Szigorúan titkos... De...

– Ha megtiltotta, nem beszélhetsz róla – jelentette ki gyorsan Piton. – A Sötét Nagyúr szava törvény.

Narcissának elakadt a lélegzete – Piton szavai hideg zuhanyként érték. Bellatrix viszont, érkezése óta most először, elégedett arcot vágott.

– Tessék! – fordult diadalmasan a húgához. – Még Piton is ezt mondja: ha az az ukáz, hogy nem beszélhetsz, akkor tartsd a szád!

Piton azonban ezalatt felállt, a kis ablakhoz lépett, a függönyt félrehúzva kikémlelt a néptelen utcára, majd egy rántással újra behúzta a függönyt. Utána homlokát ráncolva Narcissához fordult.

– Történetesen ismerem a tervet – szólt fojtott hangon. – Azon kevesek egyike vagyok, akikre a Sötét Nagyúr rábízta a titkot. De ha nem volnék beavatott, a Sötét Nagyúr joggal vádolhatna téged árulással.

– Biztosra vettem, hogy tudsz róla! – rebegte megkönnyebbülten Narcissa. – Hiszen benned feltétlenül megbízik...

– Ismered a tervet?! – Bellatrix elégedettsége szertefoszlott, s helyette felháborodás ült ki az arcára. – Éppen te?

– Természetesen – bólintott Piton. – De miféle segítségre van szükséged, Narcissa? Ha azt hiszed, rá tudom venni a Sötét Nagyurat, hogy változtassa meg a döntését, akkor azt kell mondanom, ez reménytelen.

– Perselus... – suttogta könnyes szemmel Narcissa. – A fiam... az egyetlen fiam...

– Draco büszke lehet – szólt kemény, részvétlen hangon Bellatrix. – A Sötét Nagyúr nagy megtiszteltetésben részesíti. És becsületére legyen mondva, nem is próbál kibújni a feladat alól. Örül neki, hogy bizonyíthat, lelkesen vállalja...

Narcissa zokogásban tört ki, de esdeklő pillantását nem vette le Pitonról.

– Mert tizenhat éves, és fogalma sincs, mi vár rá! Miért, Perselus? Miért éppen az én fiam? Túl veszélyes feladat ez neki! Ez a büntetés Lucius hibájáért, tudom!

Piton nem felelt. Elfordult Narcissától, mintha illetlenségnek tartaná, hogy a nő sír, de a fülét nem csukhatta be.

– Azért választotta Dracót, igaz? – erősködött Narcissa. – Hogy megbüntesse Luciust!

Piton még mindig nem nézett rá, úgy válaszolt:

– Ha Draco sikerrel jár, a legnagyobb jutalomban lesz része.

– De nem fog sikerrel járni! – zokogta Narcissa. – Hogy is járhatna sikerrel, ha maga a Sötét Nagyúr se...

Bellatrix felhördült, s mintha Narcissa is megijedt volna saját szavaitól.

– Csak azt akartam mondani... hogy még senkinek nem sikerült... Perselus... kérlek... te vagy, te voltál mindig is Draco kedvenc tanára... Lucius a barátod... könyörgök... a Sötét Nagyúr kedvel téged, a legbizalmasabb tanácsadója vagy... kérlek, próbáld lebeszélni róla...

– A Sötét Nagyurat semmiről nem lehet lebeszélni, és én nem vagyok olyan bolond, hogy megpróbáljam – felelte ridegen Piton. – Tagadhatatlan, hogy a Nagyúr haragszik Luciusra. Lucius volt az akció vezetője. Hagyta, hogy számos társával együtt elfogják, és nem szerezte meg a jóslatot. Igen, Narcissa, a Sötét Nagyúr dühös, mérhetetlenül dühös.

– Akkor hát igazam van, bosszúból választotta Dracót! – zokogta Narcissa. – Nem azt akarja, hogy sikerrel járjon, hanem hogy belehaljon a feladatba!

Piton nem felelt, s ettől Narcissa a maradék önuralmát is elvesztette. Felállt, odabotorkált Pitonhoz, megmarkolta a férfi talárját, és olyan közel hajolt az arcához, hogy könnyei Piton mellkasára potyogtak. – Te képes lennél rá, Perselus. Te megtehetnéd Draco helyett, neked sikerülne is, egészen biztosan, és akkor a tied lenne a legnagyobb jutalom…

Piton megragadta Narcissa csuklóját, eltolta őt magától, majd a nő könnyáztatta arcába nézve így szólt:

– Gyanítom, hogy végül tényleg nekem kell majd megtennem. De a Nagyúr úgy határozott, hogy előbb Dracónak kell próbálkoznia. Ha ugyanis valamely véletlen folytán sikerrel jár, én a Roxfortban maradhatok, és folytathatom hasznos kémtevékenységemet.

– Vagyis nem számít neki, ha Draco meghal!

– A Sötét Nagyúr haragszik – ismételte csendesen Piton. – Nem hallhatta a jóslatot. Te is nagyon jól tudod, Narcissa, hogy nem bocsát meg egykönnyen.

Narcissa a padlóra roskadt, s Piton lábánál kuporogva zokogott tovább.

– A fiam… az egyetlen fiam…

– Büszkének kellene lenned! – förmedt rá Bellatrix. – Ha nekem fiaim lennének, örömmel áldoznám fel őket a Sötét Nagyúrért!

Narcissa hisztérikusan felsikoltott, és belemarkolt hosszú szőke hajába. Piton lehajolt, a karjánál fogva talpra segítette, és visszakísérte a pamlaghoz. Aztán bort töltött, és a nő kezébe nyomta a poharat.

– Elég volt ebből, Narcissa. Idd meg ezt, és figyelj rám!

A nő kissé elcsendesedett; reszkető kézzel ajkához emelte a poharat, de több jutott a borból a ruhájára, mint a szájába.

– Elképzelhető… hogy tudok segíteni Dracónak.

A holtsápadt Narcissa kihúzta magát, szeme elkerekedett.

– Perselus… ó Perselus… segítenél neki? Vigyázol rá, megóvod őt a bajtól?

– Megpróbálom.

A nő az asztalra lökte poharát, a pamlagról lecsúszva térdre borult Piton lába előtt, majd két kézzel megragadta és ajkához szorította a varázsló jobbját.

– Ha te mellé állsz, ha vigyázol rá… Esküdj meg, Perselus! Tedd le a Megszeghetetlen Esküt!

– A Megszeghetetlen Esküt? – Piton arca üres, kifürkészhetetlen maradt, Bellatrix mégis diadalittasan felkacagott:

– Nem hallottad, mit mondott, Narcissa? Megpróbálja… hát persze! Újabb üres ígéret, ami alól szokás szerint ki fog bújni! Persze csakis a Sötét Nagyúr parancsára!

Piton nem nézett Bellatrixra. Fekete szeme a kezét szorongató Narcissa könnyes kék szemére szegeződött.

– Ha kívánod, leteszem a Megszeghetetlen Esküt – szólt csendesen. – Amennyiben a nővéred vállalja az eskető szerepét.

Bellatrixnak leesett az álla. Piton térdre ereszkedett Narcissával szemben, és az elképedt Bellatrix pillantásától kísérve jobbját a nő jobbjára kulcsolta.

– Elő kellene venned a pálcád, Bellatrix – szólt hűvösen.

Bellatrix engedelmeskedett, de arcáról még mindig nem tűnt el a döbbenet.

– Lépj közelebb!

Bellatrix kettejük mellé állt, és összekulcsolt kezükhöz érintette pálcája hegyét.

40

– Esküszöl-e, Perselus – szólalt meg Narcissa –, hogy vigyázol Draco fiamra, mikor teljesíteni próbálja a Sötét Nagyúr kívánságát?

– Esküszöm – felelte Piton.

A pálca hegyéből vékony, ragyogó lángnyelv tört elő, és izzó drót módjára Piton és Narcissa keze köré csavarodott.

– Esküszöl-e, hogy minden erőddel védelmezni fogod őt?

– Esküszöm.

A pálcából újabb lángnyelv lövellt ki, hogy tüzes kötéllé fonódjon össze az elsővel.

– És ha szükség lenne rá… ha úgy tűnne, hogy Draco kudarcot vall – suttogta Narcissa (Piton keze megrándult, de nem húzódott vissza) –, akkor megteszed-e azt, amivel a Sötét Nagyúr megbízta Dracót?

Egy pillanatig csend volt a szobában. Bellatrix tágra nyílt szemmel meredt Pitonra, pálcáját a két összefonódott kézen tartva.

– Megteszem – felelte végül a varázsló.

Bellatrix döbbent arcát vörösre festette fényével a pálcából kitörő harmadik lángnyelv, mely kígyózva ráhajlott a másik kettőre, hogy velük együtt tüzes béklyóként az összekulcsolt kezekre feszüljön.

Harmadik fejezet

A kétes örökség

Harry Potter hangosan horkolt. Az elmúlt négy órában java-részt a szürkülő utcát bámulta a szobája ablaka elé tolt szék-ből, s ott is aludt el, a hideg ablaküvegnek nyomott arccal, félrecsúszott szemüveggel és tátva maradt szájjal. A párafol-tot, amit lélegzete az ablakra rajzolt, narancsszínűre festette az utcai lámpa fénye, kócos fekete fürtökkel keretezett arca ellenben kísértetiesen sápadtnak tűnt a mesterséges megvilá-gításban.

A szobában a legkülönbözőbb tárgyak hevertek szanaszét, nem kevés szeméttel vegyítve. A padló bagolytollak, alma-csutkák és cukrospapírok gyűjteményének adott helyet, az ágyon csomóba gyűrt talárok és varázstankönyvek feküdtek egymás hegyén-hátán, a lámpafényben fürdő asztalt pedig gyűrött újságok borították. Az egyiken az alábbi szalagcím virított:

HARRY POTTER: A KIVÁLASZTOTT?

Továbbra is találgatások övezik a Mágiaügyi Mi-nisztérium épületében nemrég lezajlott incidenst, melynek során ismét felbukkant Ő, Akit Nem Neve-zünk Nevén.

„Nem mondhatunk semmit, ne is faggassanak" – ezt a választ kaptuk tegnap este a minisztérium épülete előtt egy zaklatottnak tűnő amneziátortól, aki még a nevét sem volt hajlandó elárulni nekünk. Magas rangú minisztériumi források ugyanakkor megerősítik, hogy a rendkívüli események központi helyszíne a legendás Jóslatok Terme volt.

Bár a minisztérium szóvivői mindezidáig a terem létezését sem ismerték el, varázslókörökben egyre tágabb teret nyer a vélemény, hogy a halálfalók, akiket nemrég a betörésért az Azkabanba küldtek, egy jóslatot próbáltak eltulajdonítani. A jóslat jellege és tartalma ismeretlen, bár sokan feltételezik, hogy köze van Harry Potterhez, a gyilkos átok egyetlen ismert túlélőjéhez, aki a kérdéses estén szintén a minisztériumban tartózkodott. Némelyek egyenesen „kiválasztottnak" tartják Pottert, s úgy vélik, a jóslat őt nevezi meg mint az egyetlen embert, aki képes rá, hogy megszabadítson bennünket Tőle, Akit Nem Nevezünk Nevén.

A jóslat, ha ugyan létezik, jelenleg ismeretlen helyen van, bár… (folytatás a 2. oldalon)

Egy másik újság, ami az előbbi mellett hevert, ezt hirdette öles betűkkel:

SCRIMGEOUR LETT CARAMEL UTÓDJA

A lap címoldalának nagy részét egy oroszlánsörényszerű hajkoronát viselő, barázdált arcú férfi fekete-fehér fotója foglalta el. A kép mozgott – a férfi integetett a plafonnak.

Rufus Scrimgeour, a Varázsbűn-üldözési Főosztály Auror Parancsnokságának eddigi vezetője vette át a távozó Cornelius Carameltől a mágiaügyi miniszter posztját. Kinevezésének hírét a varázslók túlnyomó többsége örömmel fogadta, jóllehet már néhány órával Scrimgeour beiktatása után hírek kaptak lábra arról, hogy nézeteltérés támadt az új miniszter és a Wizengamot főmágusi tisztségébe frissen visszahelyezett Albus Dumbledore között.

Scrimgeour munkatársai elismerték, hogy főnökük kinevezése után azonnal találkozott Dumbledore-ral, de az eszmecserén érintett témákról nem nyilatkoztak. Albus Dumbledore-ról köztudott, hogy... (folytatás a 3. oldalon)

Ettől az újságtól balra egy másik lapszám feküdt. Ezt úgy tették le az asztalra, hogy A MINISZTÉRIUM GARANTÁLJA A DIÁKOK BIZTONSÁGÁT című cikk került fölülre.

Rufus Scrimgeour, az újonnan beiktatott mágiaügyi miniszter ma nyilatkozott azokról az új intézkedésekről, amelyeket minisztériuma a Roxfort Boszorkány- és Varázslóképző Szakiskolába ősszel visszatérő diákok biztonsága érdekében készül foganatosítani.

„A minisztérium érthető okokból nem hozza nyilvánosságra a szigorított biztonsági terv részleteit" – közölte a miniszter, de hiteles források szerint az intézkedéscsomag gerincét defenzív bűbájok és ellenátkok, valamint egy kisebb, külön a Roxfort őrzésére kirendelt aurorkülönítmény alkotja.

A közvélemény megnyugtatónak tartja az új miniszternek a diákok biztonsága érdekében tett határozott lépéseit. Mrs Augusta Longbottom véleményét idézzük: „Neville unokám, aki történetesen Harry Potter jó barátja, s júniusban Harry oldalán harcolt a minisztériumban a halálfalók ellen...

A cikk további részét eltakarta az újságon álló jókora madárkalitka, melyben egy gyönyörű hóbagoly üldögélt. A madár borostyánsárga szeme egy uralkodó pillantásával pásztázta a szobát, s feje időről időre hortyogó gazdája felé lendült. Néha türelmetlenül csettintett a csőrével, de a mély álomba merült Harry ezt nem hallhatta.

A szoba közepén nyitott utazóláda állt. Várakozva tátotta tágas száját, de egyelőre csupán pár régi alsónemű, néhány édesség, üres tintásüveg és törött penna árválkodott benne. A láda mellett a padlón sűrűn telenyomtatott, piros papírlap feküdt.

A Mágiaügyi Minisztérium megbízásából

OTTHONUNK ÉS CSALÁDUNK VÉDELME
A SÖTÉT ERŐKKEL SZEMBEN

Varázslótársadalmunk tagjait agresszió veszélye fenyegeti a magukat halálfalóknak nevező bűnözők részéről. Az alábbi egyszerű biztonsági szabályok betartása hozzásegít minket magunk, családunk és otthonunk megóvásához a sötét erők támadásától.

1. Lehetőleg ne hagyja el egyedül a házat!
2. Fokozott óvatosság szükséges az esti és éjszakai órákban. Utazásait lehetőség szerint úgy időzítse, hogy sötétedés előtt célba érjen.
3. Frissítse fel házi önvédelmi ismereteit! Gondoskodjon róla, hogy családjának minden tagja jártas legyen a védekezési technikákban (pajzsbűbáj, kiábrándító bűbáj gyakorlása, kiskorú családtagok esetében társas hoppanálás elsajátítása)!
4. Egyezzen meg biztonsági azonosító kérdésekben közeli barátaival és családtagjaival, hogy leleplezhesse a

százfülé-főzet (lásd 2. oldal) segítségével álalakot öltött halálfalókat!

5. Ha családtagja, munkatársa, barátja, szomszédja stb. részéről szokatlan viselkedést tapasztal, haladéktalanul értesítse a Varázsbűn-üldözési Kommandót! Lehet, hogy az illető az Imperius-átok hatása alatt áll (lásd 4. oldal).

6. Ha lakóház vagy egyéb épület fölött a Sötét Jegyet látja, NE LÉPJEN AZ ÉPÜLETBE! Ilyen esetben azonnal értesítse az Auror Parancsnokságot!

7. Nem bizonyított észlelések alapján gyanítható, hogy a halálfalók inferusokat is használnak (lásd 10. oldal). Ha inferust lát, vagy azzal találkozik, SÜRGŐSEN értesítse a minisztériumot!

Harry nyögött egyet álmában. Arca lejjebb csúszott az üvegen, de nem ébredt fel tőle, pedig a szemüvege most már egészen ferdén állt. Az ablakpárkányon vidáman ketyegett egy ébresztőóra, amit még évekkel korábban javított meg; mutatói szerint 10 óra 59 perc volt. A vekker mellett, Harry ernyedt keze alá szorulva vékony, dőlt betűkkel teleírt pergamenlap feküdt. Harry olyan sokszor elolvasta a levelet, hogy az, bár három napja szoros tekercsbe csavarva érkezett, immár teljesen kisimult.

Kedves Harry!

Amennyiben neked is megfelel, e hét pénteken 23 órakor felkereslek a Privet Drive 4. szám alatt, hogy átkísérjelek az Odúba, ahol örömmel látnak vendégül a vakáció hátralevő részében.

Emellett lekötelecnél, ha számíthatnék szíves segítségedre egy bizonyos ügyben, amit az Odú felé

47

*menet volna célszerű elintéznünk. A részletekről
személyesen számolnék be.*

Kérlek, ha teheted, válaszolj bagolyfordultával!

*A pénteki viszontlátás reményében maradok
őszinte híved:*

Albus Dumbledore

Harry már betéve tudta a levelet, mégis szinte percenként
rápillantott este hét óra óta – akkor foglalta el ugyanis ablak
melletti őrhelyét, ahonnan meglehetősen jó kilátás nyílt a
Privet Drive teljes hosszára. Tudta, hogy semmi értelme újra
meg újra elolvasni Dumbledore szavait; a kérésnek megfele-
lően visszaküldte az „igen" választ a levelet hozó bagollyal, s
most nem volt más dolga, mint kivárni, hogy valóban eljön-e
Dumbledore vagy sem.

Mindazonáltal nem csomagolt össze. Hogy mindössze két
hét után elszabadulhat Dursleyéktól, az túl szép volt ahhoz,
hogy igaz legyen. Szinte rögeszméjévé vált, hogy valami meg
fogja hiúsítani a tervet: lehet, hogy nem ért célba a válasza; le-
het, hogy Dumbledore mégsem ér rá eljönni érte; kiderülhet,
hogy a levelet nem is Dumbledore írta, hanem az egész átve-
rés, rossz tréfa vagy akár csapda. Harry úgy érezte, nem bírná
ki, ha most összepakolna, aztán hoppon maradna, és újra ki
kellene csomagolnia. Egyetlen dolgot tett meg úti előkészület
gyanánt: bezárta hóbaglyát, Hedviget a kalitkájába.

Az ébresztőóra nagymutatója elérte a tizenkettes számot – és
abban a szempillantásban kialudt az ablak előtti utcai lámpa.

Harry úgy riadt fel, mint akit pofon vágtak. Kapkodva
megigazította a szemüvegét, lefejtette az ablakról odaragadt
arcát, kapkodva megigazította a szemüvegét, majd megint az
ablakra tapadt – ezúttal csak az orrával –, s hunyorogva kém-
lelni kezdte a sötétséget. A kerti ösvényen hosszú köpenybe
burkolózó, magas alak közeledett.

Harry felpattant, mintha áramütés érte volna. Még a széke is felborult, de nem törődött vele; válogatás nélkül kapkodni kezdett a padlón heverő tárgyak után, és mindent, ami a keze ügyébe került, bedobott a ládájába. Épp egy talárt, két könyvet és egy csomag chipset hajított át a szobán, amikor megszólalt az ajtócsengő.

Lent a nappaliban felbődült Vernon bácsi:

– Ki a fene zaklat minket az éjszaka közepén!?

Harry mozdulatlanná dermedt; ott állt egyik kezében egy réz teleszkóppal, a másikban egy pár edzőcipővel. Most döbbent csak rá, hogy elfelejtette bejelenteni Dursleyéknak Dumbledore esetleges érkezését. A rémület és a nevethetnék keveredett benne, miközben átkecmergett a ládán, és kinyitotta szobája ajtaját. Odalentről egy mély hang zendült fel:

– Jó estét kívánok. Ön bizonyára Mr Dursley. Felteszem, Harry szólt önnek, hogy ma eljövök érte.

Harry leszáguldott a lépcsőn, de pár fokra az aljától hirtelen lefékezett – másfél évtized keserű tapasztalata megtanította rá, hogy célszerű kartávolságon kívül maradnia a bácsikájától. Az ajtóban egy magas, sovány férfi állt. Ezüstfehér haja és szakálla a derekáig ért. Horgas orrán félhold alakú szemüveg csillogott, és hosszú fekete úti köpenyt valamint hegyes süveget viselt. Vernon Dursley, akinek a bajsza sűrűségben nem, csupán fekete színével ütött el a látogatóétól, és aki vörösbarna házikabátot viselt, úgy meredt Dumbledorera, mintha nem merne hinni apró malacszemének.

– Döbbent arckifejezéséből ítélve Harry nem szólt, hogy jövök – folytatta barátságosan Dumbledore. – Mindazonáltal vegyük úgy, hogy szívélyesen beinvitált a házába. Ezekben a zavaros időkben nem tanácsos huzamosabb ideig a küszöbön álldogálni.

Azzal fürgén belépett a házba, és becsukta maga mögött az ajtót.

– Hosszú idő telt el a legutóbbi látogatásom óta. – Dumbledore horgas orra mentén lepillantott Vernon bácsira. – Szépen megnőtt a kékliliomuk.

Vernon Dursley meg se mukkant. Harry sejtette, hogy hamarosan megjön a szava – a bácsi halántékán már lüktetett a veszélyt jelző ér –, de tény, hogy valami átmenetileg elnémította. Ez a valami lehetett akár az igazgató külsejének égbekiáltó varázslószerűsége, de még valószínűbb, hogy Vernon bácsi megérezte: ezúttal olyan emberrel van dolga, akin nem tud egykönnyen átgázolni.

– Á, jó estét, Harry! – Dumbledore kedvtelve pillantott félhold-szemüvegén át a fiúra. – Kitűnő, kitűnő...

Ezek a szavak kizökkentették kábulatából Vernon bácsit. Ha valamiben, hát abban biztos volt, hogy aki ránéz Harryre, és azt mondja, „kitűnő", azzal ő nem tud egy fedél alatt maradni.

– Nem akarok gorombáskodni... – szólalt meg a legdurvább gorombaságot jósló hangon.

– ...de fájdalom, az akaratlan gorombaság is riasztóan gyakori – fejezte be a mondatot szigorúan Dumbledore. – Jobb hát meg se szólalni, kedves barátom. Á, csak nem Petuniához van szerencsénk?

Kinyílt a konyha ajtaja, s ott állt Harry nagynénje gumikesztyűben és a hálóingére húzott pongyolában. Nyilván a szokásos lefekvés előtti konyhatakarítást végezte. Lóarcán mélységes, palástolatlan döbbenet ült.

– Albus Dumbledore – mondta a varázsló, miután Vernon bácsi elmulasztotta bemutatni őt. – Levélben már volt alkalmunk eszmét cserélni. – Harry erősen szépítettnek érezte ezt az utalást arra, hogy Dumbledore egykor küldött egy rivallót nagynénjének, de Petunia nem emelt kifogást a kifejezés ellen. – A fiatalúr pedig bizonyára Dudley.

Dudley ebben a percben lesett ki a nappali ajtaján. A pizsama csíkos gallérjából kilógó hájas, szőke feje mintha testetlenül úszott volna a levegőben, s a groteszk hatást még fokozta elkerekedett szeme és tátva maradt szája. Dumbledore várt néhány másodpercet, nyilván arra, hogy a háziak valamelyike megszólaljon, de mikor a csönd töretlen maradt, elmosolyodott.

– Vehetjük úgy, hogy beinvitáltak a nappaliba?

Dudley félredöcögött az ajtón belépő Dumbledore útjából. Harry, kezében a teleszkóppal és az edzőcipővel, lerobogott az utolsó pár lépcsőfokon, és követte a varázslót a nappaliba. Dumbledore időközben helyet foglalt a kandalló előtti karosszékben, s jóindulatú érdeklődéssel szemlélni kezdte a berendezést. Elképesztően oda nem illő jelenség volt ebben a szobában.

– Nem kell... nem kell indulnunk, uram...? – kérdezte sóvárogva Harry.

– De igen, nemsokára indulunk – bólintott Dumbledore. – Meg kell azonban beszélnünk néhány dolgot, és arra az utca nem a legalkalmasabb hely. Egy rövid ideig még igénybe vesszük kedves rokonaid vendégszeretetét.

– Szóval igénybe veszik!?

Vernon Dursley belépett a szobába. Petunia szorosan mögötte tipegett, Dudley kissé lemaradva kullogott utánuk.

– Igen – felelte rendületlen nyugalommal Dumbledore. – Igénybe vesszük.

Olyan villámgyorsan húzta elő a pálcáját, hogy Harry szinte nem is látta a mozdulatot. Egy apró legyintésére a kanapé előresiklott a három Dursley háta mögül, kiütötte a lábukat, így azok mindhárman egy kupacban a párnákra bucskáztak. Az újabb pálcamozdulatra a kanapé visszacsúszott eredeti helyére.

– Így mégiscsak kényelmesebb – kedélyeskedett Dumbledore, és visszadugta a zsebébe varázspálcáját. Közben Harry pillantása megakadt az igazgató kezén: az fekete és aszott volt, mintha leégett volna róla a bőr és a hús.

51

– Uram... mi történt a...

– Majd később, Harry – intette le Dumbledore. – Ülj le, kérlek.

Harry helyet foglalt a másik karosszékben. Így nem kellett a megkukult Dursleyékra néznie.

– Szívesen feltételezném, hogy frissítővel szándékozik kínálni – fordult Vernon bácsihoz Dumbledore –, de az eddigiek után ezt hiú reménynek érzem.

A pálca harmadik lendülésére egy porlepte palack és öt pohár tűnt fel a levegőben. A palack megbillent, és bőséges adag mézszínű folyadékot töltött a lebegő poharakba, amelyek ezután kiosztották magukat a jelenlevők között.

– Madam Rosmerta legfinomabb, tölgyfahordóban érlelt mézsöre.

Dumbledore Harry felé emelte poharát. A fiú megfogta a magáét, és belekortyolt az italba. Most először ivott mézsört, és nagyon ízletesnek találta. Dursleyék, miután ijedt pillantásokat váltottak egymással, megpróbáltak tudomást sem venni a lebegő italról – ami nem volt könnyű, mivel a poharak a fejüket kocogtatták. Harry élt a gyanúperrel, hogy Dumbledore roppantul élvezi a helyzetet.

– Nos, Harry – fordult a fiúhoz a varázsló –, támadt egy kis problémánk, amit reményeink szerint te meg tudsz oldani. A többes szám első személy a Főnix Rendjére utal. De mindenekelőtt közölnöm kell veled, hogy egy hete megtaláltuk Sirius végrendeletét, amiben téged jelöl meg, mint kizárólagos örökösét.

Odaát a kanapén Vernon bácsi feje megmozdult. Harry nem nézett oda, és csak ennyit felelt:

– Értem...

– Ezzel önmagában nincs semmi gond – folytatta Dumbledore. – Nem kevés arannyal gazdagodik a Gringottsbeli számlád, és megkapod Sirius minden ingóságát. Az örökség némileg problematikusabb része...

– Meghalt a keresztapja? – szólt közbe Vernon bácsi a kanapéról. Dumbledore és Harry egy emberként fordultak felé. A bácsi megpróbálta ellökni magától a mézsörös poharat, ami továbbra is kitartóan kopogtatta a fejét. – Meghalt? A keresztapja?

– Igen – felelte Dumbledore. Nem kérdezte meg Harrytől, miért nem közölte a gyászhírt Dursleyékkal. – A probléma az – folytatta napirendre térve a közbeszólás fölött –, hogy Sirius a Grimmauld tér 12-t is rád hagyta.

– Örökölt egy házat? – Vernon bácsi apró szemében kapzsi fény villant, de hiába kotyogott közbe, senki nem válaszolt neki.

– Továbbra is használhatják főhadiszállásként – mondta Harry. – Nem érdekel az a ház. A Rendnek adom, nekem nem kell.

Harry a maga részéről a közelébe se akart menni a Black család Grimmauld téri házának. Úgy érezte, örökké kísértené ott az emlékkép, ahogy Sirius ketrecbe zárt vad módjára a sötét, dohos szobákat rója, annak az épületnek a foglyaként, amit a leghőbb vágya volt örökre elhagyni.

– Igazán nagylelkű ajánlat – bólintott Dumbledore. – Mindazonáltal átmenetileg kiköltöztünk az épületből.

– Miért?

Vernon bácsi fejét most felülről támadta a makacs pohár, de Dumbledore ügyet sem vetett a bácsi dohogására.

– A Black családban az volt a hagyomány, hogy a házat mindig egyenes ági leszármazott, a Black nevet viselő legidősebb férfiutód örökölte. Ebben a sorban Sirius volt az utolsó, mivel öccse, Regulus már korábban elhunyt, és mindketten gyermektelenek voltak. Bár a végrendeletből világosan kiderül, hogy te vagy Sirius örököse, lehet esetleg a házon olyan bűbáj vagy ártás, ami biztosítja, hogy csak aranyvérű tulajdonosa lehessen.

Harry lelki szemei előtt megjelent Sirius anyjának rikácsoló portréja, ami a Grimmauld téri ház előszobájában lógott.

– Biztos, hogy van ilyen ártás – vélekedett.

– Hát igen... – bólintott Dumbledore. – És ha van, akkor a ház tulajdonjoga minden bizonnyal Sirius legidősebb élő rokonára száll, aki nem más, mint az unokahúga, Bellatrix Lestrange.

Harry úgy pattant fel, mintha megszúrták volna. A teleszkóp meg a két edzőcipő leesett az öléből, és elgurult a padlón. Bellatrix Lestrange, Sirius gyilkosa örökölje a házat!?

– Nem! – sziszegte.

– Nyilván mi sem örülnénk, ha így lenne – jelentette ki higgadtan Dumbledore. – De nem is ez az egyetlen probléma. Az is kérdéses például, hogy a bűbájt, amivel feltérképezhetetlenné tettük a házat, nem szünteti-e meg a tulajdonosváltás. Bellatrix elméletileg bármelyik pillanatban beállíthat a Grimmauld térre. Nem volt hát más választásunk, mint kiüríteni a házat a helyzet tisztázásáig.

– De hogyan tudjuk kideríteni, vajon tényleg én lettem-e a ház tulajdonosa?

– Nos, szerencsére van egy igen egyszerű módszer – felelte Dumbledore.

Üres poharát a karosszék melletti kis asztalra állította, de mielőtt bármi mást tehetett volna, Vernon bácsi felbődült:

– Szedje már le rólunk az átkozott poharait!

Harry odafordult; mindhárom Dursley hadonászva igyekezett megóvni fejét az ugrándozó poharaktól és szanaszét fröccsenő tartalmuktól.

– Ó, ezer bocsánat! – szabadkozott Dumbledore, és újra felemelte pálcáját. A következő pillanatban mindhárom pohár eltűnt. – De, megjegyzem, szép gesztus lett volna önöktől, ha elfogadják az italt.

Vernon bácsi fejében nyilván egymást kergették a gorombábbnál gorombább válaszok, ennek ellenére Petuniával és

Dudleyval együtt némán visszahanyatlott a párnák közé, malacszemét a varázspálcára szegezve.

Dumbledore ismét Harryhez fordult, s megint úgy folytatta, mintha Vernon bácsi ott se lenne:

– A helyzet az – magyarázta –, hogy ha mégis örökölted a házat, akkor vele együtt a tied lett...

Ötödször is legyintett a pálcájával. Éles csattanás hallatszott, és a nappali szőnyegén feltűnt egy szurtos rongyokba öltözött, vöröslő szemű, malacorrú, denevérfülű házimanó. Petunia néni velőtrázó sikolyt hallatott; Dudley felrántotta a földről két rózsaszín lapátlábát, s majdhogynem a feje fölé emelte őket, mintha attól félne, hogy a teremtmény bemászik a pizsamanadrágja szárába. Ami Vernon bácsit illeti, ő magából kikelve ordított:

– Ez meg mi az ördög!?

– ...Sipor – fejezte be a mondatot Dumbledore.

– Sipor nem akar, Sipor nem akar, Sipor nem akar! – rikácsolta a házimanó a Vernon bácsitól megszokott hangerővel. Közben nagy, bütykös lábával vadul toporzékolt, kezével pedig a fülét cibálta. – Sipor Bellatrix kisasszonyé! Úgy bizony, Sipor a Black családé! Sipor az új úrnőjéhez akar menni! Sipor nem lesz a Potter kölyöké, Sipor nem akar, nem akar, nem akar...

– Amint látod, Harry – szólt emelt hangon Dumbledore, túlharsogva a manó „nem akar"-jait –, Sipor kissé vonakodik tőle, hogy a tulajdonodba kerüljön.

– Nem érdekel – ismételte Harry, undorral tekintve a toporzékoló manóra. – Nem kell a manó.

– Nem akar, nem akar, nem akar, nem akar...

– Talán azt szeretnéd, ha Bellatrix Lestrange-é lenne? Annak tudatában, hogy az elmúlt egy évet a Főnix Rendjének főhadiszállásán töltötte?

– Nem akar, nem akar, nem akar, nem akar...

55

Harry rámeredt Dumbledore-ra. Felfogta, hogy nem engedhetik Siport Bellatrix Lestrange-hez költözni, de viszolygott a gondolattól, hogy gazdája, felelős tulajdonosa legyen a gonosz törpének, aki elárulta Siriust.

– Parancsolj neki valamit! – indítványozta Dumbledore. – Ha te örökölted őt, engedelmeskednie kell. Ha nem hallgat rád, majd kitaláljuk, hogyan tartsuk őt távol jogos úrnőjétől.

– Nem akar, nem akar, nem akar, nem akar!

Sipor hangja visítássá erősödött. Harrynek hirtelen csak egy parancs jutott az eszébe:

– Hallgass el, Sipor!

Először úgy tűnt, hogy a manó megfullad. Megmarkolta a torkát, szája dühödten tátogott, nagy szeme kidülledt. Néhány másodpercnyi nyögés és nyeldeklés után hasra vetette magát, és püfölni-rugdosni kezdte a szőnyeget (Petunia néni elszörnyedve felnyögött), átadva magát a lehető legvadabb, de tökéletesen hangtalan hisztériás rohamnak.

– Ez megkönnyíti a dolgunkat – jelentette ki derűsen Dumbledore. – Úgy tűnik, Sirius tudta, mit csinál. Te vagy a Grimmauld tér 12. és Sipor jogos tulajdonosa.

– És... magam mellett kell tartanom őt? – kérdezte riadtan Harry, a lába előtt rúgkapáló manóra meredve.

– Nem kell, ha nem akarod – nyugtatta meg Dumbledore. – Ha javasolhatom, küldd el a Roxfortba, hogy dolgozzon a konyhán. Ott a többi manó szemmel tudja tartani őt.

Harry megkönnyebbülten bólogatott.

– Igen... az lesz a legjobb. Öh, Sipor... azt akarom, hogy menj el a Roxfortba, és dolgozz a konyhán, mint az ottani házimanók!

Sipor, aki most hanyatt feküdt, és kézzel-lábbal a levegőben kalimpált, mélységes megvetéssel végigmérte Harryt, majd újabb csattanás kíséretében köddé vált.

– Jól van – bólintott elégedetten Dumbledore. – Kérdéses még Csikócsőr, a hippogriff sorsa. Sirius halála óta Hagrid viseli gondját, de Csikócsőr immár a tiéd, úgyhogy ha más terved van vele...

– Nincs – vágta rá Harry. – Hagridnál maradhat. Azt hiszem, ott a legjobb neki.

– Hagrid boldog lesz – mosolygott Dumbledore. – El volt ragadtatva, mikor viszontlátta Csikócsőrt. Jut eszembe, a biztonsága érdekében ideiglenesen átkereszteltük az állatot Szilajszárnynak, bár véleményem szerint a minisztérium amúgy se jönne rá, hogy ő az a hippogriff, akit egykor halálra ítéltek. Nos, Harry, összecsomagoltál?

– Hát öh...

– Kételkedtél benne, hogy eljövök? – kérdezte lényegre látóan Dumbledore.

– Megyek... befejezem a csomagolást – hadarta Harry, és már ugrott is, hogy felkapja az elgurult teleszkópot és a cipőit.

Mintegy tíz percbe telt, mire minden szükséges holmit összeszedett. Végezetül kihúzta az ágy alól láthatatlanná tévő köpenyét, rácsavarta a kupakot egy üveg színváltó tintára, majd nagy nehezen rázárta makacsul kilógó üstjére a láda tetejét. Ezután – fél kézzel a ládát vonszolva, a másikban Hedvig kalitkájával – elindult lefelé a lépcsőn.

Csalódottan látta, hogy Dumbledore nem az előszobában vár rá – vagyis kénytelen volt visszamenni a nappaliba.

Odabent egy szó se hangzott el. Dumbledore kedélyesen dudorászott, szemlátomást cseppet sem volt zavarban, pedig a szobában szinte szikrázott a levegő a feszültségtől. Harry rá se mert nézni Dursleyékra, mikor így szólt:

– Elkészültem, professzor úr.

– Remek – bólintott Dumbledore. – Végezetül még egy apróság. – Ismét Dursleyékhoz fordult. – Mint bizonyára önök is tudják, Harry egy év múlva nagykorú lesz...

– Nem – jelentette ki Petunia néni. Dumbledore érkezése óta most szólalt meg először.

– Parancsol? – nézett rá a varázsló.

57

– Jövőre még nem lesz nagykorú. Egy hónappal fiatalabb, mint Dudley, és Dudlus csak két év múlva tölti be a tizennyolcat.

– Áh! – bólintott megértően Dumbledore. – Mi, varázslók azonban már tizenhét évesen nagykorúvá válunk.

Vernon bácsi azt dörmögte, hogy „nevetséges", de Dumbledore erre nem óhajtott reagálni.

– Önök is értesültek róla, hogy egy Voldemort nevű mágus visszatért az országba. Ennek következtében jelenleg háború dúl a varázslótársadalomban. Harry, akinek Voldemort nagyúr már többször az életére tört, ma még nagyobb veszélyben van, mint tizenöt éve volt. Akkor elhoztam őt ide, és letettem az ajtó elé egy levéllel együtt, amelyben beszámoltam a szülei meggyilkolásáról, és kifejeztem abbéli reményemet, hogy úgy gondoskodnak majd róla, mintha a tulajdon gyermekük volna.

Dumbledore szünetet tartott. Semmilyen látható jelét nem adta neheztelésének, hangja is könnyed és nyugodt maradt, Harry mégis érezte, hogy megfagy a levegő. Dursleyék is ösztönösen közelebb húzódtak egymáshoz.

– Önök nem teljesítették a kérésemet. Nem szerették saját fiukként Harryt. Semmibe vették őt, s nemritkán kegyetlenek voltak vele. A legjobb, ami elmondható, hogy őt legalább nem tették úgy tönkre, mint azt a szerencsétlen fiút, aki kettejük között ül.

Petunia néni és Vernon bácsi ösztönösen körülnéztek, mintha arra számítanának, hogy valaki más ül közéjük préselve, nem Dudley.

– Hogy mi… tönkretettük Dudlust? Mi a ménkűt… – kezdte felháborodva Vernon bácsi, de Dumbledore felemelte mutatóujját, amire egyszeriben olyan csend lett, mintha a bácsi lenyelte volna a nyelvét.

– A bűbáj, amit tizenöt éve működésbe hoztam, rendkívül erős védelmet nyújt Harrynek mindaddig, amíg otthonának nevezheti ezt a házat. Jóllehet sanyarú sors, elutasítás és kíméletlenség volt az osztályrésze itt, de önök, ha kelletlenül is, legalább annyit megengedtek, hogy itt lakjon. A varázslat azonban abban a minutumban megszűnik, amint Harry betölti a tizenhetet – vagyis amint férfikorba lép. Már csak egy, utolsó kérésem van: engedjék meg, hogy Harry jövőre még egyszer visszatérhessen a házukba, s a varázslat védelmét élvezhesse a tizenhetedik születésnapjáig.

Egy Dursley se válaszolt. Dudley kissé összehúzta a szemöldökét – talán még mindig azon töprengett, vajon mivel tették tönkre őt a szülei. Vernon bácsi olyan arcot vágott, mintha az imént lenyelt nyelvét próbálná felöklendeni; Petunia néni pedig tőle szokatlan módon zavartan elpirult.

– Nos, Harry... ideje indulnunk. – Dumbledore felállt, és megigazította hosszú, fekete köpenyét. – A viszontlátásra – köszönt el Dursleyéktól (akikről lerítt, hogy az említett viszontlátást örömmel elhalasztanák a végítélet napjáig), majd süveget emelt, és kivonult a szobából.

– Viszlát – búcsúzott sietve Harry, s követte Dumbledore-t, aki az előszobában megállt az utazóláda és Hedvig kalitkája mellett.

– Nem volna célszerű a csomagokkal bajlódnunk – szólt a varázsló, és előhúzta pálcáját. – Inkább előreküldöm a poggyászodat az Odúba. Arra viszont megkérnélek, hogy hozd magaddal a láthatatlanná tévő köpenyt... csak a biztonság kedvéért.

Harry csak nagy nehezen tudta előkotorni a mágikus ruhadarabot, ráadásul közben arra is próbált ügyelni, hogy Dumbledore ne lássa, mekkora rendetlenség van a ládájában. Mikor a köpeny már a dzsekije belső zsebében lapult, Dumbledore intett pálcájával, mire a láda, a kalitka és benne Hedvig köddé vált. A varázsló ekkor egy újabb legyintéssel ajtót tárt a hideg, ködös éjszakára.

– Most pedig, Harry, lépjünk ki az éjbe, s kövessük léha csábítónk, a kaland hívó szavát!

Negyedik fejezet

Horatius Lumpsluck

Harry az utóbbi három nap minden ébren töltött percében azért fohászkodott, hogy Dumbledore valóban eljöjjön érte, ennek ellenére most, hogy útra keltek a Privet Drive-ról, nagyon is feszélyezve érezte magát. Az eddigi összes komoly beszélgetése az igazgatóval a Roxfortban zajlott – és olyankor általában volt egy asztal közöttük. Zavarát fokozta legutóbbi négyszemközti találkozásuk kínos emléke is: akkor kiabált Dumbledore-ral, és komoly erőfeszítéseket tett, hogy ízzé-porrá törje az igazgató legbecsesebb ingóságait.

Dumbledore annál fesztelenebbül viselkedett.

– Legyen kéznél a pálcád, Harry! – mondta derűsen.

– Azt hittem, az iskolán kívül nem varázsolhatok, uram.

– Ezennel engedélyt adok rá, hogy ha megtámadnak, bevess bármilyen ellenártást vagy átkot, ami csak eszedbe jut. De azt hiszem, ma éjjel nem kell támadástól tartanod.

– Miért nem, uram?

– Mert itt vagyok veled – felelte nemes egyszerűséggel Dumbledore, majd hirtelen megtorpant. – Itt már jó lesz, Harry.

A Privet Drive végén álltak.

– Még nem tetted le a hoppanálási vizsgát, ugye?

– Nem – felelte Harry. – Úgy tudom, azt csak tizenhét éves korban lehet.

– Így igaz – bólintott Dumbledore. – Akkor hát kapaszkodj jó erősen a karomba! A bal karomba, ha kérhetem – mint láttad, a pálcás kezem pillanatnyilag nem az igazi.

Harry megfogta Dumbledore feléje nyújtott karját.

– Akkor hát indulhatunk is.

Harry úgy érezte, mintha Dumbledore karja kicsavarodna a kezéből, még szorosabban megmarkolta hát. A következő pillanatban elsötétült körülötte a világ, és minden oldalról fullasztóan erős nyomást érzett; nem kapott levegőt, s mintha acélpánt feszült volna a mellkasára; szeme fájdalmasan benyomódott üregébe, a dobhártyája is már-már beszakadt...

Hűvös éjszakai levegő tört a tüdejébe, és ő kinyitotta könnyben úszó szemét. Úgy érezte magát, mintha átpréselték volna egy igen szűk gumicsövön. Beletelt néhány másodpercbe, mire felfogta, hogy továbbra is Dumbledore mellett áll, de már nem a Privet Drive-on. Néptelen falusi teret látott maga körül, közepén egy háborús emlékművel és néhány paddal. Mikor aztán tudata végre ismét összhangba került érzékszerveivel, rádöbbent, hogy túl van élete első hoppanálásán.

– Minden rendben? – kérdezte aggódó pillantással Dumbledore. – A hoppanálás kellemetlen tud lenni, ha nincs hozzászokva az ember.

– Jól vagyok – felelte Harry, és megdörzsölte a fülét, mely mintha némi késéssel hagyta volna el a Privet Drive-ot. – De azért kellemesebb seprűn utazni.

Dumbledore elmosolyodott, és kissé összehúzta nyakán a köpenyét. – Erre megyünk – mondta, azzal tempósan elindult.

Elhaladtak egy sötét vendéglő és néhány ház mellett. A közeli templom toronyórája szerint közeledett az éjfél.

– Mondd csak, Harry – szólt menet közben Dumbledore –, a sebhelyed... nem fáj mostanában?

Harry önkéntelenül a homlokához emelte a kezét, és megvakarta a villám alakú heget.

– Nem – felelte. – Csodálkozom is. Azt hittem, folyton sajogni fog, most, hogy Voldemort megerősödött.

Rápillantott Dumbledore-ra, aki elégedetten bólogatott.

– Jómagam viszont épp erre számítottam. Voldemort nagyúr végre rádöbbent, milyen veszélyes számára, hogy hozzáférsz a gondolataihoz és az érzéseihez. Úgy tűnik, most már okklumenciát alkalmaz veled szemben.

– Végül is nem panaszkodom – jegyezte meg Harry. Neki sem hiányoztak az ijesztő álmok, meg a villanásnyi bepillantások Voldemort agyába.

Befordultak egy sarkon, s elmentek egy telefonfülke és egy buszváró mellett. Harry megint vetett egy oldalpillantást Dumbledore-ra.

– Professzor úr?

– Tessék, Harry.

– Megmondaná... hol vagyunk?

– A kies Budleigh Babberton faluban.

– És mi dolgunk van itt?

– Hát persze, még nem is tudod. Nos, össze se tudom számolni, hányszor kellett ezt mondanom az elmúlt években, de bizony ismét eggyel kevesebb tanárunk van a szükségesnél. Azért jöttünk ide, hogy rávegyük egy régi kollégámat, térjen vissza a nyugállományból, és vállaljon állást a Roxfortban.

– És mit tudok én ebben segíteni, uram?

– Jól jöhet, hogy itt vagy – felelte kitérően Dumbledore. – Itt balra, Harry.

Befordultak egy szűk, meredek utcába, melyet mindkét oldalon sötét ablakú házak sora szegélyezett. Erre a falura is rátelepedett az a télies, dermesztő hideg, ami az elmúlt két hétben a Privet Drive-on uralkodott. Harrynek eszébe jutottak a dementorok; hátrapillantott a válla fölött, és önkéntelenül megmarkolta zsebében lapuló pálcáját.

– Professzor úr, miért nem hoppanáltunk egyenesen a régi kollégája házába?

– Mert az épp olyan otrombaság lett volna, mint ha rátörnénk az ajtót. Az udvariasság azt diktálja, hogy lehetőséget adjunk varázslótársainknak megtagadni tőlünk a belépés jogát. Egyébiránt a legtöbb varázslóházat bűbáj védi a hívatlan hoppanálóktól. A Roxfortban például...

– ...se a kastélyban, se a birtokon nem lehet hoppanálni – sietett befejezni a mondatot Harry. – Hermione Granger mondta.

– Jól mondta. Itt megint balra fordulunk.

A hátuk mögött éjfélt ütött a toronyóra. Harry eltűnődött, vajon azt miért nem érzi udvariatlanságnak Dumbledore, hogy az éjszaka közepén keresik fel régi kollégáját – de aztán rájött, hogy ennél fontosabb kérdései is vannak az igazgatóhoz.

– Uram, olvastam a Reggeli Prófétában, hogy menesztették Caramelt...

– Úgy van – bólintott Dumbledore, és befordult egy újabb meredek mellékutcába. – Bizonyára azt is olvastad, hogy az utódja Rufus Scrimgeour, az aurorok volt parancsnoka.

– És ő... ön szerint ő jobb miniszter lesz? – kérdezte Harry.

– Érdekes kérdés. Rufus rátermett varázsló, az kétségtelen. Határozottabb, energikusabb Corneliusnál.

– Igen, de... úgy értem...

– Tudom, hogyan érted. Rufus a tettek embere, s mivel évtizedek óta a sötét varázslók elleni küzdelemnek él, nem becsüli le Voldemort nagyurat.

Harry várta a folytatást, Dumbledore azonban nem beszélt a nézeteltérésről, amire a Reggeli Próféta utalt. Harry nem mert faggatózni, így hát inkább témát váltott.

– És... azt is olvastam, mi történt Madam Bonesszal.

– Hát igen – csóválta a fejét Dumbledore. – Szörnyű veszteség. Kiváló boszorkány volt. Azt hiszem, arra kell mennünk... jaj!

A sérült kezével mutatta az irányt.

– Professzor úr, mi történt a…

– Inkább majd máskor mesélem el. Izgalmas történet, érdemes több időt szánni rá.

Dumbledore rámosolygott Harryre, aki ebből megértette, hogy nyugodtan tovább kérdezősködhet.

– Uram… a Mágiaügyi Minisztérium küldött nekem egy brosúrát a halálfalókkal szembeni óvintézkedésekről…

– Igen, én is kaptam egy példányt – felelte Dumbledore még mindig mosolyogva. – Hasznosnak találtad?

– Nem igazán.

– Sejtettem. Nem kérdezted meg, milyen dzsemet szeretek a legjobban – hogy megbizonyosodj róla, nem ál-Dumbledore vagyok-e.

– Nem, mert… – kezdte bizonytalanul Harry. Nem tudta eldönteni, szükséges-e mentegetőznie.

– Csak, hogy tudd: a málna a kedvencem. No persze, ha halálfaló lennék, bizonyára alaposan tájékozódnék dzsemfogyasztási szokásaimról, mielőtt magamnak adnám ki magam.

– Öhm… hát igen – hagyta rá Harry. – És… a brosúra inferusokat is említett. Azok micsodák, uram? A szövegből nem derült ki…

– Hullák, Harry – hangzott a higgadt válasz. – Megbűvölt holttestek, amelyek egy sötét varázsló parancsait teljesítik. Inferusokat akkor láttunk utoljára, amikor Voldemort ereje teljében volt… Hát igen, ő annyi embert ölt meg, hogy akár hadsereget is szervezhetett volna belőlük. Megérkeztünk, Harry, ide jöttünk…

Kerttel körülvett, csinos kis kőház felé közeledtek. Harry minden figyelmét lekötötte, hogy megeméssze a hallottakat, s mikor a kertkapuhoz érve Dumbledore megtorpant, Harry beleütközött a hátába.

– Ejnye, ejnye, ejnye…

Harry követte Dumbledore tekintetét a gondosan ápolt kerti ösvény mentén, és elszorult a torka. A ház bejárati ajtaja félig leszakítva lógott zsanérjain.

Dumbledore még egyszer körülnézett az utcán. Közel s távol egy lélek se volt.

– Pálcát ki, Harry, és kövess! – parancsolta fojtott hangon.

Kinyitotta a kertkaput, halk léptekkel végigsietett a kerti ösvényen – Harry az utasítás szerint a nyomában maradt –, majd pálcáját előreszegezve óvatosan benyomta a bejárati ajtót.

– Lumos!

A pálca hegyén apró láng lobbant fel; fénye szűk előszobát világított meg, melyben bal kéz felől nyitott ajtó ásított feketén. Dumbledore magasra emelte pálcáját, és Harryvel a nyomában belépett rajta.

A helyiségben, amely egy nappali szoba volt, a totális pusztulás képe tárult a szemük elé. Lábuk előtt a padlón ripityára tört ingaóra hevert; számlapja elrepedt, ingája elejtett dárda módjára feküdt valamivel odébb, egy lezuhant csillár maradványai mellett. Felhasított párnák sebeiből pihetoll-folyamok ömlöttek, s mint süteményt a kristálycukor, úgy borítottak be mindent az üveg- és porcelánszilánkok. Dumbledore még magasabbra emelte pálcáját, így a lángocska fénye a falakra esett: a tapétán hatalmas, lecsorgó vörös foltok éktelenkedtek. Harry elakadó lélegzetének hangjára Dumbledore hátrapillantott.

– Nem valami szép látvány – jegyezte meg szomorúan. – Itt valami borzalmas dolog történt.

A varázsló a padlón heverő romokat fürkészve a szoba közepére sétált. Harry követte, s közben szorongva nézett körül: tartott tőle, hogy valami még szörnyűbbet pillant meg a zongoraroncs vagy a felborult pamlag mögött – de nem, holttestnek nyoma sem volt a szobában.

– Lehet, hogy védekezett, és... és aztán elhurcolták őt – találgatott Harry. Elképzelni se merte a rettenetes sérülést, amiből ilyen rengeteg vér fröccsent a falakra.

– Nem hinném – felelte halkan Dumbledore, miközben benézett egy égnek meredő lábú fotel mögé.

– Úgy érti, hogy...

– Hogy itt van valahol? Igen.

Dumbledore hirtelen lehajolt, és varázspálcájával megbökte a fotelt.

– Au! – jajdult fel a bútordarab.

– Jó estét, Horatius – szólt felegyenesedve Dumbledore.

Harrynek leesett az álla. A felborult fotel helyén immár egy hihetetlenül kövér, kopasz öregember kuporgott.

– Miért kellett ilyen erőset böknöd? – Az öreg az alhasát masszírozta, és a fájdalomtól könnybe lábadt szemmel, bosszúsan hunyorgott Dumbledore-ra. – Nagyon fájt.

A hordó-emberré vedlett szék ezután feltápászkodott, ami által a feje búbja Dumbledore állának magasságába került. A pálcaláng világában csak úgy ragyogott tar koponyája, dülledt szeme és ezüst harcsabajsza, csakúgy mint a lila selyempizsamájára húzott gesztenyebarna bársonyzakó fényes aranygombjai.

– Miből találtad ki? – dörmögte az öreg, továbbra is az alhasát masszírozva. A jelek szerint a legkevésbé sem érezte kínosnak, hogy rajtakapták, amint fotelnek álcázta magát.

– Drága jó Horatius – kedélyeskedett Dumbledore –, ha valóban itt jártak volna a halálfalók, a ház fölött ott lebegne a Sötét Jegy.

Az öreg varázsló húsos tenyerével a homlokára csapott.

– A Sötét Jegy! – visszhangozta. – Tudtam, hogy valami hiányzik... De mindegy, úgyse lett volna időm rá. Épp hogy elkészültem a kárpitommal, amikor beléptetek.

Mély, szélrohamszerű sóhajától meglibbentek harcsabajszának szárnyai.

– Segítsek a rendrakásban? – ajánlkozott Dumbledore.

– Ha lennél olyan kedves.

Mindketten hátrahúzódtak – a magas, sovány és az alacsony, kövér varázsló –, majd hajszálra egyforma, széles mozdulattal meglendítették pálcájukat.

A nappali összes berendezési tárgya visszarepült a helyére: a szobadíszek darabjai összeforrtak a levegőben, a tollcsomók bebújtak a párnákba, a könyvek begyűjtötték kitépett lapjaikat, és felsorakoztak a polcokon; olajlámpák ugrottak fel kis asztalkákra és gyúltak maguktól lángra; törött ezüst képkeretek garmadával suhantak át a szobán, hogy megújulva elfoglalják helyüket egy öltözőasztalon; a repedések bezárultak, a lyukak betömték magukat, s a falakról is eltűntek a vörös foltok.

– Mellesleg miféle vér volt az? – kérdezte kiabálva Dumbledore. Túl kellett harsognia a romjaiból feltámadt ingaóra vidám kongatását.

– A falon? Sárkányvér! – kiáltott vissza a Horatiusnak szólított varázsló, miközben a csillár fülsiketítő csörgés és csikorgás közepette visszacsavarozta magát a mennyezetre.

Utoljára még zendült egyet a zongora, aztán csend lett.

– Sárkányvér – ismételte csevegő hangon az öreg varázsló. – Az utolsó üveget locsoltam szét, márpedig mostanában csillagászati ára van. De talán lehet még újra használni.

Odadöcögött a poharszékhez, leemelt róla egy sűrű folyadékkal teli kristálypalackot, és a fény felé tartva megszemlélte tartalmát.

– Hm. Egy kicsit poros lett.

Sóhajtott egyet, visszatette a palackot a pohárszékre, majd pillantása Harryre tévedt.

– Hohó… – A nagy kerek szem most a fiú homlokára, ott is a villám alakú sebhelyre ugrott. – Hohó!

Dumbledore előrelépett, hogy bemutassa egymásnak az érintetteket.

– A fiatalember Harry Potter. Harry, az úr régi barátom és kollégám, Horatius Lumpsluck.

Lumpsluck ravasz képpel sandított Dumbledore-ra.

– Így próbálsz behálózni, mi? Hiába, Albus, a válaszom: nem.

Azzal eldöcögött Harry mellett, s közben makacsul elfordította a fejét, mintha valamilyen kísértésnek kellene ellenállnia.

– Azért koccinthatnánk – indítványozta Dumbledore –, a régi szép idők emlékére.

Lumpsluck habozott, majd kelletlenül bólintott.

– Nem bánom, igyunk, de csak egyet.

Dumbledore rámosolygott Harryre, és hellyel kínálta egy, a Lumpsluck megszemélyesítette fotelhez némileg hasonló ülőalkalmatosságon. Harry engedelmesen leült. A kijelölt szék a nemrég begyulladt kandalló és egy ragyogó fényű olajlámpa között állt, s Harrynek határozottan az volt az érzése, hogy Dumbledore valamiért őrá akarja irányítani a figyelmet. Mikor a tálalónál ügyködő Lumpsluck ismét a szoba belseje felé fordult, valóban rögtön Harryre esett a pillantása.

– Hmp… – morogta, és úgy lekapta tekintetét a fiúról, mintha szúrná a szemét a látvány. – Tessék…

Lumpsluck odanyújtott egy poharat Dumbledore-nak (aki külön felszólítás nélkül is leült), aztán Harry elé tolta a tálcát, majd helyet foglalt a megújult pamlagon, és mogorva hallgatásba merült. Kurta lába ültében le se ért a földig.

– Nos, hogy vagy mindig, Horatius? – érdeklődött Dumbledore.

– Nem túl jól – vágta rá Lumpsluck. – Gyenge a tüdőm. Sípol. Reumám is van. Nem tudok már úgy mozogni, mint régen. De hiába, ez a korral jár. Megvénülünk, elhasználódunk.

– No, azért elég fürgének kellett lenned, ha sebtében ilyen fogadtatást tudtál előkészíteni számunkra – jegyezte meg Dumbledore. – Három percnél több időd nem lehetett rá.

69

– Két percem volt – felelte félig ingerülten, félig büszkén Lumpsluck. – Nem hallottam a behatolásjelző bűbájt, mert éppen fürödtem. De ez mellékes... – Hangot váltott, és szigorú eltökéltséggel folytatta: – Vedd tudomásul, Albus, hogy öregember vagyok, fáradt öregember, akinek kijár a nyugalom és a szerény kényelem.

Hát az megvan neki, gondolta Harry, és még egyszer körülnézett a szobában. Az túlzsúfolt és levegőtlen volt, de nem hiányoztak belőle a kényelem kellékei: puha székek és lábzsámolyok, italok és könyvek, párnák és édesség dobozszámra. Ha Harry nem tudta volna, ki lakik itt, egy elkényeztetett, gazdag vénasszonyra tippelt volna.

– Még mindig fiatalabb vagy, mint én, Horatius – mutatott rá Dumbledore.

– Te is jobban tennéd, ha nyugdíjba mennél – felelte ridegen Lumpsluck, Dumbledore sérült kezére szegezve köszméteszínű szemét. – Úgy látom, te se hozod már a régi formádat.

– Az egyszer igaz – felelte rendíthetetlen nyugalommal Dumbledore, s talárját hátrarázva megmutatta elszenesedett ujjait. Harrynek beleborsózott a háta a látványba. – Kétségtelenül lassúbb vagyok, mint régen. Ugyanakkor...

Vállat vont és széttárta a karját, mintha azt mondaná, az öregségnek is megvannak az áldásai. Harry ekkor egy gyűrűt pillantott meg az igazgató ép kezén. Sosem látta még ezt az ékszert Dumbledore-on: durván megmunkált, aranysárga gyűrű volt, foglalatában jókora, fekete kővel, ami a közepén ketté volt repedve. Lumpsluck tekintete is megakadt az ékszeren, s Harry úgy látta, mintha az öreg varázsló egy futó pillanatra összeráncolta volna széles homlokát.

– Figyelemre méltó alapossággal védekezel a hívatlan látogatókkal szemben – váltott témát Dumbledore. – A halálfalók érkezésére számítasz, vagy csak tőlem tartottál ennyire?

– Ugyan mit akarnának a halálfalók egy magamfajta hóbortos vénembertől? – kérdezett vissza Lumpsluck.

– Például azt, hogy nem csekély tudásodat emberek megtörésére, kínzására és meggyilkolására használd – felelte Dumbledore. – Valóban azt állítod, hogy téged még nem próbáltak beszervezni?

Lumpsluck sötét pillantást vetett Dumbledore-ra.

– Nem volt rá lehetőségük – dörmögte. – Már egy álló éve bujkálok. Egyik muglilakásból a másikba költözöm, sehol sem maradok egy hétnél tovább. Ennek a háznak a tulajdonosai a Kanári-szigeteken nyaralnak. Nagyon kellemes itt, sajnálom, hogy el kell mennem. A beköltözés meg gyerekjáték, ha tudja az ember a módját: egyszerű fagyasztóbűbájjal hatástalanítom a primitív riasztót, amit a muglik gyanuszkóp helyett használnak, aztán már csak arra kell ügyelnem, hogy a szomszédok ne lássanak meg, amikor a zongorát hozom.

– Zseniális... – mosolygott Dumbledore. – Ugyanakkor meglehetősen kimerítő életmód ez egy nyugalomra vágyó hóbortos vénembernek. Ha visszatérnél a Roxfortba...

– Azt ne mondd, hogy abban a pokolbugyra iskolában nyugalmasabb életem lenne! – vágott a szavába Lumpsluck. – Rejtőzködve élek, az igaz, de azért a fülembe jutott egy s más Dolores Umbridge távozásáról! Ha így bántok mostanában a tanáraitokkal...

– Umbridge professzor összeütközésbe került a kentaurjainkkal – magyarázta Dumbledore. – Te, Horatius, bizonyára nem csörtetnél be a Tiltott Rengetegbe, hogy ott a „mocskos félállatok" megszólítással illess egy ménesre való dühös kentaurt.

– Ezt csinálta? – hüledezett Lumpsluck. – Ostoba nőszemély. Mindig is ellenszenves volt nekem.

Harry kuncogott, mire Dumbledore és Lumpsluck rápillantottak.

– Elnézést – szabadkozott Harry. – Csak tudják... én se kedveltem Umbridge professzort.

Dumbledore hirtelen felállt.

– Már mentek is? – kérdezte reménykedve Lumpsluck.

– Nem, csak használnám a mosdót, ha megengeded – felelte Dumbledore.

– Vagy úgy – Lumpsluck alig titkolta csalódottságát. – Parancsolj. Balra a második ajtó az előtérben.

Dumbledore kiment, s miután becsukódott mögötte az ajtó, csend borult a szobára. Lumpsluck néhány másodperc után felállt, de nemigen tudta, mihez kezdjen magával. Futó pillantást vetett Harryre, majd a kandallóhoz lépett, és a tűznek hátat fordítva melengetni kezdte széles temporát.

– Ne hidd, hogy nem tudom, miért hozott magával – szólalt meg hirtelen.

Harry ránézett a varázslóra, de nem felelt. Lumpsluck viszonozta pillantását, s ezúttal nem csak a villám alakú heget, hanem Harry arcának többi részét is szemügyre vette.

– Hasonlítasz apádra.

– Igen, mások is mondták már.

– De a szemed…

– A szemem az anyámé, tudom. – Harry annyiszor hallotta már ezt, hogy kezdte nagyon unni.

– Hm. Hát igen – folytatta elmélázva Lumpsluck. – Tudom, helytelen, ha egy tanár favorizál egyes diákokat, de bevallom, ő a kedvenceim egyike volt. Mármint az édesanyád, Lily Evans – magyarázta Harry kérdő pillantását látva. – Kevés olyan okos tanítványom volt, mint ő. Eleven volt, vidám. Elragadó kislány. Mindig mondtam neki, hogy az én házamban lenne a helye. És milyen szemtelen válaszokat kaptam erre!

– Melyik volt az ön háza?

– A Mardekár vezető tanára voltam – felelte Lumpsluck. – Hé, hé! – folytatta sietve Harry arckifejezése láttán, s figyelmeztetően felemelte virsliujját. – Ne rój meg érte! Gondolom, te is griffendéles vagy, mint anyád volt. Hát igen, egy család, egy ház. No persze vannak kivételek. Hallottál Sirius

Blackről? Biztosan, hisz az utóbbi néhány évben sokat írtak róla – egyébként pár hete meghalt...

Harry úgy érezte, mintha egy láthatatlan kéz belemarkolt volna a zsigereibe.

– Na mindegy, szóval apáddal nagy barátok voltak az iskolában. A Black családból mindig mindenki mardekáros volt, Sirius valahogy mégis a Griffendélbe került! Nagy kár, mert tehetséges fiú volt. Az öccse, Regulus utána szintén mardekáros lett, de jobban örültem volna mindkettőjüknek.

Lumpsluck úgy mondta ezt, mint a szenvedélyes műgyűjtő, akit felüllicitáltak egy árverésen. Emlékeibe révedve meredt a szemközti falra, s közben önfeledten jobbra-balra ringatózott, hogy egyenletes meleget biztosítson hátsó fele minden részének.

– Anyád, ugyebár, mugli születésű volt. El se akartam hinni, amikor hallottam. Lefogadtam volna, hogy aranyvérű, olyan briliáns tehetsége volt.

– Az egyik legjobb barátom is mugli születésű – vetette közbe hűvösen Harry –, és ő nálunk az évfolyamelső.

– Furcsa, hogy mik vannak, igaz? – csóválta a fejét Lumpsluck.

– Szerintem nem furcsa – felelte Harry.

Lumpsluck meglepődve nézett rá.

– Csak azt ne hidd, hogy előítéleteim vannak! – szabadkozott. – Isten ments! Mondom, édesanyád volt az egyik kedvenc tanítványom! És ott volt Dirk Cresswell egy évfolyammal lejjebb – tudod, a Mágus-Kobold Kapcsolatok Hivatalának vezetője –, ő is mugli születésű, szintén ragyogó elme – mindmáig értékes belső információkat kapok tőle a Gringotts-beli machinációkról.

Lumpsluck önelégült mosollyal hintázott kicsit a talpán, majd az öltözőasztalra zsúfolt ezüst képkeretek felé mutatott. Azok mindegyikében apró alakok mozgolódtak.

73

– Ők mind a tanítványaim voltak. Csupa dedikált fénykép. Láthatod, ott van köztük Barnabas Pellenger, a Reggeli Próféta szerkesztője – mindig kikéri a véleményemet a nap híreiről... és persze Ambrosius Belesh, a Mézesfalás tulajdonosa. Minden évben egy láda édességet kapok tőle a születésnapomra, csak mert annak idején bemutattam Ciceron Harkissnak, akitől az első állását kapta. És az ott hátul – ha nyújtózkodsz egy kicsit, láthatod –, az ott Gwenog Jones, a Holyheadi Hárpiák csapatkapitánya... pertu vagyok az egész csapattal, és ha tiszteletjegyet akarok, csak egy szavamba kerül.

Ez a gondolat szemlátomást boldoggá tette Lumpsluckot.

– Ezek az emberek mind tudják, hogy hol találják meg önt, ha küldeni akarnak valamit? – kérdezte ártatlanul Harry. Nem fért a fejébe, hogyhogy nem bukkantak még rá Lumpsluckra a halálfalók, ha a ládaszám küldött édesség, a kviddicsjegyek és a tanácsait áhító látogatók mind eljutnak hozzá.

Lumpsluck arcáról olyan gyorsan tűnt el az üdvözült mosoly, mint szobája faláról a vér.

– Természetesen nem – felelte Harryre pillantva. – Egy éve mindenkivel megszakítottam a kapcsolatot.

Harrynek az volt a benyomása, hogy Lumpsluckot szinte letaglózták saját szavai: magába roskadt – de aztán vállat vont.

– Akárhogy is... a bölcs varázsló meghúzza magát ilyen vészterhes időkben. Dumbledore mondhat, amit akar – ha én most állást vállalnék a Roxfortban, az olyan volna, mintha nyilvánosan elkötelezném magam a Főnix Rendje mellett! Persze tisztelem-becsülöm a rendtagok bátorságát, de egy kicsit túl magas náluk a halálozási arány...

– Úgy is taníthat a Roxfortban, hogy nem lép be a Rendbe. – Igyekezete ellenére maradt egy árnyalatnyi gúny Harry hangjában; nehéz volt együtt éreznie a bujdosó Lumpsluckkal, tudván, hogy Sirius barlangokban húzta meg

74

magát, és patkányhúson élt. – A legtöbb tanár nem tagja a Rendnek, és még soha egyet sem öltek meg – leszámítva Mógust, de ő megérdemelte, hisz Voldemort szolgája volt.

Harry sejtette, hogy Lumpsluck azok közé tartozik, akik elborzadnak a Voldemort név hallatán. Nem is tévedett: a varázsló megremegett, és tiltakozva felnyögött – de Harry mit sem törődött vele.

– Szerintem, amíg Dumbledore az igazgató – folytatta –, még mindig a Roxfort a legbiztonságosabb hely az országban. Dumbledore az egyetlen ember, akitől Voldemort mindig is tartott, nem?

Lumpsluck egy hosszú pillanatig maga elé meredt; úgy tűnt, latolgatja Harry érveit.

– Hát igen, tény, hogy Ő, Akit Nem Nevezünk Nevén sosem támadt rá Dumbledore-ra – morfondírozott. – Abban is van valami, hogy mivel nem álltam be halálfalónak, Ő, Akit Nem Nevezünk Nevén aligha sorol a hívei közé... ilyenformán tényleg nagyobb biztonságban lennék Albus közelében... nem mondom, megdöbbentett Amelia Bones halála... ha őt, aki a minisztérium védelmét élvezte...

Dumbledore belépett az ajtón, s Lumpsluck úgy összerezzent, mintha időközben elfelejtette volna, hogy az igazgató is a házban van.

– Á, Albus... nocsak – hebegte. – Hosszú ideig voltál távol. Emésztési problémák?

– Nem, csak elmerültem a mugli magazinokban – felelte Dumbledore. – Rajongok a kötésmintákért... De most már ideje indulnunk, Harry. Ne éljünk vissza Horatius vendégszeretetével.

Harry készségesen felpattant a székből. Lumpsluck meghökkent arcot vágott.

– Elmentek?

– El. Ami nem megy, azt kár erőltetni.

– Nem megy...?

75

Lumpsluck egyik lábáról a másikra állt, malmozott az ujjával, és nyugtalanul pislogott előbb a köpenyét gomboló Dumbledore-ra, majd Harryre, aki gyorsan felhúzta dzsekije cipzárját.

– Sajnálom, hogy nem érdekel az állás, Horatius – szólt Dumbledore, és búcsúintésre emelte ép kezét. – A Roxfort örömmel látott volna újra a falai közt. Elég szigorúak mostanában a biztonsági óvintézkedéseink, de téged bármikor szívesen látunk, ha esetleg kedved támad benézni hozzánk.

– Igen... értem... nagyon köszönöm... és talán...

– Akkor hát, ég veled.

– Viszontlátásra – köszönt el Harry.

Már a bejárati ajtónál jártak, amikor felharsant mögöttük a kiáltás:

– Jól van, jól van, elvállalom!

Dumbledore megfordult. Lumpsluck zihálva állt a nappali ajtajában.

– Tehát visszatérsz a nyugállományból?

– Igen, igen – bólogatott türelmetlenül Lumpsluck. – Biztos elment az eszem, de igen.

– Csodás! – Dumbledore szélesen elmosolyodott. – Akkor hát szeptember elsején találkozunk.

– Úgy van, találkozunk – dörmögte Lumpsluck.

Az öreg hangja a kerti ösvényen érte ismét utol őket:

– De vedd tudomásul, Dumbledore, hogy fizetésemelést kérek!

Az igazgató kedélyesen felnevetett. Aztán becsukódott mögöttük a kertkapu, s ők az éj sötétjén s a kavargó ködön át elindultak lefelé a dombról.

– Ügyes voltál, Harry – szólt Dumbledore.

– Nem csináltam semmit – csodálkozott Harry.

– Dehogynem. Rávezetted Horatiust, milyen jól jár, ha visszatér a Roxfortba. Rokonszenves volt neked?

– Hát...

Harry nem tudta eldönteni, mit gondoljon Lumpsluckról. Az öreg a maga módján barátságos volt, ugyanakkor végtelenül hiúnak tűnt, és – hiába bizonygatta az ellenkezőjét – túlságosan csodálkozott azon, hogy egy mugli születésű lányból jó boszorkány válhat.

– Horatius – vette vissza a szót Dumbledore, felmentve Harryt a véleménynyilvánítás kínos kötelessége alól – szereti a kényelmet. Emellett kedveli a híres, sikeres és nagyhatalmú emberek társaságát. Élvezi ugyanis, hogy befolyásolhatja ezeket az embereket. Ő maga sosem áll reflektorfénybe, inkább a kulisszák mögött marad – ott jobban elterpeszkedhet, hogy úgy mondjam. Mikor a Roxfortban dolgozott, kedvenceket választott ki magának a diákok közül – volt, akit a becsvágya, mást az esze vagy a tehetsége, megint mást vonzó egyénisége miatt –, és különös érzéke volt hozzá, hogy azokat tüntesse ki a figyelmével, akik később valóban sokra vitték a maguk területén. Ezeket az embereket Horatius összehozta egyfajta klubba, aminek a középpontjában ő maga állt. Összeismertette a klubtagokat, gyümölcsöző kapcsolatok születésénél bábáskodott, és szolgálataiért mindig megkapta a maga kis jutalmát, lett légyen az egy ingyen adag a kedvenc cukrozott ananászából, vagy lehetőség arra, hogy a saját emberét helyezze a Mágus-Kobold Kapcsolatok Hivatalánál megüresedett állásba.

Harry lelki szemei előtt hirtelen egy hatalmas, dagadt pók jelent meg, amint hálót sző maga körül, és néha itt-ott megránt egy-egy szálat, hogy kicsit közelebb húzza magához a jókora, szaftos legyeket.

– Nem azért mondom el neked mindezt – folytatta Dumbledore –, hogy ellenszenvessé tegyem a szemedben Horatiust – aki nekünk mostantól Lumpsluck professzor –, hanem, hogy tudd, mire számíthatsz. Kétségkívül téged is igyekszik majd megszerezni magának, Harry. Te lennél a gyűjtemény dísze: a Kis Túlélő... vagy ahogy mostanában emlegetnek, a Kiválasztott.

Harry megborzongott, de ezúttal nem a hűvös ködtől. Dumbledore szavai felidéztek benne egy mondatot, amit néhány hete hallott; egy mondatot, ami kivételes és borzalmas jelentőséggel bírt a számára:

Nem élhet az egyik, míg él a másik...

Közben visszaérkeztek a falu templomához, és Dumbledore megállt.

– Itt már jó lesz. Fogd meg a karomat, kérlek!

Harry ezúttal jobban felkészült a hoppanálásra, de az élményt most sem találta kellemesnek. Mikor megszűnt a nyomás, és újra lélegzethez jutott, egy falusi dűlőúton álltak Dumbledore-ral, s nem messze tőlük a sötét ég előtt szabálytalan sziluett rajzolódott ki: Harry második számú kedvenc épületének, az Odúnak a körvonalai. Jeges rettegés ide vagy oda, ettől a látványtól Harrynek nyomban derű költözött a lelkébe. Ron vár itt rá... és Mrs Weasley, akinél nincs jobb szakácsnő a világon...

– Ha nem haragszol, Harry – szólt Dumbledore, miközben besétáltak a kertkapun –, mielőtt elbúcsúzunk, váltanék még veled néhány szót. Négyszemközt. Esetleg ott megfelel?

A kidőlt-bedőlt kis melléképület felé mutatott, ahol Weasleyék a seprűket tartották. Harry némileg értetlenkedve követte őt a nyikorgó ajtón át az átlagos szekrénynél valamivel szűkebb kalyibába. Dumbledore kis lángot varázsolt pálcája hegyére, s a fényben rámosolygott Harryre.

– Bocsáss meg érte, hogy szóvá teszem, de örömmel és némi büszkeséggel tölt el, hogy ilyen erős maradtál a minisztériumban történtek után. Engedd meg, hogy azt mondjam: Sirius büszke lenne rád.

Harry nyelt egyet; nem tudott megszólalni, de egyébként se érezte képesnek rá magát, hogy Siriusról beszélgessen. Mikor Vernon bácsi azt mondta: „Meghalt a keresztapja?", mintha tőrt döftek volna belé, s ugyanúgy fájt neki, mikor Lumpsluck odavetette Sirius nevét.

– Kegyetlenség a sorstól – folytatta csendesen Dumbledore –, hogy olyan kevés időt engedett nektek Siriusszal. Hosszú és boldog kapcsolattól fosztattatok meg.

Harry bólintott, és makacsul a Dumbledore süvegén mászó pókot nézte. Érezte, hogy Dumbledore megérti őt, s talán azt is sejti, hogy levele érkezéséig ő, Harry jóformán mást se csinált Dursleyéknél, csak feküdt az ágyon étlen-szomjan, és a ködlepte ablakot bámulta, lelkében azzal a fagyos ürességgel, ami korábban csak a dementorok jelenlétében töltötte el.

– Olyan nehéz... – szólalt meg szinte suttogva Harry. – Olyan nehéz elhinni, hogy soha többet nem fog írni nekem.

Hirtelen égni kezdett a szeme, és pislognia kellett. Valamiért szégyellte bevallani ezt, de keresztapja egyebek között azért jelentett olyan sokat neki, mert a személyében a Roxforton kívül is volt valaki, aki törődött a sorsával – mint másokéval a szüleik, és ezt az örömöt ezentúl soha nem hozzák el neki a postabaglyok.

– Sirius olyasmit adott neked, amit azelőtt nem ismertél – szólt együttérzően Dumbledore. – Ezért is szörnyű a veszteség...

Harry megrázta magát, és az igazgató szavába vágott:

– De amíg Dursleyéknél voltam, rájöttem, hogy nem zárkózhatok magamba – és nem adhatom fel. Ezt Sirius sem akarná, ugye? Az élet túl rövid... hisz mi történt Madam Bonesszal és Emmeline Vance-szal is... Lehet, hogy én leszek a következő. De ha úgy lesz – folytatta keserű elszántsággal, tekintetét Dumbledore-nak a pálcaláng fényében csillogó kék szemébe fúrva –, akkor annyi halálfalót viszek magammal, ahányat csak tudok! És ha rajtam múlik, magát Voldemortot is!

– Úgy beszélsz, ahogy apád meg anyád fiához és Sirius keresztfiához illik! – Dumbledore elismerően megveregette

79

Harry vállát. – Le a süveggel előtted... de csak így szóban, mert félek, teleszórnálak pókokkal. No, de térjünk át egy rokon témára... Felteszem, olvastad az elmúlt két hétben a Reggeli Prófétát.

– Igen – felelte Harry, s kicsit gyorsabban vert a szíve.

– Akkor tapasztalhattad, hogy kiszivárogtak – helyesebben kiáradtak – bizonyos információk a Jóslatok Termében lezajlott kalandotokról.

– Igen – bólintott Harry. – És most már mindenki tudja, hogy én vagyok a...

– Nem, nem tudják! – vágott a szavába Dumbledore. – A rólad és Voldemort nagyúrról szóló jóslatot teljes egészében csak két ember ismeri, s mindkettő itt áll ebben a dohos pókfészekben. Ugyanakkor valóban sokan jutottak arra a helyes következtetésre, hogy Voldemort egy jóslat megszerzésével bízta meg halálfalóit, s hogy az a jóslat rólad szól. S talán nem alaptalanul feltételezem, hogy senkinek nem mondtad el a jóslat tartalmát.

– Nem, nem mondtam el senkinek – felelte Harry.

– Ezt bölcsen tetted – bólintott Dumbledore. – Mégis úgy gondolom, érdemes volna kivételt tenned barátaiddal, Ronald Weasley úrral és Hermione Granger kisasszonnyal. Igen – folytatta Harry meghökkenését látva –, úgy vélem, nekik meg kell tudniuk. Méltánytalan volna, ha egy ilyen fontos információt nem osztanál meg velük.

– Nem akartam...

– Nem akartad, hogy féltsenek vagy féljenek? – kérdezte Dumbledore, Harry arcát fürkészve félhold-szemüvege fölött. – Vagy talán nem akartad bevallani, hogy te magad félsz? Szükséged van a barátaidra, Harry! Te magad mondtad, és igen bölcsen: Sirius nem akarná, hogy magadba zárkózz.

Harry nem felelt, de Dumbledore bizonyára nem is várt választ tőle, mert folytatta:

– Más téma… Az eddigiektől nem teljesen független okokból azt szeretném, ha az idei tanévben különórára járnál hozzám.

– Külön… önhöz? – dadogta Harry. A meglepetés kizökkentette tépelődő némaságából.

– Igen. Úgy vélem, ideje nagyobb szerepet vállalnom az oktatásodban.

– És mit fog tanítani nekem, uram?

– Ó… hát egy kicsit ebből, egy kicsit abból – felelte könnyedén Dumbledore.

Harry reménykedve várta a folytatást, de a varázsló nem közölt további részleteket, így hát Harry rákérdezett egy másik dologra, ami az eszébe ötlött.

– Ha önnel lesznek különóráim, akkor ugye nem kell Pitonhoz járnom okklumenciára?

– Piton professzor úrhoz, Harry! És nem, nem kell járnod hozzá.

– De jó…! – sóhajtott fel Harry. – Amúgy is csak egy…

Észbe kapva még sikerült elharapnia a mondat végét.

– Azt hiszem, a fiaskó az ideillő szó – mondta bólogatva Dumbledore.

Harry nevetett.

– Ez azt jelenti, hogy ezentúl nem sok dolgom lesz Piton professzorral. A bájitaltant nem folytathatom nála, hacsak nem „kiválót" kapok az RBF-vizsgámra, de arra nincs esély.

– Ne magyarázd előre a bizonyítványt! – intette ünnepélyes hangon Dumbledore. – Apropó, ha jól tudom, valamikor a mai nap folyamán megjön a várva várt bagoly. Nos, még két dologról szeretnék szót ejteni, mielőtt elválunk.

– Először is: arra kérlek, ettől a perctől fogva mindig tartsd magadnál a láthatatlanná tévő köpenyedet. A Roxfortban is. A biztonság kedvéért… Ugye, megérted?

Harry bólintott.

– Másodszor: amíg itt tartózkodsz, a minisztérium a lehető legszigorúbb védelmet biztosítja az Odú számára. Az óvintézkedések bizonyos mértékű kényelmetlenséget jelentenek Arthur és Molly számára – példának okáért kézbesítés előtt átvizsgálják a postájukat a minisztériumban. Ezt ők zokszó nélkül eltűrik, mert nekik is nagyon fontos a biztonságod. Viszont nem volna ildomos, ha ezt úgy hálálnád meg, hogy az itt-tartózkodásod alatt életveszélyes kalandokba keveredsz.

– Hát persze, értem… – sietett a válasszal Harry.

– Jól van. – Dumbledore kitárta a seprűtároló ajtaját, és kilépett a kertbe. – Mintha fényt látnék a konyhában. No gyere, szerezzük meg Mollynak azt az örömöt, hogy elszörnyülködhessen rajta, milyen sovány vagy.

Ötödik fejezet

Mamamaci és Francica

Harry és Dumbledore az Odú hátsó bejáratát vették célba. Ott a régi gumicsizmák és rozsdás üstök szokásos egyvelege fogadta őket, s egy távoli tyúkól felől álmos kotkodácsolást hallottak. Dumbledore hármat koppantott az ajtón, s Harry nyomban mozgást látott a konyhaablak mögött.

– Ki az? – szólt ki egy gyanakvó hang, amelyben Harry Mrs Weasleyére ismert. – Azonosítsa magát!

– Én vagyok az, Dumbledore, és Harryt hozom.

Abban a szempillantásban kitárult az ajtó, és ott állt előttük viseltes zöld pongyolában az alacsony, gömbölyded asszonyság.

– Harry drágám! A szívbajt hozta rám, Albus, hiszen azt mondta, csak holnap érkezik!

– Szerencsénk volt – magyarázta Dumbledore, miközben beterelte Harryt az ajtón. – Lumpsluck a vártnál könnyebben beadta a derekát. Ez persze Harry érdeme. Á, jó estét, Nymphadora!

Harry körülnézett, és látta, hogy Mrs Weasley a késői időpont dacára nincs egyedül a konyhában. Az asztalnál egy sápadt, szürkésbarna hajú, szívforma arcú fiatal boszorkány ült, két keze közt egy jókora bögrével.

– Üdvözlöm, professzor úr! – köszönt a nő. – Szervusz, Harry.

– Helló, Tonks.

Harrynek az volt a benyomása, hogy Tonks kimerült, sőt talán beteg, s a mosolyát is erőltetettnek érezte. Akárhogy is, sokkal jobb „színben" volt, amikor még rágógumi-rózsaszín hajjal járt.

– Én megyek is. – Tonks sietve felállt, és vállára kanyarította köpenyét. – Köszönöm, Molly, a teát és a türelmet.

– Miattam ne menjen el, kérem! – emelte fel a kezét Dumbledore. – Nem időzhetek sokáig, sürgős találkozóm van Rufus Scrimgeourral.

– Nem, nem, amúgy is mennem kell – felelte lesütött szemmel Tonks. – Jó éjt...

– Gyere el a hétvégén, drágám, Remus és Rémszem is itt lesz...

– Nem tudok, Molly... de azért köszönöm. Jó éjt mindenkinek.

Tonks Dumbledore-t és Harryt megkerülve kisietett az ajtón, majd odakint néhány lépés után megpördült a sarkán, és köddé vált. Harry észrevette, hogy Mrs Weasley aggódó pillantást küld utána.

– Viszlát a Roxfortban, Harry! – búcsúzott Dumbledore. – Addig is vigyázz magadra! Alázatos szolgája, Molly.

A varázsló meghajolt az asszony előtt, aztán kilépett a kertbe, és szertefoszlott – pontosan ugyanazon a helyen, mint Tonks. Mrs Weasley becsukta az ajtót, majd a vállánál fogva az asztali lámpa világába vezette Harryt, hogy alaposabban szemügyre vegye.

– Akárcsak Ron... – sóhajtott, miután tetőtől talpig végigmérte a fiút. – Mindketten úgy néztek ki, mintha nyújtóártást szórtak volna rátok. Esküszöm, Ron vagy tíz centit nőtt, mióta legutóbb talárt vettem neki. Nem vagy éhes, kis drágám?

– De igen – felelte Harry, rádöbbenve, hogy tényleg mardossa az éhség.

– Jól van, tedd csak le magad. Mindjárt összeütök valamit.

Harry leült, s szinte azon nyomban felugrott a térdére egy lapos pofájú, bozontos, vörös macska. Az állat barátságosan dorombolni kezdett, és bevackolta magát az ölébe.

– Szóval Hermione is itt van? – kérdezte örvendezve Harry, és megvakarta Csámpás füle tövét.

– Igen, tegnapelőtt érkezett. – Mrs Weasley varázspálcájával megkopogtatott egy jókora vasfazekat. Az rászállt a tűzhelyre, és nyomban rotyogni kezdett. – Most persze mindenki alszik, hiszen csak holnapra vártunk téged. Tessék, készen is van...

Újra rákoppintott a fazékra, ami erre felemelkedett, Harry felé repült, és megdőlt. Mrs Weasley alácsúsztatott egy jókora mélytányért, s ügyesen felfogta a sűrű, gőzölgő hagymaleves-sugarat.

– Kenyeret kérsz hozzá, drágám?

– Kérek szépen, Mrs Weasley.

Az asszony meglengette pálcáját a válla fölött; egy vekni kenyér és egy kés röppent kecsesen az asztalra. Miközben a kés felszelte a kenyeret, a leveses fazék pedig visszaszállt a tűzhelyre, Mrs Weasley helyet foglalt Harryvel szemben.

– Szóval sikerült rábeszélned Horatius Lumpsluckot, hogy vállalja el az állást?

Harry csak bólintott, mert tele volt a szája forró levessel.

– Arthurt és engem is tanított – mesélte Mrs Weasley. – Évtizedekig dolgozott a Roxfortban... Ha jól tudom, nagyjából egy időben került oda Dumbledore-ral. Na és rokonszenvesnek találtad?

Harry szája most épp kenyérrel volt tele. Vállat vont, és diplomatikusan határozatlan fejmozdulatot tett.

– Hát igen... – folytatta bölcsen bólogatva Mrs Weasley. – Elbűvölő tud lenni, ha akar, de Arthur sose kedvelte őt. A minisztérium tele van Lumpsluck régi kedvenceivel. Mindig is jól tudott protekciót szerezni, de Arthurra például sose volt ideje – neki nem jósolt túl nagy jövőt. Ebből is látszik, hogy ő

85

sem tévedhetetlen. Nem tudom, Ron említette-e a leveleiben...
bár nem olyan régen történt... szóval Arthurt előléptették!
Mrs Weasley szemlátomást alig várta, hogy alkalma legyen
ezt elújságolni. Harry lenyelt egy nagy korty igen forró levest, szinte érezte, hogy hólyagok nőnek a torkán.

– Ez csodálatos! – lehelte könnybe lábadt szemmel.

– Kedves vagy – mosolygott Mrs Weasley, nyilván abban a
hitben, hogy Harry az örömhírtől érzékenyült így el. – Hát
igen... Rufus Scrimgeour a helyzetre való tekintettel átszervezést hajtott végre a minisztériumban, és Arthurt nevezte ki
az újonnan felállított Hamis Védővarázsok és Önvédelmi
Eszközök Felkutatása és Elkobzása Ügyosztály élére. Ez nagyon fontos beosztás, tíz ember dolgozik Arthur alatt!

– Pontosan mi a...

– Hát, tudod, most, hogy kitört a pánik Tudodki miatt, egy
csomó furcsaság jelent meg a piacon – olyan dolgok, amik állítólag megvédenek Tudodkitől és a halálfalóktól. Persze képzelheted, miféle holmik ezek. Úgynevezett védőitalok, amikben nincs semmi más, csak egy kis bubógumógenny, azután
defenzív rontások, amiktől leesik az ember füle. Persze a
szélhámosok többsége olyan Mundungus Fletcher-féle pitiáner alak: naplopók, akik hírből sem ismerik a tisztességes
munkát, és most hasznot húznak az emberek félelméből. Viszont néha felbukkannak tényleg csúnya dolgok is. Arthur a
minap elkobzott egy láda megátkozott gyanuszkópot, amelyek szinte bizonyosan egy halálfalótól származnak. Egy szó,
mint száz, Arthur most nagyon fontos munkát végez – mondom is neki, hogy butaság azon lamentálnia, mennyire hiányoznak neki a gyújtógyertyák, a kenyérpirítók meg a többi
mugli kacat.

Monológja végén Mrs Weasley olyan rosszalló arccal nézett Harryre, mintha a fiú hangoztatta volna, hogy gyújtógyertyák nélkül nem élet az élet.

– Mr Weasley most is dolgozik? – érdeklődött Harry.

– Igen. Igazából már itthon kellene lennie, éjfélre ígérte magát.

Az asszony ránézett egy jókora órára, ami az asztal végén terpeszkedő ruháskosár tetején hevert. Harry nyomban felismerte a szerkezetet kilenc mutatójáról, amelyeken a Weasley család egy-egy tagjának a neve állt. Az óra régen mindig a nappali falán lógott, jelenlegi helyzete azonban azt sejtette, hogy Mrs Weasley újabban mindenhova magával viszi. Most mind a kilenc mutató a „halálos veszély" felirat fölött állt.

– Már jó ideje mindig ezt mutatja – magyarázta könnyednek szánt hangon Mrs Weasley. – Mióta Tudodki nyíltan hadat üzent. Most mindenki halálos veszélyben van... biztos, nem csak a mi családunk... de nem ismerek senki mást, akinek ilyen órája van, úgyhogy nem tudom ellenőrizni. Ó!

Mrs Weasley hirtelen az órára mutatott. A Mr Weasleyhez tartozó mutató immár az „úton" felirat fölött állt.

– Jön már!

És valóban, egy másodperccel később valaki bekopogott a hátsó ajtón. Az asszony felpattant, és odasietett; megfogta az ajtógombot, s arcát a fának szorítva halkan kiszólt:

– Te vagy az, Arthur?

– Igen – hallatszott Mr Weasley fáradt hangja. – De ha halálfaló lennék, akkor is ezt mondanám. Tedd fel a kérdést!

– Ugyan már...

– Molly!

– Jól van, jól van... Mi a leghőbb vágyad?

– Megtudni, mitől repül a repülőgép.

Mrs Weasley bólintott. Elfordította a kilincsgombot, de azt Mr Weasley nyilván erősen tartotta a túloldalról, mert az ajtó nem nyílt ki.

– Molly! Előbb nekem is fel kell tennem a kérdést!

– Jaj, Arthur, ez már tényleg nevetséges...

– Milyen néven szoktalak szólítani, amikor kettesben vagyunk?

Harry a konyhai lámpás halvány fényénél is látta, hogy Mrs Weasley arca lángvörösre gyullad; ő maga is hirtelen forrónak érezte a fülét és a tarkóját. Szaporán kanalazni kezdte hát a levest, s közben olyan hangosan csörömpölt a kanállal, amilyen hangosan csak tudott.

– Mamamaci – suttogta bele az elsüllyedni készülő Mrs Weasley az ajtó résébe.

– Úgy van – felelte Mr Weasley. – Most már beengedhetsz.

Az asszony kitárta az ajtót férje előtt. Mr Weasley sovány, kopaszodó, vörös hajú varázsló volt; szarukeretes szemüveget és hosszú, porlepte úti köpenyt viselt.

– Nem fér a fejembe, miért kell ezt minden egyes alkalommal eljátszanunk – sopánkodott a még mindig pironkodó Mrs Weasley, miközben lesegítette a köpenyt férjéről. – Ha egy halálfaló a te alakodat akarná ölteni, előtte kényszeríthetne, hogy eláruld a helyes választ.

– Szent igaz, drágám, de ez a minisztérium által javasolt eljárás, és nekünk példát kell mutatnunk. Isteni illatot érzek – csak nem hagymaleves?

Mr Weasley reménykedve az asztal felé fordult.

– Nahát! Harry! Azt hittük, csak holnap érkezel!

Kezet ráztak, és Mr Weasley lehuppant a Harry melletti székre. A felesége eléje is lerakott egy jókora tányér levest.

– Köszönöm, Molly. Szent szénkefe, de nehéz éjszakánk volt! Valami féleszű elkezdett metamorf-medálokat árulni. „Akaszd a nyakadba, és változtasd meg tetszés szerint a külsőd! Százezer álca mindössze tíz galleonért!"

– És valójában mi történik, ha felveszi az ember?

– A többségnek csak undok narancssárga lett a bőre, de voltak, akiknek az egész testén polipkarszerű szemölcsök nőttek. Mintha nem lenne amúgy is elég nagy a forgalom a Szent Mungóban!

– Fred és George szoktak ilyen tréfákat kitalálni – jegyezte meg habozva Mrs Weasley. – Biztos, hogy nem...?

– Persze, hogy biztos! – legyintett Mr Weasley. – Ilyen nehéz időkben, amikor mindenki védelmet keres, nem viccelnek ilyesmivel a fiúk.

– Szóval a metamorf-medálok miatt jöttél ilyen későn?

– Nem, egy csúnya visszaható rontást jelentettek Elephant and Castle-ből, de szerencsére a Varázsbűn-üldözési Kommandó már intézkedett, mire kiértünk.

Harry szája elé emelte a kezét, és elfojtott egy ásítást.

– Ágyba! – parancsolt rá rögtön az ilyen ügyekben megtéveszthetetlen Mrs Weasley. – Előkészítettem neked Fred és George szobáját. Most csak a tiéd.

– Miért, ők hol vannak?

– Ó, ők az Abszol úton, a varázsvicc-boltjuk fölötti kis lakásban alszanak, mert nagyon sokat kell dolgozniuk – mesélte Mrs Weasley. – Bevallom, eleinte rossz szemmel néztem a ténykedésüket, de el kell ismerni, van üzleti érzékük. Na, gyere, kis drágám, a ládád már odafent van.

– Jó éjszakát, Mr Weasley – búcsúzott Harry, és felállt. Csámpás könnyedén leugrott az öléből, és elsompolygott.

– Jó éjt, Harry – köszönt el Mr Weasley.

Mielőtt kiléptek a konyhából, Harry látta, hogy Mrs Weasley még egyszer a ruháskosárban heverő óra felé pillant. Megint a „halálos veszély" feliraton állt az összes mutató.

Fred és George hálószobája a második emeleten volt. Mrs Weasley rábökött pálcájával az éjjeliszekrényen álló lámpára, mire az nyomban meggyulladt, és hangulatos, aranysárga fénnyel árasztotta el a szobát. Bár az apró ablak előtt álló asztalra valaki egy nagy váza virágot állított, illatuk nem tudta elnyomni a helyiséget belengő szagot, amiben Harry puskapor bűzét vélte felismerni. A szoba egy jelentős részét felirat nélküli, lezárt kartondobozok foglalták el, azok között állt Harry iskolai ládája. A helyiség egészében úgy festett, mintha ideiglenes raktárként használnák.

Hedvig örvendezve ráhuhogott Harryre egy nagy ruhásszekrény tetejéről, aztán kirepült az ablakon – meg akarta várni gazdáját, mielőtt vadászni indul.

Harry jó éjszakát kívánt Mrs Weasleynek, majd gyorsan pizsamát húzott, és befeküdt az egyik ágyba. A párna egy pontján azonban furcsa keménységet érzett. Benyúlt a huzat alá, és némi tapogatózás után kihalászott egy ragacsos, piros-narancsszín valamit. Egy Rókázó Rágcsa volt az. Harry elmosolyodott, az oldalára fordult, és egy szempillantás alatt elnyomta az álom.

Másodpercekkel később – ő legalábbis úgy érezte – ágyúlövésszerű zajra riadt fel: kicsapódott a szoba ajtaja. Miközben felült az ágyban, megzördültek a függönykarikák a karnison, s vakító napfény árasztotta el a szobát. Harry egyik kezét az arca elé kapta, a másikkal tapogatózni kezdett a szemüvege után.

– Mi történt!?

– Nem tudtuk, hogy már megjöttél! – harsogta egy izgatott hang, s Harry jókora ütést érzett a feje búbján.

– Ne verd már, Ron! – Ezt egy lányhang mondta szemrehányóan.

Harry végre megtalálta és felvette a szemüvegét, de a ragyogó fényben még így se látott semmit. Egy magas árnyék bontakozott ki előtte, ő pislogott, s mikor sikerült ráfókuszálnia, a vigyorgó Ron Weasleyt ismerte fel.

– Jól vagy?

– Csodásan – felelte Harry, s a feje búbját dörzsölve visszahanyatlott az ágyra. – És te?

– Egész jól. – Ron közelebb húzta az egyik kartondobozt, és ráült. – Mikor érkeztél? Anya csak most szólt nekünk!

– Éjjel egy körül.

– Milyen volt a muglikkal? Rendesen bántak veled?

– Semmi különös – felelte Harry. Közben Hermione lehuppant az ágya szélére. – Alig szóltak hozzám, de jobb is volt így. Te hogy vagy, Hermione?

– Ó, én nagyon jól – felelte a lány, s fürkésző tekintettel bámulta Harryt.

Harry sejtette, mit vár tőle Hermione, de mivel pillanatnyilag nem volt kedve se Sirius haláláról, se más fájdalmas témáról beszélni, inkább megkérdezte:

– Hány óra van? Lemaradtam a reggeliről?

– Ne izgulj, anya mindjárt hoz fel neked kaját. – Ron fintorogva az égre emelte tekintetét. – Mert hogy szerinte alultáplált vagy... Na, de mesélj már, mi volt?

– Semmi nem volt, a nagynénéméknél dekkoltam.

– Nem arról beszélek! – legyintett Ron. – Mit csináltatok Dumbledore-ral?

– Semmi izgalmasat. Egy Horatius Lumpsluck nevű régi tanárt kellett rábírnom, hogy jöjjön vissza a Roxfortba.

– Ja...? – motyogta csalódottan Ron. – Azt hittük, hogy...

Hermione figyelmeztető pillantására azonban gyorsan irányt váltott:

– ...mármint persze, gondoltuk, hogy valami ilyesmi volt.

– Gondoltátok? – mosolygott Harry.

– Aha... Mivel Umbridge lelépett, megint nincs SVK-tanárunk. Na és... milyen az ürge?

– Olyan, mint egy rozmár, és régen a Mardekár házvezetője volt – sommázta Harry. – Valami baj van, Hermione?

A lány mindeddig úgy bámult rá, mintha furcsa tüneteket keresne rajta – de most gyorsan összeszedte magát, és könnyed mosolyt erőltetett az arcára.

– Nem, dehogy, nincs semmi baj! És az a... az a Lumpsluck szerinted jó tanár?

Harry vállat vont.

– Nem t'om. Umbridge-nál nem lehet rosszabb.

– Én tudok olyat, aki rosszabb, mint Umbridge! – csendült egy dühös hang az ajtóban. Ron húga csoszogott be a szobába. – Szia, Harry!

– Neked meg mi bajod? – kérdezte Ron.

– Ő a bajom! – sopánkodott Ginny, és lezuttyant Harry ágyára. – Megőrülök tőle!

– Mit művelt már megint? – érdeklődött együtt érzőn Hermione.

– Semmit, csak úgy beszél velem, mint egy háromévessel!

– Néha én is falra mászok attól a némbertől – Hermione halkabbra fogta hangját. – Iszonyúan el van telve magától.

Harryt megdöbbentette, hogy Hermione így beszél Mrs Weasleyről, és cseppet sem csodálkozott Ron felfortyanásán:

– Nem tudnátok egy fél percre leszállni róla!?

– Persze, védjed csak! – vágott vissza Ginny. – Tudjuk, hogy be vagy indulva rá!

Harry ezt is meglehetősen furcsa megjegyzésnek érezte, és kezdte gyanítani, hogy félreért valamit.

– Kiről besz…

Mielőtt végigmondhatta volna a kérdést, megkapta rá a választ. Az ajtó ismét kitárult; Harry önkéntelenül magára rántotta a takarót, de olyan heves mozdulattal, hogy Hermione és Ginny lecsúsztak az ágy széléről, és a padlóra huppantak.

Az ajtóban egy gyönyörű fiatal nő állt – olyan szép, hogy feltűnése egy pillanatra mintha légüres térré változtatta volna a szobát. Magas volt, karcsú, és hosszú szőke haja derengő, ezüstös fényt árasztott. Álomszerű tökéletességét csak még teljesebbé tette, hogy finomságokkal megrakott tálcát tartott a kezében.

– 'Arry! – szólt elérzékenyülten a szépség. – Olyan rhégen nem látalak!

Mikor a lány elindult Harry felé, felbukkant mögötte a bosszús arcú Mrs Weasley.

– Magam is fel tudtam volna hozni azt a tálcát! – zsörtölődött az asszony.

– Nem volt fárhadság – felelte könnyedén Fleur Delacour, azzal letette a tálcát Harry térdére, majd lehajolt, hogy megpuszilja a fiút. Harry égő bizsergést érzett azon a két ponton, ahol a lány szája az arcához ért. – Annyirha várhtam márh, 'ogy viszonlásalak! Emlékszel Gabrielle húgomrha? Folyton sak 'Arry Poterrhől beszél! Ő is boldog lesz, 'ogy találkozhat veled.

– Miért... ő is itt van? – motyogta Harry.

– De'ogy is van itt, buta fiú! – Fleur csilingelve felkacagott. – Úgy érhtem, jövő nyárhon, amikorh... vagy te nem is tudod? – Kék szeme elkerekedett, és szemrehányóan pillantott Mrs Weasleyre, aki ingerülten rávágta:

– Még nem volt időnk elmondani neki.

Fleur ismét Harry felé fordult, de olyan lendülettel, hogy uszályként meglibbenő haja arcul csapta Mrs Weasleyt.

– Billél össze'ázasodunk!

– Oh – nyögte bambán Harry. Észrevette, hogy Mrs Weasley, Hermione és Ginny kerülik egymás tekintetét. – Nahát... öh... gratulálok!

Fleur megint lecsapott Harryre, és puszikkal halmozta el.

– Billnek mostanába' nagyon sok dolga van, én pedig sak félálásba' dolgozom a Grhingottsnál, ezérh' párh napja elhozot ide, 'ogy jobban megismerhkedjem a saládjával. Annyirha örhültem, mikorh 'alotam, 'ogy te is eljössz – it nem sok minden' le'et sinálni, sak főzés van meg sirkék! Jól van, egyél, 'Arry, jó étvágyat kívánok!

Azzal Fleur kecsesen sarkon fordult, kilibbent a szobából, és óvatosan becsukta maga mögött az ajtót.

– Tcha! – szaladt ki Mrs Weasley száján.

– Anya utálja – jegyezte meg halkan Ginny.

– Nem utálom! – suttogta ingerülten Mrs Weasley. – Csak annyit mondtam, hogy szerintem elhamarkodták ezt az eljegyzést!

– Már egy éve ismerik egymást – dörmögte Ron, aki furcsán kótyagosnak tűnt, és valamiért a csukott ajtót bámulta.

– Egy év nem olyan sok idő! Persze tudom én, miért ez a nagy sietség! Tudjukki visszatért, az emberek attól félnek, hogy a holnapi napot se érik meg, ezért mindenféle átgondolatlan döntést hoznak. Emlékszem, másfél évtizede is, amikor Tudjukki hatalmon volt, tucatjával szökdöstek a párocskák...

– Igen, köztük te meg apa – kajánkodott Ginny.

– Az más tészta – intette le az anyja. – Minket az Isten is egymásnak teremtett, mire vártunk volna? Viszont Bill és Fleur... hát, nem tudom... Mi a közös bennük? Bill szorgalmas, gyakorlatias fiú, Fleur viszont...

– Buta tyúk – bólintott rá Ginny. – De azért Bill se éppen földhözragadt. Végül is átoktörő, szereti a kalandot, a hírnevet. Szerintem azért is bukott rá Francicára.

Harry és Hermione elnevették magukat.

– Ne nevezd őt így, Ginny! – ripakodott rá a lányára Mrs Weasley. – Na, jól van, megyek a dolgomra... Edd meg a rántottádat, Harry, mert teljesen kihűl!

Az asszony gondterhelt arccal kifordult a szobából. Ron még mindig nem tért egészen magához; úgy rázogatta a fejét, mint a kutya, ha víz megy a fülébe.

– Nem lehet hozzászokni Fleurhöz, ha egy házban laksz vele? – kérdezte együttérzően Harry.

– De, persze... – felelte Ron. – Csak amikor így váratlanul ráront az emberre...

– Szánalmas vagy! – ripakodott rá Hermione, azzal látványosan bevonult a sarokba, és ott karba tett kézzel megállt.

– De azért nem akarod, hogy családtag legyen, ugye? – kérdezte borzadva Ginny. Mivel Ron csak vállat vont, így folytatta: – Mindegy, anya úgyis észhez téríti Billt.

– Hogy téríti észhez? – kérdezte Harry.

– Állandóan hívogatja Tonksot, hogy jöjjön el hozzánk vacsorára. Azt akarja elérni, hogy Bill beleszeressen, és inkább őt válassza. Remélem, összejön a dolog. Én is szívesebben látnám Tonksot a családban.

– Persze, biztos összejön – gúnyolódott Ron. – Nem találsz olyan idiótát, aki Tonksot választaná, ha Fleurt is megkaphatja. Jó, persze, Tonks se ronda, ha épp nem csinál fura dolgokat a hajával meg az orrával, de...

– Sokkal normálisabban néz ki, mint Francica! – méltatlankodott Ginny.

– És sokkal okosabb is, hiszen auror! – tódította Hermione a sarokból.

– Fleur nem buta lány – jegyezte meg Harry. – Bizonyította a Trimágus Tusán.

– Ne kezdd még te is! – fortyant fel Hermione.

– Ennyire bejön neked, ahogy azt mondja: „'Arry"? – kérdezte csípősen Ginny.

– Nem. – Harry most már bánta, hogy beleszólt a vitába. – Csak azt mondtam, hogy Franci... mármint Fleur...

– Én akkor is jobban örülnék Tonksnak – jelentette ki Ginny. – Rajta legalább lehet nevetni.

– Azt nem mondanám – vetette ellen Ron. – Az utóbbi időben kábé olyan vidám látványt nyújt, mint Hisztis Myrtle.

– Ezzel ne gyere, Ron! – pirított rá Hermione. – Nem könnyű feldolgoznia, ami történt... végül is... végül is az unokabátyja volt.

Harry összerezzent. Hát mégis sikerült Siriusnál kilyukadniuk. Felkapta a villáját, és tömni kezdte magába a rántottát, remélve, hogy így kimaradhat a beszélgetésnek ebből a részéből.

– Tonks és Sirius alig ismerték egymást – vitatkozott Ron. – Sirius a fél életét az Azkabanban töltötte, és előtte nem is találkoztak a családjaik...

– Nem az a lényeg – rázta a fejét Hermione. – Tonks úgy érzi, ő a felelős Sirius haláláért!

– Ezt meg honnan veszi? – bukott ki a kérdés Harryből.

– Előtte ő harcolt Bellatrix Lestrange ellen. Szerintem úgy gondolja, hogy ha végzett volna a nővel, az nem ölhette volna meg Siriust.

– Ez hülyeség! – jelentette ki sommásan Ron.

– Nem, ez a túlélők bűntudata – helyesbített Hermione. – Lupin is próbált a lelkére beszélni, de hiába, nagyon maga alatt van. Azóta még a metamorfálás se megy neki.

– Mi nem megy neki?

– Nem tudja változtatni a külsejét – magyarázta Hermione. – Gondolom, a sokktól vagy valamitől meggyengült a varázsereje.

– Nem is tudtam, hogy ilyen is történhet – jegyezte meg Harry.

– Én se – csóválta a fejét Hermione. – De gondolom, ha az ember nagyon le van törve...

Kinyílt az ajtó, és Mrs Weasley dugta be rajta a fejét.

– Ginny – suttogta –, gyere le, segíts a főzésben!

– Beszélgetünk, ha nem látnád! – méltatlankodott Ginny.

– Gyere le! – ismételte Mrs Weasley, és választ se várva visszahúzta a fejét.

– Csak azért kellek, hogy ne maradjon kettesben Francicával! – mérgelődött Ginny. Fleurt utánozva körbelendítette hosszú vörös haját, és széttárt karokkal, balerina módjára pipiskedve áttipegett a szobán.

– Azért gyertek majd le ti is! – szólt vissza az ajtóból, aztán kiment.

Harry kihasználta a beszélgetésben beállt szünetet, és folytatta a reggelizést. Hermione Fred és George dobozait vizsgálgatta, s időnként a szeme sarkából Harryre pillantott. Ron merengve majszolta Harry pirítósát, s továbbra is az ajtót fixírozta.

– Ez meg mi? – kérdezte hirtelen Hermione, és felmutatott egy kisméretű távcsőnek tűnő tárgyat.

– Nem t'om – felelte Ron –, de ha Fredék itt hagyták, akkor biztos teszteletlen áru, úgyhogy vigyázz vele.

– Édesanyád szerint egész jól megy a varázsvicc-bolt – szólt Harry. – Azt mondta, a bátyáidnak van üzleti érzékük.

– Az nem kifejezés – vigyorgott Ron. – Úsznak a galleonokban! Alig várom, hogy lássam a boltjukat! Még nem voltunk az Abszol úton, mert anya „biztonsági okokból" csak apával együtt hajlandó elmenni, apa meg eddig nem ért rá, de állítólag szuper a bolt!

– És mi hír Percyről? – A harmadik legnagyobb Weasley fiú korábban csúnyán összekülönbözött a családdal. – Szóba áll már a szüleiddel?

– Nem – felelte Ron.

– De hát el kell ismernie, hogy édesapádnak volt igaza, hiszen Voldemort visszatért...

– Dumbledore szerint – szólt közbe Hermione – az emberek könnyebben bocsátanak meg annak, aki téved, mint annak, akinek igaza van. Hallottam, amikor ezt mondta édesanyádnak.

– Igazi Dumbledore-féle pihent agyú szöveg – dörmögte Ron.

– Az idén különórára fogok járni hozzá – jegyezte meg csak úgy mellékesen Harry.

Ronnak a torkán akadt a pirítós, Hermione pedig felsikoltott.

– És ezt csak most mondod!? – hüledezett Ron.

– Most jutott eszembe – felelte őszintén Harry. – Tegnap éjjel mondta a seprűs kamrában.

– Azanyja...! Különórák Dumbledore-ral... – suttogta lenyűgözve Ron. – Nem mondta, hogy miért...?

Nem fejezte be a kérdést, helyette lopva összepillantott Hermionéval. Harry letette a kést és a villát – kissé túl gyorsan vert a szíve ahhoz képest, hogy nem csinált mást, csak ült az ágyban. Dumbledore azt mondta, mondja el nekik... akár most rögtön túleshet rajta... Szemét a reggeli napfényben csillogó villára szegezve így szólt:

– Nem tudom, miért akar órákat adni nekem, de valószínű, hogy a jóslat miatt.

Se Hermione, se Ron nem válaszolt. Harry, bár nem nézett rájuk, sejtette, hogy dermedten merednek rá. A folytatást még mindig a villájának mondta:

– Arról a jóslatról beszélek, amit megpróbáltak ellopni a minisztériumból.

– Csak hát azt senki nem hallotta – sietett leszögezni Hermione. – És már összetört.

– Bár a Próféta szerint... – kezdte Ron, de Hermione lepisszegte.

– A Próféta jól sejti. – Harry erőt vett magán, és végre ránézett barátaira. Hermione rémültnek tűnt, Ron álmélkodott. – A jóslatot más formában is megőrizték, nemcsak az üveggömbben. Én Dumbledore dolgozószobájában hallgattam meg. Neki mondták el annak idején, így ő továbbadhatta nekem. Az derült ki belőle... – Harry nagy levegőt vett. – Szóval úgy tűnik, én leszek az, akinek végeznie kell Voldemorttal... A jóslat legalábbis azt mondja: nem élhet egyikünk, amíg a másik él.

A három jó barát egy hosszú pillanatig némán meredt egymásra. Aztán durranás hallatszott, és Hermione eltűnt egy fekete füstfelhő mögött.

– Hermione! – ordított fel kórusban Harry és Ron, s a reggelis tálca csörömpölve landolt a padlón.

Hermione köhögve kibontakozott a füstből. Ott volt a kezében a teleszkóp, és a fél szeme körül mintaszerű monokli díszelgett.

– Megszorítottam, erre... belém bokszolt! – nyögte lélegzet után kapkodva a lány.

Valóban, a távcsőből egy rugó állt ki, s azon egy apró ököl fityegett.

– Rá se ránts! – szólt a visszafojtott nevetéstől elcsukló hangon Ron. – Anya egy perc alatt rendbe hoz. Profi a kisebb sérülések gyógyításában...

– Kit érdekel ez most! – Hermione gyorsan visszaült az ágy szélére. – Harry... jaj, Harry... Miután visszajöttünk a minisztériumból, sokat gondolkodtunk... persze nem akartuk elmondani neked, de abból, amit Lucius Malfoy a jóslatról mondott – hogy rólad meg Voldemortról szól... szóval gyanítottuk, hogy valami ilyesmi lehet... Jaj, Harry... – Hermione sajnálkozva nézett a fiúra, és suttogva megkérdezte: – Nagyon félsz?

– Már nem – felelte Harry. – Amikor meghallgattam a jóslatot, eléggé féltem... De most már valahogy úgy érzem, hogy mindig is tudtam... Mindig is tudtam, hogy egyszer meg kell küzdenem vele...

– Mikor hallottuk, hogy Dumbledore maga megy el érted, azt hittük, mondani vagy mutatni akar valamit a jóslattal kapcsolatban – magyarázta felélénkülve Ron. – És végül is jól gondoltuk, nem? Nem vacakolna vele, hogy különórákat adjon, ha úgy gondolná, hogy neked kampec – szóval biztos van esélyed!

– Ez igaz – helyeselt Hermione. – Kíváncsi vagyok, mit akar tanítani neked. Talán a defenzív mágia magasiskoláját... iszonyúan erős ellenátkokat... rontásrombolókat...

Harry alig figyelt a lányra. Olyan melegség áradt szét benne, aminek semmi köze nem volt a besütő naphoz, és a mellkasában érzett görcsös gombóc oldódni kezdett. Tisztában volt vele, hogy Ron és Hermione sokkal jobban megrémültek, mint mutatják, de a puszta tény, hogy ott maradtak vele és bátorítják, vigasztalják, ahelyett hogy borzadva elhúzódnának tőle, mint a leprástól – nos, ez olyan sokat jelentett neki, hogy szavakba se tudta önteni.

– ...meg hát mindenféle elterelő bűbájt – fejezte be a találgatást Hermione. – Te legalább egy órádról tudsz, amire biztosan járni fogsz az idén. Az pont eggyel több, mint amennyiről én meg Ron tudunk... Igazán megjöhetnének már az RBF-eredményeink.

– Biztos hamar megjönnek – vélekedett Ron. – Már eltelt egy hónap.

– Várjatok! – szólt Harry. Az éjjeli beszélgetés egy újabb részlete derengett fel benne. – Mintha Dumbledore azt mondta volna, hogy ma jönnek meg az RBF-eredményeink!

– Ma!? – kiáltott fel Hermione. – Ma? De hát miért nem... Jaj Istenem! Miért nem szóltál?

Azzal felugrott, mintha megcsípték volna.

– Megyek, megnézem, jött-e bagoly...

Mikor Harry tíz perccel később felöltözve, kezében a reggelis tálcával leért a földszintre, Hermionét meglehetősen zaklatott állapotban, a konyhaasztalnál ülve találta, Mrs Weasley pedig ott állt fölötte, és szemlátomást azon fáradozott, hogy eltüntesse a lány szeme körül a pandamackós monoklit.

– Meg sem mozdul – sopánkodott az asszony. Egyik kezében a pálcáját tartotta, a másikban a Gyógyítás a gyakorlatban című könyv egy példányát, ami a Horzsolások és zúzódások című fejezetnél volt felütve. – Nem értem, ez mindig használni szokott.

– Jellemző Fred és George sajátos humorára, hogy eltüntethetetlenre csinálták – jegyezte meg Ginny.

– De hát muszáj eltüntetni! – rémüldözött Hermione. – Nem járkálhatok ilyen arccal!

– Nem is fogsz, drágám! – sietett megnyugtatni Mrs Weasley. – Megtaláljuk az ellenszerét, ne félj!

– Bill mesélte, 'ogy Frhed és Zsorzs nágyon vices fiúk – szólt mosolyogva Fleur.

– Hogy halálra ne kacagjam magam! – vágta rá bosszúsan Hermione. Felugrott a székről, és kezét tördelve járkálni kezdett a konyhában. – Mrs Weasley, egészen biztos, hogy nem jött reggel bagoly?

– Persze, drágám, hiszen észrevettem volna – felelte türelmesen az asszony. – De hát még kilenc óra sincs. Hosszú még a nap...

– Tudom, hogy elszúrtam a rúnaismeretet – motyogta zaklatottan Hermione. – Legalább egy súlyos félrefordítást csináltam. És sötét varázslatok kivédéséből is gyatra voltam a gyakorlatin. Az átváltoztatástanról azt hittem, hogy egész jól sikerült, de így utólag már...

– Fogd be a szád, Hermione! – förmedt rá Ron. – Nem csak te izgulsz! Aztán majd megjön a tíz „kiváló" RBF-ed...

– Dehogyis, dehogyis! – Hermione hisztérikusan rázta a kezét. – Tudom, hogy mindenből megbuktam!

– Tényleg, mi van, ha mindenből megbukik az ember? – kérdezte Harry. Az összes jelenlevőnek tette fel a kérdést, de természetesen Hermione válaszolt rá.

– Akkor a házvezetőnkkel kell megbeszélnünk a továbbiakat. Év végén megkérdeztem McGalagonytól.

Harrynek forogni kezdett a gyomra. Most már bánta, hogy úgy bereggelizett.

– Á Beauxbatonsban mi más'ogy sináltuk ezeket – jegyezte meg kissé fennhéjázva Fleur. – Szerhintem jobban. A 'atodik év után voltak a vizsgák, nem az ötödik után, és...

Egy rémült sikoly beléfojtotta a szót. Hermione a konyhaablaknál állt, és kifelé mutatott. A távolban három, egyre növekvő fekete pötty látszott az égen.

– Ezek baglyok – állapította meg rekedten Ron, s már ugrott is, hogy csatlakozzon Hermionéhoz az ablaknál.

– És hárman vannak – tette hozzá Harry. Ő is odaállt barátai mellé.

– Fejenként egy – suttogta holtra váltan Hermione. – Jaj istenem... jaj istenem... jaj istenem... – Azzal belemarkolt Harry és Ron karjába.

A madarak, három szép macskabagoly, egyenesen az Odú felé repültek. Mikor a házhoz vezető ösvény fölé ereszkedtek, már az is látszott, hogy egy-egy nagy, négyzet alakú borítékot hoznak.

– Istenem! – visított Hermione.

Mrs Weasley átoldalazott hármójuk között, és kinyitotta a konyhaablakot. Egy, kettő, három – a madarak beröppentek, szépen felsorakoztak a konyhaasztalon, majd egyszerre felemelték a jobb lábukat.

A Harrynek címzett levelet a középső bagoly hozta. A fiú odalépett a madárhoz, és ügyetlenül babrálni kezdett a küldeményt rögzítő csomóval. Balra tőle Ron próbálta leoldani a levelét. A jobbján álló Hermionénak annyira remegett a keze, hogy a baglya is belerázkódott.

A konyhában a légy zümmögését is hallani lehetett. Hosszas ügyetlenkedés után Harrynek végül sikerült kiszabadítania a levelét. Gyorsan feltépte a borítékot, kihúzta belőle az összehajtott pergamenlapot, és kinyitotta.

A RENDES BŰBÁJOS FOKOZAT
VIZSGA ÉRDEMJEGYEI

Sikeres vizsga:	Sikertelen vizsga:
Kiváló (K)	Hitvány (H)
Várakozáson felüli (V)	Borzalmas (B)
Elfogadható (E)	Troll (T)

Harry James Potter vizsgaeredményei:

Asztronómia:	E
Átváltoztatástan:	V
Bájitaltan:	V
Bűbájtan:	V
Gyógynövénytan:	V
Jóslástan:	H
Legendás lények gondozása:	V
Mágiatörténet:	B
Sötét varázslatok kivédése:	K

Harrynek többször is el kellett olvasnia a bizonyítványt, mire többé-kevésbe megnyugodott. Minden rendben... Tudta, hogy meg fog bukni jóslástanból, és mágiatörténetből se volt esélye, mivel a vizsga közepén eszméletét vesztette. De minden másból átment! Még egyszer végigfuttatta ujját a jegyeken... jól sikerült az átváltoztatástan, a gyógynövénytan, és még bájitaltanból is „várakozáson felüli"-t kapott! De, ami a legcsodásabb, megkapta a „kiváló"-t sötét varázslatok kivédéséből!

Harry körülnézett. Hermione hátat fordított a társaságnak, és lecsüggesztette a fejét, Ronnak viszont sugárzott az arca.

– Csak jóslástanból és mágiatörténetből buktam meg, az meg kit érdekel? – újságolta boldogan Harrynek. – Tessék, nézd meg! Cseréljünk...

Harry végigpillantott Ron jegyein: egyetlen „kiváló" se volt köztük...

– Tudtam, hogy megkapod a K-t sötét varázslatok kivédéséből! – ujjongott Ron, és belebokszolt Harry vállába. – Tök jók voltunk, mi?

– Ügyes fiú vagy! – Mrs Weasley büszkén mosolygott, és megborzolta Ron haját. – Hét RBF! Fred és George ketten együtt se szereztek ennyit!

– Hermione? – szólt tétován Ginny, mert a lány még mindig hátat fordított nekik. – Neked milyen a bizonyítványod?

– Nem olyan rossz – susogta Hermione.

– Jaj, maradj már! – csattant fel Ron, és kikapta a lány kezéből a pergament. – Aha, nem rossz... kilenc „kiváló" és egy „várakozáson felüli" sötét varázslatok kivédéséből. – Félig nevetve, félig bosszúsan nézett a lányra. – De persze csalódott vagy, igaz?

Hermione a fejét rázta. Harry nevetett rajta.

– Mindhárman mehetünk RAVASZ-ra! – vigyorgott Ron. – Anya, van még virsli?

Harry újra a bizonyítványára nézett. Jobb eredményeket nem is remélhetett, de... egy egészen kicsit mégis csalódott volt. Most már végképp búcsút mondhatott az álmának, hogy auror lesz. Nem kapta meg a szükséges minősítést bájitaltanból. Soha egy percig se hitte, hogy sikerülhet, mégis elszomorító volt látnia a kis fekete V betűt.

Furcsamód épp egy álalakot öltött halálfaló mondta neki először, hogy jó auror válna belőle. Az ötlet gyökeret vert a fejében, és hát valóban nem volt más munka, amihez igazán kedvet érzett volna. Mióta pedig megismerte a jóslatot, egyenesen úgy tűnt, a sors is ezt az utat jelölte ki számára... *Nem élhet az egyik, míg él a másik...* Mi lehetne méltóbb a jóslathoz, és mi adna neki több esélyt a túlélésre, mint ha beállna azoknak a magasan képzett varázslóknak a sorába, akiknek a legfőbb feladatuk, hogy felkutassák és megöljék Voldemortot?

Hatodik fejezet

Zsebpiszok közi kitérő

Harry ezután hetekig ki se tette a lábát az Odú kertjéből. Napjainak jó részét páros kviddicsezéssel töltötte (ő és Hermione játszottak Ron és Ginny ellen – Hermione szörnyen ügyetlen volt, de Ginny hozta a formáját, így a párok nagyjából egyforma erősek voltak), esténként pedig befalt vagy három adagot mindenből, amit Mrs Weasley lerakott elé.

A máskülönben boldog, békés vakációt azonban beárnyékolta, hogy a Próféta szinte napi rendszerességgel számolt be titokzatos eltűnésekről, különös incidensekről, sőt, halálesetekről. Sokszor Bill és Mr Weasley hozták a friss híreket, azelőtt, hogy azok az újságban megjelentek volna. Még Harry tizenhatodik születésnapján sem volt felhőtlenül vidám a hangulat, köszönhetően a vendégségbe érkező Remus Lupin beszámolójának. A varázsló nyúzott és komor volt, barna haját nem kevés ősz szál szőtte át, ruhája pedig még a megszokottnál is rongyosabb volt.

– Megint két dementortámadás történt – mondta, miközben Mrs Weasley letett elé egy jókora szeletet a születésnapi tortából. – És megtalálták Igor Karkarov holttestét egy kunyhóban fent északon. Ott volt fölötte a Sötét Jegy – őszintén szólva már az is csoda, hogy egy egész évig életben maradt, miután otthagyta a halálfalókat. Sirius öccsét, Regulust emlékeim szerint már pár nap után elkapták.

Mrs Weasley rosszalló pillantást vetett rá.

– Beszéljünk inkább valami másról...

– Florean Fortescue-ról hallottál, Remus? – kérdezte Bill, akinek Fleur percenként újratöltötte a poharát borral. – Tudod, neki volt az a...

– ...fagyizója az Abszol úton? – vágott közbe Harry. Egyszeriben kellemetlen, üres érzése támadt a gyomrában. – Mindig kaptam tőle ingyenfagyit. Mi történt vele?

– Minden jel szerint elhurcolták.

– De hát miért? – kérdezte Ron.

– Ki tudja? Magára haragíthatta őket valamivel. Kár érte, rendes fickó volt.

Mrs Weasley mérgesen bámult Billre.

– Ha már az Abszol útnál tartunk – kapcsolódott be a beszélgetésbe Mr Weasley –, sajnos úgy tűnik, Ollivander is eltűnt.

– A pálcakészítő? – hüledezett Ginny.

– Igen, ő. Az üzlete üres, dulakodásnak nincs nyoma. Nem lehet tudni, hogy önszántából ment-e el vagy elrabolták.

– De hát akkor... hol fognak az emberek pálcát venni?

– Be kell érniük más pálcakészítőkkel – felelte Lupin. – Csak hát Ollivander volt a legjobb. Ha az ellenség megszerezte őt, az nem valami biztató ránk nézve.

A meglehetősen nyomott hangulatúra sikeredett zsúr másnapján megérkezett a Roxfortból a szokásos értesítés és a tankönyvlista. Harry levele meglepetéshírrel is szolgált: kinevezték a kviddicscsapat kapitányának.

– Akkor mostantól egyenrangú vagy a prefektusokkal! – lelkendezett Hermione. – Használhatod a külön fürdőnket meg minden!

Ron csillogó szemmel nézegette a kapitányi jelvényt.

– Emlékszem, mikor Charlie viselt ilyet... Tök jó, hogy te leszel a kapitányunk... Persze csak, ha beveszel a csapatba, ha-ha...

– Most már nemigen halogathatjuk tovább az Abszol úti látogatást – sóhajtott Mrs Weasley Ron tankönyvlistájára pillantva. – Ha apátok ráér, szombaton túlesünk rajta. Nélküle nem megyek oda.

– Attól félsz, hogy Tudodki kiugrik egy könyvespolc mögül a Czikornyai és Patzában? – kuncogott Ron.

– Fortescue és Ollivander talán nyaralni mentek!? – csattant fel Mrs Weasley. – Ha képtelen vagy komolyan venni az elővigyázatosságot, itthon hagylak. Majd én megveszem a tankönyveidet...

– Nem, nem, veletek akarok menni! – erősködött Ron. – Muszáj megnéznem Fredék boltját!

– Akkor azt ajánlom, sürgősen komolyodj meg, mert egyelőre túl éretlen vagy hozzá, hogy velünk gyere! – Mrs Weasley felkapta az órát (ami most is az egész családot fenyegető halálos veszélyre figyelmeztetett), és rádobta egy halom frissen mosott törölközőre. – Ez a roxforti továbbtanulásodra is vonatkozik!

Ron „ez nem lehet igaz"-tekintettel nézett Harryre, miközben anyja ruháskosarastól-órástól kiviharzott az ajtón.

– Na tessék... már viccelni se lehet...

Mindenesetre Ron a következő néhány napban óvakodott attól, hogy gúnyos megjegyzéseket tegyen Voldemortra. Ennek megfelelően Mrs Weasley is megkímélte családját a további kirohanásoktól, bár szombaton a reggelinél igencsak feszültnek tűnt. Bill, aki úgy döntött, hogy Fleurrel együtt otthon marad (Hermione és Ginny őszinte örömére), dudorodó erszényt tett le Harry elé az asztalra.

– Nekem is adsz? – kérdezte nagy szemeket meresztve Ron.

– Ez Harry saját pénze, te ütődött – felelte Bill, majd Harryhez fordult: – Kivettem neked a Gringottsból. Ha az utcáról megy be az ember, mostanában öt órába is beletelik, mire hozzájut a pénzéhez, úgy megszigorították a koboldok a biztonsági intézkedéseket. Tegnapelőtt Arkie Philpottnak bedugtak egy tisztességtesztelőt a... na mindegy, szóval így egyszerűbb volt.

– Kösz, Bill – biccentett Harry, és zsebre dugta a pénzt.

– Bill, édesem, 'ogy te milyen figyelmes vagy! – duruzsolta Fleur, és megcirógatta Bill orrát. A háta mögött Ginny úgy tett, mintha belehányna a tányérjába. Harry ettől köhögési rohamot kapott, mire Ron lendületesen hátba vágta.

A szombat borongós, szürke napnak indult. Mikor a kis csapat tagjai köpenyükkel bajlódva kiléptek a házból, már ott várt rájuk a Mágiaügyi Minisztérium speciális szolgálati autója, amiben Harrynek egyszer már volt szerencséje utazni.

– Jó, hogy apa megint igényelhet ilyet – jegyezte meg elégedetten Ron, miközben a kocsi Bill és Fleur integetésétől kísérve elindult az Odú elől. Ő, Harry, Hermione és Ginny tökéletes kényelemben terpeszkedtek a hátsó ülésen.

– Ne nagyon szokd meg, mert csak Harry miatt kaptuk – szólt hátra a válla fölött Mr Weasley. Ő és felesége a minisztériumi sofőr mellett ültek a kedvükért kétszemélyes kanapé méretére szélesedett anyósülésen. – Harry a legmagasabb fokozatú védelmet élvezi. A Foltozott Üstben még további testőrséget kapunk.

Harry bosszúsan hallgatott; nem volt ínyére, hogy egy hadseregnyi auror kíséretében mehet csak bevásárolni. A láthatatlanná tévő köpeny ott lapult a hátizsákjában, s úgy vélte, ha Dumbledore nem tartott szükségesnek egyéb óvintézkedést, akkor a minisztérium is beérhetné ennyivel – bár most, hogy belegondolt, rájött, hogy a minisztérium feltehetőleg nem tud a láthatatlanná tévő köpenyéről.

– Itt is volnának – mondta meglepően rövid idő elteltével a sofőr. Az indulás óta ekkor szólalt meg először. A kocsi a Charing Cross Roadon állt, a Foltozott Üst bejárata előtt. – Megvárjam önöket? Tudják előre, meddig maradnak?

– Néhány óráig – felelte Mr Weasley. – Á, remek, itt van!

Harry követte Mr Weasley tekintetét, és kinézett a kocsi ablakán. Nagyot dobbant a szíve örömében. A kocsma előtt nem marcona aurorok álltak, hanem egy hódprémkabátos alak: a hatalmas termetű, fekete szakállú Rubeus Hagrid. A mugli járókelők mind megbámulták a Roxfort vadőrét, de ő ügyet sem vetett rájuk; viszont amikor meglátta Harryt, boldog mosoly terült szét széles arcán.

– Harry! – harsogta, és csontropogtató ölelésbe zárta a kocsiból kikászálódó fiút. – Csikócsőr, mármint Szilajszárny... látnod kéne, Harry, annyira boldog, hogy újra a szabad ég alatt élhet!

– Örülök neki – mosolygott a bordáit masszírozva Harry. – Sejtelmünk se volt, hogy te leszel a „testőrség"!

– Akár a régi szép időkben, igaz-e? A minisztérium persze aurorokat akart küldeni, de Dumbledore rám szavazott. – Hagrid büszkén kidüllesztette a mellkasát. – Na, mehetünk is... Molly, Arthur, csak utánatok...

A Foltozott Üstben Harry most először egyetlen vendéget se látott. Csak Tom, a fogatlan, vén kocsmáros maradt meg magnak a régi gárdából. A belépők láttán reménykedve felpillantott, de mielőtt bármit mondhatott volna, Hagrid fontoskodva odaszólt neki:

– Ma nincs időnk leülni, Tom. Tudod, roxfortos ügy.

Tom búsan bólintott, és tovább törölgette a poharakat. Harry, Hermione, Hagrid és Weasleyék a kocsmán átvágva kivonultak a kis hátsó udvarra, ahol a kukák álltak. Hagrid ott felemelte rózsaszín esernyőjét, és megkopogtatta vele a szemközti fal egyik tégláját. A falon nyomban boltíves átjáró nyílt, amelyen túl kanyargós, macskaköves utca tárult a szemük elé. A kis csapat tagjai sorban beléptek a kapun, majd megálltak, és körülnéztek.

Az Abszol út megváltozott. A varázskönyvekkel, bájital-hozzávalókkal, üstökkel és egyebekkel teli színpompás kirakatokból egy se látszott – mind tele volt ragasztva a Mágiaügyi Minisztérium jókora plakátjaival. A sötétpiros alapra nyomtatott hirdetmények többsége a minisztérium biztonsági tanácsait tartalmazó brosúra kinagyított változata volt, de akadtak körözés alatt álló halálfalók mozgó, fekete-fehér fényképét viselő plakátok is. A közeli patika bejáratáról például Bellatrix Lestrange vigyorgott gúnyosan a járókelőkre. Néhány üzlet, köztük a Florean Fortescue Fagylaltszalon kirakata be volt deszkázva, az utcán ellenben – s ez korábban nem volt jellemző – egymást érték a hevenyészett árusstandok. A legközelebbin, amit egy kifakult csíkos ponyvatető alatt rendeztek be a Czikornyai és Patza előtt, kartonpapír tábla hirdette:

AMULETTEK
vérfarkasok, dementorok és inferusok távoltartására

Egy ágrólszakadt külsejű, pöttöm varázsló láncra fűzött ezüstfüggőket csörgetett a járókelők fülébe.

– Vegyen egyet a kislánynak, hölgyem! – szólította meg Mrs Weasleyt, s közben Ginnyre meresztette a szemét. – Védje meg a csinos nyakát!

– Ha szolgálatban lennék... – dörmögte bosszúsan Mr Weasley, és lesújtó pillantást vetett az amulettárusra.

– Légy szíves, drágám, most ne tartóztass le senkit. Sietnünk kell. – Mrs Weasley idegesen pislogott a listájára. – Azt javaslom, menjünk el először is Madam Malkinhoz. Hermione szeretne egy új dísztalárt, Ronnak lassan már a térde is kilátszik a régi iskolai talárjaiból, és neked is biztosan újak kellenek, Harry, hiszen úgy megnőttél! Na gyertek, gyertek!

– Semmi értelme, hogy mind bemenjünk Madam Malkinhoz, Molly – vetette ellen Mr Weasley. – Menjenek el ők hárman Hagriddal, mi meg addig megvesszük az összes tankönyvet a Czikornyai és Patzában.

– Hát, nem is tudom... – Mrs Weasley képtelen volt eldönteni, mit szeretne jobban: hogy gyorsan végezzenek a bevásárlással, vagy hogy végig együtt maradjanak. – Te mit gondolsz, Hagrid?

– Ne félj, Molly, vigyázok rájuk – brummogta a vadőr, s könnyedén legyintett egyet kukafedél méretű kezével.

Mrs Weasley kelletlenül beleegyezett a különválásba, és férje meg Ginny társaságában belépett a Czikornyai és Patzába. Harry, Ron, Hermione és Hagrid elindultak Madam Malkin Talárszabászata felé.

Harrynek feltűnt, hogy a járókelők jó része Mrs Weasleyhez hasonlóan nyugtalan, feszült arcot vág, s hogy sehol nem látni álldogáló, beszélgető embereket. A bevásárlásukat intéző zárt csoportokban közlekedtek, és szemlátomást igyekeztek minél gyorsabban végezni. Magányosan vásárolgató ember egy se akadt az utcán.

– Szűken lennénk odabent ennyien – szólt Hagrid, miután megállt Madam Malkin üzlete előtt, és lehajolva belesett a kirakaton. – Én idekint maradok, és őrködöm, jó?

Így hát Harry, Ron és Hermione együtt léptek be a kis bolthelyiségbe. Az üzlet az első pillantásra üresnek tűnt, de alighogy becsukódott az ajtó mögöttük, ismerős hang csendült fel egy zöld és kék, flitteres dísztalárokkal teli ruhásállvány mögött.

– ...ha nem vetted volna észre, anyám, nem vagyok már gyerek. Tudok egyedül vásárolni.

Rosszalló ciccegés hallatszott, majd ráfelelt egy másik hang, amelyben Harry Madam Malkinéra ismert.

– Nem, nem, drágám, édesanyádnak igaza van. Se felnőttnek, se gyereknek nem tanácsos mostanában egyedül csatangolnia...

– Vigyázzon már azzal a tűvel!

Az állvány mögül sápadt, hegyes állú, tejfölszőke tinédzserfiú bukkant elő. Szép sötétzöld dísztalár volt rajta,

111

amelynek ujjain és a szegélye mentén gombostűk csillogtak. A fiú a tükör elé lépett, és megszemlélte a ruhát; beletelt néhány másodpercbe, mire észrevette Harry, Ron és Hermione tükörképét a válla fölött. Akkor világosszürke szeme nyomban összeszűkült.

– Ne csodálkozz, anýám, ha büdöset érzel – szólt Draco Malfoy. – Bejött egy sárvérű.

– Semmi szükség ilyen beszédre! – Madam Malkin kisietett a ruhásállvány mögül, kezében mérőszalaggal és pálcával. – És kivont pálcát sem akarok látni a boltomban! – tette hozzá gyorsan, mert az ajtó felé pillantva észrevette, hogy Harry és Ron Malfoyra szegezik varázspálcájukat.

Hermione, aki egy fél lépéssel hátrébb állt, odasúgta barátainak:

– Ne, ne csináljátok, nem érdemes...

– Úgyse mertek varázsolni az iskolán kívül – vigyorgott gúnyosan Malfoy. – Kitől kaptad a monoklit, Granger? Küldök neki virágot.

– Elég ebből! – szólt szigorúan Madam Malkin, és segélykérően hátrapillantott. – Asszonyom, nagyon kérem...

Narcissa Malfoy kisétált a ruhásállvány mögül.

– Tegyétek el a pálcát! – szólt rá hűvösen Harryre és Ronra. – Ha még egyszer bántjátok a fiamat, teszek róla, hogy az legyen az utolsó pimaszságotok.

– Igen? – Harry előrelépett, és belenézett a nő finoman gőgös arcába. Ugyanolyan magas volt, mint Narcissa Malfoy, aki sápadtságával együtt is hasonlított nővérére. – Majd ránk uszítja pár halálfaló barátját, mi?

Madam Malkin sikoltott, és a szívéhez kapott.

– De kérem, micsoda vád... veszélyes ilyeneket mondani... nagyon kérem, tegyétek el a pálcátokat!

Harrynek esze ágában sem volt engedelmeskedni. Narcissa Malfoy szája rosszindulatú mosolyra húzódott.

– Látom, nagyon elbizakodottá tett, hogy Dumbledore kedvence vagy, Harry Potter. De a pártfogód nem lesz mindig ott, hogy megvédjen.

Harry színpadiasan körülnézett a boltban.

– Ejnye, hiszen most sincs itt! Lehet próbálkozni! Biztos találnak magának egy kétszemélyes cellát az Azkabanban, hogy együtt lehessen a leszerepelt férjével!

Malfoy dühösen megindult Harry felé, de elbotlott a félkész talár földig érő szárában. Ron harsányan kinevette.

– Ne merészelj így beszélni az anyámmal, Potter! – sziszegte Malfoy.

– Semmi baj, Draco – szólt Narcissa, és fia vállára helyezte hosszú, fehér ujjait. – Úgy sejtem, Potter előbb fog találkozni a drága jó Siriusszal, mint én Luciussal.

Harry még magasabbra emelte pálcáját.

– Harry, ne! – rémüldözött Hermione. Megfogta Harry csuklóját, és megpróbálta lenyomni. – Csillapodj… nem szabad… nagy baj lenne belőle…

Madam Malkin egy pillanatig habozott, majd elhatározta, hogy úgy tesz, mintha nem lenne semmi baj – azt remélve, hogy nem is lesz. Malfoy felé hajolt, aki még mindig Harryt nézte villámló szemekkel.

– Azt hiszem, a bal ujja még lehet egy kicsit rövidebb. Mutasd csak, drágám…

– Au! – jajdult fel Malfoy, és ellökte Madam Malkin kezét. – Ne bökdössön már azzal a tűvel! Nem is akarok ilyen talárt, anyám…

Azzal lerángatta magáról a ruhát, és a varrónő lába elé lökte.

– Igazad van, Draco! – felelte Narcissa, megvető pillantást küldve Hermione felé. – Most már látom, miféle aljanép jár ide… Átmegyünk inkább a Shanda és Sheymeshbe.

A nő az ajtó felé indult. Draco követte, és elhaladtában szántszándékkal beleütközött Ronba.

113

– Na, de kérem! – méltatlankodott Madam Malkin. Felkapta a földről a drága talárt, és pálcája hegyét porszívó módjára mozgatni kezdte fölötte, hogy megtisztítsa.

Madam Malkin végig zaklatott és figyelmetlen volt, amíg Ron és Harry új talárjait igazította. Hermionéra varázslótalárt akart rátukmálni boszorkánytalár helyett, s egyenesen megkönnyebbültnek tűnt, mikor végül az ajtóhoz kísérte három vevőjét.

– Sikerült mindent megvenni? – kérdezte vidoran Hagrid a boltból kilépő triótól.

– Nagyjából – felelte Harry. – Láttad Malfoyékat?

– Aha – válaszolta könnyedén a vadőr –, de ne izgulj, Harry, itt az Abszol úton nem mernek galibát csinálni.

Harry, Ron és Hermione összenéztek, de mielőtt eloszlathatták volna Hagrid kellemes tévhitét, feltűnt a súlyos könyvkötegekkel megrakott Mr, Mrs és Ginny Weasley.

– Mindenki jól van? – kérdezte Mrs Weasley. – Megvannak a talárok? Helyes, akkor elindulunk Fred és George boltja felé, útközben pedig beugrunk a patikába és az Uklopszba. Végig maradjatok a közelünkben...

Harry és Ron nem vásároltak semmit a patikában, mivel a bájitaltan lekerült az órarendjükről, az Uklopsz Bagolyszalonban viszont vettek egy-egy nagy doboz bagolycsemegét Hedvig és Pulipinty számára. Ezután – a percenként az órájára pillantó Mrs Weasley vezetésével – továbbindultak az Abszol úton a Fred és George alapította Weasley Varázsvicc Vállalat boltját keresve.

– Nem időzhetünk ott sokáig – figyelmeztette a társaságot Mrs Weasley. – Gyorsan körülnézünk, aztán indulás vissza a kocsihoz. Már közeledünk, ez a huszonkettes szám... huszonnégy...

Ron úgy torpant meg, mintha falnak ütközött volna.

– Fúúúú...

114

A fénytelen, plakátok takarta kirakatok között Fred és George boltja olyan volt a szemnek, akár egy tűzijáték. Az arra járók szinte mind vetettek egy ámuló pillantást a kirakatra, s nem egy járókelő meg is állt bámészkodni. A bal oldali kirakat szédítő tömegben mutatta be a pörgő, durrogó, villogó, pattogó és visító árukat – Harrynek a puszta látványtól is könnybe lábadt a szeme. A jobb oldali kirakatot hatalmas plakát borította be: piros volt, akár a minisztérium hirdetményei, de villogó sárga betűkkel ez állt rajta:

Nemcsak a hurok szorul!

Ami túltesz Tudjukkin:
a gyötrelmes PÚLYUK-KÍN!

Ha nem jön, aminek jönnie kell!

Harry jót nevetett a tréfán, majd egy erőtlen nyöszörgést hallva oldalra nézett: Mrs Weasley megkövülten állt mellette, s csak a szája mozgott – némán artikulálta a „púlyuk-kín" szót.

– Ezért ízekre tépik őket... – suttogta az asszony.

– Dehogyis, anya! – legyintett Ron, aki legalább akkorát nevetett a plakáton, mint Harry. – Ez zseniális!

Ő és Harry léptek be elsőként a boltba, ahol hatalmas zsúfoltság fogadta őket. A tolongó tömegben Harrynek esélye se volt a polcokhoz férkőzni, így hát távolról szemlélte meg a tornyosuló áruhalmokat. Felismerte többek között a Maximuláns-termékcsoport darabjait, amelyeket az ikrek utolsó, befejezetlen roxforti tanévük során tökéletesítettek – a sorozatból szemlátomást az Orrvérzés Ostya volt a legnépszerűbb, mert abból csak egy utolsó, kiszakadt doboz maradt a polcon. Odébb vödörszámra álltak a trükkös varázspálcák: az olcsóbbak suhintásra gumicsirkévé vagy alsónadrággá változtak, a legdrágább fajta agyba-főbe verte az óvatlan felhasználót. Varázspennából a bolt háromfélét kínált: mártásmentes öntöltőt, autokorrektort és válaszsúgót. Mikor végre út nyílt a tömegben, Harrynek sikerült megközelítenie a pultot, ahol egy csapat fecserésző tízéves nagy élvezettel nézegetett egy emberforma kis fabábut, ami felfelé kapaszkodott egy működő bitófa-makett lépcsőjén. A játék dobozán ez állt: *Térbeli akasztófa – találd ki a szót, vagy lógni fogsz!*

Szabadalmazott éberálom-bűbáj – olvasták egy helyütt. Hermionénak sikerült odafurakodnia a pult közelében álló jókora állványhoz, és hangosan felolvasta az egyik doboz feliratát. A dobozt egy kalózhajó fedélzetén álló szépfiú és egy ájuldozó lány képe díszítette:

– Egyetlen könnyű varázsige – olvasta a lány –, és kezdetét veszi egy csúcsminőségű, tökéletesen életszerű, harmincperces álmodozás. Kiválóan használható az átlagos tanóra keretei között, gyakorlatilag kimutathatatlan (mellékhatásként bamba arckifejezés és enyhe nyáladzás előfordulhat). Tizenhat éven aluliaknak nem árusítható. – Hermione fejcsóválva nézett Harryre. – Ez ám a nagy varázslat, mi?

– Köszönjük a dicséretet, Hermione – csendült egy hang a hátuk mögött. – Ezért kapsz egyet ingyen.

Fred lépett oda hozzájuk sugárzó képpel és bíborszín talárban, ami a lehető leglátványosabb színütközést produkálta lángvörös hajával.

– Mi újság, Harry? – A két fiú kezet rázott. – Hát neked meg ki intézte el a szemedet, Hermione?

– A bokszoló teleszkópotok – hangzott a csüggedt válasz.

– Hoppá, azokról meg is feledkeztem! Várj csak... Nesze...

Fred kihalászott a zsebéből egy tubust, és átadta Hermionénak. A lány mohón lecsavarta róla a kupakot – a tubusból sűrű, sárga krém préselődött ki.

116

– Kend a monoklira, és egy óra múlva nyoma se lesz – közölte a használati utasítást Fred. – Muszáj volt csinálnunk egy jó zúzódás-eltávolítót, ugyanis a legtöbb árut magunkon teszteljük.

Hermione tétovázva pislogott a krémre.

– Biztos, hogy nem árt?

– Persze, biztos – nyugtatta meg Fred. – Gyere, Harry, körbevezetlek.

Harry magára hagyta a szemét kenegető Hermionét, és követte Fredet a bolt hátsó részébe, ahol egy állványon kártya- és kötéltrükkök kellékei sorakoztak.

– Mugli bűvészmutatványok! – büszkélkedett Fred. – Tudod, az olyan diliseknek, mint apa, akik imádják a mugli dolgokat. Meggazdagodni nem fogunk belőlük, de azért jól fogynak. Tudod, az újdonság varázsa... Na, itt van George is!

Fred ikertestvére lelkesen megrázta Harry kezét.

– Idegenvezetés folyik? Gyere be hátra, Harry, ott keressük a nagy zsozsót... Próbálj csak egyet is zsebre dugni, és nem galleonnal fogsz fizetni érte! – reccsent rá egy kisfiúra, aki erre gyorsan kikapta a kezét az *Ehető Sötét Jegy – garantált hányinger!* feliratú dobozból.

George megkerülte a mugli bűvészmutatványok állványát, és félretolt egy függönyt, ami mögött sötétebb és kevésbé zsúfolt helyiség tárult fel. A polcok itt is tele voltak áruval, de szolidabb küllemű dobozok rejtették őket.

– Nemrég készültünk el ennek a komolyabb termékcsaládnak a kifejlesztésével – magyarázta Fred. – Ez is fura történet...

– El se hinnéd, hány olyan ember van – még a minisztérium dolgozói között is –, aki még egy szimpla pajzsbűbájt se tud összehozni – magyarázta fejcsóválva George. – Persze ha nálad tanultak volna, Harry, nem itt tartanának.

– Nem bizony... Na szóval, mi hétköznapi kis viccnek szántuk a Páncélsüveget. Tudod: tedd a fejedre, bosszantsd fel a haverodat, hogy rontást küldjön rád, aztán nézd meg, milyen képet vág, amikor a varázs lepattan a süvegről. És mit ad isten, a minisztérium ötszáz darabot rendelt belőle a külsős munkatársainak! És még mindig tömeges megrendeléseket kapunk!

– Így aztán bevettük a kínálatba a Páncélköpenyt, a Páncélkesztyűt...

– A főbenjáró átkok ellen persze mit sem érnek, de kis és közepes erősségű rontásokat és ártásokat kivédenek...

– Aztán arra gondoltunk, hogy beszállunk az egész sötét varázslatok kivédése bizniszbe, mert az nagyon felpörgött mostanában – folytatta lelkesen George. – Ez eszelős, figyeld csak! Instant sötétségpor, Peruból importáljuk. Nagyon hasznos, ha hirtelen fel kell szívódnod.

– És nézd meg, a csalizajgép is csak úgy szalad le a polcról. – Fred egy rakás izgő-mozgó, kürtszerű tárgyra mutatott, amelyek valóban igyekeztek kiszökni a dobozukból. – Lopva elejtesz egyet, az elszalad, és valahol másutt hangoskodni kezd, hogy elterelje rólad a figyelmet.

– Nagyon praktikus – bólogatott Harry.

– Nesze – George lekapott a polcról két csalizajgépet, és odadobta Harrynek.

Egy szőke hajú, fiatal boszorkány nézett be a függöny mögül. Harry megfigyelte, hogy ő is bíborszín talárt visel.

– Mr Weasley és Mr Weasley, egy vevő beugratós üst után érdeklődik.

Harry igen furcsának érezte a „Mr Weasley" megszólítást, de Fred és George szemlátomást természetesnek vették.

– Rendben, Verity, azonnal megyek – bólintott George. – Harry, válassz magadnak, ami csak tetszik. Neked itt minden ingyen van.

– Dehogyis! – tiltakozott Harry, aki már elővette az erszényét, hogy kifizesse a csalizajgépeket.

118

– Nálunk te nem fizetsz! – jelentette ki ellentmondást nem tűrő hangon Fred.

– De hát...

– Tőled kaptuk a kezdőtőkénket – mondta nagy komolyan George. – Nem felejtettük el. Vihetsz, amit csak akarsz, de ha kérdezik, mondd meg, hol szerezted.

George kiment a függönyön túlra, hogy segítsen kiszolgálni a vevőket, Fred pedig visszakísérte Harryt a bolt nagyobbik helyiségébe. Hermionét még mindig a Szabadalmazott Éberálmoknál találták, s immár vele volt Ginny is.

– Láttátok már a speciális Boszibűbáj termékcsaládunkat? – kérdezte Fred. – Csak utánam, hölgyeim...

A kirakat közelében egy polcon, ami előtt izgatottan vihogó süldőlányok népes csoportja álldogált, neonrózsaszínű áruk sorakoztak. Hermione és Ginny bizalmatlanul pislogtak a rikító holmikra.

– Íme! – szólt büszkén Fred. – Szerelmi bájitalok páratlanul széles választéka!

Ginny gyanakodva felvonta a fél szemöldökét.

– És ezek működnek is?

– Persze, hogy működnek! Adagonként átlag huszonnégy óráig hatnak, de ez függ a kiszemelt fiú testsúlyától...

– ...és a lány szépségétől – fejezte be a mondatot George, aki most hirtelen újra előkerült. – De a húgunk nem kap ilyet – tette hozzá szigorúan –, mert úgy halljuk, bájital nélkül is egyszerre öt fiút bolondít...

– Ronnak minden szava hazugság – vágta rá Ginny, és levett egy kis rózsaszín tégelyt a polcról. – Ez micsoda?

– Garantáltan tíz másodperc alatt ható mitesszer-eltüntető – adta meg a választ Fred. – Gennyes pattanásra is jó – de maradjunk csak a témánál. Jársz vagy nem jársz egy Dean Thomas nevű fiúval?

119

– Járok – válaszolta Ginny. – És mikor legutóbb találkoztam vele, Dean még egy fiú volt, nem pedig öt. Azok meg mik?

Rámutatott egy csomó rózsaszín és piros, pelyhes gömbre, amelyek egy ketrec alján gördültek ide-oda, és időnként vékony, magas hangon nyüszítettek.

– Törpegolymókok – felelte George. – Nem tudunk eleget tenyészteni belőlük. Na, és mi van Michael Cornerrel?

– Őt ejtettem, mert nem tud veszíteni – felelte Ginny. Bedugta az ujját a ketrec rácsán, és kedvtelve figyelte, hogyan gyűlnek oda a törpegolymókok. – Ezek nagyon édik!

– Jópofa állatkák – hagyta helyben Fred. – Egy kicsit sűrűn cseréled a pasijaidat, nem gondolod?

Ginny csípőre tett kézzel megfordult, és dühösen rámeredt bátyjára. Harry csodálkozott, hogy Fred nem retten meg tőle, annyira Mrs Weasley-s volt a lány tekintete.

– Semmi közöd a pasijaimhoz! Neked pedig nagyon hálás lennék, ha nem tömnéd mesékkel a bátyáink fejét! – tette hozzá Ronhoz fordulva, aki ekkor tűnt fel George mellett, varázsvicc-árukkal megrakodva.

– Az összesen három galleon, kilenc sarló és egy knút lesz – mondta Fred, miután szemügyre vette a Ron által összegyűjtött dobozokat. – Lehet perkálni.

– De hát az öcsétek vagyok!

– És a miénk a cucc, amit le akarsz nyúlni. Három galleon és kilenc sarló az ára. A knútot elengedem.

– De hát nincs három galleonom és kilenc sarlóm!

– Akkor szépen vigyél vissza mindent oda, ahonnan elvetted.

Ron néhány dobozt eldobva szabaddá tette fél kezét, és nagyon csúnyát intett oda Frednek. Balszerencséjére Mrs Weasley abban a pillanatban bukkant fel, és tanúja volt a gesztusnak.

120

– Ha ezt még egyszer meglátom, összeátkozom az ujjaidat! – pirított rá Ronra.

– Lehet egy törpegolymókom, anya? – fordult hozzá Ginny.

– Egy micsodád? – kérdezett vissza gyanakodva Mrs Weasley.

– Nézd, milyen aranyosak...

Mrs Weasley odébb lépett, hogy szemügyre vegye a törpegolymókokat, így Harry, Ron és Hermione néhány másodpercig szabadon kiláttak a kirakaton át az utcára. Draco Malfoyt pillantották meg odakint – a mardekáros fiú egyedül volt, és szemlátomást sietett valahova. Mikor elhaladt a varázsvicc-bolt előtt, még egyszer hátrapillantott, aztán eltűnt a három jó barát szeme elől.

– Hol lehet az anyja? – tűnődött Harry.

– Úgy néz ki, lerázta – állapította meg Ron.

– Vajon miért? – kérdezte Hermione.

Harry nem szólt, de lázasan törte a fejét. Narcissa Malfoy biztos nem önszántából engedte el egyedül drágalátos fiát. Draco nyilván csak nagy nehezen tudott megszabadulni tőle, és kétségkívül jó oka volt rá, hogy egyedül akarjon maradni. S hogy ez a jó ok inkább rossz, abban Harry – kellőképpen ismerve és utálva Malfoyt – egészen biztos volt.

Harry körülnézett. Mrs Weasley és Ginny a törpegolymókok ketrece fölé hajoltak. Mr Weasley elbűvölten vizsgálgatott egy pakli mugli kártyát. Fred és George a vevőkkel foglalkoztak. A bolt előtt őrködő Hagrid háttal állt a bejáratnak, és az utcát pásztázta tekintetével.

– Bújjatok alá, gyorsan! – szólt fojtott hangon Harry, és előkapta hátizsákjából a láthatatlanná tévő köpenyt.

Hermione tétován pislogott Mrs Weasley felé.

– Nem is tudom, Harry...

– Gyere már! – sziszegte Ron.

121

Hermione még egy kicsit habozott, de aztán bebújt Harryvel és Ronnal a köpeny alá. A körülöttük állók figyelmét teljesen lekötötték az ikrek árui, így senki nem vette észre a három jó barát eltűnését. Viszonylag gyorsan sikerült eljutniuk az ajtóig, mégis, mire kiléptek az utcára, Malfoy már sehol se volt.

– Arrafelé ment. – Harry suttogóra fogta a hangját, hogy a dudorászó Hagrid meg ne hallja őt. – Gyertek...

Sietve elindultak az utcán; menet közben jobbra-balra tekingettek, benéztek minden ajtón, minden kirakatablakon. Végül Hermione egyszer csak előre mutatott.

– Nem ő az ott? – suttogta. – Az, aki befordul balra?

– Micsoda meglepetés! – dörmögte Ron.

Malfoy még egyszer hátrapillantott, majd beosont a Zsebpiszok közbe, és ismét eltűnt a szemük elől.

– Gyorsan, vagy elveszítjük! – szólt Harry, és megszaporázta lépteit.

– Meglátják a lábunkat! – rémüldözött Hermione. A köpeny aggasztóan lobogott a bokájuk körül – hiába, túl nagyok voltak már hozzá, hogy kényelmesen elférjenek alatta.

– Nem számít, csak siessünk! – türelmetlenkedett Harry.

A Zsebpiszok köz, a fekete mágia utcája első pillantásra kihaltnak tűnt. Harry, Ron és Hermione benéztek minden üzletbe, de egyben se láttak vevőt. Harry nem csodálkozott ezen – ilyen vészterhes időkben, amikor minden és mindenki gyanús, aligha volt tanácsos sötét varázstárgyakat vásárolni – legalábbis mások szeme láttára.

Hermione jó nagyot csípett Harry karjába.

– Au!

– Csitt! Oda nézz! Ott van! – suttogta a lány.

Időközben elérték a Zsebpiszok köz egyetlen olyan boltját, ahol Harry már járt: a hátborzongató tárgyak széles választékát kínáló Borgin & Burkest. Odabent, a koponyákkal és régi palackokkal teli ládák között valóban ott állt Draco Malfoy.

122

A hátát fordította Harryék felé, s félig eltakarta őt az a nagy, fekete szekrény, amiben Harry egykor elrejtőzött Draco és az apja elől. Kézmozdulataiból ítélve Malfoy hevesen magyarázott valamit. Az üzlet tulajdonosa, a csimbókos hajú, görnyedt Borgin szemben állt vele, arcán a neheztelés és a félelem sajátos keverékével.

– Bár hallanánk, mit beszélnek! – szólt Hermione.

– Hallhatjuk! – suttogta izgatottan Ron. – Várjatok csak... a fenébe...

Még mindig a karjában szorongatott néhány dobozt, s miközben a legnagyobbal babrált, többet elejtett közülük.

– Van nálam telefül!

– Szuper! – lelkendezett Hermione. Közben Ron letekerte a hosszú, hússzínű zsinórokat, és a végüket bedugta az ajtó alatti résbe. – Remélem, nincs páncélozva az ajtó...

– Nincs! – örvendezett Ron. – Már van is vétel!

Összedugták a fejüket, és feszült figyelemmel hallgatni kezdték Malfoy beszédét, ami a legtisztább rádióadás módjára szólt a telefül-zsinórok végéből.

– ...tudja, hogy kell megjavítani?

– Talán – felelte vonakodva Borgin. – De meg kellene vizsgálnom. Miért nem hozza be?

– Nem lehet. Ott kell maradnia, ahol van. Magyarázza el, hogyan kell, és én majd megcsinálom.

Harry látta, hogy Borgin idegesen megnyalja ajkát.

– Nos, ez így látatlanban nagyon nehéz, talán nem is lehetséges. Semmit nem garantálhatok.

– Nem? – Harry kihallotta Malfoy hangjából, hogy a fiú gúnyosan vigyorog. – Ettől talán biztosabb lesz a dolgában.

Malfoy tett egy lépést a boltos felé, aminek következtében a fekete szekrény takarásába került. Harry, Ron és Hermione a nyakukat nyújtogatták, de hiába – csak annyit láttak, hogy Borgin arcára halálos rémület ül ki.

123

– Megkeserüli, ha eljár a szája – folytatta Malfoy. – Hallott már Fenrir Greybackről? Családi barátunk. Időnként el fog jönni magához, hogy megnézze, kellő figyelmet szentel-e a problémának.

– Ugyan, nincs semmi szükség rá...

– Majd én eldöntöm, mire van szükség – torkolta le Malfoy. – Most mennem kell. Azt pedig tegye félre nekem, mert szükségem lesz rá.

– Ha kívánja, most is elviheti.

– Dehogy viszem, maga ostoba fajankó! Nem fogok végigsétálni vele az utcán! Csak ne adja el!

– Ahogy óhajtja... uram.

Borgin meghajolt – ugyanolyan mélyen, mint egykor Harry szeme láttára Lucius Malfoy előtt.

– Senkinek egy szót se, Borgin! Anyám se kivétel, megértette?

– Hogyne, hogyne... – motyogta Borgin, és újra meghajolt.

Egy másodperccel később megszólalt az ajtó fölé akasztott csengő, és Malfoy elégedett képpel kilépett a boltból. Olyan közel haladt el Harryék mellett, hogy a szelétől meglebbent a láthatatlanná tévő köpeny. Bent a boltban Borgin még mindig dermedten állt, de arcán már nem alázatos mosoly, hanem szorongó kifejezés ült.

– Ez meg mi volt? – suttogta Ron, miközben feltekerte a telefülét.

– Nem t'om. – Harry végiggondolta a beszélgetést. – Valamit meg akar javíttatni... és valamit félre akar tetetni magának... Láttátok, mire mutatott, amikor a másik dolgot említette?

– Nem láttuk, hisz a szekrény mögött állt.

– Maradjatok itt! – suttogta Hermione.

– Miért? Mit akarsz...?

Hermione azonban addigra már kibújt a köpeny alól. Gyorsan megnézte a kirakatüvegben, hogy nem túl kócos-e, aztán hangos csengőszó kíséretében benyitott a boltba. Ron sietve bedugta a telefület az ajtó alatt, és átadta az egyik zsinórt Harrynek.

– Jobb napokat kívánok! – köszönt nagy vidáman Hermione.

Borgin nem felelt, csak gyanakodva méregette, de Hermione nem zavartatta magát: dudorászva sétálgatni kezdett a kiállított áruk között, s végül megállt egy üvegajtós szekrény előtt.

– Eladó ez a nyaklánc? – kérdezte.

– Ezerötszáz galleonért igen – felelte barátságtalanul Borgin.

– Aha, öh... annyi pénzem nincs. – Hermione folytatta a nézelődést. – És mennyibe kerül ez a szép – öhm – koponya?

– Tizenhat galleon.

– Szóval eladó? Nincs... félretéve valakinek?

Borgin összehúzta a szemét. Harry élt a gyanúperrel, hogy a boltos rájött, miben sántikál Hermione. A lány is sejthette ezt, mert gyorsan taktikát váltott.

– Az a helyzet, hogy az a... az a fiú, aki az előbb itt járt, Draco Malfoy... szóval, ő a barátom, és akarok venni neki valamit a szülinapjára, de ha, mondjuk, félretetetett magának valamit, akkor... szóval, nem akarok ugyanolyat venni...

Harry ezt elég gyenge mesének tartotta, s a jelek szerint Borgin is.

– Kifelé! – förmedt rá a lányra. – Ki innen!

Hermione készséggel eleget tett a felszólításnak, és Borginnal a sarkában az ajtóhoz iszkolt. Az újabb csengőszó után a boltos becsapta az ajtót, és kitette a „zárva" táblát.

– Hát igen, egy próbálkozást megért – jegyezte meg Ron, miközben Hermionéra borította a köpenyt. – De sajnos elég átlátszó volt a dumád...

– Majd legközelebb megmutatod, hogyan kell csinálni, te Megtévesztés Mestere! – vágott vissza a lány.

125

Ron és Hermione végigveszekedték az utat a varázs-vicc-boltig, ott azonban kénytelenek voltak felfüggeszteni szócsatájukat, hogy észrevétlenül el tudjanak osonni az aggodalomtól reszkető Mrs Weasley és Hagrid mellett, akik nyilvánvalóan észrevették eltűnésüket. Miután besurrantak a boltba, Harry gyorsan összegyűrte és hátizsákjába rejtette a köpenyt, majd nem sokkal később, válaszul Mrs Weasley szemrehányására, megerősítette Ron és Hermione vallomását, miszerint végig a hátsó helyiségben voltak, ahol Mrs Weasley bizonyára nem nézett körül elég alaposan.

Hetedik fejezet

A Lump Klub

A szünidő utolsó hetében Harry sokat töprengett Draco Malfoy Zsebpiszok közbeli kitérőjén. Az egészben az nyugtalanította a legjobban, hogy Malfoy a boltból kilépve olyan elégedett képet vágott. Szent meggyőződése volt, hogy aminek Malfoy ennyire örül, az csak valami nagyon komisz dolog lehet. Némi neheztéléssel vette tudomásul, hogy se Ront, se Hermionét nem izgatják annyira Malfoy viselt dolgai, mint őt – vagy legalábbis barátai néhány nap után ráuntak a témára.

– Igen, persze, hogy gyanús a dolog – mondta kissé türelmetlenül Hermione. Az ablakpárkányon ült Fred és George szobájában, lábzsámoly gyanánt az egyik kartondobozt használva, és cseppet sem volt ínyére, hogy fel kell pillantania a Rúnafordítás haladóknak frissen beszerzett példányából. – De azt is megbeszéltük, hogy nagyon sok lehetséges magyarázat van rá.

– Lehet, hogy összetörte a Dicsőség Kezét – jegyezte meg szórakozottan Ron, aki eközben seprűje elgörbült szálainak kiegyenesítésén fáradozott. – Volt neki az a múmiakeze, tudjátok…

– De mi az, amit félre akart tetetni? – kérdezte immár tizenvalahányadszor Harry. – Szerintem Borginnál van egy másik abból az elromlott tárgyból, és Malfoynak mind a kettő kellene.

– Gondolod? – dünnyögte Ron, immár a seprűje nyelén talált piszkot kaparászva.

– Igen – bólintott Harry. Egyik barátja se szállt vitába vele, így hát folytatta: – Malfoy apja az Azkabanban van. Nyilván bosszút akar állni.

Ron pislogva felnézett.

– Malfoy? Bosszút állni? Mit tudna ő csinálni?

– Pont ez az, amit nem tudok! – vágta rá feszülten Harry. – De biztos, hogy készül valamire, úgyhogy szerintem oda kell figyelnünk rá. Az apja halálfaló...

Harry elhallgatott, és tátva maradt szájjal bámult a Hermione mögötti ablakra. Megdöbbentő gondolat hasított az agyába.

Hermione riadtan nézett rá.

– Valami baj van, Harry?

– Megint fáj a sebhelyed? – kérdezte aggódva Ron.

– Malfoy halálfaló... – jelentette ki drámai hangon Harry. – Átvette az apja helyét a halálfalók között!

Egy pillanatig csend volt, aztán Ronból kitört a nevetés.

– Malfoooy? Egy tizenhat éves gyerekről beszélsz! Azt hiszed, Tudodki bevenné őt a csapatába?

– Ez nagyon valószínűtlen, Harry – mondta furcsán tompa hangon Hermione. – Miből gondolod?

– Emlékezzetek csak, a talárszalonban... Madam Malkin hozzá se ért Malfoyhoz, ő mégis elrántotta a karját, amikor a nő fel akarta hajtani a talárja ujját. Méghozzá a balt! Malfoyt megbélyegezték a Sötét Jeggyel!

Ron és Hermione összenéztek.

– Hát... – motyogta bizonytalanul Ron.

– Szerintem Malfoy csak mihamarabb le akart lépni Madam Malkintól – vélekedett Hermione.

– Mutatott valamit Borginnak, amit nem láttunk – érvelt tovább makacsul Harry. – Valamit, amitől Borgin nagyon megijedt. Tuti, hogy a Sötét Jegy volt az! Meg akarta mutatni Borginnak, hogy kivel van dolga. És láttátok, mennyire komolyan vette őt utána az öreg!

Ron és Hermione megint váltottak egy pillantást.

– Nem tudom, Harry...

– Én akkor is azt mondom, hogy Tudodki nem venné be Malfoyt...

Harry bosszankodva, de igazának biztos tudatában felkapta az ágyról piszkos kviddicstalárját, és kiment a szobából; Mrs Weasley napok óta mondogatta nekik, hogy ne hagyják az utolsó pillanatra a mosást és a csomagolást. A lépcsőfordulóban beleütközött Ginnybe, aki a szobája felé tartott, karján egy halom frissen vasalt ruhával.

– A helyedben most nem mennék le a konyhába – figyelmeztette a lány. – Francica éppen ott dorombol.

– Az nem baj, csak ne nézzen egérnek – felelte mosolyogva Harry, és folytatta útját.

Fleur csakugyan ott ült a konyhaasztalnál, és lelkes szónoklatot tartott esküvői terveiről Mrs Weasleynek. Az asszony tüntetően azt figyelte, hogyan pucolja magát egy halom kelbimbó, és igencsak bosszús arcot vágott.

– ...Billel tulajdonképen eldöntötük, 'ogy sak két koszorhuslány lesz. Zsini és Gabrielle olyan édesen mutatnak majd együt! Gondo'tam, 'alvány aranysárhga rhu'a lesz jó nekik, mer' a rhozsaszin anyira nem megy Zsini 'ajá'oz...

– Á, Harry! – szólalt meg jó hangosan Mrs Weasley, félbeszakítva Fleur monológját. – De jó, hogy lejöttél! El akarom mondani, hogyan fog zajlani holnap a roxforti utazás. Biztonsági okokból minisztériumi kocsikkal visznek ki minket a pályaudvarra, ahol aurorok várnak majd ránk...

– Tonks is ott lesz? – kérdezte Harry, miközben átadta az asszonynak a szennyesét.

– Nem, nem hiszem. Arthur azt mondta, őt máshova osztották be.

– Nagyon el'agyja magát az a Tonks – szólt tűnődve Fleur, s közben saját tükörképét csodálta egy teáskanálon. – Szerhintem joban kelene...

129

– Kitűnő megfigyelés – vetette oda gúnyosan Mrs Weasley, ismét Fleurbe fojtva a szót. – Menj csak, Harry, csomagolj! Szeretném, ha estére minden láda be lenne pakolva, hogy kivételesen elkerüljük a reggeli kapkodást.

A másnapi indulás a pályaudvarra tényleg simábban zajlott a szokásosnál. Mire a minisztériumi kocsik megérkeztek, minden és mindenki készen állt: a ládák tele voltak, Hermione macskája, Csámpás az utazókosarában gubbasztott, Hedvig, Pulipinty valamint Ginny új piros törpegolymókja, Arnold a kalitkájukban ültek.

– Au revoir, 'Arry – búcsúzott elérzékenyülten Fleur, és csókot lehelt Harry arcára. Ron hasonló jóban reménykedve megindult a lány felé, de Ginny elgáncsolta, s ő elterült Fleur lába előtt a porban. Tetőtől talpig koszosan, dühtől és szégyentől lángoló arccal tápászkodott fel, és köszönés nélkül beszállt a kocsiba.

A King's Crosson nem a jókedvű Hagrid várta őket, hanem két, sötét mugliöltönybe bújt, szakállas auror. A mogorva páros egyetlen árva szó nélkül közrefogta a társaságot, és bekísérte őket a pályaudvarra.

– Gyorsan, gyorsan, menjetek át a korláton – sürgette a gyerekeket Mrs Weasley, akit láthatóan feszélyezett a testőrök rideg, katonás viselkedése. – Talán Harry menjen elsőként, és...

Kérdő pillantást vetett az egyik aurorra, aki kurtán biccentett, és megfogta Harry karját, hogy a kilencedik és tizedik vágány közötti korlát felé vezesse őt.

– Köszönöm, de tudok járni – szólt ingerülten Harry, és lerázta magáról az auror kezét. Néma kísérőjét faképnél hagyva nekitolta a kulit a korlátnak, s a következő pillanatban már a kilenc és háromnegyedik vágány peronjáról nézte a Roxfort Expressz gőzgomolyagokat okádó piros mozdonyát.

Másodperceken belül Hermione, Ron, Ginny és a többiek is felbukkantak a peronon. Harry, anélkül, hogy kikérte volna

130

auror-testőre véleményét, intett barátainak, hogy induljanak el vele üres kupét keresni.

Hermione sajnálkozva rázta a fejét.

– Nem mehetünk, Harry. Nekünk Ronnal a prefektusok kocsijába kell mennünk, és aztán egy darabig a folyosón fogunk járőrözni.

– Ja, persze, elfelejtettem – bólintott Harry.

– Szálljatok fel gyorsan, pár perc múlva indul a vonat! – szólt az órájára pillantva Mrs Weasley. – Jó tanulást kívánok, Ron...

– Mr Weasley, beszélhetnénk néhány szót négyszemközt? – kérdezte hirtelen elhatározással Harry.

– Hát persze. – A férfi csodálkozott egy kicsit, de azért félrevonult Harryvel.

Harry korábban alaposan meghányta-vetette magában a dolgot, és arra jutott, hogy ha valakinek mindenképp be kellene számolnia gyanújáról, Mr Weasley lenne a legalkalmasabb személy erre; egyrészt mert a minisztériumban dolgozik, tehát el tudja intézni a további vizsgálatot, másrészt mert kicsi az esélye annak, hogy dührohamot kap.

Harry látta, hogy Mrs Weasley és a mogorva auror gyanakvó pillantásokat vetnek félrevonuló párosuk után.

– Amikor az Abszol úton voltunk... – kezdett bele, de Mr Weasley egy fintorral elébe vágott a vallomásnak.

– Arról fogok értesülni, hogy hol jártatok Ronnal és Hermionéval, miközben állítólag a varázsvicc-bolt hátsó helyiségében voltatok?

– Honnan tudja...?

– Ugyan már, Harry. Az az ember áll előtted, aki felnevelte Fredet és George-ot.

– Öhm... hát igen, nem a hátsó helyiségben voltunk.

– Hallgatlak, ne kímélj.

– Az történt, hogy titokban követtük Draco Malfoyt. A láthatatlanná tévő köpenyemet használtuk.

131

– Konkrét okotok volt erre, vagy csak jó ötletnek tűnt?

– Úgy tűnt, hogy Malfoy készül valamire – válaszolta Harry, nem törődve a Mr Weasley arcán tükröződő félig bosszús, félig kedélyes hitetlenkedéssel. – Megszökött az anyjától, és tudni akartam, miért.

– Tudni akartad, hát persze. – Mr Weasley sóhajtott. – Na és? Megtudtad?

– Bement a Borgin & Burkesbe, és ráparancsolt a tulajra, Borginra, hogy segítsen neki megjavítani valamit. És még azt is mondta, hogy Borgin tegyen félre valamit neki. Úgy hangzott, mintha a két dolog hasonló lenne. Mondjuk, mintha egy pár lenne a kettő. És...

Harry nagy levegőt vett.

– És van még valami. Malfoy elég ideges lett, amikor Madam Malkin meg akarta fogni a bal karját. Az a gyanúm, hogy megjelölték őt a Sötét Jeggyel. Szerintem átvette az apja helyét a halálfalók között.

Mr Weasley meghökkent arcot vágott, és csak egy hosszú pillanat múltán válaszolt:

– Harry, kétlem, hogy Tudjukki egy tizenhat éves gyereket...

– Senki nem tudhatja, hogy Tudjukki mit tenne meg és mit nem – vágott a szavába ingerülten Harry. – Ne haragudjon, Mr Weasley, de szerintem érdemes lenne utánajárni ennek az ügynek. Ha Malfoy meg akar javíttatni valamit, és fenyegetőznie kell, hogy Borgin segítsen neki benne, akkor az a valami biztosan sötét vagy veszélyes varázsholmi, nem?

– Őszintén szólva kétlem, Harry – felelte Mr Weasley, lassan formálva a szavakat. – Miután Lucius Malfoyt elfogták, házkutatást tartottunk nála, és kivétel nélkül minden veszélyes holmit elkoboztunk.

– Szerintem nem találtak meg mindent – erősködött Harry.

– Meglehet – felelte Mr Weasley, de Harry érezte, hogy a válasz csak a megnyugtatását szolgálja.

132

Füttyszó harsant a hátuk mögött; már szinte mindenki felszállt a vonatra, és sorban csukódtak be az ajtók.

– Menned kell – mondta Mr Weasley, és Mrs Weasley is odakiáltott: – Szállj fel gyorsan, Harry!

Harry visszasietett a ládájához, amit azután a Weasley házaspár segített neki feltuszkolni a vonatra.

– Karácsonyra hozzánk jössz, kis drágám, megbeszéltük Dumbledore-ral! – kiáltotta be Mrs Weasley az ablakon, miután Harry már becsukta az ajtót, és a szerelvény lassan elindult. – Légy nagyon óvatos, és...

A vonat egyre gyorsított.

– ...légy jó, és...

Mrs Weasley-nek szaporázni kellett a lépteit a vonat mellett, hogy be tudja fejezni:

– ...vigyázz magadra!

Harry egészen addig integetett, amíg a Weasley házaspár egy kanyar után el nem tűnt a szeme elől. Akkor visszahúzódott az ablakból, és barátai keresésére indult. Feltételezte, hogy Ron és Hermione még a prefektusok kocsijában vannak, Ginny viszont ott állt nem messze tőle a folyosón, és néhány barátjával beszélgetett. Ládáját magával vonszolva elindult hát a lány felé.

A roxfortosok szégyentelenül megbámulták őt. Sokan egyenesen a kupéjuk ablakának nyomták az arcukat, hogy jobban láthassák. Harry előre sejtette, hogy a Reggeli Próféta „Kiválasztott"-legendája jóvoltából ebben az évben fokozott bámészkodásmennyiséget kell elviselnie, de így is zavarta a reflektorfény. Megkopogtatta Ginny vállát.

– Nem keresünk egy üres kupét?

– Bocs, Harry, de nem mehetek, Deannel találkozom – felelte vidáman a lány. – Majd később biztos összefutunk.

– Persze, persze... – bólintott Harry. Enyhe csalódottság fogta el, ahogy a távolodó lány hosszú, vörös hajfürtjeinek táncát nézte. A nyár folyamán annyira hozzászokott Ginny je-

133

lenlétéhez, hogy el is felejtette: Ginny az iskolában nem szokta együtt tölteni az idejét vele, Ronnal és Hermionéval. Mikor aztán kizökkentette magát mélázásából, és körülnézett, csodálattól csillogó szemű lányok gyűrűjében találta magát.

– Szia, Harry! – csendült egy ismerős hang a háta mögött.

– Neville! – Harry megkönnyebbülten fordult a ládáját vonszoló kerek képű fiú felé.

– Szervusz, Harry – köszönt rá a Neville nyomában közeledő hosszú hajú, nagy szemű, ködös tekintetű lány.

– Szia, Luna, hogy vagy?

– Köszönöm szépen, nagyon jól – felelte Luna. Egy képes magazint tartott a kezében, amely a címoldalán öles feliratban tudatta, hogy ajándék fantomfigyelő szemüveget tartalmaz.

– Még mindig jól fogy a Hírverő? – érdeklődött Harry, aki tartózkodó jóindulattal viseltetett a magazin iránt, mióta az előző tanévben exkluzív interjút adott nekik.

– Igen, igen, nagyon magas a példányszámunk – felelte lelkes mosollyal Luna.

– Keressünk helyet magunknak! – indítványozta Harry, s a némán bámuló diákok csoportjait kerülgetve elindult két barátjával a folyosón. Végre találtak egy üres kupét, ahova Harry nem kis megkönnyebbüléssel menekült be.

– Még minket is megbámulnak – szólt Neville magára és Lunára mutatva –, csak mert együtt látnak veled!

– Azért bámulnak meg, mert ti is ott voltatok a minisztériumban – helyesbített Harry, miközben feltornászta ládáját a poggyásztartóra. – Tele volt a történtekkel a Reggeli Próféta. Biztos olvastátok.

Neville hevesen bólogatott.

– Igen, és azt hittem, hogy nagyi dühös lesz a nagy hűhó miatt, de képzeljétek, örült neki! Azt mondta, végre-valahára apám nyomdokaiba léptem. Még egy új pálcát is vett nekem, nézzétek!

Előhúzta a varázsszerszámot, és felmutatta.

134

– Cseresznyefa egyszarvúszőrrel – jelentette büszkén. – Az egyik legutolsó darab, amit Ollivander eladott. Rögtön másnap tűnt el... Hé, Trevor, gyere vissza! Azzal bebújt az ülés alá, hogy nyakon csípje krónikus szabadságvágy-túltengésben szenvedő varangyát.

– Az idén is lesz DS, Harry? – kérdezte Luna, miközben leválasztotta a Hírverő középső lapjáról a fantomfigyelő szemüveget.

– Már nincs értelme, hisz megszabadultunk Umbridge-től – felelte Harry, és leült. Neville kihúzta a fejét az ülés alól – közben bele is verte –, és csalódottan nézett fel Harryre.

– Én nagyon szerettem a DS-t! Olyan sokat tanultam tőled!

– Én is élveztem a találkozásainkat – bólogatott álmatag derűvel Luna. – Olyan volt, mintha lennének barátaim.

Luna gyakran tett efféle zavarba ejtő megjegyzéseket; Harryt mindig a szánalom és a szégyenkezés vegyes érzése fogta el tőlük. Mielőtt azonban válaszolhatott volna, mozgásra lett figyelmes az ajtó túloldalán. A kupé előtt egy kis csapat negyedéves lány sutyorgott és viháncolt.

– Te kérdezd meg!

– Nem, te!

– Majd én megkérdezem!

Egyikük, egy magabiztosnak tűnő, fekete szemű, markáns állú, hosszú fekete hajú lány kinyitotta a kupéajtót, és beoldalazott rajta.

– Szia, Harry, én Romilda Vane vagyok – köszönt harsány hangon, majd színpadias suttogással folytatta: – Nem akarsz átjönni a mi fülkénkbe? Minek ülnél itt velük? – Azzal rámutatott az ülés alatt kotorászó Neville égnek meredő fenekére, valamint Lunára, akit az orrára biggyesztett fantomfigyelő szemüveg egy agyalágyult tarka bagolyhoz tett hasonlatossá.

– Ők a barátaim – jelentette ki hűvösen Harry.

– Aha. – A lány arca őszinte csodálkozást tükrözött. – Értem. Szia.

Azzal visszavonult, és behúzta maga után az ajtót.

– Az emberek elvárnák, hogy menő barátaid legyenek, nem ilyenek, mint mi – jelentette ki a tőle megszokott szókimondással Luna.

– Menők vagytok – felelte tömören Harry. – Közülük egy se volt ott a minisztériumban. Nem ők harcoltak együtt velem.

– Nagyon kedves, hogy ezt mondod. – Luna küldött egy hálás mosolyt Harry felé, aztán megigazította orrán a fantomfigyelőt, és belemélyedt a Hírverőbe.

– Mi nem küzdöttünk meg vele – hangsúlyozta Neville, miután tollpihékkel és pormacskákkal a hajában, markában pedig a csüggedt Trevorral kikászálódott az ülés alól. – Te viszont igen. Hallanod kéne, miket mond rólad a nagyi! „Az a Harry Potter egymaga többet ér, mint a Mágiaügyi Minisztérium összes léhűtője együttvéve!" Bármit megadna érte, hogy te legyél az unokája...

Harry zavartan nevetett, és gyorsan az RBF-vizsga-eredményekre terelte a szót. Miközben Neville felsorolta a jegyeit, és elmorfondírozott rajta, hogy az átváltoztatástanból szerzett „elfogadható"-ja vajon elég lesz-e a tantárgy RAVASZ-szintű folytatásához, Harry tűnődve nézte őt, s a gondolatai egészen máshol jártak.

Neville gyermekkorát is tönkretette Voldemort, épp úgy, mint az övét... és Neville máig se sejti, milyen kevés választotta el tőle, hogy az ő sorsára jusson. A jóslat ugyanúgy szólhatott Neville-ről is, mint róla – de Voldemort valamely kifürkészhetetlen okból arra a meggyőződésre jutott, hogy ő, Harry, az embere.

Ha Voldemort Neville mellett döntött volna, akkor most úgy ülnének egymással szemben, hogy Neville viseli a homlokán a villám alakú sebhelyet és a vállán a jóslat súlyát... Vagy akkor sem volna így? Vajon Neville édesanyja is feláldozta volna az életét a fiáért, ahogy Lily tette érte, Harryért? Biztosan... De talán nem sikerült volna a fia és Voldemort közé állnia... Akkor most senki nem lenne „kiválasztott"? Akkor Neville nem ülne itt vele szemben, és az ő sebzetlen homlokára nem Mrs Weasley, hanem a saját édesanyja nyomott volna búcsúcsókot a pályaudvaron?

– Jól vagy, Harry? – kérdezte Neville. – Olyan furcsán nézel.

Harry összerezzent.

– Bocsánat, csak...

– Furmász bújt beléd? – kérdezte együttérzően Luna, és hatalmas, színes szemüvegén át rápislogott Harryre.

– Hogy... micsoda?

– Hát furmász... Láthatatlan lény, a füleden át beszáll a fejedbe, és beszövi az agyadat. Úgy éreztem, mintha röpködne itt egy.

Luna hevesen csapkodni kezdett maga körül, mint aki nagy, láthatatlan molylepkéket hesseget. Harry és Neville furcsálkodva összenéztek, és gyorsan elkezdtek a kviddicsről beszélgetni.

Kint, a vonat ablakain túl az idő ugyanolyan változóan borús képet mutatott, mint országszerte egész nyáron; felváltva haladtak át dermesztő köd borította és bágyadt napfényben sütkérező tájakon. Épp egy tiszta szakaszon jártak, s a nap már magasan állt, amikor Ron és Hermione végre beléptek Harryék kupéjába.

– Éhen halok, ha nem jön a büfés boszorkány! – panaszkodott Ron, és a gyomortájékát simogatva lehuppant Harry mellé. – Szia, Neville! Szia, Luna! Képzeld el – fordult Harryhez –, Malfoy elblicceli a prefektusi melót. Csak ül a kupéjában a mardekáros haverjaival, láttuk idefelé jövet.

Harry érdeklődve kihúzta magát. Felettébb gyanúsnak tartotta, hogy Malfoy, aki az előző tanévben végig kéjes örömmel élt vissza prefektusi hatalmával, kihagy egy ilyen remek alkalmat, mint a vonatút.

– Mit csinált, mikor meglátott titeket?

– Amit szokott – válaszolta közönyösen Ron, és bemutatott egy sértő kézmozdulatot. – De ez nem vall rá, igaz? Mármint ez igen... – megismételte a „beintést" –, de miért nem mászkál a folyosón, és szekírozza az elsősöket?

– Nem t'om – dünnyögte Harry. Egymást kergették a gondolatok a fejében. Vajon nem azt jelzi ez is, hogy Malfoynak komolyabb tervei vannak annál, mint hogy a diáktársai fölött basáskodjon?

– Lehet, hogy Umbridge Főinspektori Különítménye után a sima prefektuskodás már túl uncsi neki – találgatott Hermione.

– Nem hiszem, hogy erről van szó – rázta a fejét Harry. – Szerintem...

Mielőtt azonban kifejthette volna elméletét, ismét kinyílt a fülke ajtaja, és beesett rajta egy ziháló harmadéves lány. Mikor pillantása találkozott Harryével, fülig elvörösödött, és dadogva elhadarta:

– Át kell adnom ezeket Neville Longbottomnak és Harry P-Potternek.

Azzal két, lila szalaggal átkötött pergament nyújtott a fiúk felé. A meghökkent Harry és Neville gépiesen átvették a nevüket viselő tekercseket. Ezután a lány gyorsan kihátrált a kupéból.

– Mi az? – kérdezte Ron, miután Harry kinyitotta a levelét.

– Meghívó.

Kedves Harry!
Nagy örömömre szolgálna, ha megosztanád
velem szerény ebédemet a C fülkében.

Őszinte híved:

H. E. F. Lumpsluck professzor

138

– Ki az a Lumpsluck professzor? – kérdezte Neville, tanácstalanul pislogva saját levelére.

– Egy új tanár – felelte Harry. – Azt hiszem, muszáj lesz odamennünk.

– De tőlem mit akar? – Neville olyan rémült arcot vágott, mintha büntetőmunkára ítélték volna.

– Fogalmam sincs – válaszolta Harry, pedig sejtette, hol van a kutya elásva. – Figyelj – folytatta hirtelen ötlettel –, menjünk a láthatatlanná tévő köpeny alatt, akkor útközben meg tudjuk nézni Malfoyt. Hátha kiderül, miben sántikál.

Az ötlet sajnos nem működött: a folyosó zsúfolásig megtelt a büfés boszorkányra váró diákokkal, lehetetlen volt észrevétlenül navigálni közöttük. Harry csalódottan tömködte vissza a köpenyt hátizsákjába – már csak azért is jó lett volna viselnie, hogy elkerülje a bámész pillantásokat. Az iránta tanúsított közérdeklődés ugyanis mintha még tovább fokozódott volna előző folyosói sétája óta. A diákok itt is, ott is kiléptek a fülkékből, csak hogy még alaposabban megbámulhassák őt. Az ellentétes irányú forgalom egyetlen emberre korlátozódott: Cho Changra, aki a közeledő Harry láttán sietve besurrant a kupéjába. Harry elhaladtában bepillantott a fülkébe, ahol Cho roppant elmélyülten beszélgetett barátnőjével, Mariettával. Ez utóbbi vastagon ki volt sminkelve, de – s Harry ezt elégtétellel konstatálta – a púder se tudta teljesen elfedni az arcát átszelő, különös mintájú pattanástömeget.

A C fülkéhez érve Harry és Neville nyomban látták, hogy nem ők az egyedüli meghívottak – de a lelkes fogadtatás, amiben Harry részesült, azt sejtette, hogy Lumpsluck őt tekinti díszvendégének.

– Harry, drága fiam! – Az öreg varázsló úgy ugrott fel a helyéről, hogy hasa, ez a bársonyba takart hordó, hirtelen az egész fülkét betölteni látszott. Kopasz feje és bozontos ezüst bajsza versenyt csillogott a napfényben mellénye aranygomb-

139

jaival. – Micsoda öröm, micsoda öröm! Te pedig, ha jól sejtem, Longbottom úrfi vagy!

Neville megszeppenve bólintott. Ezután Lumpsluck intésére ő és Harry leültek egymással szemben az ajtó melletti két üres helyre. Harry végigfuttatta pillantását a többi vendégen. Jelen volt két hetedéves fiú, akiket nem ismert; egy mardekáros évfolyamtársa, egy magas, fekete, kiugró arccsontú, ferdeszemű fiú; és Lumpsluck mellett a sarokba préselve ott gubbasztott Ginny, akin látszott, hogy nem igazán érti, mit keres ebben a társaságban.

– Mindenkit ismertek? – kérdezte Lumpsluck Harrytől és Neville-től. – Blaise Zambini az évfolyamtársatok, ugyebár...

Zambini egy pillantásra se méltatta Harryéket, ahogy Harryék se Zambinit – így diktálta ezt a griffendélesek és a mardekárosok közötti kölcsönös megvetés hagyománya.

– A fiatalúr Cormac McLaggen, talán ismeritek... Nem?

McLaggen, egy termetes, dróthajú fiú üdvözlően felemelte a kezét, Harry és Neville pedig biccentettek neki.

– ...ő pedig Marcus Belby. Nem tudom, talán...

A sovány, ideges arcú Belby kényszeredetten elmosolyodott.

– Ez az elbűvölő ifjú hölgy viszont azt mondja, ismer benneteket – fejezte be a bemutatást Lumpsluck.

Ginny kidugta a fejét az öreg varázsló mögül, és ráfintorgott Harryékre.

– Most, hogy ilyen szépen összejöttünk – folytatta kedélyesen Lumpsluck –, használjuk ki az alkalmat, és ismerkedjünk meg egy kicsit jobban egymással. Parancsoljatok asztalkendőt! Hoztam magammal ebédet otthonról, mivel az itteni büfé emlékeim szerint jobbára csak nyalánkságokat kínál, azok pedig nem valók a magamfajta öregember emésztőrendszerének... Fácánt, Belby?

Belby összerezzent, és engedelmesen elfogadta a felkínált jókora húsadagot.

– Épp azt meséltem az ifjú Marcusnak – fordult Harryékhez Lumpsluck, miközben körbekínált egy kosár zsemlét –, hogy a bácsikája, Damocles egykor a tanítványom volt. Kitűnő varázsló, kitűnő, kétségkívül megérdemelte a Merlin-rendet. Gyakran találkozol a nagybátyáddal, Marcus?

Belby sajnos épp akkor tömött a szájába egy nagy darab fácánt, s lázas igyekezetében, hogy válaszolhasson, félrenyelt. Ellilult a feje, és köhögőgörcs fogta el.

– Anapneo! – szólt higgadtan Lumpsluck, Belbyre szegezve a pálcáját. A fiú légcsöve nyomban szabaddá vált.

– Nem... elég ritkán látom – hápogta könnyező szemmel.

– Hát igen, a nagybátyád bizonyára roppant elfoglalt – folytatta fürkésző pillantással Lumpsluck. – Felteszem, nem kevés munkájába került kifejleszteni a farkasölőfű-főzetet.

– Hát igen... – felelte bizonytalanul Belby. Úgy tűnt, jobbnak látja hozzá se nyúlni az ételhez, amíg Lumpsluck nem végez vele. – Öhm... apám és Damocles bácsi nincsenek túl jóban, úgyhogy nem sokat tudok róla...

Hangja motyogássá halkult, miután Lumpsluck egy hűvös mosollyal megvonta tőle figyelmét, és McLaggenhez fordult:

– Te viszont, Cormac... véletlenül tudom, hogy te szoros kapcsolatot ápolsz Tiberius bácsikáddal. Van egy kiváló fotója kettőtökről, amint ólálkára vadásztok... hol is? Norfolkban?

– Igen, igen, azt nagyon élveztem – bólogatott McLaggen. – Bertie Higgs-szel és Rufus Scrimgeourrel mentünk... persze még azelőtt, hogy Scrimgeour miniszter lett...

– Á, szóval Bertie-t és Rufust is ismered? – örvendezett Lumpsluck. Körbekínált egy kis tálca süteményt, de Belby valahogy kimaradt a körből. – Nos, mondd csak...

Úgy volt, ahogy Harry gyanította. Lumpsluck csupa olyan diákot hívott meg, akik kapcsolatban álltak valamely közismert vagy befolyásos személlyel – ez alól csak Ginny képezett kivételt. McLaggen után Lumpsluck Zambinit faggatta ki; róla kiderült, hogy az anyja egy legendás szépségű boszorkány (aki már a hetedik házasságán van túl, s minden addigi férje rejtélyes körülmények között halt meg, tekintélyes aranymennyiséget hagyva hátra). Utána Neville került terítékre. A beszélgetésnek ez a tíz perce elég kínos hangulatú volt, mivel Neville szüleit, akik kiváló aurorok voltak, Bellatrix Lestrange és halálfaló cimborái egykor kínzással a tébolyba kergették. A kihallgatás végén Harrynek az volt a benyomása, Lumpsluck egyelőre nem tudja eldönteni, örökölt-e valamit Neville szülei erényeiből.

Lumpsluck ezután izgatottan fészkelődni kezdett.

– És most – szólt a világszámot bejelentő konferanszié hangján – következzék Harry Potter! Hol is kezdjem? Úgy érzem, a nyári találkozásunk alkalmával még csak a közelébe se kerültünk a lényeges kérdéseknek!

Egy pillanatig csak nézte Harryt, mintha egy különösen nagy és ízletes fácánhúsdarabot gusztálna, aztán belevágott:

– A „Kiválasztott" – így neveznek mostanában!

Harry hallgatott. Belby, McLaggen és Zambini rászegezték a szemüket.

– No persze... – folytatta kutató tekintettel Lumpsluck –, évek óta hallani mendemondákat... Emlékszem, mikor... nos, azután a szörnyű éjszaka után – Lily, James... és te túlélted – nos, akkor az a hír járta, hogy rendkívüli képességek birtokosa vagy...

Zambini gúnyos kis köhintéssel jelezte hitetlenkedését. A következő pillanatban dühös hang csattant fel Lumpsluck mögött:

– Naná, Zambini, mert te olyan nagy hős vagy... a száddal!

– Ajajaj! – Lumpsluck kedélyesen felkacagott, közben Ginny a hasa mögül kihajolva megsemmisítő pillantást küldött Zambini felé. – Csak óvatosan, Blaise! Ez az ifjú hölgy

142

nemrég a szemem láttára hajtotta végre a lehető legpompásabb rémdenevér-rontást! Nem tanácsos ingerelni őt!

Zambini ezután beérte azzal, hogy megvető arcot vágott.

– No de lássuk az idei pletykákat! – fordult ismét Harryhez Lumpsluck. – Persze sose lehet tudni, mit higgyen el az ember, hisz a Próféta nem egyszer közölt már pontatlan, téves információkat, de ha ennyi szemtanú állítja, akkor nincs miért kételkedni benne, hogy a minisztérium viharos események színhelye volt a nyáron, és hogy te ott voltál a sűrűjében!

Harry nem akart hazudni, más kiutat pedig nem látott, így hát némán bólintott. Lumpsluck ezt széles mosollyal jutalmazta.

– Micsoda szerénység, micsoda szerénység, nem csoda, hogy Dumbledore kedvence vagy... Tehát ott voltál? No de a többi dolog, amit rebesgetnek... megannyi fantasztikus spekuláció, ki merné elhinni őket? Ott van példának okáért az a legendás jóslat...

– Nem hallottunk semmiféle jóslatot – vetette közbe muskátlipiros arccal Neville.

– Így van – erősítette meg Ginny. – Neville meg én is ott voltunk. Ez az egész „Kiválasztott"-dolog a Próféta szokásos dajkameséje.

– Szóval ti is ott voltatok? – Lumpsluck várakozva nézett Ginnyre és Neville-re, de azok kagyló módjára bezárkóztak biztató mosolya előtt.

– Értem... nos... szent igaz, hogy a Próféta gyakran túloz – folytatta kissé csalódottan Lumpsluck. – Emlékszem, a drága Gwenog mondta egyszer – mármint Gwenog Jones, a Holyheadi Hárpiák csapatkapitánya...

Azzal belekezdett egy hosszú és szövevényes történetbe, de Harry élt a gyanúperrel, hogy az öreg varázsló még nem végzett vele, s hogy jóslat-ügyben korántsem győzte meg őt Neville és Ginny állítása.

A délután hátralevő részében további anekdoták hangzottak el Lumpsluck híressé vált extanítványairól, akik roxfortos éveikben állítólag mind lelkes tagjai voltak az úgynevezett „Lump Klub"-nak. Harry tűkön ült, de nem tudott megfelelő ürügyet találni a távozásra, udvariatlan pedig nem akart lenni. Végül, mikor a vonat kiért egy hosszú ködös szakaszból a vöröslő naplementébe, Lumpsluck hunyorogva kinézett az ablakon, és felkiáltott:

– Szent Isten, hiszen alkonyodik! Most látom csak, hogy már lámpát gyújtottak! Ideje visszamennetek a kupétokba átöltözni. McLaggen, alkalomadtán gyere el azért a könyvért az ólálkákról. Harry, Blaise – bármikor szívesen látlak benneteket. Ez rád is érvényes, kisasszony... – És rákacsintott Ginnyre. – Na eredjetek csak, eredjetek!

Zambini felpattant, és előretolakodott az ajtóhoz. Elhaladtában megvetően rápillantott Harryre, aki állta a tekintetét. Harry, Neville és Ginny a mardekáros fiú nyomában indultak el az alkonyi fénybe vont vonatfolyosón.

– De jó, hogy végre elengedett! – motyogta Neville. – Fura egy pasas, nem?

– De – hagyta rá Harry szemét Zambini hátára szegezve. – Te meg hogy kerültél ebbe a társaságba, Ginny?

– Látta, amikor rontást küldtem Zacharias Smithre – mesélte a lány. – Tudod, ő az a féleszű hugrabugos, aki a DS-be is járt. Egyfolytában faggatott, hogy mi történt a minisztériumban. A végén annyira bepöccentem rá, hogy odacsattintottam neki. Mikor Lumpsluck bejött, azt hittem, büntetőmunkát kapok, de helyette megdicsérte a rontásomat, és meghívott ebédre. Tiszta dili, nem?

– Szerintem jobb ok a meghívásra, mint az, hogy híres az anyád – vélekedett Harry –, vagy hogy a nagybátyád...

A torkán akadt a szó, mert hirtelen támadt egy ötlete... egy nagyon merész, de nem kevésbé ígéretes ötlete... Zambini körülbelül egy perc múlva bemegy a hatodéves mardekárosok

144

kupéjába, ahol ott ül Malfoy is gyanútlanul, abban a hitben, hogy az övéi között van... Ha ő, Harry észrevétlenül be tud osonni Zambini mögött, érdekes dolgokat láthat-hallhat. Igaz, a kinti elvadult tájból ítélve legfeljebb félórányira lehetnek Roxmorts állomástól – de ha egyszer senki nem hajlandó komolyan venni az aggodalmát, nincs más hátra, neki magának kell bizonyítékot szereznie Malfoy ellen.

– Menjetek csak, majd találkozunk – súgta oda barátainak, s már ki is húzta hátizsákjából a láthatatlanná tévő köpenyt.

– De hát mit...? – csodálkozott Neville.

– Majd elmondom!

Harry gyorsan magára terítette a köpenyt, és felzárkózott Zambini mögé. Ügyelt rá, hogy zajtalanul lépkedjen, bár ez a zakatoló vonaton felesleges óvatosságnak tűnt.

A folyosó időközben szinte teljesen kiürült. A diákok visszatértek fülkéikbe, hogy felöltsék az iskolai talárt, és összecsomagolják holmijaikat. A mardekáros fiú és láthatatlan követője egykettőre elérték a keresett kupét; azonban hiába haladt Harry szorosan Zambini mögött, nem sikerült vele együtt beosonnia a fülkébe. Jobb ötlet híján bedugta hát a lábát a nyílásba, mikor Zambini be akarta csukni maga mögött a tolóajtót.

– Mi a fene van ezzel? – morogta dühösen a mardekáros, miután Harry lába a második próbálkozását is meghiúsította.

Harry ekkor megfogta az ajtót, és teljes erőből visszalökte. A kilincset markoló Zambini a váratlan rántástól elvesztette egyensúlyát, és Gregory Monstro ölébe huppant. Harry kihasználta az ezt követő kavarodást, besurrant a fülkébe, és Zambini üres ülőhelyéről elrugaszkodva felkapaszkodott a poggyásztartóra. Az volt a szerencséje, hogy Zambini és Monstro összevesztek, és mindenki rájuk figyelt – ugyanis biztos volt benne, hogy a tornamutatvány közben bokáig kilógott a lába a köpeny alól. Ráadásul egy rémisztő pillanatig úgy látta, mintha Malfoy tekintete követné a cipőjét – de az-

145

tán Monstro berúgta az ajtót, lelökte magáról Zambinit, aki ziláltan leroskadt a helyére, Crak tovább olvasta a képregényét, Malfoy pedig vihogva visszafeküdt az ülésre – ahol két helyet foglalt el –, és Pansy Parkinson ölébe hajtotta a fejét. Harry meglehetősen kényelmetlen, összegömbölyödött testtartást vett fel, nehogy egy porcikája is kilátsszon a köpeny alól. Pansyt nézte, aki olyan önelégült képpel cirógatta Malfoy szőke haját, mintha a fél világ irigyelné tőle ezt a kitüntető feladatot. A kupé mennyezetén himbálózó lámpák fényesen megvilágították a jelenetet: Harry akár együtt tudta volna olvasni a képregényt az alatta ülő Crakkal.

– Na, mi volt, Zambini? – kérdezte Malfoy. – Mit akart Lumpsluck?

– Próbálja begyűjteni az olyan embereket, akiknek jó kapcsolataik vannak – felelte Zambini, még mindig dühös pillantásokat vetve Monstro felé. – De nem talált túl sokat.

Úgy tűnt, Malfoy nem örül ennek az információnak.

– Kik voltak még ott? – kérdezte ingerülten.

– McLaggen, az a griffendéles...

– Ja igen, a nagybátyja fejes a minisztériumban – bólintott Malfoy.

– ...valami Belby a Hollóhátból...

– Nehogy már, az a hülye? – kotyogott közbe Pansy.

– ...meg Longbottom, Potter és az a Weasley csaj – fejezte be a felsorolást Zambini.

Malfoy félrelökte Pansy kezét, és felült.

– Meghívta Longbottomot?

– Gondolom, igen, mert hogy ott volt – felelte unottan Zambini.

– Mi a fenét akarhat tőle?

Zambini vállat vont.

– Az oké, hogy meg akarta nézni magának a drágalátos Pottert, a Kiválasztottat. – Malfoy megvetően elfintorodott. – De a Weasley csajban mi érdekes van?

– Egy csomó srácnak tetszik – jegyezte meg Pansy, a szeme sarkából lesve Malfoy reakcióját. – Még szerinted is jól néz ki, nem igaz, Blaise? Pedig tudjuk, hogy te milyen finnyás vagy!

– Nem érdekel a mocskos kis véráruló, akárhogy néz ki! – felelte fagyosan Zambini.

A válasz szemlátomást elégedettséggel töltötte el Pansyt. Malfoy visszafeküdt az ölébe, és kegyesen megengedte, hogy a lány tovább cirógassa a haját.

– Elég trágya ízlése van Lumpslucknak. Biztos már tök szenilis. Kár, mert az apám szerint régen egész jó varázsló volt. Apám a kedvencei közé tartozott... Szerintem Lumpsluck nem tudja, hogy a vonaton vagyok, különben...

– Nem biztos, hogy meghívott volna – rázta a fejét Zambini. – Az elején Nott apjáról faggatott. Magyarázta, hogy régi barátok meg minden... De mikor mondtam, hogy az öreg Nottot elkapták a minisztériumban, rögtön leszállt a témáról. És Nottot nem is hívta meg... Szóval szerintem nem komálja a halálfalókat.

Malfoy dühösen összeszorította a száját, de aztán kipréselt magából egy száraz kacajt.

– Mit számít, hogy kit komál Lumpsluck és kit nem? Végül is ki ő? Egy hülye tanár. – Malfoy színpadiasan ásított. – Különben is, lehet, hogy jövőre már nem is fogok a Roxfortba járni – miért izgatna, hogy mit gondol rólam az a vén majom?

Pansy nyomban lekapta a kezét Malfoy fejéről.

– Mi az, hogy jövőre nem fogsz a Roxfortba járni? – kérdezte felháborodva.

– Azt sosem lehet tudni... – felelte Malfoy, egy vigyor árnyékával a szája sarkában. – Lehet, hogy... lehet, hogy akkor már nagyobb és fontosabb feladataim lesznek.

A poggyásztartón kuporgó Harry szíve vadul kalapálni kezdett. Ehhez mit fog szólni Ron és Hermione? Crak és Monstro nagy szemeket meresztettek – eddig nyilván sejtelmük se volt Malfoy eljövendő nagyobb és fontosabb feladatairól. Zambini gőgbe merevedett arcára is csodálkozás ült ki. Pansy gépiesen tovább cirógatta Malfoy haját – felháborodását ámulat váltotta fel.

– Csak nem... mellette?

Malfoy vállat vont.

– Anyám azt akarja, hogy fejezzem be az iskolát, de szerintem manapság már egyáltalán nem olyan fontos a képesítés. Ha a Sötét Nagyúr átveszi a hatalmat, azt hiszitek, érdekelni fogja, kinek hány RBF-e meg RAVASZ-a van? A fenét... csak azt fogja nézni, hogy ki milyen szolgálatot tett neki, ki hogyan bizonyította a hűségét.

– És te majd komoly szolgálatokat teszel neki, mi? – gúnyolódott Zambini. – Tizenhat évesen, úgy, hogy még az iskolát se jártad ki?

– Most mondtam, öreg – felelte Malfoy, halkabbra fogva a hangját. – A Sötét Nagyurat nem érdekli, hogy kijártam-e az iskolát. Talán olyan feladatot bíz rám, amihez nem kell iskolai végzettség.

Crak és Monstro tátott szájjal ültek, akár két vízköpő szörny egy gótikus katedrálison. Pansy úgy bámult Malfoyra, mint valami világcsodájára.

Malfoy, miután kellően kiélvezte a szavai keltette drámai hatást, az éjfekete ablak felé bökött.

– Már látni a Roxfortot. Át kéne öltözni.

Harry, aki minden idegszálával Malfoyra figyelt, későn vette észre, hogy Monstro a poggyásztartó felé nyúl. A mardekáros lerántotta ládáját, és közben halántékon ütötte vele Harryt, aki felnyögött fájdalmában. Malfoy felkapta a fejét, és gyanakodva nézett a hang irányába.

Harry nem félt Malfoytól, de azért cseppet se vágyott rá, hogy egy rakás undok mardekáros leleplezze. A lüktető fájdalomtól könnybe lábadt szemmel elővette pálcáját, és lélegzetvisszafojtva várta a fejleményeket. Szerencsére úgy tűnt,

Malfoy meggyőzte magát, hogy csak képzelődött; kisvártatva levette tekintetét a poggyásztartótól, és társaihoz hasonlóan talárba bújt. Azután bezárta a ládáját, s mikor a vonat rángatós lépéstempóra lassított, a vállára kanyarított egy vadonatúj, vastag utazóköpenyt.

Harry látta, hogy a folyosó ismét megtelik emberekkel. Remélte, hogy Hermione és Ron leszálláskor magukkal viszik a holmiját – ő nem mozdulhatott a helyéről, amíg a kupé ki nem ürül. Mikor aztán a szerelvény egy utolsó rándulással megállt, Monstro nyomban feltépte az ajtót, és egy csapat másodévest félrelökve kicsörtetett a folyosóra. Crak és Zambini sietve követték.

– Menj csak előre – vetette oda Malfoy a várakozó Pansynak, aki szemlátomást abban reménykedett, hogy kéz a kézben fognak leszállni. – Nekem még van itt egy kis dolgom.

Pansy csalódottan kiment, magára hagyva Malfoyt – és a poggyásztartón kuporgó Harryt. Malfoy az ajtóhoz lépett, és lehúzta a sötétítőfüggönyt, hogy a folyosón elhaladó diákok ne láthassanak be a kupéba. Azután visszament a ládájához, és újra kinyitotta.

Harry az izgalomtól szaporán dobogó szívvel figyelte a mardekáros fiú ténykedését. Vajon mit rejteget Malfoy Pansy elől? Talán most fogja elővenni a titokzatos elromlott tárgyat, amit mindenáron meg kell javítania?

– *Petrificus totalus!*

Malfoy hirtelen rászegezte pálcáját Harryre, s ő az átok hatására abban a szempillantásban kényszerű mozdulatlanságba dermedt. A következő másodperceket úgy élte át, mintha egy lassított felvétel szereplője lenne: tehetetlenül lefordult a poggyásztartóról, hosszan zuhant, majd iszonyatos puffanással földet ért Malfoy lába előtt. A varázsköpeny a háta alá került, nem takarta el többé groteszk magzatpózba merevedett testét. Egyetlen izmát, egyetlen porcikáját se tudta mozdítani;

149

csak feküdt, mint egy kődarab, és a fölé hajó Malfoyra meredt.

– Hát jól sejtettem – szólt diadalmas vigyorral a fiú. – Hallottam, amikor Monstro megütött a ládájával. És előtte, mikor Zambini visszajött, mintha valami fehér villant volna a levegőben... – A pillantása elidőzött Harry cipőjén. – Miután Zambini bejött, bedugtad a lábad az ajtóba, mi?

Malfoy pár másodpercre elhallgatott, és töprengve nézte Harryt. Azután folytatta:

– Nem hallottál semmi fontosat, Potter. De ha már itt vagy...

Teljes erőből beletaposott Harry arcába. Harry érezte, hogy eltörik az orra, és ömleni kezd belőle a vér.

– Vedd úgy, hogy ezt apám küldte. És most jó éjt...

Malfoy kirángatta Harry alól a láthatatlanná tévő köpenyt, és gondosan letakarta vele a fiú görcsbe dermedt testét.

– Majd ha Londonba ér a vonat, talán megtalál valaki. Viszlát pár nap múlva, Potter... vagy soha.

Azzal Harry kezére taposva az ajtóhoz lépett, és kiment a fülkéből.

Nyolcadik fejezet

Piton diadala

Harry kővé dermedt testtel feküdt a láthatatlanná tévő köpeny alatt. Érezte az orrából patakzó vér nedves melegét, és hallotta a fülke előtt elhaladók hangját, lépteik zaját. Indulás előtt biztosan végigmegy még valaki a vonaton, hogy ellenőrizze, mindenki leszállt-e – ez volt az első gondolata, de hamar rádöbbent, hogy hiába néznek be a kupéba, se nem láthatják, se nem hallhatják őt. Csak abban reménykedhetett, hogy valaki bejön a fülkébe, és elbotlik benne.

Soha nem gyűlölte még annyira Malfoyt, mint most, ahogy ott feküdt, akár egy hátára fordított, groteszk teknősbéka, émelyegve a szájába csöpögő vértől. Micsoda ostoba helyzetbe hozta magát! Közben a vonatfolyosó is kiürült, a diákok immár lent a peronon tolongtak. Harry hallotta zsibongásukat s a nehéz ládák csikorgását a kövön.

Ron és Hermione biztosan azt hiszik, hogy külön szállt le a vonatról. Mire felérnek a kastélyba, elfoglalják a helyüket a nagyteremben, végigpásztázzák néhányszor a griffendélesek asztalát, és végre tudomásul veszik, hogy ő nincs ott – addigra a vonat már félúton lesz London felé.

Harry megpróbált valamiféle hangot kiadni, de hiába – még nyöszörögni se tudott. Aztán felötlött benne, hogy a mágusok némelyike, például Dumbledore, szavak nélkül is tud varázsolni. Megpróbálta hát a begyűjtő bűbájjal a kezébe hívni pálcáját: többször elismételte magában az *Invito pálca!* varázsigét – de nem történt semmi.

Valahol a távolban egy bagoly huhogott. Harry a tó körüli fák lombjának susogását is hallani vélte, de arra, hogy kutatnának utána, nem utalt semmilyen zaj. Kissé szégyellte magát érte, de most őszintén örült volna neki, ha valaki odakint hiányolja a híres Harry Pottert. Csüggedés fogta el, mikor maga elé képzelte az iskola felé guruló, thesztrálok húzta fiákereket, amelyek egyikében Malfoy talán épp azzal dicsekszik, hogy miként tette csúffá őt.

A vonat megrándult, s Harry a hátáról az oldalára borult. A plafon helyett most az ülés alatti pormacskákat volt kénytelen bámulni. A zárt ablakon át is behallatszott kintről a mozdony szuszogása. Indul a vonat, és senki nem sejti, hogy ő az egyik kupéban hever...

Ekkor azonban valaki lerántotta róla a varázsköpenyt.

– Helló, Harry – csendült egy hang.

Egy villanásnyi ideig piros fény ragyogta be a kupét, s Harry érezte, hogy kiszabadul a sóbálvány-átok bilincséből. Mivel testhelyzetét szégyellte leginkább, először is felült; aztán letörölte az alvadt vért a szájáról, és csak utána nézett fel Tonksra, aki a varázsköpennyel a kezében állt mellette.

– Le kéne szállnunk, de gyorsan – szólt a boszorkány. A kupéablakot gőzfelhő homályosította el, s érezhető volt, hogy a szerelvény egyre gyorsul. – Gyere, ugrani fogunk!

Harry kisietett Tonks nyomában a folyosóra. A boszorkány kitárta a kocsi ajtaját, és ügyesen leugrott az alattuk elsikló peronra. Harry habozás nélkül követte, de ahogy földetért, megtántorodott. Mire visszanyerte az egyensúlyát és felegyenesedett, a fénylő, piros gőzmozdonyt már-már elnyelte a sötétség.

A hűvös esti levegő valamelyest tompította törött orrának lüktető fájdalmát. Látta, hogy Tonks az arcát nézi; erről eszébe jutott a szégyenletes helyzet, amiben a boszorkány találta, és újra fellángolt benne a düh. Tonks nem szólt semmit, csak visszaadta neki a varázsköpenyt, s még egy darabig némán nézte őt.

– Ki volt az? – kérdezte végül.

– Draco Malfoy – morogta sötéten Harry. – Köszönöm, hogy… szóval…

– Szóra sem érdemes. – Tonks nem mosolygott. Amennyire Harry a sötétben látta, semmivel se nézett ki jobban, mint Odúbéli találkozásuk alkalmával. – Ha nyugton maradsz, rendbe teszem az orrod.

Harry valahogy jobban bízott Madam Pomfrey, a javasasszony bűbájaiban, s szívesen lemondott volna a Tonks-féle gyógykezelésről. Nem akarta azonban megsérteni a boszorkányt, így hát összeszorította a fogát, és behunyta a szemét.

– *Hippokrax!* – dörmögte Tonks.

Harry arca átforrósodott, aztán meg mintha megfagyott volna. Mikor ez az érzés is elmúlt, óvatosan megtapogatta az orrát, s az – nem kis megkönnyebbülésére – épnek tűnt.

– Köszönöm szépen!

Tonks még most se mosolygott.

– Terítsd magadra azt a köpenyt, és sétáljunk fel az iskolába – mondta, majd miután Harry engedelmeskedett, megsuhintotta varázspálcáját. A pálca hegyéből hatalmas, ezüstösen derengő, négylábú lény röppent ki. A jelenség elvágtatott, és hamarosan eltűnt az éjszakában.

– Ez egy patrónus volt? – kérdezte Harry, aki látta már Dumbledore-t ily módon üzenetet küldeni.

– Igen, előrement a kastélyba szólni, hogy ne aggódjanak érted. Na gyere, szedjük a lábunkat!

És elindultak a roxforti birtokra vezető út felé.

– Hogy talált rám, Tonks?

– Észrevettem, hogy nem szálltál le a vonatról, és tudtam, hogy nálad van a köpeny. Azt hittem, valami okból elrejtőztél. Aztán mikor láttam az elsötétített fülkét, gondoltam, benézek.

– De egyáltalán hogy kerül ide Roxmortsba? – kérdezte Harry.

– Ide vezényeltek az iskola őrzésére.

– Csak magát, vagy...

– Nem, Proudfoot, Savage és Dawlish is itt van.

– Dawlish? Nem ő támadta meg tavaly Dumbledore-t?

– De igen.

A fiákerek friss nyomát követve kaptattak felfelé az üres, sötét úton. Harry a köpeny rejtekéből Tonks arcát fürkészte. Egy éve fiatalosan szertelen, tréfás kedvű, érdeklődő (sőt, szemtelenül kíváncsi) nőnek ismerte meg a boszorkányt. Ez a mostani Tonks összehasonlíthatatlanul érettebb, megfontoltabb és komorabb volt. Ilyen gyökeresen megváltoztatta volna őt az az egyetlen éjszaka a minisztériumban? Harry nem felejtette el, hogy Hermione azt kérte, próbálja megvigasztalni Tonksot, igyekezzen meggyőzni a boszorkányt, hogy nem felelős Sirius haláláért – de nem tudta rávenni magát, hogy teljesítse a kérést. Nem azért, mert felelősnek tartotta Tonksot – csak annyira hibáztatta őt, mint bárki mást (és sokkal kevésbé, mint önmagát) –, hanem mert egyszerűen képtelen volt önszántából Siriusról beszélni. Így aztán némán baktattak egymás mellett az éjszakában; a csendet csak lépteik zaja és Tonks földig érő köpenyének finom susogása törte meg.

Harry ezt az utat eddig mindig fiákerrel tette meg, de most a gyaloglás rádöbbentette, hogy a Roxfort nagyon messze van a roxmortsi vasútállomástól. Elfáradt, átfázott, éhes volt, és az új, mogorva Tonks társaságát sem élvezte különösebben. Cseppet sem bánta hát, mikor végre megpillantotta a roxforti birtok kapujának szárnyas vadkanszobrokkal díszített oszlopait. Odaérve azonban újabb kellemetlen meglepetés várta: a kapu rácsán lakattal lezárt, vastag lánc feszült.

– *Alohomora!* – szólt magabiztosan, és a lakatra szegezte pálcáját.

Semmi nem történt.

– Ezzel hiába próbálkozol – szólt egykedvűen Tonks. – Dumbledore maga bűvölte meg a zárat.

Harry körülnézett.

– Akkor átmászom a falon.

– Nem tudsz. Behatolásgátló rontás ül rajta. A nyáron alaposan megerősítették a Roxfort védelmét.

– Remek. – Harryt most már kezdte bosszantani a boszorkány modora. – Akkor itt alszom a kapu előtt. Reggel majd csak beengednek.

– Már jönnek is érted – mutatott a kastély felé Tonks. – Nézd!

És valóban, a sötét falak tövében egy imbolygó lámpás tűnt fel. Harry annyira megörült ennek, hogy már azt se bánta, ha Frics legorombítja a késésért, és előadja neki, milyen könnyen pontosságra tudná nevelni őt a hüvelykszorító rendszeres használatával. Gyorsan kibújt a varázsköpeny alól, hogy láthatóvá váljon. Örömét azonban nemsokára tömény utálat váltotta fel: mikor a lámpás már csak három méterre volt tőle, a sárga fény egy hosszú, fekete, zsíros hajjal keretezett arcra és egy görbe orra esett. Perselus Piton közeledett a kapu felé.

– Lám, lám, lám... – szólt gúnyosan Piton. Pálcájával rákoppintott a lakatra, amitől a láncok kígyózva visszahúzódtak, és a kapu nyikorogva kinyílt. – Megtisztelő, hogy szerencséltetsz minket, bár úgy látom, méltóságodon alulinak tartottad felvenni az iskolai talárt.

– Nem tudtam átöltözni, nem volt nálam a... – kezdte a magyarázkodást Harry, de Piton nem figyelt rá, hanem Tonkshoz fordult:

– Nem szükséges tovább várnod, Nymphadora. Potter tökéletes biztonságban van mellettem.

155

– Hagridot hívtam – nézett rá sötéten Tonks.

– Csakúgy mint Potter, Hagrid is késett az évnyitó lakomáról, ezért bátorkodtam átvenni helyette az üzenetet. – Piton félreállt, hogy beengedje Harryt a kapun. – Amúgy is érdekelt az új patrónusod.

Azzal a boszorkány arcába csapta a kaput, majd ismét rákoppintott a láncra, s az csörögve visszakígyózott a helyére.

– A régi szerintem jobb volt – folytatta rosszmájúan Piton. – Ez gyengének tűnik.

Mikor Piton sarkon fordult, és lámpája egy pillanatra megvilágította Tonks arcát, Harry döbbenetet és dühöt látott rajta.

– Jó éjszakát! – búcsúzott Harry. – És köszönöm... köszönök mindent.

– Minden jót, Harry!

Harry és Piton több mint egy percig szótlanul lépkedett egymás mellett. Harry csak azon csodálkozott, hogy a bájitaltan tanár nem lobban lángra az izzó gyűlölettől, amit, úgy érezte, minden porcikája sugároz felé. Megismerkedésük óta utálta Pitont, de örök és engesztelhetetlen haragját a tanár azzal vonta magára, ahogy Siriusszal bánt. Bármit mondott Dumbledore, Harrynek nyáron bőven volt ideje végiggondolni a dolgot, és meggyőződésévé vált, hogy Piton rosszindulatú megjegyzései – miszerint Sirius gyáván lapít, amíg a Főnix Rendjének többi tagja az életét kockáztatva harcol Voldemort ellen – nagyban hozzájárultak ahhoz, hogy Sirius azon a végzetes estén elrohant a minisztériumba. Harry váltig ragaszkodott ehhez a gondolathoz, egyrészt mert jólesett vádolnia Pitont, másrészt mert tisztában volt vele, hogy ha van valaki, akinek nem fáj Sirius halála, akkor az nem más, mint a mellette haladó fekete alak.

– Ötven pont a Griffendéltől a késésért – szólalt meg végül Piton. – És, lássuk csak... húsz a mugliöltözékért. Ha jól sejtem, még sose fordult elő, hogy egy ház ilyen gyorsan mínuszba került volna – még a desszertnél se tartunk az évnyitó lakomán. Lehet, hogy rekordot állítottál fel, Potter.

Harry lelke színültig telt a düh és a gyűlölet fortyogó lávájával, s most már szívesebben utazott volna vissza Londonba sóbálvánnyá dermedve, mint hogy elmondja Pitonnak, miért késett el.

– Felteszem, látványos belépőre vágytál – folytatta a varázsló. – S mivel repülő autó ezúttal nem állt rendelkezésedre, úgy döntöttél, azzal érhetsz el megfelelő drámai hatást, ha a lakoma közepén rontasz be a nagyterembe.

Harry továbbra is hallgatott, pedig majd' felrobbant a dühtől. Tisztában volt vele, hogy Piton csakis azért vette a fáradságot, és ment le érte, hogy pár percig tanúk nélkül gyötörhesse őt.

Végül elérték a kastély lépcsőjét, s mikor kinyílt előttük a súlyos tölgyfaajtó, a zászlókkal ékesített bejárati csarnok fényeivel együtt kiáradt az éjszakába a nagyteremből érkező vidám zsivaj és pohárcsengés. Harrynek átfutott a fején, hogy ha újra felöltené a láthatatlanná tévő köpenyt, észrevétlenül foglalhatná el a helyét a griffendélesek között (akiknek az asztala sajnos a legtávolabb esett a bejárattól).

Azonban Piton, mintha a fejébe látott volna, így szólt:

– Hagyd a köpenyt! Így menj be, hogy mindenki lásson, hiszen erre vágytál, nem?

Harry habozás nélkül belépett a nyitott ajtón – ennél kellemetlenebb dolgokra is vállalkozott volna, csak hogy végre megszabaduljon Pitontól. A házak hosszú asztalaival és a keresztben felállított tanári asztallal berendezett nagytermet a szokásos lebegő gyertyák világították meg, ragyogó fénybe vonva a tányérokat és tálakat. Harry azonban csak elmosódott foltokat látott mindebből: olyan iramban vágott át a termen, hogy már elhagyta a Hugrabug asztalát, mikor diáktársai egyáltalán észrevették őt. Mire a legkíváncsibbak felálltak a he-

157

lyükről, hogy megbámulják, már csak lépésekre volt Rontól és Hermionétól, akik közé gyorsan be is préselte magát.

– Te meg hol… úristen, mit csináltál az arcoddal? – hüledezett Ron, s a közelben ülőkhöz hasonlóan nagy szemeket meresztett Harryre.

– Miért, mi van vele?

Harry felkapott egy kanalat, és megnézte arca torz tükörképét.

– Csupa vér vagy! – sopánkodott Hermione. – Fordulj ide!

Azzal már emelte is a pálcáját.

– *Tergeo!* – motyogta, s a pálca leszippantotta Harry bőréről a rászáradt vért.

– Kösz… – mondta megtisztult arcát tapogatva Harry. – Az orrom rendben van?

– Persze. – Hermione aggódva pislogott rá. – Miért ne lenne rendben? Mi történt? Tisztára frászban voltunk miattad!

– Majd később elmondom – felelte Harry, mert észrevette, hogy Ginny, Neville, Dean és Seamus is kíváncsian fülelnek; sőt, még Félig Fej Nélküli Nick, a Griffendél kísértete is odaúszott hallgatózni.

– De hát… – kezdett tiltakozni Hermione.

– Mondom, majd később! – ismételte jelentőségteljes hangsúllyal Harry. Hőn remélte, hogy ha titkolózik, mindenki azt fogja feltételezni, valamilyen hősi kalandot élt át, mondjuk pár halálfaló vagy egy dementor részvételével. Nyilvánvaló volt, hogy Malfoy széltében-hosszában terjeszteni fogja a sztorit, de volt némi esély rá, hogy az nem jut el túl sok griffendéles fülébe.

Átnyúlt Ron előtt, hogy szedjen magának a sült csirkéből és a krumpliból, de mielőtt megérinthette volna az ételt, az köddé vált, és desszertek tűntek fel az asztalon. Ron nyomban lecsapott egy csokoládétortára.

– Lemaradtál a beosztásról – jegyezte meg Hermione.

– Mondott valami érdekeset a süveg? – kérdezte Harry, miután a tányérjára rakott egy gyümölcslepényt.

– Nem, nagyjából ugyanazt mondta, mint tavaly: hogy fogjunk össze, mert csak úgy győzhetjük le az ellenségeinket.

– Dumbledore beszélt Voldemortról?

– Nem, de a fontos dolgokat mindig a lakoma után szokta elmondani. Most már nemsokára beszélni fog.

– Piton azt mondta, Hagrid is késett a lakomáról...

– Találkoztál Pitonnal? – kérdezte Ron két tortafalat között. – Hogyhogy?

– Összefutottunk – felelte kitérően Harry.

– Hagrid csak pár percet késett – mondta Hermione. – Nézd, integet neked!

Harry a tanári asztal felé nézett, és rávigyorgott Hagridra, aki valóban integetett neki. A vadőr új, tanári beosztásában se tudott olyan méltóságteljesen viselkedni, mint a mellette ülő McGalagony professzor, a Griffendél házvezető tanára, akinek a feje még a vadőr válláig se ért, s aki most rosszallóan nézett lelkesen integető szomszédjára. Harry csodálkozva látta, hogy Hagrid másik oldalán Trelawney professzor ül. A jóslástan tanárnő ritkán hagyta el toronyszobáját, s Harry emlékezete szerint még soha nem jelent meg az évnyitó lakomán. Változatlanul meghökkentő látványt nyújtott lepedőnyi kendőiben, tucatnyi csillogó gyöngysorával és hatalmasra nagyított szemével. Harry mindig is csalónak tartotta Trelawneyt – már csak ezért is megdöbbent, mikor az előző tanév végén megtudta, hogy Trelawneytól származik a jóslat, ami miatt Voldemort megölte a szüleit, és neki is az életére tört. Ezek után még kevésbé vágyott a jósnő társaságára, de szerencsére ebben a tanévben már nem is kellett jóslástanra járnia. Trelawney most felé pillantott tányérnyi szemével; ő gyorsan elfordult, s a mardekárosok asztala felé nézett. Draco Malfoy épp az arcbataposási jelenetet játszotta és mutogatta el, s produkcióját asztaltársai harsány nevetéssel és tapssal jutalmazták. Harry dühe újra fellángolt; lekapta Malfoyról a szemét, és a gyümölcslepényére meredt. Mit nem adna érte, ha szemtől szemben megküzdhetne Malfoyjal!

– Na és mit akart Lumpsluck professzor? – kérdezte Hermione.

– Megtudni, hogy mi történt a minisztériumban – felelte Harry.

– Mindenkit csak az érdekel – fintorgott Hermione. – Minket is egy csomóan faggattak a vonaton, igaz, Ron?

– Igen – bólogatott Ron. – Mindenki kíváncsi rá, tényleg te vagy-e a Kiválasztott...

– Kísértetkörökben is sok szó esett erről a kérdésről – szólt közbe Félig Fej Nélküli Nick, s biccentett egyet Harry felé, amitől elégtelenül rögzített feje vészesen megbillent nyakfodrán. – Tisztelt társaim afféle Potter-szakértőnek tekintenek engem, mivel köztudott, hogy baráti viszonyt ápolunk. Én azonban leszögeztem, hogy nem vagyok hajlandó faggatni téged. „Harry Potter tudja, hogy rám bízhatja a titkait." – mondtam nekik. – „Inkább halnék meg, semmint hogy visszaéljek a bizalmával."

– Ez elég rossz duma, mivel már meghaltál – jegyezte meg Ron.

– Egy tompa pallos érző lény hozzád képest – vetette oda sértődötten Nick, azzal a magasba emelkedett, és elúszott az asztal túlsó vége felé. Ezalatt a tanári asztalnál Dumbledore felállt, mire a diáksereg elcsendesedett.

– A legszebb estét kívánom nektek! – szólalt meg széles mosollyal az igazgató, és kitárta karját, mintha minden jelenlévőt át akarna ölelni.

– Mi történt a kezével? – kérdezte döbbenten Hermione.

Nem ő volt az egyetlen, aki észrevette. Dumbledore jobb keze ugyanolyan fekete és aszott volt, mint azon az estén, mikor elhozta Harryt Dursleyéktől. A teremen suttogás-hullám söpört végig. Dumbledore tudta, miért, de csak mosolygott, és piros-arany talárjának ujjával elfedte sérült kezét.

– Emiatt ne aggódjatok – mondta könnyedén. – Nos... új diákjainkat isten hozta, a régieket isten hozta vissza! A varázstudásgyűjtés egy újabb, izgalmas éve áll előttetek...

– Már akkor ilyen volt a keze, amikor nyáron találkoztunk – súgta oda Hermionénak Harry. – Azt hittem, azóta meggyógyította... vagy meggyógyíttatta Madam Pomfreyval.

– Olyan, mintha teljesen elhalt volna – suttogta borzadó arccal Hermione. – Vannak gyógyíthatatlan sérülések... régi átkok... meg olyan mérgek, amikre nincs ellenszer...

– ...és Frics úr, iskolánk gondnoka megkért, hogy közöljem veletek: tiltott tárgynak minősül a Weasley Varázsvicc Vállalat boltjában vásárolt mindennemű tréfaeszköz.

– Akik jelentkezni kívánnak házuk kviddicscsapatába, adják le nevüket a házvezető tanáruknál. Ne habozzanak így tenni azok sem, akik kedvet éreznek a kviddicsmérkőzések kommentálásához.

– Szeretettel köszöntöm a tanári karban régi kollégámat, Lumpsluck professzor urat... – Lumpsluck felállt; kopasz feje felragyogott a gyertyafényben, mellénybe bújtatott hasa alatt pedig árnyékba borult az asztal. – ...aki meghívásunknak eleget téve ismét bájitaltant fog tanítani nálunk.

– Bájitaltant?

– Bájitaltant?

Az elsuttogott szó százszorosan visszhangzott a nagyteremben. A diákok nem akartak hinni a fülüknek.

– Bájitaltant? – Ron és Hermione kórusban álmélkodtak, s mindketten ránéztek Harryre. – De hisz azt mondtad...

– Piton professzor úr ezzel egyidejűleg – folytatta Dumbledore, a morajlás fölé emelve hangját – átveszi a sötét varázslatok kivédése tantárgy oktatását.

– Nem! – fakadt ki Harry, de olyan hangosan, hogy jó néhány fej felé fordult. Nem törődött vele, felháborodva meredt

161

a tanári asztal felé. Hogy kaphatja meg Piton ennyi év után a sötét varázslatok kivédését? Ha Dumbledore eddig vonakodott rábízni a tantárgyat, miért teszi meg épp most?

– De hát azt mondtad, hogy Lumpsluck lesz az SVK-tanárunk! – háborgott Hermione.

– Mert az hittem! – Harry lázasan igyekezett felidézni, mikor mondta ezt neki Dumbledore, de rá kellett döbbennie, hogy az igazgató egy szóval sem említette, mit fog tanítani Lumpsluck.

Piton, aki Dumbledore jobbján foglalt helyet, nem állt fel neve említésére, csupán a kezét emelte fel lustán, megköszönve a mardekárosok tapsát – de Harry diadalmas mosoly árnyékát vélte felfedezni a gyűlölt arcon.

– Azért ebben is van valami jó – dörmögte rosszmájúan. – Legalább az év végére megszabadulunk Pitontól.

– Ez meg honnan veszed? – csodálkozott Ron.

– Azon a munkán átok ül. Egy évnél tovább még senki se bírta... Mógus meg is halt. Drukkolni fogok, hogy Piton se járjon jobban...

– De Harry! – hüledezett Hermione.

– Lehet, hogy Piton jövőre visszatér a bájitaltanhoz – érvelt Ron. – Nem biztos, hogy Lumpsluck több évig akar maradni. Mordon se maradt.

Dumbledore megköszörülte a torkát. A hírről, hogy Pitonnak végre teljesült a szíve vágya, nemcsak Harrynek, Ronnak és Hermionénak volt meg a véleménye – szinte minden diák fojtott hangú eszmecserébe kezdett a szomszédaival. Dumbledore úgy viselkedett, mintha nem lenne tudatában, milyen szenzációs bejelentést tett; további magyarázat helyett szótlanul kivárta, hogy hallgatósága ismét elcsendesedjen.

– Mint mindannyian tudjátok – folytatta végül –, Voldemort nagyúr és csatlósai újfent szabadon garázdálkodnak, s erejük egyre nő.

Ezektől a szavaktól még mélyebb és feszültebb lett a csend. Harry vetett egy pillantást Malfoy felé. A mardekáros fiú nem nézett Dumbledore-ra, hanem a villáját lebegtette varázspálcája segítségével, mintha unná az igazgató szónoklatát.

– Nem győzöm eléggé hangsúlyozni, milyen veszélyes időket élünk, s mekkora gondot kell fordítania a Roxfort minden lakójának közös biztonságunk megőrzésére. A nyár folyamán megerősítettük a kastély mágikus védelmét, új, még hatékonyabb óvintézkedéseket vezettünk be, de ezzel együtt is szükséges, hogy észrevegyünk és kiküszöböljünk mindenfajta gondatlanságot, a diákok és a tanárok részéről egyaránt. Ezért nyomatékosan megkérlek benneteket, hogy tartsátok tiszteletben a biztonsági előírásokat, bármilyen bosszantónak is találjátok őket – különös tekintettel arra a szabályra, hogy takarodó után nem hagyhatjátok el a hálókörletet. Ha bármi gyanúsat, szokatlant észleltek a kastélyban vagy másutt, kérem, haladéktalanul jelentsétek tanáraitoknak! Elvárom, hogy cselekedeteitekben mindig a legmesszebbmenőkig tartsátok szem előtt saját magatok és társaitok biztonságát.

Dumbledore végigjáratta kék szemét a diákokon, majd ismét elmosolyodott.

– Most azonban vár rátok minden ágyak legpuhábbika, s tudom, más vágyatok sincs, mint alaposan kipihenni magatokat a holnapi órák előtt. Kívánjunk hát jó éjszakát! Sipirc!

A székek szokásos kopogása-nyikorgása hallatszott, s a tömeg hömpölyögve megindult a nagyterem ajtaja, azon túl pedig a hálókörletek felé. Harry nem vágyott bámész tekintetekre, és Malfoynak sem akart alkalmat adni rá, hogy a közelébe férkőzzön s felelevenítse az orrbataposást, ezért a helyén maradt, s úgy tett, mintha a cipőfűzőjével bajlódna. Hermione lelkiismeretes prefektus módjára előresietett, hogy istápolja az elsős griffendéleseket, Ron viszont ott maradt Harryvel.

– Mit csináltál az orroddal? – kérdezte, mikor a kitóduló tömeg sereghajtói is hallótávolságon kívülre értek.

163

Harry beszámolt a történtekről. Barátságuk erejét fémjelezte, hogy Ron nem nevette el magát.

– Hát igen, láttam, hogy Malfoy egy orról mutogat valamit – bólintott komoran.

– Mindegy, túl vagyunk rajta – legyintett Harry. – Azt hallgasd meg, mit mondott Malfoy, mielőtt rájött, hogy kihallgatom…

Arra számított, hogy Ront megrémíti Malfoy dicsekvése. Barátja azonban – szerinte tompaagyúságból – még csak meg se hökkent.

– Nehogy már elhidd ezt a süket dumát! Csak Parkinson előtt akart felvágni. Szerinted milyen feladatot merne Tudodki Malfoyra bízni?

– És ha Voldemortnak kell egy beépített ember a Roxfortban? Nem ez lenne az első eset…

– Igazán leszokhatnál már róla, hogy kimondd a nevét! – brummogott le rájuk egy szemrehányó hang. Harry felnézett, egyenesen a fejét csóváló Hagrid szemébe.

– Dumbledore is mindig kimondja – felelte csökönyösen.

– De te nem vagy Dumbledore… Na halljam, miért késtél el? Aggódtam érted.

– Volt egy kis gondom a vonaton – válaszolta Harry. – Hát te? Te miért késtél?

Hagrid arca nyomban felderült.

– Grópnál voltam – újságolta vidáman. – Dumbledore elintézte, hogy a hegyekbe költözhessen, egy szép, tágas barlangba. Az a neki való otthon, nem a Tiltott Rengeteg. Csak úgy repült az idő, olyan jól eldiskuráltunk.

– Tényleg? – Harry gondosan kerülte Ron pillantását. Mikor legutóbb találkozott Hagrid leginkább fák kicsavarásában jeleskedő féltestvérével, a vad óriás mindössze öt szót ismert, s azok közül is csak hármat tudott érthetően kimondani.

– Ahogy mondom – bizonygatta nagy büszkén Hagrid. – Gróp nagyon sokat fejlődött. Rá se ismernétek. Az a tervem, hogy kiképzem a tanársegédemnek.

Ron nagyot horkantott, amit sikerült elfojtott tüsszentésnek álcáznia. Időközben kiértek a nagyteremből, és megálltak a tölgyfaajtó előtt.

– Na jól van, holnap úgyis találkozunk. Rögtön ebéd után lesz az első óránk! Gyertek le korábban, akkor megnézhetitek Csikó... akarom mondani, Szilajszárnyat!

Hagrid vidám intéssel elköszönt, és kilépett az éjszakába.

Harry és Ron némán összenéztek. Harry tudta, hogy Ronnak ugyanúgy elszorult a szíve, mint neki.

– Nem fogsz legendás lények gondozására járni, igaz?

Ron a fejét rázta.

– Te se, mi?

Most Harry rázta a fejét.

– És Hermione? – kérdezte Ron. – Ő se vette fel a tárgyat, ugye?

Harry újra megrázta a fejét. Hogy mit fog szólni Hagrid, ha rájön, hogy a három legkedvesebb tanítványa hűtlen lett hozzá, azt elgondolni se merte.

Kilencedik fejezet

A Félvér Herceg

Harry, Ron és Hermione másnap már reggeli előtt találkoztak a klubhelyiségben. Harry, némi támogatást remélve elméletéhez, gyorsan összefoglalta Hermionénak, mit mondott Malfoy a Roxfort Expresszen.

– Világos, hogy csak fel akart vágni Parkinson előtt, nem? – kotyogott közbe Ron, mielőtt Hermione válaszolhatott volna.

– Hát, nem is tudom... – habozott a lány. – Malfoynak nagy az arca... de ez túl vaskos hazugság...

– Pontosan! – bólogatott Harry, de nem folytatta az érvelést, mert túl sok fül fordult feléjük, a bámuló szemekről és az általános sugdolózásról nem is beszélve. Közben barátaival beálltak a portrélyuk előtt feltorlódott sorba.

– Nem illik mutogatni! – reccsent rá Ron egy különösen pöttöm elsősre. A fiúcska, aki épp a száját takargatva súgott valamit Harryről a barátjának, rémületében kiesett a portrélyukon. Ron elégedetten vihogott.

– Imádok hatodikos lenni! – mondta, miután mindhárman kimásztak a folyosóra. – Az idén lyukasóráink is lesznek! Jó kis üldögélés, láblógatás...

– A lyukasórákat tanulással kell töltenünk, Ron! – sietett leszögezni Hermione.

– Persze, majd később igen – legyintett Ron. – De ma még lazítunk egy nagyot.

– Állj! – szólt hirtelen Hermione. Sorompó módjára felemelte a karját egy szembejövő negyedéves fiú előtt, aki egy neonzöld koronggal a kezében próbált eloldalazni mellette. – A fogas frizbi tiltott tárgy, el kell koboznom! – folytatta szigorúan. A fiú bosszús képpel átadta a frizbit, majd átbújt Hermione karja alatt, és elszaladt a barátai után. Ron megvárta, amíg eltűnik, aztán kikapta a frizbit Hermione kezéből.

– De jó! Már rég akartam egy ilyet.

Hermione szemrehányását hangos lánykacaj nyomta el – Lavender Brown felettébb mulatságosnak találta Ron szavait. Akkor is nevetett, mikor már elhaladt a három jó barát mellett, s a válla fölött hátrapillantott Ronra, aki erre büszkén kihúzta magát.

A nagyterem mennyezete szemet gyönyörködtetően kék volt, s vékony felhőfoszlányok csíkozták, akárcsak odakint az eget, a rozettás ablakokon túl. A zabkása- és hemendeksz-adagok bekebelezése közben Harry és Ron beszámolt Hermionénak a kínos emlékű beszélgetésről Hagriddal.

– Hogy jut egyáltalán eszébe, hogy folytatni akarjuk a legendás lények gondozását? – értetlenkedett Hermione. – Mikor mutattunk akár egy cseppnyi lelkesedést?

– Hát ez az! – bólogatott Ron, miután a szájába tömött és lenyelt egy egész tükörtojást. – Viszont még így is mi voltunk a legaktívabbak az órákon, mert szeretjük Hagridot. Ő meg félreértette, és azt hiszi, hogy tetszett nekünk az a hülye tantárgy! Szerintetek van akár egyetlen ember is, aki RAVASZ-ra megy lénygondozásból?

Se Harry, se Hermione nem felelt. Nem volt szükség rá, hisz mindhárman tudták, hogy az évfolyamukból senki nem akarja folytatni a tárgyat. A reggeli alatt kerülték Hagrid pillantását, s mikor a vadőr tíz perccel később elhagyta a tanári asztalt, félszegen viszonozták vidám integetését.

A griffendélesek az evés végeztével is a helyükön maradtak, hogy megvárják McGalagony professzort. Az órarendek kiosztása ebben az évben a szokásosnál körülményesebb művelet volt, mert McGalagonynak minden tanulónál ellenőriznie kellett, hogy az illető megszerezte-e a választott RAVASZ-aihoz szükséges RBF-minősítéseket.

Hermione másodpercek alatt megkapta az engedélyt a bűbájtan, a sötét varázslatok kivédése, az átváltoztatástan, a gyógynövénytan, a számmisztika, a rúnaismeret és a bájitaltan RAVASZ-szintű folytatására, s nyomban el is szaladt rúnaismeret órára. Neville már nehezebb eset volt; kerek arcán nyugtalanság ült, miközben McGalagony összehasonlította a jelentkezési lapját az RBF-eredményeivel.

– A gyógynövénytan rendben van – szólt a tanárnő. – Bimba professzor tárt karokkal várja magát a kiváló RBF-ével. A sötét varázslatok kivédéséhez is elég a várakozáson felüli. Az átváltoztatástannal viszont gond van. Sajnálom, Longbottom, de az elfogadható RBF nem elég hozzá, hogy RAVASZ-szinten folytassa a tárgyat. Nem hiszem, hogy meg tudna birkózni az anyaggal.

Neville lecsüggesztette a fejét. McGalagony merően nézett rá szögletes szemüvegén át.

– Egyáltalán miért akar még átváltoztatástant tanulni? Nem vettem észre, hogy különösebben élvezné az órákat.

Neville rettenetes zavarban volt, és valami olyasmit motyogott, hogy „a nagyanyám akarja".

McGalagony bosszúsan felhorkant.

– Legfőbb ideje, hogy a nagyanyja arra az unokájára legyen büszke, aki van neki, és ne arra, akit elképzel magának – különösen azután, ami a minisztériumban történt.

Neville fülig elpirult, és csak pislogni tudott. McGalagonytól még sose kapott efféle dicséretet.

– Sajnálom, Longbottom, nem vehet részt a RAVASZ-kurzusomon. Viszont látom, hogy bűbájtanból várakozáson felülit ért el – miért nem próbálkozik azzal a tárggyal?

– Nagyanyám szerint az nem elég komoly dolog – motyogta Neville.

– Vegye csak fel! – biztatta McGalagony –, én pedig majd megírom Augustának, hogy a bűbájtan attól még igenis komoly tudomány, hogy ő nem tudta letenni belőle az RBF-et.

McGalagony alig észrevehető mosollyal nyugtázta a Neville arcára kiülő örömteli ámulatot; közben pálcája hegyét egy üres órarendhez érintette, majd az immár kitöltött táblázatot átnyújtotta Neville-nek.

Ezután Parvati Patil következett, akinek az volt az első kérdése, hogy továbbra is Firenze, a jóképű kentaur tartja-e a jóslástan órákat.

– Osztoznak a csoportokon Trelawney professzorral – közölte McGalagony, cseppnyi megvetéssel a hangjában. Köztudott volt róla, hogy nem sokra tartja a jóslástant. – A hatodéveseket Trelawney professzor tanítja.

Öt perccel később Parvati kissé lelombozva indult el az első jóslástan órájára.

– No lássuk magát, Potter! – McGalagony papírjait böngészve Harryhez fordult. – Bűbájtan, sötét varázslatok kivédése, gyógynövénytan, átváltoztatástan... mindegyik rendben van. Meg kell mondanom, Potter, nagyon örülök, hogy ilyen jól vizsgázott átváltoztatástanból. De nem értem, miért nem jelentkezik bájitaltanra. Úgy tudtam, hogy auror szeretne lenni.

– Igen, de a tanárnő azt mondta, hogy a RAVASZ-hoz „kitűnő" RBF kell bájitaltanból.

– Így is volt, amíg Piton professzor tanította a tárgyat. Lumpsluck professzor ellenben a „várakozáson felüli" RBF-et is készséggel elfogadja. Akkor hát akarja folytatni a bájitaltant?

– Igen – felelte gyorsan Harry –, de nem vettem se tankönyveket, se alapanyagokat, semmit...

– Lumpsluck professzor bizonyára kölcsön adja magának, ami kell – nyugtatta meg McGalagony. – Rendben van,

Potter, tessék, az órarendje... Jut eszembe, már húszan jelentkeztek a kviddicscsapatba. Alkalomadtán átadom a listát, aztán tetszése szerint kitűzheti a válogatás időpontját.

Pár perccel később Ron is megkapta az engedélyt ugyanazokra a tárgyakra, mint Harry, és együtt álltak fel az asztaltól.

– Nézd! – Ron csillogó szemmel vizsgálta az órarendjét. – Most is lyukasóránk van... meg a nagyszünet után is lesz egy... meg ebéd után is... hát ez oltári!

Visszatértek a Griffendél-toronyba. A klubhelyiségben most mindössze egy maroknyi hetedéves üldögélt, köztük Katie Bell, az utolsó megmaradt játékos abból a régi csapatból, amelyikben Harry elsősként kviddicsezni kezdett.

– Gondoltam, hogy te kapod meg – szólt oda Harrynek a lány, és a csapatkapitányi jelvényre bökött. – Gratulálok. Majd szólj, hogy mikor lesz a válogatás.

– Ne hülyéskedj! – legyintett Harry. – Neked nem kell válogatásra jönnöd, öt éve látom, hogyan játszol...

– Ez nem jó hozzáállás – csóválta a fejét Katie. – Honnan tudod, hogy nem találsz egy nálam sokkal jobbat? Sok jó csapat ment már tönkre attól, hogy a kapitányuk csak a régi arcokat vagy a barátait játszatta...

Ron ettől kissé zavarba jött, s inkább játszani kezdett a negyedéves fiútól zsákmányolt fogas frizbivel. A korong vérszomjasan morogva röpködött keresztül-kasul a klubhelyiségben, és ismételt támadásokat intézett a faliszőnyegek sarka ellen. Csámpás világító sárga szemével kitartóan követte a bűvös játékszert, és fenyegetően fújt, ha az megközelítette őt.

Egy órával később Harryék kénytelen-kelletlen elhagyták a napsütötte klubhelyiséget, és a négy emelettel lejjebb található SVK-terem felé vették útjukat. Mikor leértek, már ott találták Hermionét az ajtónál várakozó diákok között. A lány igencsak gondterhelt arcot vágott, és meg volt rakodva vaskos könyvekkel.

171

– Rengeteg leckét kaptunk rúnaismeretből! – panaszolta, mikor barátai odaléptek hozzá. – Szerdára írnom kell egy ötven centis dolgozatot, le kell fordítanom két szöveget, és el kell olvasnom ezt az összes könyvet!

– Szegényke – ásította Ron.

– Várd csak ki a végét! – nézett rá sötét pillantással a lány.

– Szerintem Piton se fog kímélni minket.

Még be se fejezte a mondatot, amikor kinyílt a terem ajtaja, és kilépett rajta Piton. Zsíros fekete hajfüggönnyel keretezett arca fakó volt, mint mindig. Láttára a sorban álló diákok azonnal elnémultak.

– Befelé!

Az ajtón belépve Harry körülnézett. A terem kimondottan nyomasztó hangulatú volt, Piton személyisége máris rányomta bélyegét. Az ablakok összehúzott függönyei kizárták a természetes fényt, helyette gyertyák gondoskodtak némi világosságról. A falakon újonnan kiakasztott képek díszelegtek; számos közülük szenvedő embereket ábrázolt, a többin iszonyú sérülések és eltorzult emberi testrészek voltak láthatók. A diákok szorongva pislogtak a félhomályba burkolózó, rémséges képekre, és néma csendben foglalták el a helyüket.

– Nem mondtam, hogy vegyetek elő bármit is – szólt Piton, miután becsukta az ajtót, és a katedrára lépve szembefordult a csoporttal. Hermione gyorsan visszadugta a táskájába a Harc az arctalannal című könyvet. – Egyelőre nincs más dolgotok, mint rám figyelni.

Piton fekete szeme lassan pásztázni kezdte a felé forduló arcokat – Harryén egy pillanatra megállt a tekintete, s csak azután siklott tovább.

– Ha jól tudom, eddig öt tanár óráit hallgattátok ebből a tárgyból.

Ha jól tudod… Ki tudná jobban, mint te, aki mindegyiknek pályáztál a helyére? – gondolta epésen Harry.

172

– Természetesen ezek a tanárok mind más-más módszert és elveket követtek, vagyis a fejetekben tökéletes zűrzavar van. Csodálom, hogy ilyen sokan össze tudtátok kaparni az RBF-et, és még jobban csodálnám, ha mindannyian teljesíteni tudnátok az összehasonlíthatatlanul magasabb szintű RAVASZ-kurzus elvárásait.

Piton a fal mellett elindult körbe a teremben, s egyidejűleg lehalkította hangját. A tanulók forgolódva, nyakukat nyújtogatva igyekeztek követni őt a tekintetükkel.

– A fekete mágia, azaz a sötét művészet ezerarcú, szüntelenül változó és örök. Olyan, akár egy százfejű szörny, ami minden megcsonkított nyakán új, még ádázabb és ravaszabb fejet növeszt. A fekete mágia megfoghatatlan, meghatározhatatlan és elpusztíthatatlan ellenfél.

Harry rámeredt Pitonra. Az normális, ha az ember tiszteli az ellenséget, de az talán nem, ha ilyen szerető gyengédséggel beszél róla.

– A védekezésben – folytatta Piton, immár valamivel hangosabban – épp olyan rugalmasnak és leleményesnek kell lennetek, mint amilyen rugalmas és leleményes a sötét erő, amit legyűrni iparkodtok. Ezek a képek – Piton rámutatott néhányra – szemléletesen érzékeltetik, mi történik azokkal, akik, teszem azt, a Cruciatus-átok béklyójába kerülnek (ezt egy fájdalmas sikolyba dermedt női arc illusztrálta), megkapják a dementorcsókot (fal tövében gubbasztó, üres tekintetű varázsló), vagy épp egy inferus áldozatává válnak (szétmarcangolt test).

– És most mi a helyzet az inferusokkal? – kérdezte fejhangon Parvati Patil.

– A Sötét Nagyúr már élt ezzel az eszközzel – felelte Piton –, feltételezhető hát, hogy továbbra sem fog ettől tartózkodni...

Piton a terem túlsó fala mentén elindult vissza a tanári asztal felé, s a tanulók most is követték tekintetükkel hömpölygő fekete talárba bújt alakját.

– ...ha jól tudom, a legcsekélyebb gyakorlattal sem rendelkeztek a nonverbális, azaz beszéd nélküli varázslás terén. Milyen előnnyel jár a nonverbális varázslás?

Hermione keze rögtön a magasba lendült. Piton ráérősen végignézett a társaságon, remélve, hogy más is jelentkezik, de csalódnia kellett.

– Nos, Granger kisasszony?

– Az ellenfél nem hallja, milyen varázslatot hajtunk végre – hadarta Hermione –, így nem áll módjában felkészülni rá.

– Bemagolt idézet a Varázslástan alapfokon VI-ból – kommentálta a választ gúnyosan Piton (Malfoy hálásan vihogott a sarokban) –, de a lényeg valóban ez. Akinek nem kell varázsigéket kiáltania ahhoz, hogy átkot vagy rontást küldjön, annak a támadása a meglepetés erejével éri az ellenfelet. Beszéd nélkül varázsolni természetesen nem mindenki tud. Jó koncentrálóképesség és fegyelmezett elme szükséges hozzá, ezek pedig egyeseknél... – itt ismét vetett egy hosszú, maliciózus pillantást Harryre – ...hiányoznak.

Harry tisztában volt vele, hogy Piton tavalyi sikertelen okklumencia-óráikra céloz. Mindazonáltal állta a tanár tekintetét: farkasszemet nézett Pitonnal, amíg az el nem fordult.

– Most pedig álljatok fel, és rendeződjetek párokba! – utasította a csoportot Piton. – A feladat: beszéd nélkül rontást küldeni a másikra, aki, úgyszintén némán, megpróbálja kivédeni azt. Kezdhetitek.

Piton ugyan nem tudott róla, de Harry az előző tanévben legalább a fél csoportot – mindazokat, akik a DS tagjai voltak – megtanította a pajzsbűbáj szabályos elvégzésére. Beszéd nélkül azonban még soha egyikük sem varázsolt. Az első próbálkozások alkalmával sokan csaltak, ki szándékosan, ki akaratlanul: ha nem is mondták ki hangosan, de elsuttogták a varázsigét. Amint az várható volt, Hermionénak mindössze tíz perc után sikerült teljesen némán kivédenie Neville elmotyogott gumiláb-rontását, amiért Harry meggyőződése szerint egy elfogulatlan tanár legalább húsz ponttal jutalmazta volna a Griffendélt, ám az óriásdenevért idéző exbájitaltan tanár egy dicsérő szóra se méltatta a teljesítményt. Piton a párok közt járkálva figyelte a gyakorlást, s végül a feladattal sikertelenül birkózó Harry-Ron pároshoz is eljutott.

Ron, aki épp a támadó szerepét játszotta, az erőlködéstől elvörösödve, összepréselt szájjal próbált ellenállni a kísértésnek, hogy kimondja a varázsigét. Harry felemelt pálcával és fokozódó türelmetlenséggel várta a kivédendő rontást, de az csak nem akart jönni.

– Szánalmas a produkciója, Weasley – szólt némi idő elteltével Piton. – Így kell ezt csinálni...

Azzal villámgyorsan rászegezte a pálcáját Harryre, akinek a támadás egy csapásra kitörölt a fejéből mindenfajta nonverbális igyekezetet.

– Protego! – kiáltotta reflexszerűen.

A pajzsbűbáj olyan erősre sikeredett, hogy Piton megtántorodott tőle, és nekiesett egy asztalnak. Ekkor már az egész csoport a jelenetet figyelte.

– Nem mondtam elég világosan, hogy a nonverbális varázslást gyakoroljuk, Potter? – kérdezte fojtott indulattal Piton, miután felegyenesedett.

– De! – felelte dacosan Harry.

– De igen, uram...!

– Nem kell uraznia, professzor.

Mire felfogta, mit mond, a szemtelenség már kicsúszott a száján. A csoport számos tagjának, köztük Hermionénak is, elakadt a lélegzete. Ron, Dean és Seamus ellenben elismerően vigyorogtak – Piton háta mögött.

– Szombat este büntetőmunkára jelentkezel a szobámban – susogta Piton. – Senkitől nem tűröm el az arcátlanságot... még a Kiválasztottól sem.

– Zseniális voltál, Harry! – lelkendezett Ron, miután kiszabadultak Piton terméből.

– Tartanod kellett volna a szád – csóválta a fejét Hermione.

– Nem értem, mi ütött beléd.

– Ha nem vetted volna észre, rontást küldött rám! – dohogott Harry. – Épp elég volt végigcsinálni vele az okklumencia-órákat! Most már keressen másik kísérleti nyulat magának! Különben se tudom felfogni, hogyan engedheti Dumbledore, hogy SVK-t tanítson! Hallottátok, hogy áradozott a fekete mágiáról? Mintha szerelmes lenne belé; megfoghatatlan, elpusztíthatatlan...!

– Hát igen. – Hermione lesütötte a szemét. – Egy kicsit úgy beszélt, mint te.

– Mint én?

– Igen, amikor azt magyaráztad, hogy milyen érzés szembenézni Voldemorttal. Azt mondtad, hiába magolunk be egy csomó átkot, mert minden az eszünkön és a lélekjelenlétünkön múlik... Piton végül is ugyanezt mondta: hogy a bátorság és a találékonyság a legfontosabb.

Harry képtelen volt tovább vitatkozni, annyira elámult tőle, hogy Hermione ugyanolyan komolysággal idézi őt, mint a Varázslástan alapfokon definícióit.

– Harry! Hé, Harry!

Harry megfordult. Jack Sloper, a Griffendél előző évi csapatának egyik terelője sietett felé, kezében egy pergamentekerccsel.

– Ezt neked küldik – lihegte Sloper. – Figyelj, hallottam, hogy te vagy az új csapatkapitány. Mikor lesz a válogatás?

– Még nem tudom – felelte Harry. Azt nem tette hozzá, hogy Slopernek nem sok esélye van újra bekerülni a csapatba.

– Majd kihirdetem, ha meglesz az időpont.

– Oké... azt reméltem, hogy most hétvégén lesz...

De Harry figyelmét ekkor már a pergamentekercsre írt szálkás, dőlt betűk kötötték le. Szó nélkül otthagyta Slopert, Ron és Hermione nyomába eredt, s menet közben kibontotta a levelet.

176

Kedves Harry!

Szeretném, ha ezen a héten megtartanánk az első különórát. Kérlek, jelenj meg szombaton este nyolc órakor az irodámban. Remélem, kellemesen telik az új tanév első napja.

Üdvözlettel:

Albus Dumbledore

Ui.: Szeretem a Sav-A-Júj cukrot.

– Mi az, hogy szereti a Sav-A-Júj cukrot? – értetlenkedett Ron, aki Harry válla fölött szintén elolvasta a levelet.

– Ez a jelszó, amire beenged a szobája előtt őrködő kőszörny – magyarázta fojtott hangon Harry. – Haha! Elmarad a büntetőmunkám Pitonnál!

A három jó barát egész szünetben azt találgatta, vajon mit fog tanítani Dumbledore Harrynek. Ron azt mondta, olyan különleges rontásokat és ártásokat, amiket a halálfalók biztosan nem ismernek. Hermione erre kijelentette, hogy olyanokat törvényellenes használni, és arra tippelt, hogy a tananyag a defenzív mágia magasiskolája lesz. A szünet végén Hermione elment számmisztika órára, Harryék pedig felballagtak a klubhelyiségbe, és kelletlenül nekiláttak a Pitontól kapott házi feladatnak. Az annyira nehéznek bizonyult, hogy még messze nem voltak készen vele, mikor Hermione csatlakozott hozzájuk az ebéd utáni lyukasóra idejére, s bár a lány jelenléte jelentősen felgyorsította a munkát, mire végeztek, már meg is szólalt a délutáni dupla bájitaltan kezdetét jelző csengő. Mindhárman elindultak hát a jól ismert alagsori terem felé, ami oly sokáig Piton rezidenciája volt.

A pincefolyosón mindössze tucatnyi diák várakozott. Crak és Monstro a jelek szerint nem tudták megszerezni a RA-

VASZ-kurzushoz szükséges RBF-minősítést, ott volt viszont Malfoy, rajta kívül pedig három másik mardekáros, négy hollóhátas és a hugrabugos Ernie Macmillan, akit Harry fellengzős stílusa ellenére kedvelt.

– Harry! – Ernie fontoskodva nyújtotta a kezét a közeledő Harry felé. – A reggeli SVK-n nem volt alkalmunk szót váltani. Egészen tűrhető óra volt, nem gondolod? No persze a pajzsbűbáj lerágott csont nekünk, DS-veteránoknak... Ron, Hermione, hogy vagytok?

A megszólítottak épp csak kimondtak egy „kösz, jól"-t, mikor már nyílt is a terem ajtaja, és kitüremkedett rajta Lumpsluck hasa. Az öreg varázsló bajuszkanyarító mosollyal fogadta a bevonuló diákokat, Harryt és Zambinit pedig külön is köszöntötte.

A pincetermet meglepő módon már ekkor gőzfelhők és különös illatok töltötték be. Harry, Ron és Hermione elhaladtukban érdeklődve szagoltak bele a nagy, teli üstök sorába. A négy mardekáros közösen foglalt el egy asztalt, a hollóhátasok szintén saját csoportot alkottak, így Ernie magától értetődően Harryhez, Ronhoz és Hermionéhoz csatlakozott. A választott asztaluk mellett álló aranyszínű üstből a legcsábítóbb illat áradt, amit Harry valaha érzett: egyszerre volt meg benne a gyümölcslepény meg a faseprűnyél szaga, és még valamiféle virágillat, ami az Odú emlékét idézte fel benne. Azon kapta magát, hogy nagyon lassan és mélyen lélegzik. A varázsfőzet gőze eltöltötte, akár egy finom, meleg ital, s a lelkébe végtelen nyugalom és elégedettség költözött. Rávigyorgott Ronra, aki lustán visszamosolygott rá.

– No hát akkor, lássunk hozzá! – szólalt meg Lumpsluck. Terjedelmes alakjának körvonalai finoman remegtek a színes párafelhők mögött. – Vegyétek elő a mérleget, az alapanyag-készletet és persze a Bájitaltan haladóknak című könyvet...

– Tanár úr – emelte fel a kezét Harry.

– Parancsolj, kedves fiam.

– Nekem nincs se mérlegem, se könyvem, se semmim – és Ronnak sincs. Úgy tudtuk, hogy nem mehetünk RAVASZ-ra bájitaltanból...

– Á, igen, igen... McGalagony professzor szólt rólatok... Semmi probléma, kedves fiam, semmi probléma. Nyugodtan szolgáljátok ki magatokat a tárolószekrényből, mérleget is kerítünk nektek, és akad itt néhány régi tankönyv. Aztán majd írtok a Czikornyai és Patzába...

Lumpsluck odadöcögött a sarokban álló szekrényhez, előásott belőle két patinás rézmérleget, valamint két viharvert példányt Libatius Tinctor Bájitaltan haladóknak című művéből. Mindezeket átadta Harryéknak, aztán ismét a csoporthoz fordult.

– Jól van – szólt elégedetten, s arany mellénygombjait komoly szakítópróbának kitéve kidüllesztette amúgy is domborodó mellkasát. – Mint látjátok, előre elkészítettem néhány főzetet – csak kedvcsinálónak. Ezek mind olyan bájitalok, amelyeket a RAVASZ-vizsgával a zsebetekben már magatok is el tudtok majd készíteni. Bizonyára mindegyikről hallottatok már. Ki tudja megmondani nekem, hogy mi ez?

A mardekárosok asztala melletti üstre mutatott. Harry kicsit kihúzta magát, hogy belelásson az edénybe: abban mintha tiszta víz bugyborékolt volna.

Hermione keze szokás szerint előbb volt a magasban, mint bárki másé. Lumpsluck intett, hogy mondhatja a választ.

– Ez Veritaserum: színtelen, szagtalan folyadék, ami igazmondásra kényszeríti fogyasztóját.

– Pontosan, pontosan! – örvendezett Lumpsluck. – Azt a bájitalt – folytatta, a hollóhátasok asztala melletti üstre mutatva – szintén mindenki ismeri, ha máshonnan nem, hát az utóbbi idők minisztériumi röplapjaiból. Nos, ki tudja...?

Megint Hermione jelentkezett elsőként.

– Az Százfűlé-főzet, tanár úr.

Harry is felismerte a lustán fortyogó, sárszerű keveréket, de jogosnak érezte, hogy Hermionéé legyen a dicsőség: ő volt az, aki még másodéves korukban elkészítette a bonyolult főzetet.

– Kitűnő válasz! Lássuk a harmadikat... igen, kedveském?

– Lumpsluck most már elmosolyodott, mivel ezúttal is Hermione volt a leggyorsabb.

– Ez Amortentia!

– Valóban – bólintott őszinte elismeréssel Lumpsluck. – Talán felesleges is megkérdeznem, hogy tudod-e, mire való.

– Az Amortentia a világ legerősebb szerelmi bájitala.

– Úgy van! Felteszem, sajátosan fényes gyöngyházszínéről ismerted fel.

– Igen, meg a jellegzetes, spirálisan felszálló gőzéről – csicsergett lelkesen Hermione. – Úgy tudom, mindenki más és más illatúnak érzi, attól függően, hogy mihez vonzódik. Nekem például olyan, mint a frissen lenyírt gyep meg az új pergamen meg...

Hermione elvörösödött, és lenyelte a mondat végét.

– Megtudhatnám a neved, kedvesem? – kérdezte Lumpsluck, nem törődve a lány zavarával.

– Hermione Granger vagyok, tanár úr.

– Granger, Granger... Nem rokonod véletlenül Hector Dagworth-Granger, a Bájitalfőzők Exkluzív Társaságának alapítója?

– Tudtommal nem. Én mugli születésű vagyok, uram.

Harry látta, hogy Malfoy odasúg valamit Nottnak, s utána mindketten vihognak. Lumpsluck ellenben szélesen elmosolyodott, és a lány mellett ülő Harryre nézett.

– Hohó! „Az egyik legjobb barátom mugli születésű, és ő nálunk az évfolyamelső." Felteszem, a kisasszony az a bizonyos barát, akiről beszéltél, Harry.

– Igen, tanár úr – bólintott Harry.

– Nos, úgy vélem, a Griffendél-ház megérdemel húsz jutalompontot – jelentette ki nagylelkűen Lumpsluck.

Malfoy körülbelül olyan arcot vágott, mint mikor annak idején kapott egy jobbegyenest Hermionétól. A lány sugárzó arccal fordult Harry felé, és ezt suttogta:

– Komolyan azt mondtad neki, hogy én vagyok a legjobb az évfolyamunkban? Nahát, Harry!

– Mit vagy úgy oda? – dörmögte Ron, akit valami okból bosszantott a lány hálálkodása. – Világos, hogy te vagy a legjobb az évfolyamban – ha engem kérdez, én is megmondtam volna neki!

Hermione mosolyogva csendre intette, hogy hallják Lumpsluck szavait. Ron azonban továbbra is sértődött arcot vágott.

– Az Amortentia természetesen nem ébreszt igazi szerelmet. A szerelem mesterséges úton nem állítható elő. Ez a főzet valójában igen erős vonzalmat, afféle megszállottságot produkál. Merem állítani, hogy a bemutatott bájitalok közül ez a legagresszívebb hatású, a legveszedelmesebb. Úgy bizony. – Lumpsluck komoran bólogatott, válaszul Malfoy és Nott szkeptikus mosolyára. – Ha úgy ismernétek az életet, mint én, nem becsülnétek le a megszállott vonzalom hatalmát…

– És most lássunk munkához!

– Professzor úr, még nem mondta meg, hogy abban mi van – szólt közbe Ernie Macmillan, a tanári asztalon álló kis fekete üstre mutatva. Az vidáman bugyborékoló, aranyszínű főzettel volt tele. A folyadékból jókora cseppek röppentek fel kiugráló aranyhalak módjára, de egyetlenegy se fröccsent ki az üstből.

– Hohó! – mondta megint Lumpsluck. Harry meg mert volna esküdni rá, hogy az öreg varázsló nem feledkezett meg a negyedik üstről, csupán a nagyobb hatás kedvéért megvárta, amíg rákérdeznek. – Hát igen. Az a bizonyos utolsó. Nos,

181

hölgyeim és uraim, az az üst a Felix Felicis nevű, igen érdekes itókát tartalmazza. Feltételezem – itt mosolyogva Hermione felé fordult, akinek jól hallhatóan elakadt a lélegzete –, hogy Granger kisasszony tudja, milyen hatással bír a Felix Felicis.

– Folyékony szerencse – hadarta izgatottan Hermione. – Aki iszik belőle, annak mindenben szerencséje lesz!

Ennek hallatán az összes diák érdeklődve kiegyenesedett. Harry immár csak a szőke tarkóját látta Malfoynak, mert a fiú, most először, feszülten figyelt a tanárra.

– Valóban így van, és ez újabb tíz jutalompontot ér – bólogatott Lumpsluck. – Nagyon érdekes bájital ez a Felix Felicis. Rendkívül körülményes elkészíteni, és ha elrontják, az katasztrófához vezet. Viszont ha jól sikerül, és iszunk belőle, akkor minden vállalkozásunkat siker koronázza... legalábbis amíg tart az ital hatása.

– Akkor miért nem iszik mindig mindenki ilyet? – kérdezte mohón Terry Boot.

– Mert a rendszeres fogyasztása vakmerővé, meggondolatlanná és kórosan magabiztossá tesz – felelte Lumpsluck. – Jóból is megárt a sok, ugyebár... A túladagolása súlyos mérgezést von maga után. De kis mennyiségben és csupán alkalmanként fogyasztva...

– Ön ivott már ilyet, tanár úr? – kíváncsiskodott Michael Corner.

– Két alkalommal – válaszolta Lumpsluck. – Először huszonnégy évesen, másodszor ötvenhét éves koromban. Két evőkanállal vettem be a reggelihez. És volt két remek napom.

Tekintete a távolba révedt. Ha színészkedik is, jól csinálja, gondolta elismerően Harry.

– És ezt ajánlom fel – folytatta Lumpsluck, miután ismét „leszállt a földre" – jutalom gyanánt annak, aki a legjobban teljesít a mai órán.

Erre olyan csend lett a teremben, hogy tisztán lehetett hallani a bájitalok minden egyes rottyanását.

– Egy kis üveg Felix Felicis. – Lumpsluck előhúzott a zsebéből egy aprócska, bedugaszolt fiolát, és felmutatta a csoportnak. – Tizenkét órára szerencséssé tesz. Pirkadattól nápnyugtáig bármivel próbálkozol, minden sikerülni fog.

– Ugyanakkor hangsúlyoznom kell, hogy szervezett megmérettetéseken a Felix Felicis tiltott doppingszernek minősül... Nem használható, teszem azt, sportversenyeken, vizsgákon és választások alkalmával. A nyertesnek tehát egy átlagos napon kell majd bevennie – és az a nap ünneppé válik a számára.

– Nos tehát! – Lumpsluck hirtelen sürgető hangnemre váltott. – Miként nyerhetitek el ezt a mesés díjat? Nyissátok ki a tankönyveteket, és lapozzatok a tizedik oldalra! Valamivel több mint egy óránk maradt, ezalatt próbáljátok meg elkészíteni az élő halál eszenciáját. Tisztában vagyok vele, hogy a feladat szokatlanul nehéz számotokra, s nem is várom el, hogy a bájital tökéletesen sikerüljön. Akárhogy is, akié a legjobb lesz, megkapja a kis Felixet! Munkára!

A teremben ettől kezdve egy árva pisszenést se lehetett hallani – csak fémes karistolást, ahogy a tanulók maguk elé húzták üstjeiket, és a súlyok koppanását a mérlegek serpenyőjében. Szinte vibrált a levegő az általános összpontosítástól. Harry lopva Malfoy felé pillantott. A mardekáros fiú lázasan lapozott a tankönyvében – lerítt róla, hogy sóvárogva vágyik arra a szerencsés napra. Harry maga is gyorsan a Lumpslucktól kapott régi tankönyv fölé hajolt.

Bosszankodva látta, hogy a könyv előző tulajdonosa telefirkálta az oldalakat – a margók jószerével ugyanolyan feketék voltak, mint a nyomtatott szöveg. Harry közelebb hajolt a könyvhöz, hogy kibetűzze a hozzávalókat (az előző tulajdonos még ide is megjegyzéseket írt be, sőt, kihúzott ezt-azt), majd a tárolószekrényhez sietett a szükséges alapanyagokért.

183

A visszaúton látta, hogy Malfoy már bőszen aprítja a macskagyökeret.

A teremben mindenki forgolódott, figyelte, hogyan haladnak a többiek. Ez volt a bájitaltan órák átka és egyben előnye: senki nem végezhette titokban a munkáját. Tíz perc elteltével a terem megtelt kékes füsttel. Természetesen Hermione állt a legjobban: az ő főzete már emlékeztetett arra a „homogén, feketeribiszke-színű folyadék"-ra, ahogy a tankönyv az ideális köztes állapotot jellemezte.

Miután végzett a macskagyökér felaprításával, Harry ismét a könyv fölé hajolt. Roppant idegesítőnek találta, hogy az instrukciókat alig lehetett kisilabizálni a köréjük firkált ostobaságoktól. Az előző tulajdonos valamiért a mákonybab felvágását is helytelennek ítélte, és odabiggyesztette a maga alternatív utasítását:

> *Ezüsttőr lapjával összenyomni,*
> *több levet ereszt, mint felvágva.*

– Tanár úr, ugye ön ismerte a nagyapámat, Abraxas Malfoyt?

Harry felnézett a könyvből. Lumpsluck épp a mardekárosok asztala mellett haladt el.

– Igen – felelte a tanár, de nem nézett Malfoyra. – Sajnálattal hallottam a halálhírét, bár nem ért egészen váratlanul. Sárkányhimlő az ő korában...

Azzal Lumpsluck továbbsétált. Harry somolyogva hajolt újra az üstje fölé. Sejtette, miben reménykedett Malfoy: hogy Lumpsluck őt is úgy fogja tisztelni, mint Harryt és Zambinit, mi több, talán kivételezett elbánásban részesíti, ahogy Piton tette... De hiába, úgy tűnt, Malfoy csak magára számíthat, ha meg akarja nyerni a szerencseszérumot.

A mákonybab felvágása nehéz feladatnak bizonyult. Harry Hermionéhoz fordult:

– Kölcsönvehetem az ezüsttőrödet?

Hermione türelmetlenül biccentett, de egy pillanatra se vette le a szemét főzetéről, ami még mindig sötétvörös volt, pedig a könyv szerint már halványlilára kellett volna színeződnie.

Harry összeroppantotta a mákonybabot a tőr pengéjével, s az nyomban levet eresztett – de olyan sokat, hogy Harry el se tudta képzelni, hogy fért el annyi az aszott babszemben. Sietve belekanalazta a levet az üstjébe, s nagy ámulatára a főzet azonnal a könyvben leírt színűre változott.

Azonmód sokkal rokonszenvesebbnek találta a könyv korábbi tulajdonosát. Rápillantott a recept következő sorára: a könyv szerint az óramutató járásával ellentétes irányban kellett kevernie a főzetet, amíg az víztisztává nem válik. Az előző tulajdonos ehhez azt a kiegészítést fűzte, hogy minden hetedik keverés után célszerű beiktatni egy, az óramutató járásával megegyező irányú keverést. Lehet, hogy a firkálónak ebben is igaza van?

Hétszer megkeverte balra a főzetet, majd lélegzetét visszafojtva kevert egyet rajta jobbra is. A hatás azonnali és látványos volt: a főzet halványrózsaszínűre fakult.

– Hogy csinálod? – kérdezte bosszúsan Hermione, akinek egyre pirosabb lett az arca és egyre csapzottabb a haja az üstjéből felszálló gőztől. Az ő főzete konokul megmaradt vörösnek.

– Keverj egyet rajta jobbra is...

– Nem, a könyv szerint csak balra kell keverni!

Harry vállat vont, és folytatta a munkát. Hét keverés balra, egy jobbra, szünet... hét keverés balra, egy jobbra...

Az asztal túloldalán dolgozó Ron folyamatosan szitkozódott tehetetlen dühében. Az ő főzete leginkább folyékony nyalókára emlékeztetett. Harry körülnézett. Amennyire látta, senkinek az üstjében nem volt olyan halvány színű a lé, mint az övében. Ettől olyasmit érzett, amit ebben a pinceteremben még soha: a siker örömét.

– Letelt az idő! – harsogta Lumpsluck. – Hagyjátok abba a keverést!

Lumpsluck sorban az asztalokhoz lépett, és megszemlélte az üstök tartalmát. Nem kommentálta, amit látott, de egyik-másik főzetet megkeverte vagy éppen beleszagolt. Harry, Ron, Hermione és Ernie asztalát hagyta utoljára. Ron kátrányszerű főzete láttán szomorkásan mosolygott, Ernie tengerészkék levére csupán egy pillantást vetett, Hermione munkáját elismerő bólintással jutalmazta. Azután meglátta Harry főzetét, és őszinte ámulat ült ki az arcára.

– Megvan a győztes! – kiáltott fel. – Kitűnő, Harry, csodálatos! Istenemre mondom, örökölted anyád tehetségét, Lilynek arany keze volt! Tessék, drága fiam, tessék, a nyereményed: egy fiola Felix Felicis, ahogy megígértem! Használd szerencsével!

Harry a belső zsebébe süllyesztette a kis üveg aranyló folyadékot. Egyszerre érzett kaján örömöt a mardekárosok dühös pillantásai láttán, és bűntudatot Hermione szemmel látható csalódottsága miatt. Ron egészen egyszerűen el volt képedve.

– Ez meg hogy csináltad? – kérdezte suttogva, mikor kifelé mentek a teremből.

– Szerencsém volt – felelte Harry, mert Malfoy hallótávolságon belül volt.

Mikor azonban már a Griffendél asztalánál ültek a nagyteremben, úgy vélte, elmondhatja barátainak az igazat. Miközben beszélt, Hermione arcvonásai egyre jobban megkeményedtek.

– Szerinted csaltam, igaz? – kérdezte beszámolója végén Harry, mert kissé bosszantotta a lány mogorvasága.

– Miért, te ezt önálló munkának nevezed? – kérdezett vissza hűvösen Hermione.

– Egyszerűen csak más receptből dolgozott, mint mi – kelt Harry védelmére Ron. – Be is fuccsolhatott volna, de kockáz-

186

tatott, és bejött neki. – Nehéz szívvel sóhajtott. – Lumpsluck ugyanúgy nekem is adhatta volna azt a könyvet, de nem, én olyat kaptam, amibe nem írt bele az előző tulaj... inkább belehányt, ahogy az ötvenkettedik oldal kinéz...

– Várjatok csak! – csendült egy hang a közvetlen közelben, és Harrynek megcsapta az orrát az a virágillat, amit Lumpsluck termében is érzett. Hátranézett, és Ginnyt pillantotta meg. – Jól hallottam, Harry? Követted az utasításokat, amiket valaki beleírt egy könyvbe?

A lány rémültnek és dühösnek tűnt. Harry pontosan tudta, mi jár a fejében.

– Ne aggódj! – felelte fojtott hangon. – Ez nem olyan, mint... mint Denem naplója volt. Ez csak egy ócska tankönyv, amibe valaki belefirkált.

– De azt tetted, amit parancsolt?

– Kipróbáltam pár ötletet, ami a margóra volt írva. Hidd el, Ginny, ebben nincs semmi trükk...

– Ginnynek igaza van – harciaskodott Hermione. – Alaposabban meg kéne vizsgálni azt a könyvet. Szerintem is gyanúsak ezek a fura utasítások.

– Hé! – méltatlankodott Harry, mert a lány minden teketória nélkül kivette a táskájából a könyvet, és rászegezte pálcáját.

– *Demonstrate!* – szólt Hermione, és rákoppintott a könyvre.

Nem történt semmi a világon. A kötet csak hevert az asztalon kopottan, piszkosan és szamárfülesen.

– Végeztél? – kérdezte mérgesen Harry. – Vagy várunk még egy kicsit, hátha ugrik egy hátraszaltót?

– Ártalmatlannak tűnik – állapította meg Hermione, de azért még mindig gyanakodva sandított a könyvre. – Lehet, hogy tényleg csak egy régi tankönyv...

– Akkor el is tehetem, ugye? – Harry felkapta az asztalról a könyvet, de az kicsúszott a kezéből, és leesett a földre.

Senki nem figyelt oda rá. Harry lehajolt a könyvért, s miközben így tett, egy kézzel odafirkantott sort pillantott meg a hátsó borítón. Ugyanolyan apró betűs macskakaparás volt, mint a kiegészítő instrukciók, amelyek hozzásegítették őt, hogy megnyerje a Felix Felicist tartalmazó fiolát, mely immár egy zoknigombócban rejtőzött a ládája mélyén.

Ez a könyv a Félvér Herceg tulajdona

Tizedik fejezet

A Gomold ház

A hét további bájitaltan óráin Harry mindig a Félvér Herceg tanácsait követte, ha azok eltértek Libatius Tinctor utasításaitól. Ennek az lett az eredménye, hogy Lumpsluck a negyedik órán már ódákat zengett Harry képességeiről, és kijelentette, hogy nem sok ilyen tehetséges tanítványa volt pályafutása során. Ennek se Ron, se Hermione nem örült. Harry mindkettőjüknek felajánlotta ugyan, hogy használják a könyvét, de Ron nem tudta kibetűzni a Herceg kézírását, az pedig kissé feltűnő lett volna, ha Harry mindent felolvas neki. Ami Hermionét illeti, ő makacsul kitartott az – úgymond – „hivatalos" instrukciók mellett, jóllehet egyre jobban dühítette, hogy azokkal szerényebb eredményeket ér el, mint Harry a Hercegéivel.

Harry néha eltűnődött rajta, vajon ki lehetett a Félvér Herceg. Bár a rengeteg házi feladat mellett nem volt ideje végigolvasni a bájitaltan-könyvet, ahhoz azért eleget forgatta, hogy lássa, alig akad benne preparálatlan oldal. A kézzel írt margójegyzetek némelyike ráadásul nem is a témába vágott, hanem olyan varázslatok leírását tartalmazta, amelyek minden bizonnyal a titokzatos fiú saját találmányai voltak.

– Honnan tudod, hogy nem lány volt? – kérdezte ingerülten Hermione, mikor Harry egyik szombat este a klubhelyiségben felolvasott néhány ilyen jegyzetet Ronnak. – Nyugodtan lehetett lány is. Sőt, a kézírása inkább lányos, mint fiús.

– Félvér Hercegnek nevezi magát – hangsúlyozta Harry. – Nem pedig Félvér Hercegnőnek.

Hermione erre hirtelen nem tudott mit felelni, úgyhogy csak fintorgott, és elrántotta „A rematerializáció alapelvei" című dolgozatát Ron elől, aki fejjel lefelé próbálta elolvasni a szöveget.

Harry az órájára pillantott, majd sietve táskájába dugta a Bájitaltan haladóknak értékes példányát.

– Öt perc múlva nyolc, indulnom kell Dumbledore-hoz.

– Húú! – kapta fel a fejét Hermione. – Sok sikert! Megvárunk ébren, jó? Nagyon érdekel, hogy mit tanít neked!

– Kéz- és lábtörést! – mondta Ron, és Hermionéval együtt a portrélyukon kimászó Harry után nézett.

A folyosók szinte néptelenek voltak, bár Harry egy ízben jobbnak látta, hogy beugorjon egy szobor mögé, mert szembe jött vele Trelawney professzor. A jósnő menet közben elmélyülten motyogott magában, és egy csomag koszos francia kártyát lapozgatott.

– Pikk kettes: konfliktus – dünnyögte, mikor elhaladt a kuporgó Harry mellett. – Pikk hetes: rossz ómen. Pikk tízes: erőszak. Pikk bubi: sötét hajú fiatalember, talán nyugtalan, nem kedveli a kérdezőt...

Trelawney megtorpant a Harry búvóhelyéül szolgáló szobor túloldalán.

– Ez biztosan nem stimmel – motyogta ingerülten, és Harry hallotta, hogy megkeveri a kártyapaklit, majd újra elindul, olcsó sherry fanyar illatát hagyva maga után. Harry várt, amíg biztos lehetett benne, hogy a jósnő már messze jár; akkor sietve továbbindult, és nemsokára megérkezett a hetedik emeleti folyosón álló szörnyszobor elé.

– Sav-A-Júj – mondta, mire a kőszörny engedelmesen félreugrott. Mögötte megnyílt a fal, s feltűnt a mozgó csigalépcső. Harry rálépett, s türelmesen várt, amíg a szerkezet felvitte őt Dumbledore dolgozószobájának réz kopogtatós ajtajához.

– Szabad! – szólt ki Dumbledore, miután Harry bekopogott.

– Jó estét, igazgató úr – köszönt Harry, és belépett a dolgozószobába.

– Jó estét, Harry – mosolygott Dumbledore. – Foglalj helyet! Remélem, kellemesen telt az első roxforti heted.

– Igen, uram.

– Látom, nem vesztegetted az időd, hisz máris megkaptad az első büntetőmunkádat!

– Öhm... – kezdte zavartan Harry, de Dumbledore cseppet sem tűnt bosszúsnak.

– Beszéltem Piton professzor úrral, és beleegyezett, hogy jövő szombaton dolgozd le a büntetésedet.

– Értem – bólintott Harry. Pillanatnyilag a legkevésbé sem érdekelte Piton és a büntetőmunka. A helyiséget pásztázta tekintetével, hátha megpillant valamit, amiből kitalálhatja, mi Dumbledore szándéka vele. A kör alakú dolgozószoba azonban a megszokott képét mutatta: a vékony lábú asztalokon békésen zümmögtek a füstfelhőket eregető ezüst szerkezetek, a régi igazgatók és igazgatónők portréi szuszogva bóbiskoltak kereteikben, s Dumbledore gyönyörű főnixmadara, Fawkes ott üldögélt az ajtó mögötti állványán, csillogó szemét Harryre szegezve. Dumbledore még csak félre se tolta a bútorokat, hogy legyen helyük párbajedzést tartani.

– Nos, Harry – fogott bele hivatalos hangra váltva Dumbledore –, bizonyára kíváncsi vagy rá, mivel szeretném tölteni ezeket a... különórákat, ahogy jobb szó híján neveztem őket.

– Igen, igazgató úr.

– Most, hogy már tudod, tizenöt éve mi késztette rá Voldemort nagyurat, hogy az életedre törjön, úgy vélem, ideje megosztanom veled bizonyos információkat.

Dumbledore szünetet tartott.

– Év végén azt mondta, mindent elmond nekem – jegyezte meg Harry, igyekezete ellenére némileg szemrehányó hangon – ...igazgató úr – tette hozzá.

– És el is mondtam mindent – bólintott Dumbledore. – Mindent, amit tudok. Most azonban elhagyjuk a tények szilárd talaját, és nekivágunk az emlékezet ködös ingoványának, hogy aztán behatoljunk a találgatás dzsungelébe. Mostantól, Harry, semmi nem zárja ki, hogy olyan súlyosan tévedek, mint a jó Humphrey Boffen, aki azt hitte, megérett az idő a sajtból készült kondér feltalálására.

– De úgy gondolja, hogy igaza van?

– Természetesen igen, csakhogy, amint már demonstráltam neked, én is szoktam hibázni. Sőt, mivel – már megbocsáss – okosabb vagyok, mint a legtöbb ember, általában a hibáim is súlyosabbak.

– Igazgató úr – kezdte óvatosan Harry –, annak, amit el akar mondani nekem, köze van a jóslathoz? Segíthet abban, hogy... túléljem a dolgot?

– Nagyon is sok köze van a jóslathoz – felelte Dumbledore olyan könnyed hangon, mintha Harry a várható időjárásról kérdezte volna. – És hőn remélem, hogy segíteni fog túlélned a dolgot.

Dumbledore felállt, kilépett az íróasztala mögül, és elsétált Harry mellett, aki mohó érdeklődéssel fordult utána. Dumbledore átvágott a szobán, majd megállt az ajtó melletti szekrénykénél és lehajolt. Mikor felegyenesedett, Harry ismerős tárgyat pillantott meg a kezében: egy, a pereme mentén furcsa jelekkel televésett, sekély öblű kőtálat. Dumbledore visszasétált az íróasztalhoz, és letette a merengőt Harry elé.

– Nyugtalannak tűnsz.

Harryt valóban szorongás fogta el a merengő láttán. Addigi találkozásai a gondolatokat és emlékeket bemutató különös eszközzel mind felettébb tanulságosak, de legalább annyira megrázóak is voltak. Legutóbb például, mikor az edény tartalmába pillantott, sokkal többet látott, mint szeretett volna.

Dumbledore azonban mosolygott.

– Ezúttal nem egyedül lépsz be a merengőbe, hanem velem együtt... s ami még szokatlanabb: engedéllyel.

– Hova megyünk, uram?

– Teszünk egy kis utazást Bob Ogden emlékezetében – felelte Dumbledore, s előhúzott a zsebéből egy kavargó, ezüstfehér anyaggal teli kristályüvegcsét.

– Ki az a Bob Ogden?

– A Varázsbűn-üldözési Főosztály egykori munkatársa. Ogden már meghalt, de csak miután felkutattam és rávettem, hogy ossza meg velem ezt az emlékét. Egy látogatásra fogjuk elkísérni őt, amit még hivatalnoki minőségében tett. Ha megtennéd, hogy felállsz, Harry...

Dumbledore megpróbálta kihúzni a kristályfiola dugóját, de sérült keze a jelek szerint túlságosan gyenge és érzékeny volt.

– Segítsek, uram?

– Hagyd csak...

Dumbledore a fiolára szegezte pálcáját, mire abból kirepült a dugó.

– Hogyan sérült meg a keze, igazgató úr? – tette fel újra a kérdést Harry. Egyszerre érzett viszolygást és szánalmat a megfeketedett ujjak láttán.

– Annak a történetnek még nincs itt az ideje, Harry. Ma a néhai Bob Ogdennel van találkánk.

Dumbledore beleöntötte az üvegcse se nem folyékony, se nem gáznemű tartalmát a merengőbe – az selymesen felfénylett és örvényleni kezdett.

– Csak utánad – szólt Dumbledore, és a tálra mutatott.

Harry a merengő fölé hajolt, majd vett egy nagy levegőt, és beledugta az arcát az ezüstös anyagba. Azonnal érezte, hogy a lába felemelkedik a dolgozószoba padlójáról. Kavargó sötétség vette körül, s ő csak zuhant és zuhant, mígnem egyszerre vakító napsütés hatolt a szemébe, s újra szilárd talajt érzett a talpa alatt. Még javában pislogott a hirtelen fénytől, mikor felbukkant mellette Dumbledore.

Magas, kusza sövénnyel szegélyezett földúton álltak, nefelejcskék nyári ég alatt. Úgy három méterrel odébb, az út bal oldalán, a bozótból kiálló útjelző tábla mellett egy alacsony, kövér férfi ácsorgott. A tábla feliratát igyekezett kibetűzni megdöbbentően vastag lencséjű szemüvegén át, ami mögött a szeme olyan aprónak tűnt, akár a vakondé. Harry tudta, hogy ez csak Ogden lehet; egyrészt, mert közel s távol ő volt az egyetlen ember, másrészt, mert messziről lerítt róla, hogy varázsló, aki muglinak próbál látszani: egyrészes csíkos úszódresszt, hozzá pedig kamáslit és frakkot viselt. A bizarr külsőn túlmenő megfigyelésekre Harrynek nem maradt ideje, mert Ogden sietve továbbindult az úton.

Dumbledore és Harry követték. Mikor elhaladtak az útjelző tábla mellett, Harry rápillantott: „Great Hangleton 5 mérföld" – ez állt a visszafelé mutató nyíl alatt, az előre mutató alatt pedig ez: „Little Hangleton 1 mérföld".

Egy darabig nem volt más látnivaló, csak kétoldalt a sövény, fent a kék ég és elöl a szaporán lépkedő, frakkos alak; aztán az út éles balkanyarral egy meredek domboldalra fordult, s ekkor hirtelen tág kilátás nyílt: egy egész völgy tárult fel Harry szeme előtt. Odalent, két meredek domboldal közé ékelve kis falu húzódott meg – nyilván Little Hangleton. Harry jól látta a település templomát és a temetőt.

A völgyön túl, a szemközti domboldalon csinos kúria állt, hatalmas, bársonyos gyepszőnyeg borította park közepén.

Ogdent kényelmetlenül gyors tempóra kényszerítette a meredek lejtő. Dumbledore megnyújtotta lépteit, így Harrynek is iparkodnia kellett, hogy ne maradjon le. Azt hitte, útjuk végállomása Little Hangleton lesz, s akárcsak a Lumpslucknál tett látogatásuk éjjelén, most is furcsállta, hogy ilyen messziről közelítik meg céljukat. Hamarosan rá kellett döbbennie azonban, hogy nem a faluba mennek. Az út elfordult jobbra, s ők a kanyarból kiérve még épp látták Ogden frakkját eltűnni a sövényen vágott átjáróban.

Tovább követték a hivatalnokot, immár egy keskeny, szeszélyesen kanyargó ösvényen, melyet jókora kövek és kátyúk tarkítottak, s az előbbinél magasabb és elvadultabb sövény szegélyezett. Még mindig lefelé ereszkedtek a domboldalon, s úgy tűnt, az út a nem messze sötétlő erdőcskéhez vezet. Kisvártatva valóban elérték a fás terület szélét, ahol is Ogden megállt, és elővette varázspálcáját.

A sűrű lombú vén fák a ragyogóan kék éggel dacolva mély, sötét, hűvös árnyékba zárkóztak, s beletelt néhány másodpercbe, mire Harry meglátta az öles fatörzsek között rejtőző épületet. Érthetetlennek tartotta, hogy valaki épp ide költözzön, vagy hagyja, hogy a házát így benője az erdő, eltakarva az eget és elzárva a völgyre nyíló kilátást. Nem is tűnt úgy, mintha lakna itt valaki: a falakat belepte a moha, s a tetőről annyi cserép hiányzott, hogy itt-ott kilátszottak a gerendák. Az udvarban felburjánzott csalán már a kicsi, koromlepte ablakokat ostromolta. Harry épp megállapította magában, hogy a ház csak lakatlan lehet, mikor zajosan kicsapódott az egyik ablak, és sovány gőz- vagy füstfelhő szállt ki rajta, mintha odabent főzne valaki.

Ogden zajtalan léptekkel és – Harrynek úgy tűnt – kissé félszegen továbbindult a ház felé. Mikor beért a fák árnyékába, ismét megállt, és rámeredt az ajtóra: arra valaki egy döglött kígyót szögezett.

Megzörrentek a lombok, reccsent egy ág, és a legközelebbi fáról egy rongyokba öltözött férfi ugrott le Ogden elé. A varázsló az ijedségtől hátrahőkölt, rálépett frakkja szárnyára, és megtántorodott.

– Nincs keresnivalód itt!

195

A férfi sűrű, csimbókos haját annyira belepte a kosz, hogy a színét se lehetett megállapítani. Fogazata erősen hiányos volt, apró, fekete szemei kajlán kétfelé néztek. Akár komikus jelenség is lehetett volna, de nem volt az: nagyon is ijesztően festett, és Harry nem csodálta, hogy Ogden még néhány lépést hátrált, mielőtt megszólalt:

– Öhm... jó reggelt kívánok! A Mágiaügyi Minisztériumtól...

– Nincs keresnivalód itt!

Ogden nyugtalanul pislogott.

– Öhm... sajnálom, de nem értem, amit mond.

Harry első gondolata az volt, hogy Ogden rendkívül buta ember; az idegen álláspontja elég világos volt, már csak azért is, mivel egyik kezében varázspálcát, a másikban rövid pengéjű, véres kést szorongatott.

– Te érted, amit mond, ugye, Harry? – kérdezte halkan Dumbledore.

– Persze – felelte kissé csodálkozva Harry. – De Ogden miért nem...

Tekintete ismét az ajtón lógó kígyóra tévedt, s hirtelen megértette a dolgot.

– Párszaszóul beszél?

– Úgy van – bólintott mosolyogva Dumbledore.

A rongyos alak most megindult Ogden felé, fenyegetően előreszegezve pálcáját és kését.

– Nézze, uram... – kezdte hebegve Ogden, de folytatni már nem maradt ideje. Durranás hallatszott, s a következő pillanatban Ogden már a földön feküdt – az orrát markolta, s ujjai közül undok, sárgás lé szivárgott.

– Morfin! – harsant egy hang.

A házból kirontott egy másik ember, s úgy becsapta maga mögött az ajtót, hogy a döglött kígyó ostor módjára csapódott a deszkára. Ez a férfi idősebb és zömökebb volt a rongyos alaknál, s abnormálisan aránytalan testtel verte meg a sors:

meghökkentően széles válla és hosszú karja volt. Ez világosbarna szemével és kurta, sűrű hajával együtt tagbaszakadt, öreg majomhoz tette hasonlatossá. Megállt a késes vadember mellett, aki vihogva bámulta a földön heverő Ogdent.

– Minisztérium? – kérdezte az öreg, szintén Ogdenre nézve.

– Úgy van! – vágta rá a hivatalnok, dühösen törölgetve gennyes arcát. – Ön, felteszem, Mr Gomold.

– Az vagyok – morogta Gomold. – Kapott egyet a képébe?

– Ahogy mondja! – dühöngött Ogden.

– Talán be kellett volna jelentkeznie! – gorombáskodott Gomold. – Ez magánterület. Ha csak úgy besétál ide, ne csodálkozzon, ha a fiam megvédi magát.

– Kitől kellene megvédenie magát, jóember? – kérdezte ingerülten Ogden, miközben feltápászkodott.

– A kotnyeleskedőktől. A mugliktól. A söpredéktől.

Ogden gennyező orrára szegezte pálcáját, mire a váladékfolyam azonnal elapadt. Gomold odaszólt a szája sarkából Morfinnak:

– Kotródj be a házba! Ne vitatkozz!

Most, hogy már figyelt rá, Harry felismerte a párszaszót: egyszerre hallotta érthető beszédnek és úgy, ahogy Ogden: furcsa sziszegésnek. Morfin szemlátomást ellenkezni akart, de apja fenyegető pillantására meghunyászkodott; furcsán dülöngélve bekullogott a házba, és becsapta maga mögött az ajtót. A döglött kígyó bánatosan lengett a szögön.

– A fiához jöttem, Mr Gomold – közölte Ogden, miután úgy-ahogy letörölte a gennyet a frakkjáról. – Ő volt Morfin, ha nem tévedek.

– Igen, ő volt Morfin – felelte közönyösen az öreg, majd gorombán odavetette a kérdést: – Maga aranyvérű?

– Ennek a legcsekélyebb jelentősége sincs – válaszolta hűvösen Ogden, amitől egy csapásra nagyot nőtt Harry szemében.

Gomoldnak annál kevésbé tetszett a válasz. Belehunyorgott Ogden arcába, és rosszmájúan dörmögte:

– Most, hogy elnézem, több ilyen orrot is láttam a faluban, mint a magáé.

– Ha a fia szabadon garázdálkodik odalent, nem is csodálkozom rajta – felelte Ogden. – Nem folytathatnánk esetleg odabent a társalgást?

– Odabent?

– Igen, Mr Gomold. Mint már említettem, Morfin miatt jöttem. Küldtünk egy baglyot…

– Nem foglalkozom baglyokkal, és nem olvasok leveleket.

– Akkor aligha nehezményezheti, ha a látogatói bejelentés nélkül érkeznek – jegyezte meg fagyosan Ogden. – Jómagam azért jöttem, mert ma a hajnali órákban valaki itt súlyosan megszegte a varázslótörvényt…

– Jól van, jól van! – bődült fel Gomold. – Jöjjön be az istenverte házba, ha annyira akar!

Az épület valószínűleg három kis helyiségből állt – az egyszerre konyhaként és nappaliként szolgáló szobából két ajtó vezetett tovább. Morfin egy koszos karosszékben gubbasztott a kandalló előtt; egy élő keresztes viperát tekergetett vastag ujjai körül, és halkan énekelt az állatnak párszaszóul:

> *Sziszegj, sziszegj, kicsi kígyó,*
> *míg a tüzet nézed!*
> *Légy szelíd és engedelmes,*
> *vagy a szögön végzed.*

A nyitott ablak melletti sarokból csoszogás hallatszott. Harry most vette csak észre, hogy még valaki van a helyiségben. Az illető, egy lány, aki rongyos szürke ruhájában alig volt észrevehető a szoba mocskos fala előtt, a kormos tűzhelyen gőzölgő fazék mellett állt, s egy szurtos edényekkel teli polcon rakodott. Haja vékony szálú és fénytelen, az arca sápadt és meglehetősen durva vonású volt, szeme pedig, akárcsak a bátyjának, kétfelé állt. Ő egy árnyalatnyival ápoltabbnak tűnt a férfiaknál, ám Harrynek az volt a benyomása, hogy a világ legmegalázottabb teremtését látja maga előtt.

– Ő Merope, a lányom – dörmögte Gomold, mikor Ogden érdeklődve a lány felé pillantott.

– Kézcsókom – köszönt Ogden.

A lány nem válaszolt; rémült pillantást vetett apjára, majd hátat fordított a jelenlévőknek, és folytatta az edények rakodását.

– Nos, Mr Gomold – fogott a mondókájába Ogden –, rögtön a tárgyra térek: okunk van feltételezni, hogy fia, Morfin az éjjel varázscselekményt hajtott végre egy mugli jelenlétében.

Fülsiketítő kondulás hallatszott. Merope elejtett egy vasfazekat.

– Vedd fel! – rivallt rá Gomold. – Ez az, csússz a földön, akár egy koszos mugli! Mire való a pálcád, mihaszna ribanc!?

– De Mr Gomold! – hápogta megbotránkozva Ogden.

Merope arca szederjes vörösre gyúlt; felkapta a földről a fazekat, de az újra kicsúszott a kezéből. Erre remegő kézzel kihúzta zsebéből a pálcáját, és elmotyogott egy érthetetlen varázsigét, amitől a fazék nekirepült a falnak, és darabokra tört.

Morfin eszelősen vihogni kezdett.

– Forraszd össze, te nyomorult, forraszd össze! – üvöltötte Gomold.

Merope átbotorkált a szobán, de mielőtt újra használhatta volna a pálcáját, Ogden már az edényre szegezte a magáét.

– *Reparo!* – szólt, s a fazék darabjai nyomban összeforrtak.

Egy pillanatig úgy tűnt, Gomold most Ogdenre fog ráordítani, de végül is megint a lányát vette elő:

– Örülhetsz, hogy itt van ez az úr a minisztériumból! Remélem, meg is szabadít minket tőled! Talán ő jobban szenvedheti a mocskos kvibliket...

199

Merope nem köszönte meg a segítséget, még csak rá se pillantott Ogdenre vagy az apjára. Reszketve felemelte a fazekat, visszavitte a polchoz, aztán hátát a falnak vetve beállt a koszos ablak és a tűzhely közé. Meg se mozdult többet, mintha csak arra várna, hogy megnyíljon alatta a föld, és elnyelje őt.

– Mr Gomold – kezdte újra Ogden –, mint mondtam, azért jöttem...

– Felfogtam, miért jött! – torkolta le Gomold. – Na és aztán? Morfin odapörkölt egyet egy muglinak – mi van abban?

– Morfin megszegte a varázslótörvényt – jelentette ki szigorúan Ogden.

– Morfin megszegte a varázslótörvényt... – visszhangozta gúnyosan affektálva Gomold, mire Morfin megint vihogott. – Újabban tiltja a törvény, hogy móresre tanítsunk egy semmirekellő muglit?

– Igen, közlöm önnel, hogy tiltja.

Ogden elővett a belső zsebéből egy kis pergamentekercset, és kibontotta.

– Mi ez, a büntetése? – kérdezte emelt hangon Gomold.

– Idézés minisztériumi meghallgatásra...

– Idézés! Idézés...? Kinek képzeli magát, hogy csak úgy idézgeti a fiamat!?

– A Varázsbűn-üldözési Kommandó parancsnoka vagyok – felelte Ogden.

– Mi meg söpredék vagyunk, mi!? – ordította Gomold, és megindult Ogden felé. Közben sárga körmű, koszos hüvelykujjával a mellét bökdöste. – Hitvány söpredék, akik ugranak, ha a minisztérium füttyent nekik, mi? Tudja, kivel beszél, maga koszos sárvérű!?

– Abban a hitben voltam, hogy Mr Gomolddal – felelte Ogden kissé riadtan, de méltósággal.

– Úgy van! – harsogta Gomold. Harry először azt hitte, az öreg sértő kézmozdulatot tesz, de aztán látta, hogy csak a középső ujján viselt csúnya, fekete köves gyűrűt mutatja fel Ogdennek. – Látja ezt? Látja? Tudja, mi ez? Tudja, honnan származik? Évszázadok óta a családunk birtokában van! Olyan régre nyúlnak vissza a gyökereink! És mindig is aranyvérűek voltunk! Tudja, mennyi pénzt kínáltak nekem ezért a kőbe vésett Peverell-címert látva?

– Sejtelmem sincs, uram – válaszolta Ogden, pislogva az arca előtt vészes közelségben táncoló gyűrűtől –, és ez nem is tartozik ide. Amit a fia elkövetett...

Gomold eszelős ordítással Merope-hoz rohant. Harry egy fél pillanatig azt hitte, meg akarja fojtani a lányát, mert a nyakához kapott – de aztán csak vonszolni kezdte Merope-ot Ogden felé, a nyakában lógó aranyláncnál fogva.

– Látja ezt? – harsogta a láncon függő súlyos aranymedált rázva, miközben Merope hörögve kapkodott levegő után.

– Látom, látom! – sietett a válasszal Ogden.

– Mardekáré volt! – bömbölte Gomold. – Mardekár Malazáré! Mi vagyunk az utolsó élő leszármazottai! Ehhez mit szól!?

– Mr Gomold, a lánya! – rémüldözött Ogden, de Gomold most már elengedte Merope-ot, aki zihálva s a nyakát dörzsölve visszatántorgott a sarokba.

– Na hát akkor! – Gomold diadalittasan kihúzta magát, mintha valamely bonyolult tételt sikerült volna megdönthetetlen bizonyítékokkal alátámasztania. – Ne beszéljen úgy velünk, mintha mocsok lennénk a cipője talpán! Aranyvérű varázslók megannyi nemzedéke áll mögöttünk – ez több mint amit maga elmondhat magáról, arra mérget vennék!

Azzal odaköpött Ogden lába elé. Morfin ezen is jót vihogott. Merope a falhoz lapulva, némán, lehajtott fejjel állt; az arcát eltakarta előrehulló haja.

– Mr Gomold – folytatta konokul Ogden –, attól tartok, hogy sem az ön, sem az én felmenőim nem tartoznak a tárgyhoz. Pusztán Morfin miatt jöttem – Morfin és az éjjel megtámadott mugli miatt. Információink szerint... – Ogden itt a pergamenre pillantott – ...a fia rontást vagy ártást küldött az említett mugli személyre, akinek ettől fájdalmas hólyagok keletkeztek az arcán.

Morfin kuncogott.

– Hallgass, fiam! – sziszegte Gomold párszaszóul. Morfin engedelmeskedett.

– És ha valóban azt tette, akkor mi van? – kérdezte dacosan Gomold. – Gondolom, maga már lepucolta a mugli ótvaros képét, és az emléket is kitörölte az agyából...

– Nem ez a lényeg, Mr Gomold! – erősködött Ogden. – A cselekmény indokolatlan támadás volt egy védtelen...

– Hah! Egy mugliimádó! – harsogta diadalmasan Gomold. – Tudtam én, amint megláttam magát!

Azzal megint kiköpött.

– Ezzel nem jutunk előbbre – csóválta a fejét Ogden. – A fia viselkedése egyértelművé teszi, hogy nem bánta meg a cselekedetét. – Megint vetett egy pillantást a pergamenre. – Morfinnak szeptember tizennegyedikén meg kell jelennie a meghallgatáson, mert a vád szerint mágiát alkalmazott egy mugli személy jelenlétében, egyszersmind bántalmazta a muglit, és...

Ogden elharapta a mondatot. A nyitott ablakon lószerszámok csörgése, patadobogás, és csilingelő kacagás szűrődött be. A völgybe lefutó kanyargós út nyilván a facsoport mellett vezetett el. Gomold mozdulatlanná dermedve, összehúzott szemmel fülelt. Morfin sziszegett, s mohó arccal a hangok irányába fordult. Merope felemelte a fejét – Harry látta, hogy krétafehér az arca.

– Szent ég, micsoda csúfság! – csendült odakint egy lányhang, olyan tisztán és érthetően, mintha gazdája a nyitott ablak előtt állna. – Miért nem bontatja le az apja ezt a kalyibát, Tom?

202

– Mert nem tartozik a birtokhoz – felelte egy fiatal férfihang. – A völgy túloldalán minden a miénk, de ez a ház egy Gomold nevű vénemberé meg a gyerekeié. A fiú félbolond, hallania kellene, miket mesélnek róla a faluban...

A lány nevetett. A zablacsörgés és a patadobogás egyre közeledett. Morfin fel akart állni a székből.

– Maradj veszteg! – szólt rá az apja párszaszóul.

– Tom – hallatszott ismét a lány hangja, immár a ház közvetlen közeléből –, jól látom, hogy valaki egy kígyót akasztott arra az ajtóra?

– Szentséges isten, valóban! – felelte a férfihang. – Ez csak a fiú műve lehet! Mondom én, hogy elmebeteg. Ne is nézzen oda, Cecilia drágám!

A csörgés és dobogás most távolodni kezdett.

– Drágám... – suttogta Morfin párszaszóul, a húgára sandítva. – Drágámnak szólította a nőt. Úgyse kellenél neki, látod?

Merope-nak olyan fehér volt az arca, hogy Harry csak azt várta, mikor esik össze ájultan.

– Mit beszélsz? – kérdezte élesen Gomold, szintén párszaszóul, fia és lánya között járatva tekintetét. – Mit mondtál, Morfin?

– Merope szereti bámulni azt a muglit. – Morfin gonosz vigyort küldött holtra vált húga felé. – Mindig kint van a kertben, mikor a mugli erre jár, és lesi a sövényen keresztül. Tegnap este is...

Merope kétségbeesetten, könyörögve rázta a fejét, de Morfin kíméletlenül folytatta:

– ...az ablakban lógott, úgy várta, hogy a mugli hazafelé ellovagoljon itt.

– Az ablakban lóg, hogy lásson egy muglit? – sziszegte Gomold.

Szemlátomást mindhárman megfeledkeztek Ogdenről, aki meghökkenve s némi bosszúsággal hallgatta a háziak érthetetlen, reszelős sziszegését.

– Igaz ez? – suttogta vészjósló hangon Gomold, és lassan megindult a rettegő lány felé. – Az én lányom – Mardekár Malazár aranyvérű leszármazottja – egy mocskos mugli után ácsingózik?

Merope hevesen rázta a fejét, de nem bírt megszólalni.

– De én elintéztem ám, apám! – vihogott Morfin. – Elkaptam, amikor itt járt, és utána már nem volt olyan csinos a hólyagos képével, igaz, Merope?

– Arcátlan kis kvibli! Förtelmes véráruló! – bődült fel magából kikelve Gomold, s két kézzel torkon ragadta lányát.

Harry és Ogden egyszerre kiáltották, hogy „Ne!", s Ogden már emelte is a pálcáját.

– *Relaxo!* – harsogta, mire Gomoldot egy láthatatlan erő eltaszította a lányától: az öreg hátratántorodott, és hanyatt keresztülesett egy széken. Morfin dühös ordítással felugrott a karosszékből, és egyik kezében a véres késsel, a másikban pálcájával, rontások tömkelegét szórva Ogdenre vetette magát.

Ogden jobbnak látta menekülőre fogni a dolgot. Dumbledore intett, hogy kövessék a házból kiiszkoló hivatalnokot, s Harry, fülében Merope velőtrázó sikolyaival, engedelmeskedett.

Ogden kétségbeesetten hadonászva felrohant az ösvényen, s a nagyobb útra kiérve egyenesen beleszaladt egy fényes szőrű pejlóba. Annak lovasa, egy fekete hajú, kellemes arcú fiatalember és szürke lován mellette léptető csinos társnője harsány kacagásban törtek ki a frakkos-úszódresszes, tetőtől talpig porlepte Ogden láttán. A varázsló a lónak ütközve megtántorodott, majd továbbrohant felfelé az úton.

– Ennyi elég is, Harry – szólt Dumbledore, azzal a könyökénél fogva húzni kezdte a fiút. A következő pillanatban már mindketten súlytalanul suhantak a sötétségben, hogy aztán Dumbledore immár alkonyi félhomályba burkolózó irodájában érjenek földet.

– És mi lett a lánnyal? – kérdezte azonnal Harry, míg Dumbledore egy pálcaintéssel lámpákat gyújtott. – Meropepal, vagy mi is volt a neve?

– Nem esett nagyobb baja. – Dumbledore visszaült az íróasztalához, és intett Harrynek, hogy ő is foglaljon helyet. – Ogden a minisztériumba hoppanált, erősítést vett maga mellé, és negyedóra múlva már ismét a háznál volt. Morfin meg az apja megpróbáltak védekezni, de a túlerővel szemben nem volt esélyük. Letartóztatták, és később a Wizengamot elé állították őket. Morfint, aki már korábban is támadott meg muglikat, három évre az Azkabanba küldték. Rowle hat hónapot kapott, mert megsebesítette Ogdent és még jó pár minisztériumi alkalmazottat.

– Rowle Gomoldról beszél? – kérdezte tűnődve Harry.

– Úgy van. – Dumbledore elismerően mosolygott. – Örülök, hogy sejted az összefüggést.

– Az az öregember...

– Voldemort nagyapja volt, igen – bólintott Dumbledore. – Rowle, a fia, Morfin és a lánya, Merope az ősi Gomold família utolsó sarjai voltak. A Gomoldoknál már régen kiütközött az erőszakra s az elmebajra való hajlam, és ez nemzedékről nemzedékre rosszabbodott, mivel a család az unokatestvérek összeházasításának hagyományát követte. Kedvelték a fényűzést, a józan önmérséklet viszont hiányzott belőlük, ennélfogva már számos generációval korábban elherdálták a családi vagyont. Rowle nem kapott mást örökül, csak a nyomort, veleszületett agresszivitását, határtalan gőgjét és önteltségét, valamint néhány családi ereklyét, amelyekhez legalább annyira ragaszkodott, mint a fiához – és sokkal jobban, mint a lányához.

– Akkor hát Merope... – Harry előredőlt a széken, és elkerekedett szemmel meredt Dumbledore-ra. – Merope volt... Ezek szerint, uram, Merope volt... Voldemort anyja?

– Igen – felelte Dumbledore. – Mellesleg alkalmunk volt egy pillantást vetni Voldemort apjára is. Nem tudom, feltűnt-e neked.

– Az a mugli, akit Morfin megtámadott? A lovas?

– Gratulálok! – Dumbledore szélesen mosolygott. – Igen, ő volt Tom Denem – egy jóképű mugli, aki rendszeresen ellovagolt a Gomold ház mellett, s aki iránt Merope titkon gyengéd érzelmeket táplált.

– És ők összeházasodtak? – hitetlenkedett Harry. El se tudott képzelni kevésbé összeillő párt.

– Ne feledd, Merope boszorkány volt. Gyanítom, hogy varázsereje nem bontakozhatott ki igazán, amíg az atyai rémuralom alatt élt. Mikor azonban Rowle-t és Morfint az Azkabanba zárták – amikor Merope egyedül maradt, és életében először szabadnak érezhette magát, akkor, úgy vélem, kibontakoztatta képességeit, s kitalálta, hogyan emelkedhet ki a testi-lelki nyomorból, amiben tizennyolc évig élt.

– Nem tudsz elképzelni olyan módszert, amellyel Merope elérhette, hogy Tom Denem elfeledje mugli kedvesét, és helyette belé legyen szerelmes?

– Imperius-átok? – találgatott Harry. – Szerelmi bájital?

– Nagyon jó. Jómagam arra a feltételezésre hajlok, hogy szerelmi bájitalt használt. Azt bizonyára romantikusabbnak tartotta, s nem hiszem, hogy túl nehéz lett volna egy forró nyári napon rávenni az arra lovagló Denem úrfit, hogy fogadjon el egy pohár vizet. Akárhogy is, az imént látott jelenet után néhány hónappal Little Hangleton hatalmas skandalumot élt át. Képzelheted, mekkora vihart kavart, hogy az uraság fia megszökött a vén különc lányával, Merope-pal.

– De a falubeliek felháborodása semmi volt ahhoz képest, amit Rowle érezhetett, mikor visszatért az Azkabanból. Arra számított, hogy a házban az ő engedelmes lánya, az asztalon pedig meleg vacsora várja – ehelyett ujjnyi vastag port talált, meg a búcsúlevelet, amiben Merope beszámolt viselt dolgairól.

– Abból, amit sikerült kinyomoznom, úgy tűnik, Merope ezzel megszűnt létezni apja számára. A megrázó élmény feltehetőleg hozzájárult Rowle korai halálához – de az sem kizárt, hogy az öreg egyszerűen csak képtelen volt ellátni magát. Az Azkaban elgyengítette, s Morfin hazatérését már nem érte meg.

– És Merope? Ő is... ő is meghalt, nem? Úgy tudom, Voldemort árvaházban nevelkedett.

– Így igaz – bólintott Dumbledore. – A történet egyes pontjait illetően kénytelenek vagyunk találgatásokba bocsátkozni, bár úgy vélem, meglehetős bizonyossággal kikövetkeztethető, mi történt. A lányszöktetés után néhány hónappal Tom Denem visszatért Little Hangletonba – a felesége nélkül. A faluban elterjedt, hogy azt hangoztatja: rászedték, megtévesztették. Ezalatt egészen biztosan azt értette, hogy sokáig valamiféle bűbáj hatása alatt állt – de ezeket a szavakat nyilván nem merte használni, nehogy bolondnak nézzék. Ennek hallatán azonban a falubeliek arra a következtetésre jutottak, hogy Merope hazudott Denemnek, azt állította, hogy gyereket vár tőle, és Tom ezért vette feleségül őt.

– De hát tényleg született gyereke.

– Igen, de csak egy évvel az esküvőjük után. Tom Denem még a terhessége alatt elhagyta Merope-ot.

– Mi történt? – kérdezte Harry. – Miért nem működött tovább a szerelmi bájital?

– Erről is csak feltételezéseink lehetnek – csóválta a fejét Dumbledore –, de nekem meggyőződésem, hogy Merope, épp mert őszintén szerelmes volt a férjébe, egy idő után elviselhetetlennek érezte, hogy mágikus eszközökkel láncolja magához őt. Ha jól sejtem, úgy döntött, többé nem adja be neki a bájitalt. Zavart elméjével talán abba a hitbe ringatta magát, hogy Denem időközben magától is szerelmes lett belé. Vagy talán azt remélte, hogy születendő gyermekük maradásra bírja a férfit. De ha így számított, kétszeresen is csalódnia kellett. Denem elhagyta őt, nem kereste fel többé, és a fia után sem érdeklődött soha.

Odakint már tintafekete volt az ég, s a lámpák lángja egyre fényesebbnek tűnt.

– Azt hiszem, ennyi elég is volt mára – mondta néhány másodperces hallgatás után Dumbledore.

– Igen, uram.

Harry felállt, de nem indult még.

– Professzor úr... fontos, hogy mindezt tudjam Voldemort múltjáról?

– Úgy vélem, nagyon fontos – bólintott Dumbledore.

– És... Van ennek valami köze a jóslathoz?

– Rendkívül sok köze van hozzá.

– Értem – felelte Harry. Ez nem volt egészen igaz, mindazonáltal megnyugtatta a válasz.

Már elindult az ajtó felé, mikor újabb kérdés ötlött fel benne. Gyorsan visszafordult hát.

– Professzor úr, elmondhatom Ronnak és Hermionénak, amit ma öntől hallottam?

Dumbledore egy másodpercig tűnődve nézett rá, aztán így válaszolt:

– Igen, úgy vélem Mr Weasley és Miss Granger bizonyították, hogy megbízhatunk bennük. Ellenben arra kérlek, vedd szavukat, hogy amit hallanak, senkinek nem adják tovább. Nem volna szerencsés, ha kitudódna, milyen sokat tudok vagy sejtek Voldemort nagyúr titkairól.

– Nem, rajtuk kívül senki nem tudja meg, uram. Jó éjszakát!

Azzal Harry továbbindult az ajtó felé. Már majdnem odaért, amikor meglátta: az egyik vékony lábú asztalon, a törékeny műszerek között ott hevert egy csúnya aranygyűrű, foglalatában nagy, repedt, fekete kővel.

– Uram – szólt az ékszerre meredve Harry. – Ez a gyűrű...

– Igen?

– Ön ezt viselte, amikor meglátogattuk Lumpsluck professzort.

– Úgy van.

– De hát ez nem... uram, ez nem ugyanaz a gyűrű, amit Rowle Gomold mutatott Ogdennek?

Dumbledore finoman bólintott.

– De, ugyanaz.

– De hát hogyan...? Ez mindig is önnél volt?

– Nem, a közelmúltban szereztem meg – felelte az igazgató. – Néhány nappal azelőtt, hogy elhoztalak a nagynénédéktől.

– És a keze is akkoriban sérült meg?

– Igen, Harry, akkoriban.

Harry tétovázott. Dumbledore mosolygott rá.

– Pontosan hogyan...

– Késő van, Harry! Azt a történetet majd máskor mesélem el. Jó éjt!

– Jó éjszakát, uram!

Hermione besegít

Ahogy azt Hermione megjósolta, a hatodik év lyukasórái nem a Ron áhította ejtőzéssel teltek, hanem az iszonyatos mennyiségű házi feladat leküzdésével. S nem elég, hogy annyit kellett tanulniuk, mintha minden nap vizsgáik lennének, maguk az órák is sokkal nehezebbek voltak az addig megszokottaknál. Harry újabban a felét se értette McGalagony magyarázatainak, s még Hermione is kénytelen volt megkérni néha a tanárnőt, hogy ismételje meg egyik vagy másik utasítását. Hihetetlen, és Hermione számára egyre bosszantóbb módon, a bájitaltan lépett elő Harry sikertantárgyává – hála a Félvér Hercegnek.

A nonverbális varázslás immár nemcsak a sötét varázslatok kivédése órán, hanem bűbájtanon és átváltoztatástanon is elvárás volt. Harry a klubhelyiségben és az étkezések alkalmával gyakran kapta azon csoporttársait, hogy lila fejjel ülnek, és úgy erőlködnek, mintha Púlyuk-kín túladagolásban szenvednének – ilyen látható tünetekkel jártak ugyanis a szótlan varázslásra tett elkeseredett próbálkozásaik. Mindenki számára megkönnyebbülés volt, ha kimehettek az üvegházakba – bár ebben az évben több veszélyes növénnyel dolgoztak gyógynövénytanon, mint addig bármikor, de ott legalább hangosan káromkodhattak, ha a mérges csápfű orvul lecsapott rájuk.

A megnövekedett házifeladat-terhelés és a szótlan varázslás gyakorlásának kényszere következtében Harry, Ron és

Hermione még mindig nem tudtak időt szakítani rá, hogy meglátogassák Hagridot. A vadőr sose bukkant fel étkezésekkor a nagyteremben, ami baljós jel volt, és azon ritka alkalmakkor, ha Harryék összefutottak vele a folyosón vagy kint a parkban, Hagrid különös módon sose vette észre őket, s a köszönésüket se hallotta meg.

– Le kell mennünk hozzá kimagyarázkodni – jelentette ki Hermione a következő szombati reggelinél, a vadőr hatalmas, üres széke felé pillantva.

– Ma délelőtt van a kviddics-válogatás! – tiltakozott Ron. – Plusz még gyakorolnunk kell Flitwicknek az Aguamenti-bűbájt! Különben is, mit mondjunk Hagridnak? Valljuk be neki, hogy utáltuk azt az idióta tantárgyat?

– Nem is utáltuk! – méltatlankodott Hermione.

– A magad nevében beszélj, én még emlékszem a durrfarkú szurcsókokra – füstölgött Ron. – És közlöm veled, hogy most se lenne kellemesebb hozzá járni. Te nem hallottad, hogyan áradozott Hagrid arról a hígagyú behemótról, a tesójáról! Az óráin most Grópot taníthatnánk cipőt kötni!

– Akkor is rémes, hogy Hagrid nem áll szóba velünk – zsörtölődött Hermione.

– Kviddics után lemegyünk hozzá – ígérte Harry. Neki is hiányzott a vadőr, bár abban mélységesen egyetértett Ronnal, hogy könnyebb az életük Gróp nélkül. – Bár lehet, hogy délig is eltart a válogatás, olyan sokan jelentkeztek. – Némi lámpaláz érzett első csapatkapitányi feladata kapcsán. – Nem tudom, mitől tört ki hirtelen a kviddics-láz.

– Ugyan már, Harry! – csattant fel váratlan ingerültséggel Hermione. – Nem kviddics-láz tört ki, hanem Potter-láz! Ennyire még sosem tartottak érdekesnek, és ekkora sztár se voltál még soha.

Ronnak a torkán akadt egy nagy falat füstölt hering. Hermione küldött felé egy lesújtó pillantást, csak aztán fordult ismét Harryhez.

– Most már mindenki tudja, hogy igazat mondtál. Az egész mágusvilágnak el kell ismernie, hogy Voldemort visszatérése nem agyrém volt, és hogy valóban kétszer összecsaptál vele az elmúlt két évben, és mindkétszer megmenekültél. Most pedig még Kiválasztott is lettél – azt ne mondd, hogy nem érted, miért vannak oda érted az emberek!

Harry egyszerre rémesen forró helynek érezte a nagytermet, pedig a bűvös mennyezet hideg, esős időt jelzett.

– És még folytathatom: végigcsináltad azt a vesszőfutást, mikor a minisztérium rád akarta bizonyítani, hogy féleszű hazudozó vagy. Még mindig látszik a helye, ahova a saját véreddel kellett írnod annak a gonosz banyának, Umbridge-nek a parancsára. De te akkor is kitartottál...

– Nekem is látszik még, ahol azok az agyak elkaptak a minisztériumban – vetette közbe Ron, s felhúzta talárja ujját.

– És az se hátrány, hogy egy fejjel magasabb lettél a nyáron – fejezte be Hermione, ügyet se vetve Ronra.

– Én is magas vagyok – jegyezte meg Ron, de ez se érdekelt senkit.

Az esőverte ablakokon át beröppentek a postabaglyok, vízcseppekkel permetezve be a diákokat. Ebben az évben nagyobb volt a levélforgalom a szokásosnál: az aggódó szülők szinte naponta érdeklődtek csemetéik hogyléte felől, egyúttal siettek megírni, hogy otthon minden rendben van. Harry még egy levelet se kapott a tanév kezdete óta; egyetlen rendszeres levelezőpartnere meghalt, s bár remélte, hogy Lupin néha majd ír neki, erre mindeddig hiába várt. Annál nagyobb volt a meglepetése, mikor a sok barna és szürke bagoly között megpillantotta a hófehér Hedviget. A madár egy nagy, szögletes csomagot hozott neki. Egy másodperccel később hasonló csomag landolt Ron előtt is, maga alá temetve kimerült kis baglyát, Pulipintyet.

– Hah! – kiáltott fel Harry, mikor kicsomagolta a Bájitaltan haladóknak vadonatúj példányát, melyet a Czikornyai és Patzából küldtek el neki.

– Jaj, de jó! – örvendezett Hermione. – Most már visszaadhatod azt az összefirkált salátát.

– Bolond vagy? – méltatlankodott Harry. – Eszemben sincs visszaadni! Már ki is találtam, mit csinálok...

Elővette a táskájából a Herceg könyvét, rákoppintott a borítójára a pálcájával, és ezt motyogta:

– Diffindo!

A könyvről levált a borító. Harry ugyanígy járt el az új példánnyal is (Hermione látható megbotránkozására), aztán kicserélte a borítókat, újra rákoppintott a könyvekre, és így szólt:

– Reparo!

Az eredmény az volt, hogy ott feküdt előtte a Herceg példánya új könyvnek álcázva, valamint a Czikornyai és Patzából érkezett új könyv, erősen antikvár külsővel.

– Lumpsluck az újat kapja vissza. Egy szava se lehet, kilenc galleont fizettem érte.

Hermione összeszorította ajkát és rosszalló arcot vágott, de a következő pillanatban elvonta a figyelmét egy harmadik bagoly, ami előtte szállt le az asztalra, s a Reggeli Próféta aznapi számát hozta. Hermione mohón kibontotta az újságot, és átfutotta a címoldalt.

– Meghalt valaki, akit ismerünk? – érdeklődött tettetett nemtörődömséggel Ron. Mindig ezt a kérdést tette fel, amikor Hermione kinyitotta az újságot.

– Nem, de újabb dementortámadásokról írnak – jelentette Hermione. – És egy letartóztatás is volt.

– Az jó. Kit kaptak el? – kérdezte Harry, Bellatrix Lestrange-re gondolva.

– Stan Shunpike-ot.

– Micsoda? – hökkent meg Harry.

– Stanley Shunpike-ot, a népszerű mágusszállító járat, a Kóbor Grimbusz kalauzát – olvasta Hermione – letartóztatták

214

halálfalói tevékenység gyanújával. A 21 éves Shunpike-ot tegnap este fogták el claphami otthonában...

– Stan Shunpike halálfaló lenne? – hitetlenkedett Harry, felidézve a három éve megismert suhanc szeplős képét. – Az ki van zárva!

– Lehet, hogy az Imperius-átok áldozata – mutatott rá Ron.

– Mindenkivel megeshet.

– Nem, az nem valószínű – rázta a fejét Hermione, aki közben továbbolvasta a cikket. – Azt írják, valaki hallotta, mikor a halálfalók titkos terveiről beszélt egy kocsmában. Utána tartóztatták le. – Hermione töprengő arccal pillantott fel az újságból. – Ha az Imperius-átok ülne rajta, nem fecsegne kocsmákban a halálfalók terveiről.

– Akkor meg csak linkelt – legyintett Ron. – Nem ő volt az, aki azzal szédítette a vélákat, hogy mágiaügyi miniszter lesz belőle?

– De igen – bólintott Harry. – Nem is értem, hogy jutott eszükbe komolyan venni Stan dumáját.

– A minisztérium nyilván bizonyítani akarja, hogy csinál valamit – vélekedett Hermione. – Az emberek rettegnek – hallottátok, hogy a Patil ikreket haza akarják vinni a szüleik? Eloise Midgeon pedig már el is ment. Tegnap este volt itt érte az apja.

– Nehogy már! – bámult rá megrökönyödve Ron. – De hisz a Roxfortban sokkal biztonságosabb, mint bárkinél otthon! Itt vannak az aurorok, az a kismillió védővarázs, és itt van Dumbledore!

– Dumbledore nincs mindig itt – mondta fojtott hangon Hermione, és a Próféta fölött a tanári asztal irányába sandított. – Fel se tűnt nektek? Ezen a héten őt se láttuk itt többször, mint Hagridot.

Harry és Ron a tanári asztal felé fordultak. Az igazgató széke valóban üresen állt. Harry most, hogy belegondolt, rádöbbent, hogy a múlt heti különórájuk óta egyszer sem találkozott Dumbledore-ral.

– Biztos a Rend dolgait intézi – vélekedett Hermione. – Végül is... elég súlyosnak tűnik a helyzet, nem?

A fiúk nem válaszoltak, de Harry tudta, hogy ugyanarra gondolnak mind a hárman: a előző napi tragikus jelenetre, mikor Hannah Abbottot kihívták gyógynövénytan óráról, hogy megmondják neki: holtan találták az édesanyját. Azóta nem látta senki Hannah-t.

Öt perccel később, miután felálltak az asztaltól, hogy lemenjenek a kviddicspályára, Lavender Brown és Parvati Patil mellett vezetett el az útjuk. Tudván, hogy a Parvati ikreket szüleik ki akarják venni a Roxfortból, Harry cseppet sem csodálkozott rajta, hogy a két jó barátnő szomorú képpel, suttogva beszélget. Az viszont annál inkább meglepte, hogy Ron láttán Parvati oldalba bökte Lavendert, aki felkapta a fejét, és fülig érő szájjal rámosolygott Ronra. Ron pislogott, bizonytalanul visszamosolygott – utána pedig büszkén kihúzta magát. Harry visszafojtotta nevetését – elvégre viszonoznia kellett, hogy Ron se nevette ki őt az orrbataposás kapcsán. Hermione viszont mogorva hallgatásba merülve lépkedett mellettük a szitáló hideg esőben, s mikor a stadionba értek, úgy ment el helyet keresni, hogy nem is kívánt szerencsét Ronnak.

Harry gyanúja beigazolódott: a válogatás majdnem délig eltartott. Úgy tűnt, a fél Griffendél-ház jelentkezett játékosnak, a régi iskolai seprűkbe kapaszkodó, megszeppent elsősöktől a többiek fölé tornyosuló, vagány hetedévesekig. Az utóbbiak között ott volt az a nagydarab, dróthajú fiú, akire Harry emlékezett még a Roxfort Expresszről.

– Találkoztunk a vonaton, az öreg Sluki fülkéjében – szólt magabiztosan a fiú, és a jelentkezők csoportjából kilépve kezet nyújtott Harrynek. – Cormac McLaggen, őrző.

– Jól emlékszem, hogy tavaly nem voltál válogatáson? – kérdezte Harry. McLaggen széles vállát látva arra gondolt, hogy a fiú valószínűleg egy helyből védeni tudná mindhárom gólkarikát.

– Épp a gyengélkedőn feküdtem – felelte némi dicsekvéssel McLaggen. – Fogadásból megettem fél kiló doxitojást.

– Értem – hümmögte Harry. – Hát akkor... légy szíves, várj ott oldalt...

A pálya szélére mutatott, nagyjából arrafelé, ahol Hermione is ült. McLaggen arca mintha egy pillanatra elsötétült volna – Harry ebből gyanította, hogy a fiú kivételezést várt volna el, lévén mindketten „az öreg Sluki" kedvencei.

Harry úgy döntött, az alapoknál kezdi a képességfelmérést. Felszólította a jelentkezőket, hogy tízes csoportokban repüljenek egy kört a pálya fölött. A selejtező módszer bevált: az első csoportot csupa elsőéves alkotta, s a vak is látta, hogy mind kezdő repülő. Felszállás után pár másodperccel már csak egyetlen fiú volt a levegőben, s őt is úgy meglepte saját teljesítménye, hogy egyenesen nekirepült az egyik karikás póznának.

A második csoport tíz, végtelenül idétlen lányból állt. A sípszó után felszállás helyett vihogógörcsöt kaptak, és egymás karjába kapaszkodtak. Harry látta, hogy Romilda Vane is köztük van. Mikor leküldte a pályáról a lányokat, azok egy szóval se ellenkeztek: letelepedtek a lelátón, és ott folytatták a vihogást.

A harmadik csoport a félpályánál tömeges karambolt mutatott be; a negyedik tagjai seprűt se hoztak magukkal. Az ötödik csoport hugrabugosokból állt.

Harry lassan kezdett kijönni a béketűrésből.

– Ha van itt még olyan, aki nem griffendéles – harsogta –, most rögtön menjen ki!

Pár másodpercig nem mozdult senki, aztán kacagva kiszaladt a pályáról két kis hollóhátas.

Két óra múlva – sok fogcsikorgatás, méltatlankodás és hisztériázás, valamint egy 2-60-as Kométa seprű el- és né-

217

hány fog kitörése után – Harrynek megvolt a három hajtója: Katie Bell, aki ragyogó teljesítményével ismét biztosította helyét a csapatban, Demelza Robins, egy új felfedezett, aki különösen a gurkók kikerülésében jeleskedett, és Ginny Weasley, aki repülésben és góldobásban is mindenkit maga mögött hagyott. Harry elégedett volt a hajtóválogatás eredményével, jóllehet közben rekedtre veszekedte magát a tiltakozó kiselejtezettekkel – most pedig a leszerepelt terelők háborgó kórusával vívott hasonló csatát.

– A döntésem végleges! – kiabálta. – Ha nem tűntök el azonnal a pályáról, egy rontással doblak ki titeket!

A kiválasztott terelők a nyomába se értek a zseniális Fred-George párosnak, de Harry ígéretes játékosoknak tartotta őket. Az egyik Jimmy Peakes volt, egy alacsony, de izmos harmadéves, akinek sikerült tyúktojás méretű púpot csinálnia Harry tarkójára egy iszonyatosan megküldött gurkóval. A másik terelői posztot Ritchie Coote kapta: ő cingár volt ugyan, de remekül célzott. A két fiú most csatlakozott a lelátón ülő nézőkhöz, hogy velük együtt kövessék tovább a csapat még hiányzó tagjának kiválasztását.

Harry szándékosan hagyta a végére az őrzők vetélkedését. Abban reménykedett, hogy addigra nagyjából kiürül a stadion, így kisebb lesz a nyomás az érintetteken. Azonban sajnos ennek az ellenkezője történt: a nézők számát immár a kiselejtezettek is gyarapították, sőt, időközben megérkeztek a kastélyból azok is, akik későn vagy sokáig reggeliztek. A tömeg minden egyes őrző-jelöltet fülrepesztő ordítással fogadott. Harry lopva rápillantott Ronra, tudván, hogy barátjának mindig is gondjai voltak az idegeivel. Remélte, hogy az előző idény utolsó, győztes mérkőzése kigyógyította Ront a lámpalázból – de sajnos Ron jelenlegi halványzöld arcszíne nem épp erről tanúskodott.

Az első öt őrzőjelölt közül egynek se sikerült kettőnél több lövést hárítania. Cormac McLaggen viszont – Harry bosszú-

218

ságára – sorozatban négy büntetőt kivédett. Az utolsó lövésnél viszont épp az ellenkező irányba lendült; a közönség nevetett és hurrogott, s McLaggen fogát csikorgatva ereszkedett le a földre.

Ront az ájulás kerülgette, miközben felült Jólsep-R 11-ére. – Sok sikert! – kiáltott le egy hang a tribünről. Harry Hermionét gyanította, de mikor odanézett, látta, hogy a bekiabáló Lavender Brown volt. A lány ezután eltakarta a szemét – legszívesebben Harry is így tett volna, de mivel ezt nem érezte csapatkapitányhoz illő magatartásnak, felszegte a fejét, és végignézte Ron produkcióját.

Felesleges volt aggódnia: Ron kivédte az első, a második, a harmadik, a negyedik és az ötödik büntetőt is. Harry, bár nehezen állta meg, nem csatlakozott az ujjongók kórusához; mikor megfordult, hogy közölje McLaggennel a számára hátrányos végeredményt, meghökkenésére ott találta a fiú paprikavörös arcát az övétől néhány centire. Gyorsan hátrált is egy lépést.

– Weasley húga csalt – szólt vészjósló hangon McLaggen. A halántékán épp úgy lüktetett az ér, ahogy azt Harry oly sokszor látta Vernon bácsinál. – Szándékosan könnyűt lőtt neki.

– A fenét – felelte higgadtan Harry. – Pont azt védte ki a legnehezebben.

McLaggen tett egy lépést Harry felé, aki most már nem hátrált tovább.

– Hadd próbáljam meg még egyszer!

– Nem. Megkaptad a lehetőséget. Te négyet védtél ki, Ron ötöt. Korrekt versenyben legyőzött, úgyhogy ő lesz az őrző. És most hagyj békén, jó?

Egy pillanatig fennállt a veszélye, hogy McLaggen behúz egyet Harrynek, de végül beérte egy csúnya grimasszal, és fenyegetéseket morogva elcsörtetett.

Harry megfordult, s szemben találta magát új csapatának boldog tagjaival.

– Szép volt – szólt rekedten. – Nagyon jól repültetek...

– Csodás voltál, Ron!

A gratuláció ezúttal Hermionétól származott, aki futva közeledett a lelátó felől. Harry Lavendert is megpillantotta: a lány barátnőjével, Parvatival karöltve sétált lefelé a pályáról, és feltűnően bosszús képet vágott. Ron roppant elégedett volt magával. Széles vigyorokat küldött új csapattársai és Hermione felé, s még vagy tíz centivel magasabbnak tűnt.

Miután a csapattagok megbeszélték, hogy csütörtökön megtartják első edzésüket, Harry, Ron és Hermione búcsút vettek a többiektől, és elindultak Hagrid kunyhója felé. Időközben elállt a szemerkélő eső, s már-már áttörték a felhőtakarót a nap erőtlen sugarai. Harry farkaséhes volt; remélte, hogy Hagridnál akad majd valami ennivaló.

– A negyedik büntetőt majdnem bekaptam – taglalta lelkesen Ron. – Trükkösen dobta Demelza, volt benne egy kis fals...

– Fantasztikusan védtél – dicsérte finom mosollyal Hermione.

– McLaggennél jobb voltam, az biztos – büszkélkedett Ron. – Láttátok, hogy vetődött el az ellenkező irányba az ötödiknél? Komolyan, mintha konfúziós bűbájt szórtak volna rá...

Harry nem kis csodálkozására Hermione arca hirtelen tűzpirosra gyúlt. Ron ezt nem vette észre, annyira elmerült a többi kivédett büntető elemzésében.

Csikócsőr, a hatalmas, szürke hippogriff kipányvázva állt Hagrid kunyhója előtt. A gyerekek közeledtére odafordította nagy fejét, s csattintott borotvaéles csőrével.

– Jesszusom! – pislogott Hermione. – Én még mindig félek tőle.

– Nehogy már, hisz ültél a hátán! – bátorította Ron.

Harry előrelépett, s a hippogriff szemébe nézve meghajolt. Csikócsőr néhány másodperces hatásszünet után viszonozta a köszöntést.

– Hogy vagy? – kérdezte halkan Harry, s odalépett, hogy megsimogassa az állat tollas fejét. – Hiányzik Sirius, ugye? De azért Hagridnál is jól érzed magad, nem?

– Hé! – zendült hirtelen egy hang.

Hagrid bukkant elő a kunyhó mögül, virágmintás kötényben és a kezében egy zsák krumplival. Borjú méretű vadkanfogó kutyája, Agyar mögötte lépkedett – de most dörgő ugatással előreiramodott.

– El onnan! Leharapja az ujjatokat! Ja, ti vagytok azok...

Agyar heves nyelvtámadást intézett Hermione és Ron füle ellen. Hagrid épp csak egy pillantásra méltatta a három jó barátot, aztán sarkon fordult, becsörtetett a kunyhójába, és becsapta maga mögött az ajtót.

– Jaj istenem! – suttogta riadtan Hermione.

– Ne törődj vele – legyintett Harry, azzal odasétált a kunyhó ajtajához, és hangosan bekopogott.

– Hagrid! Engedj be, beszélni akarunk veled!

Odabentről nem érkezett válasz.

– Ha nem nyitod ki az ajtót, berobbantjuk! – fenyegetőzött Harry, és már elő is húzta pálcáját.

– Mit csinálsz!? – rémüldözött Hermione. – Ezt nem teheted...

– De megtehetem! Álljatok félre...

Ekkor azonban – ahogy azt Harry előre sejtette – feltárult az ajtó, és megjelent benne a toronymagas, dühös képű Hagrid. Virágmintás kötényében is meglehetősen rémisztő látványt nyújtott.

– Tanár vagyok, Potter! – rivallt rá Harryre. – Az iskola tanára! Hogy merészelsz fenyegetni engem!?

Harry eltette a pálcáját.

– Bocsánatot kérek, uram – felelte, alaposan megnyomva az utolsó szót.

Hagrid meghökkent.

– Hékás, mióta urazol te engem?

– Te meg mióta szólítasz Potternek?

– Roppant elmés – morogta bosszúsan Hagrid. – Nagyon vicces. Azt hiszed, túljártál az eszemen, mi? Na nem bánom, gyertek be, ti hálátlan kis...

Azzal sötéten dörmögve félreállt, utat nyitva hármójuknak. Hermione megszeppenve iszkolt be Harry sarkában az ajtón.

– Na mi van? – kérdezte morcosan Hagrid, miután Harryék leültek a hatalmas faasztalhoz, és Agyar elhelyezte fejét Harry ölében, nyálfolyamot eresztve a fiú talárjára. – Mit akartok? Megsajnáltatok? Féltek, hogy magányos vagyok nélkületek, vagy mi?

– Nem – vágta rá Harry. – Csak találkozni akartunk veled.

– Mert hiányoztál nekünk – cincogta Hermione.

– Na peeersze... hiányoztam! – szusszantott Hagrid.

Azzal felállt, és dirmegve-dörmögve ügyködni kezdett a nagy vörösréz vízforraló kannával, hogy aztán lecsapjon Harryék elé egy-egy mahagóniszínű teával telt, vödör méretű bögrét meg egy tál száraz teasüteményt. Harry annyira éhes volt, hogy Hagrid cukrászművészetéről szerzett tapasztalatai ellenére nyomban vett egyet a süteményből.

– Hagrid... – szólalt meg félénken Hermione. A vadőr időközben leült az asztalhoz, és elkezdett krumplit hámozni, de olyan kíméletlen mozdulatokkal, mintha minden egyes szem burgonyán halálos sértést akarna megtorolni. – Hidd el, szerettük volna folytatni a legendás lények gondozását...

Hagrid megint szusszantott egyet, s Harry meg mert volna esküdni rá, hogy némi orrváladékot látott a krumpli közé hullani. Már cseppet se bánta, hogy nem vacsorára jöttek.

– Tényleg szerettük volna! – bizonygatta Hermione. – De egyikünknek se fért bele az órarendjébe!

– Na persze... – morogta Hagrid.

Furcsa cuppanás hallatszott. A három jó barát körülnézett. Aztán Hermione felsikoltott, Ron pedig felugrott a helyéről, és átszaladt az asztal túlsó oldalára, hogy minél messzebbre kerüljön a sarokban álló jókora hordótól, amit most vettek csak észre. A hordó színültig volt harminc centi hosszú, nyálkás, fehér, tekergő férgekkel.

– Mik azok, Hagrid? – kérdezte Harry, undorát megjátszott érdeklődéssel leplezve. A süteményt mindenesetre gyorsan letette.

– Óriáslárvák – felelte közönyösen Hagrid.

– Amikből majd, ha átváltoznak... – puhatolózott félősen Ron.

– Nem változnak át – morogta Hagrid. – Aragogot etetem velük.

S a vadőr a következő pillanatban minden átmenet nélkül zokogásban tört ki.

– Hagrid! – ugrott fel riadtan Hermione; megkerülte a hatalmas asztalt, hogy ne kelljen a lárvás hordó mellett elmennie, és átkarolta a behemót remegő vállát. – Mi a baj?

– Hát... ő... – hüppögött Hagrid, kötényével törölgetve könnyáztatta arcát. – Aragog... a halálán van... megbetegedett a nyáron, és azóta se lett jobban... nem is tudom, mit csinálok, ha... ha... Pici kora óta ismerem...

Hermione hirtelen nem tudott mit mondani erre, ezért csak vigasztalóan megveregette Hagrid vállát. Harry pontosan tudta, mit érez a lány. Ő maga látta már Hagridot játékmacit ajándékozni füstölgő sárkányfiókának, altatót dúdolni szívókás-fullánkos óriás skorpióknak és szép szóval csitítgatni egy dühöngő óriást, de a vadőr szörnyeteg-imádatának legfelfoghatatlanabb megnyilvánulása kétségtelenül az Araghoz, ahhoz a beszélő óriáspókhoz fűződő barátsága volt, amelyiknek a Tiltott Rengeteg-beli fészkében Harry és Ron négy évvel korábban kis híján pókvacsorává váltak.

223

– Tudunk esetleg... tenni valamit érte? – kérdezte Hermione, nem törődve Ron rémült fejrázásával.

– Nem hiszem, Hermione – felelte elfúló hangon Hagrid. – Tudod, a többiek... Aragog családja... furán viselkednek most, hogy ő beteg... kicsit türelmetlenebbek...

– Igen, ismerjük őket arról az oldalukról – dünnyögte Ron.

– ...engem megtűrnek, de másnak most nem tanácsos a kolónia közelébe mennie – fejezte be Hagrid, azzal belefújta az orrát kötényébe, és felpillantott. – De köszönöm, hogy megkérdezted, Hermione... nagyon jól esett...

A beszélgetés ezután megenyhült légkörben folytatódott. Bár se Harry, se Ron nem adta jelét, hogy szeretnének kolbásznyi lárvákkal kínálgatni egy vérszomjas óriáspókot, Hagrid szemlátomást úgy vette, hogy ha mód lenne rá, barátai örömmel vállalnák a feladatot, és neheztelése egycsapásra elmúlt.

– Különben gondoltam, hogy nemigen tudtok majd bepasszírozni engem az órarendetekbe – dörmögte rekedten Hagrid. – Talán ha időnyerőt kértetek volna...

– Hiába próbálkoztunk volna – rázta a fejét Hermione. – Mikor nyáron ott voltunk, összetörtük a minisztérium teljes időnyerő-készletét. Benne volt a Reggeli Prófétában.

– Na tessék... – csóválta a fejét Hagrid. – Akkor tényleg sehogy se férhettem bele... Ne haragudjatok, hogy... értitek, no... Aragog is nyomja a lelkemet... Csak arra gondoltam, hogy netalántán ha Suette-Pollts tanárnő tartaná az órákat...

Erre Harryék versengve hangoztatni kezdték azt a minden alapot nélkülöző állítást, hogy a Hagridot a múltban néhányszor helyettesítő Suette-Pollts professzor csapnivaló tanár. Ennek eredményeképpen a vadőr már kimondottan jó hangulatban volt, mikor alkonyattájt kiterelte a kunyhóból látogatóit.

– Éhen halok – panaszolta Harry, mikor barátaival már a sötét és néptelen park füvét taposták. Miután az egyik zápfo-

224

ga vészjóslóan megreccsent, nem evett többet Hagrid szárazsüteményéből. – Ráadásul alig lesz időm vacsorázni, mert Pitonhoz kell mennem büntetőmunkára...

A kastélyba lépve az első ember, akit megláttak, a nagyterembe igyekvő Cormac McLaggen volt. A fiúnak csak második próbálkozásra sikerült bemennie az ajtón: elsőre nekiütközött az ajtófélfának. Ron elintézte a dolgot egy kárörvendő vihogással, aztán McLaggen nyomában bement a nagyterembe, Harry viszont megfogta Hermione karját.

– Mi van? – kérdezte dacosan a lány.

– Csak az – felelte fojtott hangon Harry –, hogy McLaggen tényleg úgy néz ki, mint akire konfúziós bűbájt szórtak. És úgy emlékszem, a pályán épp előtted állt.

Hermione elpirult.

– Jól van, elismerem, én voltam... – suttogta Hermione. – De hallanod kellett volna, miket mondott Ronról és Ginnyről! Különben is kibírhatatlan alak, láttad, milyen cirkuszt rendezett, mikor elküldted. Örülj neki, hogy nem kellett bevenned a csapatba.

– Annak tényleg örülök. De mégis, nem gondolod, hogy ez csúnya dolog volt? Prefektus létedre ilyet tenni... – Harry kajánul elvigyorodott.

– Jaj, szállj már le rólam! – csattant fel Hermione.

Ron újra felbukkant a nagyterem ajtajában.

– Ti meg mit csináltok? – kérdezte gyanakvó arccal.

– Semmit – felelték kórusban a megszólítottak, és gyorsan továbbindultak az ajtó felé. A kiéhezett Harrynek már a marhasült illatától fájdalmas ficánkolásba kezdett a gyomra, de még három lépést se tettek a Griffendél asztala felé, mikor elállta az útjukat Lumpsluck professzor.

– Harry, Harry, épp téged kerestelek! – düllesztette ki hordóhasát az öreg varázsló, és pödört egyet harcsabajsza szárain. – Szívből reméltem, hogy még vacsora előtt találkozunk! Nem volna kedved nálam harapni valamit ma este? Tartunk

225

egy kis összejövetelt néhány nagy reményű ifjú részvételével. Eljön McLaggen, Zambini, a bájos Melinda Bobbin – őt talán még nem is ismered. A családjának patikái vannak szerte az országban – és persze remélem, hogy Granger kisasszony is szerencséltet bennünket.

Az öreg könnyedén meghajolt Hermione előtt. Ront ellenben egy pillantásra se méltatta.

– Sajnos nem tudok elmenni, uram – felelte gyorsan Harry. – Piton professzorhoz kell mennem büntetőmunkára.

– Ó egek! – jajdult fel komikusan fájdalmas képpel Lumpsluck. – Pedig annyira számítottam rád, Harry! Nincs más hátra, kénytelen leszek beszélni Perselusszal. Ha megvilágítom neki a helyzetet, nyilván hajlandó lesz elhalasztani azt a büntetőmunkát. Nos, kedveseim, viszlát a szobámban!

Azzal kisietett a nagyteremből.

– Kizárt, hogy meg tudja fűzni Pitont – jelentette ki Harry, mikor Lumpsluck már nem hallhatta őket. – Ezt a büntetést egyszer már elhalasztották. Dumbledore-nak megtette Piton, de másnak nem fogja.

– Nem sok kedvem van egyedül menni Lumpsluckhoz – szontyolodott el Hermione. Harry tudta, hogy a McLaggennel való találkozástól tart.

– Nem hinném, hogy egyedül kell menned, biztos Ginnyt is meghívja – vetette oda Ron, akit szemlátomást fájdalmasan érintett, hogy Lumpsluck levegőnek nézte.

Vacsora után mindhárman felmentek a Griffendél-toronyba. A klubhelyiség tele volt, hiszen a többség addigra visszatért a nagyteremből, mégis sikerült találniuk egy szabad asztalt. Ron, akire tartós érzelmi hatást gyakorolt a Lumpsluckkal való találkozás, karba tette a kezét, és mogorván bámulta a plafont. Hermione olvasgatni kezdett egy Reggeli Prófétát, amit valaki otthagyott az egyik széken.

– Ír valami érdekeset? – kérdezte Harry.

– Nem, semmit... – Hermione belelapozott az újságba. – Jé, nézd csak, Ron, apádról írnak... Nem, nincs semmi baja! – tette hozzá gyorsan, mert Ron halálra rémült arcot vágott. – Csak annyi, hogy apád elment Malfoyék házába. A halálfalónál végzett második házkutatás – olvasta – értesülésünk szerint eredménytelen volt. A Hamis Védővarázsok és Önvédelmi Eszközök Felkutatása és Elkobzása Ügyosztály vezetője, Arthur Weasley úgy nyilatkozott, hogy az akciót egy informátor bizalmas tippje indokolta.

– Igen, az én tippem! – vágta rá Harry. – A King's Crosson elmondtam neki, hogy Malfoy meg akart javíttatni valamit Borginnal! Viszont ha az a valami nincs a házukban, akkor Malfoy biztos elhozta ide, a Roxfortba...

– De hát hogy tudta volna behozni? – tette le az újságot Hermione. – Mindannyiunkat megmotoztak, nem emlékszel?

– Megmotoztak? – csodálkozott Harry. – Engem ugyan nem!

– Ja persze, elfelejtettem, hogy te elkéstél... Szóval amikor bevonultunk a bejárati csarnokba, Frics mindenkit átvizsgált Subrosa-szenzorokkal. Azok minden gyanús tárgyat kimutatnak. Emlékszem, Craktól például elkobzott egy zanzásított fejet. Szóval Malfoy nem hozhatott be semmi veszélyeset.

Harry erre hirtelen nem tudott mit mondani. Pár másodpercig elnézte az Arnolddal játszadozó Ginny Weasleyt, aztán újabb gondolata támadt.

– Akkor biztos elküldték neki egy bagollyal, az anyja vagy valaki.

– A baglyokat is ellenőrzik – rázta a fejét Hermione. – Frics mondta, miközben a szenzoraival döfködött minket.

Harry most már végképp kifogyott az ötletekből. Úgy tűnt, Malfoy tényleg nem hozhatta be azt a veszélyes valamit az iskolába. Reménykedve pillantott Ronra, aki karba tett kézzel ült, és Lavender Brownt bámulta.

– Neked sincs ötleted, hogy hozhatta be Malfoy...

227

– Hagyj már békén ezzel! – fojtotta belé a szót Ron.

– Figyelj, nem én tehetek róla, hogy Lumpsluck meghívott minket Hermionéval a hülye partijára! – csattant fel Harry. – Egyikünk se vágyik oda, képzelheted!

– Mivel engem nem hívtak meg semmilyen partira – állt fel a székből Ron –, el is megyek lefeküdni.

Azzal meghökkent barátait faképnél hagyva elcsattogott a fiúháló felé.

– Harry? – Az új hajtó, Demelza Robins lépett Harry mögé.

– Üzenetet hoztam neked.

Harry reménykedve kihúzta magát.

– Lumpsluck professzortól?

– Nem, Pitontól – érkezett a csüggesztő válasz. – Azt üzeni, hogy – öhm – akármennyi partimeghívást is kaptál, fél kilencre menj a szobájába elvégezni a büntetőmunkát. Azt is üzeni, hogy döglött futóférgeket kell majd kiszedegetned az élők közül, és hogy… hogy nem kell védőkesztyűt vinned.

– Értem – morogta sötéten Harry. – Kösz szépen, Demelza.

Ezüst és opál

Merre jár Dumbledore, és mit csinál? Harry a következő hetekben mindössze kétszer látta az igazgatót. Dumbledore az étkezéseken már szinte soha nem jelent meg, s Harry immár osztotta Hermione véleményét, hogy az igazgató néha napokra elmegy az iskolából. Talán elfelejtette a beígért további különórákat? Dumbledore azt mondta, az órákon hallott dolgoknak közük lesz a jóslathoz. Harry ezt akkor örömmel vette, erőt merített belőle – de most kissé cserbenhagyva érezte magát. Október közepén érkezett el a félév első roxmortsi napja. Harry az egyre szigorúbb biztonsági intézkedéseket tapasztalva egyáltalán nem volt biztos benne, hogy a kirándulásokat továbbra is engedélyezni fogják, de nagyon örült neki, hogy mégis lemehetnek a faluba. Üdítő élmény volt olykor néhány óráig valahol máshol lenni, nem a Roxfortban.

A kirándulás napján a szokásosnál korábban ébredt fel. Csúnya, viharos volt a hajnal, s ő a reggeliig azzal múlatta az időt, hogy a Bájitaltan haladóknak örökölt példányát olvasgatta. Nem volt szokása tankönyveket bújni az ágyban – efféle ízléstelenséget, amint azt Ron igen helyesen megfogalmazta, csak Hermione engedhetett meg magának, mert nála ez kényszeres cselekedetnek minősült. Harry mellesleg nem is tartotta a Herceg-féle kötetet a szó szoros értelmében vett tankönyvnek. Minél többet forgatta, annál inkább meggyőződött róla, hogy az egy igazi kincsesbánya – nemcsak a bájitaltani tippek és fortélyok miatt, amelyek zsenivé emelték őt Lumpsluck szemében, hanem a margókra firkantott elmés kis rontások és ártások okán is, amelyeket – mint az a javításokból, kiegészítésekből valószínűsíthető volt – a Herceg maga fundált ki.

Harry néhányat már ki is próbált a Herceg találmányai közül: a lábkörmök rémisztő ütemű növését előidéző ártást (ezt Crakra szórta a folyosón, igen szórakoztató eredménnyel); egy olyan rontást, ami az áldozat nyelvét a szájpadlásához ragasztotta (ezt kétszer használta, osztatlan sikert aratva, a gyanútlan Argus Fricsen); és az igen praktikus disaudiót, ami tompa zümmögést gerjesztett a kiszemelt alanyok fülében, s aminek a segítségével hosszas beszélgetéseket lehetett folytatni az órán anélkül, hogy a közelben ülők akár egy szót is hallottak volna belőle. Hermione volt az egyetlen, aki ezeket a bűbájokat nem találta szórakoztatónak; ő, ha észrevette, hogy Harry a disaudio-rontást alkalmazza, mindig rosszalló arckifejezést öltött, és többé egy szót se volt hajlandó szólni.

Harry felült az ágyban, és elfordította a könyvet, hogy könnyebben ki tudja betűzni egy olyan varázslat instrukcióit, ámivel a Herceg a jelek szerint elég sokat vesződött. A feljegyzést rengeteg kihúzás és javítás tarkította, de legalul, a lap sarkára körmölve ott állt a kész varázsige:

Levicorpus (n-vbl)

Harry az ablakokat ostromló szelet, havas esőt és Ron hangos horkolását meg se hallva bámulta a zárójeles betűket. N-vbl... vagyis nonverbális. Nemigen hitt benne, hogy képes lesz elvégezni ezt a bűbájt, hisz a néma varázslás még mindig nem ment jól neki – ezt Piton sose mulasztotta el kommentálni az SVK-órákon. Ugyanakkor a Herceg ezidáig sokkal jobb tanárnak bizonyult, mint Piton...

230

Harry csak úgy vaktában előreszegezte a pálcáját, kis mozdulattal felfelé intett vele, s közben kimondta magában a „levicorpus" szót.

– Ááááá!

Fény villant, és a szoba egyszerre megtelt hangokkal: mindenki felriadt Ron ordítására. Harry rémületében eldobta a könyvet. Ron fejjel lefelé lógott a levegőben, mintha a bokájánál fogva felakasztották volna egy láthatatlan kampóra. Dean és Seamus vinnyogtak a nevetéstől, Neville meg a padlóról tápászkodott fel, miután ijedtében kiesett az ágyból.

– Bocsánat! – kiáltotta Harry. – Várj, mindjárt... mindjárt leengedlek!

Felkapta a földről a bájitaltan-könyvet, gyorsan fellapozta a megfelelő oldalt, s fohászkodva, hogy az legyen az ellenbűbáj, elolvasta a varázsige alá biggyesztett, apró betűs szót. Utána teljes erőből koncentrálva kimondta magában: *Liberacorpus*!

Megint fény villant, és Ron visszazuhant az ágyra.

– Bocsánat – ismételte sajnálkozva Harry, Dean és Seamus kitartó hahotázása közben.

– Holnap inkább a vekkert használd! – dörmögte bele a matracba Ron.

Mire végeztek az öltözködéssel – azaz felvértezték magukat a hideg ellen a Mrs Weasley-féle kötött pulóverekkel, és összekészítettek köpenyt, sálat és kesztyűt –, addigra Ron már teljesen kiheverte a megrázkódtatást, és arra az álláspontra helyezkedett, hogy Harry új bűbája igen szórakoztató. Olyannyira így gondolta, hogy a reggelizőasztalnál első dolga volt elmesélni a sztorit Hermionénak.

– ...és akkor megint villant a fény, és az ágyon találtam magam! – fejezte be vigyorogva, miközben virslit szedett magának.

Hermione még csak el se mosolyodott a beszámoló alatt, s most a legmélyebb rosszallást kifejező arccal fordult Harryhez:

– Véletlenül nem abban a bájitaltan-könyvben találtad ezt a varázslatot is? – kérdezte.

Harry összevonta a szemöldökét.

– Miért kell mindig a legrosszabbra gondolnod?

– Onnan van vagy sem?

– És ha igen, akkor mi van?

– Szóval csak úgy vaktában kipróbáltál egy ismeretlen eredetű, kézzel írt varázsigét?

– Miért olyan fontos az, hogy kézzel volt írva? – kérdezett vissza Harry, bölcsen elkerülve a kérdés megválaszolását.

– Azért, mert valószínűleg nem engedélyeztették a minisztériummal – felelte Hermione. – És azért – tette hozzá Harry és Ron fintorgását látva –, mert van egy olyan érzésem, hogy az a Herceg nem teljesen kóser.

Ron és Harry teljes egyetértésben hurrogták le.

– Ártalmatlan vicc volt! – legyintett a ketchupos üveggel a kezében Ron. – Egyszerű tréfa, Hermione, semmi több!

– Embereket fellógatni a lábuknál fogva? – csóválta a fejét Hermione. – Miféle ember az, aki ilyen bűbájok kitalálásával tölti az idejét?

Ron vállat vont.

– Fred és George-féle. Ők szoktak ilyenekkel szórakozni. Meg...

– Az apám – mondta egy bevillanó emlék hatására Harry.

– Micsoda? – hökkent meg két barátja.

– Apám is használta ezt a bűbájt. Onnan tudom, mert... Lupin mesélte.

A vége nem volt igaz. Harry egy emlékben látta, amint apja ezzel a bűbájjal alázta meg Pitont, de arról a bizonyos elmerülésről a merengőben azóta se számolt be barátainak. Most viszont csodálatos gondolat sugárzott fel az agyában. Elképzelhető, hogy a Félvér Herceg nem más, mint...

– Igen, lehet, hogy apád is használta – hagyta rá Hermione –, de nemcsak ő. Emlékezzetek csak: láttunk mi már embereket a levegőben lógni. Egy csomó tehetetlen, alvó embert...

232

Harry elszorult torokkal nézett a lányra. Igen, emlékezett rá, mit csináltak a halálfalók a Kviddics Világkupán.

– Az más volt – sietett a segítségére Ron. – A halálfalók gonosz célra használták a bűbájt, Harry meg az apja viszont csak tréfáltak. Te azért nem komálod a Herceget – tette hozzá, virslijét szigorúan Hermionéra szegezve –, mert jobb nálad bájitaltanból...

– A bájitaltannak semmi köze ehhez! – tiltakozott elvörösödve Hermione. – Csak felelőtlenségnek tartom, hogy ismeretlen hatású varázslatokat próbáltok ki egymáson! És dühít, hogy úgy beszélsz arról az emberről, minta tényleg valami főúr lenne, pedig ez biztos csak egy önreklámozó művésznév! Egyébként pedig egyáltalán nem szimpatikus nekem az a pasas!

– Fogalmam sincs, mi bajod van vele! – fortyant fel erre Harry is. – Ha valami halálfaló-palánta lett volna, akkor nem dicsekedne vele, hogy félvér, nem gondolod?

Miközben kimondta az érvet, felötlött benne, hogy az apja aranyvérű volt – de ezt a problémát egyelőre félretette...

– A halálfalók se mind aranyvérűek, mivel nem is maradt olyan sok aranyvérű varázsló! – vetette ellen szenvedélyes hévvel Hermione. – Szerintem a legtöbb félvér, csak mélyen hallgat róla! Csak a mugli születésűeket utálják, téged meg Ront boldogan bevennének maguk közé!

– Hogy képzeled, hogy én halálfaló lehetnék!? – méltatlankodott Ron. Hermione felé lendülő villájáról lerepült egy darab virsli, és fejbe találta Ernie Macmillant. – A családom minden tagja véráruló! A halálfalók szemében még rosszabbak vagyunk, mint a mugliivadékok!

– Engem meg aztán végképp tárt karokkal várnak – jegyezte meg jó adag iróniával Harry. – Tök jól ellennénk, csak naponta párszor megpróbálnának kicsinálni.

Ron elnevette magát, s Hermione se tudott elfojtani egy mosolyt. A felbukkanó Ginny aztán végképp elfeledtette velük heves vitájukat.

– Szia, Harry, ezt neked küldik.

A küldemény egy pergamentekercs volt, rajta az ismerős szálkás, dőlt betűk.

– Kösz... Ez Dumbledore-tól jött! – Harry gyorsan kibontotta a tekercset, és elolvasta az üzenetet. – Hétfő este lesz a következő óránk! – Egycsapásra könnyűnek és gondtalannak érezte magát. – Megyünk együtt Roxmortsba, Ginny?

– Nem, én Deannel megyek – felelte elfordulva a lány, majd egy búcsúintéssel hozzátette: – De biztos összefutunk a faluban.

Frics, mint hasonló alkalmakkor mindig, a kijáratnál állt, és ellenőrizte, hogy a távozók neve rajta van-e a falulátogatási engedéllyel rendelkezők listáján. Ráadásul most mindenkit kínos alapossággal letapogatott a Subrosa-szenzorával, úgyhogy a kiléptetés a szokásosnál is tovább tartott.

– Mit érdekli magát, hogy mit viszünk ki a kastélyból? – reklamált Ron, nyugtalanul pislogva a hosszú, vékony Subrosa-szenzorra. – Azt kell ellenőriznie, hogy be mit hoznak az emberek!

Frics a megjegyzést néhány plusz döféssel jutalmazta, amelyeket Ron még akkor is nyögött, mikor két barátjával már a szeles, esőverte parkban lépkedtek.

A séta a faluig cseppet sem volt kellemes. Harry sálba bugyolálta arcának alsó felét, de a felső percek alatt elzsibbadt a hidegtől. Az út tele volt a fagyos széllel dacoló diákokkal. Harrynek többször is megfordult a fejében, hogy talán jobb lett volna a meleg klubhelyiségben maradniuk, s mikor Roxmortsba érve látta, hogy Zonko Csodabazárja zárva van, végképp feladta a reményt, hogy a kirándulásból bármi jó kisülhet. Ron kesztyűs kezével a Mézesfalás felé mutatott – az szerencsére nyitva volt –, s barátaival a nyomában elindult a zsúfolt üzlet felé.

– Hála a jóistennek! – sóhajtott borzongva, mikor magába zárta őket a bolt karamellaillatú melege. – Maradjunk itt estig!

– Harry, kedves fiam! – zendült egy hang a hátuk mögött.

– Jaj, ne... – motyogta Harry. Lumpsluck professzor lépett oda hozzá hatalmas prémkucsmában, prémgalléros nagykabátban, kezében egy jókora zacskó cukrozott ananásszal. Terjedelmes alakja a kis bolt legalább egynegyedét kitöltötte.

– Már három vacsorapartimról maradtál le! – harsogta Lumpsluck, kedélyesen mellbe bökve Harryt. – Ez nem járja, édes fiam! Nem vagyok hajlandó lemondani rólad! Granger kisasszony, ha nem tévedek, mindig remekül érzi magát nálam.

– Igen – felelte kényszeredetten Hermione. – Nagyon kellemes a társaság...

– De kérdem én: Harry miért nem jön el soha?

– Kviddicsedzéseink voltak – válaszolta Harry, és nem is hazudott, hisz valóban mindig beiktatott egy jól időzített edzést, valahányszor lilaszalagos meghívót kapott. Ezzel a taktikával elérte, hogy Ron se érezte kihagyva magát, s még jókat is nevettek hárman Ginnyvel, mikor elképzelték Hermionét McLaggennel és Zambinival összezárva.

– Nos, ennyi gyakorlás után muszáj megnyernetek az első mérkőzéseteket! – kedélyeskedett Lumpsluck. – De mindenkinek kell egy kis kikapcsolódás. Mit szólsz a hétfő estéhez? Ilyen időben biztosan nem akartok röpködni...

– Sajnos nem jó, professzor úr, hétfő este Dumbledore professzorral van... találkozóm.

– Sosincs szerencsém! – jajdult fel színpadiasan Lumpsluck. – No de sebaj... előbb vagy utóbb úgyis becserkészlek!

Lumpsluck felséges mozdulattal búcsút intett, és kidöcögött a boltból. Ront ezúttal is körülbelül annyi figyelemre méltatta, mintha egy kupac Csótánycsokor lenne.

– Hihetetlen, hogy megint sikerült megúsznod – csóválta a fejét Hermione. – Egyébként nem olyan rosszak azok a vacsorák, Harry... Párszor tényleg jól szórakoztam... – Ekkor

Ron arcára tévedt a pillantása. – Jé, nézzétek! XXL-cukorpenna! Ez órákig nem fogy el!

Harry örült, hogy Hermione másra terelte a szót, és a ténylegesnél nagyobb érdeklődést mutatott az új, dupla méretű cukorpennák iránt. Ron ennek ellenére tovább duzzogott, és csak egy vállrándítással felelt, mikor Hermione megkérdezte tőle, hova menjenek tovább a Mézesfalásból.

– Üljünk be a Három Seprűbe! – indítványozta Harry. – Ott is jó meleg van.

Gondosan magukra tekerték sáljukat, és kivonultak az édességboltból. A benti illatos meleg után tüzes tüskének érezték az eső minden egyes cseppjét. Az utcán kevés volt a járókelő, s ők is igyekeztek minél gyorsabban fedél alá kerülni. Nézelődni, beszélgetni a cudar időben senkinek sem volt kedve, kivéve két férfit, akik Harryéktől nem messze, a Három Seprű bejáratánál álldogáltak. Egyikük feltűnően magas és sovány volt; Harry esőpöttyözte szemüvegén át is felismerte benne a másik roxmortsi kocsma, a Szárnyas Vadkan csaposát. A három jó barát közeledtére a csapos összehúzta köpenye gallérját és továbbállt, magára hagyva társát, egy alacsonyabb, vörös üstökű férfit, aki valamivel babrált a köpenye rejtekében. Harry már csak egy lépésre volt az alaktól, amikor megismerte.

– Mundungus!

A köpcös, dongalábú varázsló összerezzent, és ijedtében elejtette rejtegetett kincsét, egy kis, kopott bőröndöt. A bőrönd az utca kövére csapódva kinyílt, s egy ócskásüzlet komplett árukészlete ömlött ki belőle.

– Szerbusz, Harry! – köszönt rosszul színlelt örömmel Mundungus Fletcher. – Menjetek csak, nem kő velem törődni...

A lázas sietség, amivel nekilátott összeszedni a bőrönd szétgurult tartalmát, a napnál világosabban jelezte, hogy szeretne minél gyorsabban felszívódni.

– Ezeket árulja? – kérdezte Harry, a limlomok után kapkodó varázslót figyelve.

– Valamibő' meg kő élni, igaz-e? – dörmögte Mundungus.

– Add csak ide!

Ez utóbbi felszólítás Ronnak szólt, aki felemelt a földről egy ezüstkelyhet.

– Egy pillanat – ráncolta a homlokát Ron. – Ez ismerős nekem...

– Köszönöm! – vakkantotta Mundungus, azzal kikapta Ron kezéből és gyorsan visszadugta a bőröndbe a kelyhet. – Örűttem a szerencsének... AU!

Harry fél kézzel torkon ragadta és a kocsma falának lökte a varázslót, a másik kezével pedig előrántotta pálcáját.

– Harry! – sikoltott fel rémülten Hermione.

– Ezt Sirius házából hozta el – sziszegte bele Mundungus arcába Harry, dacolva a varázsló dohány- és pálinkaszagú leheletével. – A Black-család címere van rajta!

– Én... nem... mi...? – hörögte elliluló fejjel Mundungus.

– Hogy jutott hozzá!? – dühöngött Harry. – Kifosztotta a házat, miután Sirius meghalt?

– Nem... dehogy...

– Adja ide!

– Ne csináld ezt, Harry! – rémüldözött Hermione, mivel Mundungus arca immár kékülni kezdett.

Durranás hallatszott, és valami letaszította Harry kezét Mundungus torkáról. Az öreg levegő után kapkodva lehajolt a bőröndjéért, azután – PUKK! – dehoppanált.

Harry üvöltve elkáromkodta magát, és jobbra-balra forogva keresni kezdte a köddé vált varázslót.

– Gyere vissza, mocskos tolvaj!

– Hiába kiabálsz, Harry.

Tonks bukkant fel a semmiből. Szürkésbarna haja csapzott volt az esőtől.

237

– Mundungus már Londonban van, vagy még messzebb. Fölösleges kiabálnod.

– Ellopta Sirius cuccait! Kifosztotta a házát!

– Az lehet – hagyta rá a boszorkány az elvárható felháborodás legkisebb jele nélkül –, de ez nem ok arra, hogy a hidegben álldogáljatok.

Azzal beterelte Harryéket a Három Seprűbe.

– Ellopta Sirius holmijait! – fakadt ki Harry, miután Tonks rájuk csukta az ajtót.

– Tudjuk, de ne ordíts, mert mindenki minket néz – suttogta Hermione. – Üljetek le Ronnal, majd én rendelek innivalót.

Beletelt néhány percbe, mire Hermione megérkezett a három üveg vajsörrel, de Harry még akkor is javában méltatlankodott.

– Miért nem csinál valamit a Rend Mundungusszal? – suttogta. – Legalább azt elérhetnék, hogy ne hordjon el a főhadiszállásról mindent, ami mozdítható!

– Halkabban! – szólt rá riadtan Hermione, és gyorsan körülnézett, hogy hallgatja-e őket valaki. A szomszédos asztalnál ülő két varázsló élénk érdeklődéssel nézte Harryt, s Zambini is ott ácsorgott nem messze tőlük, egy oszlopnak támaszkodva. – Megértem, hogy fel vagy háborodva, hisz a te örökségedet lopkodja...

Harry félrenyelte a vajsört – az eddig eszébe se jutott, hogy a Grimmauld téri ház teljes berendezésével együtt az övé.

– Így van, engem lopott meg! – köhögte. – Naná, hogy nem örült, amikor meglátott! De majd megmondom Dumbledorenak, mit művel! Tőle legalább fél a nyavalyás!

– Szuper ötlet – suttogta gyorsan Hermione, örömmel nyugtázva, hogy Harry végre kezd lehiggadni. – Te meg mit bámulsz, Ron?

– Semmit. – Ron gyorsan levette tekintetét a söntésről. Harry tudta, hogy barátja a csinos pincérnőn, Madam Rosmertán legeltette a szemét, aki mindig is tetszett neki.

– Ha jól látom, a semmi hátrament lángnyelv-whiskyért – jegyezte meg csípősen Hermione.

Ron nem vette fel a kesztyűt; kortyolt egyet a vajsöréből, és méltóságteljesnek szánt hallgatásba merült. Harry közben Siriusra gondolt, meg arra, hogy keresztapja amúgy is mélységesen utálta azokat az ezüstkelyheket. Hermione az asztalon dobolt, közben tekintete ide-oda járt Ron és a söntés között, s mikor Harry az utolsó korty vajsörét is kiitta, azonnal így szólt:

– Akár el is indulhatunk vissza a Roxfortba, nem?

A két fiú bólintott; a kirándulás nem kecsegtetett további élményekkel, s az idő is egyre rosszabbra fordult. Magukra kanyarították hát a köpenyüket, sálat vettek, kesztyűt húztak, majd a barátnőjével együtt szintén akkor távozó Katie Bell nyomában kivonultak az ajtón. Elindultak visszafelé a főutcán, s miközben a jéghideg latyakot tapostuk, Harrynek eszébe jutott Ginny. Végül is nem találkoztak vele a faluban. Nyilván mert Ginny és Dean Madam Puddifoot turbékoló párocskák számára berendezett kávézójában töltötték a napot. Harry leszegte a fejét, és mogorva képpel baktatott tovább.

Kisvártatva arra lett figyelmes, hogy az előttük haladó Katie és a barátnője, akiknek a hangját végig feléjük sodorta a szél, egyre élesebben és ingerültebben beszél egymással.

– Semmi közöd hozzá, Leanne! – kiabálta dühösen Katie.

Bekanyarodtak egy sarkon, s az eső hirtelen kettőzött erővel csapott Harry arcába, befröcskölve a szemüvegét. Harry kesztyűs kezével megtörölte a lencséket, s mikor felpillantott, a következőt látta: Leanne odaugrott Katie-hez, és megpróbált kikapni a kezéből egy kis csomagot. Nem sikerült neki, huzakodni kezdtek, majd a csomag egyszer csak leesett a földre.

Ugyanabban a pillanatban Katie a levegőbe emelkedett. Nem úgy, mint reggel Ron, nevetséges pózban fejjel lefelé lógva, hanem kecsesen, kitárt karokkal, mintha repülni készülne. De mégis volt az egészben valami vészjósló, hátborzongató... Katie haját lobogtatta, tépte a viharos szél, ugyanakkor csukott szeme meg se rezdült, s az arca is dermedt, kifejezéstelen volt. Harry, Ron, Hermione és Leanne földbe gyökerezett lábbal bámultak rá.

Katie lassan emelkedett, s már majdnem két méter magasan lebegett, amikor hirtelen velőtrázó sikoly tört ki a torkán. Felpattant a szeme, de amit látott vagy amit érzett, minden jel szerint iszonyatos szenvedést okozott neki: újra és újra sikoltott. Erre Leanne is sikoltozni kezdett, és megragadta Katie-t, hogy visszarángassa a földre. Harry, Ron és Hermione odaszaladtak segíteni neki, de mielőtt megfoghatták volna Katie lábát, a lány lezuhant a magasból, egyenesen rájuk. Harrynek és Ronnak sikerült elkapni őt, de Katie olyan hevesen rúgkapált, hogy csak nagy nehezen tudták tartani. Óvatosan lefektették hát a földre, de a lány még akkor is kiabált, hadonászott, és dobálta magát – szemlátomást önkívületi állapotban volt.

Harry körülnézett – közel s távol egy lélek se volt rajtuk kívül.

– Maradjatok itt vele! – kiáltotta a zúgó szélben. – Hozok segítséget a Roxfortból!

És már rohant is az iskola felé vezető úton. Soha senkit nem látott ilyen állapotban, és elképzelni se tudta, mi okozhatta a rohamot Katie-nél. Még egy perce se futott, mikor az egyik kanyarban beleszaladt egy hatalmas, két lábon járó medvének látszó valamibe.

– Hagrid! – zihálta, miután kikászálódott a bokorból, ahova az ütközés után bezuhant.

– Harry! – A vadőr szemöldökén és szakállán esőcseppek csillogtak, csakúgy mint az elnyűtt hódprémbundán, amit viselt. – Épp Gróptól jövök, el se hinnéd, milyen jól...

– Egy lány rohamot kapott, vagy megátkozták, vagy nem tudom...

– Micsoda? – Hagrid lehajolt, hogy jobban hallja Harry hadarását a szélzúgásban.

240

– Megátkoztak egy lányt! – ordította Harry.

– Megátkoztak? Kit átkoztak meg? Hermionét?

– Nem, Katie Bellt... Gyere már, menjünk!

Futva indultak vissza az úton, s hamarosan meg is pillantották a földön fekvő Katie-t meg a körülötte guggoló kis csoportot. A lány még mindig kiabált és vonaglott; Ron, Hermione és Leanne hiába igyekeztek lecsillapítani.

– Engedjetek oda! – kiáltott rájuk Hagrid. – Hadd nézzem meg!

– Valami történt vele! – zokogta Leanne. – Nem tudom, mi...

Hagrid épp csak egy pillantást vetett Katie-re, aztán egyetlen szó nélkül lehajolt, karjába kapta a lányt, s már futott is vele a kastély felé. Alig tíz másodperc múlva Katie sikolyai belevesztek a szél zúgásába.

Hermione odalépett Katie zokogó barátnőjéhez, és átkarolta a vállát.

– Leanne-nek hívnak, ugye?

A lány bólintott.

– Hogy történt? Teljesen váratlanul, vagy...

– Amikor az szétszakadt! – felelte zokogva Leanne, és a földön heverő, ázott, barna papírcsomagra mutatott. Az valóban el volt szakadva, és egy tompán fénylő, zöldes tárgy látszott ki belőle.

Ron lehajolt és már nyúlt volna a csomag után, de Harry elkapta a karját.

– Ne nyúlj hozzá!

Harry leguggolt a csomag mellé. A barna papír egy pompás kidolgozású opálnyakláncot rejtett.

– Emlékszem erre a láncra – szólt némi tűnődés után. – A Borgin & Burkesben láttam egyszer. Az volt ráírva, hogy elátkozott tárgy. Katie biztos megérintette. – Felpillantott Leanne-re, aki már egész testében remegett. – Hogy került ez a csomag Katie-hez?

– Emiatt veszekedtünk. Kiment vécére a Három Seprűben, és mikor visszajött, ott volt nála a csomag. Azt mondta, meglepetés lesz valakinek, és hogy fel kell vinnie a Roxfortba. De az arca meg ahogy beszélt, olyan furcsa volt... jaj istenem, biztos Imperiust szórtak rá! Mért nem jöttem rá rögtön!

Leanne-en újra erőt vett a zokogás. Hermione csitítóan megveregette a vállát.

– Azt nem mondta meg Katie, hogy kitől kapta a csomagot?

– Nem... hiába kérdeztem tőle... én meg leszidtam, mondtam, hogy ne vigye fel az iskolába, de nem hallgatott rám, és... és akkor megpróbáltam elvenni tőle... és... és... – Leanne szavai jajveszékelésbe fulladtak.

– Menjünk fel a Roxfortba! – indítványozta Hermione. – Kérdezzük meg, hogy van Katie. Gyertek...

Harry egy pillanatig habozott, aztán lehúzta sálját, a nyakláncra helyezte, majd – nem törődve Ron ijedt nyögésével – a sállal együtt felemelte a földről az ékszert.

– Meg kell mutatnunk Madam Pomfreynak – mondta magyarázat gyanánt.

Leanne és az őt átkaroló Hermione mentek elöl, Harry és Ron pár lépéssel hátrébb haladtak. Harry útközben lázas töprengésbe merült, de miután beléptek a roxforti birtok kapuján, nem bírta tovább magában tartani gondolatait.

– Malfoy tud erről a nyakláncról. Ki volt téve a Borgin & Burkesben, és emlékszem, négy éve Malfoy jól meg is nézte magának. Ez akkor volt, amikor kilestem őt meg az apját... Ezt vette meg aznap, amikor követtük! Emlékezett rá, és visszament érte!

– Hát, nem t'om, Harry – dünnyögte Ron. – Sokan járnak a Borgin & Burkesbe... és nem azt mondta a lány, hogy Katie a vécében kapta?

– Azt mondta, hogy már Katie-nél volt, amikor visszajött a vécéről. Nem feltétlenül a vécében kapta...

– McGalagony! – szólt figyelmeztetően Ron.

242

Harry felpillantott. A bejárati lépcsőkön valóban McGalagony professzor sietett lefelé a kavargó havas esőben.

– Hagrid azt mondja, maguk négyen látták, mi történt Katie Bellel. Legyenek szívesek, jöjjenek velem az irodámba! Mi van a kezében, Potter?

– Az, amit Katie megfogott – felelte Harry.

– Te jó ég... – motyogta döbbenten McGalagony, mikor átvette Harrytől a nyakláncot. – Nem kell, Frics, velem vannak – tette hozzá, mert a gondnok már csoszogott is feléjük, kardként villogtatva Subrosa-szenzorát. – Haladéktalanul vigye fel ezt a nyakláncot Piton professzornak – szólt a gondnoknak –, de vigyázzon, nehogy hozzáérjen!

Harryék követték McGalagonyt az emeletre, a tanárnő irodájába. Az esőben ázó ablakok zörögtek kereteikben, s a szobából a kandalló tüze se tudta kiűzni a hideget. McGalagony becsukta az ajtót, majd besietett az íróasztala mögé, és szembefordult Harryvel, Ronnal, Hermionéval s a még mindig zokogó Leanne-nel.

– Nos? – szólt élesen. – Mi történt?

Leanne akadozva és jó néhány sírásszünetet beiktatva elmondta McGalagonynak a történetet: hogy Katie kiment vécére a Három Seprűben, a címzés nélküli csomaggal tért vissza, és furcsán viselkedett; hogy Leanne próbálta meggyőzni, hogy nem okos dolog ismeretlen tárgyak kézbesítését vállalni; hogy a vita végül dulakodássá fajult, és a csomag elszakadt. Mikor Leanne idáig ért a történetben, olyan fékezhetetlen zokogás tört rá, hogy ezután már egy szót se lehetett kihúzni belőle.

– Jól van – bólintott megenyhülve McGalagony. – Leanne, legyen szíves, menjen fel a gyengélkedőre, és kérjen valami nyugtatószert Madam Pomfreytól.

Miután a lány elhagyta a szobát, McGalagony Harryékhez fordult.

– Mi történt, amikor Katie megérintette a nyakláncot?

243

– Felemelkedett a levegőbe – válaszolta barátait megelőzve Harry. – Azután pedig sikoltozni kezdett, és lezuhant. Tanárnő, beszélhetnék Dumbledore professzorral?

– Az igazgató úr hétfőig házon kívül van – felelte kissé megütközve McGalagony.

– Házon kívül? – visszhangozta Harry.

– Igen, Potter, házon kívül! – emelte fel a hangját a tanárnő. – De nekem is bízvást elmondhat mindent, amit erről a rémes esetről tud.

Harry egy pillanatig habozott. McGalagonynak nem szívesen adott elő sejtésekre alapozott teóriákat. Bár Dumbledore alapjában véve félelmetesebb ember volt a tanárnőnél, az ő esetében mégis kevésbé tartott tőle Harry, hogy megrovó vagy gúnyos választ kap, ha bizalmasan megosztja vele feltételezéseit. Csakhogy ebben az ügyben emberéletekről volt szó, itt nem volt helye a félénkségnek.

– Úgy gondolom, hogy Draco Malfoy adta azt a nyakláncot Katie-nek.

Ron zavartan vakargatta az orrát; Hermione egyik lábáról a másikra állt, mintha legszívesebben elhúzódna Harrytől.

– Ez nagyon súlyos vád, Potter – szólt egy hosszú pillanatnyi döbbent hallgatás után McGalagony. – Van rá bizonyítéka?

– Nincs – felelte Harry –, de... – Azzal beszámolt a beszélgetésről, amit Malfoy Borginnal folytatott a Zsebpiszok közi üzletben.

Mikor monológja végére ért, McGalagony kissé értetlenül nézett rá.

– Malfoy tehát elvitt valamit megjavíttatni a Borgin & Burkesbe?

– Nem, tanárnő, nem vitte oda, csak azt akarta, hogy Borgin mondja el neki, hogyan kell megjavítani azt a valamit. De nem is ez a lényeg, hanem hogy Malfoy akkor vásárolt is valamit, mégpedig szerintem a nyakláncot...

– Mikor Malfoy kijött az üzletből, volt nála egy hasonló csomag?

– Nem, tanárnő... azt mondta Borginnak, hogy őrizze meg neki azt, amit vett...

– Figyelj, Harry! – szólt közbe Hermione –, Borgin megkérdezte Malfoyt, nem akarja-e rögtön el is vinni azt a valamit, és Malfoy azt felelte, hogy nem, mert...

– Mert nem akart hozzányúlni, tiszta sor! – vágott közbe mérgesen Harry.

– Nem fogok végigsétálni vele az utcán – idézte Hermione.

– Malfoy ezt mondta, szó szerint.

– Hát elég furán is nézett volna ki, ha egy nyaklánccal sétál – kotyogott közbe Ron.

– Jaj, Ron! – sóhajtott fájdalmas képpel Hermione –, a nyaklánc be lett volna csomagolva, hogy ne kelljen hozzáérnie, és elfért volna bármelyik zsebében! Szerintem az a dolog, amit nem akart magával vinni, vagy zajos, vagy nagy méretű. Olyasmi, amivel feltűnést keltett volna az utcán. És különben is – folytatta sietve, mert Harry szemlátomást közbe akart vágni –, mikor bementem a boltba kideríteni, hogy mit tetetett félre Malfoy, láttam a nyakláncot, és megkérdeztem róla Borgint. Ő meg közölte az árát – nem azt mondta, hogy már el van adva vagy ilyesmi...

– Annyira átlátszó volt a meséd, hogy Borgin kábé öt másodperc alatt rájött, mit akarsz. Persze, hogy nem kötötte az orrodra... Egyébként is Malfoy azóta érte küldhetett...

– Elég ebből! – vágta el a vitát McGalagony, mielőtt Hermione replikázhatott volna. – Potter, köszönöm, hogy elmondta nekem mindezt, de beláthatja, hogy nem kiálthatjuk ki bűnösnek Mr Malfoyt, pusztán mert járt abban az üzletben, ahonnan a nyaklánc esetleg származik. Ugyanez bizonyára több száz emberről elmondható...

– Én is ezt mondtam – motyogta Ron.

– ...és mivel a Roxfortban az idén a legszigorúbb biztonsági óvintézkedéseket léptettük életbe, kizártnak tartom, hogy a láncot észrevétlenül be tudták volna hozni ide...

– De...

– ...és mindennek a tetejébe – folytatta minden további ellenérvet elsöpörve McGalagony –, Mr Malfoy ma nem is járt Roxmortsban.

Harrynek leesett az álla.

– Honnan tudja, tanárnő?

– Onnan, hogy nálam volt büntetőmunkán. Ugyanis két alkalommal nem készítette el az átváltoztatástan házi feladatát. Még egyszer köszönöm, hogy közölte velem a gyanúját, Potter – indult el az ajtó felé McGalagony –, de most fel kell mennem a gyengélkedőre megnézni, hogy van Katie Bell. A viszontlátásra.

Azzal kitárta a dolgozószoba ajtaját, s Harryék, más választásuk nem lévén, szótlanul távoztak.

Harry dühös volt, hogy barátai McGalagony álláspontját támogatták az övével szemben, de mikor Ron és Hermione elkezdték megvitatni a történteket, képtelen volt megállni, hogy ne vegyen részt a beszélgetésben.

– Vajon kinek kellett volna, hogy Katie továbbítsa a nyakláncot? – tette fel a kérdést Ron, miközben felfelé baktattak a Griffendél-toronyhoz vezető lépcsőn.

– Halvány fogalmam sincs – felelte Hermione. – Az illetőnek mindenesetre nagy szerencséje volt. Azt a csomagot nem lehetett úgy kinyitni, hogy ne érjen az ember a nyaklánchoz.

– Egy csomó ember lehetett a címzett – vélekedett Harry. – Például Dumbledore. Tőle szeretnének leginkább megszabadulni a halálfalók. Vagy Lumpsluck... Dumbledore szerint Voldemort be akarta szervezni az öreget, tehát biztos nem örül neki, hogy Dumbledore a maga oldalára állította. Vagy szánhatták...

– Neked is – fejezte be a mondatot Hermione.

– Nem, nekem biztos nem – rázta a fejét Harry. – Különben Katie egyszerűen a kezembe nyomta volna az utcán. Végig ott mentünk mögötte, miután kijöttünk a Három Seprűből. Mivel Frics mindenkit átvizsgál, egyébként is sokkal egyszerűbb lett volna a Roxforton kívül kézbesíteni a csomagot. Nem is értem, miért akarta Malfoy, hogy Katie felhozza a kastélyba.

Hermione dühösen toppantott.

– Fogd már fel, hogy Malfoy nem volt Roxmortsban! Harry nem jött zavarba.

– Akkor egy cinkosa intézte helyette – fűzte tovább a szót.

– Crak vagy Monstro... Jut eszembe, egy másik halálfaló is lehetett! Most, hogy beállt a seregbe, ügyesebb cimborái is vannak, mint a két gorillája...

Ron és Hermione összenézett, és néma egyetértés született köztük abban, hogy semmi értelme tovább vitatkozniuk Harryvel.

– Feketeleves – közölte határozott hangon Hermione, mikor megérkeztek a Kövér Dáma portréja elé.

A festmény utat nyitott nekik, s ők bemásztak a klubhelyiségbe. Ott meglehetősen nagy volt a tömeg, és nedvesruhaszag terjengett. A korai időpont ellenére sokan visszatértek már Roxmortsból, bizonyára a cudar idő miatt. A hangulat viszont nyugodt volt, ami arra utalt, hogy még nem terjedt el Katie balesetének híre.

– Ha jobban belegondolok, eléggé amatőr merénylet volt – morfondírozott Ron, s közben hanyag mozdulattal kipenderített egy elsőst a kandalló melletti kényelmes karosszékből, hogy ő maga ülhessen bele. – Az átok még csak be se jutott a kastélyba. Egyszerű, de cseppet se nagyszerű trükk volt.

– Az tény – erősítette meg Hermione, miután finom rúgásokkal eltávolította Ront a székből, és visszatessékelte az elsőst. – Nem volt igazán jól átgondolt terv.

– Talán úgy ismeritek Malfoyt, mint akinek a gondolkodás az erőssége? – kérdezte Harry.

Erre egyik barátjától se kapott választ.

A Denem-titok

Katie-t másnap átszállították a Szent Mungo Varázsnyavalya- és Ragálykúráló Ispotályba. Addigra már minden roxfortoshoz eljutott az eset híre, bár a részletekről egymásnak ellentmondó verziók keringtek, és minden jel szerint csak Harry, Ron, Hermione és Leanne tudta, hogy az átkot eredetileg nem is Katie-nek szánták.

– És persze Malfoy is tudja – osztotta meg a véleményét két barátjával Harry, de azok továbbra is következetesen süketnek tettették magukat, valahányszor szóba hozta a „Malfoy titokban halálfaló" elméletet.

Harry csak remélni merte, hogy Dumbledore a hétfői különórára már visszatér titokzatos útjáról. Mivel senki nem tájékoztatta az ellenkezőjéről, este nyolcra odament az igazgatói szobához, bekopogott, és ki is szólt egy hang, hogy beléphet. Dumbledore-t az íróasztala mögött találta – a varázsló fáradtnak tűnt, a keze változatlanul fekete volt, mindazonáltal mosolyogva intett Harrynek, hogy üljön le. A merengő ezúttal is ott feküdt az asztalon, táncoló, ezüstös csillámokat vetítve a mennyezetre.

– Nem unatkoztál, amíg távol voltam – szólt Dumbledore.

– Úgy tudom, szemtanúja voltál Katie balesetének.

– Igen, uram. Hogy van Katie?

– Még mindig nagyon rosszul, pedig azt kell mondanom, szerencsésen megúszta a dolgot. A bőrének csak egy egészen apró része ért hozzá a nyaklánchoz: volt egy kicsiny lyuk a kesztyűjén. Ha felveszi a láncot, vagy ha csak megfogja csupasz kézzel, meghalt volna, talán ott helyben. Szerencsére Piton professzornak sikerült megakadályoznia az átok gyors szétszóródását Katie testében...

– Miért neki? – kérdezte gyorsan Harry. – Miért nem Madam Pomfrey gyógykezelte?

– Arcátlanság – szólt le egy halk hang a falon függő portrék egyikéből. Phineas Nigellus Black, Sirius ük-ükapja felemelte a fejét karjáról. – Én a magam idejében nem tűrtem, hogy egy tanuló megkérdőjelezze az intézkedéseimet.

– Köszönöm, Phineas – mondta csitítóan Dumbledore. – Tudod, Harry, Piton professzor sokkal jobban ismeri a fekete mágiát, mint Madam Pomfrey. Egyébiránt a Szent Mungo gyógyítói óránként beszámolnak nekem Katie állapotáról, és reménykedem benne, hogy idővel teljesen felépül.

– Hol volt a hétvégén, uram? – kérdezte Harry, bár volt egy olyan érzése, hogy kezd túllőni a célon. Ebben nyilván Phineas Nigellus is egyetértett vele, mert rosszallóan felszisszent.

– Most inkább másról beszélnék – felelte Dumbledore. – De mikor eljön az ideje, arról is beszámolok neked.

– Tényleg? – csodálkozott Harry.

– Igen, úgy tervezem. – Dumbledore újabb üveg ezüstös emléket húzott elő a talárjából, és a pálcájával kivarázsolta belőle a dugót.

– Igazgató úr... – kezdte óvatosan Harry –, találkoztam Roxmortsban Mundungusszal.

– Igen, igen, hallottam róla, hogy Mundungus dézsmálja az örökségedet – felelte homlokráncolva Dumbledore. – Mióta rátámadtál a Három Seprű előtt, nem is igen mutatkozik. Úgy sejtem, fél találkozni velem. De megnyugtathatlak, újabb tárgyaknak nem fog lába kelni Sirius régi ingóságai közül.

– Az az undok vén félvér a családi ereklyéinket lopkodja!?
– csattant fel Phineas Nigellus, s dühösen kicsörtetett keretéből, nyilván hogy felkeresse a Grimmauld téri házban található portréját.

– Uram – szólt rövid hallgatás után Harry –, McGalagony professzor továbbadta önnek, amit Katie balesete után Draco Malfoyról mondtam neki?

– Igen, beszámolt a gyanúdról.

– És ön szerint...

– A megfelelő módon ellenőrizni fogok mindenkit, akinek köze lehetett Katie balesetéhez – jelentette ki Dumbledore. – De pillanatnyilag inkább a mai óránk foglalkoztat.

A válasz kicsit rosszul esett Harrynek. Ha annyira fontosak ezek a különórák, miért telt el olyan hosszú idő az első és a második között? Mindazonáltal nem erőltette tovább a Malfoy-témát, csak nézte, hogyan önti bele Dumbledore az új emlékeket a merengőbe.

– Mint bizonyára emlékszel, azon a ponton hagytuk félbe Voldemort nagyúr gyermekkorának történetét, amikor Tom Denem, a jóképű mugli elhagyta feleségét, Merope-ot, és visszatért családja Little Hangleton-i házába. Merope magára maradt Londonban, szíve alatt a gyermekkel, akiből azóta Voldemort nagyúr lett.

– Honnan tudja, hogy Londonban volt, uram?

– Egy bizonyos Caractacus Burke tanúsága alapján, aki – különös egybeesés folytán – annak a boltnak a társalapítója volt, ahonnan az ominózus nyaklánc származik.

Dumbledore megrázta a merengőt, akár az aranymosó a szitáját. A kavargó, ezüstös anyagból erre egy aszott kis öregember emelkedett ki. Lassan forgó teste tompán fénylett, mint egy kísérteté, de annál jóval anyagszerűbbnek tűnt. Lenőtt, borzas haja teljesen eltakarta a szemét. Beszélni kezdett.

– Igen furcsa körülmények között tettünk szert rá. Egy fiatal boszorkány hozta be karácsony előtt, nem is tudom, hány évvel ezelőtt. Azt mondta, nagy szüksége van aranyra... hát, ez le is rítt róla. Rongyokat viselt, és látszott, hogy nincs sok hátra neki... mármint a szülésig, merthogy állapotos volt. Azt mondta, a medált maga Mardekár hagyta örökül a családjára. No persze ilyen meséket nap mint nap hallunk. Ez Merliné volt ám, ez volt a kedvenc teáskannája! De mikor megvizsgáltam a medált, tényleg megtaláltam rajta a jelet, és pár egyszerű bűbájjal mindent megtudtam, amit kellett. Ez persze azt jelentette, hogy az ékszer jóformán felbecsülhetetlen értékű. A nőnek viszont fogalma sem volt erről, és örült, hogy kapott érte tíz galleont. Sosem csináltunk még jobb boltot!

Dumbledore jó erősen megrázta a merengőt, mire Caractacus Burke visszasüllyedt a kavargó emléktóba.

– Csak tíz galleont adott neki? – méltatlankodott Harry.

– Caractacus Burke nem a bőkezűségéről volt híres – felelte Dumbledore. – Megtudtuk tehát, hogy Merope a szülés előtt nem sokkal egyedül élt Londonban, s hogy valami pénzt szerezzen, megvált egyetlen értékes tulajdonától, a medáltól, ami Rowle dédelgetett családi ereklyéinek egyike volt.

– De hát tudott varázsolni! – értetlenkedett Harry. – Mágiával mindent megszerezhetett volna magának, nem?

– De igen – bólintott Dumbledore. – Meglehet. De nekem meggyőződésem – bár ez is csak találgatás –, hogy miután a férje elhagyta, Merope felhagyott a varázslással. Úgy sejtem, nem akart többé boszorkány lenni. Persze az is lehet, hogy a viszonzatlan szerelem és a vele járó kétségbeesés megfosztotta őt mágikus képességeitől – volt már példa ilyenre. Az mindenesetre tény, hogy Merope, mint te is látni fogod, az élete megmentése érdekében sem volt hajlandó varázspálcát használni.

– Még a fia kedvéért sem akart életben maradni?

Dumbledore felvonta a szemöldökét.

– Csak nem sajnálod Voldemort nagyurat?

– Nem – felelte gyorsan Harry –, de Merope-nak volt választása, nem úgy, mint az én anyámnak.

– A te édesanyádnak is volt választása – mutatott rá szelíden Dumbledore. – Úgy van, Merope Denem a halált választotta, pedig a fiának szüksége lett volna anyára. De ne ítéld meg őt túl szigorúan, Harry. Elgyengítette őt a hosszú szenvedés, és sosem volt olyan bátor, mint a te édesanyád. És most állj fel, kérlek...

– Ma hova megyünk? – kérdezte Harry, mikor Dumbledore az asztalt megkerülve odalépett mellé.

– Az én egyik emlékembe lépünk be. Részletgazdagnak és kielégítően pontosnak találod majd, úgy hiszem. Csak utánad, Harry...

Harry a merengő fölé hajolt; arca áttörte az emléktó hűvös tükrét, s már zuhant is újra a jól ismert sötétségben... Néhány másodperc múlva földet ért a lába; kinyitotta a szemét, s Dumbledore-ral együtt egy régimódi londoni utcán találta magát.

– Ott vagyok én – szólt jókedvűen Dumbledore. Rámutatott egy magas alakra, aki egy lóvontatta tejeskocsi előtt átvágva közeledett az utca túloldala felől.

A fiatal Albus Dumbledore-nak hosszú, gesztenyebarna haja és szakálla volt. Hivalkodó szabású szilvakék bársonyöltönyt viselt, amivel nem egy csodálkozó pillantást vont magára, ahogy elindult a járdán.

– Szép öltöny, uram – szaladt ki Harry száján. Dumbledore nevetett. Együtt követték az igazgató fiatal énjét, aki hamarosan belépett egy kovácsoltvas kapun, mely egy magas kerítéssel körülvett, komor, kocka alakú épület kietlen előkertjére nyílt. A fiatal Dumbledore felsietett a bejárati ajtóhoz vezető lépcsőkön, és bekopogott. Kisvártatva kinyílt az ajtó, és feltűnt egy ápolatlan külsejű, kötényes lány.

– Jó napot kívánok. Be vagyok jelentve Mrs Cole-hoz, aki tudtommal az intézet vezetőnője.

– Oh. – A kislány meghökkenve pislogott a furcsa látogatóra. – Öhm... egy pillanat... Mrs Cole! – kiabált hátra a válla fölött.

Harry hallotta, hogy egy távoli hang visszakiált valamit, majd a lány ismét Dumbledore-hoz fordult.

– Fáradjon be, mindjárt jön.

A fiatal Dumbledore belépett egy fekete-fehér kőpadlós folyosóra. Az épület belseje lelakott, de makulátlanul tiszta volt. Harryék követték a varázslót, s még mielőtt becsukódott mögöttük a bejárati ajtó, felbukkant a folyosón egy sovány nő. Éles metszésű arca inkább aggodalmaskodónak, semmint szigorúnak tűnt. Miközben Dumbledore felé tartott, hátrafordulva egy másik kötényes szolgálólányhoz beszélt.

– ...és vidd fel a jódot Marthának, Billy Stubbs elvakarta a sebeit, Eric Whalley meg össze-vissza keni a lepedőt azzal a váladékkal... Pont a bárányhimlő hiányzott most nekünk – tette hozzá csak úgy magának. Mikor aztán Dumbledore-ra esett a pillantása, megtorpant és olyan arcot vágott, mintha egy zsiráf lépett volna be a házba.

– Jó napot kívánok – köszönt kezet nyújtva Dumbledore. Mrs Cole csak tátogott.

– Albus Dumbledore vagyok. Levelet küldtem önnek, s ön volt szíves megírni, hogy ma fogadni tud.

Mrs Cole pislogott. Végül arra juthatott, hogy Dumbledore nem puszta látomás, mert erőtlen hangon megszólalt:

– Igen... hogyne. Nos hát... talán menjünk be a szobámba.

Bevezette Dumbledore-t egy kopottas kis helyiségbe, ami nappali szoba és iroda keverékének tűnt, s ósdi, szedett-vedett bútorokkal volt berendezve. A varázsló leült egy rozoga székre, Mrs Cole pedig helyet foglalt papírokkal telezsúfolt íróasztala mögött, nyugtalanul szemlélve vendégét.

– Mint már levelemben is megírtam, Tom Denem jövőjéről szeretnék értekezni önnel – magyarázta Dumbledore.

– Ön a rokona? – kérdezte Mrs Cole.

– Nem, én tanár vagyok. És szeretném felvenni Tomot az iskolámba.

– Miféle iskola az?

– Roxfort a neve.

– És miért vennék fel Tomot?

– Olyan képességekkel rendelkezik, amelyek érdekelnek minket.

– Úgy érti, elnyert egy ösztöndíjat? De hát hogyan? Hisz nem jelentkezett sehova.

– Születése óta számon tartjuk őt az iskolánkban...

– Kitől tudnak róla? A szüleitől?

Mrs Cole minden jel szerint kellemetlenül éles eszű nő volt. Ezt nyilván Dumbledore is megállapította, mert előhúzta bársonyzakója zsebéből a varázspálcáját, s egyúttal felemelt egy teljesen üres papírlapot Mrs Cole asztaláról.

– Tessék – mondta, s miközben átnyújtotta a papírt a nőnek, legyintett egyet a pálcával. – Úgy vélem, ez tisztázza a problémát.

Mrs Cole szeme fókuszt váltott, s néhány pillanatig az üres papírra szegeződött.

– Ez tökéletesen rendben van – szólt végül nyájasan, s visszaadta Dumbledore-nak a papírlapot. Aztán pillantása egy üveg ginre és két pohárra esett, amelyek pár másodperce még egészen biztosan nem voltak az asztalon.

– Öhm... megkínálhatom egy korty ginnel? – kérdezte finomkodó hangon.

– Nagyon köszönöm – bólintott széles mosollyal Dumbledore.

Egykettőre nyilvánvalóvá vált, hogy Mrs Cole komoly gyakorlattal rendelkezik a ginfogyasztás terén. Miután bőséges adagot töltött mindkettőjüknek, egy húzásra kiürítette a saját poharát. Utána nagyot cuppantott, és – most először – rámosolygott Dumbledore-ra, aki nem habozott kihasználni a Mrs Cole hozzáállásában beállt változást.

– Lekötelezne, ha megosztaná velem, amit Tom Denem múltjáról tud. Ha jól sejtem, itt született az árvaházban.

– Úgy van – bólintott a nő, és újratöltötte poharát. – Jól emlékszem rá, mert én is azidőtájt kerültem ide. Szilveszter volt, havas, zimankós, hideg éjszaka. Az a lány alig volt idősebb, mint én… úgy kellett felvonszolnia magát a lépcsőn az ajtóig. Persze nem ő volt itt az első ilyen jövevény. Beengedtük, és egy óra múlva megszülte a gyereket. További egy óra múlva pedig már nem élt.

Mrs Cole lendületes bólintással adott nyomatékot szavainak, s újabb jókora korty gint gurított le a torkán.

– Nem mondott valamit az anya, mielőtt meghalt? – érdeklődött Dumbledore. – Például a gyermek apjáról?

– De, éppenséggel mondott – felelte Mrs Cole, akit szemlátomást felélénkített a gin és az érdeklődő hallgatóság.

– Emlékszem, azt mondta: Remélem, az apjára hasonlít. Mi tagadás, nem csodálkoztam rajta, hogy ezt kívánja, mert ő maga nem volt egy szépség… Aztán azt is mondta, hogy a gyerek Tom legyen az apja után, Rowle az ő apja után – furcsa keresztnév, nem? –, és hogy Denem legyen a vezetékneve. Aztán mást már nem is mondott, néhány perc múlva meghalt.

– Úgy tettünk, ahogy szegény teremtés kérte, láttuk, mindez mennyire fontos neki. De nem kereste itt a gyereket sem az idősebb Tom, se semmilyen Rowle vagy Denem, így hát azóta is itt nevelkedik, az árvaházban.

Mrs Cole szinte reflexszerűen töltötte újra tele a poharát. Kiugró pofacsontján időközben rózsaszínű folt jelent meg.

– Furcsa egy gyerek – jegyezte meg.

– Igen, sejtettem, hogy az – mondta Dumbledore.

– Már kisbabának is furcsa volt. Alig sírt, tudja? Nagyobb korában meg… különös lett.

– Milyen értelemben lett különös? – kérdezte szelíden Dumbledore.

– Hát…

Mrs Cole hirtelen elhallgatott. Tekintete, amit a gines pohár fölött Dumbledore szemébe fúrt, cseppet sem volt zavaros.

– Biztos, hogy felveszik a gyereket abba az iskolába?

– Biztos – bólintott Dumbledore.

– Akármit mondok, mindenképp felveszik?

– Igen.

– Bármi történjék, elviszi a gyereket?

– Elviszem – felelte teljes komolysággal Dumbledore.

Mrs Cole rásandított, mintha azt latolgatná, bízhat-e benne. Nyilván úgy döntött, hogy igen, mert hirtelen kibökte:

– Fél tőle a többi gyerek.

– Úgy érti, bántja a társait?

– Nem tudok mást feltételezni. – Mrs Cole elkomorodva csóválta a fejét. – De nemigen lehet rajtakapni őt… Pedig voltak esetek… csúnya dolgok…

Dumbledore nem faggatózott, pedig látszott rajta, hogy érdekelnék a részletek. Mrs Cole ivott még egy korty gint, amitől még rózsásabb lett az orcája.

– Billy Stubbs nyula például… Tom azt mondta, nem ő volt, és nem is tudom elképzelni, hogyan tette volna, de hát önmagát mégse akaszthatta fel az a nyúl a gerendára!

– Nem valószínű – hagyta rá Dumbledore.

– De akármi legyek, ha tudom, hogy került fel oda. Annyi biztos, hogy előző nap Tom összeveszett Billyvel. És aztán… – Mrs Cole megint belekortyolt a ginbe. Ezúttal egy kevés lecsordult az állán. – A nyári kiránduláson – tudja, évente egyszer elvisszük őket vidékre vagy a tengerhez –, na szóval Amy Benson és Dennis Bishop teljesen megváltoztak, és azóta se tudtunk többet kiszedni belőlük, mint hogy bent voltak Tom Denemmel egy barlangban. Tom esküdözött, hogy csak felfedezőútra mentek, de én a fejemet teszem rá, hogy valami rémes történt odabent. És számtalan furcsa eset volt még…

257

Mrs Cole ismét Dumbledore-ra szegezte a szemét; az arca kipirult az alkoholtól, de tekintete most is tiszta és rezzenéstelen volt.

– Mindenesetre nem sokan fognak itt minálunk bánkódni, ha Tom elmegy.

– Bizonyára megérti, hogy nem tudjuk egész évben az iskolában tartani – vette át a szót Dumbledore. – Legalábbis nyaranként mindenképp vissza kell térnie ide.

– Az is jobb, mint egy orrbavágás a rozsdás piszkavassal – válaszolta kedélyes csuklással Mrs Cole, és felállt. Harry elismeréssel konstatálta, hogy kicsit se dülöngél, pedig az üvegből már hiányzott a gin kétharmada. – Gondolom, szeretne beszélni vele.

– Feltétlenül – felelte Dumbledore, és ő is felállt.

Elhagyták az irodát, s Mrs Cole felvezette Dumbledore-t egy lépcsőn, menet közben utasításokat és dorgálásokat osztva a szolgálóknak illetve a gyerekeknek. Harry megfigyelte, hogy az árvák mind egyforma, szürkés ingruhát viselnek. Viszonylag jól tápláltnak és egészségesnek tűntek, de ha más nem, az mindenképp sajnálatra méltóvá tette őket, hogy egy ilyen nyomasztó helyen kell felnőniük.

– Megjöttünk – mondta Mrs Cole, miután felértek a második emeletre, és egy hosszú folyosóra kifordulva megálltak a legelső ajtó előtt. A nő kopogtatott, majd benyitott.

– Tom? Látogatód érkezett. Az úr Mr Dumberton – bocsánat, Mr Dunderbore. Azért jött, hogy… de majd elmondja ő maga.

Harry és a két Dumbledore beléptek a szobába, Mrs Cole pedig rájuk csukta az ajtót. A szűk helyiségben csupán egy régi szekrény, egy vaságy meg egy szék állt. Az ágyat takaró szürke pokrócon egy fiú ült kinyújtott lábbal, könyvvel a kezében.

Tom Denem arcán nyoma sem volt a Gomoldok vonásainak. Merope utolsó kívánsága maradéktalanul teljesült: Tom szép arcú apjának ifjú másává nőtt; fekete hajú volt, sápadt, tizenegy éves korához képest magas. Szeme kissé összeszűkült a meghökkentő öltözékű Dumbledore láttán; egy hosszú pillanatig csend volt a szobában.

– Nagyon örülök, Tom – szólalt meg végül Dumbledore, és kezet nyújtva az ágy mellé lépett.

A fiú némi habozás után kezet fogott vele. Dumbledore odahúzta a nehéz faszéket, és leült. Úgy festettek, mint egy kórházi beteg és a látogatója.

– Dumbledore professzor vagyok.

– Professzor? – visszhangozta bizalmatlanul Denem. – Az olyan, mint a doktor? Mit akar itt? Ő hívatta magát, hogy megvizsgáljon?

Az ajtóra bökött, amin nemrég Mrs Cole távozott.

– Nem, szó sincs róla – rázta a fejét mosolyogva Dumbledore.

– Nem hiszek magának! – csattant fel Denem. – Meg akar vizsgálni, tudom! Mondja meg az igazat!

Az utolsó mondat szinte ijesztő erővel harsant. Parancsnak hangzott, méghozzá olyannak, amit Denem rendszeresen ad ki. A fiú izzó szemmel meredt Dumbledore-ra, aki viszont továbbra is szelíden mosolygott. Így telt el néhány másodperc, aztán Denem pillantásának tüze kihunyt, de bizalmatlansága szemlátomást csak nőtt.

– Ki maga?

– Mondtam már: Dumbledore professzor a nevem, és tanár vagyok. Azért jöttem, hogy meghívjalak a Roxfortba, az iskolámba – ami a te iskolád is lesz, ha akarod.

Denem egészen meglepő módon reagált erre: felugrott az ágyról, és hátrálni kezdett Dumbledore elől. Az arcát eltorzította a düh.

– Nem tud becsapni! A bolondokházából jött, igaz? Professzor... – hát peeersze! Dehogy megyek magával! Az a vén szipirtyó, ő való bolondokházába! Nem csináltam semmit

259

Amy Bensonnal, se Dennis Bishoppal! Kérdezze csak meg őket, megmondják!

– Nem a bolondokházából jöttem – felelte türelmesen Dumbledore. – Tanár vagyok, és ha visszaülsz, mesélek neked a Roxfortról. Ha nem akarsz eljönni, természetesen senki nem kényszerít rá...

– Próbáljanak csak kényszeríteni! – acsargott Denem.

– A Roxfort – folytatta Dumbledore, eleresztve a füle mellett Denem közbevágását – olyan iskola, ahova különleges képességű emberek járnak...

– Nem vagyok bolond!

– Tudom, hogy nem vagy bolond. A Roxfortban nem bolondokat tanítunk. Hanem mágusokat.

A szobában csend lett. Denem megdermedt, arca kifejezéstelenné vált, de izzó tekintete ide-oda ugrált Dumbledore egyik szeméről a másikra, mintha hazugságon próbálná kapni valamelyiket.

– Mágusokat...? – visszhangozta suttogva.

– Úgy van.

– Amit én tudok, az... az mágia?

– Miért, mit tudsz?

– Mindenfélét – felelte Denem. Nyakát és sovány arcát pirosra festette az izgalom. – Mozgatni tudom a dolgokat anélkül, hogy hozzájuk érnék. Az állatok engedelmeskednek nekem, pedig nem idomítom őket. Bántani tudom azokat, akik bosszantanak. Ha akarok, fájdalmat tudok okozni nekik.

Denemnek remegni kezdett a lába. Odabotorkált az ágyhoz, visszaült rá, és lehajtott fejjel, mintha imádkozna, a két kezére meredt.

– Mindig tudtam, hogy más vagyok, mint a többiek – suttogta remegő ujjainak. – Mindig tudtam, hogy van bennem valami... valami különleges.

260

– Így igaz – hagyta rá Dumbledore. Már nem mosolygott, hanem feszült figyelemmel fürkészte a fiút. – Ugyanis varázsló vagy.

Denem felemelte a fejét. Az arca teljesen megváltozott: vad örömöt sugárzott, de ez furcsamód nem szépítette meg. Ellenkezőleg: finom vonásai megkeményedtek, s szinte vadállatias kifejezés ült ki rájuk.

– Maga is varázsló?

– Igen, az vagyok.

– Bizonyítsa be! – vágta rá Denem ugyanazon a parancsoló hangon, amivel korábban azt mondta: Mondja meg az igazat!

Dumbledore felvonta a szemöldökét.

– Szívesen bebizonyítom... De ha, amint sejtem, szeretnél beiratkozni a Roxfortba...

– Persze, hogy beiratkozom!

– ...akkor professzor úrnak vagy uramnak kell szólítanod engem.

Denem arca dühösen megrándult. Annál meghökkentőbb volt a meghunyászkodó udvariasság, amivel azután válaszolt:

– Bocsánat, professzor úr. Azt akartam mondani: kérem, mutassa meg...

Harry biztosra vette, hogy Dumbledore nemet fog mondani, közli Denemmel, hogy a Roxfortban épp elég idő lesz gyakorlati bemutatókat tartani, s hogy egy olyan házban, ami tele van muglikkal, óvatosnak kell lenniük. Meglepő módon azonban Dumbledore szó nélkül kihúzta pálcáját zakója belső zsebéből, a sarokban álló kopott szekrényre szegezte, és lazán meglegyintette.

A szekrény lángolni kezdett.

Denem felpattant. Harry cseppet sem kárhoztatta érte, hogy felordít dühében és döbbenetében, hisz minden tulajdona ott lehetett a szekrényben. Azonban mire Denem Dumbledore felé fordult, a lángok már el is tűntek, s az ósdi bútordarab pontosan úgy festett, mint annak előtte.

Denem rámeredt a szekrényre, majd Dumbledore-ra, aztán mohó arccal a varázspálcára mutatott.

– Hol lehet egy ilyet szerezni?

– Mindent a maga idején – felelte Dumbledore. – Azt hiszem, valami ki akar jönni onnan.

Valóban, tompa zörgés hallatszott a szekrény belsejéből. Denem most először ijedtnek tűnt.

– Nyisd ki az ajtaját! – utasította Dumbledore.

A fiú egy pillanatig habozott, aztán átvágott a szobán, és felrántotta a szekrényajtót. A fogason lógó kopott ruhák fölötti polcon kis kartondoboz feküdt – pontosabban remegett és zörgött, mintha tucatnyi egér szorult volna bele.

– Vedd ki! – mondta Dumbledore.

Denem megszeppent arccal engedelmeskedett.

– Van valami abban a dobozban, aminek nem szabadna nálad lennie? – kérdezte Dumbledore.

Denem hosszú, mérlegelő pillantást vetett a varázslóra.

– Igen, uram, azt hiszem – felelte végül kifejezéstelen hangon.

– Lássuk!

Denem kinyitotta a dobozt, és oda se nézve az ágyra öntötte tartalmát. Harry, aki jóval izgalmasabb dolgokra számított, kicsiny, hétköznapi tárgyak sokaságát pillantotta meg; többek között egy jojót, egy ezüstgyűszűt és egy kopott szájharmonikát. A dobozból kiszabadult tárgyak nyomban felhagytak a remegéssel, és mozdulatlanul hevertek a pokrócon.

– Ezeket egy bocsánatkérés kíséretében visszaadod a tulajdonosaiknak – szólt higgadtan Dumbledore, és eltette pálcáját. – Tudni fogok róla, hogy megtetted-e. És figyelmeztetlek: a Roxfortban nem tűrjük a lopást.

Denem arcán nyoma se volt szégyenkezésnek; továbbra is hideg, számító tekintettel nézett Dumbledore-ra. Végül színtelen hangon így felelt:

– Értem, uram.

– A Roxfortban – folytatta Dumbledore – nemcsak arra tanítunk meg, hogyan élj a varázserőddel, hanem arra is, hogyan tartsd féken azt. Amire te – bizonyára szándékodon kívül – a mágiát használtad, azt nem tanítjuk és nem is tűrjük a Roxfortban. Nem az első és nem is az utolsó fiatal mágus vagy, aki engedte, hogy elragadja a varázsereje. De tudnod kell: ha okot adsz rá, eltanácsolhatnak a Roxfortból, és a Mágiaügyi Minisztérium – igen, minisztériumunk is van – szigorúan bünteti a törvényszegést. Minden varázslónak, aki belép a világunkba, el kell fogadnia a törvényeinket.

– Értem, uram – mondta megint Denem.

Nem lehetett kitalálni, mire gondol; kifejezéstelen arccal rakodta vissza az összelopkodott holmit a kartondobozba. Mikor végzett vele, Dumbledore-hoz fordult, és tárgyilagosan így szólt:

– Nincs pénzem.

– Ezen könnyen segíthetünk. – Dumbledore bőrerszényt húzott elő a zsebéből. – A Roxfort pénzalapjából támogatjuk azokat, akiknek nem futja tankönyvekre és ruhára. Valószínűleg kénytelen leszel egyes varázskönyveket és eszközöket használtan megvenni, de…

– Hol lehet varázskönyveket kapni? – vágott a szavába Denem. Köszönet nélkül vette át a súlyos erszényt, s most egy kövér arany galleont nézegetett.

– Az Abszol úton – felelte Dumbledore. – Nálam van a szükséges könyvek és felszerelések listája. Segíthetek neked beszerezni őket…

– Velem jön? – pillantott fel Denem.

– Hogyne, ha akarod…

– Nem, nem akarom. Hozzászoktam, hogy magam intézzem a dolgaimat. Mindig egyedül járkálok Londonban. Hol találom azt az Abszol utat… uram? – tette hozzá, mikor találkozott a pillantása a varázslóéval.

263

Harry azt hitte, Dumbledore ragaszkodni fog hozzá, hogy elkísérje Denemet, de ezúttal is meglepetés várta. A varázsló átadta a fiúnak a listát tartalmazó borítékot, s miután elmagyarázta, merre van a Foltozott Üst, így folytatta:

– Csak te fogod látni, a mugli járókelők – azaz a varázstalan emberek – nem látják. Tomot, a kocsmárost keresd. Könnyű megjegyezned a nevét, hisz téged is így hívnak...

Denem ingerült mozdulatot tett, mintha egy szemtelen legyet akarna elhessenteni.

– Nem kedveled a Tom nevet?

– Nagyon sok Tom van – dörmögte Denem. Aztán vívódva, mintha akarata ellenére bukna ki belőle a mondat, megkérdezte: – Az apám varázsló volt? Mondták, hogy neki is Tom Denem volt a neve.

– Sajnos azt nem tudom – felelte megértően Dumbledore.

– Az anyám biztos nem tudott varázsolni, különben nem halt volna meg – magyarázta Denem inkább magának, mint Dumbledore-nak. – Úgyhogy csak az apám lehetett... Na és ha minden holmit megszereztem, mikor mehetek el abba a Roxfortba?

– Ezeket az információkat a borítékban található másik levél tartalmazza. Szeptember elsején indulsz a King's Cross pályaudvarról. Egy vonatjegy is van a borítékban.

Denem bólintott. Dumbledore felállt, és újra kezet nyújtott.

– Tudok a kígyókkal beszélni – szólt a kézfogás közben Denem. – Akkor jöttem rá, amikor kirándulni voltunk vidéken. A kígyók odajöttek hozzám, és suttogtak nekem. Ez normális egy varázslónál?

Harry biztosra vette, hogy Denem a nagyobb hatás kedvéért tartogatta a végére ezt az információt.

– Szokatlan képesség – felelte pillanatnyi habozás után Dumbledore –, de nem példátlan.

Könnyed hangon beszélt, de tekintete kíváncsian fürkészte Denem arcát. A felnőtt férfi és a gyerek egy hosszú pillanatig egymásra meredt. Aztán elengedték egymás jobbját, s Dumbledore az ajtóhoz lépett.

– Viszlát, Tom. Találkozunk a Roxfortban.

– Ennyi elég is – szólalt meg az ősz Dumbledore Harry mellett, s másodpercekkel később már ismét súlytalanul suhantak a sötétségen át, hogy aztán a jelenben, a roxforti igazgatói irodában landoljanak.

– Ülj le! – szólt Dumbledore, miután felbukkant Harry mellett.

Harry gépiesen engedelmeskedett; tele volt a feje a látottakkal.

– Ő sokkal gyorsabban elhitte, mint én – szólt töprengve. – Mármint mikor ön megmondta neki, hogy varázsló. Én eleinte nem hittem Hagridnak, amikor mondta.

– Igen, Denem készséggel elhitte, hogy ő – saját kifejezésével élve – különleges – felelte Dumbledore.

– És ön már akkor... tudta?

– Tudtam-e, hogy minden idők legveszedelmesebb sötét varázslója lesz belőle? Nem, sejtelmem se volt róla. Viszont roppant érdekes fiúnak találtam. Azzal az elhatározással értem vissza a Roxfortba, hogy rajta tartom a szemem. Amúgy is így kellett tennem, hiszen Denemnek nem volt senkije, még egy barátja se, de már akkor éreztem, hogy nemcsak a maga, hanem a társai érdekében is figyelnem kell rá.

– Mint hallottad, korához képest meglepően fejlett varázserővel rendelkezett, és – ez volt a legérdekesebb és legnyugtalanítóbb – már rájött, hogy bizonyos mértékben irányítani tudja képességeit. Elkezdett tudatosan élni velük. Azt is láthattad, hogy nem véletlenszerűen kísérletezgetett, ahogy azt más ifjú varázslók teszik. Máris a többi emberrel szemben használta a mágiát: megfélemlítésre, büntetésre, uralkodásra. A megfojtott nyúlról és a barlangba csalt gyerekekről szóló történetek épp eleget elárultak... Tisztában volt vele: ha akar, tud fájdalmat okozni.

– És párszaszájú volt – hangsúlyozta Harry.

– Valóban. Ez ritka tulajdonság, s általában a fekete mágiával hozzák kapcsolatba, bár tudjuk, hogy a jó és tiszteletreméltó varázslók között is akadnak párszaszájúak. Az, hogy Denem beszélni tud a kígyókkal, közel se nyugtalanított annyira, mint szemmel látható hajlama a kegyetlenségre, a zárkózottságra és a zsarnokoskodásra.

– Az idő ismét megtréfált minket. – Dumbledore kinézett az ablakon túli sötét égre. – De mielőtt elválunk, szeretném felhívni a figyelmedet a jelenet bizonyos részleteire. Azok ugyanis nagy jelentőséggel bírnak a jövőbeni találkozásainkon érintett témák szempontjából.

– Először is, remélem, feltűnt neked, hogyan reagált Denem, mikor megjegyeztem, hogy más is viseli a Tom keresztnevet.

Harry bólintott.

– Abban a reakcióban megmutatkozott a megvetése minden olyan dolog iránt, ami hasonlóvá teszi őt más emberekhez. Még ebben az apróságban is különleges, egyéni, elszigetelt akart lenni. Mint tudod, a beszélgetésünk után néhány röpke évvel el is dobta a nevét, és megalkotta Voldemort nagyúr álarcát, ami mögött azóta is rejtőzik.

– Úgy sejtem, azt is észrevetted, hogy Tom Denem már akkor végtelenül öntelt, zárkózott és minden jel szerint magányos volt. Elutasította a segítséget, a kíséretet, mikor az Abszol útra indult. Egyedül akart intézni mindent. A felnőtt Voldemort ugyanilyen. Sok halálfalót hallasz majd azzal kérkedni, hogy ő Voldemort bizalmasa, hogy csakis ő áll közel hozzá, sőt, csak ő érti meg Voldemortot. Ezek téveszmék. Voldemort nagyúrnak sosem volt barátja, és azt hiszem, nem is vágyott barátra soha.

– És végezetül – remélem, van még erőd figyelni, Harry –, az ifjú Tom Denem szeretett trófeákat gyűjteni. Mint láttad, a szobájában lopott tárgyakat rejtegetett. Az áldozataitól szerezte őket, azoktól a társaitól, akiket gyötört – afféle emléktárgyak voltak ezek, ha úgy tetszik: különösen undok varázstettek emlékei. Vésd az emlékezetedbe ezt a szarkahajlamot, mert később rendkívül fontos lesz.

– Most pedig már tényleg ideje nyugovóra térni.

Harry felállt. Miközben az ajtó felé tartott, a kis fekete asztalra esett a pillantása, amelyen legutóbb Rowle Gomold gyűrűje feküdt. Az ékszer most nem volt ott.

– Hallgatlak – szólt Dumbledore, miután Harry megtorpant.

– A gyűrű már nincs itt – nézett körül Harry. – De gondoltam, talán önnél van a szájharmonika vagy valami...

Dumbledore széles mosollyal nézett rá félhold alakú szemüvege fölött.

– Nagyon okos gondolat, Harry, de a szájharmonika csak egy szájharmonika volt, semmi több.

És e rejtélyes mondattal intett Harrynek, aki megértette, hogy most már távoznia kell.

Felix Felicis

Másnap Harry első órája gyógynövénytan volt. A reggelinél nem tudott beszámolni barátainak a különóráról, mert félő volt, hogy kihallgatják őket, de a veteményeskerten át az üvegházak felé tartva összefoglalta nekik az este eseményeit. A hétvégi rettenetes szél végre elcsitult; visszatért a furcsa köd, ezért egy kicsit tovább tartott a szokásosnál, mire Harryék megtalálták az óra helyszínét.

– Fú, azért félelmetes a gyerek Tudodkire gondolni – szólt fojtott hangon Ron, miután elfoglalták helyüket a görcsös morgacstuskók egyike mellett, és elővették védőkesztyűjüket.

– De még mindig nem értem, miért mutatja meg neked mindezt Dumbledore. Persze érdekes, meg minden, de mi értelme van?

– Nem t'om – felelte Harry, fogvédőt dugva a szájába. – De azt mondja, ez lényeges, és növeli a túlélési esélyeimet.

– Szerintem fantasztikusan jó dolog – jelentette ki komolyan Hermione. – Nagyon fontos, hogy annyit tudj Voldemortról, amennyit csak lehet. Különben hogy találnád meg a gyenge pontját?

– Na és milyen volt Lumpsluck legutóbbi bulija? – dörmögte a fogvédőn keresztül Harry.

– Jaj, nagyon jó – felelte Hermione, miközben felvette a védőszemüveget. – Persze mindig szónokol egy kicsit a híres extanítványairól, és folyton hízeleg McLaggennek, mert neki olyan jó kapcsolatai vannak, de nagyon finom kaját kaptunk, és bemutatott minket Gwenog Jonesnak.

– Gwenog Jonesnak? – kerekedett el Ron szeme a védőszemüveg mögött. – Annak a Gwenog Jonesnak? A Holyheadi Hárpiák csapatkapitányának?

– Igen. Mondjuk, szerintem kicsit el van telve magával a nő, de...

– Elég volt a szövegelésből! – Bimba professzor szigorú arccal odacsörtetett hozzájuk. – Le vagytok maradva! Már mindenki elkezdte a munkát. Neville-nek meg is van az első terméshüvelye!

Harry, Ron és Hermione körülnéztek. Meg is pillantották Neville-t, akinek vérzett a szája, és csúnya karmolások éktelenkedtek az arcán, de a kezében ott szorongatott egy grapefruit nagyságú, visszataszítóan lüktető, zöld valamit.

– Már kezdjük is, tanárnő! – hadarta Ron, majd mikor Bimba elfordult, halkan hozzátette: – Használnod kellett volna a disaudiót, Harry.

– Nem kellett volna! – csattant fel Hermione. Mindig elfutotta a pulykaméreg, ha a Félvér Herceget vagy a varázslatait emlegették előtte. – Gyertek, kezdjünk már hozzá...

Lámpalázas pillantást vetett barátaira, aztán mindhárman nagy levegőt vettek, és a görcsös tuskó fölé hajoltak.

A varázsnövény nyomban életre kelt; egy szempillantás alatt hosszú, tüskés indákat eresztett, és csapkodni kezdett velük maga körül. Az egyik indát, amelyik belegabalyodott Hermione hajába, Ron küzdötte le egy metszőollóval. Harry nagy nehezen elkapott két indát, és összecsomózta őket. Ekkor a tuskó tetején, a polipkar-ágak szövevényében odúszerű lyuk nyílt meg. Hermione egy pillanatig se habozott: könyékig beledugta a karját, mire a lyuk szorosan rázárult a karjára. Harry és Ron teljes erőből tépték-cibálták az indákat, míg végül sikerült újra kinyitniuk a lyukat. Hermione kirántotta a karját, s ott volt a kezében egy ugyanolyan hüvely, mint

Neville-é. A tüskés indák abban a minutumban visszahúzódtak, s a görcsös tönk ismét ártatlanul gubbasztott a helyén, akár egy közönséges fatuskó.

– Nem hiszem, hogy ültetek ilyet a kertembe, ha egyszer lesz saját házam – jegyezte meg Ron, miközben feltolta a homlokára a védőszemüveget, hogy megtörölje verejtékben úszó arcát.

– Adjatok egy edényt! – kérte Hermione, jó messzire eltartva magától a morgács lüktető termését. Harry odanyújtott egy tálat, s Hermione undorodva beledobta a hüvelyt.

– Ne kényeskedjetek, facsarjátok ki! – szólt oda nekik Bimba professzor. – Frissen a legjobb!

– De mondom a lényeget. – Hermione olyan természetességgel tért vissza az elkezdett beszélgetéshez, mintha bizony nem támadt volna rájuk időközben egy darab fa. – Lumpsluck karácsonyi fogadást akar adni, és ebből már nem tudod kihúzni magad, Harry. Rám bízta, hogy nézzek utána, melyik estéd szabad, hogy mindenképp olyan napon tartsa, amikor ráérsz.

Harry kelletlenül felnyögött. Közben Ron a morgácstermés levének kinyerésével próbálkozott: rátenyerelt a golyóbisra, s miközben teljes súlyával ránehezedett, mérgesen odavetette Hermionénak:

– Ezt a partit is csak a kedvenceinek rendezi Lumpsluck, mi?

– Igen, csak a Lump Klub tagjainak.

Ebben a pillanatban a termés kiugrott Ron keze alól, nekirepült az üvegház falának, visszapattanva tarkón találta Bimba professzort, és leverte a tanárnő foltos süvegét. Harry sietve begyűjtötte a szökevény termést, s mikor visszaért vele az asztalhoz, Hermione épp ezt mondta Ronnak:

– Figyelj, nem én találtam ki, hogy Lump Klubnak nevezzék...

– Lump Klub! – visszhangozta Malfoyhoz méltó gúnyos vigyorral Ron. – Nagyon ciki! Jó szórakozást kívánok a parti-

271

hoz. Szerintem menjetek együtt McLaggennel, akkor ti lehettek a Lumpkirály és a Lumpkirálynő...

– Vihetünk magunkkal vendéget – felelte Hermione, akinek valami okból égővörösre gyúlt az arca –, és én téged akartalak elhívni, de ha hülyeségnek tartod az egészet, akkor felejtsd el!

Harry most már azt kívánta, bár jóval messzebbre repült volna a morgácstermés, hogy e percben ne kelljen ott ülnie Ronnal és Hermionéval. Azok ketten tudomást se vettek róla; fogta hát a tálat a hüvellyel, és igyekezett a lehető legzajosabb módon felnyitni a termést. Sajnos azonban így is hallotta barátai beszélgetését.

– Engem akartál elhívni? – kérdezte hirtelen megjuhászodva Ron.

– Igen – vágta rá mérgesen Hermione. – De te nyilván jobban szeretnéd, ha McLaggennel mennék...

A beálló csöndben Harry elszántan püfölte a makacs termést egy ültetőkanállal.

– Nem, nem szeretném – mondta szinte suttogva Ron.

Harry elvétette az ütést: a hüvely helyett a tálat találta el, s az darabokra tört.

– *Reparo!* – mondta gyorsan, pálcáját a cserepekre szegezve, mire a tál nyomban összeforrt. A csörömpölés viszont rádöbbentette Ront és Hermionét, hogy Harry is jelen van. Hermione elpirult, és gyorsan kutatni kezdett a táskájában A világ húsevő fái című könyv után, hogy kikeresse a morgácstermés kifacsarásának szabályos módját. Ron is zavarban volt kissé, ugyanakkor elégedett arcot vágott.

– Add csak ide, Harry! – hadarta Hermione. – A könyv azt írja, ki kell szúrni valami hegyessel...

Harry tálastól a lány elé tolta a termést, majd Ronnal felvették védőszemüvegüket, és ismét a tuskó fölé hajoltak.

Nincs ebben semmi meglepő, gondolta Harry, miközben a nyakára tekeredett tüskés indával viaskodott; régen gyanította, hogy előbb-utóbb sor kerül erre. Épp csak azt nem tudta, mit szóljon hozzá. Ő és Cho egy pillantást se mertek váltani, nemhogy beszéljenek egymással – mi lesz, ha Ron és Hermione járni kezdenek, aztán szakítanak? Túlélheti-e azt a barátságuk? Harry jól emlékezett még azokra a hetekre harmadéves korukból, amikor barátai szóba se álltak egymással – akkoriban egyáltalán nem élvezte, hogy neki kell közvetítenie közöttük. És mi lesz, ha nem szakítanak? Ha úgy összejönnek, mint Bill és Fleur, és elviselhetetlen lesz a társaságuk, úgyhogy ő, Harry örökre kizáródik a hármasból?

– Megvagy! – rikkantotta Ron. Egy újabb hüvelyt húzott ki a tönkből, épp mikor Hermionénak sikerült végre felnyitnia az elsőt: a tál megtelt sápadtzöld, férgek módjára nyüzsgő gumókkal.

Az óra hátralevő részében nem esett több szó Lumpsluck partijáról. Harry a következő napokban célzottan figyelte barátait, de azokon nem látszott semmiféle változás, épp csak egy árnyalatnyival előzékenyebbek voltak egymáshoz a megszokottnál. Harry végül arra jutott, hogy ha történni fog köztük valami, arra a parti estéjén, Lumpsluck szobájának félhomályában, a vajsör mámorító hatása alatt kerül majd sor. Addig azonban, neki legalábbis, égetőbb problémákkal kellett foglalkoznia.

Katie Bell még mindig a Szent Mungóban feküdt, s nem volt szó róla, hogy egyhamar kiengedik – vagyis hiányzott egy hajtó a Griffendél új, nagyreményű kviddicscsapatából, amit Harry szeptember óta oly nagy odaadással edzett. Egyre halogatta Katie pótlását abban reménykedve, hogy a lány visszatér, de a Mardekár elleni nyitómeccs vészesen közeledett, s végül bele kellett törődnie, hogy más fog játszani Katie helyett.

Úgy érezte, egy újabb teltházas válogatást nem tudna végigcsinálni, ezért – olyan lámpalázzal, aminek a kviddicshez semmi köze se volt – egyik nap átváltoztatástan óra után odament

273

Dean Thomashoz. A csoport nagy része addigra kiment a teremből, viszont ott röpködött még jó néhány csicsergő sárga madár. Ezek mind Hermione teremtményei voltak, a többieknek ugyanis egy árva tollpihét se sikerült elővarázsolniuk.

– Még mindig érdekelne a hajtói poszt a csapatban?

– Mi? Persze! – ujjongott fel Dean. A válla fölött elpillantva Harry látta, hogy Seamus Finnigan bosszúsan a táskájába csapja könyveit. Többek között azért nem akarta volna bevenni Deant, mert tudta, hogy megsértené vele Seamust. Ugyanakkor a csapat érdeke mindenek felett állt, és Dean a válogatáson sokkal jobban szerepelt Seamusnél.

– Akkor be vagy véve – mondta Harry. – Ma este hétkor edzés.

– Oké – bólogatott vidáman Dean. – Köszi, Harry! Szaladok, elmondom Ginnynek!

Azzal kirohant a teremből, magára hagyva Harryt Seamusszel. A kínos helyzetet csak tetézte, hogy Hermione egyik kanárija röptében rápottyantott Seamus feje búbjára.

Nem Seamus volt az egyetlen, aki zokon vette, hogy nem ő került Katie megüresedett helyére. A klubhelyiségben sokan sustorogtak róla, hogy Harry már a második osztálytársát veszi be a csapatba. Ez ugyan különösebben nem zavarta Harryt, hisz sokkal gonoszabb rágalmakon edződött iskolai évei során, de a csapatra nehezedő nyomás mindenképp fokozódott. Feltétlenül győzelmet kellett felmutatniuk tehát a Mardekár elleni meccsen. Ha ugyanis nyer a Griffendél – Harry ezt jól tudta –, egyszerre mindenki el fogja felejteni, hogy kritizálta őt, és megesküsznek majd rá, hogy mindig is kiválónak tartották a csapatot. Ha viszont veszítenek... akkor sincs semmi, történtek már vele nagyobb tragédiák is, gondolta sötéten.

Dean esti teljesítménye nem adott rá okot, hogy megbánja választását: a fiú jól megtalálta az összhangot Ginnyvel és

Demelzával. Peakes és Coote, a terelők is edzésről edzésre ügyesedtek. Senkivel nem volt különösebb baj – csak Ronnal. Harry tisztában volt vele, hogy barátja lámpalázas és önbizalom-hiányban szenved, következésképpen ingadozó színvonalú a játéka. A nagy jelentőségű évadnyitó mérkőzés közeledte pedig, sajnos úgy tűnt, minden régi bizonytalanságát kihozza belőle. Az esti edzésen, miután bekapott vagy féltucat gólt, amelyek többségét Ginny szerezte, a technikája egyre vadabb és kapkodóbb lett, mígnem végül csúnyán szájba verte a karikák felé repülő Demelzát.

– Nem akartam, Demelza, ne haragudj! – kiabált a lány után, aki véresőt hullatva, félájultan ereszkedett le a földre. – Én csak...

– Betojtál – pirított rá mérgesen Ginny, miután leszállt Demelza mellett, és vizsgálgatni kezdte a lány feldagadt száját. – Nézd meg, te tuskó, hogy mit csináltál vele!

Harry leszállt a két lány mellett.

– Rendbe tudom hozni – mondta, és rászegezte pálcáját Demelza szájára. – *Hippokrax!* Te meg, Ginny, ne nevezd tuskónak Ront! Nem te vagy a csapatkapitány.

– Úgy láttam, te nem érsz rá tuskónak nevezni őt, hát gondoltam, kisegítelek...

Harry elfojtotta nevetését.

– Na gyerünk, felszállás...

Összességében sikerült a félév addigi legrosszabb edzését produkálniuk, de Harry úgy érezte, ilyen rövid idővel a mérkőzés előtt az őszinteség nem a legjobb taktika.

– Szép munka volt, fiúk-lányok, lenyomjuk a Mardekárt – mondta biztatólag az öltözőben, s a hajtók és a terelők ezután többé-kevésbé bizakodó hangulatban indultak vissza a kastélyba.

– Úgy védtem, mint egy zsák sárkánytrágya – szólt síri hangon Ron, miután becsukódott az ajtó az utolsóként távozó Ginny mögött.

– Nem igaz – rázta a fejét Harry. – A válogatáson te voltál a legjobb őrző. Csak az idegeiddel van gond.

Harry a kastély felé menet egész úton fáradhatatlanul győzködte és bátorította Ront, s mire felértek a második emeletre, barátja már egy árnyalatnyival jobb hangulatban volt. Mikor azonban Harry félrehajtotta az egyik falikárpitot, hogy a megszokott rövidebb úton menjenek tovább a Griffendél-torony felé, a rejtett folyosón ott találták Deant és Ginnyt, akik szoros ölelésbe forrva olyan hevesen csókolóztak, mintha összeragasztották volna őket.

Harry hirtelen úgy érezte, a gyomrában életre kel egy hatalmas ragadozó, és marcangolni kezdi a zsigereit. Forró gejzírként öntötte el a vér az agyát, kioltva minden értelmes gondolatot. Nem maradt más a fejében, csak az eszelős vágy, hogy egy rakás zselévé átkozza Deant. Miközben ezzel a hirtelen támadt elmezavarral viaskodott, tompán hallotta Ron rikkantását:

– Hééé!

Dean és Ginny szétrebbentek, és feléjük fordultak.

– Mi van? – kérdezte értetlenül Ginny.

– Nem tűröm el, hogy a húgom nyilvános helyen smároljon!

– Ez egy üres folyosó volt, amíg be nem csörtettél! – replikázott Ginny.

Dean meglehetősen zavarban volt. Bizonytalan vigyort küldött Harry felé, aki meg se próbálta viszonozni azt, tekintve, hogy az újszülött szörnyeteg a hasában ordítva követelte Dean azonnali eltávolítását a kviddicscsapatból.

– Öhm... gyere, Ginny – motyogta Dean. – Menjünk fel a klubhelyiségbe...

– Menj csak! – vágta rá Ginny. – Nekem még van egy kis megbeszélnivalóm a kedves bátyámmal!

Deannek szemlátomást cseppet se volt ellenére, hogy otthagyja a társaságot.

– Jól van. – Ginny hátravetette hosszú vörös haját, és Ron szemébe fúrta lángoló tekintetét. – Tisztázzuk egyszer s mindenkorra: semmi közöd hozzá, hogy kivel járok, és mit csinálok vele...

– De van közöm hozzá! – csattant fel Ron. – Nagyon utálnám, ha az emberek azt mondanák, hogy a húgom egy...

– Egy mi? – Ginny kezében már ott volt a pálca. – Egy micsoda? Halljam!

– Nem úgy értette, Ginny – szólt közbe automatikusan Harry, jóllehet a szörnyeteg a hasában ujjongva helyeselt Ronnak.

– Dehogynem úgy értette! – torkolta le dühösen a lány. – Csak azért, mert ő még nem smárolt soha senkivel, csak mert élete legjobb csókját Muriel nénikénktől kapta...

– Fogd be a szád! – bömbölte Ron, s arca a piros fázist átugorva rögtön mélyvörösre sötétült.

– Nem fogom be! – ordította magán kívül Ginny. – Nyáron is folyton ott sündörögtél Francica körül, hátha kapsz tőle egy puszit a pofikádra! Röhejes volt! Ha fognád magad, és végre te is csókolóznál valakivel, akkor rögtön nem zavarna, hogy mindenki más is csinálja!

Most már Ron is előrántotta a pálcáját. Harry gyorsan beugrott kettejük közé.

– Hülyeségeket beszélsz! – harsogta Ron, s közben próbálta megcélozni Ginnyt, ami nem volt egyszerű feladat, mert Harry kitárt karokkal állt a lány előtt. – Csak mert én nem nyilvánosan csinálom...!

Ginny visítva felkacagott, és megpróbálta félretolni Harryt.

– Kivel szoktál csókolózni, Pulipinttyel? Vagy van egy fényképed Muriel néniről a párnád alatt?

– Tee...

Narancssárga fénycsík röppent át Harry karja alatt, csupán centiméterekkel kerülve el Ginnyt. Harry előreszökkent, és a falnak lökte Ront.

277

– Ne hülyülj már meg...

– Harry is smárolt Chóval! – kiabálta könnyeivel küszködve Ginny. – Hermione meg Viktor Krummal! Csak te csinálsz úgy, mintha ez valami undorító dolog lenne, és tudod, miért? Mert olyan szinten vagy, mint egy tizenkét éves!

Azzal elviharzott. Harry gyorsan elengedte Ront, mert barátja arcán gyilkos indulat lángolt. Szótlanul, zihálva néztek farkasszemet egymással, s ki tudja, meddig álltak volna még így, ha fel nem bukkan a folyosón Mrs Norris, a gondnok macskája, gazdája közeledtét jelezve.

– Gyerünk – mondta Harry, mikor megütötte a fülüket Frics csoszogása.

Felszaladtak a lépcsőn, majd végigsiettek a hetedik emelet egyik folyosóján. – Félre az utamból! – förmedt rá Ron egy pöttöm kislányra, aki ijedtében elejtett egy palack békapetét.

Harry alig hallotta a széttörő üveg csörömpölését. Szédült, szinte azt se tudta, hol van – arra gondolt, ilyen érzés lehet, mikor villámcsapás éri az embert. *Csak azért, mert Ron húga*, győzködte magát. *Csak azért bosszant, hogy Deannel csókolózott, mert Ron húga...*

De feltartóztathatatlanul betolakodott az agyába egy másik kép ugyanerről a félreeső folyosóról – egy másik jelenet, amiben ő maga csókolózott Ginnyvel... A szörnyeteg a hasában kéjesen dorombolt... De aztán folytatódott a képzelt film, a falikárpit mögött felbukkant Ron, pálcát rántott Harryre, és olyanokat kiabált, hogy „áruló" és „visszaéltél a bizalmammal" meg „a barátomnak tartottalak"...

– Szerinted Hermione tényleg smárolt Krummal? – kérdezte váratlanul Ron, mikor már majdnem elérték a Kövér Dáma portréját. Harry bűntudatosan összerezzent, és kirángatta képzeletét egy másik folyosóról, ahova nem rontott be Ron, ahol hosszú ideig kettesben voltak Ginnyvel...

– Mi? – motyogta zavartan. – Ja... öö...

Az őszinte válasz a szimpla igen lett volna, de ezt nem akaródzott kimondania. Úgy tűnt azonban, Ron a legrosszabbat olvassa le az arcáról.

– Feketeleves – morogta oda sötéten a Kövér Dámának, majd mindketten bemásztak a portrélyukon át a klubhelyiségbe.

Ezek után egyikük sem említette se Ginnyt, se Hermionét. Aznap este már alig szóltak egymáshoz, s lefekvéskor is a gondolataikba mélyedtek.

Harrynek hosszú ideig nem jött álom a szemére. Mereven bámulta ágya mennyezetét, és némán győzködte magát, hogy pusztán testvéri érzéseket táplál Ginny iránt. Elvégre testvérek módjára laktak együtt egész nyáron – jókat kviddicseztek, ugratták Ront, és együtt nevettek Billen meg Francicán. Sok-sok éve ismeri már Ginnyt… természetes, hogy félti őt… természetes, hogy vigyázni akar rá… hogy ízekre akarja tépni Deant, amiért megcsókolta… nem, ezt a bizonyos testvéri reflexet féken kell tartania…

Ron morogva horkantott álmában.

Ginny Ron húga, szögezte le gondolatban Harry. *Ron húga, tehát tabu.* A Ronhoz fűződő barátságát semmiért nem teheti kockára. Puhábbra pofozta a párnáját; várta, hogy jöjjön az álom, és mindent megtett azért, hogy a gondolatai még csak a közelébe se tévedjenek Ginnynek.

Másnap reggel kicsit kótyagosan ébredt, és tele volt a feje olyan álmok emlékével, amelyekben Ron terelőütővel kergeti őt. Aztán mire dél lett, már boldogan lecserélte volna az álombeli Ronra az igazit, aki, amellett hogy levegőnek nézte Ginnyt és Deant, jeges, undok közönnyel kezelte a döbbent és értetlenkedő Hermionét is. A tetejébe Ron egycsapásra olyan sértődékeny és agresszív lett, akár egy átlagos durrfarkú szurcsók. Harry az egész napját arra áldozta, hogy békítési kísérleteket tegyen Ron és Hermione között; a vége mégis az lett, hogy Hermione haragosan elvonult lefeküdni, s Ron –

miután dühös kirohanást intézett néhány rémült elsős ellen, akik rá mertek nézni – szintén a hálóterem felé vette az irányt. Ron új keletű ingerlékenysége a következő napokban sem múlt el. Ráadásul ez az állapot őrzői teljesítményének újabb negatív rekordjával párosult, ami őt még agresszívebbé, Harryt pedig még kétségbeesettebbé tette. A szombati mérkőzés előtti utolsó edzésen Ron már egyetlen lövést se tudott hárítani, viszont olyan undok volt mindenkivel, hogy Demelza Robins végül elsírta magát.

– Fogd be a szád, és hagyd őt békén! – förmedt rá Peakes, aki ugyan Ron melléig sem ért, de volt nála egy súlyos ütő.

– Elég volt! – ordította Harry, miután észrevette, hogy Ginny egyre vészjóslóbban néz Ronra. Felvillant az agyában, hogy a lány a rémdenevér-rontás elismert specialistája, gyorsan odarepült hát, hogy beavatkozzon, mielőtt elfajul a helyzet. – Peakes, menj, és pakold be a gurkókat! Demelza, szedd össze magad, nagyon jó voltál. Ron... – Megvárta, amíg a csapat többi tagja hallótávolságon kívülre ér, csak akkor folytatta: – ...a legjobb barátom vagy, de ha folytatod ezt a stílust, esküszöm, kirúglak a csapatból.

Harry egy pillanatig komolyan attól tartott, hogy Ron behúz neki egyet, de aztán ennél sokkal rosszabb történt: Ron teljes letargiába esve rároskadt seprűje nyelére, és ezt motyogta:

– Kilépek. Borzalmas vagyok.

– Nem vagy borzalmas, és nem lépsz ki! – csattant fel indulatosan Harry, és megmarkolta Ron talárját. – Mindent ki tudsz védeni, ha formában vagy! A fejeddel van a baj!

– Azt mondod, hülye vagyok?

– Igen, lehet, hogy azt mondom!

Egy pillanatig farkasszemet néztek, aztán Ron csüggedten megrázta a fejét.

– Tudom, hogy már nincs időd másik őrzőt találni. Holnap még játszom, de ha veszítünk, és veszíteni fogunk, akkor kilépek a csapatból.

280

Hiába beszélt ezután Harry, az mind csak falra hányt borsó volt. Vacsora alatt végig igyekezett lelket önteni Ronba, de barátja se látott, se hallott, annyira lekötötte a figyelmét, hogy undok legyen Hermionéval. Harry ennek ellenére nem adta fel, s még a klubhelyiségben is fogadkozott, hogy a csapatban mindenki kétségbeesne, ha Ron elhagyná őket – bár erre az állítására némileg rácáfolt, hogy a többiek félrevonultak a sarokba, ott szemlátomást Ronról sustorogtak, és mogorva pillantásokat vetettek felé. Harry ezután ismét a dühöngéssel próbálkozott. Abban reménykedett, hogy dacos és remélhetőleg teljesítményjavító hozzáállást tud kiprovokálni Ronból, de ez a taktika se volt eredményesebb a bátorításnál: Ron végül a legmélyebb mélabúba süllyedve kullogott el lefeküdni.

Harry nagyon sokáig hevert ébren az ágyon. Nem akarta elveszteni a másnapi összecsapást; nemcsak mert ez volt az első meccse csapatkapitányként, hanem mert eltökélt szándéka volt legalább kviddicsben legyőzni Draco Malfoyt, addig is, amíg bizonyítani tudja a vele kapcsolatos gyanúját. Viszont tudta, ha Ron úgy fog teljesíteni, ahogy az utolsó pár edzésen, akkor igencsak halvány reményük van a győzelemre...

Bár lenne valami, amivel rá tudja venni Ront, hogy összeszedje magát... hogy a képességei legjavát adja... valami, ami biztosítaná, hogy Ronnak igazán jó napja legyen...

Az ötlet örömtűz módjára ragyogott fel az agyában.

Másnap a reggeli a szokásos izgalom jegyében zajlott. A mardekárosok a nagyteremben sziszegéssel és fújolással fogadták a Griffendél csapatának érkező tagjait. Harry felpillantott a mennyezetre, és tiszta, halványkék eget látott – ez jó jel volt.

A griffendélesek asztala üdvrivalgással köszöntötte Harryt és Ront. Harry széles vigyorral integetett a piros-aranyba öltözött szurkolóknak; Ron fintorgott, és a fejét rázta.

– Mindent bele, Ron! – kiáltotta Lavender. – Tudom, hogy szuper leszel!

Ron mintha meg se hallotta volna.

– Teát? – fordult hozzá Harry. – Kávét? Töklevet?

– Mindegy – dörmögte Ron, és kedvetlenül rágcsálni kezdett egy fél falat pirítóst.

Pár perccel később megállt mögöttük Hermione, aki annyira belefáradt már Ron undokoskodásába, hogy inkább külön jött le reggelizni.

– Hogy vagytok? – kérdezte óvatosan, szemét Ron tarkójára szegezve.

– Jól – felelte szórakozottan Harry. Minden figyelmét lekötötte, hogy egy pohár töklevet nyomjon kedélybeteg barátja kezébe. – Tessék, Ron. Idd meg az egészet!

Ron már a szájához emelte a poharat, amikor Hermione élesen rászólt:

– Ne idd meg, Ron!

Erre mindkét fiú felkapta a fejét.

– Miért? – kérdezte Ron.

Hermione mélységes döbbenettel meredt Harryre.

– Beleöntöttél valamit a töklébe!

– Tessék?

– Jól hallottad. Láttam. Beleöntöttél valamit Ron töklevébe. Most is ott van az üveg a kezedben!

– Nem tudom, miről beszélsz – vágta rá Harry, és gyorsan zsebre dugta a fiolát.

– Ne idd meg! – ismételte riadtan Hermione, de Ron elszántan felemelte a poharat, egy hajtásra kiitta, majd odavetette a lánynak:

– Ne parancsolgass nekem!

Hermione arcára felháborodás ült ki. Egészen közel hajolt Harryhez, úgy sziszegte:

– Ezért ki kellene, hogy csapjanak téged. Nem hittem volna, hogy képes vagy ilyesmire!

– Bagoly mondja verébnek – felelte suttogva Harry. – Kikre szórtál mostanában konfúziós átkot?

Hermione dühösen faképnél hagyta. Harry bűntudat nélkül nézett utána. Hermione sose tudta felfogni, milyen komoly dolog a kviddics. Aztán ismét Ron felé fordult, aki jólesően cuppantott egyet.

– Lassan mennünk kell – szólt vidoran Harry.

A fagyos fű ropogott a talpuk alatt, ahogy a stadion felé siettek.

– Szerencsénk van az idővel – jegyezte meg Harry.

Ron sápadt volt, és úgy tűnt, mindjárt hányni fog.

– Aha.

Az öltözőben ott találták Ginnyt és Demelzát, akik már át is öltöztek kviddicstalárba. Ginny nyomban Harryhez fordult, ügyet se vetve Ronra.

– Ideálisak a körülmények – szólt vidáman. – És képzeld, Vaisey, a Mardekár egyik hajtója a tegnapi edzésükön bekapott egy gurkót. Annyira vacakul van, hogy nem tud játszani! És ami még jobb: Malfoy is beteget jelentett!

Harry megpördült a tengelye körül, és rámeredt Ginnyre.

– Micsoda? Beteg? Mi baja?

– Fogalmam sincs, de örülök neki – vigyorgott Ginny. – Harper játszik helyette. Az én évfolyamomba jár, tök idióta.

Harry halványan visszamosolygott, de miközben belebújt piros talárjába, az esze nem a kviddicsen járt. Egyszer már előfordult, hogy Malfoy sérülésre hivatkozva nem akart pályára lépni, de akkor kiharcolta, hogy az összecsapást áttegyék egy olyan időpontra, ami jobban megfelelt a mardekárosoknak. Most miért törődik bele, hogy valaki más játszik helyette? Valóban beteg, vagy csak azt hazudja?

– Gyanús, mi? – szólt oda fojtott hangon Ronnak. – Hogy Malfoy nem játszik.

– Én szerencsének nevezném – felelte kissé felélénkülve Ron. – És Vaisey sincs, aki pedig a legjobb góllövőjük, és akit mindig is utáltam... Hé! – Ron épp a kesztyűjét húzta, amikor hirtelen megdermedt, és elkerekedett szemmel rábámult Harryre.

– Mi van?

– Nekem... te... – Ron arca rémületet és izgatottságot tükrözött. Suttogva folytatta: – Amit ittam... a töklé... csak nem?

Harry felvonta a szemöldökét, de csupán ennyit felelt:

– Öt perc múlva kezdünk, vedd fel a csizmád.

A közönség hangorkánja közepette vonultak ki a pályára. A stadion egyik fele egyetlen nagy piros-arany tömb volt, a másik fele zöld-ezüst tenger. Sok hugrabugos és hollóhátas is állást foglalt. A hangzavarból kihallatszott Luna Lovegood híres oroszlánfejes süvegének üvöltése.

Harry odalépett Madam Hooch-hoz, a játékvezetőhöz, aki már felkészült rá, hogy kiengedje a ládából a labdákat.

– Kapitányok, fogjatok kezet! – szólt a tanárnő. Harry elszenvedett egy kézropogtatást a Mardekár új kapitányától, Urquharttól. – Seprűre! Sípszóra kezdünk... három... kettő... egy...

Megszólalt a síp. A két csapat tagjai elrugaszkodtak a földtől, és kezdetét vette a mérkőzés.

Harry körbesuhant a pálya széle fölött. Tekintetével a cikeszt kereste, de azért nem tévesztette szem elől Harpert se, aki cikkcakkban röpködött valamivel lejjebb. Aztán felharsant egy, a megszokott kommentátorétól fülsértően elütő hang:

– Felrepültek hát, és azt hiszem, mindnyájan meglepve nézzük Potter idei csapatát. Ronald Weasley tavalyi ingadozó teljesítménye után sokan úgy gondolták, hogy idén más fogja védeni a Griffendél karikáit, de hát nyilván sokat nyomott a latban, hogy Weasleyt régi barátság fűzi a csapatkapitányhoz...

284

A mardekáros tábor füttyögéssel és tapssal jutalmazta a megjegyzést. Harry a nyakát kicsavarva hátranézett a kommentátori pódium felé. Azon egy magas, sovány, szőke, turcsi orrú fiú állt, szája előtt a mágikus megafonnal, ami egykor Lee Jordan munkaeszköze volt. Harry felismerte benne Zacharias Smitht, a Hugrabug játékosát, aki mindig is mélyen ellenszenves volt neki.

– Á, már látjuk is a Mardekár első gólszerzési kísérletét. Urquhart végigröppen a pálya fölött, és...

Harry gyomra bukfencet vetett.

– ...és Weasley kivédi, hát igen, neki is lehet néha szerencséje...

– Úgy bizony, Smith, neki is lehet – motyogta vigyorogva Harry, miközben lebukott a hajtók közé, hogy ott kutasson tovább a fürge kis cikesz után.

Félóra elteltével a Griffendél hatvan-nullára vezetett. Ron bemutatott pár egészen káprázatos védést – némelyik labdát az ujja hegyével fogta ki –, és a Griffendél hat góljából négyet Ginny szerzett. Ezek után Zacharias már nem morfondírozott hangosan azon, vajon a két Weasley csak azért került-e a csapatba, mert Harry haverjai – inkább Peakesre és Coote-ra szállt rá.

– Coote szemlátomást nem rendelkezik a terelőknél megszokott fizikummal – jelentette ki gúnyosan. – Azok rendszerint valamivel izmosabbak...

– Küldj rá egy gurkót! – kiáltott oda Harry Coote-nak, mikor az elrepült mellette, de Coote csak vigyorgott, s a következő gurkóval inkább a Harryt szemből kikerülő Harpert célozta meg. Harry kaján örömmel nyugtázta a tompa puffanást, ami jelezte, hogy a gurkó célba talált.

Úgy tűnt, a Griffendél ezen a meccsen nem tud hibázni. Újra meg újra bevették a Mardekár gólkarikáit, a pálya túlsó végén pedig Ron játszi könnyedséggel hárította a lövéseiket. Már odáig jutott, hogy egyfolytában vigyorgott, s mikor a szurkolók a *Weasley a mi emberünk!* kezdetű régi slágerrel hálálták meg egy különösen szép védését, a magasból vezényelte a kórust.

– A véráruló haverod azt hiszi, nagy napja van – csendült egy undok hang Harry háta mögött. A következő pillanatban kis híján leesett a seprűjéről, mert Harper szándékosan nekirepült.

Madam Hooch épp az ellenkező irányba nézett, s bár a griffendélesek dühösen felzúdultak, mire megfordult, Harper már messze járt. Harry sajgó vállal üldözőbe vette a mardekárost, hogy visszaadja neki a kölcsönt...

– És ha jól látom, a mardekáros Harper meglátta a cikeszt! – harsogta megafonján keresztül Zacharias Smith. – Igen, egyértelműen lát valamit, amit Potter nem!

Tényleg féleszű ez a Smith, gondolta Harry. Talán nem látta a dancsolást? De a következő pillanatban úgy érezte, mintha a gyomra zuhanni kezdene a föld felé – Smithnek igaza volt! Harper nem céltalanul húzott fel a magasba, hanem észrevette, amit ő, Harry csak most látott meg: hogy a cikesz ott repül messze a fejük fölött, csillogó csíkot húzva a felhőtlen kék égre.

Harry gyorsított; a szél már olyan hangosan fütyült a fülében, hogy beleveszett Smith kommentárja, de még a közönség zúgása is. Harpernek még mindig jókora előnye volt, és a Griffendél csupán száz ponttal vezetett – ha Harper ér oda előbb, a Griffendél elveszti a meccset... A mardekáros már csak két méterre volt a cikesztől, már nyújtotta utána a kezét...

– Hé, Harper! – kiáltott rá hirtelen ötlettel Harry. – Mennyit fizetett Malfoy, hogy repülj helyette?

Nem tudta, mi mondatta épp ezt vele, de a kérdés megtette a hatását. Harper dühösen hátrapillantott, s ettől elvétette a mozdulatot: a cikesz kicsúszott az ujjai közül, s ő üres kézzel száguldott tovább. Harry széles karlendítéssel az apró szárnyas golyó után kapott – és a markába zárta.

– Igen! – harsogta diadalmasan, majd éles ívben visszakanyarodott, és a cikeszt magasra emelve zuhanórepülésbe kezdett. Mikor a szurkolók rádöbbentek, mi történt, egy emberként ordítottak fel. Az iszonyatos hangorkánban csak sejteni lehetett a mérkőzés végét jelző sípszót.

– Hova mész, Ginny? – kiabált Harry, aki már a levegőben a csapattagok karjaiba zárva találta magát. Ginny elröppent mellettük, aztán iszonyatos robajjal belecsapódott a szónoki emelvénybe. A griffendéles csapat a tömeg sikongatása és nevetése közepette leszállt a romhalmazzá vált építménynél, amelynek deszkái alatt ott vergődött Zacharias Smith. Harry hallotta, hogy Ginny higgadtan így szól a mérgelődő McGalagonyhoz:

– Bocsánat, tanárnő, elfelejtettem fékezni.

Harry nevetve kilépett csapattársai közül, és megölelte Ginnyt – de gyorsan el is engedte, s a lány pillantását kerülve hátba veregette az ujjongó Ront. A csapatban immár szent volt a béke: együtt bokszolták a levegőt, együtt integettek szurkolóiknak, s kart karba öltve vonultak le a pályáról.

Az öltözőben ünnepi volt a hangulat.

– Buli a klubhelyiségben! – rikkantotta Dean. – Most szólt Seamus! Ginny, Demelza, gyertek!

Ron és Harry utolsónak maradtak az öltözőben, s már épp indulni készültek, amikor belépett az ajtón Hermione, kezében gyűrögetve griffendéles sálját.

– Beszélni szeretnék veled, Harry. – A lány feldúlt, de elszánt arcot vágott. – Ezt nem lett volna szabad megtenned. Hallottad, mit mondott Lumpsluck: ez törvényellenes.

– És mi a terved? Felnyomsz minket? – förmedt rá Ron.

– Ti meg miről beszéltek? – kérdezte Harry, s kviddicstalárjának felakasztása ürügyén gyorsan elfordult, hogy elrejtse barátai elől vigyorát.

287

– Nagyon jól tudod, miről beszélünk! – sipította Hermione. – A reggelinél szerencseszérumot öntöttél Ron töklevébe! Felix Felicist!

– Dehogy öntöttem – felelte Harry, és szembefordult a másik kettővel.

– De igen, Harry! Azért sikerült minden: játékosok hiányoztak a Mardekárból, és Ron mindent kivédett!

– Mondom, hogy nem tettem bele! – Harry most már leplezetlenül vigyorgott. Belenyúlt kabátja zsebébe, és elővette a kis üveget, amit Hermione reggel a kezében látott. Az üveg színültig volt az aranyló folyadékkal, s dugóján érintetlen volt a viaszpecsét. – Azt akartam, hogy Ron azt higgye, ivott belőle, azért tettem úgy, mintha beleönteném, amikor tudtam, hogy figyelsz. – Harry Ronra nézett. – Azért védtél ki mindent, mert szerencsésnek érezted magad. Csak a tied az érdem.

Azzal zsebre dugta a szérumot.

– Nem volt semmi a töklevemben? – motyogta elképedve Ron. – De hát jó volt az idő… és Vaisey nem játszott… Komolyan nem kaptam szerencseszérumot?

Harry a fejét rázta. Ron egy pillanatig tátott szájjal meredt rá, aztán Hermione felé fordult.

– Felix Felicist öntöttél Ron töklevébe, azért védett ki mindent! – darálta a lány hangját utánozva. – Tessék! Segítség nélkül is tudok védeni!

– Nem mondtam, hogy nem tudsz… De hát te is azt hitted, hogy ittál a szérumból!

De Ron addigra már vállára kapta seprűjét, és kicsörtetett az öltözőből.

– Öhm – hümmögött bele Harry a hirtelen támadt csöndbe. Nem számított rá, hogy furfangja efféle mellékhatással járhat. – Nem… nem megyünk fel a buliba?

– Menj csak! – szólt könnyektől pislogva Hermione. – Nekem most nagyon elegem van Ronból. Nem tudom, mit csináltam már megint rosszul…

Azzal ő is kirohant az ajtón.

Harry lassan ballagott a nézők tömegében a kastély felé. Innen is, onnan is gratulációkat kiáltottak oda neki, de már meg se hallotta. Azt hitte, ha megnyerik a meccset, barátai között nyomban helyreáll a béke. Fogalma se volt, hogyan tudná megértetni Hermionéval, hogy a bűn, amivel megsértette Ront, nem más, mint hogy egyszer régen megcsókolta Viktor Krumot.

Harry seholsem látta Hermionét az ünnepi bulin, ami már javában tombolt, amikor belépett a klubhelyiségbe. A griffendélesek ujjongással és tapssal fogadták őt, s egykettőre bezárult körülötte a gratulálók gyűrűje. Ott voltak a Creevey-fivérek, akik másodperces lebontású elemzést követeltek a meccsről, meg ott volt persze egy hadseregnyi lány, akik mind a szempillájukat rebegtetve bámultak rá, és nagyokat kacagtak a legkevésbé sem mulatságos megjegyzésein is. Ilyenformán jó időbe telt, mire Harry egyáltalán elkezdhette keresni Ront. Miután végre sikerült leráznia Romilda Vane-t – aki félreérthetetlen célzásokat tett rá, hogy szeretne vele menni Lumpsluck karácsonyi fogadására –, és elindult az italos asztal felé, szinte nyomban beleüközött Ginnybe. A lány vállán ott ült Arnold, a törpegolymók, s ott sündörgött a sarkában a reménykedve nyávogó Csámpás.

– Ront keresed? – kérdezte huncut mosollyal Ginny. – Ott van az az álszent disznó.

Harry a sarok felé nézett, amerre a lány mutatott. Ron a nyílt színen, az egész ünneplő társaság szeme láttára Lavender Brownt ölelte – de olyan szenvedéllyel, hogy azt se lehetett megállapítani, melyik kéz kié.

– Mintha fel akarná falni a csajt – jegyezte meg a szakértő szenvtelenségével Ginny. – Eléggé kezdetleges még a technikája. Szép meccs volt, Harry.

Azzal megveregette Harry karját – akinek ettől érdekes módon összerándult a gyomra –, aztán elment vajsört szerezni magának. Csámpás a nyomában ügetett, sárga szemét Arnoldra szegezve.

Ron nem úgy festett, mintha belátható időn belül bővebb társaságot igényelne, így hát Harry elfordult, s pillantása az épp becsukódó portrélyukra esett. Elszorult a szíve, mert mintha egy hosszú, barna bozontot látott volna eltűnni a Kövér Dámán túl.

Gondolkodás nélkül a kijárat felé indult, szó nélkül kikerülte Romilda Vane-t, és kitárta a festményajtót. A folyosó addigra már üres volt.

– Hermione!

Az első nyitott teremben, ahova benézett, megtalálta a lányt. Hermione a tanári asztalon ült, s nem volt más társasága, csupán a feje körül röpködő sárga madárkák, amelyeket nyilván frissen varázsolt elő a semmiből. Harry bámulatosnak tartotta, hogy a lány még zaklatott állapotában is ilyen pazar mutatványokra képes.

– Szia, Harry – szólt kissé rekedten Hermione. – Átjöttem ide gyakorolni.

– Aha – dünnyögte Harry. – Nagyon szép madarak.

Fogalma sem volt, mit mondjon. Latolgatni kezdte, vajon elképzelhető-e, hogy Hermione nem látta, mit csinál Ron, s csak a tömeg miatt menekült ki a klubhelyiségből – de a lány következő mondata megválaszolta a kérdést:

– Ron nagyon élvezi a bulit.

Hermione hangja természetellenesen vékony és magas volt.

– Öh… igen?

– Nehogy azt mondd, hogy nem láttad! Eléggé feltűnően csinálják…

A hátuk mögött kicsapódott az ajtó. Harry nem kis rémületére a nevető Ron lépett be rajta, kéz a kézben Lavenderrel.

– Oh… – Harryék láttán Ron megtorpant és elkomorodott.

– Hoppá! – Lavender vihogva kihátrált a teremből, és gyorsan becsukta az ajtót.

Rettenetes, mélytengeri csend zuhant a helyiségre. Hermione rámeredt Ronra, aki viszont konokul kerülte a tekintetét, s a virtuskodás és az esetlenség sajátos keverékével így szólt:

– Helló, Harry! Nem tudtam, hova tűntél!

Hermione lekászálódott az asztalról. A csipogó sárga madárkák tovább keringtek a feje körül, s ettől úgy festett, mint a Naprendszer bizarr, tollas-hajas makettje.

– Ne várakoztasd Lavendert! – szólt halkan. – Aggódni fog, hogy mi van veled.

Azzal kihúzta magát, és lassan elindult az ajtó felé. Harry rápillantott Ronra; barátja szemlátomást megkönnyebbült, hogy ennyivel megúszta a dolgot.

– *Oppugno!* – harsant egy visítás az ajtónál.

Harry megperdült, és látta, hogy Hermione eszelős tekintettel Ronra szegezi a pálcáját. A madárraj aranysárga puskagolyók záporaként a fiú felé röppent. Ron rémülten felkiáltott, és az arca elé kapta a kezét, de a madarak így is elég helyet találtak rajta, ahova belemélyeszthették csőrüket és karmaikat.

– Hagyjatok békén! – ordította Ron.

Hermione még utoljára diadalmas dühvel rápillantott, aztán kiment a teremből. Ám Harry meg mert volna esküdni rá, hogy zokogást hallott, mielőtt bevágódott a lány mögött az ajtó.

A Megszeghetetlen Eskü

Ismét hó kavargott a zúzmarás ablaktáblák előtt. Közeledett a karácsony. Hagrid már becipelte a szokásos tizenkét fenyőfát a nagyterembe; a lépcsőkorlátokra magyal- és aranydísz-füzérek kerültek, örökgyertyák lobbantak fel a lovagi páncélok sisakjában, és itt is, ott is jókora fagyöngycsokrok lógtak le a folyosók mennyezetéről. Ezek alatt mindig népes lánycsoportok verődtek össze, valahányszor Harry a közelben volt, ami nem egyszer súlyos forgalmi dugókhoz vezetett. Harry azonban gyakorlott éjszakai kóborlóként kitűnően ismerte a kastélybeli titkos átjárókat, így különösebb nehézségek nélkül tudott fagyöngymentes útvonalat találni, ha egyik teremből a másikba indult.

Ron, aki azelőtt inkább irigyen, semmint derűvel nézte Harry népszerűségét, most harsányan kacagott barátja bujkálásán. Harry ugyan kellemesebb társaságnak tartotta ezt az új nevetős, tréfálkozó Ron-típust annál a szeszélyes és kötekedő változatnál, akit a korábbi hetekben el kellett viselnie, de tény, hogy a modellváltásért súlyos árat fizetett. Először is zavaróan sokat kellett egy társaságban lennie Lavender Brownnal, aki viselkedéséből ítélve elfecsérelt időnek tartott minden olyan másodpercet, amikor nem csókolózik Ronnal. Másodszor: ismét arra eszmélt, hogy két olyan ember legjobb barátja, akik talán soha többet nem állnak szóba egymással.

Ron, akinek a kezén és alkarján még mindig látszottak a madártámadás nyomai, sértődött és visszautasító maradt Hermionéval szemben.

– Egy szót se szólhat – mondta Harrynek. – Ő is csókolózott Krummal. Hát most én találtam egy lányt, aki szívesen smárol velem. Szabad országban élünk. Nem tilos, amit csinálok.

Harry nem felelt erre, inkább úgy tett, mintha teljesen lekötné a Kvinteszencia-kutatás című könyv, amit a másnap reggeli bűbájtan órára el kellett olvasniuk. Mivel feltett szándéka volt, hogy Ronnal és Hermionéval is megőrzi jó viszonyát, az utóbbi időben viszonylag sokat volt kénytelen hallgatni.

– Soha semmit nem ígértem Hermionénak – dörmögte Ron. – Na jó, úgy volt, hogy együtt megyünk Lumpsluck karácsonyi fogadására, de szó se volt róla, hogy... csak barátokként... szabad ember vagyok...

Harry tudta, hogy Ron nézi őt, és lapozott egyet a Kvinteszencia-kutatásban. Barátja tovább motyogott, de a tűz hangos ropogásától már nem is lehetett érteni, mit mond; Harry csupán annyit vélt kihallani a monológból, hogy „Krum" és hogy „mit van felháborodva".

Hermione napjai annyira be voltak táblázva, hogy Harry csak esténként tudott nyugodtan beszélgetni vele. Olyankor Ron amúgy is annyira el volt foglalva Lavenderrel, hogy nem törődött vele, mit csinál Harry. Hermione nem volt hajlandó a klubhelyiségben tartózkodni, mikor Ron is ott volt, így hát Harry általában elkísérte őt a könyvtárba, ahol azonban csak suttogva társaloghattak.

– Szíve joga, hogy azzal csókolózzon, akivel akar – mondta Hermione, miközben Madam Cvikker, a könyvtárosnő a távolabbi polcok között sétált. – Engem a legkevésbé sem érdekel.

Azzal felemelte a pennáját, és olyan erőteljesen tett pontot vele egy i-re, hogy kilyukadt tőle a pergamen. Harry nem felelt. Lassan kezdett attól tartani, hogy elmegy a hangja a sok hallgatástól. Még mélyebben hajolt a Bájitaltan haladóknak fölé, és folytatta az örökelixírek tulajdonságainak kijegyzetelését, időről időre megállva, hogy kibetűzze a Herceg hasznos adalékait Libatius Tinctor szövegéhez.

– Egyébként pedig – folytatta néhány másodperc szünet után Hermione – jobb lesz, ha vigyázol.

– Utoljára mondom – szólt a háromnegyed órás némaságtól kissé rekedten Harry –, nem adom vissza ezt a könyvet. Már eddig is többet tanultam a Félvér Hercegtől, mint Pitontól és Lumpslucktól...

– Nem a nyavalyás Hercegedről beszélek – vágott a szavába Hermione, s olyan dühös pillantást vetett a könyvre, mintha az sértegette volna őt. – Bementem a lányvécébe, mielőtt idejöttem. Ott találtam vagy tíz lányt, köztük azt a Romilda Vane-t. Arról beszélgettek, hogyan tudnának szerelmi bájitalt beadni neked. Mindegyik azt szeretné, ha őt vinnéd Lumpsluck fogadására, és úgy tűnik, bevásároltak Fred és George bájitalaiból. Márpedig azok sajnos működnek...

– Akkor miért nem koboztad el tőlük a cuccot? – méltatlankodott Harry. Elképesztőnek tartotta, hogy Hermionét épp ezen a kritikus ponton hagyja cserben a szabálykövetési mániája.

– A vécébe nem vitték magukkal a bájitalt – legyintett bosszúsan Hermione. – Ott csak ötletbörzét tartottak. Félek, hogy még a te híres Félvér Herceged se tud olyan szert – itt ismét megvető pillantást vetett a könyvre –, ami tucatnyi különböző szerelmi bájital ellen hatásos. Úgyhogy azt ajánlom, gyorsan hívj meg valakit, hogy a többi lemondjon rólad. Holnap este lesz a parti – ezek most már mindenre képesek.

– Senkit nem akarok meghívni – motyogta Harry, aki még mindig igyekezett a lehető legkevesebbet gondolni Ginnyre, jóllehet olyan álmai voltak a lányról, amelyek miatt hálaimát rebegett érte, hogy Ron nem járatos a legilimenciában.

– Mindenesetre vigyázz, hogy mit iszol meg, mert Romilda Vane eléggé elszántnak tűnt – zárta le a témát komoran Hermione. Feljebb tolta a hosszú pergamentekercset, amire a

295

számmisztika dolgozatát írta, és tovább sercegtette rajta a pennáját. Harry elnézte őt, de a gondolatai messze jártak.

– Egy pillanat – szólalt meg lassan. – Úgy tudtam, Frics kitiltotta a suliból a Weasley Varázsvicc Vállalat összes termékét.

– És mióta érdekel bárkit is, hogy Frics mit tilt ki a suliból? – kérdezett vissza Hermione, fel se pillantva dolgozatából.

– De hát minden baglyot megvizsgálnak. Hogy tudják azok a lányok becsempészni a bájitalokat a kastélyba?

– Fred és George parfümnek meg köptetőnek álcázva küldi az árut – magyarázta Hermione. – Ez a bagolycsomag-szolgáltatásuk része.

– Nagyon otthon vagy a témában.

Hermione most Harryre vetett egy olyan pillantást, amilyet korábban a Herceg könyvére.

– Ez is rá volt írva azoknak az üvegeknek a hátára, amiket Fredék nyáron nekem meg Ginnynek mutattak – felelte fagyosan. – Nekem nem szokásom bájitalokat önteni mások poharába... és nem is teszek úgy, mert az se sokkal jobb...

– Hagyjuk most ezt – legyintett türelmetlenül Harry. – A lényeg az, hogy át lehet verni Fricset. A lányok behoznak dolgokat, amik valami másnak vannak álcázva. Miért ne tudta volna Malfoy ugyanígy behozni a nyakláncot?

– Jaj, Harry, ne kezdd már megint...

– Miért ne kezdjem!?

– Figyelj – sóhajtott Hermione. – A Subrosa-szenzorok ártásokat, átkokat és rejtőbűbájokat mutatnak ki, igaz? Arra szolgálnak, hogy megtaláljuk velük a fekete mágiát meg a sötét varázstárgyakat. Egy olyan erős átkot, mint ami azon a nyakláncon ül, másodpercek alatt jeleznének. De azt nem mutatják ki, hogy egy üvegben más van, mint ami a címkén áll. A szerelmi bájitalok nem sötét varázsszerek, nem veszélyesek...

– Rád nem veszélyesek – dünnyögte Harry Romilda Vane-re gondolva.

296

– ...úgyhogy Fricsnek kellene rájönnie, hogy a palackban nem köptető van, ő pedig nem valami jó varázsló. Nem tudja megkülönböztetni egyik bájitalt a...

Hermionénak torkán akadt a szó. Harry is hallotta: nem messze tőlük valaki mozgott a sötétbe burkolózó könyvespolcok között. Néhány másodperc múlva az is kiderült, ki: a polcok közül a keselyűalkatú Madam Cvikker lépett ki. A könyvtáros boszorkány beesett arcát, pergamenbőrét és hosszú, kampós orrát a kezében tartott lámpás igen előnytelen megvilágításba helyezte.

– A könyvtár bezárt – szólt. – Mindent oda tegyetek vissza, ahonnan... Mit műveltél azzal a könyvvel, átkozott kölyök!?

– Ez nem könyvtári, ez a sajátom! – védekezett Harry, és gyorsan elrántotta a Herceg könyvét a lecsapó Madam Cvikker karmai elől.

– Tönkretetted! – sziszegte a boszorkány. – Meggyaláztad! Bemocskoltad!

– Nincs semmi baja, csak bele van írva!

Madam Cvikker úgy festett, mintha merevgörcs-rohamot készülne kapni. Hermione, aki időközben gyorsan összekapkodta a holmiját, most karon ragadta Harryt, és vonszolni kezdte kifelé.

– Kitilt a könyvtárból, ha nem vigyázol. Miért kellett idehoznod azt a hülye könyvet?

– Nem én tehetek róla, hogy félőrült a könyvtárosunk. Az is lehet, hogy hallotta, amikor csúnyákat mondtál Fricsről. Mindig gyanús volt nekem, hogy valami van köztük...

– Ha-ha-ha...

Jó érzés volt, hogy már nem kell suttogniuk; a néptelen, lámpafényes folyosókat róva lelkesen elvitatkoztak rajta, hogy Frics és Madam Cvikker ápolnak-e titkos szerelmi viszonyt vagy sem.

– Csörgősipka – mondta Harry a Kövér Dámának. Ez volt az új, ünnepi jelszó.

– A fejedre – felelte huncut mosollyal a festett hölgy, és kitárta a bejáratot.

Amint Harry bemászott a lyukon, odalépett hozzá Romilda Vane.

– Szia! Kérsz violalikőrt?

Hermione „na, mit mondtam?"-pillantást küldött hátra a válla fölött.

– Kösz, nem – felelte gyorsan Harry. – Nem nagyon szeretem.

– Jó, de ezt fogadd el. – Romilda egy dobozt nyomott Harry kezébe. – Lángnyelv-whiskyvel töltött Csokikondér. A nagymamám küldte, de nekem nem ízlik.

– Aha... öh, köszönöm – hebegte tanácstalanul Harry. – Bocs, de oda kell mennem a...

A mondat végét elkente, s közben már iszkolt is Hermione után.

– Megmondtam – kommentálta az incidenst Hermione. – Ha végre elhívnál valakit, békén hagynának, és...

Hirtelen megdermedtek a vonásai: ekkor vette észre Ront és Lavendert, akik az egyik karosszékben nyalták-falták egymást.

– Jó éjszakát, Harry! – köszönt el Hermione, s bár még csak este hét óra volt, nyomban el is indult a lányok hálótermei felé.

Harry lefekvéskor azzal vigasztalta magát, hogy már csak egyetlen tanítási napot, no meg Lumpsluck partiját kell kibírnia, aztán elutaznak Ronnal az Odúba. Az már kilátástalannak tűnt, hogy Ron és Hermione az ünnepek előtt kibéküljenek, de arra volt esély, hogy a szünetben átgondolják viselkedésüket...

Harry amúgy se túl vérmes reményei csak még jobban elhalványodtak, miután másnap végigcsinált barátaival egy átváltoztatástan órát. Nemrég vágtak bele egy rendkívül nehéz anyagrészbe, az ember-átváltoztatásba, s aznap azt a feladatot kapták, hogy tükör előtt állva ki-ki változtassa meg a szemöldöke színét. Hermione gúnyosan kacagott a kackiás bajuszon, ami az első félresikerült próbálkozás után Ron orra alatt díszelgett. Ron erre bosszúból kegyetlenül realisztikus módon eljátszotta, hogyan ficánkol és nyújtózkodik a jelentkező Hermione, valahányszor McGalagony feltesz egy kérdést a csoportnak. Ezt Lavender és Parvati rettentően mulatságosnak találta, Hermione viszont kis híján elbőgte magát, s mikor kicsengettek, csapot-papot otthagyva kirohant a teremből. Harry úgy ítélte meg, hogy a lány pillanatnyilag jobban rászorul a támogatásra, mint Ron, úgyhogy összeszedte Hermione könyveit, és a nyomába eredt.

Egy emelettel lejjebb talált rá. Hermione éppen kilépett a lányvécéből Luna Lovegood társaságában, aki álmatagon veregette a hátát.

– Szervusz, Harry – köszönt Luna. – Tudod, hogy citromsárga a fél szemöldököd?

– Szia, Luna. Ezeket fent hagytad, Hermione...

Azzal átnyújtotta a lánynak a könyveket.

– Ja igen... kösz – szólt elfúló hangon Hermione, majd gyorsan elfordult, hogy ne lássák, a szemét törölgeti. – Bocs... mennem kell...

Azzal elsietett, lemondva a vigasztalásról, amivel Harry igazság szerint amúgy se nagyon tudott volna szolgálni.

– Ki van akadva egy kicsit – jegyezte meg Luna. – Először azt hittem, Hisztis Myrtle van a vécében, de aztán láttam, hogy Hermione az. Ron Weasleyről mondott valamit...

– Igen, megint hajba kaptak – bólintott Harry.

– Ron nagyon vicces tud lenni – folytatta Luna, mikor elindultak Harryvel a folyosón. – De néha undok egy kicsit. Tapasztaltam tavaly.

– Hát igen... – hagyta rá Harry. Ismét megállapította magában, hogy senkit nem ismer, aki ilyen meghökkentő nyíltsággal mondana ki kellemetlen igazságokat, mint Luna. – Na és hogy telt a féléved?

– Egész jól – felelte a lány. – Habár kicsit magányos voltam a DS nélkül. De Ginny mindig kedves hozzám. A múltkor is, átváltoztatástan órán rászólt két fiúra, akik Lüke Lunának csúfoltak...

– Nincs kedved eljönni velem ma este Lumpsluck partijára?

Harry úgy hallotta a saját hangját, mintha valaki más beszélt volna belőle.

Luna csodálkozva tekintett rá dülledt szemével.

– Lumpsluck partijára? Veled?

– Aha. Vendéggel kell mennünk, és gondoltam, talán van kedved... mármint... – Harry mindenképp egyértelművé akarta tenni a meghívás természetét. – Mármint úgy gondoltam, hogy mint barátok mennénk együtt. De ha nem akarsz...

Most már nem bánta volna, ha Luna nemet mond.

– Dehogynem. Nagyon örülnék, ha elmennénk mint barátok! – felelte Luna olyan boldog mosollyal, amilyet Harry még sose látott az arcán. – Még soha senki nem hívott el engem partira mint barátot! Azért festetted be a szemöldöködet? A partira? Fessem be én is az enyémet?

– Ne – válaszolta határozottan Harry. – A szemöldököm nem direkt ilyen, majd megkérem Hermionét, hogy színezze vissza. Jó, akkor nyolckor találkozunk a bejárati csarnokban.

– Áháááá! – visította egy hang a fejük felett, alaposan rájuk ijesztve. Észre se vették, hogy elsétáltak Hóborc alatt, aki fejjel lefelé lógott egy csilláron, és kajánul vigyorgott rájuk.

– Lükét viszi a partira Potti! Lüke Lunát szereti! Potti Lükét szeretiiii!

Azzal kacagva elsuhant, és tovább visította mondókáját.

– Ennyit az ember magánügyeiről – dünnyögte Harry. És valóban, percek se teltek bele, s már úgy tűnt, az egész iskola tudja, hogy Harry Potter Luna Lovegoodot viszi magával Lumpsluck karácsonyi fogadására.

– Akárki elment volna veled! – háborgott vacsora közben Ron. – Akárki! Erre te pont Lüke Lovegoodot választod!?

– Ne nevezd így őt, Ron! – pirított rá a bátyjára Ginny, aki a barátai felé tartva megállt Harryék mögött. – Én nagyon örülök, hogy Lunával mész, Harry. Boldoggá teszed.

Azzal továbbment, és leült Dean mellé. Harry megpróbált örülni Ginny afeletti örömének, hogy Lunát viszi magával a partira, de nem igazán sikerült neki. Az asztal egy távoli pontján Hermione társtalanul üldögélt, és csak turkálta az ételét. Harry látta, hogy Ron néha lopva a lány felé pillant.

– Bocsánatot kérhetnél tőle – mondta kertelés nélkül.

– Hogy megint rám uszítson egy sereg kanárit? – dörmögte Ron.

– Minek kellett kigúnyolnod őt?

– Röhögött a bajuszomon!

– Én is, mivel röhejesen néztél ki!

De Ron ezt már nem is hallotta; időközben megérkezett Lavender és Parvati. Lavender befurakodott Harry és Ron közé, s azonmód rácsimpaszkodott Ronra.

– Szia, Harry – köszönt Parvati, akit szemlátomást szintén zavarba hozott, sőt, kissé bosszantott két barátjuk viselkedése.

– Szia – nézett rá Harry. – Hogy vagy? Végül is maradsz a Roxfortban? Úgy hallottam, a szüleid ki akarnak venni.

– Egyelőre sikerült lebeszélnem róla őket. Katie dolgán nagyon kiakadtak, de mivel azóta nem történt semmi... nahát, szia, Hermione!

Parvati arcán sugárzó mosoly terült szét, s ezt Harry úgy értelmezte, hogy furdalja a lelkiismeret, amiért kinevette Hermionét átváltoztatástan órán. Odafordult, és látta, hogy Hermione ugyanúgy, ha nem még szélesebben mosolyog. Néha nagyon furcsák tudnak lenni a lányok...

– Szia, Parvati! – szólt Hermione, egy pillantásra se méltatva Ront és Lavendert. – Te is jössz Lumpsluck fogadására?

– Nem hívtak meg – felelte elszontyolodva Parvati. – Pedig nagyon szívesen elmennék, azt mondják, tök jó lesz... De te mész, ugye?

301

– Igen, nyolckor találkozom Cormackel, és...

Olyan hang hallatszott, mint mikor kirántják a pumpát az eldugult lefolyóból, és Ron arca elvált Lavenderétől. Hermione úgy tett, mintha nem látott és nem hallott volna semmit.

– ...és együtt megyünk fel a partira.

– Cormackel? – csodálkozott Parvati. – Mármint Cormac McLaggennel?

– Igen – felelte édesdeden Hermione. – Azzal, aki majdnem – nagyon erősen megnyomta a szót – a Griffendél őrzője lett.

– Szóval akkor jársz is vele? – kérdezte ámulva Parvati.

– Hát... persze, nem is tudtad? – felelte Hermione rá cseppet sem jellemző kuncogással.

– Nem! – Parvatit lázas izgalomba hozta a szaftos információ. – Te aztán bírod a kviddicsezőket! Előbb Krum, most meg McLaggen...

– Csak az igazán jó kviddicsezőket szeretem – pontosított negédes mosollyal Hermione. – Na jó, szia... mennem kell készülni a partira...

Miután távozott, Lavender és Parvati azonnal összedugták a fejüket, hogy megtárgyalják az új fejleményt, s összevessék mindazzal, amit addig McLaggenről hallottak és Hermionéról sejtettek. Ron furcsán kifejezéstelen arcot vágott, és hallgatott, Harry így zavartalanul elmélázhatott rajta, milyen mélyre képesek süllyedni a lányok, ha bosszúvágy hajtja őket.

A bejárati csarnokban este nyolc órakor meglepően sok lány ácsorgott, és valami okból mind duzzogó pillantásokat vetettek az érkező Harryre. Luna flitteres, ezüstszínű talárt viselt – ez ugyan elszórt vihogást váltott ki a kibicek körében, de Harry egyáltalán nem találta csúnyának a ruhát, annak pedig külön örült, hogy Luna lemondott répa-fülbevalójáról, vajsörösdugó-nyakláncáról és fantomfigyelő szemüvegéről.

– Szia – köszönt a lánynak. – Mehetünk is, nem?

– Persze. Hol van a parti?

– Lumpsluck szobájában. – Harry kivezette Lunát a bámészkodók közül, s elindult vele felfelé a márványlépcsőn. – Hallottad, hogy állítólag egy vámpír is eljön a partira?

– Rufus Scrimgeour? – kérdezte gondolkodás nélkül Luna.

– Nem tu... Micsoda? – hökkent meg Harry. – A mágiaügyi miniszter?

– Aha, ő vámpír – tudatta nemes egyszerűséggel a lány. – Apa írt róla egy hosszú cikket, amikor Scrimgeour átvette a miniszteri posztot Carameltől, de valaki a minisztériumból letiltotta a közlést. Nyilván nem akarták, hogy nyilvánosságra kerüljön az igazság.

Harry igencsak valószínűtlennek tartotta, hogy Rufus Scrimgeour vámpír lenne, de megszokta már, hogy Luna kész tényként visszhangozza apja abszurd elméleteit, ezért inkább nem felelt. Már közeledtek Lumpsluck dolgozószobájához: lépésről lépésre tisztábban hallották a felcsendülő nevetéseket, a zeneszót és a beszélgetés egyenletes moraját.

Lumpsluck szobája – vagy mert úgy építették, vagy mert lakója valamilyen mágikus trükköt alkalmazott – sokkal tágasabb volt, mint a többi tanári dolgozószoba. A falakat és a mennyezetet smaragdzöld, bíbor és arany függönyök borították, amitől az ott-tartózkodók hatalmas sátorban érezhették magukat. A zsúfolásig telt helyiség vörös fényben fürdött a plafon közepén lógó díszes arany lámpa jóvoltából, melynek búrájában, mint megannyi fényes parázsszem, csöppnyi tündérek röpködtek. A távoli sarokból énekszó szárnyalt fel, mandolinzenével kísérve. Őszülő táltosok egy csoportja fölött pipafüstfelhő gomolygott, s lent, a lábak erdejében sipító-cincogó házimanók navigáltak, fejükön egy-egy megrakott ezüsttállal, holmi vándorló asztalkák gyanánt.

– Harry, kedves fiam! – zendült fel nyomban Lumpsluck hangja, mikor Harry és Luna befurakodtak az ajtón. – Gyere csak, gyere, rengeteg embert akarok bemutatni neked!

Lumpsluck, aki szmokingot s hozzá bojtos bársonysüveget viselt, olyan szorosan fogta meg Harry karját, mintha dehoppanálni készülne vele. Célirányosan a helyiség közepe felé vonszolta a fiút, aki viszont Lunát húzta maga után a kezénél fogva.

– Harry, bemutatom régi tanítványomat, Eldred Worple-t, a Vértestvérek – Életem a vámpírok között íróját – és a barátját, Sanguinit.

Worple, egy alacsony, szemüveges emberke, megragadta és lelkesen megrázta Harry kezét; a vámpír Sanguini, aki hórihorgas volt, csontsovány, és sötét árnyék ült a szeme alatt, csupán biccentett. Lerítt róla, hogy halálosan unatkozik. Nem messze tőle izgatott lánycsapat sustorgott, kíváncsi pillantásokat vetve felé.

– Harry Potter! El vagyok ragadtatva! – lelkendezett Worple, s rövidlátó szemével alaposan megbámulta Harry arcát. – Épp a minap kérdeztem Lumpsluck professzortól: Hol marad Harry Potter régen várt életrajza?

– Öhm – hümmögött Harry –, valóban?

– Tényleg olyan szerény, mint Horatius mondta! – nevetett Worple. – No de komolyra fordítva a szót... – Itt valóban szenvtelenül tárgyilagos hangnemre váltott. – A legnagyobb örömmel vállalnám, hogy megírom az életrajzodat – a tömegek szó szerint epekednek, hogy többet tudjanak rólad! Ha adnál nekem egy interjúsorozatot, teszem azt, négy-öt órás ülésekben, akkor néhány röpke hónap alatt készen is lennénk a könyvvel. Biztosíthatlak, hogy részedről minimális erőfeszítést fog igényelni a munka – kérdezd csak meg Sanguinit, hogy... Sanguini, itt maradsz! – csattant fel hirtelen Worple, mivel a vámpír mohó képpel araszolni kezdett a lányok felé. – Nesze, egyél pástétomot!

Azzal felkapott egy szendvicset egy arrajáró házimanó tálcájáról, Sanguini kezébe nyomta, majd ismét Harryhez fordult:

– Kedves fiam, el nem tudod képzelni, mennyi aranyat kereshetnél...

– Köszönöm, de nem érdekel – jelentette ki határozottan Harry. – És most bocsásson meg, de beszélnem kell egy barátommal.

Azzal ismét kézen fogta Lunát, és bevette magát vele a tömegbe. Néhány másodperce valóban egy barna hajkoronát látott eltűnni két alak között, akik a Walpurgis Lányai együttes tagjainak tűntek.

– Hermione! Hermione!

– Harry! Hála istennek, hogy megvagy! Szia, Luna!

– Veled meg mi történt? – kérdezte Harry, mivel Hermione olyan kócos és zilált volt, mintha egy ördöghurok-erdőn verekedte volna át magát.

– Épp most szöktem meg... szóval, idáig Cormackel voltam – felelte a lány. – A fagyöngy alatt – tette hozzá magyarázatképpen, mivel Harry továbbra is kérdőn nézett rá.

– Te akartad, megérdemled – foglalta össze a véleményét Harry.

– Vele tudtam a legjobban bosszantani Ront – érvelt hideg logikával Hermione. – Előtte Zacharias Smith-t fontolgattam, de mindent számba véve úgy gondoltam...

– Fontolgattad Zacharias Smith-t? – visszhangozta borzadva Harry.

– Igen, és most már kezdem bánni, hogy nem mellette döntöttem. Gróf finom úriember ehhez a McLaggenhez képest. Gyertek, menjünk át oda, úgyis látjuk, ha jön, olyan magas...

Hármasban megindultak a helyiség túlsó oldala felé – útközben szereztek egy-egy kupa mézsört –, s túl későn vették észre, hogy a kiszemelt helyen Trelawney professzor álldogál egymagában.

– Jó estét – köszönt udvariasan Luna.

– Jó estét, drágám – felelte Trelawney, miután nagy nehezen sikerült ráfókuszálnia Lunára. Harry orrát ezúttal is meg-

305

csapta az olcsó sherry illata. – Nem láttalak mostanában az óráimon...

– Az idén Firenze tanít minket – válaszolta Luna.

– Hát persze – prüszkölte dühös kis nevetéssel a becsípett Trelawney. – A gebe, ahogy magamban nevezni szoktam! Gondolom, te is azt hitted, hogy miután visszatértem, Dumbledore professzor visszaküldi legelni azt az igáslovat. De nem küldte... osztoznom kell vele az órákon... micsoda megalázó eljárás, micsoda sértés...

Trelawney elég részeg volt hozzá, hogy ne fogja fel Harry jelenlétét, így amíg Firenzét szapulta, Harry zavartalanul beszélgethetett Hermionéval.

– Tisztázzunk valamit! El akarod mondani Ronnak, hogy manipuláltad az őrzők válogatását?

Hermione felvonta a szemöldökét.

– Feltételezed, hogy ilyesmire vetemednék?

Harry sanda szemmel nézett a lányra.

– Ha képes voltál randizni McLaggennel...

– Az egészen más dolog – szegte fel a fejét méltóságteljesen Hermione. – Eszem ágában sincs beszélni róla Ronnak, hogy szerinted mi történt a válogatáson.

– Jaj, de jó! – sóhajtott őszinte megkönnyebbüléssel Harry. – Csak mert attól teljesen kiborulna, és tutira elvesztenénk a következő meccset...

– Már megint a kviddics! – toppantott dühösen Hermione. – Titeket fiúkat semmi más nem érdekel? Azt hiszed, Cormac megkért, hogy beszéljek magamról? Ó, dehogy, egész idő alatt a Cormac McLaggen száz nagy védése című végtelen monológot hallgathattam... Jaj istenem, jön!

Hermione olyan hirtelen tűnt el, mintha dehoppanált volna: egyik pillanatban még ott állt Harry mellett, a következőben pedig már el is nyelte a tömeg.

306

– Nem láttad Hermionét? – kérdezte McLaggen egy fél perccel később, miután felbukkant két hahotázó boszorkány között.

– Sajnálom, nem – felelte Harry, s gyorsan elfordult, hogy inkább Lunához csatlakozzon, feledve, kivel beszélget a lány.

Trelawney sajnos most már felismerte őt, s remegő, mély hangon megszólította:

– Harry Potter!

– Jó estét – köszönt tartózkodóan Harry.

– Drága fiam! – suttogta teli torokból a jósnő. – A sok pletyka! A sok kósza történet! A Kiválasztott! Persze én már réges-rég tudom... Mindig is rossz ómenek kísértek téged, Harry... De mondd, miért hagytad abba a jóslástan tanulmányozását? Ha valakinek, hát neked mindennél fontosabbak a jövő jelei!

– Ugyan, Sybill, mind a magunk tantárgyát tartjuk a legfontosabbnak! – harsant egy öblös hang, és Trelawney oldalán felbukkant Lumpsluck. Az öreg varázslónak vöröslött az arca, és bársonysüvege kissé csálén állt már. Egyik kezében egy pohár mézsört tartott, a másikban egy hatalmas húsos táskát. – De ami igaz, az igaz, nem sok ilyen sziporkázó tehetségű tanítványom volt. – Lumpsluck kedvtelve legeltette Harryn kivörösödött szemét. – Akárcsak az anyjának, neki is a vérében van a bájitalfőzés! Esküszöm, Sybill, egy kezemen meg tudom számolni, hány ilyen kimagasló képességű diákkal találkoztam... Á, végszóra jöttél, Perselus!

És Harry rémületére Lumpsluck kinyújtotta a karját, s mintha a semmiből rántaná elő, odahúzta Pitont.

– Ne settenkedj, Perselus, köztünk a helyed! – csukladozta vidáman. – Épp Harry kivételes bájitalfőző képességeiről áradoztam! Persze a te érdemeidet se lehet elvitatni, hiszen öt évig tanítottad őt!

A Lumpsluck karjának csapdájába zárt Piton összeszűkült szemmel nézett le Harryre görbe orra mentén.

– Különös, én sosem éreztem úgy, hogy bármit is sikerült megtanítanom Potternek.

– Akkor hát valóban őstehetség! – lelkendezett Lumpsluck.

– Látnod kellett volna az élő halál eszenciáját, amit az év elején főzött nekem – egy diákom se készített még olyat első próbálkozásra, talán még te se, Perselus...

– Nocsak... – susogta Piton, még mindig Harry arcába fúrva tekintetét. Harry kényelmetlenül érezte magát. Cseppet se hiányzott neki, hogy Piton nyomozni kezdjen új keletű bájitaltani zsenialitásának forrása után.

– Milyen tantárgyaid is vannak még, Harry? – kérdezte Lumpsluck.

– Sötét varázslatok kivédése, bűbájtan, átváltoztatástan, gyógynövénytan...

– Egyszóval az aurorszakmához szükséges tárgyak – jegyezte meg Piton, gúnyos mosoly árnyékával az arcán.

– Igen, auror szeretnék lenni – vágta rá dacosan Harry.

– És nem is akármilyen auror leszel! – harsogta Lumpsluck.

– Szerintem nem kellene aurornak menned – szólt közbe váratlanul Luna. Minden szem a lányra szegeződött. – Az aurorok benne vannak a Rotfang-összeesküvésben. Azt hittem, ezt mindenki tudja. Belülről bomlasztják a Mágiaügyi Minisztériumot fekete mágiával és a fogínysorvadás terjesztésével.

Harry úgy belenevetett a poharába, hogy még az orra is megtelt mézsörrel. Csak ezért az egy poénért is bőven megérte elhívnia Lunát. Mikor pedig köhögve, prüszkölve és csöpögő arccal, de még mindig vigyorogva kiemelkedett a poharából, olyasmit látott, ami további tápot ígért jókedvének: Argus Frics a fülénél fogva vonszolta feléjük Draco Malfoyt.

– Lumpsluck professzor! – sípolta a gondnok, dülledt szemében a csínytevő-vadászat gyújtotta eszelős fénnyel –, ez a tanuló egy fenti folyosón ólálkodott. Azt állítja, hogy meghívást kapott az ön fogadására, de késve indult el. Valóban meghívta őt, professzor úr?

Malfoy dühösen kiszabadította magát Frics markából.

– Jó, elismerem, nem vagyok meghívva! – csattant fel. – Be akartam szökni! Most elégedett?

– Nem vagyok elégedett – felelte Frics, de szavaira rácáfolt az arcára kiülő végtelen káröröm. – Erre most csúnyán ráfizetsz! Nem megmondta az igazgató úr, hogy külön engedély nélkül nincs éjjeli mászkálás, mi?

– Hagyja csak, Argus, hagyja – legyintett nagylelkűen Lumpsluck. – Karácsony van, és nem bűn, ha valaki el akar jönni egy partira. Ez egyszer eltekintünk a büntetéstől. Maradhatsz, Draco.

Hogy Frics erre csalódott és felháborodott képet fog vágni, az megjósolható volt. De az már gondolkodóba ejtette Harryt, hogy Malfoy vajon miért tűnik majdnem ugyanolyan csalódottnak. És miért néz Piton mérgesen és – lehetséges volna – kissé riadtan Malfoyra?

De mire Harry egyáltalán felfogta, mit lát, addigra Frics már bosszankodva elcsoszogott, Malfoy mosolyba rendezte vonásait, és köszönetet mondott Lumpslucknak, Piton arca pedig ismét kifürkészhetetlenné vált.

– Ugyan, semmiség, semmiség... – söpörte félre Malfoy hálálkodását Lumpsluck. – Végül is ismertem a nagyapádat...

– Mindig a legnagyobb elismeréssel beszélt önről, uram – sietett hízelegni Malfoy. – Azt mondta, ön a legkiválóbb bájitalfőző, akit ismer...

Harry rábámult Malfoyra. Nem a nyalizást tartotta figyelemre méltónak – Malfoy öt éve ugyanezt művelte Pitonnal –, hanem hogy Malfoy valóban kissé betegnek tűnt. Hosszú idő óta először látta közvetlen közelről a mardekáros fiút, s most megfigyelte, hogy szeme alatt sötét karikák húzódnak, s a bőre egyértelműen szürkés árnyalatú.

– Beszédem van veled, Draco – szólalt meg hirtelen Piton.

– Ejnye, Perselus – brummogta újabb csuklások közepette Lumpsluck. – Karácsony van, ne légy túl szigorú...

– Házvezető tanáraként el tudom dönteni, milyen mértékű szigor a helyénvaló – felelte hűvösen Piton. – Gyere velem, Draco!

Azzal kivált a társaságból, s Malfoy kelletlenül követte. Harry egy pillanatig tétovázott, aztán Lunához fordult:

– Mindjárt visszajövök. Ki kell mennem öh... vécére.

– Menj csak – felelte vidoran Luna, s Harry távoztában még hallani vélte, hogy a lány tovább ecseteli a Rotfang-összeesküvés részleteit Trelawney professzornak, aki lelkes érdeklődést mutatott a téma iránt.

A folyosó üres volt, így Harry a dolgozószobából kilépve nyomban elővehette és magára teríthette a láthatatlanná tévő köpenyt. Pitont és Malfoyt megtalálnia viszont már nem volt ilyen könnyű. Futva indult el a folyosón, hisz lépteinek zaját elnyomta a Lumpsluck szobájából kiáradó zeneszó és zsibongás. Piton levitte volna Malfoyt a saját alagsori irodájába? Vagy visszakísérte őt a mardekárosok klubhelyiségébe? Harry mindenesetre rátapasztotta a fülét minden egyes ajtóra, ami mellett elhaladt, mígnem a folyosó végén, az utolsó teremből hangokat vélt hallani. Fellobbanó izgalommal kuporodott le a kulcslyuk elé.

– ...nem hibázhatsz, Draco, mert ha kicsapnak...

– Nem érti, hogy nem volt hozzá semmi közöm?

– Remélem, igazat mondasz, mert ez rettenetesen ügyetlen és ostoba dolog volt. Máris felmerült a gyanú, hogy benne volt a kezed.

– Ki gyanúsít engem? – dühöngött Malfoy. – Utoljára mondom, nem én voltam! Annak a Bellnek biztos van valami ellensége, akiről nem tudnak... Ne nézzen így rám! Tudom, hogy mire készül, nem vagyok teljesen hülye, de nem fog összejönni!

Egy pillanatig csend volt, aztán Piton halkan így szólt:

– Á... látom, Bellatrix nénéd megtanított az okklumenciára. Milyen gondolatokat próbálsz eltitkolni a mestered elől, Draco?

– Előle semmit nem akarok eltitkolni! De maga ne ártsa bele magát!

Harry még erősebben rányomta a fülét a kulcslyukra. Mi történhetett, hogy Malfoy így beszél Pitonnal? Azzal a Pitonnal, akit mindig is mélyen tisztelt, sőt szeretett?

– Szóval ezért kerülsz engem év eleje óta. Féltél, hogy beleavatkozom a dolgodba? Ha bárki más venné a bátorságot, hogy sorozatos felszólítások után se jelenjen meg a szobámban...

– Küldjön büntetőmunkára! – acsargott Malfoy. – Jelentsen fel Dumbledore-nál!

Egy pillanatig megint csend volt.

– Nagyon jól tudod, hogy egyiket sem akarom tenni – felelte végül Piton.

– Akkor ne hívogasson a szobájába!

– Figyelj rám! – Piton annyira lehalkította hangját, hogy Harrynek szinte bele kellett préselnie a fülét a kulcslyukba, hogy értse a szavait. – Segíteni próbálok neked. Megesküdtem anyádnak, hogy védelmezni foglak. Letettem a Megszeghetetlen Esküt, Draco...

– Sajnos úgy tűnik, meg kell szegnie, mert én nem kérek a védelméből! A feladat az enyém, én kaptam, és én is fogom elvégezni. Megvan a tervem, működni is fog, csak egy kicsit tovább tart, mint gondoltam!

– Mi a terved?

– Semmi köze hozzá!

– Ha elmondod, mire készülsz, támogatni tudlak.

– Köszönöm szépen, de van elég támogatóm! Nem vagyok egyedül!

– Ma mindenesetre egyedül voltál. A legnagyobb fokú ostobaság volt előőrs és hátvédek nélkül a folyosókra merészkedned. Ezek elemi hibák...

311

– Velem lett volna Crak és Monstro, ha maga nem küldi büntetőmunkára őket!

– Halkabban! – sziszegte Piton, mert Malfoy az indulattól felemelte hangját. – Ha Crak és Monstro barátaidnak szándékukban áll idén végre letenni az RBF-et sötét varázslatok kivédéséből, akkor egy kicsit szorgalmasabban kell dolgozniuk, mint...

– Mit számít az!? – vágott közbe Malfoy. – Sötét varázslatok kivédése... – ez egy vicc, nem? Színjáték! Melyikünk akar védekezni a fekete mágiával szemben?

– Ez a színjáték feltétlenül kell a sikerhez, Draco! Mit gondolsz, hol lennék ma, ha annak idején nem tudtam volna, mit kell tennem? És most jól figyelj rám! Óvatlan vagy, éjszaka egyedül kóborolsz, hagyod, hogy elkapjanak. Ha olyan segítőkre bízod magad, mint Crak és Monstro...

– Nemcsak ők segítenek! Mások is állnak mögöttem, sokkal jobbak!

– Akkor hát avass be engem is, hogy...

– Tudom, mi jár a fejében! A dicsőségemre fáj a foga!

Megint egy hosszú, néma pillanat következett, aztán felcsendült Piton fagyos hangja:

– Úgy beszélsz, mint egy gyerek. Megértem, hogy felkavart apád bebörtönzése, de...

Harryt csak gyors reflexe mentette meg: amint meghallotta Malfoy lépteit, rögtön félreugrott, s ugyanabban a pillanatban már fel is pattant az ajtó. Malfoy döngő léptekkel végigsietett a folyosón, el Lumpsluck szobájának nyitott ajtaja előtt, majd a távoli sarkon eltűnt szem elől.

Harry tovább kuporgott a fal tövében, még a lélegzetét is visszafojtotta. Kisvártatva kilépett a teremből Piton – az arca kifürkészhetetlen volt –, és visszament a partira. Harry még mindig nem mozdult, csak ült a varázsköpeny rejtekében, és lázasan töprengett a hallottakon.

Fagyos karácsony

– Szóval Piton felajánlotta, hogy segít neki? A szó szoros értelmében felajánlotta a segítségét?!

– Ha még egyszer megkérdezed ezt – mordult fel Harry –, egy marék kelbimbóval fogom be a szádat.

– Csak biztos akarok lenni benne! – védekezett Ron. Kettesben álltak az Odú konyhájában, és egy nagy rakás pucolnivaló kelbimbóval szemeztek. Kint, az ablakon túl szállingózott a hó.

– Igen, Piton felajánlotta neki a segítségét! – ismételte századszor is Harry. – Azt mondta, megígérte Malfoy anyjának, hogy megvédi őt, mármint Malfoyt. Le is tette a megszeghetetlen esküt vagy mi a fenét...

– Letette a Megszeghetetlen Esküt? – hüledezett Ron. – Nehogy már... biztos ezt mondta?

– Igen, biztos. Miért, az micsoda?

– A Megszeghetetlen Eskü olyan eskü, amit nem lehet megszegni...

– Képzeld, erre magamtól is rájöttem. Miért, mi történik azzal, aki megszegi?

– Meghal – felelte lakonikusan Ron. – Egyszer, még ötéves koromban, Fred és George megpróbált rávenni, hogy tegyek le egy ilyen esküt. Csak egy hajszálon múlott. Már fogtuk egymás kezét Freddel meg minden, amikor apa ránk talált. Iszonyúan kiakadt... – Ron szemében nosztalgikus fény csillant. – Akkor láttam apát először és utoljára olyan dühösnek, amilyen anya szokott lenni. Fred azt állítja, a bal feneke azóta is zsibbad attól, amit akkor kapott.

– Nem érdekel Fred bal feneke...

– Miről van szó? – kérdezte a bal fenék tulajdonosa az ajtóból, majd ikertestvérével együtt besétált a konyhába. – Odasüss, George, milyen aranyosak! Késsel pucolják a kelbimbót!

– Két hónap és pár nap múlva betöltöm a tizenhetet – morogta sértődötten Ron. – Ne félj, attól kezdve a pálcámmal fogom csinálni!

– Nem gáz, öcskös – felelte George, azzal ledobta magát egy székre, és fellendítette lábát a konyhaasztalra. – Addig még számos alkalommal bemutathatod, hogyan kell szakszerűen használni a... hoppacsek!

– Ez a te műved! – csattant fel Ron, és bekapta vérző hüvelykujját. – Na várj csak, ha tizenhét éves leszek...

Fred ásítva legyintett.

– Akkor majd elkápráztatsz minket eddig jól titkolt varázstehetségeddel, mi?

– Apropó jól titkolt tehetség... – szólt homlokráncolva George. – Ronald öcsém, mi igaz abból, amit Ginny mesél rólad meg egy Lavender Brown nevű hölgyikéről?

Ron elpirult, és ismét a kelbimbók felé fordult, de a szája sarkában mosoly bujkált.

– Mi közötök hozzá?

– Ez ám az ütős válasz! – gúnyolódott Fred. – Nem is tudom, hogy tudsz ilyen jókat kitalálni. Nos, öcsikém, igazából arra lennénk kíváncsiak... hogy miként került sor a dologra.

– Miről beszélsz?

– Balesetet szenvedett szegény lány?

– Micsoda?

– Mitől lett ilyen súlyos agykárosodása? Hékás!

314

A konyhába lépő Mrs Weasley épp tanúja volt, amint Ron a bátyja felé hajította a zöldségpucoló kést, melyet azonban még röptében papírrepülővé változtatott Fred könnyedén lendülő pálcája.

– Ron! – csattant fel dühösen Mrs Weasley. – Meg ne lássam még egyszer, hogy késsel dobálózol!

– Nem fordul elő többet... – felelte gyorsan Ron, majd, miután újra a kelbimbók felé fordult, motyogva hozzátette: – ...hogy meglátod.

– Fred, George, sajnálom, de helyet kell szorítanotok a szobátokban Billnek, mert este megérkezik Remus.

– Nem gond – legyintett Fred.

– Charlie nem jön haza, úgyhogy Harry és Ron maradhatnak a tetőtérben, és ha Fleurt összeköltöztetjük Ginnyvel...

– Azzal elszúrjuk Ginny karácsonyát – dünnyögte Fred.

– ...akkor mind kényelmesen elférünk, vagy legalábbis mindenkinek lesz ágya – hadarta kissé lámpalázasan Mrs Weasley.

– Percy biztos nem dugja ide a ronda pofáját? – kérdezte Fred.

Mrs Weasley elfordult, és úgy válaszolt:

– Nem... Gondolom, az ünnepek alatt is dolgozik...

– ...vagy ő a legnagyobb tahó a világon – mondta Fred, miután anyja kisietett a konyhából. – Harmadik tippem nincs. Na gyere, George, lépjünk le!

– Hova mentek? – kapta fel a fejét Ron. – Nem segítenétek a kelbimbó-pucolásban? Csak egy gyors bűbáj, és nem kéne itt szenvednünk.

– Ez nem volna helyes – felelte nagy komolyan Fred. – Varázslat nélkül pucolni a kelbimbót jellemerősítő hatású. Meg kell tapasztalnotok, milyen nehéz a muglik és a kviblik élete.

– Egyébként is, ha segítséget vársz valakitől – tette hozzá George, Ron felé hajítva a papírrepülőt –, akkor nem célszerű előtte késsel dobálni az illetőt. Ezt csak mihez tartás végett mondom. És hogy feleljek a kérdésedre: a faluba megyünk. A papírboltban dolgozik egy nagyon csinos lány, aki egyenesen varázslatosnak találja a kártyatrükkjeimet...

– Bunkók... – morogta sötéten Ron, miközben a hólepte kerten át távozó bátyjai után bámult. – Tíz másodpercükbe került volna, és akkor mi is velük mehetnénk.

– Én nem – rázta a fejét Harry. – Megígértem Dumbledorenak, hogy nem császkálok el, amíg itt vagyok nálatok.

– Ja, tényleg.

Ron megpucolt néhány kelbimbót, aztán újra megszólalt:

– El fogod mondani Dumbledore-nak, hogy Piton és Malfoy mit beszéltek egymással?

– Persze – felelte Harry. – Szívesen elmondom én bárkinek, aki le tudja állítani őket, és Dumbledore az első a listán. Lehet, hogy megint beszélek majd apáddal is.

– Kár, hogy azt nem tudtad meg, miben sántikál tulajdonképpen Malfoy.

– Hogy tudtam volna meg? Pont az volt a lényeg, hogy nem akarta elárulni Pitonnak!

Néhány másodpercig mindketten hallgattak, aztán megint Ron szólalt meg.

– Remélem, sejted, hogy mit fog mondani apám meg Dumbledore meg mindenki. Azt, hogy Pitonnak igazából eszében se volt segíteni Malfoynak, csak ki akarta szedni belőle, hogy mi a terve.

Harry konokul rázta a fejét.

– Hallottam, hogy beszélt Piton. Ilyen jól még ő se tud hazudni.

– Jól van – dünnyögte Ron. – Csak figyelmeztettelek.

Harry összevonta a szemöldökét.

– De te egyetértesz velem, nem?

– Persze! – vágta rá Ron. – Teljesen egyetértek! De mindenki más úgy hiszi, hogy Piton a Rend oldalán áll.

Harry hallgatott. Magától is rájött, hogy ez az új bizonyíték legkézenfekvőbb cáfolata. Szinte most is hallotta Hermione válaszát:

De Harry, teljesen nyilvánvaló, hogy Piton csak azért ajánlkozott, mert meg akarta tudni Malfoytól, miben mesterkedik...

Hogy a lány így fog reagálni, azt persze csak feltételezte, hisz még nem volt alkalma rá, hogy beszámoljon a történtekről Hermionénak. Mire visszament Lumpsluck partijára, a lány már nem volt ott – a bosszankodó McLaggen legalábbis ezt állította –, s mire Harry a klubhelyiségbe ért, addigra Hermione már lefeküdt aludni. Másnap reggel, mielőtt útra keltek Ronnal az Odúba, épp csak arra volt idő, hogy boldog karácsonyt kívánjon Hermionénak, és futólag megjegyezze, hogy a szünet után fontos híre lesz a számára. Abban sem volt biztos, hogy a lány figyelt arra, amit mond, mert közben egy méterre tőlük Ron és Lavender lelkes, ám szavak nélküli búcsúzkodása zajlott.

Egy dolgot azonban még Hermione se cáfolhatott: hogy Malfoy készül valamire, s hogy ezt Piton is tudja. Harry megerősítve érezte magát igazában, s nem volt rest rendszeresen Ron orra alá dörgölni, hogy lám, ő év eleje óta ezt szajkózza.

Harrynek egészen szentestéig nem volt alkalma beszélni Mr Weasleyvel, mert a családfő minden nap éjszakába nyúlóan dolgozott a minisztériumban. Az ünnepi estén Weasleyék és vendégeik a nappaliban gyűltek össze, amit Ginny úgy telezsúfolt díszekkel, hogy a jelenlévők egy felrobbant papírszalaggyárban érezhették magukat. Csak Fred, George, Harry és Ron tudta, hogy a karácsonyfa csúcsára biggyesztett angyalka valójában egy kerti törpe: az a példány, ami bokán harapta Fredet, mikor répáért ment a karácsonyi vacsorához. Az elkábított, aranyszínűre festett, tüllszoknyába öltöztetett és műszárnyakkal felszerelt gnóm mogorván bámult le az ünneplő társaságra – kopasz krumplifejével és szőrös lábával

317

Harry meggyőződése szerint joggal pályázhatott a világ legrondább angyalkája címre.

Az előírt ünnepi program az volt, hogy közösen meghallgatják a rádióban Mrs Weasley kedvenc énekesnője, Celestina Maggica karácsonyi slágercsokrát. Fleur, aki kritikán alulinak ítélte a műsort, fennhangon csacsogott a sarokban; Mrs Weasley ezt igencsak nehezményezte, és pálcáját a nagy, fadobozos rádióra szegezve egyre fokozta a hangerőt. Egy különösen jazzes szám, a *Vággyal teli üst a szív* alatt Fred, George és Ginny belekezdett egy parti robbantós snapszliba. Ron folyvást Bill és Fleur felé pislogott, mintha ötleteket akarna ellesni tőlük. A minden korábbinál soványabb és rongyosabb Remus Lupin a kandallónál ült, és úgy meredt a tűzbe, mint aki nem is hallja Celestina hangját.

> *A szívem üstjét, jöjj, kavard,*
> *míg tart e bűvös éj,*
> *hisz mind tiéd, mi benne forr:*
> *a vágy s a szenvedély.*

– Erre táncoltunk tizennyolc éves korunkban – szólt elérzékenyülten Mrs Weasley, és megtörölte a szemét a kötéssel, amin épp dolgozott. – Emlékszel, Arthur?

– Mphf? Ja persze, nagyon szép szám – felelte Mr Weasley, aki egy mandarint hámozott, és szórakozottan bólogatott hozzá. Most kelletlenül kihúzta magát, s tekintetével megkereste a mellette ülő Harryt.

– Bocsáss meg ezért – bökött a fejével a rádió felé, miközben Celestina belevágott a refrénbe. – Mindjárt vége.

– Nem érdekes – mosolygott Harry. – Sok a munka a minisztériumban?

– Nagyon sok – dünnyögte a varázsló. – Ami nem is volna baj, csak már lenne valami eredménye. A három emberből, akit az utóbbi néhány hónapban letartóztattunk, kétlem, hogy akár egy is valóban halálfaló... De ezt ne mondd senkinek – tette hozzá hirtelen támadt nyugtalansággal.

– De Stan Shunpike-ot már elengedték, nem? – érdeklődött Harry.

– Sajnos nem. Tudom, hogy Dumbledore magánál Scrimgeournél próbált közbenjárni az ügyében... és hát tudni kell, hogy akik beszéltek Stannel, mind egyetértenek, hogy körülbelül annyi köze van a halálfalókhoz, mint ennek a mandarinnak... Csakhogy a felső vezetésnek a látszat a fontos. Az mégiscsak jobban hangzik, hogy hármat elfogtunk, mint az, hogy háromszor melléfogtunk... De ez is maradjon köztünk...

– Hallgatni fogok – ígérte Harry. Ezután néhány másodpercig valóban hallgatott, mert nem tudta, hol kezdje mondókáját. Miközben gondolatait rendezte, Celestina Maggica rázendített a Szívemet csalfa varázs lopta el kezdetű balladára.

– Mr Weasley, emlékszik még, mit mondtam önnek az állomáson, amikor a Roxfortba indultunk?

– Ellenőriztem, Harry – legyintett a férfi. – Átkutattam Malfoyék házát, de nem találtam semmilyen gyanús tárgyat. Se épet, se sérültet.

– Igen, tudom, olvastam a Prófétában... De most másról van szó. Egy sokkal... – és beszámolt Mr Weasleynek Piton és Malfoy kihallgatott diskurzusáról. Miközben beszélt, látta, hogy Lupin kissé feléjük fordítja fejét, s figyelmesen hallgatja szavait. Miután mondókája végére ért, egy percig ismét csak Celestina hangja hallatszott.

> Szegény szívem merre jár?
> Egy bűbáj csalta el...

– Arra nem gondoltál, Harry – szólalt meg végül Mr Weasley –, hogy Piton talán csak úgy tett, mintha...

– Mintha segíteni akarna Malfoynak, hogy kiszedje belőle, mi a szándéka? – fejezte be a kérdést Harry. – Gondoltam rá, persze. De ezt nem ártana bizonyítani...

– Ez nem a mi dolgunk – szólalt meg váratlanul Lupin. Hátat fordított a kandallónak, és Mr Weasley mögül szembenézett Harryvel. – Ez Dumbledore-ra tartozik. Nekünk pedig be kell érnünk azzal, hogy Dumbledore bízik Perselusban.

– De hát, tegyük fel... tegyük fel, hogy Dumbledore félreismeri Pitont – ellenkezett Harry.

– Ezt már sokan és sokszor mondták. A kérdés végső soron az, hogy bízunk-e Dumbledore ítéletében. Én bízom benne, ezért bíznom kell Perselusban is.

– De hát Dumbledore is tévedhet! – vitatkozott Harry. – Ő maga se tagadja. Maga talán... – merően belenézett Lupin szemébe. – ...maga szereti Pitont?

– Nem szeretem, és nem is gyűlölöm – felelte Lupin. – Ezt komolyan mondom – tette hozzá, válaszul Harry szkeptikus fintorára. – Valószínűleg sose leszünk kebelbarátok. Túl sok keserűséget halmozott fel mindaz, ami az idők során James, Sirius és Perselus között történt. De azt sem felejtem el, hogy mikor a Roxfortban tanítottam, Perselus havonta megfőzte nekem a farkasölőfű-főzetet. Neki köszönhetem, hogy abban az időben nem szenvedtem a teliholdtól.

– De közben véletlenül elkotyogta, hogy maga farkasember – dohogott Harry –, és ezért el kellett mennie az iskolából!

Lupin vállat vont.

– Az előbb vagy utóbb amúgy is kiderült volna. Piton irigyelte a munkámat, ez nyilvánvaló, de ha igazán ártani akart volna nekem, azt a bájital segítségével könnyedén megtehette volna. Ő viszont őrizte az egészségemet, és ezért hálával tartozom neki.

– Lehet, hogy csak Dumbledore miatt nem merte megmérgezni magát! – érvelt Harry.

Lupin arcán szomorú mosoly jelent meg.

– Te eltökélten gyűlölöd Perselust. Nem is csodálom: James az apád, Sirius a keresztapád... Örökölted az előítéletüket. Mindenképp mondd el Dumbledore-nak is, amit most Arthurnak és nekem mondtál, de ne várd, hogy ossza a véleményedet. Azt se hinném, hogy meglepődik a híren. Nem kizárt, hogy Piton épp Dumbledore utasítására kérdezte ki Dracót.

...hogy szívem végre visszaadd,
mert ha nem, jaj, megszakad.

Celestina egy kitartott magas hanggal befejezte a dalt, majd a rádióban felhangzott a taps, amihez Mrs Weasley is lelkesen csatlakozott.

– Vége van márh? – kérdezte fennhangon Fleur. – 'Ála Istennek, borhzalmas volt...

– Iszunk egy jóéjszakát-pohárkát? – kérdezte gyorsan és hangosan Mr Weasley. – Ki kér tojáslikőrt?

– Mit csinál mostanában? – fordult Lupinhoz Harry, mikor Mr Weasley elsietett a tojáslikőrért. A többiek nyújtózkodtak, és beszélgetni kezdtek egymással.

– Titkos bevetésen vagyok – felelte Lupin. – Földalatti bevetésen, hogy úgy mondjam. Azért is nem tudtam írni neked. Lebuktam volna, ha leveleket küldözgetek.

– Miért?

– A magamfajták között élek – magyarázta Lupin, de Harry továbbra is kérdőn nézett rá, hát hozzátette: – A vérfarkasok között. Szinte mind Voldemort oldalán állnak. Dumbledore-nak kellett egy kém, s én kapóra jöttem...

Némi keserűség csengett Lupin hangjában, s ezt valószínűleg ő is tudta, mert elmosolyodott és így folytatta: – Nem mintha panaszkodnék. Valakinek ezt is vállalnia kell, s ki volna alkalmasabb rá nálam? Még nekem se volt könnyű a vérfarkasok bizalmába férkőznöm. Lerí rólam, hogy megpróbáltam beilleszkedni a civilizált varázslók közé. Ők viszont kerülik az embereket, a társadalom peremén élnek. Lopnak – és néha ölnek –, hogy ne haljanak éhen.

– És miért támogatják Voldemortot?

– Mert azt remélik, hogy az uralma alatt jobb életük lesz – felelte egyszerűen Lupin. – Greybackkel pedig nemigen lehet vitatkozni...

– Ki az a Greyback?

– Nem hallottál még róla? – Lupin önkéntelenül ökölbe szorította ölében pihenő kezét. – Fenrir Greyback a ma élő legkegyetlenebb vérfarkas. Életcéljának tekinti, hogy minél több embert megmarjon, megfertőzzön. Szaporítja a vérfarkasokat, hogy azok végül legyőzhessék a varázslókat. Voldemort a szolgálatai fejében gazdag zsákmányt ígért neki. Greyback ugyanis a gyerekeket szereti... Mard meg a kölyköt, mondja, szakítsd el a szüleitől, és neveld arra, hogy gyűlölje a varázslókat. Voldemort azzal fenyegetőzik, hogy rászabadítja Greybacket az emberek gyerekeire... Ez elég hatásos fenyegetés.

Lupin szünetet tartott, majd kibökte:

– Engem is Greyback harapott meg.

– Micsoda? – hüledezett Harry. – Mármint... még gyerekkorában?

– Igen. Apám megsértette Greybacket. Sokáig nem tudtam, ki támadott meg – még sajnáltam is az illetőt, amiért nem tudta fékezni magát, hisz addigra már megtapasztaltam, milyen az átváltozás. De Greyback nem érdemel sajnálatot. Szándékosan az áldozatok közelében várja a holdtöltét, hogy átváltozva rájuk találjon. Előre kiterveli a támadásait. És Voldemort ezt az embert állította a vérfarkasok élére. Nem mondhatnám, hogy sokra megyek az észérveimmel, ha közben Greyback azt harsogja, hogy nekünk farkasembereknek vér kell, és hogy álljunk bosszút a normális embereken.

– De hisz maga is normális! – tiltakozott Harry. – Csak van egy... egy kis problémája...

Lupinból kitört a nevetés.

– Mintha az apádat hallanám! Ő nevezte a farkaskórt társaságban „kis szőrös problémá"-nak. Sokan azt hitték, hogy egy neveletlen nyúllal vesződöm.

A beszélgetés mintha jobb kedvre hangolta volna Lupint; köszönettel elfogadott egy pohárka tojáslikőrt Mr Weasleytől. Harryn viszont izgalom lett úrrá – mikor szóba került az apja, eszébe jutott valami, amit mindenképp meg akart kérdezni Lupintól.

– Nem hallott véletlenül egy bizonyos Félvér Hercegről?

– Félvér miről?

– Hercegről – ismételte Harry, mohón figyelve Lupin arcát.

– A varázslók között nincsenek hercegek – mosolyodott el Lupin. – Talán fel akarod venni ezt a címet? A Kiválasztott nem elég neked?

– Dehogyis akarom felvenni! – méltatlankodott Harry. – A Félvér Herceg a Roxfortba járt, és megörököltem a bájitaltan könyvét. Teleírta olyan varázslatokkal, amelyeket ő maga talált ki. Köztük van például a Levicorpus...

– Á, igen, az nagy divat volt a mi időnkben – bólintott nosztalgikus mosollyal Lupin. – Ötödéves koromban folyton tele volt az iskola fejjel lefelé lógó emberekkel.

– Apám is használta az ártást. Láttam a merengőben, hogy egyszer fellógatta Pitont.

Harry ezt célzásnak szánta, de nem érte el vele a várt hatást. Lupin továbbra is csak mosolygott.

– Hát igen... De használták sokan mások is. Mondom, akkoriban nagyon divatos volt. Tudod, hogy van ez: mindig vannak felkapott bűbájok...

– De ezt valószínűleg akkor találták fel, amikor maguk a Roxfortba jártak – erősködött Harry.

– Nem feltétlenül – rázta a fejét Lupin. – Mint minden más, az egyes varázslatok is néha divatba jönnek, aztán hosszú időre elfelejtődnek. – Lupin Harry szemébe nézett, és csendesen, de határozottan hozzátette: – James aranyvérű volt, és hidd el, soha nem kérte, hogy Hercegnek szólítsuk.

Harry nem köntörfalazott tovább.

– És Sirius se lehetett az? És maga se?

– Egészen biztosan nem.

– Értem. – Harry a tűz felé fordult. – Csak azért gondoltam, mert... Szóval, a Herceg sokat segített nekem a bájitaltan órákon.

– Milyen régi az a könyv?

– Nem tudom, nem néztem utána.

– Próbáld kideríteni! Abból megtudnád, hogy mikor járt a Herceg a Roxfortba.

Nem sokkal ezután Fleur Celestinát parodizálva énekelni kezdte a „Vággyal teli üst a szív„-et. Ezt a többiek – Mrs Weasley arckifejezését látva – jó oknak érezték a távozásra, és gyorsan elmentek lefeküdni. Harry és Ron a tetőtéri hálószoba felé vette az irányt, ahol korábban felállítottak egy kempingágyat Harry számára.

Ron szinte azonnal elaludt, Harry viszont előásta a ládájából a Herceg könyvét, és lapozgatni kezdte az ágyban. Az első oldalak egyikén meg is találta a kiadás dátumát: a könyv majdnem ötvenéves volt. Se az apja, se az apja barátai nem akkor jártak a Roxfortba. Csalódottan visszadobta a könyvet a ládába, lekapcsolta a lámpát, és az oldalára fordult. Piton, Stan Shunpike, a Félvér Herceg és a vérfarkasok jártak az eszében, s miután végre elszunnyadt, álmában ólálkodó árnyakat és sikoltozó, megmart gyerekeket látott...

– Ezt nem gondolhatja komolyan!

Harry felriadt, s az első dolog, amit megpillantott, az ágya végében fekvő, telitömött harisnya volt. Feltette a szemüvegét, és körülnézett. A szoba kis ablakát majdnem teljesen be-

lepte a hó. A másik ágyon ott ült Ron, és egy vastag arany-
láncnak tűnő tárgyat forgatott a kezében.

– Mi az? – kérdezte Harry.

– Lavendertől kaptam – felelte viszolygó arccal Ron. – De
nem gondolhatja komolyan, hogy hordani fogom...

Harry alaposabban megnézte az ajándékot, majd harsányan
felkacagott. A láncra nagy, arany betűkből álló szavak voltak
fűzve:

Az én szerelmem

– Nagyon vagány... Jól fog állni neked. Főleg akkor hordd,
ha Fred meg George is látja.

– Ha egy szót is mersz szólni nekik erről – hadarta Ron, és
gyorsan a párnája alá rejtette a nyakláncot –, én-én-én-én...

– Csúnyán rám dadogsz? – vigyorgott Harry. – Ne hülyés-
kedj, dehogy mondom el!

– Hogy jutott egyáltalán eszébe ilyesmit venni nekem? –
sopánkodott Ron, nem múló döbbenettel az arcán.

– Lássuk csak... Talán beszélgettetek, és véletlenül elko-
tyogtad neki, hogy szeretnél „az én szerelmem" felirattal a
nyakadban mászkálni a suliban...

– Na persze... nem is szoktunk beszélgetni – vallotta be
Ron. – Főleg csak...

– Smároltok – bólintott Harry.

– Hát igen. – Ron habozott egy kicsit, aztán megkérdezte: –
Hermione tényleg jár McLaggennel?

– Nem t'om – felelte Harry. – Lumpsluck partiján nem iga-
zán jöttek össze.

Ron valamivel derűsebb hangulatban kutatott tovább a ka-
rácsonyi harisnyában.

Harry az alábbi ajándékokat kapta: egy Mrs Weasley kötöt-
te pulóvert, amire egy aranycikesz volt hímezve; egy nagy
dobozt tele a Weasley Varázsvicc Vállalat termékeivel; és egy

kissé dohos, penészszagú csomagot, aminek a címkéjén ez állt: *Gazdámnak Siportól.*

Harry megbámulta a csomagot.

– Szerinted ki merjem nyitni? – fordult Ronhoz.

– Persze. Még mindig ellenőrzik a postánkat a minisztériumban – felelte Ron, de azért ő is gyanakodva nézett a csomagra.

– Nekem eszembe se jutott, hogy megajándékozzam Siport. Szoktak az emberek karácsonyi ajándékot adni a házimanójuknak? – kérdezte Harry, miközben próbaképpen megbökte a csomagot.

– Hermione biztos adna – vélekedett Ron. – De mielőtt lelkiismeret-furdalásod támadna, nézzük meg, mit kaptál Siportól!

Néhány másodperccel később Harry felkiáltott, és kiugrott az ágyból – a csomag tele volt férgekkel.

– Hát ez óriási! – hahotázott Ron. – Igazi meglepetés!

– Még mindig jobb, mint a nyaklánc – replikázott Harry, s ezzel sikerült is elvennie Ron kedvét a nevetéstől.

Mikor összegyűltek a karácsonyi ebédhez, mindenkin új pulóver volt – kivéve Fleurt (akinek a jelek szerint Mrs Weasley nem volt hajlandó ilyen személyes jellegű ajándékot adni) és magát Mrs Weasleyt, aki viszont egy vadonatúj, apró gyémántokkal teleszórt, éjkék boszorkánysüveget, meg egy csillogó arany nyakláncot viselt.

– Ezeket Fredtől és George-tól kaptam! Hát nem gyönyörűek?

– Most, hogy magunk mossuk a zoknijainkat, egyre több elismeréssel gondolunk rád, anya – szólt széles gesztussal George. – Paszternákot, Remus?

– Kukac van a hajadban, Harry – jegyezte meg kuncogva Ginny, és áthajolt az asztal fölött, hogy lepöckölje az állatot. Harrynek libabőrös lett a tarkója, de nem a kukac miatt.

– Fúj, de rhémes! – sopánkodott affektált borzongással Fleur.

– Undorító – helyeselt Ron. – Kérsz mártást, Fleur?

Segítőkész igyekezetében lelökte az asztalról a szószos edényt. A kiömlő mártás azonban Bill pálcaintésére irányt változtatott, és engedelmesen visszaröppent az edénybe.

– Olyan vagy, min' az a Tonks – fordult Ronhoz Fleur, miután elegendő hálacsókot adott Billnek. – Ő is mindig mindent felborhít...

– Meghívtam mára a kedves Tonksot. – Mrs Weasley lecsapta az asztalra a párolt répát, és dühös pillantást vetett Fleurre. – De nem tud eljönni. Beszéltél vele mostanában, Remus?

– Nem, az utóbbi időben nem találkoztam senkivel – felelte Lupin. – Tonksnak van családja, biztos hazautazott hozzájuk az ünnepekre.

Mrs Weasley hümmögött.

– Lehet... de nekem az volt a benyomásom, hogy egyedül akarja tölteni a karácsonyt.

Az asszony olyan szemrehányóan nézett Lupinra, mintha őt hibáztatná érte, hogy Tonks helyett Fleur lesz a menye. Harry rápillantott Fleurre – aki a saját villájával kínálta a pulykafalatokat Billnek –, és arra gondolt, hogy Mrs Weasley ezt a csatát már réges-rég elvesztette. Ugyanakkor felötlött benne egy kérdés Tonksszal kapcsolatban, amit, úgy vélte, legjobb, ha a patrónus-szakértő Lupinnak tesz fel.

– Tonks patrónusának megváltozott az alakja – fordult a varázslóhoz. – Legalábbis Piton azt mondta. Nem tudtam, hogy ez lehetséges. Mitől változik meg az ember patrónusa?

Lupin előbb alaposan megrágta és lenyelte a falatot, s csak azután felelt.

– Előfordul néha... sokkoló élmény hatására... érzelmi megrázkódtatás után...

327

– Szürke volt és négylábú... – Harrynek egy gondolat hasított az agyába, s lehalkította hangját. – Nahát... nem lehet, hogy...

– Arthur! – kiáltott fel hirtelen Mrs Weasley. Felpattant a székről, szívére szorította a kezét, és elkerekedett szemmel meredt kifelé a konyhaablakon. – Arthur... Itt van Percy!

– Micsoda?

Mr Weasley meghökkenve körülnézett, s mindenki más is az ablak felé fordult. Ginny még fel is állt, hogy jobban lásson. A hófödte udvaron át valóban Percy közeledett – szarukeretes szemüvege megcsillant a napfényben –, de nem volt egyedül.

– Eljött vele... Arthur, eljött vele a miniszter is!

És tényleg: Percy nyomában ott lépkedett – kissé sántítva – az az ember, akit Harry a Reggeli Prófétában látott. Őszülő, sörényszerű haját és fekete köpenyét hópelyhek pöttyözték. A konyhában ülőknek megmukkanni sem volt idejük; Mr és Mrs Weasley is épp csak egy döbbent pillantást válthattak, mikor már nyílt is a hátsó ajtó, és belépett Percy.

Egy hosszú pillanatig kínos csend feszült a konyhában. Azután Percy tartózkodó hangon megszólalt:

– Boldog karácsonyt, anyám!

– Istenem, Percy! – kiáltott fel az asszony, és a karjába zárta fiát.

Rufus Scrimgeour botjára támaszkodva állt az ajtóban, és mosolyogva figyelte a megindító jelenetet.

– Bocsássák meg, hogy így magukra törtünk – szólt, mikor Mrs Weasley könnyeit törölgetve, boldog mosollyal ránézett. – Percyvel épp a közelben jártunk – hivatalos ügyben persze –, és a fiatalember ragaszkodott hozzá, hogy felkeresse magukat.

Percy azonban a legkisebb jelét sem adta annak, hogy a család többi tagját is köszönteni kívánná. Úgy állt, mint aki karót nyelt, és elbámult a többiek feje fölött. Mr Weasley, Fred és George rezzenéstelen arccal figyelték őt.

– Jöjjön be, miniszter úr, foglaljon helyet! – Mrs Weasley kapkodva megigazította új süvegét. – Fogyasszon egy kis dulykát vagy pesszertet... akarom mondani pulykát...

– Nem, nem, kedves Molly, szó se lehet róla – rázta a fejét Scrimgeour. Harry le merte volna fogadni, hogy a miniszter belépésük előtt nem sokkal kérdezte meg Percytől az asszony nevét. – Nem akarok zavarni, itt se lennék, ha Percy nem akart volna feltétlenül beköszönni...

– Édes istenem! – susogta könnyes szemmel Mrs Weasley, és ágaskodva megcsókolta Percy arcát.

– Csak öt percre néztünk be – darálta tovább Scrimgeour –, és amíg szót váltanak Percyvel, én sétálok egyet az udvarban. Tényleg nem akarok alkalmatlankodni. Ha esetleg valamelyikük lenne olyan kedves, és megmutatná a gyönyörű kertet... Á, látom, a fiatalember már végzett. Ő talán kész velem tartani.

Nyomban minden szem Harryre szegeződött, s a konyhában hirtelen megváltozott a hangulat. Senkit nem tévesztett meg Scrimgeour színjátéka, hogy nem ismeri fel Harryt, és azt sem találták természetesnek, hogy a miniszter épp őt hívja el magával, mikor Ginny, Fleur és George tányérja szintén üres.

– Rendben van, megyek – törte meg a kínos csendet Harry.

Hiába hangoztatta Scrimgeour, hogy csak arra jártak, és Percy mindenáron be akart nézni a családjához – Harry már tudta, mi a váratlan látogatás igazi oka: Scrimgeour beszélni akar vele négyszemközt.

– Semmi baj – mondta halkan, mikor elhaladt Lupin mellett, aki már félig felemelkedett a székről, hogy közbelépjen. – Semmi baj – ismételte meg, mert látta, hogy Mr Weasley is szólni akar.

– Kitűnő – mosolygott Scrimgeour, és félreállt, hogy előreengedje Harryt az ajtóban. – Csak járunk egyet a kertben, aztán már megyünk is tovább Percyvel. Nyugodtan folytassák az ebédet!

Harry elindult az udvaron át az elvadult, hólepte kert felé. Tudta, hogy a mellette haladó Scrimgeour azelőtt az aurorok parancsnoka volt, s arra gondolt, mennyire más ez a szikár, harcedzett férfi, mint elődje, a pocakos-keménykalapos Caramel volt.

– Nagyon szép. – Scrimgeour megállt a kerítésnél, és végignézett a behavazott pázsiton meg a felismerhetetlen bokrokon. – Nagyon szép.

Harry nem szólt semmit. Magán érezte a miniszter pillantását.

– Sokáig vártam rá, hogy találkozhassam veled – szólt néhány másodperc hallgatás után Scrimgeour. – Tudtad?

– Nem – felelte őszintén Harry.

– Úgy bizony, nagyon sokáig. Dumbledore a végsőkig óvott téged. Ami persze természetes is azok után, amin keresztülmentél... különös tekintettel a minisztériumbeli eseményekre...

Szünetet tartott, hátha Harry mond erre valamit, de ez nem történt meg, így hát tovább fűzte a szót:

– Hivatalba lépésem óta reméltem, hogy előbb-utóbb beszélhetek veled, de Dumbledore – hangsúlyozom, érthető módon – mind a mai napig megakadályozta ezt.

Harry még erre sem szólt semmit.

– Micsoda mendemondák keringenek rólad! – folytatta Scrimgeour. – Jól tudjuk persze, hogy a pletykák eltorzítják az igazságot... suttognak egy jóslatról... meg arról, hogy te lennél a Kiválasztott...

Lassan kibújik a szög a zsákból, gondolta Harry.

– Felteszem, Dumbledore beszélt veled ezekről a dolgokról.

Harry fontolóra vette, hogy hazudjon-e vagy sem. Elnézte az apró törpenyomokat a hóban, meg a letaposott részt, ahol Fred a karácsonyfa-angyalkává előléptetett gnómot fogta.

Végül úgy döntött, az igazságot mondja... helyesebben: annak egy részét.

– Igen, beszéltünk róla.

– Szóval beszéltek róla... – Harry a szeme sarkából látta, hogy Scrimgeour az arcát fürkészi, ezért úgy tett, mintha nagyon érdekelné az a törpe, amelyik épp ekkor dugta ki a fejét egy fagyott rododendron alól. – Na és mit mondott neked Dumbledore?

– Sajnálom, de ez csak kettőnkre tartozik.

Harry igyekezett udvarias maradni, és Scrimgeour is könnyed, barátságos hangon folytatta:

– Hát persze, ha a dolog bizalmas jellegű, nem kell elmondanod... a világért se... és hát végső soron nem fontos, hogy te vagy-e a Kiválasztott, nem igaz?

Harry hosszú másodpercekig tanakodott a megjegyzésen.

– Nem értem, mire gondol, miniszter úr.

– Nos, neked természetesen nagyon is fontos – nevetett fel Scrimgeour. – Az a lényeg, hogy mit hisznek rólad az emberek.

Harry hallgatott. Most már sejtette, hova akar kilyukadni Scrimgeour, de esze ágában sem volt megkönnyíteni a miniszter dolgát. Konokul rászegezte a szemét a törpére, amely most nekiállt gilisztát ásni a rododendron tövében.

– Márpedig az emberek azt hiszik, hogy te vagy a Kiválasztott – magyarázta Scrimgeour. – Nagy hősnek tartanak – persze az is vagy, a kiválasztottságodtól teljesen függetlenül. Hányszor is néztél már szembe Tudjukkivel...? – Mindegy is – folytatta gyorsan, meg se várva a választ –, a lényeg az, hogy sokak számára a remény jelképe vagy. A hit, hogy él valaki köztünk, aki le tudja győzni Őt, Akit Nem Nevezünk Nevén – sőt, aki arra rendeltetett, hogy ezt megtegye – nos, ez a hit természetesen vigaszt nyújt mindenkinek. És úgy vélem, ha ezt tudod, fontolóra kell venned, mi több, kötelességednek érezheted, hogy a minisztériummal karöltve bátorítsd az embereket.

331

A törpe talált egy gilisztát, és most azon ügyeskedett, hogy kihúzza a fagyos talajból. Harry olyan sokáig hallgatott, hogy végül Scrimgeour is a gnómra fordította a tekintetét.

– Furcsa kis lények… No de mi a válaszod, Harry?

– Nem egészen értem, mit kíván tőlem – felelte lassan Harry. – A minisztériummal karöltve… Mit ért ezalatt?

– Ó, semmi olyat, ami megerőltető lenne számodra – sietett megnyugtatni Scrimgeour. – De például jól venné ki magát, ha időről időre ellátogatnál a minisztériumba. És ha már ott vagy, alkalmasint elbeszélgethetnél Gawain Robardsszal, az utódommal az aurorok élén. Dolores Umbridge-tól úgy tudom, magad is auror szeretnél lenni. Nos, ezt könnyen el tudjuk intézni…

Harry gyomra összeszorult a dühtől. Szóval a minisztérium még mindig alkalmazza Dolores Umbridge-et!

– Tehát lényegében – szólt könnyedén, mintha csak tisztázni akarna bizonyos részleteket – azt a benyomást szeretném kelteni, mintha a minisztériumnak dolgoznék?

– Az emberek reményt merítenének belőle, ha azt látnák, hogy aktívan részt veszel a munkánkban. – Scrimgeour szemlátomást megkönnyebbült tőle, hogy Harry megfogalmazta helyette a lényeget. – Mint a Kiválasztott, ugyebár… Fontos, hogy lelket öntsünk az emberekbe, hogy úgy érezzék, izgalmas dolgok történnek…

– De ha folyton a minisztériumba járkálnék – mutatott rá Harry, még mindig megtartva a barátságos hangnemet –, akkor úgy tűnne, hogy mindenben támogatom a minisztériumot, nem?

Scrimgeour kissé összevonta a szemöldökét.

– Nos, igen, részben ezért is szeretnénk…

– Az sajnos nem fog menni – rázta a fejét Harry. – Az a helyzet, hogy nekem nem tetszenek a minisztérium bizonyos dolgai. Például, hogy bezárták Stan Shunpike-ot.

Scrimgeour nem felelt rögtön, de a vonásai megkeményedtek.

– Nem várom el tőled, hogy mindent megérts – szólt végül, és neki nem sikerült olyan jól palástolnia ingerültségét, mint Harrynek. – Veszélyes időket élünk. Bizonyos intézkedések elkerülhetetlenek. Te még csak tizenhat éves vagy...

– Dumbledore nem tizenhat éves, és ő is úgy gondolja, hogy Stan nem az Azkabanba való. Bűnbakot kreáltak belőle, engem meg reklámfigurának akarnak használni.

Harry és a miniszter hosszú ideig farkasszemet néztek. Mikor Scrimgeour végre megszólalt, hangja már valódi érzelmeit tükrözte.

– Értem. Szóval a példaképedhez, Dumbledore-hoz hasonlóan úgy döntöttél, hogy elhatárolódsz a minisztériumtól.

– Nem szeretném, ha önök rendelkeznének velem.

– Van olyan felfogás is, miszerint kötelességed a minisztérium rendelkezésére állni.

– És van olyan felfogás is, hogy önöknek kötelességük ellenőrizni, valóban halálfalók-e azok, akiket bebörtönöznek – vágott vissza indulatosan Harry. – Ugyanazt folytatják, amit Barty Kupor csinált. A saját hibáikból se képesek tanulni? Előbb Caramelt kapjuk, aki úgy tesz, mintha minden a legnagyobb rendben volna, miközben az orra előtt gyilkolják az embereket, aztán önt, aki ártatlanokat zárat be, és el akarja játszani, hogy önnek dolgozik a Kiválasztott!

– Szóval nem te vagy a Kiválasztott? – kérdezte Scrimgeour.

– Úgy emlékszem, azt mondta, nem fontos, hogy az vagyok-e – felelte keserű nevetéssel Harry. – Önnek legalábbis nem fontos.

– Nem kellett volna így fogalmaznom – visszakozott Scrimgeour. – Tapintatlan voltam, belátom...

– Nem, őszinte volt – vágott a szavába Harry. – Ez volt talán az egyetlen őszinte mondata. Önnek nem számít, hogy mi lesz velem, csak egy a fontos: segítsek elhitetni az emberekkel, hogy ön nyerésre áll a Voldemort elleni harcban. Nem felejtettem el ezt itt, miniszter úr...

Azzal felemelte jobbját. Kézfején fehéren fénylő hegek jelezték a helyet, ahova Dolores Umbridge parancsára ezerszer belevéste: *Hazudni bűn.*

– Nem emlékszem rá, hogy a segítségemre siettek volna, amikor Voldemort visszatéréséről beszéltem. Érdekes módon a minisztérium tavaly még nem akart barátkozni velem.

Ezután már olyan fagyos volt a csend Harry és Scrimgeour között, mint a talpuk alatt a föld. A törpének végre sikerült kicibálnia a gilisztát, és most a rododendronbokor alsó ágainak dőlve boldogan csámcsogott rajta.

– Miben mesterkedik Dumbledore? – kérdezte nyersen a miniszter. – Hova jár el a Roxfortból?

– Fogalmam sincs.

– És ha tudnád, akkor se mondanád meg, mi?

– Nem, nem mondanám meg.

– Akkor kénytelen leszek más módszerekkel kideríteni.

– Megpróbálhatja – felelte egykedvűen Harry. – Ön okosabbnak tűnik Caramelnél, s azt hittem, tanult az elődje hibáiból. Ő is bele akart szólni a Roxfort ügyeibe, és talán feltűnt önnek, hogy Caramel már nem miniszter, Dumbledore viszont még mindig az iskola igazgatója. Az ön helyében békén hagynám őt.

Hosszú szünet következett.

– Azt mindenesetre látom, hogy Dumbledore alapos munkát végzett. – Scrimgeour szeme hidegen csillogott drótkeretes szemüvege mögött. – Ízig-vérig Dumbledore embere vagy, igaz, Potter?

– Igen, az vagyok – felelte Harry. – És örülök, hogy sikerült ezt tisztáznunk.

Azzal sarkon fordult, és a mágiaügyi minisztert faképnél hagyva elindult vissza a házba.

Ködös emlék

Újév után néhány nappal Harry, Ron és Ginny összecsomagoltak, majd késő délután felsorakoztak a konyhai tűzhely előtt, hogy visszatérjenek a Roxfortba. A minisztérium a diákok gyors és biztonságos utaztatása érdekében engedélyezte a Hop Hálózat egyszeri használatát. Harryék indulásakor csak Mrs Weasley volt otthon, mivel Mr Weasleynek, Frednek, George-nak, Billnek és Fleurnek aznap már dolgozni kellett mennie. Az asszony zokogva búcsúztatta a gyerekeket, igaz, az efféle elérzékenyülés másfél hete rutinszerű volt nála: lépten-nyomon elsírta magát azóta, hogy Percy karácsonykor paszternák-arcpakolásban viharzott ki a házból (amiért Fred, George és Ginny versengve vállalták a felelősséget).

– Ne sírj, anya! – veregette meg Ginny a vállán zokogó Mrs Weasley hátát. – Nincs semmi baj...

– Nem kell aggódnod értünk – tette hozzá Ron, és megengedte, hogy anyja egy nedves csókot nyomjon az arcára. – Percyért meg nem érdemes, ha egyszer ekkora bunkó...

Mrs Weasley most Harryt zárta a karjába.

– Ígérd meg, hogy vigyázol magadra... kérlek, ne keresd a bajt...

– Mindig vigyázok magamra, Mrs Weasley – mosolygott Harry. – Hiszen tudja: a csendes, nyugodt életet szeretem.

Az asszony erőtlenül nevetett, majd hátrahúzódott.

– Legyetek jók...

Harry belépett a smaragdzöld tűzbe, és elkiáltotta magát: –
Roxfort! – Még egy villanásnyi ideig látta az Odú konyháját
és Mrs Weasley könnyáztatta arcát, aztán a lángok körülzár-
ták őt. Teste pörögni kezdett, más varázslóházak helyiségei
bukkantak fel a szeme előtt – de mind el is tűnt újra, mielőtt
alaposabban megnézhette volna őket. Aztán a pörgés lassulni
kezdett, s mikor megállt, Harry McGalagony professzor dol-
gozószobájának kandallójában találta magát. A tanárnő az
asztalánál ült, dolgozott, s épp csak egy futó pillantást vetett
Harryre.

– Jó estét, Potter. Kérem, ügyeljen rá, hogy ne hordja ki a
hamut a szőnyegre.

– Igyekszem, tanárnő.

Mire Harry megigazította a szemüvegét és lesimította a ha-
ját, már fel is bukkant a kandallóban Ron. Bevárták Ginnyt,
majd együtt kisomfordáltak McGalagony szobájából, hogy a
Griffendél-torony felé vegyék útjukat. Menet közben Harry a
folyosóablakokon át a tájat nézte: a nap már alacsonyan járt a
roxforti birtok fölött, melyen a hótakaró még vastagabb volt,
mint az Odú kertjén. A távolban a vadőrlak tűnt fel, előtte
Hagriddal, aki épp Csikócsőrt etette.

– Csörgősipka – szólt magabiztosan Ron, mikor a torony
bejáratához értek. A Kövér Dáma, aki szokatlanul sápadt
volt, összerezzent a hangos szóra.

– Nem – felelte erőtlenül.

– Mi az, hogy nem?

– Új jelszó van – motyogta a Dáma. – És légy szíves, ne
kiabálj.

– De hát nem voltunk itt, honnan tudhatnánk?

– Harry! Ginny!

Hermione sietett feléjük köpenyben, sapkában és kesztyű-
ben, a hidegtől kipirult arccal.

336

– Én már néhány órája itt vagyok – zihálta a lány. – Most jövök Hagridtól és Csikó... mármint Szilajszárnytól. Hogy telt a karácsony?

– Jól – vágta rá Ron. – Eseménydús volt. Rufus Scrim...

– Át kell adnom valamit, Harry. – Hermione úgy vágott Ron szavába, mintha nem látná és nem is hallaná őt. – Ja, egy pillanat, a jelszó. Absztinencia.

– Úgy van – lehelte elhaló hangon a Dáma, és kitárta a bejáratot.

– Mi baja van? – csodálkozott Harry.

– Egy kicsit túllőtt a célon karácsonykor – magyarázta Hermione. – Violet barátnőjével benyakalták az összes bort a részeg szerzeteseket ábrázoló képben, lent a bűbájtan teremnél. Na de várj...

Kotorászni kezdett a zsebében, majd előhúzott egy pergamentekercset Dumbledore kézírásával.

– De jó! – örvendezett Harry. Gyorsan kibontotta a levelet, amelyből kiderült, hogy másnap este lesz a következő különórájuk Dumbledore-ral. – Rengeteg mindent kell elmondanom neki – és neked is. Gyere, üljünk le...

Ekkor azonban fülsértő „Von-Von!"-kiáltással előbukkant a semmiből Lavender Brown, és Ron nyakába vetette magát. A jelenlévők közül többen kuncogtak. Hermione csilingelve felnevetett, majd ismét Harryhez fordult:

– Van ott egy üres asztal... Gyere te is, Ginny!

– Nem, kösz, én megkeresem Deant – felelte a lány, Harry megítélése szerint nem túl lelkesen. Miközben Ron és Lavender afféle állóbirkózásba kezdtek, Harry a szabad asztalhoz vezette Hermionét.

– Neked hogy telt a karácsonyod?

Hermione vállat vont.

– Jól... Nem volt semmi különös. Milyen volt Von-Vonéknál?

337

– Mindjárt elmondom – bólintott Harry. – De figyelj, Hermione, nem lehetne, hogy...

– Nem lehetne – vágta rá keményen a lány. – Úgyhogy ne is kérj rá.

– Gondoltam, talán a szünetben...

– A Kövér Dáma ivott meg egy hordó ötszáz éves bort, nem én, világos? Na ki vele, mi az a fontos dolog, amit el akarsz mondani?

Úgy tűnt, Hermione pillanatnyilag nem vevő az észérvekre, úgyhogy Harry félretette a Ron-témát, inkább beszámolt Malfoy és Piton beszélgetéséről.

Miután végzett, Hermione még néhány másodpercig töprengett a hallottakon.

– Arra nem gondoltál, hogy...

– Hogy Piton cselből ajánlotta fel a segítségét, mert ki akarta szedni Malfoyból, miben mesterkedik?

– Hát... igen.

– Ron apja és Lupin is így gondolják – legyintett türelmetlenül Harry. – De annyit ez mindenképp bizonyít, hogy Malfoy készül valamire. Ezt te se tagadod, ugye?

– Nem – felelte kelletlenül Hermione.

– És Voldemort parancsára cselekszik, ahogy megmondtam!

– Hmm... szó szerint említették Voldemortot?

Harry a homlokát ráncolta.

– Lehet, hogy nem... de Piton Malfoy mesteréről beszélt. Ki másra gondolt volna?

– Nem tudom. Talán az apjára... – Hermione töprengve bámult a semmibe, észre se véve, hogy épp a Ront csiklandozó Lavendert nézi. – Hogy van Lupin?

– Nem túl jól – válaszolt Harry, és beszámolt Lupin titkos bevetéséről meg a nehézségekről, amikkel a vérfarkasok között szembesült. – Te hallottál már erről a Fenrir Greybackről?

– Hát persze! – vágta rá riadtan Hermione. – És te is hallottál róla!

338

– Hol, mágiatörténeten? Tudod, hogy soha nem figyeltem...

– Dehogyis mágiatörténeten! Vele fenyegette Malfoy Borgint! A Zsebpiszok közben, nem emlékszel? Azt mondta, Greyback családi barátjuk, és időnként Borgin körmére fog nézni!

Harry eltátotta a száját.

– Tényleg! De hiszen ez bizonyíték arra, hogy Malfoy halálfaló! Különben hogy állhatna kapcsolatban Greybackkel, és hogy adhatna utasításokat neki?

– Hát igen, ez elég gyanús – motyogta Hermione. – Hacsak...

– Jaj, ne hacsakozz már! – jött ki a sodrából Harry. – Ezt nem fogod kimagyarázni!

– Szerintem elképzelhető, hogy üres fenyegetés volt.

– Hihetetlen vagy, de komolyan! – csóválta a fejét Harry. – Na jó, majd meglátjuk, kinek van igaza... Vissza fogod szívni, amit mondtál, ugyanúgy, ahogy a minisztérium. Mert hogy Rufus Scrimgeourrel is volt egy kis vitám...

Ezen a ponton helyreállt közöttük az egyetértés. Az este hátralevő részében versengve szidalmazták a mágiaügyi minisztert, mert Hermione szintén úgy vélte, hogy az előző évben történtek után a minisztérium részéről az arcátlanság netovábbja szívességet kérni Harrytől.

Az új félév másnap reggel kellemes meglepetéssel kezdődött a hatodévesek számára. Az éjjel jókora plakát került ki a klubhelyiség hirdetőtáblájára:

HOPPANÁLÁSI TANFOLYAM

Mindazon tanulók, akik betöltötték, vagy augusztus 31-ig betöltik tizenhetedik életévüket, részt vehetnek a tizenkét hetes hoppanálási tanfolyamon, amelyet a Mágiaügyi Minisztérium oktatója vezet. Aki részt kíván

venni a tanfolyamon, tüntesse fel a nevét jelen hirdetmény alsó részén. A tanfolyam térítési díja: 12 galleon.

Harry és Ron beálltak a feliratkozni vágyó griffendélesek tülekedő tömegébe. Ron épp elővette a pennáját, hogy odabiggyessze a nevét Hermionéé alá, amikor valaki befogta a szemét, és a fülébe trillázta: „Találd ki, ki vagyok, Von-Von!" Harry hátrafordult, majd egy másodperccel később a felszegett fejjel távozó Hermione nyomába eredt – egy porcikája se kívánta a Ron-Lavender páros társaságát. Meglepetésére azonban alighogy kimásztak a portrélyukon, Ron már utol is érte őket – égő füllel és mogorva arccal. Hermione erre megszaporázta lépteit, és előrement Neville mellé.

– Na szóval... hoppanálunk – szólt Ron olyan hangon, ami félreérthetetlenül jelezte, hogy nem kíván Lavenderről beszélgetni. – Piskóta lesz, nem?

– Nem t'om – dünnyögte Harry. – Lehet, hogy ha egyedül csinálja az ember, akkor jobb, de azt nem élveztem, mikor Dumbledore magával vitt.

– Ja tényleg, te már csináltad... – Ron aggódó arcot vágott.

– Muszáj lesz elsőre átmennem a vizsgán. Fred és George átmentek.

– De Charlie megbukott, nem?

– Igen, viszont ő sokkal nagyobb, mint én. – Ron gorilla módjára eltartotta a karját az oldalától. – Úgyhogy őt nem cikizték miatta Fredék... illetve igen, de csak a háta mögött.

– Mikor lesz maga a vizsga?

– Amint betöltjük a tizenhetet. Én már márciusban vizsgázhatok!

– Jó, de itt a kastélyban úgyse csinálhatod...

– Nem az a lényeg! Ha megvan a vizsgám, mindenki tudja majd, hogy ha akarnék, tudnék hoppanálni!

A hoppanálás nemcsak Ron fantáziáját csigázta fel. A hatodévesek között egész nap a tanfolyam volt a téma, s látszólag mindenki roppant fontosnak tartotta, hogy tetszés szerint eltűnhessen és felbukkanhasson.

– Tök vagány lesz, ha csak úgy... – Seamus csettintéssel jelezte, hogy eltűnik. – Az unokatesóm, Fergus folyton körülöttem hoppanál, hogy bosszantson. De majd most visszakapja! Egy perc nyugta se lesz tőlem!

Seamus a boldogító kilátástól fellelkesülve kissé túl erősen lendítette meg a pálcáját, úgyhogy az afféle vízágyúvá változott, az aznapi bűbájtan órán feladatként megjelölt tiszta vizű forrás produkálása helyett. A kirobbanó folyadéksugár a plafonnak ütközött, s onnan egyenesen Flitwick professzor arcába csapódott vissza.

– Harry már hoppanált egyszer – közölte Ron, miután Flitwick egy pálcaintéssel megszárította magát, a megszeppent Seamust pedig a „Varázsló vagyok, nem hadonászó pávián" mondat sokszori leírására ítélte. – Dumb... öh, valaki magával vitte. Társas hoppanálással, tudod.

– Azta...! – suttogta Seamus. Ő, Dean és Neville rögtön közelebb hajoltak Harryhez, hogy kifaggassák, milyen érzés hoppanálni. Ezt követően a hatodévesek egész nap ugyanezzel a kérdéssel ostromolták Harryt, s ahelyett hogy elcsüggedtek volna a válaszon, miszerint a dolog korántsem olyan kellemes, furcsamód mindenki ámuldozott. Harry még nyolc óra előtt tíz perccel is a részleteket firtató kérdésekre válaszolgatott, így aztán, mivel nem akart elkésni a különóráról, kénytelen volt azt hazudni, hogy vissza kell vinnie egy kötetet a könyvtárba.

Dumbledore dolgozószobájában égtek a lámpák, a régi igazgatók békésen szuszogtak kereteikben, és a merengő ott állt az íróasztalon, Dumbledore két keze között. Az igazgató jobbja változatlanul szénfekete volt, s Harry századszor is eltűnődött, vajon mi okozhatta a súlyos sérülést. Ezúttal azonban nem kérdezett rá a dologra; egyrészt mert Dumbledore már biztosította róla, hogy ha itt lesz az ideje, elmondja, másrészt mert most inkább Pitonról és Malfoyról akart beszélni az igazgatóval. Dumbledore azonban megelőzte őt, és egy harmadik témát vetett fel:

– Úgy hallom, karácsonykor találkoztál a mágiaügyi miniszterrel.

– Igen – bólintott Harry. – De csalódott bennem.

– Hát igen – sóhajtott Dumbledore. – Bennem szintén csalódnia kellett. De bármily fájó is ez nekünk, folytatnunk kell a harcot.

Harry elvigyorodott.

– Azt akarta, hogy hirdessem, milyen jó munkát végez a minisztérium.

Dumbledore mosolygott.

– Ez eredetileg Caramel ötlete volt. A bukása előtti utolsó napokban, mikor már kicsúszott a talaj a lába alól, mindenáron találkozni akart veled, hátha rá tud venni, hogy támogasd őt...

– Azok után, amit tavaly művelt? – háborgott Harry. – Umbridge után!?

– Megmondtam Corneliusnak, hogy reménytelen a dolog, de úgy tűnik, örökül hagyta az utódjára az ötletet. Scrimgeour néhány órával a kinevezése után megkeresett, és már akkor követelte, hogy tegyem lehetővé a találkozásotokat...

– Szóval ezen különböztek össze! Erről írt a Reggeli Próféta!

– Hébe-hóba a Próféta is kénytelen igazat írni – bólogatott Dumbledore. – Igen, ezen vitatkoztunk. De hát úgy tűnik, Rufusnak végül mégis csak sikerült becserkésznie téged.

– A fejemhez vágta, hogy ízig-vérig Dumbledore embere vagyok.

– Ez igazán nem volt szép tőle.

– Mondtam neki, hogy így is van.

Dumbledore szólásra nyitotta a száját, de aztán újra becsukta. Hátul, az ajtó mellett Fawkes, a főnixmadár halkan, dallamosan felbúgott. Harry szörnyen zavarba jött, mert észrevette, hogy Dumbledore égszínkék szemét könny fátyolozza el – gyorsan bámulni kezdte hát a térdét. Mikor azonban az igazgató megszólalt, a hangja nyugodt volt.

– Meghatottál, Harry.

– Scrimgeour arra volt kíváncsi, hol jár a professzor úr, amikor nincs a Roxfortban – jelentette a térdét fixírozva Harry.

– Igen, az nagyon fúrja Rufus oldalát – felelte kedélyes hangra váltva Dumbledore, s Harry ebből arra következtetett, hogy most már felpillanthat. – Odáig ment, hogy megfigyelőt állított rám. Hóbortos ötlet. A feladatot sajnos épp Dawlish kapta, akire egyszer már kénytelen voltam ártást küldeni. Nehéz szívvel tettem meg újra.

– Akkor hát továbbra sem tudják, hova szokott menni a professzor úr… – Harry maga is szívesen megtudott volna valamit erről az izgalmas témáról, de Dumbledore csak mosolygott rá félhold-szemüvege fölött.

– Nem, nem tudják, és annak sincs még itt az ideje, hogy te megtudd. Javaslom, folytassuk a munkát, hacsak nincs még valami mondanivalód…

– Van, uram. Malfoyról és Pitonról.

– Piton professzor úrról!

– Elnézést. Hallottam beszélgetni őket Lumpsluck professzor karácsonyi partija alatt. Bevallom, kihallgattam…

Dumbledore szenvtelen arccal követte végig Harry beszámolóját. Utána néhány másodpercig hallgatott, majd így szólt:

– Köszönöm, hogy tájékoztattál, de azt javaslom, felejtsd el a dolgot. Nincs különösebb jelentősége.

– Nincs különösebb jelentősége? – hüledezett Harry. – Professzor úr, megértette…

– Igen, Harry, átlagon felüli észbeli képességeimnek hála minden szavadat megértettem – felelte kissé élesen Dumbledore. – Sőt, fontolóra vehetnéd annak a lehetőségét

343

is, hogy többet értettem belőle, mint te. Ismétlem, örülök, hogy megosztottad velem mindezt, de biztosíthatlak: nem mondtál semmit, ami nyugtalanítana.

Harry fortyogó indulattal meredt Dumbledore-ra. Mi ez az egész? Valóban Dumbledore bízta volna meg Pitont, hogy derítse ki, mit forral Malfoy – tehát Pitontól már tudta mindazt, amit ő most elmondott neki? Vagy igenis aggasztja, amit hallott, csak titkolni próbálja?

– Akkor hát, uram – szólt szándéka szerint udvarias és nyugodt hangon –, továbbra is megbízik...

– Voltam olyan türelmes, és egyszer már feleltem erre a kérdésre – mondta immár cseppet sem türelmes hangon Dumbledore. – A véleményem nem változott.

– Remélem is – szólt közbe egy undok hang – Phineas Nigellusé, aki ezek szerint csak tettette, hogy alszik. Dumbledore eleresztette a füle mellett a megjegyzést.

– Most pedig, Harry, ismételten kérem, hogy folytassuk a munkát. Sokkal fontosabb dolgokról kell beszélnünk ma este.

Harry lázadó hangulata azonban nem múlt el ilyen könnyen. Mi volna, ha nem engedné, hogy Dumbledore másra terelje a szót, ha tovább vádolná Malfoyt? Az öreg varázsló mintha olvasott volna gondolataiban, mert megcsóválta a fejét.

– Haj, Harry, de sokszor történik ez, még a legjobb barátok között is! Mindkét fél fontosabbnak tartja a maga mondanivalóját, mint bármit, amit a másiktól hallhat!

– Én tudom, hogy fontos, amiről beszélni akar, uram – szögezte le hűvös udvariassággal Harry.

– Akkor jól tudod, mert valóban az – élénkült fel Dumbledore. – Ma este két újabb emléket szeretnék mutatni neked. Mindkettőt rendkívüli nehézségek árán szereztem, s a második, úgy vélem, gyűjteményem legfontosabb darabja.

Harry hallgatott. Még mindig dühítette az elutasítás, amibe Dumbledore részéről ütközött, de nem látta értelmét a további vitának.

344

– Nos – fogott bele zengő hangon az öreg varázsló –, azért ülünk itt ma este, hogy folytassuk a történetet, amit előző találkozásunk végén Tom Denem roxforti tanulmányainak kezdeténél hagytunk félbe. Bizonyára emlékszel még rá, milyen izgalommal fogadta Denem a hírt, hogy varázsló; arra is, hogy nélkülem akart ellátogatni az Abszol útra, s hogy én óva intettem őt a további lopásoktól.

– Nos, elérkezett az évnyitó napja. Tom Denem csendesen álldogált használt talárjában a többi elsős között, és várta a beosztási ceremóniát. A Teszlek Süveg szinte még hozzá se ért a fejéhez, máris döntött: Mardekár. – Dumbledore megfeketedett kezével a polc felé intett, amin az ősrégi süveg pihent mozdulatlanul. – Nem sejthetem, mikor tudta meg Denem, hogy a ház hírneves alapítója értett a kígyók nyelvén – talán már aznap este. De az kétségtelen, hogy ez az információ örömmel töltötte el őt, és megerősítette benne saját fontosságának tudatát.

– Meglehet, hogy a klubhelyiségben párszaszó-bemutatókkal rémisztgette vagy ejtette ámulatba mardekáros társait, de ennek a híre a tanári karhoz nem jutott el. Denem nem adta semmilyen jelét annak, hogy önteltség vagy erőszakos hajlam lakozna benne. Rendkívül tehetséges és feltűnően csinos arcú árva fiú volt, természetes hát, hogy szinte érkezése pillanatától fogva magára vonta a tanárok figyelmét és kivívta rokonszenvüket. Udvariasan, csendesen viselkedett, és szomjazta a tudást. Szinte mindenki a lehető legjobb véleménnyel volt róla.

– Ön nem mondta el a kollégáinak, milyen volt Denem, mikor az árvaházban megismerte? – kérdezte Harry.

– Nem, hallgattam róla. Jóllehet Tom nem adta konkrét jelét a megbánásnak, mégis lehetségesnek tartottam, hogy magában elítéli addigi viselkedését, és új életet akar kezdeni. Úgy döntöttem, megadom neki az esélyt erre.

Az igazgató szünetet tartott, és kérdőn nézett Harryre, akiről lerítt, hogy szólni készül. Íme, gondolta Harry, ebből is látszik, hogy Dumbledore néha még akkor is bízik az emberekben, ha minden azt bizonyítja, hogy érdemtelenek rá! De aztán eszébe jutott valami...

– De nem bízott benne igazán, ugye? Denem azt mondta... az a Denem, aki kijött a naplóból, azt mondta nekem: Dumbledore sosem kedvelt engem annyira, mint a többi tanár...

– Fogalmazzunk úgy: voltak kétségeim Denem megbízhatóságát illetően – pontosított Dumbledore. – Mint mondtam, elhatároztam, hogy rajta tartom a szemem, és úgy is tettem. Bevallom, a megfigyelése kezdetben nem hozott túl sok eredményt. Velem szemben mindig roppant óvatos volt – bizonyára érezte, hogy mikor felfedtem előtte varázslóénje titkát, örömében kicsit túl sokat árult el magáról. Ügyelt rá, hogy ilyen többé ne forduljon elő, de már nem feledtethette el velem azt, amit izgalmában elmondott, ahogy azt sem, amit Mrs Cole-tól megtudtam. Annyi esze azonban volt, hogy engem ne próbáljon úgy elbűvölni, mint a kollégáimat.

– Aztán ahogy teltek az évek, Denem egy csapatnyi odaadó barátot gyűjtött maga köré. Csak jobb szó híján nevezem őket barátoknak, hiszen, mint mondtam, Denem nyilvánvalóan semmit nem érzett irántuk. Ezt a csoportot afféle sötét dicsfény övezte az iskolában. Egyébként elég vegyes társaság volt: akadtak köztük gyengék, akik védelmet kerestek, becsvágyóak, akik osztozni kívántak a dicsőségben, és gonoszok: őket vonzotta a vezér, akitől a kegyetlenség rafinált módjait leshették el. Más szóval ezek a diákok a halálfalók elődei voltak, s az iskola elvégzése után valóban közülük kerültek ki az első halálfalók.

– Denem feltétlen engedelmességet követelt meg híveitől – folytatta Dumbledore, a merengőre helyezve megfeketedett kezét. – A csoport tagjait soha nem kaptuk nyílt fegyelemsértésen, s bár az iskolában töltött hét évük alatt számos csúnya

346

eset történt, egyet sem sikerült rájuk bizonyítani. A legsúlyosabb incidens természetesen a Titkok Kamrájának kinyitása volt, ami egy diáklány halálához vezetett. Mint tudod, ezzel a bűnténnyel az ártatlan Hagridot vádolták meg.

– Denem roxforti éveiből nem sok emléket sikerült szereznem. Kevesen mernek beszélni róla azok közül, akik abban az időben ismerték. Amit tudok, rengeteg munka és fáradság árán gyűjtöttem: felkutattam azon keveseket, akiket így vagy úgy szóra bírhattam, átvizsgáltam a régi feljegyzéseket, kifaggattam a mugli és varázsló tanúkat. Sikerült megtudnom többek között, hogy Denem megszállottan kutatott a szülei után. Ezen nincs is mit csodálkozni – árvaházban nevelkedett, természetes, hogy kíváncsi volt rá, miért került oda. Az idősebb Tom Denem nevét azonban nem találta se a trófeaterembeli pajzsokon, se a régi prefektusok névsorában, se a varázsvilág történelméről szóló könyvekben. Ezek után kénytelen volt megbarátkozni a ténnyel, hogy az apja soha be se tette a lábát a Roxfortba. Úgy hiszem, ekkor dobta el a nevét, ekkor bújt Voldemort nagyúr bőrébe, és ekkor kezdett nyomozni a család után, amelyből eladdig megvetett anyja származott – az a nő, akiről, ugyebár, úgy vélte, nem lehetett boszorkány, hisz akkor nem vetemedett volna olyan szégyenletes gyarlóságra, hogy meghal.

– Az egyetlen nyom, amin Denem elindulhatott, második keresztneve, a Rowle volt – folytatta Dumbledore. – Az árvaházi dolgozóktól megtudta, hogy anyai nagyapját hívták így. Kutatni kezdett a varázslócsaládokról szóló régi könyvekben, s nem kevés munka árán végül rábukkant Mardekár leszármazottaira. Azon a nyáron, amikor tizenhat éves volt, elhagyta szünidei otthonát, az árvaházat, és elindult megkeresni a Gomoldokat. Most pedig, Harry, kérlek, állj fel...

A igazgató felemelkedett székéből, s Harry látta, hogy ismét egy gyöngyházfényű, kavargó emlékkel teli üvegcsét tart a kezében.

– Nagy szerencse, hogy ezt meg tudtam szerezni – mondta Dumbledore, miközben a merengőbe öntötte a fénylő anyagot. – Ezt te is belátod majd, miután megnéztük. Akkor hát mehetünk?

Harry engedelmesen odalépett a kőtálhoz, fölé hajolt, és az emlékbe merítette arcát. Már kezdődött is a jól ismert zuhanás a semmin át, ami után Harry egy piszkos kőpadlón találta magát, szinte teljes sötétségben.

Beletelt néhány másodpercbe, mire felismerte a helyet, s addigra Dumbledore is felbukkant mellette. Ez a most látott Gomold-ház messze a legelhanyagoltabb emberi szállás volt, ahol Harry valaha járt. A mennyezeten pókhálók sűrű szövedéke lógott, a padlót elborította a mocsok. Az asztalon beszáradt, szennyes edények és rohadó ételmaradékok hevertek. Az egyedüli fényforrás, egy pislákoló gyertya, a földön állt, egy olyan ember lábánál, akinek se a szeme, se a szája nem látszott ki rettentő bozonttá burjánzott haja és szakálla mögül. Az illető a kandalló előtti karosszékben hevert, s Harry egy pillanatig azt hitte, nem is él. Aztán hangos kopogtatás hallatszott az ajtó felől, mire a férfi összerándult és felemelte mindkét kezét. Jobbjában varázspálcát, baljában rövid pengéjű kést szorongatott.

Az ajtó nyikorogva kinyílt. A küszöbön, régimódi lámpával a kezében, egy fiú állt. Harry nyomban felismerte: magas, sötét hajú, sápadt, csinos arcú – a tizenéves Voldemort volt az.

Voldemort tekintete lassan végigpásztázta a mocsokban fuldokló viskót, majd rátalált a karosszékben ülő férfira. Néhány másodpercig csak nézték egymást, aztán a bozontos férfi feltápászkodott a székből. A lába körül dominó módjára dőltek fel az üres üvegek.

– Teee! – bődült fel a bozontos. – Teeee!

Azzal részegen meglódult Denem felé, kését és pálcáját előreszegezve.

– Megállj!

348

Denem párszaszóul beszélt. A férfi nekitántorodott az asztalnak – amitől néhány penészlepte tányér a padlón kötött ki –, és rábámult Denemre. Egy darabig megint némán nézték egymást. Végül a bozontos törte meg a csendet.

– Beszéled a nyelvet?

– Igen, beszélem – felelte Denem. Belépett a helyiségbe, és elengedte az ajtót, ami becsukódott mögötte. Harry kénytelen volt elismeréssel adózni neki bátorságáért. A fiatal Voldemort arcán nyoma sem volt félelemnek – csak undor és talán némi csalódottság ült rajta.

– Hol van Rowle? – kérdezte.

– Meghalt – felelte a másik. – Sok-sok éve.

Denem összevonta a szemöldökét.

– Akkor te ki vagy?

– Hát Morfin.

– Rowle fia?

– Ki más lennék?

Morfin félresöpörte arcából csimbókos haját, hogy jobban lássa Denemet, s a mozdulat közben Harry megpillantotta ujján Rowle fekete köves gyűrűjét.

– Azt hittem, az a mugli vagy – suttogta Morfin. – Kiköpött olyan vagy, mint az a mugli.

– Miféle mugli? – kérdezte élesen Denem.

– Az a mugli, amelyikre a húgomnak gusztusa támadt, az, amelyik odaát a nagy házban lakik – felelte Morfin, és megvetően kiköpött. – Pont úgy nézel ki, mint az. Csak Denem öregebb... hát persze, ő sokkal öregebb, mint te...

Morfint hirtelen szédülés fogta el; meg kellett kapaszkodnia az asztal szélében.

– Mer' hogy visszajött – motyogta sután.

Voldemort még egy lépést tett előre, s közben tűnődve fürkészte Morfint.

– Denem visszajött?

349

– *Vissza bizony, otthagyta a húgomat. Úgy kell Merope-nak, minek lett egy mugli szukája?* – Morfin megint a padlóra köpött. – *Még meg is lopott minket, mikor elszökött! Hol a nyaklánc? Hol van Mardekár medálja!?* Voldemort nem válaszolt. Morfin megint belelovalta magát a dühbe, rázta a kését és ordított:

– *Szégyent hozott ránk a kis ringyó! És te meg ki a fene vagy, hogy idejössz kérdezősködni? Elmúlt... vége van...* Morfin kissé megingott, és elfordította a fejét. Közben Voldemort megindult felé. Ekkor természetellenes sötétség borult a szobára, kioltva Voldemort lámpáját, Morfin gyertyáját, mindent...

Dumbledore ujjai szorosan ráfonódtak Harry karjára, s már repültek is vissza a jelenbe. Az áthatolhatatlan sötétség után Harrynek szúrta a szemét az igazgatói szobát betöltő lágy, aranyló fény.

– Ennyi az egész? – kérdezte rögtön Harry. – Mi történt? Miért lett sötét?

– Azért, mert Morfin nem emlékezett rá, mi történt ezután – válaszolta Dumbledore, s közben intett Harrynek, hogy üljön le. – Másnap reggel, amikor felébredt, egymagában feküdt a padlón. Rowle gyűrűje eltűnt az ujjáról.

– Ezzel egyidőben egy szobalány sikoltozva rohant végig Little Hangleton főutcáján, és azt kiabálta, hogy az úri lak szalonjában három halott fekszik: Tom Denem, az anyja és az apja.

– A mugli hatóságok tanácstalanok voltak. Tudomásom szerint mind a mai napig nem is sejtik, hogyan haltak meg Denemék, hiszen az Avada Kedavra átok rendszerint nem hagy külsérelmi nyomot... habár itt ül előttem az, akin hagyott – tette hozzá Dumbledore, Harry sebhelye felé biccentve. – A minisztérium emberei ellenben rögtön rájöttek, hogy varázsló a gyilkos. Azt is tudták, hogy a völgy túloldalán lakik egy megrögzött mugligyűlölő, akit egyszer már bebörtönöztek, amiért rátámadt a hármas gyilkosság egyik áldozatára...

– Így hát a Varázsbűn-üldözési Kommandó emberei felkeresték Morfint. Nem kellett keresztkérdéseket feltenniük, nem volt szükség se Veritaserumra, se legilimenciára. Morfin azonnal bevallotta a gyilkosságot, és olyan részleteket közölt, amelyeket csak a tettes ismerhetett. Azt mondta, büszke rá, hogy megölte a muglikat, évek óta tervezte, hogy megteszi. Átadta a pálcáját, amiről ott helyben kimutatták, hogy azzal ölték meg Deneméket. A legcsekélyebb ellenállást sem tanúsította, mikor letartóztatták, és az Azkabanba vitték. Csak egy dolog zaklatta fel: hogy eltűnt az apja gyűrűje. Egyre azt ismételgette: „Megöl, amiért elvesztettem. Megöl, amiért elvesztettem a gyűrűjét." Tudtommal mást nem is mondott ezután. Élete hátralévő részét az Azkabanban töltötte, és mindvégig az utolsó családi ereklye eltűnésén kesergett. Most a börtön mellett nyugszik, akárcsak a többi szerencsétlen, aki ott lehelte ki a lelkét.

Harry kihúzta magát ültében.

– Tehát Voldemort ellopta és használta Morfin pálcáját? – kérdezte.

– Igen. Erről nem rendelkezünk emlékkel, de azt hiszem, egyértelmű, mi történt. Voldemort elkábította a nagybátyját, magához vette a pálcát, és átment a völgyön túli nagy házba. Ott megölte a gyűlölt muglit, aki elhagyta az ő boszorkány anyját, és ráadásul még a nagyszüleivel is végzett. Kiirtotta tehát a hozzá méltatlan Denemeket, valamint bosszút állt az apán, aki sosem tekintette őt a fiának. Utána visszatért Gomoldék kunyhójába, összetett varázslattal beültette a hamis emléket nagybátyja elméjébe, a gyilkos pálcát letette alélt tulajdonosa mellé, majd magához vette a régi gyűrűt, és távozott.

– Morfin nem is jött rá soha, hogy nem ő a gyilkos?

– Nem – felelte Dumbledore. – Mint mondtam, minden részletet ismert, és még dicsekedett is vélt tettével.

351

– De hát végig megvolt a fejében ez az igazi emlék!

– Így igaz, de ezt csak felettébb ügyes legilimenciával sikerült kicsalogatni belőle. Miért kutatott volna bárki is Morfin elméje mélyén, ha egyszer beismerő vallomást tett? Én magam sokkal később, élete utolsó heteiben jutottam el hozzá. Miután láttam az emléket, megpróbáltam elérni, hogy kiengedjék Morfint az Azkabanból, a szerencsétlen azonban még a minisztériumi döntés megszületése előtt meghalt.

– De hát hogyhogy nem jött rá a minisztérium, hogy Voldemort az igazi tettes? – háborgott Harry. – Akkor még kiskorú volt, nem? Úgy tudom, ki tudják mutatni, ha egy kiskorú varázsol!

– Csak magát a varázscselekményt tudják kimutatni, a végrehajtóját nem. Emlékezz csak: egyszer egy lebegés-bűbáj kapcsán a minisztérium téged gyanúsított, pedig az elkövető valójában...

– Dobby volt – vágta rá bosszúsan Harry. Ez az igazságtalanság fájdalmas emlékként élt benne. – Tehát ha az ember kiskorú, és egy felnőtt boszorkány vagy varázsló házában használja a pálcáját, akkor azt a minisztérium meg se tudja?

– Nem tudják megállapítani, ki végezte el a varázslatot. – Dumbledore mosolygott Harry méltatlankodásán. – Kénytelenek arra hagyatkozni, hogy a varázslószülők otthon ellenőrizni tudják gyermekeiket.

– De hát ez borzalmas! – csattant fel Harry. – Mit ér az ilyen igazságszolgáltatás!?

– Hát igen – bólogatott Dumbledore. – Hiába volt Morfin olyan, amilyen, nem érdemelte meg ezt a sorsot, hiszen a gyilkosságokat nem ő követte el. No de későre jár, és még meg akarom mutatni neked ezt a másik emléket...

Dumbledore újabb kristályüvegcsét vett elő, kinyitotta, és a merengő fölé tartotta. Harrynek eszébe jutott, hogy az igazgató gyűjteménye legfontosabb darabjának nevezte ezt az emléket. Az ezüstös anyag nehezen folyt ki az üvegből, mintha kissé besűrűsödött volna. Lehetséges volna, hogy egy emlék megromoljon?

– Nem lesz hosszú – ígérte Dumbledore, miután végzett az áttöltéssel. – Egykettőre visszatérünk. Induljunk hát...

Harry ismét az ezüsttóba merítette arcát. Átzuhant a semmin, és földet érve egy ismerős férfi társaságában találta magát.

Horatius Lumpsluck volt az, sokkal fiatalabb kiadásban. Harry annyira megszokta a varázsló tar fejét, hogy egészen abszurdnak érezte most drótszerű, szalmaszőke hajjal látni őt. Olyan volt, mintha Lumpsluck parókát viselne, bár a feje búbján már ott világított egy pénzérme nagyságú kopasz folt. A jelenleginél valamivel rövidebb és ritkább bajusza vörösesszőke volt, s a hasa se dudorodott még annyira, bár így is alaposan próbára tette gazdagon hímzett mellényének aranygombjait. Lumpsluck kurta lábait bársonyzsámolyon pihentetve egy kényelmes karosszékben terpeszkedett. Egyik kezében kis pohár bort tartott, a másikkal egy doboz cukrozott ananászból szemezgetett.

Miközben Dumbledore is megérkezett az emlékbe, Harry körülnézett. Lumpsluck dolgozószobájában álltak. Jelen volt még egy maroknyi tizenéves fiú is; ők Lumpsluck körül foglaltak helyet, a varázslóénál alacsonyabb vagy keményebb ülőalkalmatosságokon. Harry nyomban felismerte közöttük Denemet. Az övé volt a legcsinosabb arc, s ő tűnt a legmagabiztosabbnak a fiúk közül. Jobb keze lazán pihent széke karfáján. Harry összerezzent a döbbenettől: Denem ujján ott sötétlett Rowle fekete köves aranygyűrűje – tehát már túl volt a gyilkosságokon.

– Tanár úr, igaz, hogy Merrythought professzor nyugállományba vonul? – kérdezte Denem.

– Tom, Tom, ha tudnám, akkor se mondhatnám meg – felelte Lumpsluck. Közben meglengette cukortól csillogó mutatóujját, de a dorgáló gesztust cinkos kacsintással ellensúlyozta. – Kíváncsi lennék rá, honnan szeded az értesüléseidet, fiam. Esküszöm, többet tudsz a tanárok viselt dolgairól, mint ők maguk.

Denem elmosolyodott. A többiek nevettek, és csodálattal pillantottak rá.

– Bámulatos érzéked van hozzá, hogy megtudj olyan dolgokat, amiket nem kellene. És ahhoz is, hogy olyan emberek kegyét keresd, akiktől sokat remélhetsz – apropó, köszönöm az ananászt, jól sejtetted, ez a kedvenc csemegém...

A fiúk közül többen kuncogtak, s ekkor különös dolog történt: a szoba egyszerre megtelt sűrű, tejfehér köddel, úgyhogy Harry a mellette álló Dumbledore arcán kívül semmit nem látott. A ködben visszhangozva felzengett Lumpsluck intelme:

– Rossz vége lesz ennek, fiam, én mondom, rossz vége lesz...

Ezután a köd eltűnt, ugyanolyan hirtelen, mint ahogy keletkezett. A társaságban furcsamód senki nem tett említést a szokatlan jelenségről; úgy viselkedtek, mintha mi sem történt volna. Harry csodálkozva nézett körül. Az íróasztalon álló kis aranyóra tizenegyet ütött.

– Szent ég, hát már ilyen későre jár? – húzta ki magát Lumpsluck. – Menjetek gyorsan lefeküdni, fiúk, különben kapunk a fejünkre. Lestrange, ha holnap se adod le a dolgozatodat, készülhetsz a büntetőmunkára. Ugyanez vonatkozik rád is, Avery.

Lumpsluck feltápászkodott a karosszékből, ráérősen az íróasztalhoz sétált, és letette rá üres poharát. Közben a fiúk távoztak, ám Denem a szobában maradt. Látszott, hogy szándékosan halogatja az indulást – nyilván négyszemközt akart beszélni Lumpsluckkal.

– Igyekezz, Tom! – szólt a tanár, mikor észrevette a lebzselő Denemet. – Prefektus létedre ne akard, hogy takaródó után a folyosón találjanak...

– Kérdezni szeretnék valamit, tanár úr.

– Hát akkor kérdezz, fiam, kérdezz...

– Arra lennék kíváncsi... hogy mit tud a tanár úr a horcruxokról.

Ekkor megismétlődött a különös jelenség: jött a sűrű köd, elnyelte Lumpsluckot, Denemet, az egész szobát, s Harry csak a derűsen mosolygó Dumbledore-t látta. Ismét felharsant Lumpsluck hangja, ugyanúgy, mint az előző alkalommal:

– Semmit sem tudok a horcruxokról, és eszem ágában sincs beszélni róluk! Most pedig eredj lefeküdni, és erről egy szót se halljak többet!

– Ez a vége – szólt higgadtan Dumbledore. – Indulhatunk is vissza.

A fehér ködöt a fekete semmi váltotta fel, s Harry néhány másodperces zuhanás után ismét a Dumbledore íróasztala előtti szőnyeget érezte a talpa alatt.

– Ennyi az egész? – kérdezte csodálkozva.

Sejtelme sem volt, miért ezt tartja Dumbledore a legfontosabbnak valamennyi emlék közül. A köd valóban furcsa volt, meg az is, hogy látszólag senki nem vette észre – de különben nem történt más, mint hogy Denem feltett egy kérdést, amire nem kapott választ.

– Bizonyára észrevetted – szólt Dumbledore, miközben visszasétált az íróasztala mögé –, hogy az emléket manipulálták.

– Manipulálták?

– Hát persze. Lumpsluck professzor módosította a saját emlékezetét.

– De hát miért?

– Felteszem azért, mert szégyelli, ami történt – felelte Dumbledore. – Igyekezett úgy átalakítani az emléket, hogy az jobb színben tüntesse fel őt; lényegében elhomályosította azokat a részeket, amelyeket titkolni kívánt előlem. Mint láttad, meglehetősen felületes munkát végzett, s ez nem is baj, mert így biztosra vehetjük, hogy a módosított emlék mögött megőrződött az eredeti is. És ennek kapcsán, Harry, most először házi feladatot kapsz. A te dolgod lesz rávenni Lumpsluck professzort, hogy tárja fel előttünk az igazi emléket, ami kétségkívül a számunkra kulcsfontosságú információt rejti.

Harry megütközve bámult Dumbledore-ra, s mikor megszólalt, ügyelnie kellett rá, hogy hangja tiszteletteljes maradjon:

– De hát, tanár úr, mi szüksége van rám? Hiszen legilimenciával… vagy Veritaserummal…

– Lumpsluck professzor rendkívül jól képzett varázsló, ergo felkészült az efféle próbálkozások kivédésére. Sokkal jobban ért az okklumenciához, mint szegény Morfin Gomold, s mióta átadta nekem ezt az emlék-hamisítványt, feltehetőleg mindig magánál tartja a Veritaserum ellenszerét.

– Nem, Harry, úgy vélem, több kár, mint haszon származna belőle, ha erővel próbálnánk vallomásra bírni Lumpsluck professzort. Sajnálatos volna, ha emiatt elhagyná a Roxfortot. Ellenben, mint mindnyájunknak, neki is van gyenge pontja, s úgy hiszem, épp neked van a legnagyobb esélyed bejutni a védőbástyái mögé. Rendkívül fontos, hogy megszerezzük az igazi emléket… Ha majd megnézzük, az is kiderül, hogy miért. Nos, sok szerencsét… és jó éjszakát!

Harryt annyira meghökkentette a váratlan búcsúzás, hogy nem is tiltakozott, csak gépiesen felállt.

– Jó éjszakát, uram!

Miközben becsukta maga mögött a dolgozószoba ajtaját, Phineas Nigellus hangját hallotta odabentről.

– Nem látom be, miért volna több esélye a fiúnak, mint magának, Dumbledore.

– Nem is várom el, hogy belássa, Phineas – felelte az igazgató, s szavait Fawkes halk, dallamos búgása kísérte.

Születésnapi meglepetések

Másnap Harry beszámolt Ronnak és Hermionénak a Dumbledore-tól kapott feladatról. Ezt kénytelen volt külön-külön megtenni, mert Hermione továbbra is csak egy megvető pillantás erejéig volt hajlandó Ron társaságában maradni.

Ron úgy vélte, Harrynek könnyű dolga lesz Lumpsluckkal.

– Imád téged – jelentette ki reggeli közben, s szavainak egy villára szúrt sülttojás falat lengetésével adott nyomatékot. – Azt kérhetsz tőle, amit csak akarsz, a Bájitalhercegnek nem mond nemet. A délutáni óra után ott maradsz, kifaggatod, és készen van.

Hermione borúlátóbb álláspontra helyezkedett.

– Nagyon nem akaródzhat neki elmondani a dolgot, ha még Dumbledore előtt is titkolózott – mondta fojtott hangon a nagyszünetben, miközben Harryvel a néptelen, hóborította udvaron sétáltak. – Horcruxok... horcruxok... sose hallottam róluk.

– Tényleg nem?

Harry csalódott volt; szinte biztosra vette, hogy Hermione tud mondani neki valamit a rejtélyes horcruxokról.

– Nagyon magas szintű fekete mágia lehet, különben miért érdekelte volna annyira Voldemortot? Szerintem készülj fel rá, hogy nehéz lesz szóra bírni Lumpsluckot. Gondold át, hogyan kezdesz hozzá, dolgozz ki stratégiát...

357

– Ron azt mondta, simán kérdezzem meg őt bájitaltan után...

Hermionét elfutotta a pulykaméreg.

– Ja persze, ha Von-Von azt mondta, akkor rajta! Ki tudná jobban, mint Von-Von, a tévedhetetlen!?

– Hermione, nem tudnál kivételesen...

– Nem! – kiáltotta dühösen a lány, azzal sarkon fordult, és otthagyta Harryt a bokáig érő hóban.

A bájitaltan órák az utóbbi időben elég feszült hangulatban teltek, mivel Harry, Ron és Hermione kénytelenek voltak ugyanannál az asztalnál dolgozni. Ezen a napon Hermione átvitte üstjét az asztal túloldalára, Ernie szomszédságába, és immár nemcsak Ront, de Harryt is levegőnek nézte.

– Történt valami? – fordult Harryhez Ron, a lány duzzogó arcát látva.

Mielőtt azonban választ kaphatott volna, Lumpsluck megszólította a csoportot:

– Helyezkedjetek el, és csöndet kérek! Igyekezzetek, sok a dolgunk! Mi Golpalott harmadik törvénye? Ki tudja? Granger kisasszony, ki más?

Hermione már hadarta is a szöveget:

– Golpalott harmadik törvénye kimondja, hogy a többkomponensű méreg ellenmérge több, mint az egyes komponensek ellenmérgeinek összessége.

– Pontosan! – lelkendezett Lumpsluck. – Tíz pont a Griffendélnek! Namármost, ha valóban igaz Golpalott harmadik törvénye...

Harry kénytelen volt elhinni Lumpslucknak, hogy Golpalott törvénye igaz, ugyanis egy árva szót sem értett az egészből. A jelek szerint Lumpsluck további fejtegetését is egyedül Hermione tudta követni.

– ...ami persze azt jelenti, hogy miután a Scarpin-féle elemzőbűbáj segítségével azonosítottuk a varázsfőzet összetevőit, a feladatunk nem merül ki a komponensek ellenmérgeinek vegyítésében, hanem meg kell határoznunk azt a plusz adalékot is, amely, kvázi alkímiai folyamat révén, ötvözi a különálló alkotóelemeket...

Ron kissé nyitva maradt szájjal, mélázva gubbasztott Harry mellett, és a tankönyvét lapozgatta. Hajlamos volt elfeledkezni róla, hogy immár nem számíthat Hermione segítségére, ha elveszti a fonalat az órán.

– Most pedig – tért rá a konkrét feladatra Lumpsluck – mindenki válasszon egyet az asztalomon álló fiolák közül! Az óra végéig készítsétek el a benne talált méreg ellenszerét! Sok sikert, és ne felejtsetek el védőkesztyűt használni!

Hermione már rég elindult a tanári asztal felé, mire a többiek egyáltalán felfogták, hogy mi a teendő, és mikor Harry, Ron és Ernie visszaértek a helyükre, a lány már a tüzet élesztgette az üstjébe áttöltött méreg alatt.

– Milyen kár, Harry, hogy ebben nem tud segíteni a Herceg – szólt kárörvendően Hermione. – Ehhez a feladathoz meg kell érteni az alapelveket. Itt hiába próbálsz csalni!

Harry bosszankodva kihúzta a dugót a Lumpsluck asztaláról elvett fiolából, az üstjébe öntötte az üveg rikító rózsaszín tartalmát, majd meggyújtotta a tüzet. De hogy ezután mitévő legyen, arról halvány fogalma se volt. Rápillantott Ronra, aki tanácstalanul álldogált mellette, miután mindent lemásolt, amit ő csinált.

– Biztos nincs valami tippje a Hercegnek? – kérdezte motyogva Ron.

Harry elővette a Bájitaltan haladóknak jól bevált példányát, és fellapozta az ellenmérgekről szóló fejezetet. Meg is találta Golpalott harmadik törvényét, pontosan úgy, ahogy Hermione felmondta, de ehhez a szövegrészhez a Herceg nem fűzött magyarázatot – nyilván nem okozott nehézséget neki a tétel megértése.

– Semmi – közölte búsan Harry.

Hermione lelkesen lengette a pálcát az üstje fölött. A fiúk mohón figyelték, mit csinál, de sajnos nem tudták utánozni őt, mert Hermione már értett annyira a nonverbális bűvöléshez, hogy ne kelljen kimondania a varázsigét. Ernie Macmillan viszont érthetően motyogta az üstje fölött, hogy *Demonstrate!*, s mivel ez elég jól hangzott, Harry és Ron sietve követték a példáját.

Öt perc elég volt hozzá, hogy Harry rádöbbenjen: bájitalmesteri hírnevét súlyos veszély fenyegeti. Lumpsluck, mikor első körsétáját tette az alagsori teremben, arra számítva hajolt Harry üstje fölé, hogy szokás szerint csodálatának adhat majd hangot – aztán gyorsan hátralépett, mert az orrát megcsapó rémes záptojás-bűztől köhögési rohamot kapott. Hermione kajánul mosolygott, hisz mindig is bosszantotta, hogy Harry érdemtelenül learatja a babérokat a bájitaltan órákon. Ő maga már ott tartott, hogy tíz külön fiolába töltötte át mérge szétválasztott összetevőit. Harry ezt nézni se bírta, inkább a Félvér Herceg könyve fölé hajolt, és dühös, céltalan lapozgatásba kezdett.

És egyszerre ott volt előtte a megoldás, nagy betűkkel az ellenmérgek hosszú listája fölé firkantva:

Dugj egy bezoárt a szájukba!

Harry rámeredt a furcsa instrukcióra. Rémlett neki, hogy valamikor réges-régen hallott már a bezoárról. Nem Piton említette a legelső bájitaltan órájukon? A kecske gyomrából kivett kő: védelmet nyújt a legtöbb méreggel szemben.

Ez nem volt ugyan válasz a Golpalott-problémára, és Piton óráján Harry nem mert volna ilyet csinálni, de a szükséghelyzet szükségmegoldást követelt. Odasietett a tárolószekrényhez, és addig kotorászott benne, mígnem az unikornisszarvak meg a száraz növénycsokrok mögött talált egy kis kartondobozt, amire rá volt firkálva: bezoárok.

Mikor kinyitotta a dobozt, Lumpsluck hangját hallotta: – Figyelem, még két percetek van! – A doboz vagy fél tucat aszott barna gombócot rejtett, melyek inkább apró, kiszárított vesékhez hasonlítottak, semmint igazi kövekhez. Harry kivett egy gombócot, majd visszatette a dobozt a szekrénybe, és a helyére sietett.

– Letelt az idő! – harsogta kedélyesen Lumpsluck. – Lássuk, ki mire jutott. Blaise... mit tudsz mutatni nekem?

Lumpsluck lassan végigment a termen, sorban megvizsgálva a különféle ellenmérgeket. Senkinek nem sikerült végeznie a munkával. Hermione titokban az utolsó pillanatig töltögette a hozzávalókat az üvegébe; Ron már nem is próbálkozott, csupán a lélegzetét fojtotta vissza, hogy ne kelljen beszívnia az üstjéből felszálló rettenetes bűzt. Harry mozdulatlanul állt és várt, izzadó markában a bezoárkővel.

Lumpsluck az ő asztalukat hagyta utoljára. Ernie üstjébe épp csak beleszagolt, aztán fintorogva továbblépett Ronhoz. Onnan is gyorsan meghátrált, mert a szagtól enyhe öklendezés fogta el.

– Nos, Harry? – szólt. – Te mit mutatsz nekem?

Harry kinyitotta markát.

Lumpsluck tíz hosszú másodpercig némán meredt a bezoárkőre. Harry attól tartott, ordítani fog – de Lumpsluck végül hátravetette a fejét, és harsogó kacagásban tört ki.

– Te se mész a szomszédba szemtelenségért, fiam! – hahotázott, azzal felemelte a követ Harry tenyeréről, és megmutatta a csoportnak. – Olyan vagy, mint az anyád... De hiába, egy szavam se lehet... a bezoárkő valóban semlegesíti az összes megvizsgált mérget!

A verejtékező, kormos orrú Hermione arca lángolt a dühtől. Félkész ellenmérge, ami ötvenkét féle anyagot, köztük a saját hajfürtjét tartalmazta, szomorúan bugyogott Lumpsluck háta mögött, akit azonban ezúttal sem érdekelt senki más, csak Harry.

– És persze a bezoár ötlete a saját okos fejedből pattant ki, mi? – sziszegte Hermione fogcsikorgatva.

– Öntörvényűség és egyéni gondolkodásmód: ez jellemzi az igazi bájitalfőzőt! – folytatta a lelkendezést Lumpsluck, mielőtt Harry felelhetett volna Hermionénak. – Az édesanyja is ilyen volt, ő is mindig intuitív módon oldotta meg a problémákat. Kétség sem fér hozzá, hogy Lilytől örökölted a tehetséged, Harry. Szent igaz, szent igaz, ha kéznél van egy ilyen kő, a dolog el van intézve! De ne feledjük, a bezoár nem minden méreg ellen hatásos, és amúgy is ritka kincs, úgyhogy azért nem árt érteni az ellenmérgek keveréséhez...

Hermionénál csak egyvalaki volt dühösebb: Malfoy, aki nem sokkal azelőtt leöntötte magát valami, Harry megítélése szerint macskahányadékra emlékeztető anyaggal. Mielőtt azonban akár ő, akár Hermione hangot adhatott volna Harry munka nélkül elért sikeréről vallott véleményének, megszólalt az óra végét jelző csengő.

– Csináljatok rendet! – utasította a csoportot Lumpsluck. – És tíz jutalompontot kap a Griffendél ezért a frappáns szemtelenségért!

Azzal nevetgélve visszadöcögött a terem végében álló asztalához.

Harry szándékosan sokáig szöszmötölt holmija összepakolásával. Ron és Hermione bosszús képpel elviharzottak, eszük ágában se volt gratulálni a sikeréhez. Végül Harry magára maradt Lumpsluckkal az alagsori tanteremben.

– Igyekezz, Harry, elkésel a következő órádról – dörmögte barátságosan az öreg varázsló, miközben bezárta sárkánybőr aktatáskája aranycsatjait.

– Tanár úr – szólt Harry, akaratlanul is Voldemortra gondolva –, kérdezni szeretnék valamit.

– Hát akkor kérdezz, kedves fiam, kérdezz...

– Arra lennék kíváncsi, hogy mit tud a tanár úr... a horcruxokról.

Lumpsluck megdermedt. Kerek arca mintha kiszúrt gumilabda módjára hirtelen leeresztett volna. Megnyalta ajkát, és rekedten visszakérdezett:

– Mit mondtál?

– Azt kérdeztem, tud-e valamit a tanár úr a horcruxokról. Arról van szó, hogy...

– Dumbledore uszított rám – suttogta Lumpsluck.

Hangja a felismerhetetlenségig elváltozott: megszokott kedélyességét egy csapásra száműzte a döbbenet, a félelem. Remegő kézzel a mellényzsebéhez nyúlt, zsebkendőt húzott ki belőle, és letörölte homlokáról a hideg verejtéket.

– Dumbledore megmutatta neked... azt az emléket. Így van? Megmutatta?

– Igen – felelte Harry, miután gyors mérlegelést követően úgy döntött, nem érdemes hazudnia.

– Hát persze... – dörmögte Lumpsluck, még mindig a homlokát törölgetve. – Hát persze... Nos, ha láttad az emléket, akkor tudhatod, hogy semmit nem tudok a horcruxokról. Semmit!

Azzal felkapta sárkánybőr táskáját, visszatömködte zsebébe a zsebkendőt, és sietve elindult a terem ajtaja felé.

– Csak azt hittem... – szólt utána gyorsan Harry – ...hogy ez talán nem a teljes emlék...

– Azt hitted? Hát akkor tévedtél, fiam. Tévedtél!!!

Az utolsó szót Lumpsluck szinte ordította, s mielőtt Harry akár csak megmukkanhatott volna, becsapta maga mögött az ajtót.

Se Ron, se Hermione nem sajnálkozott, mikor Harry beszámolt nekik csúfos kudarcáról. Hermione még mindig duzzogott Harry munka nélkül aratott diadala miatt, Ron pedig azt nehezményezte, hogy Harry nem szerzett neki is egy bezoárt.

– Tök ciki lett volna, ha te is egy követ mutogatsz! – védekezett Harry. – Meg kellett valahogy puhítanom Lumpsluckot, mielőtt Voldemortról kérdezem! Jaj, hagyd már abba ezt! – legyintett ingerülten, mert Ron szokás szerint felnyögött a rettegett név hallatán.

Harryt annyira dühítette a kudarc és barátai viselkedése, hogy ezután napokig nem hozta szóba előttük a témát. Mivel magányos töprengései sem jártak eredménnyel, jobb híján elhatározta, hogy egyelőre pihenteti az egész dolgot. Úgy vélte, az semmiképp sem árt, ha az újabb támadás előtt hamis biztonságérzetet kelt Lumpsluckban.

A módszer annyiban bevált, hogy a bájitaltan tanár néhány nap múltán már ismét a szokásos jóindulattal viseltetett Harry iránt, s minden arra utalt, hogy elfelejtette az incidenst. Harry arra számított, hogy előbb-utóbb újra meghívást kap egy Lumpsluck-féle esti partira, s ezúttal feltett szándéka volt el is menni, akár egy kviddicsedzés elhalasztása árán is. Ám hiába várt, meghívó nem érkezett. Kérdésére Hermione és Ginny azt mondták, ők se kaptak értesítést, és nem tudnak róla, hogy bárki is kapott volna. Harry ezek után élt a gyanúperrel, hogy Lumpsluck nem szándékozik újabb alkalmat adni neki a faggatózásra – vagyis mégsem felejt olyan könnyen, mint mutatja.

Ezzel egyidejűleg Hermionénak – roxforti évei során most először – csalódnia kellett az iskola könyvtárában. Efölötti határtalan döbbenete még azt is elfeledtette vele, hogy haragszik Harryre a bezoáros trükkért.

– Egyetlen árva mondatot se találtam róla, hogy mik azok a horcruxok! – panaszolta. – Egyetlen árva mondatot se! Végigböngésztem a zárolt anyagot, de még a legborzalmasabb könyvekben, amikben a legiszonyatosabb varázsszerekről írnak, azokban sem említik a horcruxokat! Az egyetlen utalást a Legsetétebb mágia előszavában találtam. Tessék: „A horcruxról, amely minden ördöngös lelemények legrútabbika, több szó itt ne essék." De hát akkor miért említik egyáltalán?

Hermione bosszankodva becsapta a kötetet, ami erre síron túli hangon feljajdult.

– Maradj csöndben! – förmedt rá Hermione, és visszatuszkolta a könyvet a táskájába.

Február elején elolvadt a hó, és dermesztően hideg, nedves idő köszöntött a tájra. A kastély fölött naphosszat vörösesszürke felhők lógtak, a füves parkot csúszós sártengerré változtatta a folyamatosan szemerkélő téli eső. A kedvezőtlen időjárás egyik következménye az volt, hogy a hatodévesek első hoppanálás óráját nem a szabad ég alatt, hanem a kastélyban tartották meg.

Szombat délelőtt Harry és Hermione együtt mentek le az órára – Ron külön indult el Lavenderrel. A kijelölt helyszín a nagyterem volt, ahonnan erre az alkalomra eltüntették az étkezőasztalokat. A terem magas ablakait eső verte, s a bűvös mennyezet sötéten kavargott az összegyűlt diákok és tanárok feje fölött. Jelen volt a négy házvezető: McGalagony, Piton, Flitwick és Bimba, valamint egy ismeretlen, alacsony férfi, akiről Harry feltételezte, hogy a minisztériumból küldött hoppanálás oktató lehet. A pöttöm varázsló külsejét meghökkentő színtelenség jellemezte: a szempillája átlátszó volt, a haja piheszerű, s teste egészében véve olyan benyomást keltett, mintha a leggyengébb fuvallat is fel tudná kapni. Harry elmorfondírozott rajta, hogy vajon a rengeteg eltűnés és felbukkanás lúgozta-e így ki a férfit, vagy épp ellenkezőleg: törékeny alkata tette őt különösen alkalmassá a gyakori hoppanálásra.

– Jó reggelt – köszönt az idegen, miután minden érdekelt megérkezett, és a házvezetők lecsendesítették a diákokat. – Wilkie Derreng vagyok, és a minisztérium megbízásából érkeztem az iskolába. Az előttünk álló tizenkét hétben én leszek a hoppanálás oktatótok. Reméljük, ez idő alatt sikerül megfelelően felkészítenem benneteket a hoppanálás vizsgára...

– Malfoy, fogja be a száját, és figyeljen oda! – csattant fel McGalagony professzor.

Mindenki forgolódni kezdett. Malfoy arca sötétvörösre gyúlt a szégyentől és dühtől; odébb lépett Crak mellől, akivel addig suttogva vitatkozott. Harry rápillantott Pitonra. Az szintén ingerült arcot vágott, bár Harry gyanította, hogy nem Malfoy neveletlensége miatt, hanem mert McGalagony rászólt egy mardekárosra.

– Tehát remélem, hogy a tanfolyam után sokan közületek sikeres vizsgát tesznek majd – folytatta Derreng. – Mint tudjátok, a Roxfortban nem lehet se hoppanálni, se dehoppanálni. Az igazgató úr azonban a nagytermen belül egy órára feloldotta a mágikus tilalmat, hogy lehetővé tegye számotokra a gyakorlást, de hangsúlyozom: e falakon kívül továbbra sem hoppanálhattok, és nem is volna bölcs dolog megpróbálkoznotok vele.

– Most arra kérlek benneteket, álljatok fel úgy, hogy mindenki előtt legyen másfél méternyi szabad hely.

Azonnal élénk mozgolódás, tülekedés támadt a teremben; a diákok elhúzódtak a mellettük állóktól, belehátráltak a mögöttük állókba, és félreparancsolták az előttük állókat. A házvezető tanárok elvegyültek a sokaságban, helyeket jelöltek ki, vitatkozókat választottak szét.

– Te meg hova mész, Harry? – csodálkozott Hermione, de nem kapott választ. Harry sietve elindult a zsibongó tömegben. Elhaladt Flitwick professzor mellett, aki néhány hollóhátast próbált meggyőzni róla, hogy nem állhatnak mind ugyanarra a helyre a legelső sorban, Bimba professzor mellett, aki hasonló vitát folytatott a hugrabugosaival, és végül, miután kikerülte Ernie Macmillant, sikerült észrevétlenül elhelyezkednie leghátul, közvetlenül Malfoy mögött, aki az átmeneti zűrzavart kihasználva tovább folytatta vitáját a tőle másfél méterre álló, mogorva Crakkal.

– Nem tudom, hogy meddig tart még! – emelte fel a hangját Malfoy, nem sejtve, hogy Harry ott áll mögötte. – Azt hittem, gyorsabban végzek, fogd már fel!

366

Crak felelni akart, de Malfoy megelőzte, mintha előre tudná a választ.

– Semmi közöd hozzá, mit csinálok! A ti dolgotok Monstróval az, hogy őrködjetek!

– Én meg szoktam mondani a barátaimnak, hogy mit csinálok, miközben velük őriztetem magam – szólalt meg Harry, ügyelve rá, hogy csak Malfoy hallja, amit mond.

A mardekáros fiú megpördült a sarkán és a pálcája után kapott, de ebben a pillanatban mind a négy házvezető tanár elkiáltotta magát, hogy „Csendet!", és a diáksereg elnémult. Malfoy kelletlenül visszafordult előre.

– Köszönöm – szólt Derreng. – Akkor hát...

Meglendítette pálcáját, mire minden diák előtt egy-egy régimódi fakarika tűnt fel a padlón.

– A hoppanálás kulcsa a három cél – magyarázta Derreng.

– A célmeghatározás, a céltudatosság és a célirányosság!

– Első lépés: összpontosítsatok a kiválasztott úti célra – ami ez esetben a karika belseje.

Először mindenki jobbra-balra forgott, hogy lássa, mit csinálnak a többiek, aztán ki-ki belebámult a saját karikájába. Harry is fixírozni kezdte a poros padlót, s megpróbálta kiüríteni elméjét, de hiába: egyre az járt a fejében, hogy mit csinálhat Malfoy, amihez őrszemek kellenek.

– Második lépés – folytatta Derreng. – Céltudatosan határozzátok el, hogy átkerültök a kigondolt helyre! Engedjétek, hogy a célbaérés vágya testetek minden porcikáját átjárja!

Harry megint körülnézett. A tőle balra álló Ernie Macmillan annyira koncentrált, hogy az arca is belevörösödött – olyan volt, mint egy óriástyúk, aki kvaff-méretű tojást készül tojni. Harry visszafojtotta nevetését, és szemét ismét a karikájára szegezte.

– Harmadik lépés – zendült Derreng hangja. – Mikor megadom a jelet, körbefordultok, és célirányosan belevetitek magatokat a semmibe! Tehát háromra: egy...

367

Harry lopva körülpillantott, s jobbára meghökkent arcokat látott.

– ...kettő...

Harry megpróbált ismét a karikára koncentrálni. A másik két célt már réges-rég elfelejtette.

– ...három!

Harry megpördült a sarkán, elvesztette az egyensúlyát, és kis híján elesett. Sokan jártak így: tele volt a terem tántorgó emberekkel. Neville szimplán hanyatt esett, Ernie Macmillan ellenben egy piruett-szökkenéssel beleugrott a karikájába, és mindaddig borzasztóan örült a sikernek, amíg észre nem vette, hogy Dean Thomas a hasát fogva nevet rajta.

– Semmi baj – szólt egykedvűen Derreng, aki eszerint nem is számított jobb eredményre. – Igazítsátok meg a karikákat, és álljatok vissza a kiindulási pontra...

A második próbálkozás nagyjából ugyanúgy sikerült, mint az első. A harmadik is. A negyediknél végre történt valami: fájdalmas sikoly hangzott fel, és mindenki rémülten rámeredt a hugrabugos Susan Bonesra, akinek úgy sikerült behoppanálnia a karikába, hogy a bal lába tőle másfél méterre, a kiindulóponton maradt.

A házvezető tanárok nyomban odasiettek a lányhoz. Durranás rázta meg a nagyterem falait, bíborszín füst gomolygott fel, s mikor kitisztult a kép, Susan már ismét birtokában volt mindkét lábának. Az arcán azonban határtalan rémület ült.

– Ez az amputoportálás, vagyis egyes testészek hátrahagyása – adta meg a magyarázatot Derreng. – Akkor fordulhat elő, ha nem megfelelő a céltudatosság. Folyamatosan koncentráljatok az úti célra, és célirányosan, nem kapkodva induljatok el felé... így.

Azzal Derreng tett egy lépést előre, széttárt karokkal kecsesen megpördült a tengelye körül. Abban a szempillantásban libbenő talárjával együtt köddé vált, hogy a terem végében bukkanjon fel ismét.

– Ne feledjétek a három célt! Próbáljátok meg újra...
egy... kettő... három...

Egy órával később még mindig Susan amputoportálása minősült az addigi legérdekesebb eseménynek. Derreng ennek ellenére nem kedvetlenedett el. Összecsatolta köpenye gallérját, és csupán ennyit mondott:

– Jövő szombaton ismét találkozunk, és ne feledjétek a kulcsszavakat: célmeghatározás, céltudatosság, célirányosság. Intett a pálcájával – a karikák eltűntek –, és McGalagony társaságában kisétált az ajtón. A diákok zsibongani kezdtek, és szintén a bejárati csarnok felé vették az irányt.

– Neked hogy ment? – lépett oda Harryhez Ron. – Én a legutolsónál éreztem valamit – mintha kicsit elzsibbadt volna a lábam.

– Biztos szorít a cipőd, Von-Von – jegyezte meg egy rosszmájú hang a fiúk háta mögött, majd, szavaihoz illő kifejezéssel az arcán, elvonult mellettük Hermione.

– Én nem éreztem semmit – felelte Harry, nem törődve a közbeszólással. – De nem is nagyon érdekel...

– Mi az, hogy nem érdekel? – hüledezett Ron. – Nem akarsz megtanulni hoppanálni?

– Őszintén szólva nem izgat annyira. Repülni jobban szeretek. – Harry hátranézett a válla fölött, s megkereste tekintetével Malfoyt. A bejárati csarnokba érve aztán megszaporázta lépteit. – Gyere, siessünk, akarok valamit...

Ron értetlenkedve nézett, de azért felszaladt vele a Griffendél-toronyba. Útközben volt egy kis fennakadás, mert Hóborc bezárt egy ajtót a negyedik emeleten, és csak azzal a feltétellel volt hajlandó bárkit átengedni, hogy az illető felgyújtja a saját nadrágját. Harry és Ron erre nem vállalkoztak, inkább visszafordultak, és a jól bevált rejtekutak egyikén mentek tovább. Öt perc sem telt bele, és bemásztak a portrélyukon.

– Most már elmondod, mire készülsz? – kérdezte zihálva Ron.

– Majd fent – felelte Harry, és elindult a klubhelyiségen át a fiúk lépcsője felé.

A hálóterem szerencsére üres volt. Harry gyorsan kinyitotta a ládáját, és Ron türelmetlen tekintetétől kísérve kotorászni kezdett benne.

– Harry...

– Malfoy Crakot és Monstrót használja őrnek. Az előbb odalent vitatkozott Crakkal. Meg kell tudnom... aha!

Megtalálta, amit keresett: egy összehajtott, üresnek tűnő pergamenlapot. Gyorsan kiterítette, és megérintette pálcája hegyével.

– *Esküszöm, hogy rosszban sántikálok...* vagy ha nem én, akkor Malfoy.

A pergamenlapon azon nyomban láthatóvá vált a Tekergők Térképe a kastély összes emeletének részletes alaprajzával s a Roxfortban tartózkodókat jelölő névcímkés fekete pontokkal.

– Segíts megkeresni Malfoyt! – szólt izgatottan Harry.

Letette a térképet az ágyra, és Ronnal fölé hajoltak.

– Megvan! – kiáltott fel egy perc múltán Ron. – A Mardekár klubhelyiségében ül Parkinsonnal, Zambinivel, Crakkal és Monstróval...

Harry először elkedvetlenedett, de aztán megrázta magát.

– Mostantól rajta tartom a szemem – jelentette ki elszántan. – Amint észreveszem, hogy Crak és Monstro őrt állnak, ő pedig ólálkodik valahol, rögtön felkapom a jó öreg varázsköpenyt, és a végére járok...

Elhallgatott, mert ekkor Neville lépett be a hálóterembe. Átható égett szagot hozott magával, és sietve kotorászni kezdett a ládájában másik nadrág után.

Eltökéltség ide vagy oda, a következő pár hétben Harrynek nem volt szerencséje Malfoyjal. Ahányszor csak alkalma volt rá, megnézte a térképet – az óraközi szünetekben például a fiúvécékben tette ezt –, de egyszer sem sikerült Malfoyt gyanús helyen érnie. Igaz, Crak és Monstro a szokásosnál gyak-

370

rabban járták kettesben a kastélyt, s néha hosszan lebzseltek elhagyatott folyosókon, viszont olyankor Malfoy nemhogy a közelükben nem volt, de teljesen el is tűnt a térképről. Harrynek ez szöget ütött a fejébe. Eleinte arra gyanakodott, hogy Malfoy olyankor elhagyja az iskola területét, de a szigorú biztonsági intézkedések ismeretében ötlete se volt, hogyan volna ez lehetséges. Az pedig, hogy az addig elválaszthatatlan Malfoy, Crak és Monstro külön utakon járnak – nos, Ron és Hermione példája sajnos azt bizonyította, hogy ebben nincs semmi rendkívüli.

Már kifelé mentek a februárból, de a március közeledte az időjárásban csak annyi változást hozott, hogy a szüntelen esőzésekhez szélrohamok is társultak. Az sem javított a közhangulaton, hogy a klubhelyiségek hirdetőtábláin megjelent egy kiírás, miszerint az esedékes roxmortsi kirándulás elmarad. Ezen a híren talán Ron háborodott fel a legjobban.

– Pont a születésnapomon lett volna! – kesergett. – Annyira örültem neki!

– Ez sajnos várható volt – vélekedett Harry. – Azután, ami a múltkor Katie-vel történt...

Katie Bell még mindig nem tért vissza a Szent Mungóból, ráadásul a Reggeli Próféta időközben számos újabb eltűnésről adott hírt, amelyek közül jó pár roxfortos diákok hozzátartozóit érintette.

– Most aztán nem maradt semmi, csak a hülye hoppanálás – füstölgött Ron. – Jó kis szülinapi program...

Már túl voltak a tanfolyam harmadik óráján, de a hatodévesek hoppanálási készsége csak annyit fejlődött, hogy még egy pár diáknak sikerült darabokra szakítania a testét. A társaságon csalódottság lett úrrá, s ez Wilkie Derrenggel meg a „céljaival" szembeni ellenérzésekben csapódott le. A varázslót a háta mögött a legkülönbözőbb, cseppet sem hízelgő jelzőkkel illették, melyek között a „célhülye", a „céleszű" és a „célnótás" még szelídnek minősültek.

– Isten éltessen sokáig, Ron! – mondta március elseje reggelén Harry, miután felriadt a reggelizni induló Seamus és Dean után becsapódó ajtó zajára. – Tessék, az ajándékod! – Azzal átdobott egy csomagot Ron ágyára, gyarapítva a kis ajándékkupacot, amit nyilván házimanók csempésztek a szobába az éjszaka folyamán.

– Köszi – motyogta álmosan Ron, s nekilátott, hogy feltépje a csomagolópapírt. Közben Harry kikászálódott az ágyból, kinyitotta a ládáját, és keresni kezdte benne a Tekergők Térképét, amit minden használat után gondosan elrejtett. A fél ládát fel kellett forgatnia, s végül az alatt a zokni gombóc alatt akadt rá a pergamenre, ami a kis üveg szerencseszérumot, a Felix Felicist rejtette.

– Jól van – motyogta. Visszament a térképpel az ágyhoz, megérintette a pálcájával, és halkan, hogy az ágya mellett elsétáló Neville meg ne hallja, elmondta a varázsigét: – *Esküszöm, hogy rosszban sántikálok!*

– Ez nagyon pöpec! – lelkendezett Ron, kezében a Harrytől kapott új őrzőkesztyűvel. – Kösz szépen!

– Szívesen – felelte szórakozottan Harry, aki akkor már a mardekáros fiúk hálószobájának képét nézte, Malfoy pöttye után kutatva. – Figyelj... Malfoy nincs az ágyában...

Ron nem válaszolt. Az ajándékbontogatásra összpontosította figyelmét, s időről időre örvendezve felkiáltott.

– Ez ám a szüret! – Ezúttal egy súlyos aranyórát emelt a magasba, melynek számlapját körben furcsa szimbólumok díszítették, és mutatók helyett apró csillagok mozogtak rajta. – Nézd, mit kaptam anyáméktól! Nem rossz ez a nagykorúság!

– Tök jó – motyogta Harry, s miután vetett egy futó pillantást az órára, ismét a térkép fölé hajolt. Hol lehet Malfoy? Nincs a nagyteremben, a mardekárosok asztalánál... a dolgozószobájában tartózkodó Pitonnál sincs... nincs egyik fiúvécében se, nincs a gyengélkedőn...

– Kérsz egyet? – kérdezte tele szájjal Ron, és egy megkezdett doboz Csokikondért nyújtott Harry felé.

– Nem, kösz – válaszolt felpillantva Harry. – Malfoy megint eltűnt!

– Az nem lehet. – Ron kimászott az ágyból, hogy felöltözzön, s közben újabb Csokikondért tömött a szájába. – Gyere, húzzunk bele, különben éhgyomorra mehetünk hoppanálni... különben lehet, hogy úgy könnyebb...

Ron elgondolkozva nézett a bonbonos dobozra, aztán vállat vont, és bekapott még egy darabot.

Harry megérintette pálcájával a térképet. – *Csíny letudva!* – mondta (habár nem volt letudva semmi), és töprengve öltözködni kezdett. Kell lennie valamilyen magyarázatnak Malfoy rendszeres eltűnésére, gondolta, de ennél tovább nem jutott a probléma megoldásában. Tudta, a legjobb az lenne, ha varázsköpenyében mindenhova követné Malfoyt, de ez a módszer a gyakorlatban alkalmazhatatlannak tűnt: járnia kellett órákra, kviddicsedzésre, hoppanálásra – ha naphosszat Malfoy után loholna, hamarosan ő lenne az, akit keresni kezdenek.

– Nem jössz? – fordult Ronhoz.

Már félúton járt az ajtó felé, amikor észrevette, hogy barátja nem indult el vele. Ron a mennyezetes ágy egyik oszlopát támasztotta, és elhomályosult tekintettel bámulta az esőpöttyözte ablakot.

– Ron! Reggeli!

– Nem vagyok éhes.

Harry meghökkent.

– De hát te mondtad, hogy...

– Jól van, lemegyek veled – sóhajtott Ron –, de nincs étvágyam.

Harry a homlokát ráncolta.

– Biztos, mert megettél egy fél doboz Csokikondért.

– Nem, nem azért – felelte újabb sóhajjal Ron. – Nem... ezt te nem értheted...

– Nem is értem – hagyta rá Harry, és már nyitotta az ajtót.

– Harry!

– Mi van?

– Nem bírom ki!

– Mit nem bírsz ki? – Harry most már komolyan nyugtalankodni kezdett. Ron elsápadt és úgy festett, mint akit a hányinger kerülget.

– Folyton csak rá gondolok! – nyögte rekedten.

Harrynek elkerekedett a szeme. Erre aztán végképp nem számított, és őszintén szólva nem is vágyott efélét hallani. Barátság ide vagy oda, ha Ron elkezdi „Lav-Lav"-ozni Lavendert, akkor lesz néhány keresetlen szava hozzá.

– És attól miért nem tudsz reggelizni? – kérdezte azzal a nem titkolt céllal, hogy némi józan észt csempész a beszélgetésbe.

– Mert ő talán azt se tudja, hogy létezem! – tárta szét a karját Ron.

Harry, ha lehet, még jobban elcsodálkozott.

– Már hogyne tudná, hogy létezel, hisz megállás nélkül csókolóztok!

Most Ronon volt a csodálkozás sora.

– Kiről beszélsz?

– Te kiről beszélsz? – kérdezett vissza Harry, mert kezdte úgy érezni, hogy a beszélgetés végképp abszurddá válik.

– Romilda Vane-ről – susogta Ron, s közben úgy felragyogott az arca, mintha a nap legszebb nyári sugara sütne rá.

A két fiú majdnem egy teljes percig meredt egymásra. Végül Harry szólalt meg:

– Most viccelsz, ugye?

– Azt hiszem... azt hiszem, szerelmes vagyok – préselte ki magából Ron.

– Oké. – Harry odalépett hozzá, hogy alaposabban megvizsgálja barátja üveges szemét és falfehér arcát. – Oké... ezt most mondd el még egyszer a szemembe nézve.

374

– Szerelmes vagyok – lehelte Ron. – Szeretem a fekete haját... olyan fényes, olyan selymes... És a szemét... a gyönyörű nagy, fekete szemét. És a...

– Jó, ez nagyon vicces meg minden – vágott a szavába Harry –, de most már abbahagyhatod. Elég volt.

Azzal sarkon fordult, és megint elindult az ajtó felé. Még két lépést sem tett, amikor iszonyatos erejű ütés érte a jobb fülét. Megtántorodva hátranézett; Ron épp visszahúzta az öklét, s dühtől eltorzult arccal újabb támadásra készült.

Harry reflexszerűen reagált: előkapta pálcáját, és gondolkodás nélkül kiáltotta:

– *Levicorpus!*

Csakúgy mint legutóbb, az ártás a mennyezet felé rántotta Ron bokáját, s egy szempillantás múlva a fiú már harangnyelv módjára, fejjel lefelé lengett a levegőben.

– Miért csináltad ezt!? – kiabálta dühösen Harry.

– Mert megsértetted őt! – ordította a fejébe gyűlő vértől ellilult arccal Ron. – Azt mondtad, viccelek!

– Nem vagy normális! Mi ütött...

Harry pillantása ekkor a Ron ágyán heverő dobozra esett, és az igazság úgy kólintotta fejbe, akár egy felbőszült troll furkósbotja.

– Honnan van az a Csokikondér?

– A születésnapomra kaptam! – kiabálta Ron, miközben a vad hadonászástól lassan forogni kezdett a tengelye körül. – Meg is kínáltalak belőle!

– A földről vetted fel a dobozt, igaz?

– Igen, mert leesett az ágyamról! Eressz le!

– Nem esett le az ágyadról, te féleszű! Hát nem érted? A csoki az enyém volt, én hajítottam ki a ládámból, mikor a térképet kerestem! Ez az, amit Romildától kaptam karácsony előtt! Tele van nyomva szerelmi bájitallal!

Azonban az egész magyarázatból csak egyetlen szó jutott el Ron tudatáig.

– Romildától!? – visszhangozta. – Azt mondtad, Romildától? Harry, te ismered őt? Könyörgök, mutass be neki!

Harry rámeredt fejjel lefelé lengő barátjára, akinek az arca most – amellett, hogy lila volt – sóvár reményt tükrözött. Lényének egyik fele (az, amelyik közelebb esett lüktető jobb füléhez) arra szavazott, hogy engedje el Ront, és nézze végig az ámokfutást, amit barátja a bájital hatásának elmúltáig rendez... Ugyanakkor arra is gondolnia kellett, hogy Ron nem volt ép eszénél, amikor megütötte őt, s hogy ő, Harry minimum újabb pofont érdemelne, ha hagyná, hogy legjobb barátja örök szerelmet esküdjön Romilda Vane-nek.

– Persze, bemutatlak neki – felelte a helyzet gyors átgondolása után. – És most leengedlek, rendben?

Kíméletlenül leejtette Ront (mert azért eléggé fájt a füle), de a fiú vigyorogva pattant fel a padlóról.

– Romilda Lumpsluck szobájában van – jelentette ki határozottan Harry, és már indult is az ajtó felé.

– De hát mit keres ott? – aggodalmaskodott a nyomában loholó Ron.

– Különórára jár bájitaltanból – hazudta gondolkodás nélkül Harry.

Ron szemében mohó fény csillant.

– Majd megkérdezem Lumpsluckot, hogy nem járhatunk-e ketten!

– Szuper ötlet – bólogatott Harry.

Lavender a portrélyuknál várta Ront, ami némi komplikációt jelentett.

– Elkéstél, Von-Von! – szólt duzzogva a lány. – A szülinapi megle...

– Hagyj békén, sietek! – fojtotta belé a szót Ron. – Harry bemutat Romilda Vane-nek!

Azzal otthagyta Lavendert, és kimászott a portrélyukon. Harry megpróbálkozott egy bocsánatkérő fintorral, de az valószínűleg nem sikerült tökéletesen, legalábbis Lavender felháborodott tekintetéből ítélve.

Harry tartott tőle, hogy Lumpsluck esetleg már lement reggelizni, de szerencsére nem így volt: az öreg varázsló az első kopogtatásra ajtót nyitott. Zöld bársonyköntöst és hozzá illő hálósipkát viselt, s szemlátomást még nem volt egészen ébren.

– Harry – dörmögte. – Nem szoktam ilyen korán látogatót fogadni. Szombatonként sokáig alszom...

– Bocsánat a zavarásért, professzor úr – hadarta fojtott hangon Harry, miközben Ron lábujjhegyen ágaskodva próbált bekukkantani Lumpsluck mögé a szobába. – A barátom, Ron véletlenül szerelmi bájitalt vett be. Megtenné, hogy készít neki ellenszert? Elvinném Madam Pomfreyhoz, de kínos lenne, mert, tudja, Weasley-termékeket elvileg nem szabad behozni az iskolába ...

– Mestere vagy a szakmának, miért nem ütöttél össze neki valamit te magad? – kérdezte csodálkozva Lumpsluck.

– Öhm, hát azért... – Harry nehezen tudott a beszélgetésre koncentrálni, mert Ron közben könyökét használva próbált befurakodni mellette a szobába. – Azért, mert még sose kevertem szerelmi bájital elleni szert, és féltem, hogy mire elkészülök vele, Ron esetleg...

Ron szerencsére épp ekkor dörmögte oda Harrynek:

– Sehol nem látom őt, Harry... Miért rejtegeti az öreg?

– Nem lehet, hogy lejárt bájitalt volt? – kérdezte Lumpsluck, immár szakmai érdeklődéssel fürkészve Ront. – Némelyiknek erősödik a hatása a hosszas tárolástól.

– Igen, az könnyen lehet – zihálta Harry, aki most már csak erőnek erejével tudta visszatartani Ront, hogy ne gázoljon át Lumpsluckon. – Ma van a születésnapja, professzor úr – tette hozzá esdeklően.

– Na nem bánom, gyertek – adta be a derekát Lumpsluck. – A táskámban megvan minden szükséges hozzávaló. Nem egy bonyolult keverék...

Ron berontott Lumpsluck zsúfolt dolgozószobájába, ott rögtön meg is botlott egy rojtos lábzsámolyban, s csak úgy tudta visszanyerni az egyensúlyát, hogy Harry nyakába csimpaszkodott.

– Ezt nem látta Romilda, ugye? – suttogta rémülten.

– Még nem érkezett meg – felelte Harry, s közben Lumpsluckot figyelte a szeme sarkából. A varázsló elővette bájitalkeverő készletét, és ebből is, abból is egy-egy csipetnyit adagolt egy kis kristálypalackba.

– Akkor jó – bólogatott Ron. – Hogy nézek ki?

– Nagyon fess vagy – biztosította Lumpsluck, miközben egy pohár víztiszta folyadékot nyújtott át neki. – Nesze, idd meg ezt. Egy kis idegnyugtató, hogy ne izgulj annyira, mikor a hölgy megérkezik.

– Jaj, de jó, köszönöm – hálálkodott Ron, és hangosan kortyolva benyakalta az ellenszert.

Harry és Lumpsluck figyelték, mi történik. Ron eleinte boldogan nevetett rájuk. Aztán lassan leolvadt arcáról a mosoly, s a határtalan borzadály kifejezése jelent meg a helyén.

– Úgy látom, jobban van – vigyorgott Harry, és Lumpsluck is elkuncogta magát. – Köszönöm, professzor úr!

– Szóra sem érdemes, fiam, szóra sem érdemes – legyintett az öreg.

Ron megsemmisülten lerogyott egy székre.

– Egy kis hangulatjavító, az kell most neki – folytatta Lumpsluck, s egy italokkal megrakott asztalhoz döcögött. – Lássuk csak... van vajsöröm... van borom... igen, van itt még egy utolsó üveggel abból a jó, tölgyfahordóban érlelt mézborból... Eredetileg Dumbledore-nak szántam karácsonyra... de sebaj – Lumpsluck vállat vont. – Amit sose kóstolt, az nem is hiányzik neki, nem igaz? Nyissuk ki, és ünnepeljük meg a fiatalúr születésnapját! A finom ital a legjobb gyógyír a szerelmi csalódásra...

Újra elnevette magát, s Harry vele nevetett. A valódi emlék kicsikarására tett rossz emlékű próbálkozás óta most először volt együtt szűk társaságban Lumpsluckkal. Talán ha sikerülne még fokoznia az öreg jókedvét... ha eleget innának abból a tölgyfahordóban érlelt mézborból...

– Parancsoljatok. – Lumpsluck átnyújtott Harrynek és Ronnak egy-egy pohár italt, majd ő maga is felemelt egyet. – Nos, isten éltessen, Ralph...

– Ron – súgott neki Harry.

Ron azonban nem vágyott se köszöntésre, se koccintásra; nemes egyszerűséggel felhajtotta a nemes italt.

Volt egy pillanat, egy szívdobbanásnyi idő, amikor Harry már tudta, hogy nagyon nagy baj van, de Lumpsluck még semmit nem vett észre.

– ...és további sok boldog...

– Ron!

A fiú elejtette a poharat; félig felemelkedett a székből, de aztán visszazuhant, és végtagjai görcsös rángatózásba kezdtek. Habzott a szája, s szemei úgy kidülledtek, mintha ki akarnának esni üregükből.

– Professzor úr! – kiáltott fel kétségbeesetten Harry. – Segítsen rajta!

Lumpsluck azonban csak állt, a döbbenettől földbe gyökerezett lábbal. Ron vonaglott, fuldoklott, és lassan elkékült az arca.

– Mi... de... – hebegte Lumpsluck.

Harry átszökkent egy alacsony asztalon, s miközben a szobát betöltötte Ron borzalmas hörgése, odarohant az öreg varázsló nyitva maradt bájitalkellékes táskájához. Sorban kikapkodta belőle az üvegeket és zsákocskákat, és nemsokára meg is találta, amit keresett: az aszott kis követ, amit a bájitaltan óra végén Lumpsluck átvett tőle.

Visszaszaladt Ronhoz, felfeszítette a száját, és beledugta a bezoárt. Ron megremegett, mély, hörgő lélegzetet vett, azután elernyedt, és nem mozdult többé.

Manónyomozók

– Egyszóval volt már Ronnak jobban sikerült szülinapja is – mondta Fred.

Este volt; a gyengélkedőre csend ült, az ablakokat függöny takarta, égtek a lámpák. Minden ágy üres volt annak az egynek a kivételével, amelyikben Ron feküdt. Harry, Hermione és Ginny ott ültek körülötte; előzőleg egész nap a kétszárnyú ajtó előtt álltak, és megpróbáltak belesni, valahányszor bement vagy kijött valaki. Madam Pomfrey csak este nyolckor engedte be őket. Fred és George nyolc után tíz perccel érkeztek.

– Nem így akartuk átadni az ajándékunkat – szólt búslakodva George, miután letett egy nagy csomagot Ron éjjeliszekrényére, és leült Ginny mellé.

– Igen, úgy képzeltük, hogy magánál lesz – bólogatott Fred.

– Roxmortsban vártuk őt a meglepetéssel – magyarázta George.

– Roxmortsban voltatok? – pillantott fel Ginny.

– Aha, meg akartuk venni Zonko Csodabazárát – felelte kedvetlenül Fred. – Hogy legyen Roxmortsban is boltunk. De hát mire megyünk vele, ha nem engednek le titeket hétvégenként, hogy bevásároljatok nálunk? Mindegy, most nem ez a fontos…

Odahúzott egy széket Harry mellé, és ránézett Ron sápadt arcára.

– Pontosan hogy történt, Harry?

Harry töviről-hegyire elmondta az egészet, ugyanúgy, ahogy előtte Dumbledore-nak, McGalagonynak, Madam Pomfreynak, Hermionénak és Ginnynek.

– ...és akkor beledugtam a szájába a bezoárt, amitől egy kicsit jobban lett. Lumpsluck elszaladt segítséget hívni, jött McGalagony és Madam Pomfrey, és felhozták őt ide. Azt mondják, meg fog gyógyulni. Madam Pomfrey szerint kábé egy hétig ágyban kell maradnia... addig kapja a rutakivonatot.

– Állati mázli, hogy eszedbe jutott a bezoár – dörmögte George.

– Az a mázli, hogy volt kéznél egy – felelte Harry. Még mindig kirázta a hideg, ha arra gondolt, mi történt volna, ha nem tud hirtelen bezoárt szerezni.

Hermione hangtalanul szipogott. Egész nap nagyon csöndes volt. Holtsápadtan futott be a gyengélkedő elé, és meghallgatta Harry beszámolóját, de aztán, miközben Harry és Ginny az eset körülményeit boncolgatta, ő csak állt összeszorított szájjal és rémült arccal, úgy várta, hogy végre beengedjék őket Ronhoz.

– Anyáék tudják már? – fordult Ginnyhez Fred.

– Egy órája érkeztek, már voltak itt. Most Dumbledore-nál vannak, de nemsokára visszajönnek...

A beszélgetésben rövid szünet állt be. Mindannyian az álmában motyogó Ront nézték.

– Szóval az italban volt a méreg? – kérdezte halkan Fred.

– Igen – vágta rá Harry. Semmi másra nem tudott gondolni, és örült, hogy megint beszélhet a témáról. – Lumpsluck kitöltötte...

– Elképzelhető, hogy észrevétlenül belecsempészett valamit Ron poharába?

– Igen – felelte Harry –, de miért akarta volna Lumpsluck megmérgezni Ront?

– Fogalmam sincs – ráncolta a homlokát Fred. – Nem lehet, hogy véletlenül összecserélte a poharakat? Hogy neked szánta a mérget?

– Miért, Harryt van oka megmérgezni? – kérdezte Ginny.

– Nem t'om – felelte Fred –, de Harryt biztos sokan szeretnék eltenni láb alól. A Kiválasztottat nem mindenki komálja.

– Szerinted Lumpsluck halálfaló? – nézett rá Ginny.

– Minden lehetséges – válaszolt sötéten Fred.

– Például az is, hogy az Imperius hatása alatt áll – jegyezte meg George.

– Meg az is, hogy ártatlan – vetette ellen Ginny. – Lehet, hogy a palackban volt a méreg, és akkor valószínűleg magának Lumpslucknak szánták.

– Ki akarná megölni Lumpsluckot?

– Dumbledore azt mondta, Voldemort meg akarta szerezni magának az öreget – mutatott rá Harry. – Lumpsluck egy egész évig bujkált, mielőtt a Roxfortba jött. És... – Arra az emlékre gondolt, amit Dumbledore nem tudott kiszedni Lumpsluckból. – ...és lehet, hogy Voldemort végezni akar vele, mert azt hiszi, a vén csataló értékes szolgálatokat tehet Dumbledore-nak.

– De hát azt mondtad, hogy Lumpsluck Dumbledore-nak szánta a mézbort – emlékeztette Ginny. – Vagyis a kiszemelt áldozat akár Dumbledore is lehetett.

– Akkor a merénylő nem ismeri túl jól Lumpsluckot – mondta Hermione. Órák óta most szólalt meg először, s olyan volt a hangja, mintha náthás lenne. – Nála elég jó esély van rá, hogy egy ilyen finomságot inkább megtart magának.

– 'eermónee – hörögte váratlanul Ron.

A társaság elnémult; aggódva figyelték a beteget, de Ron ezután már csak érthetetlenül motyogott, majd horkolni kezdett.

Egyszer csak lendületesen kitárult a gyengélkedő ajtaja, alaposan ráijesztve a beteglátogatókra. Hagrid csörtetett be esőtől csapzott hajjal, hosszú, lengő medvebundában, kezében nyílpuskával, delfin méretű sárnyomokat hagyva maga után a padlón.

– Egész nap a Rengetegben voltam! – zihálta. – Aragog egyre rosszabbul van, felolvastam neki – csak most jöttem fel vacsorázni, erre Bimba professzor mondja, mi történt Ronnal! Hogy van?

– Tűrhetően – felelte Harry. – Azt mondják, kiheveri.

– Egyszerre csak hat látogató lehet idebent! – sietett ki a szobájából Madam Pomfrey.

– Hagriddal együtt hatan vagyunk – mutatott rá George.

– Oh... igaz... – motyogta Madam Pomfrey, aki a mérete miatt nyilván több embernek számolta Hagridot. Zavarát leplezendő gyorsan hozzálátott, hogy pálcájával feltakarítsa a vadőr sáros lábnyomait.

– Nem tudom elhinni – dörmögte rekedten Hagrid, és lompos fejét csóválva Ronra bámult. – Egyszerűen nem tudom elhinni... Nézzetek rá szegényre... Ki akarhatja bántani őt?

– Pont arról beszélgettünk – bólogatott Harry. – Fogalmunk sincs.

– Nem lehet, hogy valaki rászállt a Griffendél kviddicscsapatára? – aggodalmaskodott Hagrid. – Előbb Katie, most meg Ron...

George a homlokát ráncolta.

– Merényletsorozat egy kviddicscsapat ellen? Elég fura lenne.

– Wood képes lett volna kicsinálni a mardekárosokat, ha tudja, hogy nem bukik le – jegyezte meg Fred.

– Szerintem is van kapcsolat a támadások között, de az nem a kviddics – szólt csendesen Hermione.

– Halljuk az okfejtést! – fordult felé Fred.

384

– Először is: mindkettőt halálos merényletnek szánták, és csak a szerencsén múlott, hogy egyik se lett az. Másodszor: se a méreg, se a nyaklánc nem jutott el ahhoz, akinek szánták. Ilyenformán persze a tettes egyenesen közveszélyes, hisz úgy tűnik, nem érdekli, hány emberrel végez, mielőtt eljut a kiszemelt áldozathoz.

Mielőtt bárki is reagálhatott volna a baljóslatú következtetésre, a kétszárnyú ajtó ismét kinyílt, és besietett a kórterembe a Weasley házaspár. Előző ottjártukkor csak arra volt idejük, hogy érdeklődjenek Ron állapota felől, most viszont Mrs Weasley elkapta és szorosan magához ölelte Harryt.

– Dumbledore elmondta, hogy te mentetted meg Ront a bezoárral! – hálálkodott könnyekre fakadva. – Istenem, Harry, mit mondhatnék? Megmentetted Ginnyt... megmentetted Arthurt... és most Ront is...

– Ugyan... dehogy... – motyogta zavartan Harry.

– Most hogy belegondolok, a fél családunk neked köszönheti az életét – szólt elfúló hangon Mr Weasley. – A Weasleyk hálát adhatnak az égnek, hogy Ron öt éve beült a fülkédbe a Roxfort Expresszen.

Harry nem tudott mit felelni erre, és szinte örült, mikor Madam Pomfrey figyelmeztette a társaságot, hogy most már tényleg túl sokan vannak. Harry és Hermione nyomban felálltak, s Hagrid is velük tartott.

– Borzalom – dörmögte a szakállába a vadőr, miközben a márványlépcső felé baktattak. – Ennyi szigorú biztonsági rendszabály, és mégis ilyenek történnek... Dumbledore nagyon aggódik... nem mondja, de látom rajta...

– Neki sincs semmi ötlete? – kérdezte Hermione.

– Ötlete biztos százával van, ahogy az eszét ismerem – felelte a tőle megszokott lojalitással Hagrid. – De nem tudja, ki küldte a nyakláncot és ki tett mérget a borba, különben már rég nyakon csípték volna a gazembert. A legnagyobb baj az... – Hagrid suttogóra fogta hangját, és gyorsan körülnézett, Harry pedig a biztonság kedvéért felpillantott a mennyezetre, hogy nincs-e ott Hóborc. – ...hogy ha a gyerekeket támadások érik, akkor a Roxfort nemigen működhet tovább. Ugyanaz lesz, mint mikor kinyílt a Titkok Kamrája. Kitör a pánik, egyre több szülő fogja kivenni a gyerekét, és akkor a felügyelő-bizottság...

Hagrid elhallgatott, mert ekkor felbukkant előttük egy hosszú hajú nő kísértete. A vadőr megvárta, amíg a jelenés tovaszáll, aztán rekedten suttogva befejezte a mondatot:

– ...a felügyelő-bizottság be fogja zárni az iskolát.

– Csak nem tesznek ilyet! – hüledezett Hermione.

– Nézd az ő szempontjukból a dolgot – csóválta fejét Hagrid. – Sose volt veszélytelen dolog egy gyereket a Roxfortba küldeni. Ahol több száz kiskorú varázsló van összezárva, ott bármikor történhet baleset. De ha még merényletek is történnek... Nem csoda, hogy Dumbledore haragszik Pi...

Hagrid elharapta a mondatot, és arcának a haj- és szakáll-dzsungelből kilátszó részén megjelent a jól ismert bűntudatos kifejezés.

– Micsoda? – kapott a szón Harry. – Dumbledore haragszik Pitonra?

– Nem mondtam ilyet – visszakozott Hagrid, de rémülete rácáfolt szavaira. – Késő van, mindjárt éjfél! Le kell mennem...

– Hagrid! – emelte fel a hangját Harry. – Miért haragszik Dumbledore Pitonra?

– Cssss! – pisszegett a vadőr. – Halkabban, Harry, azt akarod, hogy elveszítsem az állásom? Habár mit érdekel az téged, hisz nem jársz legendás lények gondo...

– Hiába próbálsz bűntudatot ébreszteni bennem! – állt a sarkára Harry. – Halljuk: mit csinált Piton?

– Nem tudom, Harry... Nem is lett volna szabad hallanom! Az úgy volt, hogy egyik este kifelé jöttem az erdőből, és véletlenül hallottam, hogy beszélgetnek... Vitatkoztak, na. Nem akartam, hogy észrevegyenek, hát elsunnyogtam, és próbáltam oda se figyelni, de hát... eléggé hangosan beszéltek, nem lehetett nem hallani.

– Na és? – noszogatta Harry a zavartan toporgó vadőrt.

– Hát... Piton azt mondta, Dumbledore túl sokat vár tőle, és hogy talán ő már nem is akarja csinálni...

– Mit?

– Nem tudom. Úgy hangzott, mintha Piton sokallná a munkát... Na mindegy, szóval Dumbledore kerek-perec megmondta neki, hogy ha elvállalta, csinálja is meg. Elég szigorúan beszélt. Aztán meg mondott valamit arról, hogy Piton nyomoz a házában, a Mardekárban. Nincs ebben semmi furcsa! – tette hozzá gyorsan Hagrid, mert Harry és Hermione jelentőségteljes pillantást váltottak. – Minden házvezetőnek megmondták, hogy nézzen utána annak a nyaklánc-dolognak...

– Igen, de a többi tanárral nem veszekszik Dumbledore – mutatott rá Harry.

– Ide figyelj... – Hagrid zavartan feszegette a számszeríját, amitől az hangos roppanással kettétört. – Tudom én, mit gondolsz Pitonról, és nem akarom, hogy olyasmit képzelj ebbe a dologba, ami nincs benne.

– Vigyázat! – szólt velősen Hermione.

A hátuk mögött a falon feltűnt Argus Frics púpos árnyéka, majd egy szempillantás múlva felbukkant a sarkon maga a gondnok.

– Hohó! – rikkantotta kéjtől remegő állal. – Késő éjjel a folyosón! Ebből büntetőmunka lesz!

– Nem lesz – felelte kurtán Hagrid. – Velem vannak, ha nem látnád.

– És akkor mi van? – undokoskodott Frics.

– Az van, hogy én tanár vagyok, te alamuszi kvibli! – vágta rá dühbe gurulva Hagrid.

A gondnok sziszegve felfújta magát. Közben megérkezett Mrs Norris, és tekeregni kezdett Frics csontos bokája körül.

– Menjetek! – szólt a szája sarkából Hagrid.

Harrynek ezt nem kellett kétszer mondani, Hermionéval együtt sietve kereket oldott. Még sokáig hallották Hagrid és Frics emelt hangú szóváltását. A Griffendél-torony bejáratától nem messze összetalálkoztak Hóborccal, de a kopogószellem nem törődött velük; kacagva-rikoltozva suhant arrafelé, amerről a veszekedést hallotta.

Hirig, balhé, galiba!
Beszállok a buliba!

A Kövér Dáma már szunyókált, és cseppet sem örült a zavarásnak, de ha mogorván is, utat nyitott Harryéknek a szerencsére csendes, néptelen klubhelyiségbe. Úgy tűnt, még nem terjedt el az újabb merénylet híre; Harry örült ennek, mert aznap már épp elég kérdésre kellett válaszolnia. Hermione jó éjszakát kívánt neki, és elindult a lányok hálókörlete felé. Harry még nem volt álmos; leült a kandalló elé, és a pislákoló parázsba bámult.

Dumbledore tehát összekülönbözött Pitonnal. Kijött a sodrából annak ellenére, amit mondott – annak ellenére, hogy váltig bizonygatta Piton iránti feltétlen bizalmát... Úgy gondolja, hogy Piton nem nyomoz elég hatékonyan a Mardekár berkeiben... vagy talán hogy nem nyomoz elég hatékonyan egy bizonyos mardekáros, nevezetesen Malfoy után?

Dumbledore azért tett úgy, mintha nem tartaná megalapozottnak Harry gyanúját, mert nem akarta, hogy Harry a saját kezébe vegye a dolgot és valami meggondolatlanságot tegyen? Ez könnyen elképzelhető volt, mint ahogy az is, hogy nem akarja elvonni Harry figyelmét a különóráktól és a Lumpsluck-féle emlék megszerzésének feladatától. Vagy egyszerűen nem akarja egy tizenhat éves gyerekkel megosztani egy tanárkollégájával kapcsolatos gyanúit...

– Na végre, Potter!

Harry felugrott ijedtében, és kirántotta a pálcáját. Meg volt győződve róla, hogy a klubhelyiség üres, így teljesen váratlanul érte, mikor az egyik távolabbi karosszékből felugrott egy megtermett alak. Némi hunyorgás után azonban felismerte az illetőben Cormac McLaggent.

– Órák óta várlak – mondta McLaggen, ügyet sem vetve a rá szegeződő pálcára. – El is aludtam közben. Figyelj, láttam, mikor felvitték Weasleyt a gyengélkedőre. Nem úgy nézett ki, mint aki a jövő héten játszani tud.

Beletelt néhány másodpercbe, mire Harry felfogta, mire akar kilyukadni McLaggen.

– Ja... a kviddics. – Harry a farmerja szíjába dugta a pálcát, és fáradtan beletúrt a hajába. – Hát igen... lehet, hogy nem épül fel addig.

– Akkor beállhatok helyette őrzőnek, ugye? – kérdezte McLaggen.

– Igen – felelte Harry. – Végül is igen...

Nem jutott az eszébe ellenérv; elvégre valóban McLaggen volt a második legjobb a válogatáson.

– Szuper – bólintott elégedetten McLaggen. – Mikor van edzés?

– Mi? Ja... holnap este.

– Oké. Figyelj, Potter, előtte le kéne ülnünk dumálni. Van egy pár használható taktikai ötletem.

– Aha – dörmögte a legcsekélyebb lelkesedés nélkül Harry. – Majd holnap meghallgatom őket. Most elég fáradt vagyok... Szia.

A hír, hogy Ront megmérgezték, másnap gyorsan elterjedt, de korántsem keltett akkora riadalmat, mint annak idején a Katie elleni merénylet. A többség minden jel szerint úgy gondolta, hogy a dolog véletlen baleset volt – a bájitaltan tanár szobájában előfordulhat ilyen –, és hogy végül is nem történt nagy baj, hisz Ron nyomban megkapta az ellenszert. A griffendélesek nagy részét hovatovább sokkal jobban izgatta a Hugrabug elleni közelgő meccs, ugyanis epedve várták, hogy Zacharias Smith, a Hugrabug hajtója elnyerje méltó büntetését a Mardekár elleni nyitómeccsen leadott kommentárjáért.

Harryt ezzel szemben még sose hagyta ennyire hidegen a kviddics – minden figyelmét a Draco Malfoy utáni megszállott nyomozás kötötte le. Amilyen sűrűn csak tudta, megnézte a Tekergők Térképét, néha követte is Malfoyt ide vagy oda, de egyszer sem sikerült gyanús tevékenységen kapnia őt. Ugyanakkor továbbra is rendszeresen ismétlődtek azok a titokzatos időszakok, amikor Malfoy egyszerűen eltűnt a térképről.

Sok ideje azonban nem volt Harrynek a problémán töprengeni. Ennek a kviddicsedzések és a sok házi feladat mellett az volt az oka, hogy bármerre járt, örökké ott volt a nyomában Cormac McLaggen és Lavender Brown.

El se tudta dönteni, melyikük idegesíti jobban. McLaggen szünet nélkül arra célozgatott, hogy a csapat állandó őrzőjeként is jobban teljesítene, mint Ron, és erősködött, hogy Harry, miután látta őt játszani, ugyanerre a véleményre jut majd. Emellett gátlástalanul kritizálta a többi játékost, valamint részletes edzéstervekkel bombázta Harryt, akinek így többször is emlékeztetnie kellett őt rá, ki a csapatkapitány kettejük közül.

Ezzel egyidejűleg Lavender minden adandó alkalommal elkapta Harryt, hogy Ronról beszélgessen vele, s ezt Harry majdhogynem fárasztóbbnak érezte, mint a McLaggen-féle kviddicsakadémiát. Lavender kezdetben fel volt háborodva, hogy őt nem értesítették az elsők között Ron balesetéről – „Mégiscsak a barátnője vagyok!" –, de aztán sajnos megbocsátotta Harrynek ezt a figyelmetlenséget, és számos elemző beszélgetést kezdeményezett Ron érzéseiről, kimondhatatlanul kellemetlen élmények sorához juttatva Harryt.

– Figyelj, miért nem Ronnal beszéled meg mindezt? – kérdezte egyszer Harry, lezárva egy különösen hosszúra nyúlt mélyinterjút, amelyben minden téma terítékre került, attól kezdve, hogy pontosan mit mondott Ron Lavender új dísztalárjáról, egészen addig, hogy Harry szerint Ron „komolynak" tartja-e a kapcsolatát Lavenderrel vagy sem.

– Szívesen beszélnék vele, de mindig épp alszik, amikor bemegyek hozzá! – kesergett a lány.

– Tényleg? – csodálkozott Harry. Ő minden gyengélkedői látogatása alkalmával ébren találta Ront; barátja élénk érdeklődést mutatott a Dumbledore-Piton téma iránt, valamint mindig lelkesen pocskondiázta McLaggent.

– Hermione Granger még mindig bejár hozzá? – kérdezte váratlanul Lavender.

– Igen, azt hiszem. Végül is barátok.

– Barátok! – csattant fel Lavender. – Na ne röhögtess! Miután Ron elkezdett járni velem, Granger hetekig szóba se állt vele! Persze most, hogy Ron olyan érdekes, hirtelen ki akar békülni vele...

– Szerinted az ember érdekes lesz attól, hogy megmérgezik? – kérdezte Harry. – Mindegy... bocs, most mennem kell, mert jön McLaggen, és a kviddicsről akar beszélni – hadarta, azzal beugrott egy kőfalnak álcázott ajtón, és elszaladt bájitaltan órára. Oda szerencsére se Lavender, se McLaggen nem követhette.

A Hugrabug elleni meccs reggelén, mielőtt elindult a stadionba, Harry tett egy villámlátogatást Ronnál. Barátja alig fért a bőrébe – Madam Pomfrey nem engedte el őt a meccsre, mondván, hogy túlságosan felizgatná magát.

– Na és milyen McLaggen? – kérdezte Harryt, rövid időn belül immár harmadszor.

– Mondtam már – válaszolta türelmesen Harry –, ha a világ legjobb őrzője lenne, akkor se akarnám megtartani. Mindent jobban tud, és folyton kioktat minket. Alig várom, hogy megszabaduljak tőle. Erről jut eszembe – tette hozzá, miközben felállt, és magához vette a Tűzvillámot –, tedd meg, hogy nem csinálsz úgy, mintha aludnál, amikor Lavender bejön hozzád. Az őrületbe kerget az a lány.

– Jó – motyogta szégyenlősen Ron. – Oké.

– Ha már nem akarsz járni vele, mondd meg neki.

– Hát igen... persze... de az nem olyan könnyű – dörmögte Ron, majd rövid hallgatás után csak úgy mellesleg megkérdezte: – Hermione is benéz még a meccs előtt?

– Nem, már lement a stadionba Ginnyvel.

Ron elszontyolodott.

– Aha... értem. Hát akkor sok szerencsét. Remélem, lealázzátok McLag... mármint Smith-t meg a Hugrabugot.

– Megpróbáljuk. – Harry a vállára kapta seprűjét. – A meccs után találkozunk.

Végigsietett a kongó folyosókon; a kastély jóformán üres volt, hisz a diákok már mind vagy a stadionban ültek, vagy úton voltak oda. Harry minden ablakon kinézett, ami mellett elhaladt – próbálta megállapítani, milyen erős lehet odakint a szél –, aztán egyszerre zajt hallott, s mikor odafordult, Malfoyt pillantotta meg. A mardekáros fiú két mogorva képű lány társaságában közeledett felé.

Malfoy megtorpant Harry láttán, aztán szárazon felnevetett, és továbbindult.

– Hova mész? – szólt rá Harry.

– Persze, biztos megmondom, mert annyi sok közöd van hozzá – felelte foghegyről Malfoy. – Szerintem siess, mert biztos nagyon várják már a Kiválasztott Kapitányt, a Kis Melléfogót... nem tudom, mi mostanában a divatos neved.

Az egyik lány akaratlanul elvihogta magát. Harry rábámult, s a lány elpirult. Malfoy elvonult Harry mellett, a két

392

lány loholva követte, s furcsa hármasfogatuk hamarosan eltűnt a sarkon.

Harry földbe gyökerezett lábbal meredt utánuk. Tébolyító helyzetben volt: pont most, mikor végre lehetősége lenne rá, hogy kileshesse, mit művel titokban Malfoy, késlekedés nélkül le kell mennie a stadionba. Múltak a másodpercek, de Harry képtelen volt megmozdulni... szinte megigézve bámulta azt a helyet, ahol Malfoyék eltűntek...

– Te meg hol voltál? – kérdezte mérgesen Ginny, mikor Harry berontott az öltözőbe. A csapat tagjai már mind kviddicstalárban voltak, készen a kivonulásra. Coote és Peakes, a terelők lámpalázasan ütögették lábszárukat az ütőjükkel.

– Találkoztam Malfoyjal – világosította fel a lányt fojtott hangon Harry, miközben kapkodva belebújt piros talárjába.

– Na és?

– És érdekelne, mit csinál fent a kastélyban két lánnyal együtt, miközben mindenki itt van...

– Olyan fontos ez most?

– Igen, de hiába fontos. – Harry felkapta a Tűzvillámot, és megigazította szemüvegét. – Na gyerünk!

Azzal már indult is ki a pályára, ahol fülsiketítő ováció és hurrogás fogadta a csapatot. Enyhe szél fújt, és szakadozott volt a felhőzet: időről időre vakító fénnyel kisütött a nap.

– Trükkös időjárás! – fordult a csapathoz McLaggen. – Coote, Peakes, háttal a napnak támadjatok, hogy ne vegyenek észre titeket...

– Én vagyok a kapitány, McLaggen, úgyhogy bízd rám az irányítást! – csattant fel Harry. – Indulj fel a karikákhoz!

Miután McLaggen elment, odafordult Coote-hoz és Peakeshez.

– Tényleg igyekezzetek hátfényben támadni – mondta kelletlenül.

393

Kezet fogott a hugrabugos kapitánnyal, majd Madam Hooch sípszavára elrúgta magát a földtől, és a játéktér fölött körözve kutatni kezdett a cikesz után. Ha hamar el tudná kapni, talán még időben visszaérne a kastélyba, magához vehetné a Tekergők Térképét, és leleplezhetné Malfoyt...

– A hugrabugos Smith szerezte meg a kvaffot – zengte be egy álmatag hang a stadiont. – Emlékszünk, a legutóbbi meccset ő kommentálta, és utána Ginny Weasley bedöntötte alatta a pódiumot – úgy tűnt, szándékosan. Smith nagyon csúnyákat mondott a Griffendélről, de most, hogy ellenük játszik, már biztosan bánja... né, elvesztette a kvaffot, Ginny elvette tőle. Szeretem Ginnyt, nagyon kedves lány...

Harry döbbenten bámult a kommentátor-emelvény felé. Kizárt dolog, hogy épeszű ember odaadná Luna Lovegoodnak a megafont... Márpedig még a magasból is jól felismerhető volt a hosszú, piszkosszőke haj, a vajsörösdugónyaklánc... A Luna Lovegood mellett álló McGalagony professzoron már most látszott, hogy kezdi megbánni döntését.

– ...de most meg Ginnyt szerelte az a nagydarab hugrabugos, hogy is hívják, Bibble... nem, Buggins...

– Cadwallader a neve! – hallatszott McGalagony ingerült közbeszólása. A közönség nevetett.

Harry jobbra-balra tekingetett, de sehol nem látta a cikeszt. Néhány másodperc múltán Cadwallader megszerezte a Hugrabug első gólját. McLaggen épp Ginnyt szapulta, amiért hagyta szerelni magát, ennek következtében észre se vette, hogy a nagy, piros labda elzúg a füle mellett.

– McLaggen, arra figyelj, ami a dolgod, és hagyd békén a többieket! – ordította az őrző elé kanyarodva Harry.

– Te se mutatsz valami jó példát nekik! – feleselt lángvörös arccal McLaggen.

– Harry Potter az őrzővel vitatkozik – jelentette derűs nyugalommal Luna, túlharsogva az egyesült hugrabugos-mardekáros kórus ujjongását és csúfolódását. – Így nem sok esélye van megtalálni a cikeszt, bár lehet, hogy ez csak agyafúrt csel...

Harry dühösen szitkozódva megfordította seprűjét, és folytatta a kutatást a kis, szárnyas aranylabda után.

Ginny és Demelza lőttek egy-egy gólt, így a piros-arany szurkolóknak is volt miért örülniük. Aztán Cadwallader kiegyenlített, de ezt Luna mintha észre se vette volna. Őt hidegen hagyták az olyan profán semmiségek, mint a mérkőzés állása, helyette az érdekes alakú felhőket ajánlotta a szurkolók figyelmébe, vagy épp azt az elméletét fejtegette, hogy Zacharias Smith, aki mindaddig csak röpke pillanatokra tudta megszerezni a kvaffot, valószínűleg egy „vesztesvész" nevű kórban szenved.

– Hetven-negyven a Hugrabug javára! – kiáltotta bele Luna megafonjába McGalagony.

– Tényleg? – mélázott Luna. – Nahát, nézzétek! A Griffendél őrzőjénél van az egyik terelő ütője!

Harry farolva megfordult. Való igaz, McLaggen valamely sajátos megfontolástól vezérelve elvette Peakes ütőjét, s úgy tűnt, demonstrálni készül, hogyan kell ráküldeni a gurkót a közeledő Cadwalladerre.

– Add oda neki az ütőjét, és húzz vissza a karikákhoz! – bömbölte Harry. Már száguldott is McLaggen felé, aki eközben borzalmas erejű és borzalmasan rossz ütést mért a gurkóra.

Iszonyatos fájdalom... egy villanás... távoli sikolyok... olyan érzés, mintha egy hosszú alagútban repülne...

Harry arra eszmélt, hogy meleg, puha ágyban fekszik, s egy lámpának a sötét mennyezetre rajzolt aranysárga fénykörét bámulja. Nagy nehezen elfordította a fejét. Balra ismerős, vörös hajjal keretezett, szeplős arcot pillantott meg.

– Rendes tőled, hogy beugrottál – vigyorgott Ron.

Harry pislogva körülnézett. Hát persze: a gyengélkedőn van. Odakint bíborral csíkozott indigókék volt az ég. A meccs biztos réges-rég véget ért... és Malfoyt sincs már esélye tetten érni. Furcsán nehéznek érezte a fejét; odanyúlt, és vastag gézturbánt tapintott ki rajta.

– Mi történt?

– Koponyatörés – felelte az ágyhoz siető Madam Pomfrey, azzal visszanyomta Harryt a párnára. – Aggodalomra semmi ok, összeforrasztottam, de éjszakára itt kell maradnod. Pár óráig nem szabad megerőltetned magad.

– Eszemben sincs itt maradni! – horkant fel Harry, és dühösen lerúgta magáról a takarót. – Megyek és megölöm McLaggent!

– Attól tartok, az a megerőltetés kategóriába esne – jelentette ki szigorúan Madam Pomfrey, s miután újfent visszatuszkolta a párnára Harryt, fenyegetően felemelte a pálcáját. – Itt maradsz, amíg el nem engedlek, vagy azonnal hívom az igazgatót.

Azzal visszasietett a szobájába, faképnél hagyva lázongó betegét.

– Mennyi lett az eredmény? – kérdezte fogcsikorgatva Harry.

– Háromszázhúsz-hatvan – felelte bocsánatkérő hangon Ron.

– Na remek! – csattant fel Harry. – Csodálatos! Ha egyszer elkapom McLaggent...

– Ne nagyon kapkodj utána, mert kétszer akkora, mint te – tanácsolta Ron. – Javasolnám viszont a Hercegnek azt a lábkörmös ártását. Amúgy szerintem a csapat elintézi őt helyetted. Ők se zárták a szívükbe McLaggent...

Ron hangjában rosszul leplezett káröröm csengett – Harry el tudta képzelni, mennyire boldoggá teszi barátját McLaggen kudarca. Ő maga a plafonra rajzolódó fénykört bámulta, pihentetve frissen összeforrasztott fejét, ami, ha nem is fájt kimondottan, még elég érzékeny volt a vastag kötés alatt.

– Behallatszott ide Luna hangja – mesélte nevetéstől elcsukló hangon Ron. – Remélem, ezentúl is ő kommentálja a meccseket... Az a vesztesvész...!

Harryben még túl sok volt az indulat ahhoz, hogy a humoros oldaláról tudja nézni a dolgot, s egy idő múlva Ron is abbahagyta a kuncogást.

– Járt itt Ginny, mikor még eszméletlen voltál – jegyezte meg hosszú hallgatás után. Harry fantáziája nyomban meglódult, s egy szempillantás alatt megszülte a jelenetet, amelyben Ginny az ő mozdulatlan teste fölé hajol, zokogva bevallja iránta érzett szenvedélyes vonzalmát, Ron pedig áldását adja szerelmükre... – Azt mondta, kis híján lekésted a meccset. Furcsálltam, hisz innen időben elindultál.

Harry zavartan pislogva visszatért a képzelet birodalmából.

– Igen... de találkoztam Malfoyjal meg két lánnyal, akik nem úgy néztek ki, mintha a rajongói lennének. Már másodszor csinálja meg, hogy nem jön le a stadionba, amikor mindenki ott van. Az előző meccset is kihagyta, emlékszel? – Harry sóhajtott. – Most már bánom, hogy nem mentem inkább utána. Ezért a meccsért nem lett volna kár...

– Ne hülyéskedj már! – dörmögte Ron. – Jól is néznénk ki, ha a kapitány otthagyná a csapatot, hogy Malfoy után loholjon...

– Tetten akarom érni! – csattant fel Harry. – El se tudom képzelni, hova megy, amikor eltűnik a térképről!

Ron unottan ásított.

– Talán Roxmortsba...

– Láttam volna, ha végigmegy valamelyik titkos alagúton. Meg azokat különben is őrzik, nem?

– Akkor nem t'om – vonta meg a vállát Ron.

Hosszú hallgatás következett. Harry gondolataiba merülve bámulta a lámpa fénykörét...

Bárcsak akkora hatalma lenne, mint Rufus Scrimgeournek, hogy állandóan figyeltethesse Malfoyt! Ha neki is egy egész seregnyi auror állna a rendelkezésére... Átfutott az agyán, hogy bevonhatná az akcióba a DS tagjait... de akkor hiányozniuk kellene az órákról, hisz a többségüknek tele van az órarendje.

Ron ágya felől dörmögő horkolás hallatszott. Madam Pomfrey egy idő múlva kijött a szobájából, immár vastag hálóköntösben. Harry úgy döntött, a legcélszerűbb, ha úgy tesz, mintha aludna; az oldalára fordult, és hallgatta, hogyan húzzák össze magukat a függönyök a javasasszony pálcaintésére. Aztán a lámpák is elhalványultak, majd kattant egy ajtózár, és Harry ebből tudta, hogy Madam Pomfrey elment lefeküdni.

Ez volt a harmadik alkalom, hogy kviddicssérülés miatt a gyengélkedőre került. Legutóbb a dementorok felbukkanása miatt esett le a seprűjéről, előtte pedig a javíthatatlanul kétbalkezes Lockhart professzor kivarázsolta az összes csontot a karjából... az volt mind közül a legfájdalmasabb sérülése... emlékezett rá, micsoda kínokat élt át, amíg visszanőttek a csontjai, s ráadásul még az éjszaka közepén az a hívatlan látogató...

Harry hirtelen felült az ágyban. Kalapált a szíve, s a fején félrecsúszott a kötés. Végre eszébe jutott a megoldás: igenis van kivel figyeltetnie Malfoyt – hogy ez eddig nem jutott eszébe!

A kérdés már csak az volt, hogyan szólítsa magához az illetőt. Mi ennek a módja?

Próbaképpen halkan belebeszélt a homályba:

– Sipor?

Hangos pukkanás hallatszott, s a csendes szobát egyszerre kaparászás és visongás töltötte be. Ron kiáltva felriadt.

– Mi a fene...?

Harry gyorsan Madam Pomfrey szobájának ajtajára szegezte pálcáját, és elmotyogott egy disaudiót, hogy a javasasszony ne ébredjen fel a zajra. Aztán az ágy végébe mászott, hogy jobban lássa, mi történik.

A gyengélkedő kellős közepén két házimanó birkózott a padlón. Az egyik egy összement barna pulóvert és számos gyapjúsapkát viselt, a másik csupán egy piszkos rongyot, ágyékkötő módjára a derekára csavarva. Aztán újabb visszhangzó pukkanás hallatszott, és a manók fölött megjelent a levegőben Hóborc, a kopogószellem.

– Látom, amit látok, Potti! – mutatott megjátszott szemrehányással a verekedőkre, aztán harsogva elkacagta magát. – Civakodnak a picikék! Mirci-morci, csihi-puhi...

– Sipor nem fogja sértegetni Harry Pottert Dobby előtt, nem bizony, különben Dobby befogja Sipor száját! – visította az egyik manó.

– ...rigi-rugi, körmi-karmi! – harsogta nagy vidáman Hóborc, s hogy még jobban felbőszítse a manókat, krétadarabkákkal kezdte dobálni őket. – Sziri-szuri, biki-böki!

– Sipor azt mond a gazdájáról, amit akar, és micsoda gazda ez, sárvérűek mocskos barátja, jaj, mit szólna szegény Sipor úrnője...

Hogy mit szólna Sipor úrnője, az már nem derült ki, mert Dobby ekkor Sipor szájába vágta bütykös kis öklét, megszabadítva őt vagy fél tucat fogától. Ron és Harry kiugrottak az ágyból, és nagy nehezen szétválasztották a verekedőket. Azok azonban továbbra is rugdostak és csapkodtak egymás felé, a lámpa körül röpködő Hóborc meg rikoltozva biztatta őket:

– Ujjacskát a nózijába! Szaggasd meg a fülecskéjét!

Harry megcélozta pálcájával a kopogószellemet.

– *Pofix!*

Hóborc a torkához kapott, fuldokolva nyögött egyet, majd sértő kézmozdulatok kíséretében kisuhant a kórteremből. Beszélni már nem tudott, ugyanis a nyelve hozzáragadt a szájpadlásához.

– Ügyes – szólt elismerően Ron, miközben a levegőbe emelte a hadonászó-rúgkapáló Dobbyt, hogy az ne érhesse el Siport. – Ez is egy Herceg-féle ártás volt, mi?

– Igen – felelte Harry, és hátracsavarta Sipor sovány karját.
– Na ide figyeljetek: megtiltom, hogy verekedjetek! Vagyis...
Sipor, megtiltom, hogy verekedj Dobbyval. Dobby, tudom,
hogy neked nem parancsolhatok...

– Dobby szabad házimanó, annak engedelmeskedik, aki-
nek akar, és Dobby Harry Potter minden kívánságát teljesíti!

A manó könnyei ráncos kis arcáról a pulóverére csöpögtek.

– Akkor ezt megbeszéltük – bólintott Harry. Elengedte
Siport, s Ron ugyanígy tett Dobbyval. A manók lezuttyantak
a földre, és valóban nem folytatták a küzdelmet.

– Gazdám szólított? – brekegte Sipor, s bár alázatosan
meghajolt, tekintetével a legszörnyűbb kínhalált kívánta
Harrynek.

– Igen, szólítottalak. – Harry vetett egy pillantást Madam
Pomfrey szobája felé, hogy ellenőrizze, működik-e még a
disaudio-bűbáj. Semmi nem utalt rá, hogy a javasasszony bár-
mit is hallana odabent. – Feladatom van számodra.

– Sipor megteszi, amit gazdája akar – felelte a manó, s
olyan mélyen meghajolt, hogy szája kis híján hozzáért görbe
lábujjaihoz. – Sipornak engedelmeskednie kell, de Sipor szé-
gyelli, hogy ilyen gazdája van, úgy bizony...

– Majd Dobby megteszi, Harry Potter! – ajánlkozott
Dobby, kövér könnycseppekkel teniszlabda méretű szemé-
ben. – Dobbynak megtiszteltetés, ha segíthet Harry
Potternek!

– Most, hogy belegondolok, ketten is csinálhatjátok – né-
zett a manókra Harry. – Na szóval: azt akarom, hogy figyeljé-
tek Draco Malfoyt.

Ron döbbent-rosszalló arcot vágott, de Harry nem törődött
vele.

– Tudni akarom, merre jár, kivel találkozik, mit csinál –
folytatta. – Éjjel-nappal legyetek a nyomában.

– Igenis, Harry Potter! – vágta rá lelkesen Dobby. – És ha
Dobby elrontja, leugrik a legmagasabb torony tetejéről!

– Nem, nem, arra semmi szükség – sietett lecsillapítani Harry.

– Gazdám azt akarja, hogy Sipor kövesse az ifjú Malfoyt? – károgta Sipor. – Gazdám azt akarja, hogy Sipor kémkedjen régi úrnőm aranyvérű unokaöccse után?

– Pontosan. – Harry veszélyt sejtett, s feltett szándéka volt idejekorán elhárítani azt. – Megtiltom, hogy figyelmeztesd Draco Malfoyt, megtiltom, hogy elmutogasd neki, mi a feladatod, megtiltom, hogy egyáltalán beszélj vele, levelet írj neki, vagy... vagy bármilyen módon érintkezz vele. Megértetted?

A manó arcáról lerítt, hogy lázasan töpreng, hogyan bújhatna ki a kapott utasítások alól. Harry türelmesen várta a választ. Nagy megelégedésére Sipor néhány másodperc múlva ismét meghajolt, és így szólt:

– Gazdám mindenre gondol, és Sipornak engedelmeskednie kell, pedig Sipor sokkal szívesebben lenne a Malfoy-fiú szolgája, úgy bizony...

– Akkor ezt megbeszéltük – bólintott Harry. – Rendszeresen jelentést kérek, de ne olyankor gyertek, amikor társaságban vagyok. Ron és Hermione ez alól kivétel. És ne mondjátok el senkinek, mit csináltok, csak tapadjatok rá Malfoyra, mint két pióca!

Voldemort nagyúr kívánsága

Harry és Ron hétfő reggel hagyták el a gyengélkedőt. Madam Pomfrey jóvoltából immár makkegészségesen élvezhették a gurkóbaleset és a mérgezés pozitív következményeit, melyek közül a legfontosabb az volt, hogy Hermione kibékült Ronnal. Együtt ment le a fiúkkal reggelizni, ráadásul azt a hírt szállította nekik, hogy Ginny veszekedett Deannel. A Harry mellkasában szunnyadó szörnyeteg ennek hallatán hirtelen felkapta a fejét, és reménykedve beleszimatolt a levegőbe.

– Min vesztek össze? – érdeklődött csevegő hangon Harry.

Közben befordultak egy félreeső hetedik emeleti folyosóra, ahol rajtuk kívül nem volt más, csupán egy pöttöm kislány, aki egy tüllszoknyás trollokat ábrázoló falikárpitot nézegetett. A lánykát bizonyára megrémítették a közeledő hatodévesek, mert elejtette a nehéz rézmérleget, amit a kezében szorongatott.

– Semmi baj! – sietett oda Hermione. – Tessék... *Reparo!* – mondta, és pálcájával rákoppintott a törött mérlegre.

A lányka nem köszönte meg a segítséget, csak állt, mint akit odaszögeztek a padlóhoz, és követte Harryéket a tekintetével. Ron hátranézett rá.

– Esküszöm, ezek egyre kisebbek lesznek – dörmögte.

– Ne foglalkozz vele – szólt rá türelmetlenül Harry. – Szóval min veszett össze Ginny és Dean, Hermione?

– Ja... Dean nevetett, mikor McLaggen eltalált téged a gurkóval.

– Hát az tényleg elég röhejes lehetett – szögezte le az igazság kedvéért Ron.

– Egyáltalán nem volt röhejes! – ripakodott rá Hermione. – Rémisztő volt, és ha Coote meg Peakes nem kapja el Harryt, nagyon csúnyán összetörte volna magát!

– De azért emiatt nem kellett volna szakítaniuk Ginnyéknek – kanyarodott vissza az őt érdeklő témához Harry. – Vagy azért még együtt vannak?

– Igen... de miért érdekel ez téged ennyire? – kérdezte szúrós pillantással Hermione.

– Azért, mert nem akarok megint balhét a csapatban! – vágta rá Harry. Hermione azonban továbbra is gyanakodva fürkészte őt, úgyhogy Harry megkönnyebbült, mikor valaki a nevén szólította, s így volt ürügye hátat fordítani a lánynak.

– Á, szia, Luna!

– Kerestelek a gyengélkedőn, de azt mondták, már elmentél – mondta a táskájában kotorászva Luna.

Egy haragoszöld, hagymának tűnő gumót, egy jókora pöttyös gombát és nagy mennyiségű macskaalmot vagy arra erősen emlékeztető valamit rakodott Ron kezébe, hogy aztán előhúzzon egy piszkos pergamentekercset, amit viszont Harrynek adott át.

– Ezt neked küldik.

A pergamenben Harry első pillantásra felismerte Dumbledore értesítőjét.

– Ma este – tájékoztatta szűkszavúan Ront és Hermionét, miután elolvasta az üzenetet.

– Nagyon tetszett a kommentárod! – dicsérte meg Lunát Ron, miközben a lány megszabadította őt a gumótól, a gombától és a macskaalomtól.

Luna halványan elmosolyodott.

– Most gúnyolódsz, igaz? Mindenki azt mondja, borzalmas voltam.

404

– Nem, nekem komolyan tetszett! – bizonygatta Ron. – Soha egyetlen kommentárt sem élveztem még ennyire! Különben ez micsoda? – kérdezte, szemmagasságba emelve a hagymaszerűséget.

– Gurgyökér – felelte Luna. – Megtarthatod, ha akarod, nekem még van egypár. El lehet vele riasztani a nyeldeklő plimpiket.

Azzal már ment is tovább. Ron prüszkölt az elfojtott nevetéstől.

– Luna-rajongó lettem, de komolyan – mondta, miután továbbindultak a nagyterem felé. – Tisztára lökött a csaj, de én nagyon bírom...

Hirtelen elhallgatott. A márványlépcső aljában ott állt a villámló tekintetű Lavender Brown.

– Szia – köszönt rá megszeppenve Ron.

– Gyerünk – dörmögte oda Hermionénak Harry. Sietve továbbmentek, de még így is hallották Lavender nyitómondatait.

– Miért nem mondtad, hogy ma kiengednek? És miért ővele jöttél le?

Fél órával később Ron mogorva képpel jelent meg a nagyteremben, s bár Lavender mellé ült le, Harry úgy látta, egész reggeli alatt egy szót se szóltak egymáshoz. Hermione úgy tett, mintha ez a legkevésbé se érdekelné, de Harry egyszer-kétszer rajtakapta, hogy minden látható indok nélkül somolyog magában. Hermione ezután egész nap feltűnően jó hangulatban volt, mi több, este a klubhelyiségben hajlandó volt átnézni (azaz befejezni) Harry gyógynövénytan-házidolgozatát. Efféle szívességre jó ideje nem lehetett rávenni őt, mivel tudta, hogy Harry dolgozata azután feltétlenül Ronhoz kerül lemásolás céljából.

– Kösz szépen, Hermione – hálálkodott Harry, s miközben az órájára pillantott, futólag megveregette a lány hátát. – Mindjárt nyolc óra! Rohannom kell Dumbledore-hoz...

405

Hermione nem válaszolt, helyette fásultan hozzálátott a dolgozat értelmetlen mondatainak kihúzásához. Harry elvigyorodott, s már mászott is kifelé a portrélyukon. Az igazgatói szoba előtt strázsáló kőszörny engedelmesen félreugrott a csokis karamella említésére, s Harrynek, miután felrohant a mozgó csigalépcsőn, sikerült pont akkor bekopogtatnia a dolgozószobába, mikor odabent az óra elütötte a nyolcat.

– Tessék! – szólt ki Dumbledore, de mielőtt Harry megfoghatta volna a kilincset, az ajtó kitárult. Trelawney professzor állt mögötte teljes életnagyságban s azt messze meghaladó méretű szemekkel.

– Aha! – kiáltott fel a jósnő, és színpadias mozdulattal Harryre mutatott. – Hát ezért dob ki csak úgy a szobájából, Dumbledore!

– Drága Sybill – szólt enyhe türelmetlenséggel a hangjában az igazgató. – Szó sincs róla, hogy bárhonnan is kidobnám kegyedet, de Harryt én hívtam ide nyolc órára. Egyébként sem hiszem, hogy érdemes volna több szót vesztegetni erre a...

– Hát így állunk – vágott a szavába sértődötten Trelawney.
– Ha nem hajlandó elűzni a betolakodó gebét, ám legyen... Majd keresek egy másik iskolát, ahol jobban megbecsülik a tudásomat...

Azzal elcsörtetett Harry mellett, és hamarosan eltűnt a csigalépcsőn. Pár pillanat múlva gyanús zaj hallatszott odalentről, amiből Harry arra következtetett, hogy a jósnő elbotlott földig érő kendői valamelyikében.

– Csukd be az ajtót, kérlek, és ülj le! – szólt fáradtan Dumbledore.

Harry engedelmeskedett, s miközben elfoglalta szokásos helyét az íróasztal előtt, felmérte a terepet: az asztalon ezúttal is ott feküdt a merengő, s mellette két, kavargó emlékekkel teli kristályüveg állt.

– Trelawney professzor még mindig nem törődött bele, hogy Firenze a Roxfortban tanít?

– Nem – csóválta a fejét Dumbledore. – Nem láthattam előre, hogy ennyi bajom lesz a jóslástannal, mivel ezt a mágiaágat sosem gyakoroltam. Nem küldhetem vissza Firenzét a Tiltott Rengetegbe, hisz onnan száműzték, és Sybillt se távolíthatom el az iskolából. Ez maradjon köztünk, de szegénynek fogalma sincs róla, mekkora veszély fenyegetné a kastélyon kívül. Ugyanis nem tudja – s úgy vélem, nem is volna bölcs dolog a tudtára adni –, hogy tőle származik a jóslat rólad és Voldemortról.

Dumbledore mélyet sóhajtott, aztán így folytatta:

– De hagyjuk a személyzeti problémákat. Sokkal fontosabb dolgokról kell beszélnünk. Először is – sikerült elvégezned a feladatot, amit az előző találkozásunkkor rád bíztam?

– Öh...

Harryt készületlenül érte a kérdés. A hoppanálási tanfolyam, a kviddics, Ron megmérgezése, saját fejsérülése és a Malfoy utáni megszállott nyomozás szinte teljesen elfeledtette vele Dumbledore kérését, hogy szerezze meg a teljes emléket Lumpslucktól...

– Hát... megkérdeztem Lumpsluck professzort az egyik óránk után, de... nem kaptam választ.

Csend.

– Értem – szólalt meg végül Dumbledore. Azzal az átható pillantással nézett félhold alakú szemüvege fölött, amitől Harry mindig úgy érezte, mintha röntgensugár hatolna a fejébe. – És úgy érzed, mindent megtettél az ügy érdekében? Úgy véled, teljesen kiaknáztad nem egyszer bizonyított találékonyságodat? Hogy latba vetettél minden leleményt az emlék megszerzéséért?

– Hát... – Harrynek hirtelen fogalma sem volt, mit mondjon. Most már egyenesen nevetségesnek érezte azt az egyetlen, félszeg próbálkozást a bájitaltan óra után. – Amikor Ron véletlenül szerelmi bájitalt vett be, elvittem Lumpsluck professzorhoz. Abban reménykedtem, hogy ha a tanár úr elég jó hangulatba kerül...

– És bevált a módszer? – kérdezte Dumbledore.

– Hát, nem, mert Ron megitta a mérget...

– S ez minden mást feledtetett veled. Ez természetes, hiszen a legjobb barátod életveszélyben volt. Azonban hamarosan kiderült, hogy Weasley úr maradéktalanul felépül, s úgy reméltem, ezután ismét a feladatra fogsz koncentrálni. Igyekeztem megértetni veled, mennyire fontos számunkra az az emlék; hogy mind közül a leglényegesebb emlékről van szó, s hogy anélkül minden további erőfeszítésünk időpocsékolás.

Harrynek a feje búbjából indult ki a szégyen csípős-szúrós érzése, s onnan szétáradt az egész testében. Dumbledore nem dühöngött, még csak fel sem emelte a hangját, de Harry azt kívánta, bár kiabálna: ez a jeges csalódottság mindennél rosszabb volt.

– Uram – szólt szinte rimánkodva –, ne higgye, hogy nem vettem komolyan a feladatot, csak annyi más... annyi más dolog...

– Annyi más dolog járt a fejedben – fejezte be helyette a mondatot Dumbledore. – Értem.

Megint csend ült a szobára; a legkínosabb csend, amit Harry valaha átélt Dumbledore társaságában. Véget nem érően hosszú volt, s nem szakította meg más zaj, csupán a néhai Armando Dippet igazgató Dumbledore feje fölött függő portréjának időnkénti horkantásai. Harry egészen kicsinek érezte magát, mintha teste-lelke összezsugorodott volna, mióta belépett az igazgatói szobába.

Végül nem bírta tovább a hallgatást, és megszólalt:

– Kérem, bocsásson meg, professzor úr... Valóban nem vettem elég komolyan a feladatot. Tudnom kellett volna, hogy azért kért meg rá, mert tényleg nagyon fontos.

– Örülök, hogy így gondolod, Harry – felelte Dumbledore.

– Akkor hát remélhetem, hogy a jövőben több figyelmet

szentelsz az ügynek? Amíg nem szerezzük meg azt az emléket, nincs sok értelme ismét találkoznunk.

– Megszerzem, uram, megszerzem... – fogadkozott Harry.

– Akkor egyelőre ne is essék több szó erről – váltott könnyedebb hangnemre Dumbledore. – Inkább vegyük fel történetünk fonalát ott, ahol elejtettük. Emlékszel, hol tartottunk?

– Igen, uram – felelte készségesen Harry. – Voldemort megölte az apját és a nagyszüleit, s Morfint állította be tettesként. Aztán visszajött a Roxfortba, és megkérdezte... – Itt restelkedve lesütötte a szemét. – ...megkérdezte Lumpsluck professzort, mit tud a horcruxokról.

– Így igaz – bólintott Dumbledore. – Nos, remélem, emlékszel még: első találkozásunkkor azt mondtam, hogy közös utunk a spekuláció, a találgatások birodalmába vezet majd.

– Igen, uram, emlékszem.

– Talán egyetértünk abban, hogy mindeddig sikerült szilárd tényekkel alátámasztanom mindazt, amit Voldemort gyermekkoráról kikövetkeztettem.

Harry bólintott.

– Ezen a ponton azonban – folytatta Dumbledore – ködösebb területre lépünk. A gyermek Denemről, ha nehezen is, de sikerült tényszerű információkhoz jutnom, viszont szinte képtelenség volt olyan embert találni, aki kész lett volna megosztani emlékeit a felnőtt Voldemortról. Őszintén szólva kétlem, hogy magán Voldemorton kívül él olyan varázsló a földön, aki hitelesen beszámolhatna róla, miként alakult a Sötét Nagyúr sorsa, miután elhagyta a Roxfortot. De azért van még két olyan emlékem, amit szeretnék megosztani veled. – Dumbledore a merengő mellett álló üvegekre mutatott. – Utána örülnék, ha elmondanád, helyesnek érzed-e a belőlük levont következtetéseimet.

Hallva, hogy Dumbledore ilyen nagyra tartja a véleményét, Harry még szégyenletesebbnek érezte a horcruxos emlék dolgában nyújtott gyászos teljesítményét. Bűntudatosan fészkelődött, amíg Dumbledore felemelte az egyik üveget, s a fény felé tartva megszemlélte tartalmát.

– Remélem, nem fáraszt túlságosan a gyakori elmerülés mások emlékeiben – folytatta az igazgató. – Ugyanis két igen tanulságos anyagot készülünk megtekinteni. Az első egy Hóki nevű, vénséges vén házimanótól származik. Mielőtt azonban megnézzük, mit élt át Hóki, gyorsan összefoglalnám, milyen körülmények között hagyta el Voldemort nagyúr a Roxfortot.

– Történetünk sötét hőse, mint bizonyára sejted, hetedik évi vizsgáin is minden tantárgyból a legjobb eredményt érte el. Eljött a pályaválasztás ideje. Tom Denem prefektus volt, iskolaelső és az Önzetlenül az Iskoláért különdíj birtokosa, mindenki fényes karriert jósolt hát neki. Számos tanárról tudok, aki azt szorgalmazta, hogy helyezkedjen el a Mágiaügyi Minisztériumban. Lumpsluck professzor felajánlotta, hogy egyengeti az útját, beajánlja őt a megfelelő embereknél. Denem azonban visszautasított minden ajánlatot, és hamarosan az a hír érkezett róla, hogy a Borgin & Burkesben dolgozik.

– A Borgin & Burkesben? – csodálkozott Harry.

– A Borgin & Burkesben – ismételte higgadtan Dumbledore. – Ha belépünk Hóki emlékébe, meglátod majd, mi tette vonzóvá számára az állást. Meg kell jegyeznem azonban, hogy Voldemort eredetileg másféle munkára vágyott. Akkoriban nem volt köztudott – de én azon kevesek közé tartoztam, akiknek az igazgató úr elárulta –, hogy Voldemort felkereste Dippet professzort, és megkérdezte tőle, nem maradhatna-e tanárként a Roxfortban.

Harry egyik csodálkozásból a másikba esett.

– Itt akart maradni? Miért?

– Úgy vélem, számos oka volt rá, bár ezek közül egyet sem árult el Dippet professzornak. Az első és legfontosabb oknak azt tartom, hogy Voldemortot szorosabb szálak fűzték a

410

Roxforthoz, mint bárkihez vagy bármihez a világon. Az iskolában töltötte élete legboldogabb éveit; ez volt az első és utolsó hely, ahol otthon érezte magát.

Harry kellemetlen érzéssel konstatálta, hogy ez a megállapítás őrá is pontosan illik.

– Másodszor: a Roxfort az ősi mágia páratlanul gazdag tárháza. Voldemort kétségkívül mélyebbre hatolt a kastély rejtelmeiben, mint a diákok többsége, de valószínűleg úgy érezte, vannak még itt feltárásra váró mágikus titkok, kiaknázatlan lehetőségek.

– A harmadik ok az lehetett, hogy tanárként nagy befolyást gyakorolhatott volna a fiatal boszorkányokra és varázslókra. Az ötletet talán épp Lumpsluck professzor példája adta neki, azé a tanáré, akivel a legszorosabb kapcsolatot ápolta, s aki látványosan demonstrálta, miféle lehetőségek rejlenek a tanári státuszban. Eszemben sincs feltételezni, hogy Voldemort a Roxfortban akart volna megöregedni; az viszont több mint valószínű, hogy ideális helynek tartotta az iskolát a toborzásra: arra, hogy elkezdjen sereget gyűjteni magának.

– De nem kapott tanári állást, ugye?

– Nem, nem kapott. Dippet professzor azt mondta neki, tizennyolc éves fejjel még túl fiatal ehhez a munkához, de néhány év múlva, amennyiben még mindig tanítani akar, jelentkezzen újra.

– Ön mit szólt ehhez, uram? – kérdezte óvatosan Harry.

– Nyugtalanított a dolog – felelte Dumbledore. – Elleneztem, hogy Armando ilyen ajánlatot tegyen a fiúnak. Odáig nem mentem el, hogy elmondjam neki Voldemortról mindazt, amit te már tudsz – mert Dippet professzor rokonszenves és bizalomraméltó fiatalembernek tartotta őt –, de semmiképp sem szerettem volna Voldemortot újra az iskolában látni, és főként nem hatalmi helyzetben.

– És mit akart tanítani Voldemort, uram? – kérdezte Harry, bár szinte biztos volt a válaszban.

– Sötét varázslatok kivédését. Abban az időben a tárgyat egy Galatea Merrythought nevű idős professzor oktatta, aki akkor már majdnem ötven éve dolgozott a Roxfortban.

– Voldemort tehát elszegődött a Borgin & Burkeshez, s akik addig csodálták, mind sajnálkoztak, hogy micsoda dolog egy ilyen ragyogó eszű ifjú varázslónak egy régiségboltban robotolnia. Csakhogy Voldemort nem sokáig maradt közönséges eladó. Megnyerő külseje, udvariassága és éles esze alkalmassá tette őt egy olyan munkakörre, amit csak a Borgin & Burkeshez hasonló, különleges varázstárgyakra specializálódott vállalkozásoknál ismernek: neki kellett rávenni a kiszemelt embereket arra, hogy eladják kincseiket a cégnek – s Voldemort minden jel szerint rendkívül hatékonyan végezte ezt a munkát.

– Azt nem is csodálom – bukott ki a szó Harryből.

– Hát igen. – Dumbledore halványan elmosolyodott. – És most már valóban itt az ideje, hogy színre lépjen Hóki, a házimanó, aki egy Hepzibah Smith nevű idős és dúsgazdag boszorkány szolgája volt.

Dumbledore rákoppintott pálcájával a kristályüvegre – abból kiröppent a dugó –, s miközben a merengőbe töltötte a kavargó emléket, így szólt:

– Csak utánad, Harry.

Harry felállt, majd előrehajolt, s a fodrozódó ezüsttó felszínéhez érintette arcát. Mint mindig, most is érezte, hogy az emlék elnyeli őt; zuhant az éjfekete semmiben, majd hirtelen egy társalgószobában találta magát, szemtől szemben egy hatalmas, olvadó fagylalttortával. Mikor alaposabban megnézte a tortát, látta, hogy az valójában egy megdöbbentően terjedelmes öreg hölgy, aki uszályként szétterülő rózsaszín talárban, cicomás, vörösesszőke parókával a fején trónolt egy karosszékben. A asszonyság egyik kezében gyémántokkal kirakott kis kézitükröt, a másikban jókora púderpamacsot tartott. Ez utóbbival amúgy is vöröslő orcáját pirosította, miközben egy házimanó –

412

a legöregebb és legtöpörödöttebb példány, akit Harry valaha látott – szűk selyemtopánkába préselte úrnője hájas lábát.

– Igyekezz, Hóki! – szólt parancsoló hangon Hepzibah. – Mindjárt négy óra! Négyre ígérkezett, és még sose késett el! Kisvártatva a boszorkány eltette a púderpamacsot, épp mikor a manó feladata végeztével felegyenesedett. Most látszott csak igazán, milyen kicsi: alig ért fel Hepzibah székének üléséig. Papírvékony bőre úgy lógott fonnyadt testén, mint a hófehér vászondarab, amit tóga módjára viselt.

– Hogy festek? – kérdezte Hepzibah, miközben jobbra-balra forgatta fejét, hogy minden szögből megcsodálhassa arcát a tükörben.

– Elragadóan, asszonyom – cincogta Hóki.

Harry igencsak merész állításnak érezte, hogy Hepzibah Smith elragadó volna, élt hát a gyanúperrel, hogy Hóki munkaköri leírása a fenti kérdés vonatkozásában tiltja az őszinteséget.

Csilingelve megszólalt az ajtócsengő – az asszonyság és a manó összerezzent.

– Szaladj, szaladj, megjött! – sikoltott izgatottan Hepzibah, s a manó kisietett a szobából. A helyiség elképesztően zsúfolt volt; képtelenségnek tűnt úgy átkelni rajta, hogy közben ne döntsön fel az ember legalább tucatnyi tárgyat. Voltak ott festett dobozkákkal teli vitrinek, cifra gerincű könyvek alatt roskadozó polcok, kristálygömbök meg ég-glóbuszok tucatszám és megannyi, rézvödörbe állított, zöldellő cserepes növény – úgyhogy a szoba összességében egy régiségbolt és egy üvegház sajátos elegyének hatott.

Egy perc se telt bele, s a házimanó visszatért, nyomában egy magas fiatalemberrel, akiben Harry Voldemortra ismert. A varázsló egyszerű fekete öltönyt viselt; haja egy kicsit hosszabb, az arca pedig soványabb volt, mint roxfortos éveiben, de mindez nem rontott megjelenésén: jóképűbb volt, mint valaha. Könnyed, ügyes léptekkel átkelt a zsúfolt szobán

413

– látszott, hogy ismeri a járást –, majd mélyen meghajolva csókot lehelt Hepzibah kövér kacsójára.

– Hódolatom szerény jele – szólt, s egy csokor rózsát varázsolt elő a semmiből.

– Ejnye, butus fiú, igazán nem kellett volna! – kacarászott a vén Hepzibah, de Harry már korábban észrevette, hogy a legközelebbi kis asztalkára egy üres váza van kikészítve. – Tom, Tom, nem szabad egy öregasszonyt így elkényeztetni! Foglaljon helyet, tessék, tessék... Hol van Hóki? Ah...

A házimanó időközben kiment, de már jött is vissza egy tál aprósüteménnyel, amit most letett úrnője keze ügyébe.

– Parancsoljon, Tom, tudom, hogy szereti a süteményemet. Meséljen, hogy van? Rémesen sápadt. Százszor mondtam már, hogy túlhajszolják magát abban a boltban...

Voldemort gépiesen elmosolyodott, Hepzibah pedig szenvelgő arccal folytatta:

– Nos, ezúttal milyen ürüggyel keresett fel? – kérdezte nagyokat pislogva.

– Mr Burke az eddiginél is előnyösebb ajánlatot óhajt tenni a koboldok kovácsolta páncélra – felelte Voldemort. – Ötszáz galleont kínál. Ezt rendkívül méltányos összegnek érzi...

– Ejnye, ne olyan sietve! – biggyesztette le az ajkát a boszorkány. – A végén még azt hiszem, hogy csak a csecsebecséim miatt jött!

– Valóban azok miatt küldtek – válaszolt csendesen Voldemort. – Szerény alkalmazott vagyok, madam, utasításokat hajtok végre. Mr Burke kérdezteti...

– Ördög vigye Burke-öt! – legyintett Hepzibah. – Olyat mutatok magának, amit Burke sose láthatott! Tud titkot tartani, Tom? Megígéri, hogy egy szót se szól róla Mr Burke-nek? Nem hagyna nyugtot nekem, ha megtudná, hogy nálam van, amit mutatni fogok, márpedig ezt nem adom el, se Burke-nek, se senkinek! De magának megmutatom, mert maga a múltat fogja csodálni benne, nem azt, hogy ennyi vagy annyi galleont lehet bezsebelni érte...

– Örömmel megnézek bármit, amit Miss Hepzibah mutatni kíván – udvariaskodott Voldemort, újabb kislányos kuncogást csalva ki Hepzibah-ból.

– Már elő is hozattam Hókival... Hol vagy, Hóki? Megmutatjuk Mr Denemnek a legdrágább kincsemet... de ha úgyis mész, hozd rögtön mindkettőt...

– Íme, asszonyom! – hallatszott a házimanó cincogó hangja.

Harry két, egymáson fekvő bőrdobozt pillantott meg, melyek mintha önerőből szlalomoztak volna az asztalok, puffok és lábzsámolyok között – bár Harry tudta, hogy a pöttöm manó cipeli őket a feje tetején.

– Remek! – örvendezett Hepzibah. Átvette a dobozokat a manótól, az ölébe helyezte őket, s már készült is kinyitni a felsőt. – Ez tetszeni fog magának, Tom... Ha a családom megtudná, hogy megmutattam magának! Már alig várják, hogy rátehessék a kezüket!

Azzal felhajtotta a doboz fedelét. Harry közelebb araszolt, hogy belelásson, s egy remekbe készült, kétfülű arany pohárkát pillantott meg.

– Kíváncsi vagyok, rájön-e, mi ez – suttogta Hepzibah. – Vegye csak ki, vizsgálja meg alaposabban!

Voldemort kinyújtotta a kezét, s a fél fülénél fogva felemelte puha selyemágyáról a pohárkát. Harry látni vélte, hogy fekete szemében vörös láng lobban. Mohó arckifejezése sajátosan tükröződött Hepzibah ábrázatán, azzal a különbséggel, hogy a boszorkány apró szemei nem az aranyedényre, hanem a fiatalember szép metszésű arcára szegeződtek.

– Egy borz – dünnyögte a pohárra vésett ábrát vizsgálva Voldemort. – Vagyis ez...

– Hugrabug Helgáé volt! Jól sejti, okos fiú! – Hepzibah hangos fűzőnyikorgás közepette előredőlt, és megcsippentette Voldemort beesett arcát. – Hisz mondtam magának, hogy

415

távoli leszármazottja vagyok! A pohár évszázadok óta a családunk birtokában van. Hát nem csodás darab? Állítólag megannyi mágikus képességgel bír, de sose vizsgáltam meg. Én csak szépen őrizgetem...

Azzal leakasztotta Voldemort hosszú mutatóujjáról az ereklyét, s visszarakta a dobozba. A kincstől megválva a varázsló arca egy pillanatra elsötétült, de Hepzibah figyelmét annyira lekötötte a pohárka gondos elhelyezése, hogy ezt nem vette észre.

– Így ni – szólt elégedetten. – Hol van Hóki? Ah, itt vagy – ezt most már elviheted...

A manó engedelmesen elvonult az aranypohárral, s Hepzibah most a másik, jóval laposabb dobozra helyezte kövér kezeit.

– Azt hiszem, ez még jobban fog tetszeni magának – suttogta. – Hajoljon közelebb, kedvesem, hogy jobban lássa... Erről persze tud Burke, hiszen tőle vettem, de biztos kapva kap majd rajta, ha már nem leszek...

Óvatosan felhajtotta a filigrán kapcsot, és kinyitotta a dobozt. Abban bíborpiros bársonypárnán egy súlyos arany medál feküdt.

Voldemort rámeredt az ékszerre, s ezúttal nem várta meg a felszólítást – a láncánál fogva felemelte s a fénybe tartotta a medált.

– Mardekár jele – szólt csendesen, a megcsillanó díszes M betűre utalva.

– Úgy van! – lelkendezett Hepzibah. Szemlátomást boldoggá tette, hogy Voldemort megbabonázva bámulja a becses ékszert. – Egy vagyont hagytam ott érte, de hát egy ilyen kincset nem szalaszthattam el, muszáj volt hazahoznom a gyűjteményembe! Burke valami rongyos fehérnéptől szerezte, az meg biztosan lopta valahol, mert fogalma se volt az értékéről...

Harry ezúttal tisztán látta a fellobbanó vörös fényt Voldemort szemében, s azt is észrevette, hogy a varázsló láncot markoló öklének bütykei elfehérednek.

– ...lefogadom, hogy Burke aprópénzt fizetett érte, de mit lehet tenni? Bájos darab, ugye? Erről is rebesgetik, hogy megannyi mágikus tulajdonsággal bír, de nekem elég, hogy itt van és őrizgethetem...

E szavakkal Hepzibah a medál után nyúlt. Harry egy pillanatig azt hitte, Voldemort nem adja vissza, de aztán az ékszer kicsúszott a varázsló ujjai közül, s visszakerült a vörös bársonypárnára.

– Nos, kedves Tom, remélem, sikerült örömet szereznem magának!

Hepzibah Voldemort szemébe nézett, s most először lehervadt arcáról a gyermeteg mosoly.

– Jól van, kedvesem?

– Hogyne – felelte csendesen Voldemort. – Remekül vagyok...

– Úgy láttam, mintha... de biztos csak a fény miatt...

Hepzibah nyugtalanul pislogott, s Harry sejtette, miért: ezúttal bizonyára ő is meglátta a parázsló villanást vendége tekintetében.

– Tessék, Hóki, vidd ki ezt is, és tedd vissza mindkettőt a helyére. A szokásos bűbájokat használd...

– Indulhatunk, Harry – szólt halkan Dumbledore, s miközben a manó eldöcögött a dobozokkal, megfogta Harry karját. Következett a repülés a semmin át, majd a földet érés az igazgatói irodában.

– Hepzibah Smith a most látott jelenet után két nappal meghalt. – Dumbledore leült, és intett Harrynek, hogy kövesse példáját. – A minisztérium elítélte Hókit, a házimanót, amiért véletlenül mérget kevert gazdája esti kakaójába.

– Nem hiszem el! – fakadt ki Harry.

417

– Örülök, hogy egy véleményen vagyunk – bólintott Dumbledore. – Kétségtelenül számos párhuzam fedezhető fel Hepzibah és a három Denem halálának körülményeiben. Mindkét esetben valaki más vállalta a felelősséget – valaki, aki tisztán emlékezett a tett elkövetésére...

– Hóki beismerő vallomást tett?

– Azt mondta, beletett valamit úrnője kakaójába, amiről kiderült, hogy nem cukor volt, hanem egy kevéssé ismert, halálos méreg. A bíróság megállapította, hogy Hóki nem szándékosan küldte a halálba Hepzibah-t, hanem mert öreg és szenilis volt...

– Voldemort módosította az emlékezetét! Épp úgy, mint Morfinét!

– Igen, én is így gondolom – bólintott Dumbledore. – A minisztérium pedig eleve hajlott rá, hogy Hókit gyanúsítsa – csakúgy, mint Morfin esetében.

– Csak azért, mert Hóki házimanó volt! – háborgott Harry. Még sose rokonszenvezett ennyire a Hermione alapította manóérdek-védelmi mozgalom, a MAJOM törekvéseivel.

– Pontosan – felelte Dumbledore. – Hóki öreg volt, bevallotta, hogy kevert valamit az italba, és a minisztériumban senki nem vette a fáradságot, hogy alaposabban kivizsgálja az ügyet. A történet pedig ugyanúgy végződött, mint Morfiné: mire felkutattam Hókit, és kicsalogattam belőle az emléket, már a végét járta... De persze az emlék is csupán annyit bizonyít, hogy Voldemort tudott a pohár és a medál létezéséről.

– Mikor Hókit elítélték, Hepzibah rokonai már tudták, hogy a legértékesebb kincsek közül kettő hiányzik. Jó ideig eltartott, mire megbizonyosodtak erről, hiszen a gyűjteményét féltékenyen őrző öregasszonynak rengeteg titkos rejtekhelye volt. Azonban mire kétségtelenné vált, hogy se a pohár, se a medál nincs a házban, a Borgin & Burkes alkalmazottja, a fiatalember, aki rendszeresen látogatta és olyannyira elbűvölte Hepzibah-t, feladta az állását, és ismeretlen helyre távozott. Volt munkaadói se tudták, hova ment – őket éppúgy meglepte az eltűnése, mint mindenki mást. Ezután hosszú ideig hírét se hallottuk Tom Denemnek.

– És most, Harry – folytatta Dumbledore –, ha nem haragszol, ismét megállnék egy percre, hogy figyelmedbe ajánljam a történet egyes részleteit. Voldemort újabb gyilkosságot követett el – hogy ez volt-e az első Denemék megölése óta, azt nem tudhatom, de úgy sejtem, igen. Ezúttal, mint magad is meggyőződhettél róla, nem bosszúból ölt, hanem szerzési vágyból. A magáénak akarta tudni a két becses ereklyét, amit a szerencsétlen, botor öregasszony megmutatott neki. Ahogy meglopta társait az árvaházban, s ahogy elvette nagybátyja, Morfin gyűrűjét, épp úgy szökött meg most Hepzibah kincseivel.

– De hát ez őrültség – csóválta a fejét Harry. – Mindent kockára tett, lemondott az állásáról, csak hogy megszerezze ezeket...

– Te őrültségnek tartod, de Voldemort nem érezte annak – felelte Dumbledore. – Remélem, ha eljön az ideje, meg fogod érteni, mit jelentettek számára ezek a tárgyak. Annyit azonban bizonyára már most is könnyen elképzelhetőnek tartasz, hogy, ha mást nem is, a medált jogos tulajdonának érezhette.

– A medált talán – hagyta rá Harry –, de minek kellett neki a pohár is?

– Mert az is a Roxfort egyik alapítójáé volt – mutatott rá Dumbledore. – Meggyőződésem, hogy Voldemort még akkor is erősen kötődött az iskolához, és nem tudott ellenállni egy olyan tárgy csábításának, ami a Roxfort múltját idézte fel. És ha nem tévedek, voltak más okai is... Remélem, ha arra kerül a sor, azokat is illusztrálni tudom majd neked.

– És most térjünk rá az utolsó emlékre. Többet nem tudok mutatni neked, legalábbis amíg meg nem szerzed számunkra Lumpsluck professzor emlékét. Amit most látni fogsz, az egy évtizeddel Hóki emlékének keletkezése után történt, s hogy mit csinált Voldemort nagyúr abban a tíz évben, azt csupán sejteni lehet...

Harry ismét felállt, Dumbledore pedig a merengőbe töltötte az utolsó kristályüveg tartalmát.

– Ez kinek az emléke? – kérdezte Harry.

– Az enyém.

Harry Dumbledore nyomában elmerült a hullámzó ezüsttóban, hogy aztán ugyanabban a helyiségben találja magát, ahonnan elindult. Ott szunyókált az ülőrúdján Fawkes, és ott ült az íróasztala mögött egy másik Dumbledore, akinek még ép volt mindkét keze, s talán valamivel simább is volt az arca, mint a Harry mellett álló Dumbledore-nak. A hátrahagyott jelenbeli iroda és e között csupán annyi különbség volt, hogy itt, a múltban havazott: az ablakokon túl kékes pelyhek szállingóztak s rakódtak puha takaróként a párkányokra.

A múltbeli Dumbledore, úgy tűnt, vár valakit, s valóban, pillanatokkal Harryék érkezése után kopogtattak az ajtón.

– Szabad.

Harry elfojtott egy döbbent nyögést. Voldemort lépett a dolgozószobába. Még nem festett úgy, mint szűk két éve, mikor Harry szeme láttára kiemelkedett a nagy kőkondérból – vonásai nem voltak kígyószerűek, szeme nem izzott vörösen, bőre nem merevedett rút maszkká –, de egykori csinos arca se volt már meg. Úgy tűnt, mintha vonásai valamiképp megolvadtak volna – viaszszerű és furcsán torz volt az ábrázata, s a szeme fehérje véresen vöröslött, jóllehet pupillája még kerek volt, nem keskeny rés, amilyennek Harry később látta. Hosszú, fekete köpenyében csak úgy világított a bőre, mely éppolyan fehér volt, mint a vállán megcsillanó hópelyhek.

Az asztalnál ülő Dumbledore-t szemlátomást nem lepte meg egykori tanítványának felbukkanása – Voldemort nyilván előre bejelentkezett hozzá.

– Jó estét, Tom – köszönt könnyed nyugalommal. – Foglalj helyet!

– Köszönöm – biccentett Voldemort, és leült a felkínált székre – ugyanarra, amiből Harry nemrég, a jelenben felállt. – Hallottam, hogy önt nevezték ki igazgatónak. – Hangja kicsit élesebb és hidegebb volt, mint egy évtizeddel korábban. – Bölcs választás.

– Örülök, hogy helyesled – mosolygott Dumbledore. – Megkínálhatlak egy itallal?

– Köszönettel veszem – felelte Voldemort. – Hosszú út áll mögöttem.

Dumbledore felállt, és odasétált ahhoz a szekrényhez, ami a jelenben a merengő tárolására szolgált, de akkor még palackokkal volt tele. Kisvártatva átadott egy kehely bort Voldemortnak, s egy másikkal a kezében visszatért az íróasztala mögé.

– Nos, Tom... minek köszönhetem a szerencsét?

Voldemort előbb megkóstolta a bort, s csak azután felelt.

– Én már nem vagyok Tom – mondta. – A nevem immár...

– Tudom, milyen nevet használsz – bólintott kellemes mosollyal Dumbledore. – De attól tartok, nekem te mindig Tom Denem maradsz. Tudod, a régi tanároknak megvan az a bosszantó tulajdonságuk, hogy sosem felejtik el egykori diákjaik első szárnypróbálgatásait.

Felemelte poharát, mintha köszöntené látogatóját. Voldemort arca kifejezéstelen maradt, de Harry megérezte a találkozó légkörében beállt finom változást; azzal, hogy vonakodott a választott nevet használni, Dumbledore megmutatta: semmilyen szinten nem engedi, hogy Voldemort diktálja a feltételeket. Úgy tűnt, Voldemort is így értelmezi az igazgató viselkedését.

– Furcsa, hogy ilyen hosszú ideje az iskolában dolgozik – szólt rövid hallgatás után. – Sosem értettem, hogy egy ilyen nagy varázsló miért nem kamatoztatja máshol a tehetségét.

Dumbledore még mindig mosolyogva felelt:

– Nos, egy ilyen nagy varázslónak, mint nekem, semmi sem lehet fontosabb, mint továbbadni az ősi tudást, pallérozni az ifjú elméket. Ha nem csal az emlékezetem, egykor téged is érdekelt a tanári munka.

– Még mindig érdekel – válaszolta Voldemort. – Csupán csodálom, hogy ön, akitől oly gyakran kér tanácsot a minisztérium, s akinek, ha jól tudom, kétszer is felajánlották a miniszteri széket...

– Időközben már háromszor. Csakhogy engem sosem vonzott a minisztériumi karrier. Ez is közös vonásunk.

Voldemort mosolytalan arccal bólintott, és belekortyolt a borába. Dumbledore nem törte meg a csendet; udvarias érdeklődéssel várta, hogy vendége folytassa a beszélgetést.

– Ismét eljöttem – szólt némi idő eltévtével Voldemort –, talán később, mint Dippet professzor várta... de ismét eljöttem, és most öntől kérem azt, amihez Dippet professzor szerint legutóbb még túl fiatal voltam. Engedje meg, hogy visszatérhessek a Roxfortba tanítani. Bizonyára tudja, hogy sokfelé jártam és sok mindent vittem véghez, mióta elhagytam az iskolát. Olyan dolgokat mondhatok és mutathatok a diákoknak, amit senki más.

Dumbledore egy darabig némán nézett Voldemortra kelyhének pereme fölött.

– Igen – szólt végül csendesen –, természetesen tudok róla, hogy sokfelé jártál és sok mindent tettél, mióta eltávoztál innen. A cselekedeteidről szóló mendemondák eljutottak régi iskoládba, Tom. Sajnálnám, ha csak a fele igaz volna annak, amiről hallottam.

Voldemort rezzenéstelen arccal válaszolt:

– A nagyság irigységet vet, az irigység gyűlöletet terem, a gyűlölet hazugságot szül. Ezt ön tudja a legjobban.

– Tehát a nagyság jelének tartod, amit műveltél? – kérdezte halkan Dumbledore.

– Mindenképp – felelte Voldemort, s mintha vörös láng gyúlt volna tekintetében. – Kísérleteket folytattam, olyan mértékben kiterjesztettem a mágia határait, mint még soha senki.

– A mágia egy fajtájának határait – javította ki csendesen Dumbledore. – De más fajtáiról... bocsáss meg a szóért... szánalmasan keveset tudsz.

Voldemort most először szélesre húzta a száját, de hideg, gonosz vigyora fenyegetőbb volt, mintha dühöngött volna.

– A régi ellenérv – sziszegte. – Semmi, amit a világban láttam, nem támasztotta alá az ön híres elméletét, hogy a szeretet erősebb volna, mint az én mágiám.

– Talán rossz helyen keresgéltél – jegyezte meg Dumbledore.

– Ha úgy van, mi lehetne jobb hely az újabb kutatásaimhoz, mint maga a Roxfort? – kapott a szón Voldemort. – Megengedi, hogy visszatérjek? Hogy átadjam tudásomat a diákoknak? Felajánlom önnek a szolgálataimat, Dumbledore. Rendelkezzék velem.

Az igazgató felvonta a szemöldökét.

– És mi lesz azokkal, akikkel te rendelkezel? Mi lesz azokkal, akik – a hírek szerint – halálfalóknak nevezik magukat?

Voldemortot szemlátomást meglepte, hogy Dumbledore ismeri csatlósai nevét; tekintete ismét fellángolt, és kitágultak keskeny orrlyukai.

– A barátaim – felelte lélegzetvételnyi szünet után – bizonyára nélkülem is boldogulnak.

– Örömmel hallom, hogy a barátaidnak tekinted őket – mondta Dumbledore. – Eddig ugyanis az volt a benyomásom, hogy inkább szolgaszámba mennek.

– Tévedés.

– Ha tehát este lemegyek a Szárnyas Vadkanba, nem találok ott egy kisebb társaságot – Nottot, Rosiert, Mulcibert, Dolohovot –, akik a visszatérésedre várnak? Valóban odaadó

423

barátok lehetnek, ha vállalkoztak egy ilyen hosszú útra a hóesésben, pusztán azért, hogy sok sikert kívánjanak neked a tanári állás megszerzéséhez.

Voldemortot nyilván dühítette, hogy Dumbledore ilyen részletes információkkal rendelkezik útitársairól, de nem vesztette el hidegvérét.

– Az ön jólértesültsége változatlanul lenyűgöző.

– Ugyan, csak jóban vagyok a helybéli kocsmárosokkal – felelte könnyeden Dumbledore. – Azt javaslom, Tom...

Dumbledore letette kiürült kelyhét, kihúzta magát ültében, és ujjbegyeit összeérintve sátor módjára egymásnak támasztotta két kezét.

– Azt javaslom, játsszunk nyílt kártyákkal. Mi az oka annak, hogy a kíséreteddel együtt eljöttél hozzám, és jelentkeztél egy olyan állásra, amiről mindketten tudjuk, hogy nem akarod betölteni?

Hűvös csodálkozás ült ki Voldemort arcára.

– Nem akarom betölteni? Ellenkezőleg, Dumbledore, nagyon is akarom.

– Tudom, hogy vissza szeretnél térni a Roxfortba, de ahogy tizennyolc éves korodban nem akartál, épp úgy most sem akarsz tanítani. Mi a célod, Tom? Mondd ki ez egyszer nyíltan a kívánságodat!

Voldemort gúnyosan elmosolyodott.

– Ha nem hajlandó alkalmazni engem...

– Persze, hogy nem vagyok hajlandó – vágta rá Dumbledore. – És te nem is számítottál másra. Mégis eljöttél hozzám, feltetted a kérdést, következésképpen a látogatásodnak valami egyéb célja van.

Voldemort felállt. Haragtól megkeményedett arca most még kevésbé hasonlított régi önmagára.

– Ez az utolsó szava?

– Ez – bólintott Dumbledore, és szintén felállt.

– Akkor nincs több mondanivalónk egymás számára.

– Nincs. – Dumbledore arcára mélységes szomorúság ült ki. – Rég elmúlt az az idő, amikor rád tudtam ijeszteni egy lángoló szekrénnyel, és elértem, hogy vezekelj a bűneidért. Bár ma is megtehetném, Tom... bár ma is megtehetném...

Harry egy másodpercig értelmetlen késztetést érzett, hogy kiáltva figyelmeztesse a múltbeli Dumbledore-t: úgy látta, Voldemort keze elindul a pálcáját rejtő zseb felé. De a rémisztő pillanat elmúlt, Voldemort hátat fordított az igazgatónak, és hamarosan becsukódott mögötte az ajtó.

Harry újra a karján érezte Dumbledore kezét, s néhány másodperc múltán megint a dolgozószobában álltak, épp csak már nem borította hó az ablakpárkányokat, s az öreg varázsló keze megint aszott és fekete volt.

– Miért? – nézett Dumbledore arcába Harry. – Miért jött el újra? Kiderült később?

– Vannak feltevéseim – felelte az igazgató. – De biztosan nem tudom.

– És mit gyanít?

– El fogom mondani, Harry, amint megszerezted az emléket Lumpsluck professzortól. Mikor ez az utolsó részlet a helyére kerül, reményeim szerint minden érthetővé válik számodra... és számomra is.

Harry továbbra is égett a kíváncsiságtól, s bár Dumbledore az ajtóhoz sétált és kitárta, vonakodott elindulni.

– Most is arra vágyott, hogy SVK-t... sötét varázslatok kivédését taníthasson? Nem mondta...

– Ó hogyne, nyilvánvalóan az SVK-posztra vágyott – felelte Dumbledore. – A kis eszmecserénk után ez egyértelművé vált. Az a helyzet ugyanis, hogy mióta megtagadtam az állást Voldemorttól, egyetlen sötét varázslatok kivédése tanáromat sem tudtam egy tanévnél tovább megtartani.

A Tudhatatlan Terem

Harry egész héten törte a fejét, hogyan vehetné rá Lumpsluckot az emlék átadására, de a várva várt isteni szikra csak nem akart jönni. Azt tette hát, amit akkortájt mindig, ha tehetetlennek érezte magát: elővette a bájitaltan könyvet, hátha a Herceg valamelyik margójegyzetében megoldást talál a problémára.

– Abban ugyan hiába keresed a választ – jelentette ki vasárnap késő este Hermione.

– Ne kezdd már megint! – mérgelődött Harry. – Ha nincs a Herceg, Ron most nem ülne itt velünk.

– De igen, itt ülne, ha elsőben odafigyeltél volna Pitonra – replikázott Hermione.

Harry nem vitatkozott tovább. Épp ekkor akadt meg a szeme egy kézzel írt varázsigén (Sectumsempra!), ami alatt csupán ennyi állt: ellenségekre. Égett a vágytól, hogy kipróbálja, de Hermione jelenlétében ezt említeni se merte, így hát csupán behajtotta a lap sarkát.

A klubhelyiségben ültek, a kandalló előtt. Rajtuk kívül már csak néhány másik hatodéves volt ébren. Pár órával korábban némi izgalomra adott okot, hogy a vacsorából visszatérve a táblán egy új hirdetményt találtak, mely a hoppanálásvizsga kitűzött időpontjáról tájékoztatta az érintetteket. Akik a jelzett nap, április huszonegyedike előtt betöltötték a tizenhetedik évüket, kiegészítő órákra jelentkezhettek, melyeket – szigorú biztonsági óvintézkedések mellett – Roxmortsban terveztek megtartani.

Ront már a vizsga puszta híre is pánikba ejtette; még mindig nem ment neki a hoppanálás, és biztosra vette, hogy meg fog bukni. Hermione, akinek már kétszer is sikerült a művelet, nem izgult annyira, Harry tizenhetedik születésnapjáig pedig még négy hónap volt hátra, így hát áprilisban nem vizsgázhatott.

– De te legalább tudsz hoppanálni! – kesergett Ron. – Júliusban gond nélkül átmész!

– Eddig egyetlenegyszer tudtam megcsinálni – emlékeztette barátját Harry. Valóban csak a legutóbbi órán és csak egyszer sikerült mágikus úton áthelyeznie magát a karikába.

Mivel Ron rengeteg időt elfecsérelt gyászos vizsgakilátásainak taglalására, még késő este is körmölte Piton kegyetlenül nehéz házi dolgozatát, amit Harry és Hermione már délután befejeztek. Harrynek kétsége sem volt afelől, hogy rossz jegyet fog kapni a magáéra, mert Pitonétól eltérő véleményt fogalmazott meg a dementorok feltartóztatásának legbiztosabb módjáról, de nem törődött vele: pillanatnyilag kizárólag Lumpsluck emlékének megszerzése foglalkoztatta.

– Mondom, hogy ebben nem tud segíteni a hülye Herceged! – ismételte meg emeltebb hangon Hermione. – Csak egy módon lehet rákényszeríteni valakire az akaratunkat: az Imperius-átokkal, azt viszont tiltja a törvény...

– Köszönöm szépen, de ennyit én is tudok – felelte Harry, fel se nézve a könyvből. – Épp azért próbálok valami más megoldást találni. Dumbledore szerint Veritaserummal semmire se megyek, de talán van még olyan varázsital vagy bűbáj...

– Eleve rossz irányba indultál el – vélekedett Hermione. – Dumbledore azt mondta, csak te tudod megszerezni az emléket. Ez egyértelműen azt jelenti, hogy mások nem tudják meggyőzni Lumpsluckot, te viszont igen. Nem bájitalt kell beadnod neki, hiszen azt bárki megteheti...

– Hogy írják azt, hogy experimentális? – kérdezte a pergamenjét bámulva Ron, s hevesen megrázta a pennáját. – Ugye, nem úgy, hogy e-esz-ká...

– Nem – vágta rá Hermione, és maga elé húzta Ron dolgozatát. – Ahogy az „augurium" se a-ó-er-gével kezdődik. Miféle pennát használsz te?

– Autokorrektort, Fredéktől kaptam... de úgy látszik, kimerült benne a bűbáj...

– Valószínű – erősítette meg Hermione a dolgozat címére mutatva. – Ugyanis a dementorokról kell írnunk, nem valami dentoromról, és arról se tudok, hogy Roonil Wazlibra változtattad volna a neved.

– Jaj, ne! – Ron borzadva meredt a pergamenlapra. – Nehogy azt mondd, hogy újra le kell írnom az egészet!

– Ne izgulj, meg lehet menteni – nyugtatta meg Hermione, és elővette a pálcáját.

– Imádlak... – sóhajtott Ron, azzal hátradőlt a széken, és fáradtan megdörzsölte az arcát.

Hermione kicsit elpirult, de csak ennyit felelt:

– Az jó, csak Lavender meg ne hallja.

– Nem fogja – dörmögte bele a tenyerébe Ron. – Vagy ha igen, az se baj... akkor legalább szakít velem...

– Miért nem szakítasz te, ha eleged van belőle? – kérdezte Harry.

– Látszik, hogy még sose rúgtál ki senkit – csóválta a fejét Ron. – Chóval csak úgy...

– Csak úgy szétmentünk, igen.

– Bár mi is csak úgy szétmennénk... – sóhajtott csüggedten Ron, s elnézte, hogyan javítgatja Hermione szapora pálcabökésekkel dolgozatának hibás szavait. – De minél többször célzok rá, hogy abba kéne hagyni, Lavender annál jobban belém kapaszkodik. Komolyan, olyan érzés, mintha az óriáspolippal járnék.

– Tessék – szólt bő húsz perccel később Hermione, és visszatolta Ron elé a pergamenlapot.

– Örök hála. Kölcsönadod a pennádat, hogy megírhassam a végét?

Harry, aki mindaddig nem talált semmi használhatót a Herceg könyvében, körülnézett. Már csak ők hárman ültek a klubhelyiségben, miután Seamus hangosan elátkozta Pitont meg a dementorokat, és elvonult lefeküdni. A csendet nem törte meg más zaj, csak finom ropogás – a tűzé – és halk sercegés – Hermione pennájáé, amivel Ron a dolgozat utolsó bekezdését körmölte a pergamenlapra. Harry becsukta a Félvér Herceg könyvét, és nagyot ásított, amikor...

Pukk!

Hermione sikoltott, Ron összefröcskölte tintával a dolgozatát, Harry pedig így szólt:

– Sipor!

A házimanó mélyen meghajolt, és mintha bütykös lábujjaihoz beszélne, így szólt:

– Gazdám rendszeres jelentést kért a Malfoy fiú tevékenységéről, hát Sipor eljött, hogy...

Pukk!

Sipor mellett felbukkant Dobby is, félrebillent sapkával a fején.

– Dobby is segített, Harry Potter! – sipította, szemrehányó pillantást vetve detektívkollégájára. – És Sipor szóljon Dobbynak, ha Harry Potterhez készül, hogy együtt jelenthessenek!

– Mi folyik itt? – kérdezte Hermione, aki még mindig nem ocsúdott fel döbbenetéből. – Mi ez a műsor, Harry?

Harry habozott egy kicsit, Hermionét ugyanis „elfelejtette" tájékoztatni róla, hogy ráállította Siport és Dobbyt Malfoyra – manóügyekben sose lehetett tudni, hogyan reagál a lány.

– Hát... a kérésemre figyelik Malfoyt.

– Éjjel-nappal – brekegte Sipor.

430

– Dobby egy hete nem aludt, Harry Potter! – dicsekedett Dobby, s kicsit megtántorodott, ahogy kihúzta magát.

Hermione arcára kiült a felháborodás.

– Egy hete nem aludtál? Harry, csak nem parancsoltad neki, hogy...

– Dehogy parancsoltam – sietett leszögezni Harry. – Dobby, nyugodtan aludj, amennyit akarsz. De halljuk, sikerült-e kiderítenetek valamit? – kérdezte, mielőtt Hermione ismét szóhoz juthatott volna.

– Malfoy úrfi minden mozdulata méltó makulátlan származásához – darálta gondolkodás nélkül Sipor. – Nemes vonásai néhai úrnőmet idézik, modora...

– Draco Malfoy rossz úrfi! – sipította mérgesen Dobby. – Gonosz, rossz gyerek, aki... aki...

Dobby elhallgatott; sapkája bojtjától a zoknija végéig remegni kezdett, aztán megiramodott a kandalló felé, mintha bele akarna ugrani a tűzbe. Harry, akit ez a viselkedés nem ért teljesen váratlanul, a derekánál fogva elkapta, és megállította. Dobby egy darabig még kapálózott, aztán tagjai elernyedtek.

– Köszönöm, Harry Potter – zihálta. – Dobbynak még mindig nehéz rosszat mondani régi gazdáiról...

Harry elengedte őt; a manó megigazította fején esetlen sapkáját, és dacosan odavetette Sipornak:

– Sipor tudhatná, hogy Draco Malfoy nem jó gazda!

– Így van, nem az érdekel minket, hogy szerelmes vagy Malfoyba – fordult Harry is Siporhoz. – Pörgessünk előre, és azt a részt mond, hogy hol járt és mit csinált Malfoy.

Sipor haragos fintorral meghajolt.

– Malfoy úrfi a nagyteremben étkezik, egy alagsori hálóban alszik és különböző tantermekbe jár órákra...

– Inkább te beszélj, Dobby – fojtotta bele a szót Harry. – Ment olyan helyre, ahova nem lenne szabad?

– Harry Potter... uram... – sipította Dobby, s gömbszeme felragyogott a tűz fényében –, amennyire Dobby látja, az ifjú

431

Malfoy nem szeg meg semmilyen szabályt, mégis fontos neki, hogy ne találjanak rá. Rendszeresen feljár a hetedik emeletre, és mindig más diákokat visz magával, akik őrt állnak, amíg ő a...

– Amíg ő a Szükség Szobájában van! – Harry homlokon csapta magát a Herceg könyvével, magára vonva barátai értetlen pillantását. – Hát oda vonul el titokban! Ott csinálja a... amit csinál! És fogadjunk, hogy olyankor tűnik el a térképről – hát persze, sose láttam a térképen a Szükség Szobáját!

– Talán a tekergők nem tudtak a szoba létezéséről – találgatott Ron.

– Szerintem pedig ez is része a szoba mágiájának – vélekedett Hermione. – Ha arra van szükség, feltérképezhetetlenné tud válni.

– Dobby, sikerült bejutnod, hogy megnézd, mit csinál odabent Malfoy? – kérdezte mohó izgalommal Harry.

– Nem, Harry Potter, hiszen az lehetetlen – rázta a fejét a manó.

– Dehogy lehetetlen – vágta rá Harry. – Ha Malfoynak sikerült tavaly bejutnia a főhadiszállásunkra, akkor én is be tudok menni, és kileshetem, mit művel.

– Ez nem így működik – szólt homlokráncolva Hermione. – Malfoy tudta, mire használjuk a szobát, mert annak az ostoba Mariettának eljárt a szája. Be akart jutni a DS főhadiszállására, ezért a szoba azzá is vált a számára. Neked viszont fogalmad sincs, mi lesz a szobából, amikor Malfoy bemegy, tehát nem tudod, mit kérj.

– Biztos van valami megoldás – söpörte félre a problémát Harry. – Köszönöm, Dobby, nagyon ügyes voltál.

– Sipor is ügyes volt – tette hozzá jóindulatúan Hermione. A mogorva manót azonban ez nem hatotta meg; a mennyezetre fordította nagy, véreres szemét, és úgy motyogta:

– A sárvérű megszólította Siport, de Sipor úgy tesz, mintha nem hallaná...

– Na tűnj el innen! – förmedt rá Harry, s a manó egy utolsó meghajlással dehoppanált. – Te pedig menj, és feküdj le, Dobby.

– Köszönöm, Harry Potter, köszönöm, uram! – sipította boldogan Dobby, azzal ő is eltűnt.

– Na ehhez mit szóltok? – fordult a barátaihoz Harry, mikor ismét manómentesnek tudta a klubhelyiséget. – Tudjuk, hova jár Malfoy! Most elkapjuk a frakkját!

– Szuper – dörmögte mogorván Ron, aki még mindig tintapocsolyává változott dolgozata megtisztításán fáradozott. Hermione elhúzta előle a pergament, s miközben hozzálátott, hogy pálcájával felszippantsa a tintát, hangosan töprengett:

– Mi az, hogy „mindig más diákokat visz magával"? Hány ember van benne ebben? Malfoy biztos nem mondja el fűnek-fának, hogy mit csinál...

– Igen, ez furcsa – ráncolta a homlokát Harry. – A fülem hallatára mondta Craknak, hogy az ne faggassa őt a dolgairól... Vajon akkor mit mond annak a sok... annak a sok...

Nem fejezte be a mondatot, helyette belebámult a tűzbe.

– Hogy én milyen hülye vagyok... – motyogta. – Ez is teljesen egyértelmű. Egy egész kondérnyi volt belőle odalent... az óra alatt bármikor lenyúlhatott belőle...

– Miből? – kérdezte Ron.

– A Százfűlé-főzetből. Malfoy lopott a Százfűlé-főzetből, amit Lumpsluck mutatott nekünk az első bájitaltan órán... Az a sok diák, akik őrt állnak Malfoynak, mind Crak és Monstro! Igen, minden egybevág! – Harry felpattant a székről, és elkezdett fel-alá járkálni a kandalló előtt. – Azok ketten vannak olyan hülyék, hogy magyarázat nélkül is megcsinálják, amit Malfoy parancsol nekik... De Malfoy félt, hogy feltűnne, ha a haverjai folyton a Szükség Szobája előtt lebzselnének, ezért Százfűlé-főzetet ad nekik, hogy felvegyék mások külsejét... Az a két lány, akiket a kviddicsmeccs előtt láttam... Jóságos ég! Crak és Monstro!

– Azt akarod mondani – szólt fojtott hangon Hermione –, hogy az a kislány is, akinek megjavítottam a mérlegét...

– Hát persze! – rikkantotta Harry. – Hát persze! Malfoy biztos akkor is épp bent volt a szobában, és a lány... dehogyis lány, Crak vagy Monstro – eldobta a mérleget, hogy figyelmeztesse a veszélyre Malfoyt! És korábban egyszer egy másik kislány ugyanott egy üveg békapetét ejtett el! Százszor elmentünk a szoba előtt, mégse fogtunk gyanút!

– Lánnyá változtatja Crakot és Monstrót? – heherészett Ron. – Még jó, hogy nem valami vidámak mostanában... Csodálom, hogy nem küldik el Malfoyt a...

– Azt nem merik megtenni, ha Malfoy megmutatta nekik a Sötét Jegyét – magyarázta Harry.

– Hmmm... a Sötét Jegyét, ami talán nincs is neki – szólt szkeptikusan Hermione, miközben visszaadta Ronnak a megtisztított (s a biztonság kedvéért tekercsbe csavart) dolgozatot.

– Majd meglátjuk – felelte magabiztosan Harry.

– Meglátjuk – hagyta rá Hermione, és nyújtózkodva felállt. – De azért ne táplálj túl nagy reményeket a Szükség Szobájával kapcsolatban, mert mondom: amíg nem tudod, hova akarsz bejutni, addig nem is jutsz be. És azt se felejtsd el – Hermione a vállára vetette táskáját, és keményen Harry szemébe nézett –, hogy neked most Lumpsluck emlékének megszerzésére kellene összpontosítanod. Jó éjszakát.

Harry kissé kedveszegetten nézett a távozó Hermione után, s mikor becsukódott a lányok hálókörletébe nyíló ajtó, azonnal Ronhoz fordult:

– Te mit gondolsz?

– Bár úgy tudnék dehoppanálni, mint egy házimanó! – dünnyögte Ron azt a helyet bámulva, ahonnan Dobby eltűnt.

– Akkor csont nélkül átmennék a vizsgán.

Harry rosszul aludt aznap éjjel. Lefekvés után sokáig – ő óráknak érezte – nem jött álom a szemére; egyre azon töprengett, vajon mire használja Malfoy a Szükség Szobáját, s hogy ő, Harry, mit fog látni másnap, mikor majd belép oda – mert bármit mondott Hermione, továbbra is szilárdan hitt benne, hogy ha Malfoy rátalált a DS főhadiszállására, akkor ő is megtalálhatja Malfoy titkos fészkét... ami vajon micsoda? Találkozóhely? Búvóhely? Raktár? Műhely? Harry agya lázasan pörgött, mígnem csapongó gondolatai észrevétlenül álmokba úsztak át – zaklatott, nyugtalan álmokba, melyekben Malfoy arca átváltozott Lumpsluckévá, aztán Pitonévá...

Másnap már reggeli közben izgatott várakozás töltötte el Harryt. Sötét varázslatok kivédése előtt volt egy lyukasórája, amit arra szánt, hogy megpróbáljon bejutni a Szükség Szobájába. Hermione tüntető érdektelenséggel hallgatta a mágikus helyiség ostromára vonatkozó, elsuttogott terveit, s ez kicsit bosszantotta őt, mert úgy vélte, a lány sokat segíthetne neki, ha akarna.

– Figyelj... – szólt fojtott hangon, és rátenyerelt a Reggeli Próféta frissen érkezett példányára, megakadályozva, hogy Hermione szokása szerint az újságba temetkezhessen. – Nem feledkeztem meg Lumpsluckról, de egyelőre fogalmam sincs, miként szedjem ki belőle az emléket. Előbb-utóbb biztos lesz valami ötletem, de addig miért ne nézhetnék utána, mit művel Malfoy?

– Mondtam már, hogy rábeszéléssel próbálkozz – felelte Hermione. – Nem az a dolgod, hogy átverd vagy megbabonázd Lumpsluckot, mert azt Dumbledore is megtehetné. Ahelyett, hogy a Szükség Szobája előtt lődörögnél – Hermione kirántotta Harry keze alól az újságot, és kisimította, hogy megnézze a címoldalt –, inkább menj el az öreghez, és próbáld megszólítani a jobbik énjét.

– Valaki, akit ismerünk...? – tette fel szokásos kérdését Ron, miközben Hermione átfutotta a főbb híreket.

– Igen! – szisszent fel a lány.

Mindkét fiú félrenyelte a falatot.

– Nem, nem, nem halt meg senki – nyugtatta meg őket Hermione. – Mundungusról írnak... Letartóztatták és az Azkabanba küldték. Inferusnak adta ki magát egy betörési kísérlet során... És eltűnt egy Octavius Borsh nevű ember... Uramisten, de rémes! Letartóztattak egy kilencéves gyereket, aki kis híján végzett a nagyszüleivel. Feltételezik, hogy az Imperius-átok hatása alatt állt...

Szótlanul fejezték be a reggelit. Utána Hermione rögtön elsietett rúnaismeret órára, Ron felballagott a klubhelyiségbe, mert még mindig hiányzott egy-két mondat a Pitonnak írt dementoros dolgozata végéről, Harry pedig elindult, hogy támadást intézzen a trollokat balettozni tanító Badar Barnabás falikárpitjával szemközti fal ellen.

Az első néptelen átjáróba érve magára kanyarította a láthatatlanná tévő köpenyt. Ezt, mint utóbb kiderült, feleslegesen tette, mert úti célja, a hetedik emeleti folyosó üres volt. Azt nem tudta, hogy Malfoy távolléte növeli vagy csökkenti-e a szobába való bejutásának esélyét, de annak mindenesetre örült, hogy első kísérletét nem a tizenegy éves lánykának álcázott Crak vagy Monstro elől bujkálva kell megtennie.

Behunyt szemmel közelítette meg a Szükség Szobájának ajtaját rejtő falat. Pontosan tudta, mit kell tennie, hisz az előző tanévben nagy gyakorlatra tett szert a műveletben. Erejét megfeszítve összpontosított előre kitalált kívánságára: *Látnom kell, mit csinál odabent Malfoy... Látnom kell, mit csinál odabent Malfoy... Látnom kell, mit csinál odabent Malfoy...*

Háromszor elsétált az ajtó helye előtt, majd megállt, kinyitotta a szemét, és reménykedve szembefordult a fallal – de az változatlanul egy dísztelen kőfal volt, semmi több.

Harry odalépett, és próbaképpen megnyomta a köveket. Azok meg se mozdultak.

– Jól van – szólt fennhangon. – Semmi baj... biztos mást kell gondolnom...

Rövid töprengés után ismét behunyta a szemét, összpontosított, és folytatta a sétálást.

Látnom kell a helyet, ahova Malfoy titokban jár... Látnom kell a helyet, ahova Malfoy titokban jár...

Három forduló után megint kinyitotta a szemét.

Ajtónak nyoma se volt.

– Jaj, ne csináld már! – szólította meg ingerülten a falat. – Ez egyértelmű kívánság volt! Na jó...

Ezúttal hosszú perceket szánt a felkészülésre, s csak azután indult újra útnak.

Válj azzá a hellyé, amivé Draco Malfoy számára válsz...

A járkálás befejeztével nem nyitotta ki rögtön a szemét – egy darabig fülelt, mintha elvárná, hogy az ajtó születését valamiféle zaj kísérje. Mivel az ablakon beszűrődő távoli madárcsicsergésen kívül semmit nem hallott, végül odanézett.

Még mindig nem volt ajtó a falon.

Harry elkáromkodta magát – és abban a pillanatban sikoltásokat hallott. Megfordult, s még épp látott eltűnni a folyosó végén egy csapat hanyatt-homlok menekülő elsőévest – akik nyilván abban a hiszemben voltak, hogy egy különösen mocskos szájú kísértetet küldött az útjukba a balsors.

Harry a következő egy órában kipróbálta a „látnom kell, mit csinál odabent Draco Malfoy" tartalmú kívánság minden elképzelhető megfogalmazását. Végül kénytelen volt belátni, hogy Hermionénak igaza volt, a Szükség Szobáját ezzel a módszerrel nem tudja kinyitni. Levette hát és a táskájába tömte varázsköpenyét, s kudarcán bosszankodva elkullogott sötét varázslatok kivédése órára.

– Megint elkéstél, Potter – szólt hűvösen Piton, mikor Harry belépett a gyertyavilágos tanterembe. – Tíz pont a Griffendéltől.

Harry haragos pillantást vetett a tanárra, és ledobta magát a padra Ron mellé. A csoportból többen még álltak, s a holmijukat pakolták elő a táskájukból – Harry tehát aligha késhetett sokkal többet, mint ők.

– Mielőtt elkezdjük a munkát, kérem a dementorokról szóló dolgozatokat! – Piton hanyagul intett a pálcájával, mire huszonöt pergamentekercs a levegőbe emelkedett, hogy aztán csinos kupacban a tanári asztalon landoljon. – A ti érdeketekben remélem, hogy ezek színvonalasabbak az Imperius-átok kivédéséről szóló firkálmányaitoknál... Most pedig nyissátok ki a könyveteket a... Mit akarsz, Finnigan?

Seamus leeresztette a kezét.

– Azt szeretném kérdezni, tanár úr, hogyan lehet megkülönböztetni az inferust a kísértettől. Mert hogy írtak valamit a Prófétában egy inferusról...

– Nem írtak – vágott a szavába unottan Piton.

– De hát többen is mondták...

– Ha elolvastad volna a kérdéses cikket, Finnigan, tudnád, hogy az az úgynevezett inferus egy Mundungus Fletcher nevű koszos vén tolvaj volt.

– Úgy tudtam, hogy Piton és Mundungus harcostársak – dörmögte oda barátainak Harry –, Pitonnak sajnálnia kellene, hogy Mundungust letartóz...

– De úgy látom, Potternek bőven van hozzáfűznivalója a témához. – Piton váratlanul a terem végébe mutatott, és Harryre szögezte a szemét. – Kérdezzük meg Pottert, ő minek alapján különböztet meg egy inferust egy kísértettől.

Az egész csoport Harry felé fordult, aki lázasan igyekezett felidézni, mit magyarázott neki Dumbledore azon az éjszakán, amikor látogatást tettek Lumpslucknál.

– Öhm... hát... – szólalt meg tétován – a kísértetek átlátszóak...

– Zseniális! – vágott közbe Piton. – Nem hiába jársz immár hatodik éve varázslóképző iskolába, Potter. A kísértetek átlátszóak...

438

Pansy Parkinson fejhangon felvihogott, és mások is kuncogtak. Harry nyelt egyet, és higgadtan folytatta:

– Igen, a kísértetek átlátszóak, az inferusok viszont, ha jól tudom, hullák. Vagyis tömör a testük...

– Ennyit egy ötéves gyerek is tud – mondta megvetően Piton. – Az inferus olyan holttest, amit egy sötét varázsló bűbája mozgat. Az inferus nem él, csupán bábfigura módjára végrehajtja irányítója parancsát. A kísértet ellenben – s ezzel, remélem, nem mondok újat – az eltávozott lélek evilágon hátrahagyott lenyomata... és természetesen, mint azt Potter igen bölcsen közölte velünk, át-lát-szó...

– Amit Harry mondott, az igenis hasznos, ha meg akarjuk különböztetni őket! – kelt barátja védelmére Ron. – Ha összefutok valamelyikkel egy sötét sikátorban, előbb jut eszembe megnézni, tömör-e vagy átlátszó, mint megkérdezni tőle, hogy: bocs, maga egy eltávozott lélek evilági lenyomata?

A teremben felharsant a nevetés, de Piton pillantására egykettőre csend lett.

– Újabb tíz pont a Griffendéltől. Nem is vártam különb okfejtést egy Ronald Weasleytől, akinek olyan tömör a teste, hogy egy centimétert se képes hoppanálni.

Harry már nyitotta a száját, hogy visszavágjon, de Hermione megmarkolta a karját.

– Ne! Semmi értelme! Csak azt érnéd el vele, hogy megint büntetőmunkára küld!

Piton arcán önelégült mosoly suhant át.

– Nyissátok ki a könyveket a kétszáztizenharmadik oldalon, és olvassátok el az első két bekezdést a Cruciatusátokról...

Ron egész órán apatikus volt. Kicsengetés után Lavender azonnal odasietett a fiúkhoz (Hermione titokzatos módon kámforrá vált a közeledtekor), és mindennek elmondta Pitont, amiért az gúnyos megjegyzést tett Ron hoppanálási képességeire. Ront azonban ez is csak irritálta; hogy lerázza Lavendert, betért Harryvel egy fiúvécébe.

– Pitonnak igaza van – szólt, miután vagy két percig búsan bámulta magát egy törött tükörben. – Nem is tudom, érdemes-e elmennem a vizsgára. Nem tudok hoppanálni, és kész.

– Csináld végig a roxmortsi különórákat, aztán majd meglátod – tanácsolta Harry. – A faluban biztos érdekesebb feladatokat kaptok, mint ez a vacakolás a karikával. Aztán ha még utána se tudsz... ha utána se leszel olyan ügyes, mint szeretnéd, akkor elhalaszthatod a vizsgát, és majd együtt letesszük nyá... Myrtle, ez egy fiúvécé!

A hátuk mögötti fülkében kiemelkedett a vécékagylóból egy lány kísértete. A levegőben lebegve bámulta őket vastag lencséjű, kerek szemüvegén át.

– Vagy úgy – szólt lelombozva –, csak ti vagytok?

Ron a tükörben nézte a kísértetet.

– Miért, kit vártál? – kérdezte.

– Senkit – felelte Myrtle, és kedvetlenül vakargatni kezdett egy pattanást az állán. – Azt mondta, megint eljön majd... de hát te is ígérted, hogy meg fogsz látogatni... – Szemrehányó pillantást vetett Harryre. – Aztán felém se néztél. Megtanultam már, hogy a fiúknak nem lehet hinni.

– Neked nem abban a lányvécében kéne lenned? – csodálkozott Harry, aki immár évek óta messze elkerülte a Myrtle lakóhelyéül szolgáló mellékhelyiséget.

– Ott lakom – válaszolt sértődött vállrándítással a lány. – De attól még elmehetek néha máshova is, nem? Téged is meglátogattalak egyszer a fürdőben, nem emlékszel?

– De, élénken – felelte Harry.

– Úgy éreztem, kedvel engem – mélázott Myrtle. – Talán ha majd nem lesztek itt, eljön... Annyira hasonlít a sorsunk... biztos ő is érzi...

És reménykedve nézett az ajtó felé.

440

– Hasonlít a sorsotok? – kérdezte Ron, akit szemlátomást kezdett szórakoztatni a beszélgetés. – Úgy érted, ő is egy lefolyóban lakik?

– Nem – vágta rá dacosan Myrtle. Hangja visszhangozva zengett a csempézett falak között. – Úgy értettem, ő is érzékeny, őt is bántják a többiek, ő is magányos, neki sincs kihez fordulnia, és ő se fél kimutatni az érzelmeit! Ő is szokott sírni!

– Bejött ide sírni egy fiú? – csodálkozott Harry. – Egy kisebb gyerek?

– Semmi közötök hozzá! – Myrtle apró, fátyolos szeme az immár leplezetlenül vigyorgó Ronra szegeződött. – Megígértem neki, hogy nem mondom el senkinek! Hogy magammal viszem a titkát...

– Azt ne mondd, hogy a sírba! – prüszkölte Ron. – Inkább a klotyóba, nem?

Myrtle haragos üvöltést hallatott, és belevetette magát a vécékagylóba, kisebb szökőárt okozva a fülkében.

A sikeres kísértetugratás szemlátomást visszaadta Ron önbizalmát.

– Igazad van – szólt, miközben vállára vetette a táskáját. – Elmegyek a roxmortsi órákra, és majd utána döntök a vizsgáról.

Így hát a következő hétvégén Ron csatlakozott Hermionéhoz és a többi olyan hatodéveshez, akik koruknál fogva részt vehettek a két hét múlva esedékes vizsgán. Harry nem kis irigységgel nézte a faluba készülő csapatot. Hiányoztak neki a roxmortsi kirándulások, ráadásul aznap gyönyörű tavaszi idő köszöntött a tájra: régóta először volt derűs, tiszta az ég. De Roxmorts ide vagy oda, neki eltökélt szándéka volt, hogy aznap ismét megostromolja a Szükség Szobáját.

– Jobban tennéd – szólt Hermione, miután Harry a bejárati csarnokban beavatta őt és Ront a tervébe –, ha egyenesen Lumpsluckhoz mennél, és elkezdenéd megpuhítani őt.

441

– De hát csomószor próbáltam beszélni vele! – felelte bosszúsan Harry, s nem is mondott valótlant. A hét folyamán minden egyes bájitaltan óra után megpróbálta elkapni Lumpsluckot, de az öreg varázslónak mindig sikerült megszöknie előle. Kétszer is bekopogott Lumpsluck dolgozószobájába, de egyik alkalommal se kapott választ, jóllehet másodszorra egy régi gramofon sebtében lehalkított hangját vélte hallani.

– Értsd meg, hogy nem akar beszélni velem! Nagyon jól tudja, hogy megint rászálltam, és vigyáz rá, hogy sose találjam egyedül!

– Akkor is tovább kell próbálkoznod.

A sor ekkor meglódult, így pár lépéssel közelebb kerültek a szokásos szenzoros döfködést végző Fricshez, s Harry inkább nem felelt, nehogy a gondnok olyat halljon, ami nem tartozik rá. Helyette sok sikert kívánt Hermionénak és Ronnak, majd sarkon fordult, és elindult felfelé a márványlépcsőn. Hermione tanácsa mit sem változtatott elhatározásán, hogy a következő egy-két órát a Szükség Szobájának szenteli.

Az első lépcsőforduló után elővette táskájából a Tekergők Térképét és a varázsköpenyt. Miután láthatatlanná vált, rákoppintott a régi pergamenre, elmotyogta a varázsigét: – *Esküszöm, hogy rosszban sántikálok!* –, és böngészni kezdte a Roxfort térképét.

Vasárnap délelőtt lévén szinte minden diák a háza klubhelyiségében tartózkodott: a griffendélesek és a hollóhátasok a tornyukban, a mardekárosok a pincében, a hugrabugosok az alagsorban, nem messze a konyhától. A könyvtárba és a folyosókra csak egy-egy kósza diák jutott. Néhányan a parkban sétáltak, a hetedik emeleti folyosón pedig ott állt egymagában Gregory Monstro. A Szükség Szobájának nyoma sem volt a térképen, de Harryt ez nem zavarta – ha Monstro őrködik, akkor a szoba nyitva van, akár mutatja a térkép, akár nem.

További teketóriázás nélkül futni kezdett felfelé a lépcsőkön, s csak a cél előtti utolsó sarkon lassított le. A folyosón a két hete látott kislány álldogált, kezében ugyanazzal a rézmérleggel, amit Hermione megjavított. Harry lassú, zajtalan léptekkel megindult a lányka felé, s mikor már csak karnyújtásnyira volt tőle, megszólította:

– Szia, te kis szépség!

Monstro felsikoltott, elhajította a mérleget, és úgy elrohant, mintha puskából lőtték volna ki. Még javában visszhangzott a folyosó a padlóra zuhanó mérleg zajától, mikor a lányka már eltűnt a sarkon. Harry nevetett egy jót, aztán a csupasz fal felé fordult, amely mögött – mint remélte –, a figyelmeztető zajtól megriadt Draco Malfoy most dermedten áll, akár a csapdába zárt egér. Harryt a hatalom kellemes érzése töltötte el, miközben eltűnődött, hogy milyen megfogalmazásokat nem próbált ki még.

Optimista hangulata azonban nem sokáig tartott. A következő félórában a Malfoy kikémlelését célzó kívánság számos újabb variációját ismételgette el magában, de a fal konokul ajtótlan maradt. Végül már szinte toporzékolt tehetetlen dühében; nem lehet igaz, hogy ne tudja megnézni, mit művel Malfoy pár lépésnyire tőle! Mérgében nekirontott a falnak, és belerúgott.

– Au!

Úgy érezte, jó esély van rá, hogy eltört a lábujja. Miközben fél lábon ugrálva a cipője orrát markolászta, észre se vette, hogy lecsúszott róla a láthatatlanná tévő köpeny.

– Harry?

Harry fél lábon megpördült, ennek következtében rögtön hasra esett. Határtalan elképedésére a folyosón Tonks közeledett felé, méghozzá olyan nyugodt léptekkel, mintha a rendes napi sétáját végezné.

– Maga hogy kerül ide? – kérdezte Harry, miközben feltápászkodott. Miért kell Tonksnak mindig elterülve találnia őt?

– Dumbledore-hoz jöttem – felelte a boszorkány.

Harry megállapította magában, hogy Tonks rémesen néz ki: soványabb volt, mint valaha, egérszürke haja lenőtten, tartás nélkül lógott.

– Nem erre van a szobája – közölte Harry. – A kastély túlsó végében egy kőszörny mögött...

– Tudom – legyintett Tonks. – De nincs ott. Úgy látszik, megint elutazott.

– Igen? – Harry óvatosan ránehezedett fájós lábára. – De... maga se tudja, hova szokott menni, ugye?

– Nem.

– És miért keresi? Sürgős ügyben?

– Nem, semmi különös – felelte Tonks, s közben szórakozottan csipkedte talárja szegélyét. – Csak érdeklődni akartam, hátha Dumbledore valamit... Sok mindent hallani mostanában... naponta történnek dolgok...

– Igen, én is olvasom az újságban – bólogatott Harry. – Az a kisgyerek, aki rátámadt a...

Tonks azonban nem figyelt rá.

– A Próféta mindig le van maradva – dünnyögte. – Valaki a Rendből nem írt neked mostanában?

– Senki nem ír nekem, mióta Sirius...

Harry látta, hogy a boszorkány szeme megtelik könnyel.

– Bocsánat... – motyogta zavartan. – Nekem is... nekem is nagyon hiányzik...

– Mi? – kérdezte szórakozottan Tonks, de nem várt választ. – Na mindegy... minden jót, Harry!

Azzal hirtelen sarkon fordult, és a meghökkent Harryt faképnél hagyva elindult visszafelé a folyosón.

Harry egy perc múlva ismét magára kanyarította a köpenyt, de a Szükség Szobájának kinyitására tett további kísérleteiben már nyoma se volt a korábbi elszántságnak. Korgó gyomra, meg Ron és Hermione közelgő visszatérésének tudata aztán végleg elvette a kedvét a kilátástalannak tűnő ostromtól.

Otthagyta hát a folyosót Malfoynak, akiről remélte, hogy még órákig nem mer kijönni a bűvös szobából.

Mikor leért a nagyterembe, Ron és Hermione már javában fogyasztották korai ebédjüket.

– Képzeld, sikerült... majdnem tökéletesen! – újságolta lelkesen Ron, amint megpillantotta a közeledő Harryt. – Az volt a feladat, hogy Madam Puddifoot teázója elé hoppanáljunk, én meg egy kicsit túlrepültem, és a Calamus Pennaboltnál kötöttem ki, de legalább át tudtam helyezni magam!

– Gratulálok! – mosolygott Harry. – És neked hogy ment, Hermione?

– Ó, úgy röpködött, mint az álom! – felelt a lány helyett Ron. – Tökéletes célhatár, céltudat és célirányozás vagy mi a fene. Hallanod kellett volna, hogy áradozott róla Derreng, mikor utána beültünk a Három Seprűbe! Feleségül fogja kérni Hermionét, figyeld meg!

A lány válaszra se méltatta a megjegyzést.

– És veled mi volt? – fordult Harryhez. – Egész idő alatt a Szükség Szobája előtt járkáltál?

– Aha. És tudod, kivel találkoztam? Tonksszal!

– Tonksszal? – visszhangozta kórusban Ron és Hermione.

– Igen, azt mondta, Dumbledore-hoz jött...

– Ha érdekel a véleményem – szólt Ron, miután Harry beszámolt a boszorkánnyal folytatott rövid beszélgetéséről –, szerintem meghibbant a csaj. Az agyára ment a minisztériumi dolog.

Úgy tűnt, Hermionét valami okból kimondottan aggasztja Tonks viselkedése.

– Ez elég furcsa – csóválta a fejét. – Tonksnak az a dolga, hogy őrizze az iskolát. Miért hagyta el hirtelen a helyét, és jött fel a kastélyba, ha egyszer Dumbledore nincs is itt?

– Nekem... lenne egy tippem – felelte tétován Harry. Kínosnak érezte szavakba önteni, amire gondolt – ezen a területen Hermione jobban otthon volt, mint ő. – Szerinted nem lehet, hogy Tonks... szóval hogy... szerelmes volt Siriusba?

Hermionénak elkerekedett a szeme.

– Ezt meg honnan veszed?

Harry vállat vont.

– Nem t'om... de majdnem elsírta magát, amikor Siriust említettem... és a patrónusa most egy nagy, négylábú valami... talán kutya, vagyis hát... Sirius.

– Lehetséges – felelte tűnődve Hermione. – De akkor sem értem, miért rohant fel a kastélyba Dumbledore-hoz, ha ugyan tényleg hozzá jött.

– Ott tartunk, amit én mondtam – szólt közbe tört krumplitól dudorodó pofazacskóval Ron. – Nyomi a csaj. Flúgos. A nők már csak ilyenek – tette hozzá bölcselkedve. – Tök könnyen megkattannak.

A megjegyzés kizökkentette töprengéséből Hermionét.

– Az lehet – szólt csípősen –, viszont nem találsz olyan nőt, aki depressziós rohamot kap attól, hogy Madam Rosmerta nem nevet a banyáról, a gyógyítóról meg a Mimbulus Mimbeltoniáról szóló viccen.

Ron sértődött fintort vágott.

A temetés után

A kastély tornyai felett néha már kéken felragyogott az ég, de a közelgő nyárnak ezek a jelei nem sokat javítottak Harry hangulatán. Eredménytelen volt Malfoy utáni nyomozása, és Lumpsluckkal sem sikerült olyan beszélgetést kezdeményeznie, ami valamiképp elvezethetett volna oda, hogy az öreg varázsló megossza vele a minden jel szerint évtizedek óta elméje egy eldugott zugába száműzött emléket.

– Utoljára mondom – szólt rá szigorúan Hermione. – Ne foglalkozz Malfoyjal!

Ebéd után voltak, s hármasban üldögéltek a kastélyudvar egyik napos sarkában. Hermione és Ron a Gyakori hoppanálási hibák és elkerülésük című minisztériumi kiadványt szorongatták, ugyanis aznap délután készültek letenni a vizsgát, de a röplapban leírtak korántsem voltak nyugtató hatással vizsgadrukk borzolta idegeikre. Mikor nem messze tőlük felbukkant egy lány, Ron hevesen összerándult, majd megpróbált elbújni Hermione mögött.

– Nem Lavender az – jelentette fásultan Hermione.

– Jaj, de jó – lélegzett fel Ron.

– Harry Potter? – lépett oda hozzájuk a lány. – Megkértek, hogy adjam ezt át neked.

– Kösz...

Harry elszorult torokkal vette át a kis pergamentekercset.

– Dumbledore azt mondta, nem tartunk több órát, amíg nem szerzem meg az emléket! – szólt, miután a lány ismét hallótávolságon kívülre került.

– Talán meg akarja kérdezni, hogy haladsz – tippelt Hermione. Közben Harry kisimította a pergament, de azon Dumbledore szálkás, dőlt betűi helyett esetlen, darabos kézírást talált, amit szinte olvashatatlanná tett a sok elmaszatolódás.

Kedves Harry, Ron és Hermione!

Tegnap éjjel meghalt Aragog. Harry, Ron, ti tudjátok, milyen különleges lény volt. Hermione, biztos vagyok benne, hogy kedvelted volna őt. Nagyon jól esne, ha este lejönnétek a temetésére. Szürkületkor szeretném sírba tenni, mert az volt a kedvenc napszaka. Tudom, hogy nem szabad olyan későn kint járnotok, de használhatnátok a láthatatlanná tévő köpenyt. Nem kérnék ilyet tőletek, de egyedül nincs erőm végigcsinálni.

Hagrid

– Ezt olvasd el – dörmögte Harry, és átadta a pergament Hermionénak.

– Jesszusom… – csóválta a fejét a lány, miután átfutotta a levelet. Továbbadta Ronnak, aki növekvő elképedéssel olvasta a szöveget.

– Ez nem normális! – fakadt ki. – Az a szörnyeteg felkínált minket a társainak vacsorára! Azt mondta, lakjanak jól velünk! Hagrid azt hiszi, lemegyünk zokogni a ronda szőrös potroha fölött!?

– Nem is csak az – tódította Hermione –, de azt kéri, hogy menjünk ki este a kastélyból, pedig tudja, milyen szigorúak a szabályok az idén. Nagyon ráfáznánk, ha elkapnának.

– Voltunk már lent este Hagridnál – jegyezte meg Harry.

– Igen, de akkor jó okunk volt rá! – vitatkozott Hermione.
– Kockáztattunk, hogy segítsünk Hagridnak. De most mi
van? Aragog meghalt. Ha legalább arról lenne szó, hogy meg
kell menteni...

– Akkor még kevésbé mennék le – jelentette ki Ron. – Te
nem találkoztál azzal az izével, Hermione. Hidd el nekem,
holtan sokkal vonzóbb.

Harry visszavette a levelet, és elnézte rajta a maszatos fol-
tokat – biztos volt benne, hogy azok szaporán hulló, kövér
könnycseppek nyomai voltak...

– Harry, ugye, meg se fordul a fejedben, hogy lemész? –
nézett rá riadtan Hermione. – Ez nem ér meg egy büntető-
munkát.

Harry sóhajtott.

– Nem... Hagrid sajnos kénytelen lesz nélkülünk eltemetni
Aragogot.

– Helyes – bólintott megkönnyebbülten Hermione. – Fi-
gyelj, ma nagyon kevesen lesztek bájitaltanon, mert majdnem
mindenki vizsgázni megy. Itt a remek alkalom, hogy megpu-
hítsd Lumpsluckot.

– Mert ötvenhetedszerre biztos szerencsém lesz, mi? – dör-
mögte keserűen Harry.

– Szerencse...! – kapta fel a fejét Ron. – Ez az, Harry! Le-
gyen szerencséd!

– Micsoda?

– Használd a szerencseszérumot!

– Jaj, Ron, ez... Ez jó...! – Hermione szeme elkerekedett.
– Hát persze! Hogy ez eddig nem jutott eszembe!

Harry rábámult barátaira.

– Igyak Felix Felicist? – dörmögte meghökkenve. – Nem is
tudom... Máskor akartam felhasználni...

– Mikor máskor? – kérdezte Ron.

– Mi lehet fontosabb, mint ez az emlék? – méltatlankodott
Hermione.

Harry nem válaszolt. A kicsiny, aranyló palack már jó ideje ott lebegett valahol a fantáziája peremvidékén; homályos, kiforratlan elképzelések ólálkodtak a fejében arról, hogy Ginny szakít Deannel, és Ron valami okból örül, hogy a húgának új barátja van... De ezek a gondolatok csak álmában mertek a tudatába lopakodni, meg mikor agya az alvás és az ébrenlét határmezsgyéjén bolyongott...

– Harry! Veszed még az adást? – kérdezte Hermione.

– Mi? Ja, persze. – Harry gyorsan összeszedte magát. – Jó... nem bánom. Ha délután nem sikerül beszélnem Lumpsluckkal, beveszek egy kicsit a jó öreg Felixből, és este megint megpróbálom.

– Akkor ezt megbeszéltük – állapította meg vidáman Hermione, azzal fürgén felállt, és bemutatott egy kecses piruettet. – Célmeghatározás, céltudatosság, célirányosság!

– Könyörgök, hagyd abba! – jajdult fel Ron. – Így is mindjárt kidobom a taccsot... Rejtsetek el gyorsan!

Két nőnemű diák bukkant fel ugyanis az udvaron.

– Egyik se Lavender! – vetette oda ingerülten Hermione.

– Akkor jó. – Ron óvatosan kilesett Hermione válla fölött. – Te jó ég, de le vannak ezek törve!

– Ők a Montgomery nővérek, és nem csoda, hogy le vannak törve, nem hallottad, mi történt az öccsükkel?

– Őszintén szólva már nem tudom követni, kinek mi történik a rokonaival – felelte Ron.

– Az öccsüket megtámadta egy vérfarkas. Azt beszélik, azért, mert az anyjuk nem volt hajlandó összejátszani a halálfalókkal. A kisfiú ötéves volt, és meghalt a Szent Mungóban. Nem tudták megmenteni.

– Meghalt? – visszhangozta döbbenten Harry. – De hát a vérfarkasok nem ölni szoktak, hanem inkább magukfajtát csinálnak az emberből, nem?

– Néha ölnek is – dörmögte tőle szokatlan komorsággal Ron. – Van úgy, hogy a vérfarkast túlságosan elragadja a hév...

– Lehet tudni, melyik farkasember volt a gyilkos? – kérdezte Harry.

– Ez is csak szóbeszéd, de azt mondják, Fenrir Greyback tette – válaszolt Hermione.

– Tudtam... Lupin mesélt róla, az egy megszállott, direkt gyerekeket támad meg! – háborgott Harry.

Hermione kőkeményen a szemébe nézett.

– Meg kell szerezned azt az emléket, Harry! Le kell győznötök Voldemortot! Ő az oka minden szörnyűségnek...

Bent az épületben megszólalt a csengő; Ron és Hermione rémült arccal ugrottak fel a padról.

– Ne féljetek, menni fog – biztatta őket Harry, miután megérkeztek a bejárati csarnokba, ahol a vizsgázni készülők gyülekeztek. – Sok szerencsét!

– Neked is – felelte sokatmondó pillantással Hermione, s Harry már indult is a pincelépcső felé.

A délutáni bájitaltan órán csak hárman jelentek meg: Harry, Ernie és Draco Malfoy.

– Ti túl fiatalok vagytok a hoppanáláshoz? – kérdezte nyájasan Lumpsluck. – Még nem töltöttétek be a tizenhetet?

A fiúk a fejüket rázták.

– Nos, ha már ilyen kevesen vagyunk, legalább érezzük jól magunkat. Csináljatok nekem valami szórakoztatót!

– Pompás feladat, uram! – dörzsölgette a tenyerét Ernie.

Malfoy nem volt ilyen lelkes.

– Mit ért szórakoztató alatt? – kérdezte mogorván.

– Lepjetek meg valamivel! – tárta szét a karját Lumpsluck.

Malfoy sötét képpel csapta fel a tankönyvét, nem is próbálta titkolni, hogy az órát ezek után értelmetlen időpocsékolásnak tartja. Harry is kinyitotta a Herceg könyvét, de közben lopva Malfoyt figyelte. Nyilván szívesebben töltené ezt a időt a Szükség Szobájában, gondolta...

Csak képzelődik, vagy Tonkshoz hasonlóan Malfoy is lefogyott? A mardekáros fiú kétségtelenül sápadtabb volt, mint máskor; az arca enyhén megszürkült – Harry gyanította, hogy azért, mert az utóbbi időben nem sokat látta a napot. De megváltozott Malfoy viselkedése, fellépése is: eltűnt az év eleji hivalkodó önelégültsége, lendülete, rátartisága; már nem az a Malfoy volt, aki a Roxfort Expresszen többé-kevésbé nyíltan eldicsekedett Voldemorttól kapott feladatával... Ennek pedig csak egy oka lehet, gondolta Harry: hogy a rejtélyes munka, bármi legyen is az, nem úgy halad, mint kellene.

Az optimista következtetéstől felvidulva lapozgatni kezdte preparált tankönyvét, alkalmas receptet keresve. Választása végül a eufóriaelixírnek a Herceg által alaposan feljavított verziójára esett. Ez a főzet ugyanis nem csupán megfelelt Lumpsluck elvárásának, de (Harrynek megdobbant a szíve a gondolatra) azzal a reménnyel is kecsegtetett, hogy ha sikerül megkóstoltatnia Lumpsluckkal, a varázsló talán alkalmas kedélyállapotba kerül az emlék átadására.

– Hát ez valami fantasztikus! – csapta össze a tenyerét másfél órával később Lumpsluck, miután megtekintette Harry üstjének napsugársárga tartalmát. – Eufória, nemde? És mi ez az illat? Mmmmm... tettél bele egy csipetnyi mentát, igaz? Nincs benne a klasszikus receptben, de milyen kitűnő gondolat! Hát persze, tompítani lehet vele a gyakori mellékhatásokat: a harsány éneklést és kényszeres orrfricskázást... Tényleg fogalmam sincs, honnan merited az ihletedet, fiam, hacsak...

Harry a lábával feltűnés nélkül mélyebbre tuszkolta a Herceg könyvét a táskájában.

– ...hacsak nem tényleg anyád génjei törnek a felszínre benned!

– Biztos úgy van – bólogatott megkönnyebbülten Harry.

Ernie szemlátomást bosszús és csalódott volt; attól a szándéktól vezérelve, hogy ez egyszer túlszárnyalja Harryt, sebtében kreált egy saját bájitalt, ami azonban összeugrott, s az óra végén csupán egy piros gombóc gubbasztott Ernie üstje fenekén. Malfoy is bosszankodva látott hozzá az összepakoláshoz, mert csuklasztó szirupját Lumpsluck csupán tűrhetőnek minősítette.

Mikor megszólalt a csengő, Ernie és Malfoy nyomban az ajtó felé vette az irányt.

– Tanár úr! – szólalt meg Harry, de erre Lumpsluck gyorsan körülnézett, s mikor látta, hogy kettesben maradtak, azonnal kisietett a teremből.

– Tanár úr... Lumpsluck professzor! – kiáltott utána Harry.
– Nem akarja megkóstolni az eli...

Lumpsluck azonban már messze járt. Harry csalódottan kiürítette üstjét, összepakolt, aztán ő is elhagyta a pincetermet, és felbaktatott a Griffendél-toronyba.

Ron és Hermione késő délután érkeztek vissza.

– Harry! – kiáltotta a portrélyukon bemászva Hermione. – Képzeld, átmentem!

– Nagy vagy! – örvendezett Harry. – És Ron?

– Ő... épp hogy csak megbukott – suttogta a morózus képpel közeledő Ron felé pislogva a lány. – Egy apróságon múlott, de tényleg. A vizsgabiztos észrevette, hogy Ron hátrahagyta a fél szemöldökét... De mesélj, mi volt Lumpsluckkal?

– Semmi – felelte Harry, majd Ronhoz fordult: – Most peched volt, de majd legközelebb sikerül... így legalább együtt vizsgázhatunk.

– Aha – dörmögte búsan Ron. – Egy fél szemöldök! Mintha az számítana!

– Hát igen – csóválta a fejét Hermione –, roppant szigorú volt a pasas...

Vacsora alatt versengve szidták a hoppanálási vizsgabiztost, ami némileg javított Ron kedélyállapotán, s mire elindultak vissza a klubhelyiségbe, már Lumpsluck és az emlék problémája volt terítéken.

– Akkor most mi lesz, Harry? – kérdezte Ron. – Kipróbálod a Felix Felicist vagy sem?

– Igen, asszem, kénytelen leszek – felelte Harry. – De nem iszom meg az egész tizenkét órás adagot. Nem tarthat reggelig, két-három óra alatt biztos végzek.

– Eszelős érzés, mikor beveszed – nosztalgiázott Ron. – Olyan, mintha nem tudnál semmit elrontani.

– Miket beszélsz, Ron? – nevetett Hermione. – Honnan tudnád, hisz még sose ittál szerencseszérumot!

– Nem, de egyszer azt hittem, hogy ittam! – felelte Ron olyan hangon, mintha valami kézenfekvő dolgot magyarázna. – Az ugyanaz...

Kifelé jövet látták Lumpsluckot bemenni a nagyterembe, és tudták, hogy az öreg nem sieti el az étkezéseket, ezért egy darabig még a klubhelyiségben időztek. Az volt ugyanis a terv, hogy Harry a szobájában keresi fel az öreg tanárt. Mikor aztán a lemenő nap elérte a Tiltott Rengeteg fáinak csúcsát, úgy döntöttek, már elég időt hagytak Lumpslucknak. Miután megbizonyosodtak róla, hogy Neville, Dean és Seamus a klubhelyiségben tartózkodik, mindhárman felosontak a fiúk hálótermébe.

Harry kiásta a zoknigombócot a ládája aljáról, és elővette belőle az aranyló üveget.

– Szerencse fel! – szólt, azzal ivott egy gondosan kimért kortyot az italból.

– Milyen érzés? – érdeklődött suttogva Hermione.

Pár pillanatig nem történt semmi. Azután lassan, de biztosan erősödni kezdett Harry lelkében a korlátlan lehetőségek érzete; valami azt súgta neki, mindent el tud érni, amit csak akar, mindent a világon... és Lumpsluck emlékének megszer-

\ 454

zését hirtelen nem csak hogy lehétségesnek: gyerekjátéknak érezte...

Mosolyogva, önbizalomtól dagadó kebellel állt fel az ágya széléről.

– Fantasztikus – szólt. – Nagyon király. Jól van... Lemegyek Hagridhoz.

– Mi? – csodálkozott Ron.

– Nem, nem, Harry – rázta a fejét Hermione. – Emlékezz csak: Lumpsluckhoz kell menned.

– Dehogyis! – felelte magabiztosan Harry. – Hagridhoz megyek. Úgy érzem, az a jó, ha most lemegyek Hagridhoz.

– Úgy érzed, az a jó, ha tort ülsz egy óriáspók fölött? – hüledezett Ron.

– Igen. – Harry elővette a táskájából varázsköpenyét. – Úgy érzem, ott a helyem. Világos, nem?

– Nem – vágta rá gondolkodás nélkül két barátja. Most már egyenesen rémült arcot vágtak.

– Biztos, hogy Felix Felicist ittál? – aggodalmaskodott Hermione, s a fény felé emelte a kis üveget. – Nem volt valami más is a ládádban, mondjuk...

– Agyapasztó szirup? – fejezte be a kérdést Ron.

Harry nevetve kanyarította a vállára köpenyét, de ezzel csak még jobban megrémítette barátait.

– Bízzatok bennem! – csitította őket. – Tudom, mit csinálok... illetve... – Magabiztos léptekkel elindult az ajtó felé – ...Felix tudja.

A fejére húzta a köpenyt, és lesietett a lépcsőn. Ron és Hermione követték. A lépcső aljába érve Harry kisurrant a félig nyitott ajtón.

– Vele voltál odafent!? – sikított fel Lavender Brown, és Harryn keresztülnézve villámló szemmel meredt a Ron-Hermione párosra. Harry még hallotta Ron hebegését, miközben átlopakodott a klubhelyiségen.

A portrélyukon könnyűszerrel kijutott; Ginny és Dean épp befelé jöttek, s ő ki tudott csusszanni kettejük között. Közben véletlenül súrolta Ginny hátát.

– Légy szíves, ne taszigálj, Dean! – szólt ingerülten a lány.

– Elegem van belőle, hogy mindig ezt csinálod! Be tudok mászni segítség nélkül is...

A Kövér Dáma portréja becsukódott, de előtte Harry még hallotta, hogy Dean dühösen visszavág – s ettől még derűsebb lélekkel indult el a folyosón. Nem kellett lopakodnia, mert senki nem került az útjába – de ezen nem is csodálkozott, hisz ma este ő volt a legszerencsésebb ember a Roxfortban...

Mellesleg fogalma se volt, mire jó az, ha most lemegy Hagridhoz. Úgy tűnt, a szerencseszérum mindig csak az út következő rövid szakaszát világítja meg előtte: nem látta a végcélt, azt se, hol fog belépni a képbe Lumpsluck, mégis teljes bizonyossággal érezte, hogy ez az út vezet az emlék megszerzéséhez. A bejárati csarnokba érve látta, hogy Frics elfelejtette bezárni a tölgyfaajtót. Elégedetten vigyorogva kilépett a szabadba, mélyet szippantott a friss, fűillatú levegőből, azután elindult lefelé a lépcsőn.

A lépcső aljába érve arra gondolt, milyen kellemes lenne a vadőrlak felé menet útba ejteni a zöldségeskertet. Ez kerülőút volt ugyan, de tudta, hogy követnie kell a megérzést, habozás nélkül az ágyások felé irányította hát lépteit. Odaérve örömmel, de különösebb csodálkozás nélkül látta, hogy Lumpsluck a veteményeskert közepén álldogál, és Bimba professzorral diskurál. Vidáman odasétált a közelben húzódó alacsony kőfalhoz, s ott megállt fülelni.

– ...hálásan köszönöm a fáradságát, Pomona – udvariaskodott Lumpsluck. – A legtöbb szaktekintély úgy véli, hogy napnyugtakor szedve a legerősebb a hatása.

– Ezt én is megerősíthetem – felelte barátságosan Bimba. – Ennyi elég lesz?.

– Hogyne, bőven – bólogatott Lumpsluck, aki, mint Harry megfigyelte, jókora csokor növényt tartott a karjában. – A harmadéveseim kapnak belőle fejenként két-három levelet, a többi megmarad tartalékba, hátha valamelyik túlfőzi. Hát akkor... további kellemes estét, és még egyszer hálásan köszönöm!

Bimba professzor az üvegházak felé vette útját a sötétedő ég alatt, Lumpsluck pedig egyenesen a kőfal irányába indult el. Harry hirtelen ellenállhatatlan vágyat érzett, hogy leleplezze magát – egy elegáns mozdulattal ledobta hát a varázsköpenyt.

– Jó estét, tanár úr!

– Merlin szent szakálla, jól rám ijesztettél! – Lumpsluck megtorpant, és óvatos bizalmatlansággal végigmérte Harryt. – Hogy jutottál ki a kastélyból?

– Frics nyitva felejtette a nagyajtót – felelte vidáman Harry, s valamiért igen jó jelnek vélte, hogy Lumpsluck rosszallóan összevonja a szemöldökét.

– Jelentést fogok tenni arról az emberről. Inkább a biztonságra ügyelne ahelyett, hogy ártalmatlan kacatokra vadászik... De mondd csak, egyáltalán mi dolgod van idekint?

– Hagridhoz készülök – felelte gondolkodás nélkül Harry, mert érezte, hogy most az a legjobb, ha igazat mond. – Eléggé ki van borulva... De, ugye, nem mondja el senkinek, tanár úr? Nem akarom, hogy Hagridnak gondja legyen belőle...

Ezzel sikerült felébresztenie Lumpsluck kíváncsiságát.

– Semmit sem ígérhetek – felelte tartózkodóan az öreg. – De tudom, hogy Dumbledore feltétlenül megbízik Hagridban, úgyhogy én sem feltételezem róla, hogy rosszban sántikál...

– Tudja, évtizedekig volt neki egy óriáspókja... a Tiltott Rengetegben lakott... tudott beszélni, meg minden...

– Hallottam rebesgetni, hogy élnek az erdőben akromantulák. – Lumpsluck tűnődő pillantást vetett a fák sötét tömege felé. – Ezek szerint igaz a pletyka?

457

– Igen – bólintott Harry. – És ez az Aragog, aki Hagrid legelső pókja volt, tegnap éjjel meghalt. Hagrid nagyon kiborult. Nem akarja egyedül eltemetni, így hát megígértem, hogy lemegyek.

– Kedves tőled – dörmögte szórakozottan Lumpsluck. Tekintete a távoli vadőrlak világos ablakára vándorolt. – Az akromantula mérge nagyon értékes... ha a bestia csak tegnap hullott el, talán még nem száradt be... no persze, a világért sem akarok kegyeletsértő lenni... de ha le lehetne fejni legalább egy keveset... élő akromantulától jóformán lehetetlen mérget szerezni...

Lumpsluck már nem annyira Harryhez beszélt, mint inkább hangosan gondolkodott.

– ...bűn lenne veszni hagyni... kétszáz galleont is megadnak literéért... a tanári fizetés semmire se elég...

És Harry előtt most hirtelen világossá vált, mit kell tennie.

– Hát... – szólalt meg habozást színlelve. – Hagrid biztosan örülne neki, ha a tanár úr is lejönne. Méltóbban búcsúztatnánk Aragogot, meg minden...

– Hogyne, szívesen! – Lumpslucknak felcsillant a szeme. – Tudod, mit, Harry? Találkozzunk Hagrid házánál. Én még beszaladok a kastélyba nyakkendőt cserélni, mert ez a tarka nemigen illik az alkalomhoz... és hozok egy-két üveg bort is. Iszunk a szegény pára... hát, nem az egészségére, de... szóval egy ilyen aktusnak meg kell adni a módját...

Azzal az öreg eldöcögött a kastély felé, Harry pedig nagy elégedetten megcélozta a vadőrlakot.

– Hát eljöttél... – dörmögte rekedten Hagrid, miután ajtót nyitott, és megpillantotta a varázsköpeny alól előbukkanó Harryt.

– Igen... de Ron és Hermione nem tudtak jönni. Üzenik, hogy nagyon sajnálják.

– Nem baj... nem érdekes... Aragog már attól is meghatódna, hogy te itt vagy...

Hagrid felzokogott. Fatörzsnyi karján gyásza jeléül fekete karszalagot viselt, ami ránézésre cipőpasztába mártott rongycsíknak tűnt. Harry vigasztalóan megveregette a könyökét, az volt ugyanis a legmagasabb pont Hagrid testén, amit nyújtózkodás nélkül elért.

– Hol temetjük el? – kérdezte. – Az erdőben?

– Jaj, dehogy… – Hagrid megtörölte vörösre sírt szemét az inge szegélyével. – Most, hogy Aragog már nincs, a többi pók a közelébe se enged a fészeknek. Képzeld el, kiderült, hogy eddig is csak az ő parancsára nem faltak fel! Gondoltad volna?

Az őszinte válasz az „igen" lett volna. Harrynek fájdalmasan élénk emlékei voltak Ron és az ő találkozásáról az akromantulákkal – számukra már akkor kiderült, hogy a pókok csak Aragogra való tekintettel nem veszik fel az étlapra Hagridot.

– Sosem fordult még elő, hogy az erdő egy részébe nem mehettem be! – csóválta a fejét a vadőr. – Már Aragog holttestét is csak bajosan tudtam elhozni… tudod, ők általában megeszik a halottaikat… de én rendes temetést akartam neki… szép búcsúztatást…

Hagrid szeméből megint kicsordultak a könnyek; Harry folytatta a könyökveregetést, és közben (a szerencseszérum sugallatára) így szólt:

– Ide jövet találkoztam Lumpsluck professzorral.

– Meg fognak büntetni? – kapta fel a fejét riadtan Hagrid. – Este nem szabad kijönnötök a kastélyból! Tudom, én tehetek róla…

– Nem, nem, mikor mondtam, hova megyek, felajánlotta, hogy ő is lejön végső búcsút venni Aragogtól. De előbb még fölment átöltözni… és lehoz pár üveg bort, hogy ihassunk Aragog emlékére…

Hagrid arcára meghatottsággal vegyes csodálkozás ült ki.

– Tényleg? Hát ez igazán szép tőle... meg az is, hogy nem büntet meg téged. Nem sok dolgom volt még Horatius Lumpsluckkal... Tényleg lejön elbúcsúztatni Aragogot? Nahát... mennyire örülne Aragog, ha látná...

Harry a maga részéről úgy gondolta, hogy Aragogot legfeljebb a Lumpsluckon található nagy mennyiségű zsíros hús örvendeztetné meg, de a Felix ellenezte, hogy hangoztassa ezt a véleményét. Így hát inkább kinézett a hátsó ablakon, ahol is meglehetősen csúf látvány tárult a szeme elé: a vadőrlak mögött ott hevert a hátára fordulva, behajlott és összegabalyodott lábakkal a hatalmas döglött pók.

– Itt, a kertedben fogjuk eltemetni?

– Igen – felelte elfúló hangon Hagrid. – A tökágyás mögött jó helye lesz... Már meg is ástam a sírgödröt. Gondoltam, előtte mondunk pár szót... felidézzük a szép emlékeket...

Megremegett és elcsuklott a hangja. Ekkor kopogtattak a kunyhó ajtaján, s Hagrid, miután kifújta az orrát lepedőnyi pöttyös zsebkendőjébe, elindult ajtót nyitni. Lumpsluck sietett be a kunyhóba fekete selyemsállal a nyakán, mindkét karjában borospalackokkal.

– Hagrid – szólt komor, mély hangon –, fogadja őszinte részvétemet.

– Köszönöm szépen – bólogatott a vadőr. – Nagyon kedves, hogy eljött, Lumpsluck professzor. És köszönöm, hogy nem büntette meg Harryt...

– Ugyan, fel se merült bennem... Milyen szomorú este, milyen szomorú este... Hol van szegény pára?

– Odakint – felelte remegő hangon Hagrid. – Akkor hát... lássunk is hozzá?

Libasorban kivonultak a sötét kertbe. A hold sápadtan világított a fák fekete csúcsai között; sugarai a kunyhó ablakán kiszűrődő fénnyel vegyülve halvány derengésbe vonták Aragog irdatlan tetemét, mely egy megfelelő méretű gödör és egy három méter magas, frissen hányt földhalom mellett hevert.

– Bámulatos... – szólt Lumpsluck, és odalépett a pók fejéhez, amelyből nyolc tejfehér szem meredt üvegesen az égre. A szemek alatt egy pár agyarszerű, görbe rágó csillant meg a holdfényben. Mikor Lumpsluck a pókfej fölé hajolt, látszólag azért, hogy alaposabban megszemlélje azt, Harry összekoccanó üvegek finom csendülését vélte hallani.

– Nem mindenki tudja értékelni a szépségüket – mondta Hagrid Lumpsluck hátának, s újabb könnycseppek csordultak ki a szeme sarkából. – Nem is sejtettem, Horatius, hogy magát érdeklik az ilyen nagyobbfajta állatok.

– Rajongok értük, kedves Hagrid, rajongok értük! – Lumpsluck felegyenesedett, és hátrálva visszahúzódott a tetemtől. Harry észrevette, hogy valami megcsillan a kezében, majd eltűnik a köpenye alatt. Hagrid, aki megint a szemét törölgette, nem láthatta ezt. – Nos... akkor hát helyezzük sírba őt.

Hagrid bólintott. Odalépett az óriáspókhoz, felnyalábolta, és jó nagy nyögéssel belefordította a sírba. A tetem hátborzongató, roppanós puffanással landolt a gödör alján. Hagrid újra felzokogott.

– Nehéz lehet e percben szavakat találnia – szólt együttérzően Lumpsluck, és mivel ő is csak Hagrid könyökéig ért fel, jobb híján azt veregette meg. – Talán jobb lenne, ha én szólnék pár szót.

Aragog bizonyára sok és jó minőségű mérget adott, gondolta Harry, látva az elégedettséget, ami Lumpsluck arcán ült, miközben az öreg a sírgödör szélére lépve patetikus hangon szónokolni kezdett:

– Ég veled, Aragog, pókok királya! Időpróbálta, hű barátságodat sosem feledik, akik ismertek téged! Bár tested immár az enyészeté, lelked ott lebeg csendes erdei otthonod sűrű hálói fölött. Kívánjuk, hogy éljenek és sokasodjanak utódaid, s barátaid találjanak gyógyírt e súlyos veszteség fájdalmára.

– Ez... ez... gyönyörű volt! – zokogta Hagrid, és lerogyott a földhalomra.

– Jól van már, jól van – nyugtatgatta Lumpsluck. Közben intett egyet a pálcájával, mire a nagy halom föld felemelkedett, tompa puffanással a döglött pókra zuhant, majd formás sírhanttá tömörödött. – Menjünk be, és igyunk egy pohárkával! Fogd meg a másik karját, Harry... így ni... álljon fel szépen, Hagrid... jól van...

Az asztal mellé ültették le Hagridot. Agyar, aki a temetés alatt a kosarában gubbasztott, most puhán dobbanó léptekkel átkelt a szobán, és szokásához híven Harry ölébe hajtotta súlyos fejét. Lumpsluck ezalatt kinyitott egy üveg bort.

– Nincs benne méreg – biztosította Harryt, miközben beleöntötte a palack tartalmának háromnegyedét Hagrid egyik vödörszámba menő bögréjébe. – Azután, ami szegény Rupert barátoddal történt, minden egyes üveget megkóstoltattam egy házimanóval.

Harry elképzelte, milyen arcot vágna Hermione, ha értesülne erről a cseppet sem manóbarát eljárásról, és úgy döntött, nem fogja említeni a lánynak a dolgot.

– Egyet Harrynek... – Lumpsluck szétosztotta a második üveg bort két bögrébe. – ...és egyet nekem. – Felemelte a saját bögréjét. – Akkor hát... Aragogra.

– Aragogra – visszhangozta Harry és Hagrid.

A két felnőtt jócskán belekóstolt a bódító italba, Harryt azonban a Felix Felicis arra intette, hogy őrizze meg józanságát. Ezért csupán a szájához emelte a bögrét, aztán letette az asztalra.

– Még tojáskorában kaptam Aragogot – mesélte bánatosan Hagrid. – És mikor kikelt, milyen picike volt! Nem nagyobb egy pincsikutyánál.

– Bájos lehetett – bólogatott Lumpsluck.

– Egy szekrényben tartottam, fent az iskolában, amíg... hát...

A vadőr még jobban elkomorodott, s Harry tudta, hogy miért: Hagridot annak idején kicsapták a Roxfortból, mert Tom Denem úgy intézte, hogy őt vádolják meg a Titkok Kamrájának kinyitásával.

Lumpsluck figyelmét azonban már más kötötte le: a mennyezetre bámult, ahol a sok felakasztott rézedény között egy köteg hosszú, fehér szőr lógott.

– Az nem unikornisszőr, ugye, Hagrid?

– De igen – felelte szórakozottan a vadőr. – Az erdőben lehet találni, kiszakad a farkukból, ahogy beleakadnak az ágakba.

– De drága barátom, van fogalma róla, micsoda érték ez? Hagrid vállat vont.

– Én kötést szoktam rögzíteni vele, ha valamelyik állat megsérül... Jó erős, nem szakad el.

Lumpsluck tovább iszogatta borát, s közben tekintete komótosan bejárta a kunyhót. Kétségkívül további olyan kincsek után kutatott, amelyek nagyobb mennyiségű tölgyfahordóban érlelt mézbor, cukrozott ananász és új bársonyzakók ígéretét hordozták magukban. Újratöltötte Hagrid és a saját bögréjét, s közben kérdéseket tett fel az erdőben élő mágikus lényekről meg arról, hogyan tudja Hagrid mindnek gondját viselni. Az ital és a hízelgő érdeklődés hatására a vadőrnek megoldódott a nyelve; zsebre tette könnyáztatta zsebkendőjét, és lelkes magyarázatba kezdett a bólintérek gondozásáról.

Harrynek ezalatt a Felix Felicis felhívta rá a figyelmét, hogy vészesen fogy a Lumpsluck biztosította italkészlet. Azelőtt sose sikerült nonverbális módon elvégeznie az újratöltő bűbájt, de ezen az estén még a gondolatát is nevetségesnek érezte, hogy ne lenne képes a műveletre. Még el is mosolyodott, miközben pálcáját az asztal alatt az ürülő palackokra szegezte – Hagrid és Lumpsluck, akik akkor épp az illegális sárkánytojás-kereskedelemről meséltek anekdotákat egymásnak, ezt nem vették észre –, és az üvegekben tényleg emelkedni kezdett a folyadékszint.

Körülbelül egy óra múlva Hagrid és Lumpsluck harsány pohárköszöntők sorába kezdtek: ittak a Roxfortra, Dumbledorera, a manók készítette borra és...

– Harry Potterre! – bömbölte Hagrid, hogy aztán elárassza a torkát (és kisebb mértékben az ingét is) tizennegyedszer újratöltött bögréje tartalmával.

– Úgy is van! – kiáltotta kissé akadozó nyelvvel Lumpsluck. – Éljen... Parry Oter, a kis választott... vagy valami hasonló – fejezte be motyogva, és ő is fenékig ürítette bögréjét.

Nem sokkal ezután Hagridon ismét túláradóan érzelmes hangulat lett úrrá, aminek következtében rátukmálta az egész köteg unikornisfarok-szőrt Lumpsluckra, aki efféle kiáltásokkal dugta zsebre az értékes ajándékot:

– A barátságra! A nagylelkűségre! A tíz galleonra szálanként!

A következő fázisban Hagrid és Lumpsluck átölelték egymás vállát, és elénekeltek az Odo nevű haldokló varázslóról szóló lassú, szomorú balladát.

– Aaaaah, a jó emberek... fiatalon halnak – motyogta Hagrid, akinek már kissé keresztbe állt a szeme, és a feje egyre mélyebb bólintásokkal közeledett az asztal lapján nyugvó karja felé. – Az én apukám is korán ment el... meg a te szüleid is, Harry...

Megmarkolta Harry karját, s közben újabb kövér könnycseppek csordultak ki hunyorgó szeméből.

– ...az a drága boszorlány... az a derék darázsló... istenem, de rémes...

Lumpsluck gyászos hangon zengte tovább a dalt:

A holt Odo pálcáját kettétörék,
És süvegét kifordíták,
Majd honába vivék őt, s elföldelék.
Haj, siratá ország-világ!

– ...de rémes – motyogta Hagrid, majd bozontos fejét oldalvást a karjára hajtotta, és a következő pillanatban már hangosan hortyogott.

Lumpsluck csuklott egy nagyot.

– Bocsánat – szólt mentegetőzve. – Sose volt hallásom.

– Hagrid nem az énekéről beszélt, professzor úr – jegyezte meg csendesen Harry. – Hanem a szüleim haláláról.

– Oh... – Lumpsluck elfojtott egy böffentést. – Vagy úgy... Hát igen, az... az valóban rémes história. Rémes... rémes...

Szemlátomást kereste a szavakat, s hogy addig is csináljon valamit, ismét megtöltötte a bögréket.

– Te... te nem emlékszel rá, hogyan történt, ugye? – dörmögte végül sután.

– Nem... csak egyéves voltam, amikor meghaltak – felelte Harry, s rábámult a Hagrid horkolásának szelében lobogó gyertyalángra. – De az utóbbi években sok mindent megtudtam arról az estéről. Apám halt meg előbb. Tudta?

– Nem... nem tudtam – motyogta zavartan Lumpsluck.

– Hát igen... Voldemort megölte őt, aztán a holttestén átlépve elindult anyám felé.

Lumpsluck összeborzadt, de úgy tűnt, képtelen levenni a tekintetét Harryről.

– Azt mondta anyámnak, álljon félre – folytatta kíméletlenül Harry. – Neki nem kellett volna meghalnia. Voldemort csak velem akart végezni. Anyám megmenekülhetett volna.

– Uramisten – motyogta Lumpsluck. – Nem is akarta... nem kellett volna... borzalom...

– Ugye? – Harry már szinte suttogott. – De anyám nem mozdult előlem. Apa akkor már halott volt, és nem akarta,

465

hogy én is meghaljak. Könyörgött Voldemortnak, de az csak nevetett...

– Elég! – fakadt ki Lumpsluck, és védekezően felemelte remegő kezét. – Hagyd abba, kedves fiam, elég volt... öreg vagyok én már ehhez... nem kell ezt hallanom... nem akarom hallani...

– Bocsánat, elfelejtettem – hazudta a Felix Felicis sugalmazására Harry. – Maga kedvelte anyát, igaz?

– Kedveltem? – visszhangozta könnyben úszó szemmel Lumpsluck. – Őt nem lehetett nem szeretni... a bátorságát... a humorát... szörnyű, hogy ilyen véget ért...

– Maga mégsem akar segíteni a fiának – mondta keményen Harry. – Anyám feláldozta értem az életét, de maga egy emléket is sajnál tőlem.

A kunyhót betöltötte Hagrid dörgő horkolása. Harry rezzenéstelen tekintettel nézett Lumpsluck könnyes szemébe. Az öreg varázsló képtelen volt elfordítani a pillantását.

– Ne mondj ilyet – suttogta. – Nem arról van szó... Ha segítenék vele neked, akkor... de senkinek nem használna...

– Tévedés – felelte Harry. – Dumbledore-nak minél több információ kell. És nekem is.

A Felix Felicis azt súgta, nyugodtan beszélhet, mert Lumpsluck másnap semmire se fog emlékezni. Továbbra is az öreg szemébe nézett, s előredőlt egy kicsit a széken.

– Én vagyok a Kiválasztott. Meg kell ölnöm Voldemortot. Szükségem van az emlékre.

Lumpsluck elsápadt, homlokát kiverte a verejték.

– Tényleg te vagy a Kiválasztott?

– Igen – felelte higgadtan Harry.

– De hát akkor... kedves fiam... ez nagyon nagy kérés... azt kívánod tőlem, hogy segítsek elpusztítani...

– Talán nem akarja, hogy megbűnhődjön a varázsló, aki megölte Lily Evanst?

– Jaj, Harry, dehogynem akarom, csak...

– Fél, hogy Voldemort megtudja?

Lumpsluck nem felelt, de holtra vált arca válaszolt helyette.

– Legyen olyan bátor, mint az anyám volt, professzor úr... Lumpsluck felemelte remegő kezét, és a szájára szorította ujjait. Hirtelen úgy festett, mint egy hatalmasra nőtt csecsemő.

– Nem vagyok büszke rá, hidd el... – suttogta az ujjai között. – Szégyellem... szégyellem azt az emléket... azt hiszem... azt hiszem, nagyon nagy bajt okoztam aznap...

– Ha átadná nekem az emléket, azzal mindent jóvátenne – jelentette ki Harry. – Bátor és nemes cselekedet volna.

Hagrid megrázkódott álmában, de aztán tovább horkolt. Harry és Lumpsluck mozdulatlanul meredt egymásra a lobogó gyertyaláng fölött. Hosszú, hosszú ideig egyikük sem szólalt meg, de a Felix Felicis azt súgta Harrynek, várjon türelemmel, ne törje meg a csendet.

Végül Lumpsluck megmozdult. Nagyon lassan leeresztette jobb kezét, és elővette varázspálcáját. Utána baljával üres üvegfiolát emelt ki köpenye egyik belső zsebéből, majd, szemét még mindig Harryre szegezve, felemelte és a halántékához érintette a pálcáját. Mikor visszahúzta, a pálca hegyéhez ezüstös emlékszál tapadt. A fénylő anyag mind hosszabbra és hosszabbra nyúlt, végül elvált Lumpsluck halántékától, és immár függőlegesen lógott alá a pálca végéről. Lumpsluck óvatosan beleeresztette az emléket a fiolába, ahol az gyűrűbe tekeredett, majd szétterjedt, és gázszerűen kavarogni kezdett. Az öreg varázsló remegő kézzel bedugózta az üveget, és letette Harry elé az asztalra.

– Nagyon köszönöm, professzor úr!

– Te jó fiú vagy... – szólt rekedten Lumpsluck. Könnyei legördültek kövér orcáján, és eltűntek harcsabajsza sűrű erdejében. – És anyád szemével nézel rám... Kérlek, ne vess meg azért, amit az emlékben látsz majd...

Azzal ő is a karjára hajtotta fejét, mélyet sóhajtott, és elaludt.

Horcruxok

Harry a kastély felé menet már érezte, hogy múlóban van a Felix Felicis hatása. A tölgyajtó még mindig nyitva volt, de a harmadik emeleten összefutott Hóborccal, és ha nem iszkol be gyorsan az egyik rejtekajtón, a kopogószellem egészen biztosan leleplezte volna. Mikor aztán megérkezett a Kövér Dáma portréjához és levette varázsköpenyét, már cseppet sem csodálkozott rajta, hogy a dámát mogorva hangulatban találja.

– Hogy képzeled, hogy ilyenkor jössz haza!?

– Sajnálom, el kellett intéznem egy fontos dolgot…

– A jelszó éjfélkor megváltozott. Készülj fel rá, hogy a folyosón alszol.

– Ne vicceljen már! Miért kellett éjfélkor megváltoztatni a jelszót?

– Csak – felelte kurtán a Kövér Dáma. – Ha nem tetszik, menj fel az igazgatóhoz, tegyél panaszt nála. Ő szigorította meg a biztonsági intézkedéseket.

– Na ez remek… – dörmögte a hideg kőpadlót bámulva Harry. – Köszönöm szépen. Fel is mennék az igazgatóhoz, ha itt lenne. Pont ő akarta, hogy…

– Itt van! – zendült egy hang a háta mögött. – Dumbledore professzor egy órája visszatért az iskolába.

Félig Fej Nélküli Nick siklott felé, nyakfodrán billegő fejével.

– A Véres Báró mesélte, hogy látta megérkezni Dumbledore-t – folytatta Nick. – Azt is mondta, hogy Dumbledore jókedvűnek, bár kissé fáradtnak tűnt.

– És most hol van? – kérdezte mohón Harry.

– A kedvenc hobbijának hódol: hörög és rázza a láncait a csillagvizsgáló toronyban...

– Nem a Véres Báró érdekel, hanem Dumbledore!

– Vagy úgy... Ő a dolgozószobájában van. Azt mondta a bárónak, hogy van még valami dolga lefekvés előtt...

– Van bizony!

Harryt teljesen felvillanyozta, hogy frissiben beszámolhat Dumbledore-nak az emlék megszerzéséről. Sarkon fordult, és már szaladt is a folyosón.

– Állj meg! – kiáltott utána kétségbeesetten a Kövér Dáma. – Gyere vissza! Hazudtam! Mérges voltam, amiért fölébresztettél! Még mindig galandféreg a jelszó!

Harry azonban addigra már befordult a sarkon. Néhány perc múlva „csokis karamellát" mondott Dumbledore kőszörnyének, ami erre készségesen félreugrott, feltárva előtte a mozgó csigalépcsőt.

– Szabad! – szólt ki a kopogtatásra Dumbledore. Fáradtan csengett a hangja.

Harry kitárta az ajtót. A dolgozószoba a megszokott képét mutatta, csak most a fekete ég pislogott be csillagszemeivel az ablakokon.

Dumbledore meghökkenve nézett Harryre.

– Szent szalamandra! Minek köszönhetem ezt a késői látogatást?

– Megszereztem, uram! Megszereztem az emléket Lumpslucktól!

Harry előkapta az üveget, és felmutatta. Dumbledore egy hosszú pillanatig megkövülten nézte, azután szélesen elmosolyodott.

– De hiszen ez csodálatos! Gratulálok, Harry! Tudtam, hogy számíthatok rád!

Az ősz varázslót szemlátomást nem érdekelte többé, hány óra van. Kisietett az asztala mögül, ép kezével átvette Harrytől az üveget, és már indult is a merengőt rejtő fekete szekrény felé.

– És most – szólt, miközben az asztalra helyezte a kőtálat és beleöntötte a fiola tartalmát –, most végre megnézhetjük. Gyere, siessünk...

Harry engedelmesen a merengő fölé hajolt. Érezte, hogy a talpa alól eltűnik a padló... Zuhant a sötétségen át, majd ismét Lumpsluck évtizedekkel korábbi szobájában találta magát.

Ott volt a fiatalabb Horatius Lumpsluck sűrű, fényes, szalmaszőke hajával és vöröses bajszával. Most is egy kényelmes karosszékben trónolt, bársonypuffon pihentette a lábát, borospoharat tartott az egyik kezében, s a másikkal cukrozott ananászt szemezgetett egy dobozból. Körülötte ott ült a fél tucat tizenéves fiú, köztük Tom Denem, Rowle fekete-arany gyűrűjével az ujján.

Dumbledore épp akkor bukkant fel Harry mellett, amikor Denem megkérdezte:

– Tanár úr, igaz, hogy Merrythought professzor nyugállományba vonul?

– Tom, Tom, ha tudnám, akkor se mondhatnám meg – felelte dorgáló ujjlengetéssel Lumpsluck, de kacsintott hozzá. – Kíváncsi lennék rá, honnan szeded az értesüléseidet, fiam. Esküszöm, többet tudsz a tanárok viselt dolgairól, mint ők maguk.

Denem elmosolyodott. A többi fiú nevetett, és csodálattal pillantott rá.

– Bámulatos érzéked van hozzá, hogy megtudj olyan dolgokat, amiket nem kellene. És ahhoz is, hogy olyan emberek kegyét keresd, akiktől sokat remélhetsz – apropó, köszönöm az ananászt, jól sejtetted, ez a kedvenc csemegém...

Pár fiú megint kuncogott.

– Megsúgom neked, arra számítok, hogy húsz éven belül mágiaügyi miniszter leszel. Vagy akár tizenöt éven belül, ha elég ananászt küldesz nekem. Kitűnő összeköttetéseim vannak a minisztériumban.

Tom Denem csak mosolygott, míg a többiek ismét nevettek. Harry megfigyelte, hogy korántsem ő a legidősebb a fiúk között, azok mégis mind felnéznek rá.

– Nem hiszem, hogy nekem való a politika – szólt Denem, miután elhalt a nevetés. – Eleve nem rendelkezem megfelelő háttérrel.

Két társa somolyogva összenézett. Harry sejtette, hogy azért, mert ők tudták, milyen híres őssel büszkélkedhet bandavezérük.

– Badarság! – legyintett Lumpsluck. – Akinek ilyen képességei vannak, mint neked, az csak nagy múltú varázslócsalád sarja lehet. Nem, Tom, te sokra viszed. Az ilyesmit én csalhatatlan ösztönnel megérzem.

A Lumpsluck háta mögötti íróasztalon álló kis aranyóra tizenegyet ütött. A varázsló hátranézett rá.

– Szent ég, hát már ilyen késő van? Menjetek gyorsan lefeküdni fiúk, különben kapunk a fejünkre! Lestrange, ha holnap se adod le a dolgozatodat, készülhetsz a büntetőmunkára. Ugyanez vonatkozik rád is, Avery.

A fiúk egyenként kimentek az ajtón. Lumpsluck felállt, az íróasztalhoz sétált, és letette rá a poharát. Aztán mozgásra lett figyelmes a háta mögött, és megfordulva látta, hogy Denem még ott van.

– Igyekezz, Tom! Prefektus létedre ne akard, hogy takarodó után a folyosón találjanak...

– Kérdezni szeretnék valamit, tanár úr.

– Hát akkor kérdezz, fiam, kérdezz...

472

– Arra lennék kíváncsi... hogy mit tud a tanár úr a horcruxokról.

Lumpsluck rábámult Denemre, s közben zavartan babrált borospohara talpával.

– Ebből kell készülnöd sötét varázslatok kivédése órára, igaz?

Harry fogadni mert volna rá, hogy Lumpsluck ugyanolyan jól tudja, mint ő, hogy szó sincs házi feladatról.

– Nem egészen, uram – felelte Denem. – Olvastam valahol ezt a szót, és nem világos a jelentése.

– Nos... hát igen... – hümmögött Lumpsluck. – A Roxfortban nemigen találsz olyan könyvet, ami kiokosítana a horcruxokról. Sötét téma ez, Tom, a legfeketébb fekete mágia.

– De ön tudja a titkukat, igaz, uram? Egy olyan nagy varázsló, mint ön, biztosan... illetve, bocsásson meg, ha tévedek... csak hát arra gondoltam, ha valaki tudja, hát ön biztosan... azért mertem megkérdezni...

Kiválóan csinálja, gondolta Harry. Jó a bizonytalankodás, ügyes a téma tálalása, hatásos a bók – és minden gondosan van adagolva. Harrynek épp elégszer kellett már vonakodó emberekből információkat kicsikarnia ahhoz, hogy felismerje a profi munkát. Azt is látta, hogy Denem sóvárogva várja a választ – talán hetekig dolgozott ennek a percnek az előkészítésén.

– Nos, nem bánom... – Lumpsluck nem nézett Denemre, helyette a díszszalagot piszkálta a cukrozott ananász dobozán. – Abból nem lehet baj, ha nagy általánosságban felvázolom neked a dolgot, csak hogy képet alkothass róla. A horcrux olyan tárgy, amibe egy varázsló a lelke egy részét rejtette.

– Nem egészen értem, hogyan lehet ezt megtenni, uram – mondta Denem. Gondosan ügyelt rá, hogy hangja nyugodt maradjon, Harry mégis kihallotta belőle a mohó izgalmat.

473

– Nos, úgy, hogy az ember széthasítja a lelkét – felelte Lumpsluck –, és a levált részt a testén kívül, egy tárgyban helyezi el. Aki ezt elvégzi, ha a teste el is pusztul, nem hal meg, mert a lelke egy része sértetlenül ezen a világon marad. De persze a létezésnek ez a formája...

Lumpsluck komoran megcsóválta a fejét, s Harry elméjében két esztendeje hallott mondatok csendültek fel:

Kiszakadtam testemből, satnyábbá lettem, mint a kósza árnyék, erőtlenebbé, mint a kóbor kísértet... elsorvadtam, de éltem.

– ...kevés embert vonz, nagyon keveset. Ennél még a halál is jobb.

Denem nem tudta tovább titkolni izgalmát: szeme kitágult, arcára mohó kifejezés ült ki.

– De hogyan tudjuk széthasítani a lelkünket, uram?

Lumpsluckot most már szemlátomást roppantul feszélyezte a téma.

– Le kell szögeznem, Tom, hogy a lelket nem szabad megcsonkítani. Épnek és egésznek kell maradnia. A szétszakítása bűn, természet ellen való dolog.

– De mégis, hogyan lehet megtenni?

– Gonosz cselekedettel... a leggonoszabbal. Egy ember megölésével. A gyilkosság szétszakítja a lelket. Aki horcruxot kíván alkotni magának, hasznára fordítja a kárt: lelke levált részét bezárja...

– Hogyan zárja be?

– Valami bűbájjal, ne kérdezz róla, nem ismerem! – Lumpsluck úgy rázta a fejét, mint a vén elefánt, ha szúnyogok zaklatják. – Talán úgy nézek ki, mint aki megpróbálta? Úgy festek, mint aki gyilkolt?

– Dehogyis, uram, dehogy – visszakozott Denem. – Bocsásson meg... nem akartam megsérteni...

– Ugyan, szó sincs róla, nem sértettél meg – legyintett csituló ingerültséggel Lumpsluck. – Természetes dolog, hogy kíváncsi vagy... A varázslók legjobbjait mindig is érdekelte a mágiának ez a szegmense...

– Hát igen... – mondta tétován Denem. – Most már csak azt nem értem... ez csak úgy eszembe jutott... hogy tulajdonképpen mire elég egyetlen horcrux? Csak egyszer lehet széttörni a lelket? Nem válik erősebbé, aki még több darabot csinál? Teszem azt, mivel a hét a legerősebb mágikus szám, mondjuk, hetet...

– Merlin szakállára, Tom! – kiáltott fel megbotránkozva Lumpsluck. – Hetet!? Hisz egyetlen gyilkosság is szörnyű! És hát az ember lelke... az is épp elég borzalmas, ha kettészakad... de hogy valaki hét darabra tépje!

Lumpsluck feszélyezettsége rémületbe csapott át: úgy meredt Denemre, mintha csak most döbbent volna rá, kivel van dolga, s szemlátomást mélységesen bánta már, hogy belement ebbe a beszélgetésbe.

– De hát ez puszta spekuláció, nem igaz? – motyogta. – Merőben elméleti eszmecsere...

– Hát persze, uram – sietett megnyugtatni Denem.

– Akárhogy is, Tom... maradjon köztünk, amit elmondtam... illetve amit itt futólag említettünk... Nem tartozik senkire, hogy a horcruxokról beszéltünk. Tudnod kell, hogy a Roxfortban ez tiltott téma... Dumbledore különösen érzékeny rá...

– Hallgatni fogok, uram – bólintott Denem, azzal kiment a szobából, de távoztában Harry még egy pillantást vethetett az arcára: ugyanazt a vad örömöt látta rajta, amit az árvaházban, mikor Denem megtudta, hogy varázsló; azt a megszállott kifejezést, amely állatiassá torzította a fiú csinos vonásait...

– Köszönöm, Harry – szólt csendesen Dumbledore. – Indulhatunk...

Mikor Harry visszaérkezett az igazgatói irodába, Dumbledore már épp helyet foglalt az íróasztala mögött.

Harry is leült, és türelmesen várta, hogy az öreg varázsló elkezdje a beszélgetést.

– Hosszú idő óta vártam erre a bizonyítékra – szólalt meg végül Dumbledore. – Ez alátámasztja az elméletemet, megerősít az igazamban, s egyúttal figyelmeztet rá, milyen messze még a cél...

Harry ekkor észrevette, hogy a falakon függő portrék lakói, a hajdani igazgatók és igazgatónők mind ébren vannak, és feszült figyelemmel hallgatják beszélgetésüket. Egy testes, borvirágos orrú varázsló még egy kunkorodó tölcsért is dugott a fülébe.

– Nos, Harry – folytatta Dumbledore –, bízom benne, hogy felfogtad a hallottak jelentőségét. Tom Denem, mikor nagyjából annyi idős volt, mint te most, már megszállottan kutatta, hogyan teheti magát halhatatlanná.

– És ön szerint sikerrel járt, uram? – kérdezte Harry. – Készített egy horcruxot? Azért nem halt bele, amikor megtámadott engem? Mert valahol elrejtve volt egy horcruxa? Mert félretett egy keveset a lelkéből?

– Egy keveset... vagy sokat. Hallottad Voldemortot: elsősorban azt akarta megtudni Horatiustól, lehetséges-e, hogy egy varázsló egynél több horcruxot készítsen; hogy mi történne, ha valaki, csak hogy a halált legyőzze, kész volna gyilkosságok egész sorát elkövetni, ismételten széthasítani a lelkét, és a darabokat számos, külön elrejtett horcruxban megőrizni. Nincs olyan könyv, ami felvilágosíthatta volna erről Voldemortot. Úgy tudom – és felteszem, Voldemort is úgy tudta –, hogy még soha egyetlen varázsló sem szakította kettőnél több részre a lelkét.

Dumbledore szünetet tartott, rendezte gondolatait, majd így folytatta:

– Négy éve győződtem meg teljes bizonyossággal arról, hogy Voldemort elvégezte a műveletet.

– Hol...? – kérdezte Harry. – Hogyan...?

476

– Te adtad át nekem a bizonyítékot – felelte Dumbledore. – A naplót, Denem naplóját, azt, ami utasításokat adott a Titkok Kamrájának kinyitásához.

– Nem értem, uram...

– Nos, bár jómagam nem láttam a naplóból kilépő Denemet, a beszámolód egy példátlan jelenséget vázolt fel előttem. Ki halott olyan emlékről, amelyik önállóan gondolkodik és cselekszik? Ki látott olyat, hogy a múlt egy puszta lenyomata kiszívja az életerőt az ártatlan lányból, aki kapcsolatba került vele? Nem, gondoltam akkor, abban a könyvben valami sokkal sötétebb dolog lakhat... Gyanítottam, hogy egy lélektöredék. Hogy a napló horcrux volt. No de ez legalább annyi új kérdést vetett fel, mint ahány régit megválaszolt. A legkülönösebbnek és legaggasztóbbnak azt tartottam, hogy a naplót nem csupán lélekőrzőnek szánták, hanem fegyvernek is.

– Még mindig nem értem – mondta Harry.

– A napló egyfelől úgy működött, ahogy egy horcruxnak működnie kell: megőrizte a belé rejtett lélekdarabot, s ezzel nyilván hozzájárult, hogy tulajdonosa elkerülje a halált. Ugyanakkor ahhoz sem fér kétség, hogy Denem olvasásra szánta a naplót, azt akarta, hogy lelkének leválasztott része megszálljon valakit, és újra kiszabadítsa Mardekár szörnyetegét.

– Biztos nem akarta, hogy kárba vesszen a sok munkája – vélekedett Harry. – Mikor még az iskolába járt, nem dicsekedhetett el vele, hogy ő Mardekár utódja, így utólag viszont világgá kürtölhette a titkot.

– Ez igaz – bólintott Dumbledore. – De be kell látnod, hogy ha Voldemort arra szánta a naplót, hogy az egy jövőbeni roxforti diák birtokába kerüljön, akkor bizony hihetetlenül könnyelműen bánt lelke értékes darabjával. Jól mondta Lumpsluck professzor: a horcrux lényünk egy részének elrejtésére, megőrzésére való – nem pedig arra, hogy csak úgy

477

akárkinek odadobjuk, hisz akkor könnyen meg is semmisülhet. A napló erre a sorsra is jutott: a jóvoltodból az a bizonyos lélektöredék nincs többé.

– A könnyelműség – folytatta Dumbledore –, ahogy Voldemort ezzel a horcruxszal bánt, aggasztó jel volt. Azt sejtette, hogy az emberünk további horcruxokat készített vagy szándékozott készíteni – hiszen csak így csökkenthette az első esetleges elvesztésének jelentőségét. Nem szívesen hittem ezt el Voldemortról, de ez tűnt az egyetlen lehetséges magyarázatnak. Két évvel később – szintén tőled – megtudtam, hogy újbóli megtestesülésének estéjén Voldemort mondott a halálfalói előtt egy rendkívül tanulságos, egyúttal riasztó dolgot: „Én, aki mindenki másnál közelebb jártam a halhatatlansághoz…" Szó szerint így idézted őt: mindenki másnál közelebb. Én – a halálfalókkal ellentétben – értettem, mit jelent ez. Voldemort a horcruxaira utalt, így, többes számban, jóllehet én úgy tudtam, több horcruxot még egyetlen varázsló se mondhatott a magáénak. A magyarázat azonban illett a képbe: Voldemort nagyúr az évek múlásával látványosan elvesztette emberi mivoltát, és erre a gyökeres átalakulásra se kínálkozott más lehetséges magyarázat, mint az, hogy a lelkét olyan mértékű károsodás érte, ami már nem írható az, úgymond, egyszerű gonoszság számlájára…

– Emberek meggyilkolásával érte el, hogy őt magát ne lehessen megölni? – kérdezte elszörnyedve Harry. – De ha annyira fontos volt neki a halhatatlanság, miért nem csinált vagy lopott magának egy bölcsek kövét?

– Mindketten tudjuk, hogy öt éve azt is megpróbálta – felelte Dumbledore. – De azt hiszem, több érv is szólt amellett, hogy ne a bölcsek kövét, hanem a horcruxokat válassza. Az életelixírt, mivel az csupán meghosszabbítja az életet, az élet fenntartásához rendszeresen fogyasztani kell. Voldemort élete tehát örök időkig az elixírtől függött volna. Ha az ital elfogy, megromlik, vagy ha a követ ellopják, ugyanúgy meghalt vol-

478

na, mint bárki más. De jól tudjuk, hogy Voldemort csak önmagában bízik. Képtelen lett volna elfogadni, hogy a sorsa egy rajta kívül álló dologtól, egy elixírtől vagy bármi mástól függjön. Természetesen abban a szörnyűséges, se élő, se holt állapotban, amire a megtámadásod után ítéltetett, hajlandó lett volna inni az elixírből – de csak azért, hogy visszakapja testét. Meggyőződésem, hogy utána megint a horcruxaira hagyatkozott volna. Emberi testen kívül semmire sem volt szüksége, elvégre akkor már halhatatlan volt... vagy legalábbis majdnem az.

– De most, hogy sikerült megszerezned a legfontosabb emléket s vele Voldemort rejtélyének kulcsát, közelebb jutottunk hozzá, hogy legyőzhessük, mint előttünk bárki – vonta le a következtetést Dumbledore. – Hallottad, mit mondott: „Nem válik erősebbé, aki még több darabot csinál? A hét a legerősebb mágikus szám..." A hét a legerősebb mágikus szám! Igen, a hét részre osztott lélek ötlete láthatóan nagyon is lelkesítette Voldemort nagyurat.

– Hét horcruxot csinált? – szörnyülködött Harry, s a falon lakó portréalakok közül is többen felháborodtak, döbbent hangokat hallattak. – De hát azok bárhol lehetnek a világon... rejtekhelyen, a föld alatt, láthatatlanná téve...

– Örülök, hogy nem becsülöd alá a feladat nehézségét – bólintott higgadtan Dumbledore. – De először is: nem hét horcrux van, csak hat. Voldemort lelkének hetedik darabja, megcsonkítva bár, de ott lakik újjászületett testében. Az volt lényének az a része, amelyik száműzetésének hosszú évei alatt fantomként vegetált – anélkül Voldemort nem is létezhetne. Ezt a hetedik, Voldemort testében lakó lélekdarabot kell utolsóként megtámadnia annak, aki a nagyúr életére tör.

– Akkor hát hat horcrux van... de azokat hogyan találjuk meg?

– Elfelejted, hogy egyet már megsemmisítettél. És én is végeztem eggyel.

479

– Valóban?

– Igen. – Dumbledore felemelte megfeketedett kezét. – A gyűrű, Harry, Rowle gyűrűje. Szörnyű átok ült rajta. Bocsásd meg szerénytelenségemet, de csak kivételes képességeimnek köszönhetően mesélhetek most neked róla – no meg Piton professzor jóvoltából, aki segített rajtam, amikor súlyosan sérült állapotban visszatértem a Roxfortba. Egy elhalt kéz azonban nem túl nagy ár Voldemort lelkének egyhetedéért. A gyűrű immár nem horcrux.

– De hogyan találta meg?

– Nos, mint tudod, hosszú éveket töltöttem Voldemort korábbi életének kutatásával. Sokfelé jártam, felkerestem azokat a helyeket, amelyeket a nagyúr ismert. A gyűrűt a Gomold-ház romjai között találtam meg. Voldemort nyilván nem akarta többé viselni, miután elhelyezte benne lelke egy darabját. Erős bűbájokkal védve elrejtette a kunyhóban, ahol egykor a felmenői laktak – de akkor már senki, hiszen Morfint elhurcolták az Azkabanba –, s nem gondolt arra, hogy én egyszer veszem majd a fáradságot és átkutatom a romot, mi több, keresni fogom a mágikus elrejtés nyomait. Mindazonáltal nincs okunk túlzott elégedettségre. Te megsemmisítetted a naplót, én a gyűrűt, de ha a hét részre osztott lélekről szóló elméletünk helytálló, négy horcrux még megmaradt.

– És az a négy bármi lehet? – kérdezte Harry. – Rozsdás konzervdoboz vagy, nem tudom, üres bájitalos fiola?

– Az efféle hétköznapi, közönséges tárgyak inkább zsupszkulcsnak alkalmasak. Voldemort nagyúr szenvedélyes trófeagyűjtő volt, és kedvelte a jelentős mágikus múlttal rendelkező tárgyakat. Büszkesége, felsőbbrendűség-tudata és eltökélt szándéka, hogy nagy betűkkel írja be nevét a mágiatörténetbe, azt valószínűsíti, hogy gondosan járt el, s tiszteletreméltó tárgyakat választott horcruxainak.

– A napló nem volt olyan különleges tárgy – vetette fel Harry.

– A napló, mint magad is mondtad, bizonyította, hogy ő Mardekár utódja. Meggyőződésem, hogy Voldemort szemében kivételes jelentőséggel bírt.

– Akkor hát tudja, mi lehet a többi horcrux?

– Csupán sejtem. A már említett okokból azt gyanítom, hogy Voldemort önmagukban is bizonyos tiszteletet ébresztő tárgyakat szemelt ki. Megvizsgáltam hát a nagyúr múltját abból a szempontból is, hogy eltűntek-e körülötte efféle dolgok.

– A medál! – kiáltott fel Harry. – És Hugrabug pohara!

Dumbledore mosolyogva bólintott.

– Úgy van. Kész lennék feltenni rá – na jó, a másik kezemet talán nem, de mondjuk, két ujjamat, hogy a medálból és a pohárból lett a hármas illetve négyes számú horcrux. A fennmaradó kettő azonosítása – feltéve persze, hogy tényleg hatot készített – keményebb dió, de megkockáztatom, hogy Voldemort, miután a birtokába került egy-egy tárgy Hugrabug, illetve Mardekár hagyatékából, elhatározta, hogy Griffendéltől és Hollóháti Hedvigtől is szerez valamit. Négy tárgy a Roxfort négy alapítójától – ez minden bizonnyal tetszetős gondolat volt a számára. Azt nem tudom, hogy Hollóháti esetében sikerrel járt-e, de azt igen, hogy Griffendél Godrik egyetlen ismert ereklyéje biztonságban van.

Dumbledore megfeketedett kezével a háta mögötti fal felé mutatott, ahol üvegládába zárva egy rubintokkal díszített kard pihent.

– Gondolja, uram, hogy igazából ezért akart visszajönni a Roxfortba? – kérdezte Harry. – Hogy a másik két alapítótól is keressen valamit?

– Igen, pontosan így gondolom. De ezzel sajnos nem jutunk előbbre, hiszen Voldemort nem kapott állást a Roxfortban, tehát nem kutathatta át a kastélyt – legalábbis tudomásom szerint. Feltételezem hát, hogy kitűzött célját nem érte el. Két tárgyról tudunk csupán, és esetleg találhatott egy harmadikat.

– Ha Griffendéltől vagy Hollóhátitól szerzett is valamit, akkor is hiányzik még a hatodik horcrux – szögezte le Harry, az ujjait hívva segítségül a számoláshoz. – Hacsak nem szerzett mindkettőjüktől.

– Az nem valószínű – rázta a fejét Dumbledore. – Azt hiszem, tudom, mi a hatodik horcrux. Kíváncsi vagyok, mit szólsz, ha azt mondom, egy ideje sokat tűnődöm a kígyó, Nagini viselkedésén.

– A kígyó? – csodálkozott Harry. – Állatokból is lehet horcruxot csinálni?

– Lehet, bár nem tanácsos – felelte Dumbledore. – Komoly kockázattal jár egy olyan dologra bízni a lelkünk egy részét, ami önállóan mozog és gondolkodik. De ha a következtetéseim helytállóak, Voldemortnak még legalább eggyel kevesebb horcruxa volt az áhítottnál, amikor belépett a szüleid házába, hogy megöljön téged. A jelek arra mutatnak, hogy a horcruxkészítés aktusát Voldemort a különösen nagy jelentőségű gyilkosságokkal kötötte össze. A te kivégzésed mindenképp az lett volna. Voldemort abban bízott, ha megöl téged, kiküszöböli a veszélyt, amire a prófécia utalt – azt hitte, ily módon legyőzhetetlenné válik. Szinte biztos, hogy a te halálod árán akarta elkészíteni hatodik horcruxát.

– Mint tudjuk, kudarcot vallott – fejtegette tovább a professzor. – Jó pár évvel később azonban Nagini segítségével megölt egy mugli öregembert, s talán akkor támadt az az ötlete, hogy a kígyót változtassa át a hatodik horcruxszá. Nagini hangsúlyozza a kötődést Mardekárhoz, erősíti a Voldemortfigura misztikus képét. Úgy sejtem, a nagyúr szereti azt a kígyót, már amennyire képes a szeretetre. Az pedig biztosan állítható, hogy ragaszkodik Naginihez, és olyan befolyással bír rá, ami még egy párszaszájú esetében is szokatlan.

– Tehát – szólt Harry – a napló megsemmisült, a gyűrű úgyszintén. Megmaradt a pohár, a medál meg a kígyó, és ön szerint van még egy horcrux, ami Hollóháti vagy Griffendél örökségéből származik.

– Igen, ez a helyzet tömör és precíz összefoglalása – bólintott rá Dumbledore.

– És ön... most is keresi őket, uram? Amikor elutazik az iskolából, a horcruxok után kutat?

– Úgy van. Hosszú-hosszú ideje keresem őket. És nem kizárt, hogy hamarosan a nyomára bukkanok egynek. Vannak biztató jelek.

– Ha megtalálja – kapott a szón Harry –, elmehetek önnel? Segíthetek elpusztítani?

Dumbledore hosszan Harry szemébe nézett, aztán így felelt:

– Igen, eljöhetsz.

– Tényleg? – Harryt határtalanul meglepte a válasz.

– Igen – felelte finom mosollyal Dumbledore. – Úgy vélem, kiérdemelted ezt a jogot.

Harry szíve ficánkolt az örömtől. Csodálatos volt végre egyszer mást is hallani, mint csupán óvó, figyelmeztető szavakat. Az igazgatók és igazgatónők körben a falon annál kevésbé lelkesedtek Dumbledore döntéséért: néhányan közülük a fejüket csóválták, Phineas Nigellus pedig egyenesen felhorkant.

– Voldemort érzi, amikor megsemmisül egy horcrux? – kérdezte Harry, ügyet se vetve a portréalakokra.

– Ez nagyon érdekes kérdés. Úgy vélem, nem. Voldemort annyira elmerült a gonoszságban, és énjének ezeket a fontos részeit olyan régen leválasztotta magáról, hogy nincsenek többé a mieinkhez hasonló érzései. Meglehet, a halála pillanatában rádöbben majd a veszteségre... De például a napló megsemmisüléséről csak akkor szerzett tudomást, amikor Lucius Malfoy elmondta neki. Mikor értesült róla, hogy a napló elvesztette varázserejét, úgy tudom, iszonyatos haragra gerjedt.

– Azt hittem, ő maga bízta meg Lucius Malfoyt, hogy csempéssze be a naplót az iskolába.

– Igen, de még abban a hitben, hogy további horcruxokat tud készíteni. Luciusnak várnia kellett a parancsra, amit végül nem kapott meg, hiszen Voldemort, nem sokkal azután, hogy átadta neki a naplót, eltűnt. Nyilván bízott benne, hogy Lucius csupán őrizni fogja a horcruxot, egyebet nem mer csinálni vele. Csakhogy Luciusnak nem volt oka félni egy olyan parancsolótól, akit évek óta nem látott, mi több, halottnak hitt. Neki természetesen fogalma se volt róla, micsoda a napló valójában. Úgy sejtem, Voldemort elmondta ugyan neki, hogy a könyvecske kinyitja a Titkok Kamráját, de ezt rafinált bűbájokkal magyarázta. Ha Lucius tudta volna, hogy mestere lelkének egy darabját tartja a kezében, nyilván nagyobb tisztelettel bánt volna a naplóval – így azonban fogta magát, és a saját szakállára végrehajtotta a tervet. Azt remélte, azzal, hogy Arthur Weasley lányához csempészi a naplót, három legyet üt egy csapásra: tönkreteszi Arthurt, eltávolíttat engem az iskolából, és megszabadul egy súlyosan kompromittáló tárgytól. Szegény Lucius... önös érdekből a sorsára hagyta Voldemort horcruxát, aztán tavaly még a minisztériumban is kudarcot vallott... Azt hiszem, titkon még örül is most, hogy az Azkaban védelmét élvezi.

Harry eltöprengett a hallottakon.

– Tehát ha az összes horcrux megsemmisülne, meg lehetne ölni Voldemortot? – kérdezte.

– Azt hiszem, igen – felelte Dumbledore. – A horcruxai nélkül Voldemort nem több csonka lelkű halandónál. De ne feledd: csak a lelke sérült és hiányos, az elméje és a varázsereje nem szenvedett kárt. Voldemortnak a horcruxai nélkül is nagy hatalma van – kivételes ügyesség és erő kell az elpusztításához.

– De hát én nem vagyok kivételesen ügyes vagy erős – szaladt ki Harry száján.

– De igen, az vagy! – jelentette ki határozottan Dumbledore. – Rendelkezel egy képességgel, ami Voldemortból mindig is hiányzott. Tudsz...

– Igen, tudom! – vágott közbe bosszúsan Harry. – Tudok szeretni!

Sokra megyek vele! – ezt már csak magában tette hozzá, de Dumbledore olyan arcot vágott, mintha hallotta volna a gondolatot.

– Úgy van, Harry, tudsz szeretni. És azok után, amin keresztülmentél, ez csodálatos dolog. Még mindig túl keveset éltél ahhoz, hogy felfogd, mennyire különleges ember vagy.

– Szóval mikor a jóslat azt mondja, hogy olyan erő lakik bennem, amit a Sötét Nagyúr nem ismer, akkor csak... a szeretetre utal? – kérdezte lelombozva Harry.

– Igen. Csak a szeretetre. De ne felejtsd el, a jövendölés szavai csak azért fontosak, mert Voldemort azzá tette őket. Tavaly év végén ezt már elmagyaráztam neked. Voldemort úgy döntött, te vagy az az ember, aki a hatalmát veszélyezteti – és ezáltal, szándékán kívül, ő maga tett azzá az emberré, aki a hatalmát veszélyezteti!

– De hát az mindegy...

– Nem mindegy! – csattant fel Dumbledore, s megfeketedett kezével rámutatott Harryre. – Te is túl nagy fontosságot tulajdonítasz a próféciának!

– De hát ön mondta, hogy a jóslat azt jelenti...

– Mit gondolsz, a prófécia beteljesült volna, ha Voldemort nem hall róla? Érdekelne ma bárkit is? Dehogy, Harry! Azt hiszed, a Jóslatok Termében tárolt összes jövendölés valóra vált?

– De hát tavaly ön azt mondta, hogy egyikünknek meg kell ölnie a másikat...

– De csak azért, mert Voldemort elkövette azt a súlyos hibát, hogy komolyan vette Trelawney professzor szavait! Ha nem ölte volna meg az apádat, lenne-e most a lelkedben bosszúvágy? Nem lenne! Ha nem kényszeríti rá az édesanyádat, hogy meghaljon érted, elnyerted-e volna az áttörhetetlen mágikus védelmet? Nem! Hát még mindig nem érted? Voldemort, mint minden zsarnok, maga teremtette meg a legveszélyesebb ellenfelét! Van fogalmad róla, mennyire rettegnek a zsarnokok az elnyomottaktól? Mind tisztában vannak vele, hogy előbb-utóbb lesz egy az áldozataik között, aki feláll és visszavág! Voldemort is tudta ezt! Mindig résen volt, mindig figyelte, ki lehet az, aki majd szembeszáll vele. Mikor hallott a jóslatról, gondolkodás nélkül támadásba lendült, és ennek eredményeképpen nem csak hogy kijelölte azt az embert, aki nagy valószínűséggel a vesztét okozza majd, de ő maga adott halálos fegyvereket a kezébe!

– De hát...

– Nagyon fontos, hogy ezt megértsd! – Dumbledore felállt, és elkezdett fel-alá járkálni a szobában. Csillogó talárja suhogva szállt a nyomában. Harry még sosem látta őt ilyen izgatottnak. – Amikor Voldemort az életedre tört, saját kezűleg tett azzá a kivételes emberré, aki most itt ül előttem, ő maga látott el a szükséges eszközökkel ahhoz, hogy elvégezhesd a feladatodat. Elhibázott lépése folytán immár ismered a gondolatait, a vágyait, sőt, érted a kígyónyelvet, amin a parancsait adja – viszont, annak ellenére, hogy belelátsz a fejébe (ami egyébként olyan képesség, amiért bármelyik halálfaló ölni tudna), sose vonzott téged a fekete mágia, soha, egyetlen pillanatig se vágytál rá, hogy Voldemort tanítványa légy!

– Hát persze, hogy nem! – méltatlankodott Harry. – Hiszen megölte a szüleimet!

– Egyszóval megvéd az a képességed, hogy szeretni tudsz! – szögezte le emelt hangon Dumbledore. – Ez az egyetlen lehetséges védelem a Voldemortéhoz mérhető hatalom csábításával szemben! A sok szenvedés, a rengeteg kísértés után is tiszta maradt a szíved, épp olyan tiszta, mint tizenegy éves korodban volt, amikor belenéztél a vágyadat mutató tükörbe, és nem örök életet vagy gazdagságot láttál, hanem azt, hogy miként hiúsíthatod meg Voldemort nagyúr szándékát! Van fogalmad róla, Harry, milyen kevés varázsló láthatta volna a tükörben azt, amit te? Voldemortnak már akkor rá kellett volna jönnie, kivel áll szemben, de nem jött rá!

– Most azonban már tudja. Te baj nélkül behatolhatsz Voldemort nagyúr elméjébe, ő viszont, mint az a minisztériumban kiderült, rettenetes kínokat áll ki, ha megszáll téged. Ő maga biztosan nem érti, miért van ez, ugyanis annak idején, mikor oly nagy sietséggel felaprította a lelkét, fel sem merült benne, hogy a romlatlan, ép lélekben összehasonlíthatatlanul nagyobb erő rejlik.

– De uram – szólt tétován Harry; nem szerette volna, hogy úgy tűnjön, mintha mindenáron akadékoskodni akarna. – Ez végül is semmin nem változtat. Meg kell próbálnom megölni őt, különben…

– Hát persze! Persze, hogy meg kell próbálnod! De nem a jóslat, hanem magad miatt! Azért, mert úgysem lelsz nyugtot, amíg Voldemort él! Ezt mindketten tudjuk! Tegyük fel, hogy nem tudsz a jövendölésről! Akkor mit éreznél Voldemort iránt? Gondolkozz!

Harry a fel-alá járkáló Dumbledore-t nézte, és eltöprengett. Felidézte édesanyját, édesapját és Siriust. Aztán Cedric Diggoryra gondolt… és Voldemort számtalan egyéb rémtettére. Úgy érezte, mintha tűz gyúlna a mellkasában, és égetni kezdené a torkát.

– A halálát kívánnám – felelte csendesen. – És én magam akarnék végezni vele.

– Hát persze! – kiáltott fel Dumbledore. – A jövendölés nem kötelez téged semmire! Viszont Voldemort nagyúr a jóslat miatt jelölt meg téged egyenrangúként… Más szóval te szabadon dönthetsz, semmi nem kényszerít rá, hogy törődj a próféciával! Voldemort tetteit ellenben továbbra is a jóslat

487

diktálja. A jövőben is vadászni fog rád… épp ezért nyilvánvaló, hogy végül…

– Hogy végül egyikünk megöli a másikat – bólintott Harry. Most végre megértette, mire próbál rávilágítani Dumbledore. Olyasmi ez, gondolta, mint hogy behurcolják-e őt az arénába, ahol élethalálharcot kell vívnia, vagy felemelt fővel, önszántából vonul be. Vannak talán, akik azt hiszik, hogy a két dolog között nincs lényeges különbség, de Dumbledore tudja – és én is tudom, meg a szüleim is tudták, gondolta fellángoló büszkeséggel –, hogy ezen a különbségen áll vagy bukik minden a világon.

Sectumsempra

Harryben az esti siker feletti öröm legyőzte a kimerültséget, s a másnap reggeli bűbájtan órán mindent elmondott Ronnak és Hermionénak (persze csak miután disaudio-bűbájjal kezelte a körülöttük ülőket). Barátai elvárható mértékben csodálták az ügyességet, amivel kiszedte az emléket Lumpsluckból, s egyenesen elámultak, amikor beszámolt a Voldemort lelkének darabjait rejtő tárgyakról és Dumbledore ígéretéről, hogy magával viszi őt, ha újabb horcruxot talál.

– Fúú – suttogta Ron. Közben a pálcáját a mennyezet felé lengette, de a legkevésbé se figyelt oda rá, mit csinál. – Fúúú. Dumbledore elvisz magával... együtt fogjátok megsemmisíteni... fúú...

– Havazást bűvölsz, Ron – szólt rá ingerülten Hermione. Elkapta Ron csuklóját, és elfordította a varázspálcát a plafonról, ahonnan valóban jókora fehér pelyhek kezdtek hullani. Harry látta, hogy a szomszéd asztalnál dolgozó Lavender Brown gyilkos pillantást vet Hermionéra, aki gyorsan el is engedte Ron kezét.

– Ja... – Ron bamba csodálkozással pislogott saját és barátai vállára. – Jé... olyan mintha óriáskorpa potyogna a hajunkból...

Azzal lesöpörte a műhó egy részét Hermione válláról. Lavender erre zokogásban tört ki, mire Ron bűntudatos arccal hátat fordított neki.

– Szakítottunk – motyogta oda a foga között Harrynek. – Tegnap este. Miután látott minket Hermionéval lejönni a hálóból. Te láthatatlan voltál, ezért azt hitte, kettesben voltunk odafent.

– Aha – bólintott Harry. – De nem bánod, hogy vége, ugye?

– Nem – ismerte el Ron. – Elég rossz volt, amikor ordibált, de legalább nem nekem kellett mondanom, hogy hagyjuk abba.

– Gyáva kutya! – mondta Hermione, de arckifejezése inkább derűs volt, semmint szemrehányó. – Vacak estéjük volt tegnap a pároknak. Ginny is szakított Deannel.

Hermione a beavatottak sokatmondó pillantásával kísérte az utolsó mondatot, amin Harry futólag elcsodálkozott, hisz honnan is tudhatta volna a lány, hogy a zsigerei hirtelen indiántáncba kezdtek? Képességei szerint megfékezte szintén táncos kedvű arcizmait, és félvállról odavetette a kérdést:

– Hogyhogy?

– Összevesztek valami hülyeségen… Ginny azt mondta, Dean folyton be akarja segíteni őt a portrélyukon, mintha egyedül nem tudna bemászni… De hát már régóta gubancok voltak köztük.

Harry megkereste tekintetével a terem túlsó oldalán ülő Deant, aki elég lelombozottnak tűnt.

– Ez persze nagy dilemma elé állít téged – jegyezte meg Hermione.

Harry összerezzent.

– Miért?

– Hát a kviddicscsapat miatt. Ha Ginny és Dean nem állnak szóba egymással…

– Ja… ja persze… – bólogatott megkönnyebbülten Harry.

– Flitwick – szólt figyelmeztetően Ron.

A pöttöm bűbájtan tanár feléjük döcögött kurta lábain. Nem éppen jókor, mert hármuk közül még csak Hermionénak sikerült a feladat szerint borrá változtatni az ecetet. Az ő pa-

490

lackjában a folyadék mélyvörös színű és tiszta volt, Harryében és Ronéban viszont zavaros és barna.

– Ejnye, ejnye, fiúk – cincogta szemrehányóan Flitwick. – A pálcátok járjon, ne a szátok! Na lássuk, próbáljátok meg...

Ron és Harry egyszerre emelték fel pálcájukat. Teljes erőből koncentráltak, majd ki-ki rámutatott a palackjára. Harry ecete jéggé fagyott; Ron palackja felrobbant.

– Hát igen – szólt Flitwick, miután kimászott az asztal alól, és lerázta süvegéről az üvegszilánkokat. – A házi feladatotok: gyakorolni.

Bűbájtan után a három jó barát ritka közös lyukasóráinak egyike következett, így együtt mentek fel a klubhelyiségbe. Lavenderrel való szakítása ellenére (vagy épp amiatt) Ron kimondottan jókedvű volt; Hermione arca is derűs hangulatról árulkodott, bár a kérdésre, hogy min somolyog, csak ennyit felelt: – Szép időnk van. – Se neki, se Ronnak nem tűnt fel, hogy Harry fejében ezalatt ádáz csata dúlt:

Ginny Ron húga.

De hát kirúgta Deant!

Akkor is Ron húga.

Én meg Ron legjobb barátja vagyok!

Annál rosszabb.

De ha beszélnék Ronnal...

Kapnál egyet a képedbe.

És mi van, ha nem érdekel Ron véleménye?

De hát a legjobb barátod!

Harrynek szinte el se jutott a tudatáig, hogy időközben megérkeztek a napsütötte klubhelyiségbe, ahol szoros csoportban egy maroknyi hetedéves álldogált. Aztán Hermione felkiáltott:

– Katie! De jó! Meggyógyultál?

Harry pislogva odanézett: valóban Katie Bell állt ott, látszólag egészségesen, ünneplő barátai gyűrűjében.

– Kutyabajom! – újságolta vidáman a lány. – Hétfőn kiengedtek a Szent Mungóból, aztán két napig otthon voltam anyuéknál, és ma reggel érkeztem meg. Leanne épp most mesélt McLaggenről meg az utolsó meccsről, Harry...

– Hát igen – csóválta a fejét Harry. – De most, hogy visszajöttél, és Ron is meggyógyult, biztos eldöngetjük a Hollóhátat. Még van esélyünk a kupára. Figyelj, Katie...

Azonnal fel kellett tennie a lánynak a kérdést; kíváncsisága átmenetileg még Ginnyt is feledtette vele. Halkabbra fogta a hangját, úgy folytatta, Katie barátai pedig közben szedelőzködni kezdtek, mert már késésben voltak átváltoztatástan óráról.

– Emlékszel, hogy kitől kaptad a nyakláncot?

Katie szomorúan rázta a fejét.

– Nem... Mindenki ezt kérdezi, de fogalmam sincs. Az a legutolsó emlékem, hogy bemegyek a Három Seprűben a női vécébe.

– Biztos, hogy bementél a vécébe? – vetette közbe a kérdést Hermione.

– Odáig emlékszem, hogy kinyitottam az ajtót – felelte Katie. – Az a valaki, aki az Imperiust szórta rám, valószínűleg mögötte állt. Utána se kép, se hang, egészen addig, hogy kábé két hete magamhoz nem tértem a Szent Mungóban... Bocs, de most el kell rohannom, McGalagonytól kitelik, hogy az első napomon sormintát írat velem, ha elkések...

Azzal Katie felkapta táskáját, és elszaladt a barátai után. Harry, Ron és Hermione leültek egy ablak melletti asztalhoz, hogy meghányják-vessék a hallottakat.

– Egy lány vagy egy nő adhatta Katie-nek a nyakláncot – vélekedett Hermione. – Mivel hogy az illető a női vécében bújt el.

– Vagy valaki, aki egy lány vagy egy nő alakját vette fel – pontosított Harry. – Ne felejtsétek el, hogy volt a Roxfortban egy egész kondérnyi Százfűlé-főzet, és tudjuk, hogy loptak belőle...

Lelki szemei előtt lánnyá alakult Crakok és Monstrók serege masírozott...

– Asszem, iszom még egy kortyot a Felixből, és újra megostromlom a Szükség Szobáját.

– Bájitalpocsékolás lenne – jelentette ki nemes egyszerűséggel Hermione, miközben elővette táskájából a Spellman szótagképtárt. – Ebben a dologban nem elég a szerencse. Lumpsluckot azért tudtad megpuhítani, mert megvolt benned a képesség rá. A szerencse, hogy úgy mondjam, csak a randit hozta össze. De egy nagy erejű bűbájt ilyen módszerrel nem tudsz legyőzni. Ne pocsékold el a maradék elixíredet... Majd akkor lesz szükséged szerencsére, amikor Dumbledore magával visz. – Az utolsó mondatnál Hermione suttogóra fogta a hangját.

– Nem tudnánk főzni magunknak szerencseszérumot? – fordult Harryhez Ron. – Tök jó lenne, ha mindig volna kéznél... Nézd meg a könyvben!

Harry elővette a táskájából a Bájitaltan haladóknak értékes példányát, és fellapozta benne a Felix Felicis receptjét.

– Ajjaj, ez nagyon durva – sóhajtott, a hozzávalók hosszú listájára pillantva. – És hat hónap az elkészítési ideje... Egy csomót kell főzni...

– Jellemző...! – bosszankodott Ron.

Harry már épp be akarta csukni a könyvet, amikor megakadt a szeme egy behajtott sarkú lapon. Eszébe jutott, hogy néhány hete ő maga jelölte meg így azt az oldalt, amin az „ellenségekre" megjegyzéssel ellátott sectumsempra-bűbájt találta. Azóta se próbálta ki, mire jó a varázslat – főként mert tartott Hermione rosszallásától –, de most eltökélte, hogy a legközelebbi adandó alkalommal elvégzi a kísérletet McLaggennen.

Az egyetlen ember, aki nem örült felhőtlenül Katie Bell visszatérésének, Dean Thomas volt. Rá ugyanis ettől kezdve nem volt szükség a csapatban. Mikor Harry közölte vele ezt, viszonylag nyugodtan viselte a csapást, csak hümmögött meg a vállát vonogatta, igaz, egy perccel később a távozó Harry határozottan úgy érezte, hogy Dean és Seamus rosszindulatú sutyorgásba kezdenek a háta mögött.

A következő két hétben olyan jól mentek a kviddics-edzések, mint Harry kapitánykodása alatt még soha. A játékosokat egyenesen boldoggá tette, hogy megszabadultak McLaggentől, s ez, valamint az öröm, hogy Katie Bell visszatért, bámulatos teljesítményre sarkalta őket.

Ginnyt látszólag cseppet sem kavarta fel a szakítása Deannel; épp ellenkezőleg, ő volt a csapat szíve és lelke. Mind remekül szórakoztak, valahányszor parodizálta a közeledő kvaffal szemben izgatottan fel-alá hintázó Ront vagy épp a McLaggennel ordítozó Harryt. Olyankor Harry, miközben együtt nevetett a többiekkel, titkon örült, hogy van ürügye bámulni Ginnyt – az edzések során egyébként számos további gurkó-sérülést szenvedett el amiatt, hogy a cikesz helyett egy libbenő vörös hajfürtöt figyelt.

A fejében még mindig dúlt a csata: Ginny vagy Ron? Néha hajlott rá, hogy a Lavender-kezelésen átesett barátját talán nem zavarná túlságosan, ha randira hívná Ginnyt, de aztán mindig eszébe jutott, milyen arcot vágott Ron, amikor csókolózni látta a húgát Deannel, és olyankor biztosra vette, hogy Ron már azért is aljas árulónak bélyegezné őt, ha csak megfogná Ginny kezét... Mégsem tudta megállni, hogy ne beszélgessen Ginnyvel, ne nevessen a mókázásán, vagy épp ne vele sétáljon fel edzés után a kastélyba. Bármennyire furdalta érte a lelkiismeret, nem egyszer rajtakapta magát, hogy azon tűnődik, hogyan tudna négyszemközt maradni a lánnyal. Erre eszményi alkalmat kínált volna egy Lumpsluck-féle kis esti parti, de sajnos úgy tűnt, az öreg tanár nem szándékozik több ilyet rendezni. Egyszer-kétszer még az is megfordult Harry fejében, hogy Hermione segítségét kéri, viszont úgy érezte, nem bírná elviselni a lány önelégült somolygását. Néha, mikor megbámulta Ginnyt vagy nevetett a lány viccén, látni vélt effélét Hermione arcán. A helyzetet még tovább súlyosbította az az aggasztó tudat, hogy ha ő nem teszi meg, valaki más előbb-utóbb biztosan randevút kér Ginnytől. Maradéktalanul osztotta Ron véleményét, hogy Ginny túlságosan nagy népszerűségnek örvend a fiúk körében.

Mindez azt eredményezte, hogy Harry napról napra erősebb kísértést érzett a Felix Felicis újbóli bevetésére. Hisz mi másra lenne szüksége, mint arra, amit Hermione mondott: hogy a szerencse „összehozza a randit"? Teltek-múltak a balzsamos illatú májusi napok, és a sors undok szeszélye folytán Ron mindig ott volt, valahányszor Ginnyvel találkozott. Vágyainak netovábbjává vált, hogy Ron hirtelen rádöbbenjen: boldoggá tenné őt, ha a legjobb barátja összejönne a húgával, és ezt elősegítendő hajlandó lenne pár másodpercnél hosszabb időre kettesben hagyni őket. Az efféle megvilágosodás esélye azonban elenyésző volt, ráadásul fenyegetően közeledett az idény utolsó meccse, s Ront a jelek szerint csak az érdekelte, hogy Harry taktikai eszmecseréket folytasson vele, lehetőleg naponta többször.

Ez a hangulat egyébként általánosan jellemző volt a Roxfortban. A Griffendél–Hollóhát összecsapást hatalmas érdeklődés övezte, hiszen ez a meccs döntötte el a bajnoki cím sorsát. Ha a Griffendél háromszáz vagy annál több ponttal győz (ez egyfelől nehéz feladatnak tűnt, másfelől Harry csapata páratlanul jó formában volt), akkor ők a bajnokok. Ha háromszáz pontnál kevesebbel győznek, a második helyen végeznek a Hollóhát mögött; ha vesztenek, de száz pontnál kevesebbel, harmadikok a Hugrabug mögött, ha annál többel, negyedikek lesznek, és akkor, gondolta Harry, senki nem mossa le róla az örök szégyent, hogy az ő vezetése alatt landolt a Griffendél két évszázad óta először a tabella alján.

A kulcsfontosságú mérkőzés előtti napokat az ilyenkor szokásos incidensek tarkították: a rivális házak tagjai a folyosókon megfélemlítő akciókat indítottak egymás ellen; az egyes játékosok becsületébe gázoló rigmusok hangzottak el az érintett közeledtekor; maguk a csapattagok az óraközi szünetekben részint a közfigyelem fényében sütkéreztek, részint pedig az idegfeszültségtől öklendezve egy vécékagyló fölött görnyedtek. Harry fejében a meccs kimenetele összekapcsolódott Ginnyt érintő terveinek sikerével vagy kudarcával: megérzése azt súgta, hogy ha háromszáznál több ponttal nyernének, a meccs utáni örömmámor majdnem olyan hatékonyan előmozdítaná ügyét, mint egy nyelet Felix Felicis.

Harry ugyanakkor a fent vázolt izgalmak közepette se feledkezett meg másik céljáról: hogy a végére járjon, mit művel Malfoy a Szükség Szobájában. Továbbra is rendszeresen elővette a Tekergők Térképét, s mivel arról gyakran hiányzott Malfoy pöttye, feltételezte, hogy a mardekáros fiú még mindig sok időt tölt a bűvös helyiségben. Bár lassan feladta a reményt, hogy sikerül bejutnia a szobába, ha a hetedik emeleti folyosón járt, mindig tett egy-két próbálkozást – de hiába, a makacs kőfalra semmilyen nyakatekert kívánsággal nem sikerült ajtót csalnia.

A meccs előtti utolsó napok egyikén úgy alakult, hogy Harry ebédidőben egyedül baktatott a nagyterem felé. Ront épp megint elfogta a hányinger, és berohant a fiúvécébe, Hermione pedig elszaladt Vector professzorhoz, mert sürgős szükségét érezte, hogy megbeszéljen vele egy hibát, amit a legutóbbi számmisztika-dolgozatában elkövetni vélt. Harry, már inkább csak megszokásból, kitérőt tett a balettozó trollok folyosója felé, s mivel épp nála volt a Tekergők Térképe, azt is elővette. Először nem találta rajta Malfoyt, s arra gondolt, hogy a fiú megint a Szükség Szobájában lehet, de aztán ráakadt a keresett nevet viselő pöttyre: a térkép szerint Malfoy egy emelettel lejjebb, az ottani fiúvécében tartózkodott, mégpedig nem Crak és nem is Monstro, hanem Hisztis Myrtle társaságában.

Harry csak akkor vette le csodálkozó pillantását a furcsa párosról, amikor nekigyalogolt egy lovagi páncélnak. A csörömpölés észhez térítette; Frics felbukkanásától tartva elfutott a karambol helyszínéről, lesietett a márványlépcsőn, s rákanyarodott a hatodik emeleti folyosóra. A vécé elé érve megállt, s az ajtóra szorította a fülét. Nem hallott semmit. Erre zajtalanul benyitott a mellékhelyiségbe.

Draco Malfoy az ajtónak hátat fordítva, lehajtott fejjel állt, és egy mosdókagyló szélét markolta.

– Naaa – duruzsolta neki Hisztis Myrtle az egyik vécéfülkéből. – Naaa… mondd el, mi a baj… majd én segítek…

– Senki nem segíthet rajtam – felelte egész testében remegve Malfoy. – Nem tudom megcsinálni… nem tudom… nem fog sikerülni… és ha nem teszem meg… azt mondta, megöl…

Harrynek a földbe gyökerezett a lába: Malfoy sírt – szó szerint sírt, sápadt arcáról könnyek potyogtak a mocskos mosdókagylóba.

Malfoy szaggatottan sóhajtott, nyelt egyet, aztán megborzongva felemelte a fejét, és a repedt tükörben megpillantotta az őt bámuló Harryt.

Egy lendülettel pördült meg és nyúlt a pálcája után. Harry se habozott sokat, előkapta a saját fegyverét. Malfoy rontása csak centiméterekkel kerülte el őt – egy falilámpát robbantott szét. Harry félreugrott; *Levicorpus!* – gondolta, és meglendítette pálcáját, de Malfoy kitért az ártás elől, és újra támadt…

497

– Ne! Ne! Hagyjátok abba! – visította Hisztis Myrtle. Hangja csengve visszhangzott a csempézett falak között. – Hagyjátok abba! Elég!

Durranás rázta meg a levegőt, és egy pillanattal később felrobbant a Harry mögötti szemétvödör. Harry egy lábzár-átokkal próbálkozott, de az elsuhant Malfoy füle mellett, visszapattant a falról, és összetörte a vécétartályt, ami fölött a sikoltozó Myrtle lebegett. A kizúduló víz ellepte a padlót, s Harry el is csúszott rajta, épp mikor Malfoy dühtől eltorzult arccal előreszegezte pálcáját.

– *Cruci...*

– *Sectumsempra!* – ordította fektében Harry.

Malfoy arcából és mellkasából ömleni kezdett a vér, mintha egy láthatatlan kard hasított volna végig rajta. Hátratántorodott, majd hangos csattanással elterült az elárasztott padlón. Ernyedt kezéből kifordult a pálca.

– Ne! – nyögte rémülten Harry. Csúszkálva-botladozva feltápászkodott, és odarohant ellenfeléhez. Malfoy feje egy merő vér volt; falfehér kezével erőtlenül markolászta sebzett mellkasát.

– Nem... ezt nem akartam...

Harry azt se tudta, mit beszél; térdre rogyott a saját vérében ázó Malfoy mellett, akinek immár minden porcikája vadul reszketett. Hisztis Myrtle eszelős sikoltozásba kezdett:

– Gyilkosság! Gyilkosság a vécében! Gyilkosság!

Harry háta mögött kivágódott az ajtó, s ő a rémülettől sápadtan felnézett. Piton rontott be a vécébe. Durván félrelökte Harryt, és letérdelt Malfoy mellé. Pálcáját lassan végighúzta az átok hasította mély seb fölött, s közben hosszú varázsigét mormolt dallamos, szinte éneklő hangon. A vérzés mintha csillapodott volna... Piton letörölte Malfoy arcát, aztán megismételte az ellenátkot, mire a seb lassan záródni kezdett.

498

Harry még mindig nem tért magához, annyira elszörnyedt attól, amit művelt. Alig érzékelte, hogy ő maga is csurom vér és víz. Hisztis Myrtle ott lebegett fölötte, és kitartóan zokogott. Piton, miután harmadszor is elmondta az ellenátkot, talpra segítette Malfoyt.

– Felviszlek a gyengélkedőre. Lehet, hogy marad egy kis heg, de boszorkányfűvel azt is megelőzhetjük... gyere...

Malfoyt támogatva elindult kifelé, de az ajtóban még hátrafordult, és jéghideg dühvel odavetette Harrynek:

– Te itt maradsz, Potter, amíg vissza nem jövök.

Harrynek meg se fordult a fejében, hogy ellentmondjon. Lassan, remegő tagokkal felállt, és körülnézett. A mosdó padlóját elborító vízben, mint megannyi piros virág, mindenfelé feloldódott vércseppek úsztak. Harrynek még ahhoz se volt ereje, hogy rászóljon Myrtle-re, aki egyre nyilvánvalóbb élvezettel folytatta a jajveszékelést.

Piton tíz perc múlva tért vissza. Belépett a mosdóba, és becsukta maga mögött az ajtót.

– Eredj innen! – szólt rá Myrtle-re, mire a kísértetlány nyomban fejest ugrott a vécékagylóba, zengő csendet hagyva maga után.

– Nem szándékosan tettem – jelentette ki gyorsan Harry. Hangja visszhangot vert a hideg, vizes térben. – Nem tudtam, mit csinál a varázsige.

Pitont azonban nem érdekelte a magyarázkodás.

– Úgy látszik, alábecsültelek, Potter – szólt halkan. – Nem hittem volna, hogy efféle sötét varázslatokat ismersz. Kitől tanultad?

– Olvastam róla valahol.

– Hol?

– Egy... egy könyvtári könyvben – improvizált Harry. – Már nem emlékszem a címére...

– Hazudsz.

Harrynek egyszeriben kiszáradt a torka. Tudta, mi következik... És most se tudja majd megakadályozni...

A mosdó falai vibrálni kezdtek a szeme előtt. Megpróbált száműzni minden gondolatot az agyából, de hiába: a Félvér Herceg könyvének képe lassan, de biztosan beúszott a tudatába...

Aztán hirtelen megint ott állt Pitonnal szemben, a romos, elárasztott mosdó közepén. Belenézett a tanár fekete szemébe, és némán fohászkodott, hogy ne legyen igaz, amitől fél, de...

– Hozd ide az iskolatáskádat – parancsolt rá Piton –, és az összes könyvedet! Az összeset. Hozz ide mindent! Indulj!

Nem volt értelme vitatkozni. Harry sarkon fordult, és kitocsogott a fiúvécéből. A folyosón aztán futásnak eredt. Sokan jöttek szembe vele, hisz a többség akkor indult csak le a nagyterembe. Víz- és véráztatta talárjában meglehetősen nagy feltűnést keltett a folyosón, de nem törődött vele; meg se hallotta az utánakiáltott kérdéseket, csak rohant a Griffendél-torony felé. Kába volt a döbbenettől. Úgy érezte, mintha egy dédelgetett kis háziállat hirtelen fenevaddá változott volna a kezében. Hogy volt képes a Herceg ilyen szörnyű átkot másolni a könyvébe? És mi lesz, ha Piton meglátja? Elmondja Lumpslucknak, hogy minek köszönhető egész évi brillírozása a bájitaltan órákon? Ettől a gondolattól elszorult a torka. Elkobozza vagy megsemmisíti a könyvet, amiből annyi mindent tanult... ami a legfőbb tanácsadója volt... ami szinte a barátjává vált... Azt nem engedheti... azt nem, semmiképp...

– Hol voltál? És mitől vagy csurom... vér?

Ron megrökönyödve bámult le rá a lépcső tetejéről.

– Add ide a könyved! – zihálta Harry. – A bájitaltan könyvedet... gyorsan... add ide...

– Miért? Nincs meg a Félvér...

– Majd később elmondom!

500

Ron kihalászta a könyvet a táskájából, és átadta Harrynek, aki se szó, se beszéd továbbrohant vele a klubhelyiség felé. Ott aztán felkapta a táskáját, majd az ebédből már visszatért griffendélesek döbbent pillantásaitól kísérve kiugrott a portrélyukon.

A balettozó trollok falikárpitja elé érve lefékezett, behunyta a szemét, és elkezdett fel-alá járkálni.

Szükségem van egy helyre, ahol elrejthetem a könyvem... *Szükségem van egy helyre, ahol elrejthetem a könyvem...* *Szükségem van egy helyre, ahol elrejthetem a könyvem...*

Háromszor sétált el a csupasz kőfal előtt. Mikor kinyitotta a szemét, végre ott volt előtte az áhított ajtó, a Szükség Szobájának ajtaja. Harry felrántotta, beiszkolt rajta, és becsapta maga mögött.

Elállt a lélegzete, amikor körülnézett. Bárhogy is kellett sietnie, bárhogy félt is attól, ami lent a mosdóban várja, nem tudta kivonni magát a szeme elé táruló látvány hatása alól. A terem, amelyben állt, akkora volt, mint egy nagyobbfajta katedrális. A magas ablakokon beáradó fény afféle várost világított meg, melynek tornyosuló falait, mint arra Harry rögtön rájött, a roxfortosok számos nemzedéke által elrejtett tárgyak alkották. A szűk sikátorok és szélesebb utcák mentén ingatag halmokba hordva álltak a törött és megrongált bútorok – melyek talán engedély nélküli varázstettek eltüntetni kívánt bizonyítékaiként kerültek ide, vagy épp túlbuzgó házimanók lomtalanítási kedvének estek áldozatul. Könyvek ezrével voltak a teremben – nyilván csupa betiltott, telefirkált vagy lopott kötet –, de szép számmal képviseltették magukat például a repülő csúzlik és a fogas frizbik is. Ez utóbbiak közül azok, amelyekben még pislákolt némi élet, fáradtan lebegtek az egyéb tiltott tárgyak kupacai fölött. Voltak ott csorba üvegekben beszáradt bájitalok, süvegek, ékszerek, köpenyek, sárkánytojáshéjak és bedugózott palackok, amelyek tartalma még mindig rosszat sejtetően derengett; volt egy kupac rozsdás kard és odébb egy jókora, vérfoltos hóhérbárd.

Harry besietett a kincsek közt kígyózó számos sikátor egyikébe. Egy hatalmas, kitömött trollt elhagyva befordult jobbra, elhaladt amellett az elromlott volt-nincs szekrény mellett, amiben Montague az előző évben eltűnt, majd balra kanyarodott, s néhány lépés után megállt egy másik, kisebb szekrény előtt, ami úgy festett, mintha leöntötték volna savval. Kinyitotta a bútor egyik nyikorgó ajtaját, s megállapította, hogy azt előzőleg már más is használta rejtekhelyül: a szekrényben egy ketrec állt, s abban egy rég elpusztult lény ötlábú csontváza hevert. Harry bedugta a Félvér Herceg könyvét a ketrec mögé, majd becsukta a szekrényajtót. Kalapáló szívvel körülnézett... Megtalálja-e majd újra ezt a helyet a limlomdzsungelben? Egy közeli ládában megpillantott egy csúf, vén varázslót ábrázoló mellszobrot; felkapta és rátette a könyvet rejtő szekrény tetejére. Hogy még feltűnőbbé tegye a szobrot, rábiggyesztett egy poros parókát meg egy megzöldült réz fejdíszt, aztán, amilyen gyorsan csak tudott, visszasietett a kacatok közti sikátorokon az ajtóhoz. Kisurrant a folyosóra, és becsapta maga mögött az ajtót, ami abban a szempillantásban újra tömör kőfallá változott.

Futni kezdett a lenti fiúvécé felé, s útközben a táskájába dugta a Bájitaltan haladóknak Rontól kölcsönzött példányát. Egy perc se telt bele, s már ismét ott állt Piton előtt, aki némán nyújtotta a kezét az iskolatáskáért. Harry átadta a táskát, és zihálva, szúró fájdalommal a mellkasában várta, mi történik.

Piton egyenként kiemelte a táskából a tankönyveit, és szemügyre vette őket. A bájitaltan könyv maradt utoljára; Piton alaposan megvizsgálta, s csak azután szólalt meg.

– Ez a te könyved, Potter?

– Igen – felelte Harry, még mindig zihálva.

– Biztos vagy benne?

502

– Igen – válaszolt Harry, egy kicsit dacosabban.

– Ez az a példány, amit a Czikornyai és Patzában vásároltál?

– Igen.

– Akkor miért áll a borító belső oldalán a „Roonil Wazlib" név?

Harrynek egy pillanatra a szívverése is elállt.

– Az a becenevem – felelte.

– A beceneved... – visszhangozta Piton.

– Igen... így szoktak szólítani a barátaim.

– Tisztában vagyok vele, mi az a becenév. – Piton hideg, fekete szeme ismét Harryre szegeződött. Harry gyorsan elfordította tekintetét. *Zárd le az elméd... zárd le az elméd...* de hiába, ez sose ment neki...

– Megmondjam, mit gondolok, Potter? – szólt szinte suttogva Piton. – Azt, hogy hazug csaló vagy. Ezért pedig megérdemled, hogy az év végéig minden szombaton büntetőmunkát végezz nálam. Mit szólsz hozzá?

– Nem értek egyet, uram – felelte Harry, még mindig kerülve Piton pillantását.

– Majd meglátjuk, mi lesz a véleményed a büntetőmunkák után. Szombat délelőtt tíz órakor várlak a dolgozószobámban.

– De uram... – A kétségbeesés rábírta Harryt, hogy Pitonra nézzen. – Kviddics lesz... a bajnokság utolsó meccse...

– Tíz órakor – suttogta Piton, kivillantva sárga fogait. – Szegény Griffendél... Félek, idén a negyedik helyre szorul...

Azzal kiment a fiúvécéből. Harry belebámult a törött tükörbe, és úgy kavargott a gyomra, mint Ronnak talán még soha életében.

– Akár azt is mondhatnám, hogy magadra vess, mert én előre figyelmeztettelek – jegyezte meg Hermione egy órával később a klubhelyiségben.

– Hagyd már békén! – szólt rá dühösen Ron.

Harry végül nem ment le ebédelni, hisz amúgy sem tudott volna legyűrni egy falatot sem. Beszámolt a történtekről

503

Ronnak, Hermionénak és Ginnynek, bár erre nem volt szükség: az eset híre futótűzként terjedt, többek között azért, mert Hisztis Myrtle feladatának érezte, hogy vécéről vécére járva tájékoztassa a roxfortosokat. Pansy Parkinson meglátogatta a gyengélkedőn Malfoyt, s azóta mást se csinált, csak Harry gaztettéről harsogott. Piton se késett megvinni a hírt a tanári karnak, s Harry el is töltött tizenöt igen kellemetlen percet McGalagonnyal, aki közölte vele, hogy teljesen jogosnak és indokoltnak tartja a Piton által kiszabott büntetést, sőt, Harry boldog lehet, hogy tettéért nem csapták ki az iskolából.

– Én megmondtam, hogy valami nincs rendjén azzal a Herceggel – folytatta a zsörtölődést Hermione. – És igazam volt, látod?

– Nem, nem volt igazad – felelte mogorván Harry.

Épp elég baja volt anélkül is, hogy Hermione kioktatását hallgassa. Minden büntetésnél jobban fájt neki, amit a griffendéles csapat tagjainak arcán látott, amikor elmondta, hogy nem játszhat szombaton. Magán érezte Ginny tekintetét, de nem viszonozta: nem bírta volna elviselni, hogy csalódottságot vagy épp haragot lásson benne. Lesütött szemmel közölte a lánnyal, hogy szombaton ő, Ginny játszik majd fogóként, és Dean áll be hajtónak. Ha győz a csapat, Ginny és Dean talán ki is békülnek nagy örömükben... Ez a gondolat úgy érte Harryt, mintha jégcsapot döftek volna a szívébe...

– Harry – csóválta a fejét Hermione –, hogy tudsz még mindig ragaszkodni ahhoz a könyvhöz, mikor egy ilyen átkot...

– Szállj már le a könyvemről! – dühöngött Harry. – A Herceg csak feljegyezte az átkot, nem ajánlgatta kipróbálásra! Honnan tudod, hogy nem ellene használta valaki, és azért írta fel?

– Hát ez nem igaz! – mérgelődött a lány. – Még képes vagy őt mentegetni...

– Magamat nem mentegetem! – vágott a szavába Harry. – Hülyeség volt, amit csináltam, és nemcsak azért, mert kábé egy tucat büntetőmunkát kaptam érte! Gondolhatod, hogy ha tudom, miféle átok ez, még Malfoyon se használtam volna! De ne a Herceget hibáztasd! Nem írta mellé, hogy jaj, de jó- pofa, érdemes kipróbálni, egyszerűen csak feljegyezte magá- nak!

– Jól értem? Azt tervezed, hogy visszamész a...

– Igen, visszamegyek a könyvért! – felelte eltökélten Harry. – Figyelj: ha nincs a Herceg, nem nyertem volna meg a Felix Felicist, nem tudtam volna, mit kell beadni Ronnak, amikor mérget ivott, és nem...

– És nem állnál teljesen érdemtelenül zseniális bájitalfőző hírében – folytatta epésen Hermione.

– Hagyd már békén! – szólt közbe mérgesen Ginny, s ez olyan kellemes meglepetésként érte Harryt, hogy végre ráné- zett a lányra. – Malfoy egy főbenjáró átkot akart használni, nem hallottad? Örülj neki, hogy Harry tudott egy jó védeke- zést!

– Persze hogy örülök, hogy kivédte Malfoy átkát! – felelte sértetten Hermione. – De ne mondd, a Sectumsemprára, hogy jó – nézd meg, mire ment vele Harry! Hogy mást ne mondjak, úgy tudom, eléggé rontotta a csapatotok esélyeit...

– Jaj, nehogy úgy csinálj már, mintha értenél a kviddics- hez! – torkolta le Ginny. – Muszáj égetned magad?

Harry és Ron döbbenten pislogtak: a két lány, akik még soha semmin nem vesztek össze, most karba tett kézzel, duzzogva hátat fordítottak egymásnak. Ron vetett egy nyug- talan pillantást Harryre, aztán találomra felkapott egy köny- vet, és annak fedezékébe húzódott. Harrynek ezzel szemben egyszerre virágos jókedve kerekedett, s még az sem tudta zavarni, hogy ezután egész este egyetlen szó se hangzott el négyük között.

Derűs hangulata azonban nem bizonyult tartósnak. Másnap nemcsak a mardekárosok gúnyolódását kellett elviselnie, de megkapta a magáét a griffendélesektől is, akiket mélységesen felháborított, hogy csapatuk kapitánya önhibájából nem vesz részt az idény legfontosabb mérkőzésén. Szombat reggel Harry – jóllehet Hermionénak ezt nem vallotta volna be – a világ minden Felix Felicisét odaadta volna érte, csak hogy lemehessen a stadionba Ronnal, Ginnyvel és a többiekkel. Szinte elviselhetetlen kín volt számára hátat fordítani a napsütötte parkba tóduló, kokárdás, süveges, színes sálakat és zászlókat lobogtató sokaságnak, lekullogni a pincébe vezető kőlépcsőn, s hallgatni, hogyan vész a távolba a tömeg vidám zaja. Tudta, hogy ahova ő megy, oda nem fog lehallatszani a kommentár, de még egyik vagy másik szurkolótábor majdani ujjongása se.

– Á, Potter – szólt Piton, miután Harry kopogtatott az ajtón és belépett a rossz emlékű dolgozószobába, amelyet Piton, annak ellenére, hogy immár nem a pincében tartotta az óráit, továbbra is használt. A helyiség a megszokott képét mutatta: most is félhomály volt benne, s körös-körül a falakon ott éktelenkedtek a sokszor látott, színes folyadékokban ázó, nyálkás tetemek. Egy asztalon, amit Piton nyilván Harrynek készített oda, fenyegetően tornyosult egy rakás pókhálós doboz, hosszadalmas, nehéz és értelmetlen munka ígéretét hordozva.

– Frics úr megkért, hogy keressek valakit, aki rendet rak ezekben a régi aktákban – duruzsolta Piton. – A feljegyzések roxforti fegyelemsértők nevét, tetteit és büntetését tartalmazzák. Egyes lapokon megfakult a tinta, másokat megrágtak az egerek – ezeket szíveskedj lemásolni, és az összeset helyezd vissza a dobozokba ábécérendben. Varázslatot nem használhatsz.

– Értem, tanár úr – felelte Harry, annyi megvetést sűrítve az utolsó három szótagba, amennyit csak tudott.

– Arra gondoltam – folytatta undok mosollyal Piton –, hogy legjobb lesz, ha első lépésben az ezertizenkettestől az ezerötvenhatos dobozig csinálod meg. Azokban ismerős nevekre bukkansz majd, és ettől még érdekesebb lesz számodra a munka. Nézd csak...

Széles mozdulattal kihúzott egy lapot az egyik felső dobozból, és felolvasta:

– James Potter és Sirius Black. Tiltott ártás használata Bertram Aubreyn. Tettenérés. Aubrey feje kétszeres méretűre nőtt. Dupla büntetőmunka. – Piton gúnyosan elmosolyodott. – Vigasztaló lehet számodra a tudat, hogy bár a nevezettek már nincsenek köztünk, hősi tetteik emléke megőrződött az utókor számára...

Harry megint úgy érezte, mintha lángnyelvek perzselnék a torkát. Ráharapott a nyelvére, hogy ne tudjon feleselni, leült az asztalhoz, és maga elé húzta az egyik dobozt.

A munka, ahogy azt előre sejtette, veszettül unalmas volt, ráadásul – nyilván Piton szándékának megfelelően – gyomrának rendszeres összerándulásával járt: szinte percenként bukkant rá apja vagy Sirius nevére – általában jelentéktelen kis csínyek összefüggésében és gyakran Remus Lupin és Peter Pettigrew nevével együtt. Gépiesen másolta a különféle kihágásokat és büntetéseket, s közben azon tűnődött, vajon mi történik lent a stadionban, ahol épp ezidőtájt kezdődhetett el a meccs... Ginny mint fogó Cho ellen...

Újra meg újra a nagy faliórára pillantott. Az mintha félsebességgel ketyegett volna; lehet, hogy Piton szándékosan lelassította? Az nem lehet, hogy még csak fél óra telt el... egy óra... másfél...

Mikor az óra fél egyet mutatott, Harry gyomra korogni kezdett. Végül egy óra után tíz perccel Piton, aki a feladat elmagyarázása óta egy árva szót se szólt, felpillantott.

– Mára végeztél – szólt hűvösen. – Jelöld meg, hol tartasz. Jövő szombaton tíz órakor onnan folytatod.

– Igen, uram.

Harry vaktában beledugott a dobozba egy félbehajtott lapot, aztán felpattant, kiiszkolt a szobából, nehogy Piton meggondolhassa magát, és felrohant a pincelépcsőn. Futtában hegyezte a fülét, hátha hall valami zajt a stadion felől... De a park csendes volt. Hát véget ért...

Pár másodpercig habozva álldogált a zsúfolt nagyterem előtt, aztán elindult felfelé a márványlépcsőn. Akár nyertek, akár vesztettek, a csapat bizonyára a klubhelyiségben ünnepel vagy búslakodik.

– Quid agis? – szólította meg lámpalázasan a Kövér Dámát. Borzasztóan izgult, hogy mi fogadja odabent.

A dáma kifürkészhetetlen arccal válaszolt:

– Majd meglátod – azzal kitárta a bejáratot.

A portrélyukon mennydörgő ujjongás robbant ki. Harry tátott szájjal meredt az örömtől kipirult arcokra; tucatnyi kéz húzta őt befelé a klubhelyiségbe.

– Győztünk! – rikkantotta a tömegből előbukkanva Ron, és meglengette Harry felé az ezüstkupát. – Győztünk! Négyszázötven-száznegyvenre megvertük őket! Győztünk!

Harry körülnézett, és megpillantotta a felé siető Ginnyt. A lány elszánt, lángoló tekintettel nézett rá, s ő pillanatnyi gondolkodás vagy habozás nélkül, nem törődve vele, hogy ötven ember látja, karjába zárta és megcsókolta Ginnyt.

Néhány végtelenül hosszú másodperc múlva – de lehet, hogy fél óra vagy akár egy egész boldog nap telt el közben – kibontakoztak az ölelésből. A klubhelyiségben néma csönd volt. Aztán néhányan füttyögni kezdtek, majd zavart nevetés futott végig a társaságon. Harry Ginny feje fölött elpillantva meglátta Dean Thomast, kezében egy törött pohárral, és Romilda Vane-t, akinek az arckifejezése felért egy súlyos testi sértéssel. Hermionénak fülig ért a szája, de Harry Ront kereste a tekintetével. Végül meg is pillantotta barátját: Ron a kupába kapaszkodva állt, s olyan arcot vágott, mintha fejbe kólintották volna egy terelőütővel. A másodperc töredékéig egymás szemébe néztek, aztán Ron egy egészen picit megrántotta a vállát, ami Harry értelmezésében azt jelentette: „Hát… ha muszáj…"

A Harry mellkasában fészkelő szörnyeteg diadalmasan felüvöltött. Ránevetett Ginnyre, és némán a portrélyuk felé intett, jelezve, hogy esedékes egy hosszú séta a parkban, amelynek során – ha sikerül időt szakítaniuk rá – akár a meccset is megbeszélhetik.

A kihallgatott látó

Az a tény, hogy Harry Potter Ginny Weasleyvel jár, rengeteg, túlnyomórészt a női nemhez tartozó diák élénk érdeklődésére tartott számot. Harryt azonban a következő néhány hétben semmilyen pletyka nem tudta bosszantani. Még örült is neki, hogy a változatosság kedvéért nem különféle horrorisztikus jelenetek főszereplőjeként emlegetik őt, hanem egy olyan dolog kapcsán, ami boldoggá teszi – olyan boldoggá, amilyen már nagyon rég nem volt.

– Csodálom, hogy ez izgatja őket a legjobban – jegyezte meg Ginny. A klubhelyiségben ült a szőnyegen, hátát Harry lábának vetve, és a Reggeli Prófétát olvasta. – A héten három embert támadtak meg a dementorok, erre mit bír kérdezni tőlem Romilda Vane? Hogy igaz-e a szóbeszéd, és tényleg egy hippogriff van a melledre tetoválva.

Ron és Hermione dőltek a nevetéstől. Harry el se mosolyodott.

– És mit válaszoltál neki?

– Hogy nem hippogriff, hanem magyar mennydörgő – felelte könnyedén Ginny, és lapozott egyet az újságban. – Az sokkal macsóbb.

– Köszi – vigyorgott Harry. – És mit mondtál, Ronnak milyen tetkója van?

– Törpegolymókos. De nem mondtam meg, hogy hol.

511

Ron bosszús pillantást vetett a kacagó Hermionéra, majd figyelmeztetően megrázta az ujját Harry és Ginny felé.

– Vigyázzatok magatokra! – szólt. – Jó, hogy engedélyt adtam nektek, de bármikor visszavonhatom...

– Engedélyt adtál? – fintorodott el Ginny. – Mióta kérek én tőled engedélyt bármire is? Különben is az mondtad, hogy Harry még mindig jobb, mint Michael vagy Dean.

– Így is van – hagyta rá kelletlenül Ron. – És amíg nem álltok neki nyilvános helyen falni egymást...

– Álszent majom! – fortyant fel Ginny. – Ti mit csináltatok Lavenderrel, mi!? Egyfolytában úgy össze voltatok cuppanva, mint két angolna!

Mindazonáltal a június beköszöntével Ginnynek és Harrynek nem kellett attól tartaniuk, hogy túlságosan próbára teszik Ron türelmét. Egyre kevesebb időt tölthettek együtt, mivel Ginny RBF-vizsgái vészesen közeledtek, ezért nap mint nap éjszakába nyúlóan tanulnia kellett. Az egyik ilyen estén, miközben Ginny az önkéntes száműzetés óráit töltötte a könyvtárban, Harry pedig a klubhelyiség egyik ablak melletti asztalánál ült, s félkész gyógynövénytan házi dolgozata fölött annak a kivételesen boldog órának az emlékén merengett, amit az ebédszünetben a tóparton Ginnyvel töltött, Hermione lezuttyant a Harry és Ron közötti székre, nyugtalanítóan komoly kifejezéssel az arcán.

– Beszélni szeretnék veled, Harry.

– Miről? – kérdezte a fiú gyanakodva. Hermione ugyanis nem sokkal azelőtt hányta a szemére, hogy megengedhetetlen mértékben elvonja Ginny figyelmét a tanulástól.

– Az úgynevezett Félvér Hercegről.

– Jaj, ne kezdd már megint! – fintorodott el Harry. – Szállj le erről a témáról!

Harry azóta se mert még visszamenni a könyvért a Szükség Szobájába, s ez tükröződött is bájitaltan órai teljesítményén (bár Lumpsluck, aki kedvelte Ginnyt, a jelenséget elnézően a szerelmi elmezavar számlájára írta). Akárhogy is, Harry biztos volt benne, hogy Piton még nem mondott le a Herceg könyvének megkaparintásáról, és eltökélte, hogy amíg a veszély el nem múlik, ott hagyja a könyvet, ahol van.

– Nem szállok le a témáról, amíg végig nem hallgatsz – jelentette ki Hermione. – Végeztem egy kis kutatást, hogy ki lehetett az a roxfortos fiú vagy lány, aki hobbiból sötét varázslatokat talált ki...

– A Herceg nem talált ki hobbiból sötét varázslatokat, azt pedig egyszer már tisztáztuk, hogy semmiképp sem volt lány!

– Nem!? – csattant fel indulattól kipirult arccal Hermione, azzal előrántott a zsebéből egy régi újságkivágásnak tűnő papírdarabot, és lecsapta Harry elé az asztalra. – Akkor ezt nézd meg! Nézd meg a képet!

Harry a kezébe vette a megsárgult papírt, és rábámult a mozgó fotóra. Ron is kíváncsian közelebb hajolt. A fényképen egy tizenöt éves forma, sovány lány pislogott. Erős szemöldök, sápadt, mogorva lóarc – nagy jóindulattal se lehetett szépnek nevezni. A képaláírás szerint ő volt Eileen Prince, a roxforti köpkőcsapat kapitánya.

– Mi van vele? – kérdezte Harry, miután átfutotta a képhez tartozó rövid, de unalmas cikket, ami az iskolák közötti bajnokság állását taglalta.

– A lányt Eileen Prince-nek hívták, Harry. Prince-nek, vagyis hercegnek.

Harryből kitört a nevetés.

– Na nee!

– Mit ne?

– Szerinted ő a Félvér...? Ne hülyéskedj már!

– Miért ne lehetne? A varázsvilágban nincsenek igazi hercegek. Ez vagy becenév, kitalált cím, amit valaki saját magának adományozott, vagy az illető igazi neve! Nem, nem, fi-

513

gyelj: ha például az apja egy Prince nevű varázsló volt, az anyja pedig egy mugli, akkor ő egy félvér Herceg volt!

– Persze. Zseniális elmélet...

– De nincs igazam? Lehet, hogy büszke volt a félhercegségére!

– Figyelj, Hermione! Én tudom, hogy a Herceg nem lány volt. Egyszerűen tudom. Értsd már meg!

– Persze, mert azt hiszed, hogy ennyi ésszel nem lehetett lány, mi!? – háborgott Hermione.

– Ezt feltételezed rólam? – fortyant fel méltatlankodva Harry. – Öt éve ismerlek téged, és szerinted úgy gondolom, hogy egy lány nem lehet okos? A Herceg stílusából érzem, hogy fiú volt! Hidd el, ennek a lánynak nincs semmi köze hozzá. Különben is, honnan van ez a cikk?

– A könyvtárból – hangzott a cseppet sem meglepő válasz. – Ott megvan egy csomó régi Próféta... Mindegy, én akkor is utánanézek ennek az Eileen Prince-nek.

– Jó szórakozást hozzá – mondta ingerülten Harry.

– Meglesz – felelte dacosan Hermione, és már indult is a portrélyuk felé. Ott még egyszer hátrafordult. – És az első, amit megnézek, a kitüntetett bájitalfőzők névsora lesz!

Harry egy darabig bosszúsan nézett a lány után, azután az alkonyi ég felé fordult.

– Nem bírja megbocsátani, hogy jobb voltál nála bájitaltanból – jegyezte meg Ron, felpillantva az Ezer bűvös fű és gomba című tankönyv lapjaiból.

– Szerinted is hülyeség, hogy meg akarom tartani a könyvet?

– Dehogyis! – méltatlankodott Ron. – A Herceg egy zseni volt! Meg különben is, ha nincs az a bezoáros tippje... – Elhúzta a nyaka előtt mutatóujját. – Akkor most nem beszélgetnék veled. Jó, az az átok, amit Malfoyra küldtél, nem volt valami nyerő...

– Szerintem se – sietett leszögezni Harry.

514

– De végül is Malfoy meggyógyult, nem? Kutyabaja sincs.

– Hát igen… – bólintott rá Harry, bár ez nem sokat könnyített a lelkiismeretén. – Meggyógyult, hála Pitonnak…

– Most szombaton is menned kell hozzá büntimelóra? – kérdezte Ron.

– Igen – sóhajtott Harry –, meg jövő szombaton is, meg két hét múlva is… Már olyat is mondott, hogy ha év végéig nem készülök el az összes dobozzal, akkor jövőre is folytatnom kell.

A szombatonkénti büntetőmunka leginkább azért bosszantotta, mert még jobban megkurtította az amúgy is kevéske időt, amit Ginnyvel tölthetett. Már az is felmerült benne, hogy Piton tisztában van ezzel, ugyanis hétről hétre hosszabb ideig dolgoztatta őt, és sokatmondó célzásokat tett a szép idő kínálta megannyi örömre, amelyekről Harry a büntetés miatt lemarad.

Keserű gondolatai közül Jimmy Peakes hirtelen felbukkanása rángatta ki Harryt. A fiú odalépett hozzá, és egy pergamentekercset nyújtott felé.

– Kösz, Jimmy… Hé, ezt Dumbledore küldte! – suttogta izgatottan Harry. Gyorsan kinyitotta, és elolvasta a rövid üzenetet. – Azt írja, menjek a szobájába, amilyen hamar csak tudok!

Harry és Ron egymásra meredtek.

– Azannya…! – suttogta Ron. – Gondolod, hogy… hogy megtalált egy…

Harry felpattant a székről.

– Majd mindjárt kiderül!

Kirohant a klubhelyiségből, és végigszaladt a hetedik emeleti folyosón. Nem találkozott senkivel – Hóborcon kívül, aki az ellenkező irányba tartott, és csak úgy megszokásból krétával dobálta Harryt, majd gúnyosan kacagva félrelibbent Harry védekező ártása elől. Miután a kopogószellem tovatűnt, csend borult a folyosókra; takarodóig csak egy negyedóra volt hátra, így a legtöbb diák már a háza klubhelyiségében tartózkodott.

És akkor Harry egyszer csak sikoltást, majd puffanást hallott. Megtorpant, fülelt.

– Hogy merészelsz... áááh!

A zaj és hang egy közeli folyosó felől érkezett. Harry gyorsan előhúzta a pálcáját, és már futott is arrafelé. A sarkon befordulva Trelawney professzort pillantotta meg. A jósnő elterülve feküdt a folyosón, fején az egyik kendőjével, szétgurult sherrysüvegek között. A palackok egyike el is tört.

– Tanárnő...

Harry odasietett, hogy felsegítse Trelawneyt. A jósnő nagyokat csuklott, a haját tapogatta, s miután megszabadította szemüvegét egy beleakadt gyöngysortól, Harry karjába kapaszkodva felállt.

– Mi történt, tanárnő?

– Én is azt kérdezem! – fakadt ki visító hangon Trelawney. – Ahogy a folyosón sétáltam, bizonyos sötét előjelek értelmén tűnődve...

De Harry már nem figyelt rá. Most vette csak észre, hol vannak: jobbra tőlük a falikárpiton trollok balettoztak, és balra ott volt a sima, áthatolhatatlan kőfal, ami...

– A Szükség Szobájába próbált bejutni, tanárnő?

– ...melyek nemrég tárultak fel... Micsoda?

Trelawney rosszul megjátszott értetlenséggel pislogott.

– A Szükség Szobájába próbált bejutni? – ismételte meg a kérdést Harry.

– Nos... hát... nem tudtam, hogy a diákok ismerik...

– Nem mindenki. De mi történt? A tanárnő sikoltott. Azt hittem, baja esett.

– Nos hát... – Trelawney feszengve igazgatta kendőit, és szaporán pislogott hatalmasra felnagyított szemével. – Szerettem volna... öhm, elhelyezni bizonyos öhm... személyes tárgyakat a szobában... – És még motyogott valamit holmi rosszindulatú rágalmakról.

– Értem. – Harry az üres üvegekre pillantott. – De nem tudott bemenni, hogy elrejtse őket?

Ezt elég furcsának találta. Elvégre neki minden további nélkül kinyílt a Szükség Szobája, amikor be akarta vinni a Herceg könyvét.

– Ó, dehogynem, be tudtam menni – felelte Trelawney, haragos pillantást vetve a csupasz falra. – De valaki már volt odabent.

– Valaki már…? Ki? – kapott a szón Harry. – Ki volt odabent?

– Fogalmam sincs – felelte Trelawney, kissé meghökkenve Harry izgalmától. – Mikor beléptem a szobába, egy ember hangját hallottam. Ez még sosem fordult elő, pedig jó pár éve dugom el itt… öhm, jó pár éve használom a szobát.

– És mit mondott az az ember?

– Nem úgy tűnt, mintha bármit is mondana. Csupán… ujjongott.

– Ujjongooott…?!

– Mint akivel madarat lehetne fogatni – bólintott Trelawney.

– Férfi vagy nő hangja volt?

– Talán inkább férfié.

– És azt mondja, örült valaminek?

– Nagyon… – szipogta Trelawney.

– Olyan volt, mintha ünnepelne valamit?

– Egyértelműen.

– És aztán?

– Aztán megkérdeztem, ki az.

– Kérdés nélkül nem tudta volna kitalálni? – kérdezte kissé ingerülten Harry.

Trelawney megigazította kendőit és temérdek gyöngysorát.

– A belső szememet – válaszolt méltóságteljesen – méltóbb tárgyra szoktam szegezni holmi kurjongatások forrásánál.

– Értem – hagyta rá sietve Harry. Az évek során untig elég monológot hallgatott már végig Trelawney belső szeméről. – És megmondta a hang gazdája, hogy ki ő?

– Nem mondta meg – felelte a jósnő. – Egyszerre minden elsötétült, és azon kaptam magam, hogy kihajítanak a szobából!

– És ezt nem látta előre? – bukott ki a kérdés Harryből.

– Dehogy láttam, hisz mondom, elsötétült... – Trelawney elharapta a mondatot, és gyanakodva sandított Harryre.

– Ezt mindenképp jelentse Dumbledore professzornak – tanácsolta Harry. – Nem árt, ha tudja, hogy Malfoy ünnepel... vagyis... hogy valaki kidobta a tanárnőt a Szükség Szobájából.

Furcsamód erre Trelawney gőgösen kihúzta magát.

– Az igazgató úr értésemre adta, hogy túl gyakorinak tartja látogatásaimat – szólt hűvösen. – Én pedig nem kényszerítem a társaságom olyanokra, akik nem értékelik. Ha Dumbledore nem óhajtja meghallani a kártya figyelmeztető szavát...

Trelawney sovány ujjai váratlanul Harry csuklójára fonódtak.

– Mindig ugyanaz, újra meg újra, akárhogy rakom ki...

És színpadias mozdulattal egy kártyalapot húzott elő megannyi kendője alól.

– ...a villámsújtotta torony – suttogta. – Súlyos csapás... Katasztrófa... És egyre közeleg...

– Persze – bólogatott Harry. – Hát... én mégis úgy gondolom, hogy be kellene számolnia Dumbledore-nak arról a hangról, meg hogy minden elsötétült, és kidobták a szobából...

– Úgy véled? – Trelawney habozó arcot vágott, de szemlátomást hízelgőnek találta, hogy Harry ekkora jelentőséget tulajdonít kis kalandjának.

– Éppen Dumbledore-hoz megyek – folytatta Harry. – A szobájában vár rám. Ha gondolja, jöjjön velem.

Trelawney elmosolyodott.

– Nos, rendben. Nem bánom.

Lehajolt, gyorsan összeszedte a szétgurult sherrysüvegeket, és minden teketória nélkül beledobálta őket egy közeli falmélyedésben álló jókora kék-fehér mintás vázába.

– Hiányollak az óráimról, Harry – szólt nosztalgikusan ellágyulva, miután elindultak a folyosón. – Sose volt igazi érzéked a látáshoz... de valami csodálatos alany voltál...

Harry inkább nem válaszolt erre; annak idején kimondhatatlanul idegesítették a szörnyűbbnél szörnyűbb jövendölések, amelyekkel Trelawney bombázta.

– Az a gyanúm – folytatta a jósnő –, hogy a gebe... bocsánat: a kentaur – nem ért a kartomanciához. Megkérdeztem tőle – mint egyik látó a másiktól –, hogy ő nem érzékeli-e egy közeledő katasztrófa távoli rezgéseit. Erre úgy nézett rám, mint holmi bohócra. Ahogy mondom: mint egy bohócra!

Trelawney hangja a végére hisztérikus rikácsolássá torzult. Harry orrát erős sherryillat csapta meg, pedig már messze jártak az üvegektől.

– A ló talán hallotta azt a rágalmat, hogy nem örököltem az ük-ükanyám képességeit. Az irigyeim mindig is ezt terjesztették rólam. De tudod, mit mondok én erre, Harry? Engedett volna Dumbledore ebben a nagy múltú iskolában tanítani, megbízott volna bennem évek hosszú során át, ha nem lennék érdemes rá?

Harry udvariasságból motyogott valamit.

– Máig jól emlékszem első beszélgetésemre Dumbledoreral – folytatta fátyolos hangon Trelawney. – Mit mondjak, lenyűgözték a képességeim... A Szárnyas Vadkanban szálltam meg, amit egyébként nem ajánlok senkinek – sose tudd meg, fiam, milyen egy poloskás ágy –, de pénzszűkében lévén nem válogathattam. Dumbledore volt olyan kedves, és felkeresett a szobámban. Kérdéseket tett fel nekem. Be kell vallanom, kezdetben úgy éreztem, fenntartásai vannak a jövendőmondás művészetével szemben. Emlékszem, kissé el is szédültem, mert nem sokat ettem még aznap... de aztán...

Harry egész idő alatt most először figyelt oda igazán a jósnőre. Tudta, mi történt azokban a percekben: akkor mondta el Trelawney a próféciát, a róla és Voldemortról szóló jóslatot, ami gyökeresen megváltoztatta az ő, Harry életét.

– ...de aztán megzavart minket Perselus Piton!

– Micsoda?

– Zaj szűrődött be odakintről, aztán feltárult az ajtó, és ott állt az a bárdolatlan kocsmáros meg Piton, aki azt hajtogatta, hogy ő csak eltévedt az épületben – de én éltem a gyanúperrel, hogy rajtakapták, amint az ajtó előtt ácsorogva kihallgatta a beszélgetésünket – tudod, akkoriban ő is épp munkát keresett, és bizonyára azt remélte, hogy hasznos információkat szerezhet... Akárhogy is, ezek után Dumbledore készségesen alkalmazott engem, s hajlok rá, Harry, hogy azért tért jobb belátásra, mert a gátlástalan, törtető, kulcslyukaknál hallgatózó fiatalember láttán még jobban tudta értékelni a rám jellemző szerény modort és csendes tehetséget... Harry drágám?

Trelawney hátranézett a válla fölött, mert észrevette, hogy immár egyedül lépked a folyosón. Harry megtorpant, s ott állt három méterrel lemaradva.

– Harry...? – szólt ijedten Trelawney.

Harry csak állt, mint egy szobor, miközben pusztító hullámokban tört rá a döbbenet, kisöpörve mindent a fejéből azon az egy, szörnyű információn kívül, amit annyi éven át titkoltak előle...

Piton hallgatta ki a jóslatot! Piton vitte meg a hírt Voldemortnak! Piton és Peter Pettigrew szabadították rá Voldemortot Lily és James Potterre meg rá, Harryre...

– Harry…? – szólt újra Trelawney. – Harry… Nem jössz? Azt hittem, megyünk az igazgató úrhoz.

– Maga itt marad – motyogta zsibbadt szájjal Harry.

– De kedvesem… Hiszen el kell mondanom neki, hogy megtámadtak a Szükség…

– Maradjon itt! – ismételte dühösen Harry, azzal faképnél hagyta a riadt Trelawneyt. A sarkon befordult Dumbledore folyosójára, ahol a magányos kőszörny őrködött. Odakiáltotta a jelszót a szobornak, és már szaladt is felfelé a csigalépcsőn, hármasával szedve a fokokat. Nem kopogtatott a dolgozószoba ajtaján, hanem dörömbölt; és mire a nyugodt hang „szabad"-ot mondott, ő már berontott a szobába.

Fawkes, a főnix felé fordította fejét; a fekete szempárt aranysárgára festette a lemenő nap tükröződő fénye. Dumbledore az ablaknál állt, és a parkot szemlélte, karján egy hosszú, fekete utazóköpennyel.

– Nos, megígértem, hogy magammal viszlek, Harry.

Másodpercekbe telt, mire Harry felfogta a mondat értelmét. A beszélgetés Trelawneyval minden mást kisöpört a fejéből, és úgy érezte, nagyon lassan forog az agya.

– Elvisz… magával?

– Természetesen csak ha akarod.

– Ha…

Most jutott csak eszébe, eredetileg miért sietett annyira Dumbledore-hoz.

– Talált egyet, uram? Megtalálta az egyik horcruxot?

– Azt hiszem, igen.

A dühös indulat ádáz csatát vívott Harryben a csodálkozással és az izgalommal: másodpercekig nem tudott megszólalni.

– Nem kárhoztatlak, ha félsz – biztosította Dumbledore.

– Dehogy félek! – vágta rá Harry, és nem hazudott: sokféle érzés volt a szívében, de félelem egy csepp se. – Melyik horcrux van meg? És hol van?

– Nem tudom, hogy melyik az – bár a kígyót talán kizárhatjuk –, de szinte bizonyos vagyok benne, hogy egy barlangban van, messze innen, a tengerparton. Abban a barlangban, amit oly sokáig kerestem; abban, ahol Tom Denem egykor két árvaházi társát kínozta egy kirándulás alkalmával. Emlékszel?

– Igen – felelte Harry. – És mi védi a horcruxot?

– Nem tudom. Vannak sejtéseim, de könnyen lehet, hogy tévedek. – Dumbledore habozott, majd így folytatta: – Harry, a szavamat adtam, hogy magammal viszlek, és tartom is magam az ígéretemhez. De hiba volna nem figyelmeztetnem téged, hogy ez a kaland rendkívül veszélyes lesz.

– Önnel tartok! – jelentette ki eltökélten Harry, szinte még mielőtt Dumbledore befejezte a mondatot. Lángolt benne a gyűlölet Piton iránt, és az elmúlt pár percben tízszeresére nőtt benne a vágy, hogy valami vakmerő, kockázatos dolgot műveljen. Ez bizonyára látszott az arcán, mert Dumbledore visszahúzódott az ablakból, és ősz szemöldökét finoman ráncolva fürkészni kezdte őt.

– Mi történt, Harry?

– Semmi.

– Mi kavart fel így?

– Semmi bajom.

– Ugyan, Harry, sose voltál jó okklumentor…

Az utolsó szó fellobbantotta Harryben a harag lángját.

– Piton! – csattant fel. Fawkes felvijjogott a háta mögött. – Piton! Az történt! Ő beszélt Voldemortnak a jóslatról! Ő volt az! Ő hallgatózott az ajtónál, Trelawney elmondta!

Dumbledore arckifejezése nem változott meg, de Harry látni vélte, hogy elsápad a vörös maszk alatt, amit a lemenő nap fénye az arcára festett. A varázsló egy hosszú pillanatig hallgatott.

– Mikor tudtad meg ezt? – kérdezte végül.

– Most az előbb! – Harry nagyon nehezen állta meg, hogy ne kiabáljon, s indulata végül legyőzte önuralmát. – És ön engedi, hogy itt tanítson, mikor ő uszította Voldemortot a szüleimre!

Zihálva, mintha verekedett volna, elfordult Dumbledoretól, aki még mindig nem mozdult. Járkálni kezdett fel-alá az igazgatói szobában, öklével a tenyerét dörzsölte, és elkeseredett harcot vívott a késztetéssel, hogy mindent összetörjön maga körül. Ordibálni szeretett volna Dumbledore-ral – ugyanakkor vele akart menni, elpusztítani a horcruxot. Az ősz varázsló fejéhez akarta vágni, hogy hiszékeny, bolond vénember, amiért megbízik Pitonban – de félt, sőt rettegett tőle, hogy ha nem tudja fékezni dühét, Dumbledore nem viszi magával...

– Harry... – szólt csendesen az igazgató. – Kérlek, hallgass meg.

Harrynek legalább olyan nehezére esett abbahagyni a fel-alá járkálást, mint tartózkodni az ordítástól. Végül mégis megállt, ajkába harapott, és belenézett Dumbledore barázdált arcába.

– Piton professzor elkövetett egy szörnyű...

– Ne mondja, uram, hogy hiba volt! Az ajtónál hallgatózott!

– Kérlek, hallgass végig. – Dumbledore megvárta Harry mogorva biccentését, csak azután folytatta. – Piton professzor elkövetett egy szörnyű hibát. Azon az estén, amikor hallotta Trelawney professzor jóslatának első felét, még Voldemort nagyúr szolgálatában állt. Természetesen sietett urához a hírrel, hiszen a jövendölés nagyon is érdekelhette Voldemortot. De nem tudta – semmiképpen sem tudhatta –, hogy ki lesz az a fiúgyermek, akire Voldemort vadászni fog. Azt se láthatta előre, hogy közvetve a halálát okozza majd két olyan embernek, akiket ismer: az édesanyádnak és az édesapádnak...

Harry keserű kacajra fakadt.

– Gyűlölte az apámat, ahogy gyűlölte Siriust is! Nem vette észre, professzor úr, hogy akiket Piton gyűlöl, azok előbb-utóbb meghalnak?

– El sem képzelheted, Harry, milyen gyötrő bűntudatot érzett Piton professzor, amikor megtudta, hogyan értelmezte Voldemort nagyúr a jóslatot. Hiszem, hogy mélyen megbánta tettét, és hogy éppen ezért tért vissza a mi...

– De ő aztán nagyon jó okklumentor, nem igaz, uram? – Harry hangja remegett az elfojtott indulattól. – És Voldemort most is meg van győződve róla, hogy Piton az ő oldalán áll, nem? Professzor úr... honnan tudhatja, hogy Piton tényleg velünk van?

Dumbledore nem válaszolt rögtön. Úgy tűnt, mintha vívódna, s végül így felelt:

– Biztos vagyok benne. Tökéletesen megbízom Perselus Pitonban.

Harry mélyeket lélegzett, de nem sikerült lecsillapodnia.

– Hát én nem! – mondta szinte kiáltva. – Piton most is készül valamire Draco Malfoyjal, itt, az ön szeme láttára, és ön mégis...

– Ezt már megbeszéltük, Harry – váltott ismét szigorú hangra Dumbledore. – Közöltem veled az álláspontomat.

– Ön ma este is elmegy az iskolából, és biztosra veszem, meg se fordult a fejében, hogy Piton és Malfoy talán épp most fognak...

– Mit fognak? – vonta fel a szemöldökét Dumbledore. – Egészen pontosan mivel gyanúsítod őket?

– Azzal, hogy... hogy készülnek valamire! – Harry keze ökölbe szorult. – Trelawney professzor az előbb bent volt a Szükség Szobájában, a sherrysüvegeit akarta eldugni, és hallotta, hogy Malfoy kurjongat, ünnepel! Valami veszélyes dolgot próbált megjavítani odabent, és szerintem most sikerült neki, és ön elmegy az iskolából, és nem is...

– Elég! – emelte fel a kezét Dumbledore. Higgadt volt a hangja, Harry mégis azonnal elhallgatott, mert érezte, hogy most túl messzire ment. – Azt hiszed, egyszer is előfordult, hogy a távollétem idejére őrizetlenül hagytam a Roxfortot? Hát nem. És ha ma este elindulok, megint fokozott védelem alá kerül az iskola. Ne feltételezd, ha szabad kérnem, hogy nem ügyelek a diákjaim biztonságára.

– Én nem is azt... – kezdett védekezni Harry, de Dumbledore leintette.

– Nem óhajtok több szót vesztegetni erre.

Harry nem mert erősködni, mert máris félt tőle, hogy Dumbledore nem fogja magával vinni. Az igazgató azonban így folytatta:

– Tehát velem akarsz tartani ma este?

– Igen – felelte gyorsan Harry.

– Rendben. Akkor jól figyelj.

Dumbledore kihúzta magát.

– Egy feltétellel viszlek magammal: bármilyen parancsot kapsz tőlem, azonnal és kérdés nélkül teljesíted.

– Így lesz.

– Szeretném, ha pontosan értenéd, mire gondolok. Az olyan utasításokat is végre kell hajtanod, mint: menekülj, rejtőzz el és menj vissza. A szavadat adod, hogy engedelmeskedni fogsz?

– Hát... igen, persze...

– Ha azt mondom, rejtőzz el, elrejtőzöl?

– Igen.

– Ha azt mondom, menekülj, elmenekülsz?

– Igen.

– És ha azt mondom, hagyj ott engem, és mentsd a bőröd, azt is meg fogod tenni?

– Azt...

– Harry...?!

Egy pillanatig egymás szemébe fúrták tekintetüket.

– Igen, megteszem, uram.

– Jól van. Akkor most menj, és vedd magadhoz a köpenyt. Öt perc múlva találkozunk a bejárati csarnokban.

Azzal Dumbledore ismét a tűzfénybe vont ablak felé fordult. Harry kisietett a dolgozószobából, és leszaladt a csigalépcsőn. Egyszerre meglepően tisztának érezte a fejét: pontosan tudta, mit kell tennie.

Ront és Hermionét a klubhelyiségben találta.

– Mit akart Dumbledore? – kérdezte rögtön Hermione, majd nyugtalanul hozzátette: – Jól vagy, Harry?

– Jól vagyok – felelte Harry, miközben elsietett barátai mellett. Felszaladt a lépcsőn, berontott a hálóterembe, ott felcsapta ládája tetejét, és elővette a Tekergők Térképét meg egy zoknigombócot. Aztán már sprintelt is vissza a klubhelyiségbe, s ott egy pillanatra lefékezett elképedt barátai előtt.

– Nincs sok időm – zihálta. – Dumbledore azt hiszi, csak a varázsköpenyért jöttem. Figyeljetek...

Gyorsan elmondta, hova készülnek, és miért. Eleresztette a füle mellett Hermione rémült sikkantásait és Ron közbeszúrt kérdéseit; úgy gondolta, barátai ráérnek utólag kikövetkeztetni a részleteket.

– Ugye, értitek, mit jelent ez? – kérdezte az elhadart beszámoló végén. – Dumbledore nem lesz itt ma éjjel, úgyhogy Malfoy megint úgy érezheti, tiszta a levegő. Nem, nem, hallgassatok végig! – sziszegte, mivel Ronon és Hermionén is látszott, hogy közbe akar vágni. – Tudom, hogy Malfoy volt az, aki a Szükség Szobájában ünnepelt. Tessék... – Hermione kezébe nyomta a Tekergők Térképét. – Figyeljétek őt, és figyeljétek Pitont is. Vonjatok be a DS-ből mindenkit, akit elő tudtok keríteni! Az ál-galleonok még mindig működnek, nem? Dumbledore azt mondja, mikor nincs itt, az iskola fokozott védelem alatt áll. De ha Piton benne van az összeeskü-

526

vésben, ő tudja, miféle védelem ez, és hogyan kell kijátszani – arra viszont nem számít, hogy ti résen lesztek.

– Harry… – dadogta elkerekedett szemmel Hermione.

– Nincs időm vitatkozni – fojtotta belé a szót Harry. – Ezt is odaadom. – Azzal Ron kezébe nyomta a zoknigombócot.

– Kösz – hökkent meg Ron. – Öhm… zoknira miért lesz szükség?

– Arra lesz szükség, ami benne van, a Felix Felicisre. Osszátok el, és adjatok belőle Ginnynek is. Köszönjetek el tőle a nevemben. Most rohannom kell, Dumbledore vár…

– Nem! – ellenkezett Hermione, miközben Ron lenyűgözve elővette a parányi üveg aranyszínű bájitalt. – Ne add nekünk! Vidd magaddal, ki tudja, mi vár rád!

– Nekem nem kell, én Dumbledore-ral leszek – felelte Harry. – Titeket sokkal jobban féltelek… Ne nézz így rám, Hermione, visszajövök…

Azzal kiugrott a portrélyukon, és már szaladt is a bejárati csarnok felé.

Dumbledore a bejárati lépcsősor tetején állt, s amint a ziháló Harry lefékezett mellette, odafordult hozzá:

– Szeretném, ha felvennéd a köpenyt. – Megvárta, amíg Harry teljesíti a kérést. – Jól van, mehetünk.

Dumbledore fürge léptekkel elindult lefelé a kőlépcsőn. Utazóköpenye szinte meg se lebbent a mozdulatlan nyáresti levegőben. Harry a saját köpenye alatt rejtőzve loholt mellette; még mindig zihált, és patakokban folyt róla a víz.

– Nem baj, hogy látják önt elmenni, uram? – kérdezte, Pitonra és Malfoyra gondolva.

– Nem. Azt fogják hinni, hogy csak leugrom Roxmortsba egy italra – felelte kedélyesen Dumbledore. – Néha tiszteletemet teszem Rosmertánál, esetleg felkeresem a Szárnyas Vadkant… Vagy legalábbis úgy teszek, mintha odamennék. Ez tökéletes módszer valódi úti célom álcázására.

Puhán leszálló nyári alkonyban lépkedtek a parkon át kanyargó úton. A levegőt meleg fű, tóvíz és a Hagrid kunyhója felől érkező füst illata töltötte meg. Ilyen békés környezetben nehéz volt elhinni, hogy ahova mennek, ott veszélyes vagy rémisztő dolgok várnak rájuk.

– Professzor úr – szólalt meg Harry, amikor feltűnt az út végén a roxforti birtok kapuja –, hoppanálni fogunk?

– Igen – bólintott Dumbledore. – Gondolom, időközben megtanultad, hogy kell.

– Igen, de a vizsgát még nem tettem le.

Úgy érezte, most nincs helye a nagyzolásnak; elvégre mindent elrontana vele, ha a kitűzött úti céltól száz mérföldre bukkanna fel.

– Nem baj – mondta Dumbledore. – Akkor most is együtt hajtjuk végre.

Maguk mögött hagyták a kaput, és a Roxmortsba vezető néptelen dűlőúton folytatták útjukat. Most már rohamosan sötétedett, s mire a faluba értek, az ég már éjfekete volt. A főutca boltjai fölötti ablakokon álmos fény szűrődött ki, a Három Seprűben viszont, a hangokból ítélve, cseppet sem volt álmos a hangulat.

– ...és meg ne lássalak itt megint! – kiabálta Madam Rosmerta, miközben erővel eltávolított a kocsmából egy meglehetősen ápolatlan külsejű varázslót. – Ó, jó estét, Albus... Ilyen későn idelent?

– Jó estét, Rosmerta, jó estét... Bocsásson meg, de ezúttal a Szárnyas Vadkanba megyek. Ma este csendesebb környezetre vágyom...

Egy perccel később befordultak a másik fogadó utcájába. A Szárnyas Vadkan bejárata fölötti cégér nyikorgott egy kicsit, pedig a levegő meg se rezdült. A Három Seprűvel ellentétben itt egy árva hang se szűrődött ki az ajtón, mintha az ivó teljesen üres lenne.

– Nem kell bemennünk – dörmögte körülpillantva Dumbledore. – Csak az a fontos, hogy senki ne lásson minket eltűnni... Gyere, fogd meg a karomat! Nem kell olyan erősen, csupán vezetni foglak. Háromra indulunk – egy... kettő... három.

Harry megfordult a sarkán, és nyomban elfogta az a már ismert, szörnyű érzés, mintha áthúznák egy szűk gumicsövön. Nem kapott levegőt, teste szinte elviselhetetlen mértékben összenyomódott, azután, épp mikor már komolyan fuldokolni kezdett, a láthatatlan prés kinyílt, és hűvös, sós levegő hatolt a tüdejébe.

A barlang

Harry sós ízt érzett a szájában. Hullámok zaját hallotta, s a haját hűvös fuvallat borzolta fel. Mikor kinyitotta a szemét, holdfényben fürdő tenger és csillagos ég tárult fel előtte. Egy magas, sötét sziklatömbön állt, melyet tajtékozva ostromolt a víz. Hátrapillantva tekintete csupasz, fekete, arctalan sziklafalba ütközött. A vízből kibúvó zátonyok, köztük az is, amelyiken Dumbledore-ral álltak, a szirtfalból az idők során letört daraboknak tűntek. Kietlen, durva arcát mutatta itt a természet: csak tenger és sziklák, sehol egy fa, egy fűcsomó, sehol egy talpalatnyi homok.

– Mit szólsz? – kérdezte Dumbledore, mintha csak arról érdeklődne, hogy Harry alkalmasnak véli-e a helyet piknikezésre.

– Ide hozták el kirándulni az árvaházi gyerekeket? – csodálkozott Harry. El se tudott képzelni kevésbé vonzó úticélt.

– Nem egészen ide – felelte Dumbledore. – Van egy település ennek a hegyfoknak a tetején. Ha jól tudom, oda vitték el az árvákat, hogy egy kis tengeri levegőt szívjanak, és nézhessék a hullámokat. Nem, úgy vélem, ezen a helyen még soha senki nem járt Tom Denemen és a kis áldozatain kívül. Mugli nem jut el ide, hacsak nem kivételesen ügyes hegymászó, és csónakkal se lehet megközelíteni a zátonyokat, mert a hullámok túl veszélyesek. Úgy sejtem, Denem leereszkedett ide – varázslattal ez jóval könnyebb, mint kötéllel –, és magával hozott két gyereket is, nyilván mert örömét lelte a szenvedésükben. Elvégre számukra már az ide út is felérhetett egy kínzással, nem gondolod?

Harry megint felnézett a szirtfalra, és megborzongott.

– De Denem igazi úti célja – és a mienk is – valamivel odébb van. Gyere!

Dumbledore egy intéssel a sziklatömb széléhez invitálta Harryt. A zátony csipkézett oldalán apró kiszögellések kínáltak támaszt a lábnak, s vezettek le kisebb, a vízből alig kilátszó sziklákra, melyek viszont utat biztosítottak a szirtfal felé. A leereszkedés nem volt veszélytelen, s Dumbledore, aki csak a fél kezét tudta használni, igen lassan haladt. A lenti kis zátonyok vizesek, csúszósak voltak. Harry újra meg újra érezte, hogy sós permet legyinti meg az arcát.

– *Lumos* – szólt Dumbledore, mikor megérkezett a szirtfalhoz legközelebb eső zátonyra. Ezernyi aranyló csillám ragyogott fel a hullámzó, sötét vízen, alig egy méterrel a varázsló talpa alatt, s a fekete sziklafal egy része is kivilágosodott.

– Látod? – kérdezte Dumbledore, kicsit magasabbra emelve pálcáját. A szirtfalon egy repedés tátongott, az alja beleveszett a sötét vízbe.

– Nincs ellenedre, ha vizesek leszünk?

– Nincs.

– Akkor vedd le a varázsköpenyt – itt nincs szükség rá –, és merüljünk a habokba!

Dumbledore, mintha hirtelen évtizedeket fiatalodott volna, fürgén lecsusszant a zátonyról, bele a vízbe, hogy ott, világító pálcáját a foga közt tartva, szép, szabályos mellúszásban meginduljon a szirtfal hasadéka felé. Harry lehúzta magáról a köpenyt, a zsebébe tömte, és követte az ősz varázslót.

Jéghideg volt a víz; súlyos ruhái lomhán körüllebegték, lefelé húzták Harryt. Orrán át mélyeket szippantott a só és tengeri moszat illatával terhes levegőből, s úszni kezdett a fény után, mely immár a szirt belsejéből derengett felé, egyre távolodva.

A hasadék hamarosan sötét alagúttá tágult, olyasfélévé, amit dagálykor a mennyezetéig megtölt a víz. Alig egy méternyi távolság volt a pálca világában szurokfeketén csillogó, síkos falak között. Nem sokkal beljebb a járat elkanyarodott balra, s ott már látszott, hogy az alagút hosszan folytatódik a szikla gyomrában. Harry kitartóan úszott Dumbledore után; dermedt ujjai minden tempónál az érdes sziklafalat súrolták.

Aztán látta, hogy Dumbledore kiemelkedik a vízből: csak úgy világított ősz haja és ázott, fekete ruhája. Hamarosan Harry is elérte azt a helyet, s ott természet faragta lépcsőfokokat talált, melyek egy tágas barlangterembe vezettek fel. Felkapaszkodott rajtuk, és vadul didergve felegyenesedett a dermesztő hidegben. Ruhájából megannyi patakban folyt a víz – Dumbledore akkor már a sziklaterem közepén állt, és lassan körbefordulva, a feje fölé emelt pálcával, a barlang falát és mennyezetét vizsgálta.

– Igen, ez az a hely – mondta.

– Honnan tudja? – Harry önkéntelenül suttogva szólalt meg.

– Varázslat közelségét érzem – hangzott az egyszerű felelet.

Harry nem tudta eldönteni, hogy azért reszket-e, mert csontig átfagyott, vagy mert ő is érzékeli a mágia kisugárzását. Figyelte Dumbledore-t, aki továbbra is egy helyben forgott, nyilvánvalóan olyan dolgokat keresve, amelyeket Harry nem láthatott.

– Ez csak az előcsarnok – állapította meg néhány másodperc múlva Dumbledore. – Tovább kell mennünk a belső helyiségbe. A természetes akadályok után most azok következnek, amelyeket Voldemort állított elénk.

Dumbledore most a barlang falához lépett, és megfeketedett ujjainak hegyével könnyedén simogatni kezdte a sziklát, mintha egy hatalmas állatot cirógatna. Közben folyamatosan motyogott valamit egy Harry előtt ismeretlen, egzotikus hangzású nyelven. Két teljes kört tett meg a fal mentén, precíz alapossággal letapogatva a szikla szinte minden pontját; egyes részeknél elidőzött, többször végigfuttatta rajtuk ujjait. Végül megállt, és a sziklafalra helyezte tenyerét.

– Itt – szólt. – Ezen a helyen fogunk átmenni. Itt van az álcázott bejárat.

Harry nem kérdezte meg, honnan tudja. Bár sosem látott még varázslót puszta szemrevételezéssel és tapogatással vizsgálódni, az évek során megtanulta, hogy a durranások és füstgomolyagok a legtöbb esetben inkább az ügyetlenség, semmint az igazi tudás jelei.

Dumbledore kissé hátrahúzódott, majd rászegezte a pálcáját a barlang falára. A sziklán egy boltív fehéren izzó vonala ragyogott fel – úgy festett, mint egy repedés, amin a túloldalról ragyogó fény hatol át.

– S-s-sikerült! – vacogta Harry, de mire kimondta a szót, a fényes vonal már el is tűnt, s a sziklafal ismét tömör, csupasz és sötét volt. Dumbledore Harryre pillantott.

– Ejnye, bocsáss meg, elfeledkeztem rólad – szólt, s könnyedén intett egyet a pálcájával. Harry ruhái abban a szempillantásban megszáradtak, és úgy átmelegedtek, mintha frissen vasalták volna őket.

– Köszönöm – hálálkodott Harry, de Dumbledore addigra már ismét a sziklafallal foglalkozott. Nem próbált ki több varázslatot, csak állt, és merően nézte a követ, mintha valami nagyon érdekes dolog volna ráírva. Harry meg se moccant – nem akarta zavarni Dumbledore-t a koncentrálásban.

Két hosszú perc telt el így. Azután Dumbledore ezt dünnyögte:

– Csak nem? Ejnye, de primitív.

– Miről beszél, professzor úr?

– Attól tartok... – Dumbledore ép kezével benyúlt a talárja alá, és előhúzott egy rövid pengéjű ezüstkést – affélét, amilyet Harry bájitaltan órán a hozzávalók aprítására használt. – ...hogy belépti díjat kell fizetnünk.

– Belépti díjat? – csodálkozott Harry. – Adni kell valamit az ajtónak?

– Igen. Mégpedig vért, ha nem tévedek.

– Vért?

– Mondom: primitív megoldás. – Dumbledore ezt lenézően, mi több, csalódottan mondta, sejtetve, hogy többet várt Voldemorttól. – Mint bizonyára kitaláltad, az a szándék rejlik mögötte, hogy az ellenség meggyengülve lépjen be az ajtón. Voldemort nagyúr, mint ez is mutatja, nincs tudatában annak, hogy a testi sérülés korántsem a legrosszabb dolog...

– Nem, de ha el lehet kerülni... – kezdte vonakodva Harry, aki elég fizikai fájdalmat szenvedett már el ahhoz, hogy ne vágyjon többre.

– Van úgy, hogy nem lehet elkerülni – felelte Dumbledore, azzal felhúzta talárujját, szabaddá téve a karját megfeketedett keze fölött.

– Professzor úr! – tiltakozott Harry, s odasietett a kését emelő Dumbledore-hoz. – Inkább majd én! Én...

Nem tudta, mit akar mondani: hogy ő erősebb, fiatalabb? Dumbledore azonban csak mosolygott. Egy ezüst villanás, egy vörös fröccsenés, s a sziklafalat máris sötét, csillogó cseppek pöttyözték.

– Nagyon kedves vagy, Harry – szólt Dumbledore, miközben végighúzta pálcája hegyét a karján ejtett mély vágás fölött. A seb, csakúgy mint Malfoy sérülései Piton varázslata nyomán, néhány másodperc alatt begyógyult. – De a te véred értékesebb az enyémnél. Á, úgy látom, teljesítettük az elvárást.

A barlang falán ismét felizzott a fehér boltív, és ezúttal nem csak egy múló pillanatra. A vérrel befröcskölt sziklarész, amit az ív körülfogott, eltűnt, s éjfeketén ásító nyílás maradt a helyén.

– Előre megyek.

Dumbledore átsétált a boltív alatt. Harry követte, miután gyorsan meggyújtotta pálcáját a lumos-bűbájjal.

Az átjáró túloldalán döbbenetes látvány fogadta őket: sötét vizű barlangi tó, de olyan hatalmas, hogy túlsó partja a homályba veszett. Szintúgy nem látszott annak az óriási barlangteremnek a mennyezete sem, amiben a tó elterült. Messze a parttól, talán az irdatlan víztükör közepe fölött, valami világított; elmosódott, zöldes fénye rezzenetlenül verődött vissza a sima vízfelszínről. Ez és a két világító pálca törte meg csupán az egyébként mindent elborító feketeséget, s mintha a pálcák fénye se hatolt volna olyan messzire, mint máskor: a sötétség valahogy sűrűbbnek tűnt a természetesnél.

– Menjünk – szólt csendesen Dumbledore. – Nagyon vigyázz, nehogy belelépj a vízbe, és mindig maradj a közelemben.

Azzal elindult a tavat szegélyező keskeny sziklaperemen, s Harry az utasításhoz híven a nyomába szegődött. Lépteik zaja visszhangot vert a hatalmas barlangteremben. Kitartóan haladtak előre, de a látvány nem változott: jobboldalt a csupasz sziklafal, balra a tükörsima, üvegszerű tó, közepén a sejtelmes, zöld derengéssel. Harry nyomasztónak érezte a helyet és félelmetesnek a túlvilági csendet.

– Professzor úr...! – szólalt meg nagy sokára. – Ön szerint itt van a horcrux?

– Ó igen – felelte Dumbledore. – Biztos vagyok benne, hogy itt van. A kérdés csak az, hogyan férhetünk hozzá.

– Nem lehet... nem lehetne megpróbálni begyűjtő bűbájjal?

Harry sejtette, hogy ez ostoba kérdés, de arra alkalmasnak tűnt, hogy kifejezze, mennyire szeretné mihamarabb a háta mögött tudni ezt a helyet.

– Dehogynem – felelte Dumbledore, s hirtelen megtorpant, úgyhogy Harry kis híján beleütközött. – Próbáld csak meg.

– Én? Öh… rendben…

Harryt váratlanul érte a feladat, de gyorsan összeszedte magát. Megköszörülte a torkát, előreszegezte a pálcáját, és határozott hangon kimondta a varázsigét:

– *Invito horcrux!*

Hat méterre tőlük mintha felrobbant volna a víz: valami nagy és fakó dolog emelkedett ki belőle, hogy aztán hangos loccsanással visszazuhanjon, súlyos hullámokat küldve a part felé. Harry rémületében ösztönösen hátraugrott, neki a sziklafalnak, s vadul kalapáló szívvel fordult Dumbledore-hoz:

– Mi volt ez?

– Olyasvalami, ami nem nézi tétlenül, ha kísérletet teszünk a horcrux megszerzésére.

Harry a tóra pillantott. A víztükör ismét olyan sima volt, akár egy üveglap – a hullámok természetellenes gyorsasággal eltűntek róla. Harry szívverése annál nehezebben akart lelassulni.

– Ön tudta, hogy ez fog történni, uram?

– Csak azt tudtam, hogy valami történni fog, ha efféle próbálkozást teszünk. Kitűnő ötlet volt, Harry: így tudtuk a legegyszerűbben kideríteni, mivel állunk szemben.

– De hát nem tudjuk, mi az a valami – pillantott ismét a vészjóslóan mozdulatlan víztükörre Harry.

– Illetve hogy mik azok a valamik – pontosított Dumbledore. – Erősen kétlem, hogy csak egy ilyen lenne a tóban. Továbbmegyünk?

– Professzor úr…

– Tessék, Harry.

– Ön szerint bele kell majd mennünk a vízbe?

– A vízbe? Az elég nagy baj lenne.

– Nem lehet, hogy a horcrux a tó fenekén van?

– Nem, úgy vélem, inkább a közepén.

Azzal Dumbledore az elmosódott zöld fény felé mutatott.

– Akkor hát be kell mennünk oda, hogy megszerezhessük?

– Több mint valószínű.

Harry erre már nem mondott semmit. Egy szempillantás alatt óriási kígyók, démonok, kelpik, manók és egyéb víziszörnyek képei árasztották el képzeletét...

– Aha...

Dumbledore ismét megtorpant; Harry ezúttal valóban nekiment, s megtántorodott kissé az ütközéstől. Egy pillanatig félő volt, hogy a sötét vízbe szédül, de Dumbledore ép kezével megragadta a karját, és visszahúzta.

– Ne haragudj, Harry, szólnom kellett volna, hogy megállok. Kérlek, húzódj a sziklafalhoz! Azt hiszem, megtaláltam a helyet.

Harry el se tudta képzelni, miféle helyről lehet szó. A part – számára legalábbis – ugyanolyan volt, mint a már bejárt szakaszon mindenütt. Dumbledore azonban minden jel szerint felfedezett itt valami különlegeset. Ezúttal nem a sziklafalon húzta végig a kezét, hanem a levegőben, a sötétben tapogatózó ember mozdulatával.

– Hohó! – szólalt meg örvendezve néhány másodperc múltán. Ujjai ráfonódtak valami láthatatlan dologra. Közelebb lépett a vízhez; Harry aggódva látta, hogy csatos cipőjének orra immár túllóg a sziklapárkány peremén. Dumbledore fél kezét begörbített ujjakkal a levegőben tartotta, a másikkal felemelte pálcáját, s a hegyével rákoppintott az öklére.

Egy vastag, megzöldült fémlánc bontakozott ki a semmiből. Egyik vége Dumbledore kezében volt, a másik valahol a tó mélyén. A varázsló most ráütött a láncra, mire az siklani kezdett a markán át; a szabad vége lazán lelógott, s visszhangzó csörgéssel gyűrűbe ereszkedett a sziklapárkányon. A Dumbledore keze és a vízfelszín közötti láncszakasz viszont feszes volt, mintha felfelé húzna valamit a tó sötét mélyéből, s néhány másodperc múlva – Harry álmélkodva felnyögött – egy kis csónak bukott a felszínre. Ugyanolyan patinazöld volt, mint a lánc, s olyan súlytalanul lebegett a tavon, hogy alig mozdult körülötte a víz, miközben a part felé siklott.

– Honnan tudta, hogy ez itt van? – kérdezte még mindig álmélkodva Harry.

– Minden varázslat nyomot hagy maga után – felelte Dumbledore, miután a csónak finom zökkenéssel a partnak ütközött. – Némelyik igen jellegzetes nyomot. Tanítottam Tom Denemet, ismerem a stílusát.

– És ez... ez a csónak biztonságos?

– Meggyőződésem, hogy igen. Voldemortnak úgy kellett intéznie, hogy ha ő maga valami okból hozzá akar jutni a horcruxhoz, ne akadályozhassák ebben a lények, amelyeket ő maga telepített a tóba.

– Tehát azok a valamik nem fognak bántani minket, ha Voldemort csónakjában kelünk át a tavon?

– Nos, nem árt számolni vele, hogy egy adott pillanatban rájönnek a turpisságra. De egyelőre elégedettek lehetünk: engedték, hogy kihúzzuk a csónakot.

– De hát miért engedték? – kérdezte Harry, aki nem tudott szabadulni a rémisztő képzettől, hogy amint vízre szállnak, polipkarok erdeje bukkan majd körülöttük a felszínre.

– Voldemort bizonyára úgy vélte, s nem is alaptalanul, hogy a csónakra csak egy kivételesen nagy tudású varázsló találhat rá – válaszolt Dumbledore. – Valószínűtlennek érezte, hogy egy ilyen ember ide vetődik, vállalta hát a kockázatot, tudván, hogy egyéb akadályokat is állított, amelyeket viszont csak ő maga tud legyőzni. Majd meglátjuk, igaza volt-e.

Harry a csónakra nézett. Az nagyon kicsi volt...

– Nem úgy tűnik, mintha két személyre tervezték volna. Kibír ez kettőnket? Nem vagyunk túl nehezek?

Dumbledore nevetett.

– Voldemort bizonyára nem kilogrammokban gondolkodott, inkább az érdekelte, hogy mennyi varázserő kel át a tavon. Valószínűbbnek tartom, hogy a csónakon olyan bűbáj ül, ami biztosítja, hogy egyszerre csak egy varázsló közlekedhessen benne.

– De hát akkor?

– Nem hinném, hogy te számítasz, Harry. Kiskorú vagy, és képzetlennek minősülsz. Voldemortban bizonyára fel se merült, hogy egy tizenhat éves gyerek eljuthat ide. Csodálkoznék, ha az enyém mellett érzékelné a varázserődet a csónak.

Ezek a szavak a legkevésbé sem erősítették Harry önbizalmát, s erre talán Dumbledore is rájött, mert hozzátette:

– Újabb tévedés Voldemort részéről... botor és feledékeny a felnőtt elme, amikor lebecsüli az ifjúságot... Kérlek, te szállj be elsőként, és vigyázz, hogy ne érj a vízhez.

Dumbledore félreállt, majd miután Harry bemászott a csónakba, letette a láncot, és maga is beszállt. Nagyon szűk volt a hely kettejüknek – Harry nem is tudott kényelmesen ülni, csak kuporgott, s még így is a víz fölé lógott a térde. A csónak azonnal mozgásba lendült – orra szinte zajtalanul hasította a vizet; magától siklott, mintha láthatatlan kötél húzná a derengő, messzi fény felé.

A partot hamarosan elnyelte a sötétség; csak a hullámok hiányoztak hozzá, hogy Harry a tenger közepén érezze magát. Lenézett a vízre, amelyen szikrázva, csillogva tükröződött pálcájának aranyló lángja. A csónak mély hullámárkot vágott a tavon, barázdát szántott a feketeségbe...

És akkor megpillantott valamit: márványfehér volt, és néhány centivel a felszín alatt lebegett.

– Professzor úr! – Riadt hangja zengve visszhangzott a néma víz fölött.

– Igen, Harry?

– Azt hiszem, egy kezet láttam a vízben – egy emberi kezet.

540

– Igen, bizonyára úgy volt – felelte nyugodtan Dumbledore. Harry elszorult torokkal meredt a vízre, kereste az eltűnt kezet.

– Akkor hát az, ami kiugrott a vízből...?

Megkapta a választ, mielőtt Dumbledore felelhetett volna. A pálca tavon sikló fényköre egy halott férfit világított meg. A holttest arccal felfelé, közvetlenül a felszín alatt lebegett. Nyitott szeme homályos volt, mintha pókháló vonta volna be, haja és talárja füst módjára terjedt szét körülötte.

– Itt hullák vannak! – rémüldözött Harry. Szokatlanul vékonynak hallotta a saját hangját, mintha nem is az övé volna.

– Igen – hagyta rá higgadtan Dumbledore. – De pillanatnyilag nem kell tartanunk tőlük.

– Pillanatnyilag? – visszhangozta Harry, s levette tekintetét a vízről, hogy Dumbledore-ra meredjen.

– Amíg békésen lebeg alattunk – magyarázta a varázsló –, nincs miért félnünk egy holttesttől, ahogy nincs miért félnünk a sötétségtől sem. Voldemort ezt nem ismeri el, hiszen ő titkon mindkettőtől retteg. Ami megint csak a bölcsesség hiányáról tanúskodik. A halálra és a sötétségbe pillantva az ismeretlentől félünk, semmi mástól.

Harry hallgatott. Nem akart vitatkozni Dumbledore-ral, de a maga részéről borzalmasnak találta, hogy hullák úszkálnak körülöttük és alattuk, mellesleg kizártnak tartotta, hogy nem veszélyesek.

– De hát az egyik kiugrott a vízből... – mondta, nyugalmat erőltetve a hangjára. – Mikor szólítottam a horcruxot, az egyik hulla kiugrott a vízből.

– Igen... Biztosra veszem, hogy ha magunkhoz vesszük a horcruxot, már nem lesznek ilyen békések. Csakhogy, mint a hideg és sötét helyek lakói általában, ezek is félik a fényt és a meleget, úgyhogy szükség esetén ezeket hívjuk majd segítségül ellenük. A tűzre gondolok, Harry – tette hozzá Dumbledore, válaszul Harry értetlenkedő arckifejezésére.

– Ja... persze – felelte gyorsan Harry. Elfordult, és a zöld fényre nézett, amely felé közeledtek. Már nem is próbálta elhitetni magával, hogy nem fél. Ez a nagy fekete tó, teli hullákkal... Úgy érezte, mintha napok múltak volna el azóta, hogy találkozott Trelawney professzorral, hogy átadta Ronnak és Hermionénak a Felix Felicist. Most már bánta, hogy nem búcsúzott el tőlük rendesen. Ginnyvel nem is találkozott.

– Mindjárt megérkezünk – jelentette kedélyesen Dumbledore.

És valóban, a zöld fényfolt végre nőni kezdett. Néhány perccel később a csónak megállt; finoman nekiütközött valami sötét dolognak, amiről Harry, miután a magasba emelte világító pálcáját, megállapította, hogy az egy nagy, sima szikla – sziget a tó közepén.

– Vigyázz, hogy ne érj a vízhez! – figyelmeztette ismét Dumbledore a csónakból kiszálló Harryt.

A sziget nagyjából akkora volt, mint Dumbledore dolgozószobája, s nem volt rajta semmi más, csak a zölden világító valami. A fény így közelről tisztábban és erősebben ragyogott. Harry hunyorogva belenézett. Arra számított, hogy valamiféle lámpát fog látni, de ehelyett egy talapzatot, s azon egy, a merengőhöz hasonló kis kőtálat pillantott meg. A fény forrása a tál volt.

Dumbledore odasétált a talapzathoz. Harry követte, s együtt néztek bele a tálba. Az félig volt valamilyen foszforeszkáló, smaragdzöld folyadékkal.

– Mi ez? – kérdezte halkan Harry.

– Nem tudom – csóválta a fejét Dumbledore. – De mindenképp aggasztóbb dolog, mint a vér és a halottak.

Az öreg varázsló felhúzta talárja ujját megfeketedett keze fölött, és megégett ujjai hegyét közelíteni kezdte a bűvös folyadék felszínéhez.

– Ne, uram, ne nyúljon bele!

542

– Nem is tudok. – Dumbledore halványan elmosolyodott. – Látod? Ennél jobban nem lehet megközelíteni. Próbáld meg te is.

Harry óvatosan belenyúlt a kőtálba. A folyadék felszínétől egy centire az ujja valami láthatatlan dolognak ütközött, s bárhogy erőlködött, nem tudta áttörni a tömör, merev lappá sűrűsödött levegőt.

– Kérlek, állj félre! – szólt Dumbledore.

Felemelte pálcáját, és bonyolult mozdulatokat írt le vele a kőtál fölött. Nem történt semmi azon kívül, hogy a varázsfolyadék talán egy kicsit még fényesebben ragyogott. Harry csendben maradt, amíg Dumbledore dolgozott. Csak akkor szólalt meg, miután a varázsló leeresztette pálcáját.

– Úgy gondolja, hogy a horcrux a folyadékban van, uram?

– Igen. – Dumbledore elmélyülten szemlélte a tál tartalmát.

– De hogyan vegyük ki? Kézzel nem lehet belenyúlni a folyadékba... Nem tudom átváltoztatni, eltüntetni, megnyitni, felemelni, se kiszippantani. Nem változtatja meg a természetét semmilyen bűbáj hatására.

Dumbledore szinte szórakozottan felemelte a pálcáját, leírt a hegyével egy kis kört a levegőben, majd megfogta a kristálykelyhet, amit a semmiből varázsolt elő.

– Csak arra tudok következtetni, hogy a folyadékot meg kell inni.

– Micsoda? – rémüldözött Harry. – Dehogy!

– De bizony. Csak a folyadékot elfogyasztva üríthetjük ki a tálat, és láthatjuk meg, mi van a fenekén.

– De mi van, ha... ha halálos méreg?

– Ó, kétlem, hogy az volna – felelte csevegő hangon Dumbledore. – Voldemort nagyúr bizonyára nem akarja megölni azt az embert, aki eljutott a szigetre.

Harry nem akart hinni a fülének. Lehet annyira rögeszmés Dumbledore, hogy még ebben a helyzetben is az emberekben lakozó jóságra apelláljon?

– De uram… Voldemortról beszélünk!

– Bocsáss meg, Harry: azt akartam mondani, hogy nem akarja azonnal megölni a betolakodót – helyesbített Dumbledore. – Bizonyára életben kívánja tartani, legalább addig, amíg megtudja tőle, hogyan sikerült legyőznie az összes eddigi akadályt, és ami még fontosabb: hogy miért akarja mindenáron kiüríteni a kőtálat. Ne feledd, hogy Voldemort azt hiszi, csak ő tud a horcruxairól.

Harry válaszolni akart, de Dumbledore csendre intette, s szemöldökét kissé összehúzva, töprengő arccal tovább kémlelte a smaragdzöld folyadékot.

– A varázsital – folytatta végül – kétségkívül azt a célt szolgálja, hogy ne tudjam magamhoz venni a horcruxot. Valamilyen módon tehetetlenné tesz: megbénít, feledteti velem, miért jöttem, vagy talán elviselhetetlen fájdalmat okoz. Ebből következően rád vár a feladat, Harry, hogy megitasd velem a bájitalt, még ha erővel kell is a számba töltened. Megértetted?

Tekintetük találkozott a kőtál fölött. Arcuk sápadtan ragyogott a különös zöld fényben. Harry nem válaszolt. Hát ezért kellett eljönnie? Hogy belediktáljon Dumbledore-ba egy olyan bájitalt, ami talán kibírhatatlan szenvedést okoz neki?

– Emlékezz csak, milyen feltétellel hoztalak magammal!

Harry habozva nézett a kék szempárba, melyet most zöldre festett a foszforeszkáló folyadék fénye.

– De mi lesz, ha…

– Megígérted, hogy követni fogod az utasításaimat, bármit kérjek is.

– Igen, de…

– Figyelmeztettelek, hogy veszélyes helyzetekbe kerülhetünk, nem?

– Igen – bólintott Harry –, de…

– Nahát akkor… – Dumbledore ismét felhúzta talárja ujját, és felemelte a kristálykelyhet. – Megkaptad az utasítást.

– Miért nem ihatom meg én a bájitalt? – kérdezte kétségbeesve Harry.

– Mert én öregebb, okosabb és nélkülözhetőbb vagyok, mint te – felelte Dumbledore. – Utoljára kérdem: a szavadat adod, hogy minden szükséges eszközt bevetve megitatod velem a bájitalt?

– Nem lehetne…

– A szavadat adod?

– De…

– A szavadat adod, Harry?!

– Igen… igen, de…

Mielőtt azonban tovább ellenkezhetett volna, Dumbledore a bájitalba merítette a kristálykelyhet. Harry egy fél másodpercig még reménykedett benne, hogy ez nem fog sikerülni, de a kehely akadálytalanul hatolt a folyadékba, s mikor megtelt, Dumbledore nyomban a szájához emelte.

– Egészségedre, Harry.

Azzal fenékig ürítette a kelyhet. Harry borzadva meredt rá. Közben a kőtál peremét markolta, de olyan erősen, hogy belezsibbadtak az ujjai.

– Professzor úr? – szólalt meg aggódva, miután Dumbledore leeresztette a kelyhet. – Hogy érzi magát?

Dumbledore behunyt szemmel állt, és a fejét rázta. Az arca nem árulta el, hogy érez-e fájdalmat. Vakon a tál felé nyúlt, merített egy második pohárral, és azt is megitta.

Azután harmadszor is kiürítette a kelyhet. Már a negyedik adagot itta, amikor hirtelen megtántorodott, és nekiesett a kőtálnak. A szeme még mindig csukva volt, a légzése zihálássá gyorsult.

– Dumbledore professzor? – szólt elszorult torokkal Harry. – Hall engem?

Dumbledore nem felelt. Az arca úgy rángatózott, mintha aludna, és lidérces álom gyötörné. A kelyhet markoló keze ernyedni kezdett, félő volt, hogy kiömlik a bájital. Harry odakapott, és megfogta a kelyhet.

– Hallja, amit mondok, professzor úr? – ismételte, immár hangosabban.

Dumbledore tovább zihált, majd megszólalt, de olyan hangon, amire Harry nem ismert volna rá: sose hallotta még rettegni Dumbledore-t.

– Nem akarok... ne kényszeríts...

Harry rámeredt a jól ismert, most falfehér arcra, a horgas orra, a félhold-szemüvegre. Nem tudta, mit tegyen.

– Nem jó... elég volt... – nyöszörögte Dumbledore.

– Nem lehet... nem hagyhatja abba, uram! – mondta Harry. – Tovább kell innia. Ön mondta, hogy meg kell innia az egészet. Tessék...

Harry irtózott attól, amit csinál, de Dumbledore szájához tolta a kelyhet, s a varázsló meg is itta, ami még benne volt.

– Ne... – nyögte Dumbledore, miközben Harry újratöltötte a kristálypoharat. – Nem akarom... nem akarom... engedj...

– Nyugodjon meg, professzor úr! – Harrynek remegett a keze. – Ne féljen, itt vagyok...

– Nem bírom tovább... – motyogta Dumbledore.

– Ettől... ettől majd elmúlik – hazudta Harry, és a varázsló nyitott szájába öntötte a bájitalt.

Dumbledore felordított; hangja visszhangozva szállt a hatalmas barlangteremben, a halott, fekete víz fölött.

– Nem, nem, nem... nem... nem tudok... nem tudok, ne kényszeríts rá, nem akarom...

– Semmi baj, uram, semmi baj! – bizonygatta emelt hangon Harry. Annyira remegett a keze, hogy alig tudta kimerni a hatodik pohár folyadékot. A tál már félig üres volt. – Nem történik önnel semmi rossz, biztonságban van, csak képzelődik, esküszöm, hogy csak képzelődik! Tessék, igya meg...

És Dumbledore engedelmesen ivott, mintha Harry gyógyszerrel kínálta volna, de miután kiürítette a kelyhet, térdre rogyott, és vadul reszketni kezdett.

– Én tehetek róla... én tehetek róla – zokogta. – Könyörgök, hagyd abba, tudom, hogy rosszat csináltam, csak múljon el végre, soha többet, soha többet...

– Ettől elmúlik, professzor úr – mondta elcsukló hangon Harry, miközben Dumbledore szájába öntötte a hetedik pohár bájitalt.

Dumbledore rettegve összehúzta magát, mintha láthatatlan kínvallatók vennék körül. Hadonászó kezével majdnem kiütötte Harryéből az újratöltött kelyhet.

– Ne bántsd őket! – rimánkodott. – Könyörgök, ne bántsd őket! Mindenről én tehetek, engem bánts inkább...

– Tessék, igya meg ezt, igya meg, ettől jobban lesz! – unszolta elkeseredetten Harry, és Dumbledore ismét engedelmeskedett: kinyitotta a száját, pedig egész testét rázta a remegés. A szeme csukva maradt, s miután megitta az italt, arcra bukott, megint felordított, és öklével csapkodni kezdte a sziklát. Harry közben kilencedszerre is telemerítette a kelyhet.

– Könyörgök, könyörgök, ne... csak ezt ne, bármit megteszek, csak ezt ne...

– Igya csak meg, professzor úr, igya meg...

Dumbledore úgy ivott, akár a szomjazó gyermek, de mikor a kehely kiürült, fájdalmasan felüvöltött, mintha tüzet öntöttek volna le a torkán.

– Nem kell több, nem akarok többet...

Harry tizedszerre is megmerítette a kelyhet. Az üveg ezúttal már súrolta a kőtál alját.

– Mindjárt túl leszünk rajta, professzor úr. Igya meg ezt, igya meg...

Harry lekuporodott Dumbledore mellé, fél kézzel megtámasztotta a vállát, s a varázsló ismét ivott. Harry felállt, s miközben megtöltötte a kelyhet, Dumbledore az addiginál is kétségbeesettebb ordításban tört ki.

– Meg akarok halni! Meg akarok halni! Legyen vége, nem bírom tovább, meg akarok halni!

– Igya meg, professzor úr, igya meg...

Dumbledore engedelmesen ivott, de alighogy lenyelte az utolsó kortyot, már üvöltött is:

– Ölj meg!

– Ez-ez... ettől vége lesz – dadogta Harry. – Igya csak meg... ettől... ettől vége lesz!

Dumbledore mohón kortyolva az utolsó cseppig kiitta a kehely tartalmát. Utána egyetlen mély, hörgő lélegzetet vett, és az oldalára fordulva elterült a sziklán.

– Nem! – ordította Harry. Előzőleg felállt, hogy megtöltse a poharat, de most beleejtette a kőtálba, lekuporodott Dumbledore mellé, és a hátára fordította. A varázsló szemüvege félrecsúszott, a szája kinyílt, a szeme csukva volt.

– Nem! – ismételte kétségbeesetten Harry, és megrázta az ernyedt testet. – Nem, nem halhat meg, azt mondta, nem méreg, ébredjen, ébredjen... Renervate! – kiabálta, pálcáját Dumbledore mellkasának szegezve. Piros fény villant, de nem történt semmi. – Renervate... uram... könyörgök...

Dumbledore szempillája megrebbent. Harrynek hatalmasat dobbant a szíve.

– Uram...

– Vizet – hörögte Dumbledore.

– Vizet – zihálta Harry. – Vizet... igen...

Talpra szökkent, és kikapta a kőtálból a kelyhet. Látta, hogy egy arany medál fekszik alatta, de nem törődött vele.

– Aguamenti! – kiáltotta, és megdöfte pálcájával a kelyhet.

A pohár nyomban megtelt tiszta vízzel. Harry térdre ereszkedett, felemelte Dumbledore fejét, és a szájához tartotta a poharat – de az üres volt. Dumbledore zihálva nyöszörgött.

– De hát volt benne... várjon... Aguamenti!

548

Harry ismét a pohárra bökött a pálcával, s az ismét megtelt, de ahogy Dumbledore szájához közelítette, a víz eltűnt.

– Próbálok, uram, próbálok! – bizonygatta kétségbeesetten Harry, bár gyanította, hogy Dumbledore nem hallja, amit mond – az öreg varázsló megint az oldalára fordult, és a haldoklók mély, hörgő sóhajait hallatta. – *Aguamenti! Aguamenti! Aguamenti!*

A kehely megint megtelt, majd megint kiürült. Dumbledore légzése elcsendesedett, de ez még riasztóbb volt, mint a halálhörgés. Harry pániktól zakatoló agyába belehasított a felismerés: ezt akarta Voldemort, pontosan ezt akarta: hogy csak egy módon juthasson vízhez...

Egy ugrással a sziklasziget szélénél termett, és megmerítette a kelyhet a tóban. A jéghideg víz nem tűnt el a pohárból.

– Tessék, uram! – kiáltotta Harry, és ügyetlenül ráloccsantotta Dumbledore arcára a vizet.

Ez volt ugyanis a legtöbb, amit tehetett. A másik karját csontig hatoló hideg mardosta, és nem a tó jeges vizétől: azoktól a nyálkás, fehér ujjaktól, amelyek a csuklójára fonódtak. A lény, amihez a kéz tartozott, lassan húzta őt vissza, a sziget széle felé. A víz most már korántsem volt tükörsima; ezernyi örvény támadt benne, s amerre csak Harry nézett, mindenütt fehér fejek és kezek emelkedtek ki belőle. Beesett, homályos szemű férfiak, nők és gyerekek közeledtek a sziget felé: a holtak serege kiszállt a fekete tóból.

– *Petrificus totalus!* – ordította Harry, s miközben kétségbeesetten próbálta megvetni a lábát a szikla sima, vizes felületén, pálcáját a csuklóját markoló inferusra szegezte. A halott elengedte őt, és csobbanva visszazuhant a vízbe. Harry sietve feltápászkodott, de addigra számtalan újabb inferus érte el a szigetet – merev, beesett arcuk csak úgy világított ázott, fekete rongyaik fölött, csontsovány kezükkel a csúszós sziklát markolászták, s mindvégig Harryre szegezték üveges, vak szemüket.

– *Petrificus totalus!* – üvöltötte hátrálva Harry, és szélesen meglendítette a pálcáját. Hat vagy hét inferus megtorpant, de a többi egyre közeledett. – *Obstructo! Incarcerandus!*

Néhány élőhalott felbukott, egyet-kettőt kötelek kötöttek gúzsba, de azok, amelyek a nyomukban másztak ki a sziklaszigetre, átléptek felettük, vagy egyszerűen ráhágtak az elesettekre. Harry tovább csapkodott a pálcájával.

– *Sectumsempra! Sectumsempra!*

A halottak rongyai felhasadtak, kihűlt bőrükbe mély sebeket vágott az átok – de vérezni már nem tudtak. Aszott kezüket előrenyújtva, kitartóan lépkedtek Harry felé. Ő tovább hátrált, majd egyszerre érezte, hogy karok ölelik át – egyre több csontsovány, hideg kar szorította a testét. Aztán a lába felemelkedett a szikláról: a halottak cipelni kezdték a tó felé, lassan, de feltartóztathatatlanul, s ő tudta, hogy nincs menekvés, vízbe fogják fojtani, egy perc múlva már együtt fogja őrizni a többi halottal Voldemort hasadt lelkének egy darabját...

De ekkor tűz fénye kergette szét a sötétséget. Vörös és arany lánggyűrű lobbant fel a sziklasziget széle mentén, s a Harryt cipelő inferusok megtorpantak, hátratántorodtak – nem mertek átkelni a lángokon, ami elválasztotta őket a víztől. Elengedték Harryt, aki a talpára esett ugyan, de megcsúszott a vizes sziklán, és elterült. Érezte, hogy a kő lehorzsolja a karját, de nem törődött a fájdalommal, gyorsan feltápászkodott, felemelte a pálcáját, és körülnézett.

Dumbledore ismét talpon volt. Szemében a lángok visszfénye táncolt, s bár nem volt kevésbé sápadt, mint az inferusok, alakja óriásként emelkedett ki a sötét hordából. Pálcáját fáklya módjára a magasba emelte – annak a hegyéből tört elő a tűz, amely hatalmas, lángoló lasszóként körülvette valamennyiüket.

Az inferusok egymásnak ütközve, vakon botorkáltak a hatalmas tűzgyűrűben. Menekülni próbáltak a fény, a meleg elől...

Dumbledore kivette a medált a kőtálból, és a talárjába rejtette. Azután szótlanul magához intette Harryt. A tűztől megzavarodott inferusok nem törődtek vele, hogy prédájuk szökni készül. Ahogy Dumbledore elindult Harryvel a csónak felé, velük haladt a tűzkör is, csakúgy mint a benne rekedt inferusok, melyek a partot elérve megkönnyebbülten visszaereszkedtek a fekete vízbe.

Dumbledore megpróbált beszállni a csónakba, de megtántorodott – úgy tűnt, minden erejére szüksége van a védelmező tűzkör fenntartásához. Harry megfogta a karját, és besegítette a csónakba, amely, mikor már mindketten benne ültek, ismét magától elindult. A tűzkör a tavon is körülvette őket, s bár a fekete vízben hemzsegtek az inferusok, úgy tűnt, nem mernek a felszínre emelkedni.

– Uram – zihálta Harry –, megfeledkeztem... a tűzről... pánikba estem... amikor megtámadtak...

– Nem csodálom – motyogta Dumbledore. Harryt megrémítette, hogy mennyire erőtlen a varázsló hangja.

Mikor a csónak célba ért, Harry sietve partra ugrott, hogy segíthessen Dumbledore-nak kiszállni. Amint a varázsló a sziklaperemre lépett, lehanyatlott pálcát tartó keze. A tűzkör abban a szempillantásban eltűnt, de az inferusok nem bukkantak fel többé. A kis csónak süllyedni kezdett, s lánca csörögve visszacsúszott a vízbe.

Dumbledore a barlang falának vetette a hátát, és mélyet sóhajtott.

– Kimerültem...

– Elmúlt a veszély, uram. – Szavaival Harry önmagát is nyugtatni próbálta, mert nagyon aggasztotta Dumbledore vértelen arcának látványa. – Ne féljen, uram, segítek, kijutunk innen... Támaszkodjon rám...

Azzal a vállára emelte Dumbledore ép karját, és vezetni, vagy még inkább vonszolni kezdte az ősz varázslót a tó mentén.

– A védelem… mégis csak… hatékony volt – suttogta Dumbledore. – Egy ember nem lett volna képes legyőzni… nagyon ügyes voltál, Harry… nagyon ügyes voltál…

– Ne beszéljen, uram. – Harryt megrémítette Dumbledore elhaló hangja és az, hogy milyen erőtlenül húzza a lábát. – Kímélje az erejét… mindjárt kiérünk…

– Az átjáró biztosan bezárult… a késem…

– Nincs szükség rá, megsérült a karom a szigeten. Csak mutassa meg, hol van…

– Itt…

Harry végighúzta lehorzsolt karját a sziklafalon, s vére fejében az átjáró azonnal ki is nyílt. Átvágtak a külső barlangtermen, majd Harry besegítette Dumbledore-t a szirthasadékot betöltő jéghideg tengervízbe.

– Minden rendben lesz, uram – ismételgette. Dumbledore hallgatása még jobban aggasztotta, mint az imént a varázsló elhaló hangja. – Mindjárt kiérünk… majd én mindkettőnket visszahoppanálom… ne féljen…

– Nem félek, Harry – felelte Dumbledore, a dermesztő víz ellenére talán egy árnyalatnyival erősebb hangon. – Itt vagy velem.

A villámsújtotta torony

Mikor kiértek a csillagos ég alá, Harry felhúzta Dumbledore-t a legközelebbi zátonyra, majd talpra segítette. A ruhája csuromvizes volt, vacogott a foga, és Dumbledore testének súlya továbbra is a vállára nehezedett, mégis – vagy épp emiatt – úgy tudott koncentrálni az úti célra, mint még soha. *Roxmorts*, gondolta, majd behunyta a szemét, és Dumbledore karját szorosan markolva belevetette magát a rettenetes, préselő érzésbe.

Még körül se nézett, már tudta, hogy sikerült: eltűnt a sós szag, elmúlt a tengeri szél. Ázottan dideregve bár, de mindketten ott álltak a sötét roxmortsi főutca közepén. Egy rémisztő pillanatig Harry képzelete további inferusok képét vetítette a fekete boltkirakatok elé, de elég volt egyet pislognia, és már látta, hogy semmi nem mozdul a házak között. A sötétséget csak néhány utcai lámpa fényköre és itt-ott egy-egy világos ablak törte meg.

– Sikerült, professzor úr! – suttogta Harry. Nehezére esett a beszéd, mert egyszerre tudatosult benne, hogy rettenetesen szúr a mellkasa. – Sikerült! Megszereztük a horcruxot!

Dumbledore megtántorodott. Harry első gondolata az volt, hogy kimerült útitársa talán az ügyetlenül elvégzett hoppanálás miatt szédeleg – de aztán a távoli utcalámpa halvány fényében meglátta Dumbledore arcát: az sápadtabb és meggyötörtebb volt, mint addig bármikor.

– Jól van, uram?

– Voltam már jobban. – Dumbledore hangja gyenge volt, de a szája széle halvány mosolyra rándult. – Az a bájital... nem szíverősítő volt...

Azzal, Harry nagy riadalmára, a földre roskadt.

– Uram... semmi baj, uram, ne féljen, nem lesz semmi baj...

Harry kétségbeesetten körülnézett, hogy kitől kérhetne segítséget, de az utca néptelen volt. Egyetlen gondolat töltötte be az agyát: minél gyorsabban el kell juttatnia Dumbledore-t a roxforti gyengélkedőbe.

– Fel kell valahogy mennünk az iskolába, uram... Madam Pomfrey...

– Nem – suttogta Dumbledore. – Piton professzorra van szükségem... de nem hiszem... hogy most tudok gyalogolni...

– Persze... Figyeljen, uram – bekopogok valamelyik házba, keresek egy helyet, ahol megvárhat, aztán elszaladok, és hívom Madam...

– Perselust hozd! – erősködött Dumbledore. – Perselus kell...

– Rendben, akkor Pitont... de magára kell hagynom önt egy percre, hogy keressek...

Azonban mielőtt akár egy lépést tehetett volna, lábak szapora kopogása hangzott fel a háta mögött. Megdobbant a szíve – valaki meglátta őket, rájött, hogy segítségre van szükségük –, és megfordulva Madam Rosmertát pillantotta meg, aki magas sarkú, bolyhos papucsban és sárkánymintás hálóköntösben sietett feléjük a sötét utcán.

– Láttalak titeket hoppanálni, amikor összehúztam a függönyt a hálószobámban! Hála az égnek, el se tudtam képzelni, mi... de hát mi baja Albusnak?

A kocsmárosnő zihálva megtorpant, és elkerekedett szemmel meredt Dumbledore-ra.

554

– Megmérgezték – magyarázta Harry. – Madam Rosmerta, maradhatna a professzor úr a Három Seprűben, amíg felszaladok az iskolába segítséget hívni?

– Nem mehetsz fel oda egyedül! Hát nem tudod – hát nem láttad...?

– Kérem, segítsen felemelni! – sürgette Harry, meg se hallva a nő szavait. – Ketten be tudjuk vinni...

– Mi történt? – kérdezte Dumbledore. – Mi baj van, Rosmerta?

– A... a Sötét Jegy, Albus.

És a nő a Roxfort irányába mutatott. Harrynek jeges rémület markolt a szívébe, miközben a távoli kastély felé fordult.

Valóban ott volt... ott lebegett alacsonyan az égen a kígyónyelvű zöld koponya, a jel, amit a halálfalók hagytak azokon a helyeken, ahol jártak... ahol gyilkoltak...

– Mikor jelent meg? – kérdezte Dumbledore, miközben Harry vállát markolva, nagy nehezen feltápászkodott a földről.

– Egy-két perce talán. Még nem volt ott, amikor kiraktam a macskát, de mikor felértem...

– Azonnal fel kell mennünk a kastélyba – jelentette ki Dumbledore. – Rosmerta... – Bár támolygott egy kicsit, újra határozottság áradt egész lényéből. – Szállítóeszközökre van szükségünk – seprűkre...

– Van kettő az italraktárban – hadarta rémült arccal a kocsmárosnő. – Szaladjak, hozzam?

– Nem kell, majd Harry idehívja őket.

Harry már emelte is a pálcáját.

– *Invito Rosmerta seprűi!*

Szinte azon nyomban dörrenve kicsapódott a kocsma ajtaja. Két seprű röppent ki az utcára, s egy másodperccel később már mindkettő ott lebegett kissé vibrálva, derékmagasságban Harry előtt.

– Rosmerta, kérem, küldjön értesítést a minisztériumba! – mondta Dumbledore, miközben lába közé vette a hozzá közelebb eső seprűt. – Könnyen meglehet, hogy a kastélyban még senki nem vett észre semmit... Harry, vedd fel a varázsköpenyt!

Harry előráncigálta a zsebéből a köpenyt, s mielőtt felült a másik seprűre, magára terítette. Madam Rosmerta már elindult vissza a kocsmába, amikor ők a levegőbe emelkedtek. Repülés közben Harry gyakran oldalra nézett, készen arra, hogy elkapja útitársát, ha az esetleg lefordulna a seprűjéről. Azonban úgy tűnt, Dumbledore a Sötét Jegy láttán mozgósította utolsó erőtartalékait: mélyen előrehajolt suhanó seprűjén, szemét elszántan a Jegyre szegezte, hosszú ezüst haja és szakálla vadul lobogott a hűvös szélben. Most már Harry is a zöld koponyára meredt. Úgy feszítette belülről a félelem, akár egy táguló, méreggel teli hólyag: összenyomta a tüdejét, kiszorított a testéből minden egyéb kellemetlen érzést, minden fájdalmat...

Milyen hosszú ideig lehettek távol? Mi van, ha már elfogyott Ron, Hermione és Ginny szerencséje? És ha valamelyikük tragikus sorsát jelzi a Sötét Jegy? Esetleg Neville-ét, Lunáét vagy a DS egy másik tagjáét? Mert ha igen... Ő, Harry kérte meg őket, hogy őrködjenek a folyosókon, ő adta nekik a veszélyes feladatot... Hát megint ő lesz a felelős egy barát haláért?

Miközben végigsuhantak a sötét, kanyargós dűlőút fölött, amin korábban lesétáltak, Harry a süvítő menetszélben is hallotta, hogy Dumbledore megint egy ismeretlen nyelven mormol valamit. Hogy miért, azt akkor vélte megérteni, amikor a birtokot határoló fal fölött átrepülve furcsán megremegett a seprűje: hogy akadálytalanul bejussanak, Dumbledore hatástalanította a Roxfort köré vont bűbájokat... A Sötét Jegy a kastély legmagasabb tornya, a csillagvizsgáló torony fölött lebegett. Vajon azért, mert ott halt meg valaki?

Dumbledore leereszkedett a mellvéd mögött, és leszállt a seprűjéről. Harry, néhány másodperc késéssel, mellette landolt, és gyorsan körülnézett.

A torony terasza üres volt, a kastélyba levezető csigalépcsőre nyíló ajtó csukva. Holttestnek nyoma sem volt, és nem utalt rá semmi, hogy dulakodás, élethalálharc zajlott volna odafent.

– Mit jelent a Sötét Jegy? – kérdezte Harry a fejük fölött lebegő kígyónyelvű halálfejre pillantva. – Ez igazi Jegy egyáltalán? Biztos, hogy valakit meg... Professzor úr?

Harry a Jegy kísérteties derengésében észrevette, hogy Dumbledore a mellkasát markolja megfeketedett kezével.

– Menj, keltsd fel Perselust! – szólt erőtlen, de tiszta hangon az öreg varázsló. – Mondd el neki, mi történt, és vezesd ide! Ne tégy semmi mást, ne beszélj senki mással, és ne vedd le a köpenyt! Itt várok rád.

– De...

– Megígérted, hogy engedelmeskedsz, Harry. Indulj!

Harry odasietett a csigalépcsőre nyíló ajtóhoz, de mikor megfogta a vaskarikát, futva közeledő léptek zaját hallotta az ajtó túloldaláról. Hátranézett Dumbledore-ra, aki intett neki, hogy húzódjon félre. Harry hátrálni kezdett, és közben elővette pálcáját.

Az ajtó felcsapódott, valaki kiugrott rajta, és elkiáltotta magát:

– *Capitulatus!*

Abban a szempillantásban Harry érezte, hogy teste merev mozdulatlanságba dermed. Hanyatt nekiesett a torony mellvédjének, és ott állt, akár egy falnak támasztott szobor – nem tudott se mozdulni, se beszélni. Nem értette, hogy történhetett ez vele, hiszen a Capitulatus nem bénító bűbáj...

Aztán a Jegy fényében meglátta, hogy Dumbledore pálcája átrepül a mellvéd fölött, és mindent megértett... Az igazgató néma varázslattal megbénította őt, de az erre fordított másodpercért súlyos árat fizetett: elvesztette a lehetőséget az önvédelemre.

A mellvéd előtt álló Dumbledore arca holtsápadt volt, de félelemnek nyoma sem látszott rajta. Nyugodtan ránézett lefegyverzőjére, és így szólt:

– Jó estét, Draco!

Malfoy kilépett az ajtónyílásból, és gyorsan körülnézett, hogy Dumbledore egyedül van-e. Szeme megakadt a két seprűn.

– Ki van még itt?

– Ezt inkább én kérdezhetem. Egyedül dolgozol?

Harry a Jegy zöld fényében látta, hogy Malfoy pillantása visszatér Dumbledore arcára.

– Nem vagyok egyedül. Vannak társaim. Halálfalók érkeztek az iskolába.

– No lám. – Dumbledore úgy beszélt, mintha Malfoy egy ügyesen megoldott iskolai feladatról számolna be neki. – Elismerésre méltó teljesítmény. Megtaláltad a módját, hogy bejuttasd őket?

– Igen – zihálta Malfoy. – Itt, a maga orra előtt, és észre se vette!

– Nagyszerű! Csakhogy – már megbocsáss – sehol nem látom őket. Hol vannak?

– Összetalálkoztak a maga őreivel. Odalent harcolnak, de nem lesz hosszú csata. Én előrejöttem, mert... el kell végeznem valamit.

– Akkor hát láss hozzá, és végezd el, kedves fiam! – biztatta Dumbledore.

Hallgatás következett. Harry ott állt láthatatlan, megdermesztett testébe zárva, nézte a két embert, és hallgatta a távoli csatazajt – Malfoy pedig nem tett mást, csupán rámeredt Dumbledore-ra, aki, hihetetlen módon, mosolygott.

– Draco, Draco, te nem vagy gyilkos.

– Honnan tudja? – vágta rá dacosan Malfoy.

Bizonyára azonnal rájött, milyen gyermetegen hangzott a kérdés – Harry látta a zöldes fényben, hogy elpirul.

– Nem is sejti, mire vagyok képes! – fakadt ki. – Fogalma sincs, mit tettem!

– Dehogynem, tudom – felelte szelíden Dumbledore. – Kis híján Katie Bell és Ronald Weasley halálát okoztad. A tanév folyamán egyre elkeseredettebb kísérleteket tettél arra, hogy megölj engem. Már megbocsáss, Draco, de ezek roppant ügyetlen próbálkozások voltak... őszintén szólva annyira ügyetlenek, hogy kétséget ébresztenek szándékod komolysága felől...

– Komoly volt a szándékom! – erősködött Malfoy. – Egész évben a feladaton dolgoztam, és ma este...

Valahol az épület mélyén tompa kiáltás harsant. Malfoy összerezzent, aztán hátranézett a válla fölött.

– Valaki odalent hősiesen állja a sarat – jegyezte meg csevegő hangon Dumbledore. – De hol is tartottunk? Tehát sikerült bejuttatnod a halálfalókat a kastélyba, amit én, bevallom, elképzelhetetlennek tartottam... Hogyan csináltad?

Malfoy nem válaszolt. Minden idegszálával fülelt, hallgatta, mi történik odalent, s majdnem olyan dermedtnek látszott, mint Harry.

– Lehet, hogy egyedül kell befejezned a munkát – jegyezte meg Dumbledore. – Elképzelhető, hogy az őreim feltartóztatták a bajtársaidat. Bizonyára tudod, hogy a Főnix Rendjének tagjai is itt vannak ma este. De hát nincs is igazán szükséged segítségre... a pálcám nélkül védtelen vagyok.

Malfoy ismét Dumbledore-ra meredt, de nem felelt, és meg se mozdult.

– Értem – bólintott Dumbledore. – Félsz cselekedni, amíg nincsenek itt.

– Nem félek! – csattant fel Malfoy. – Itt magának van félnivalója!

– Miért? Nem hiszem, hogy megölsz, Draco. Gyilkolni nem olyan könnyű, mint az ártatlanok hiszik... De amíg a barátaidra várunk, meséld el, hogyan csempészted be őket ide! Elég sokáig tartott, mire megtaláltad a módját.

Malfoy olyan arcot vágott, mintha üvölteni lenne kedve vagy a hányinger környékezné. Nyelt egyet, azután mélyeket sóhajtott, s közben izzó tekintettel bámulta Dumbledore-t, pálcáját az igazgató szívére szegezve. Végül, mintha kényszerítenék rá, megszólalt:

– Meg kellett javítanom hozzá a régi volt-nincs szekrényt. Azt, amiben tavaly Montague elveszett.

– Ááá.

Dumbledore sóhaja szinte nyöszörgésnek hangzott. Behunyta a szemét egy pillanatra.

– Nagyon okos... felteszem, kettő van belőle.

– A párja a Borgin & Burkesben van – magyarázta Malfoy. – Eredetileg át lehetett járni egyikből a másikba. Montague elmondta, hogy amikor belökték a roxfortiba, és bent rekedt a kettő közti átjáróban, egyszer azt hallotta, ami az iskolában történik, máskor meg azt, ami a boltban, mintha a két hely között ingázna, de őt senki nem hallotta... Végül sikerült kihoppanálnia, pedig a vizsgát még nem tudta letenni. Majdnem bele is halt. Ezt mindenki csak egy jó sztorinak tartotta, de én rájöttem, mit jelent igazából... hogy ha megjavítom az elromlott szekrényt, lesz egy út, amin be lehet jutni a Roxfortba.

– Kitűnő – dünnyögte Dumbledore. – Tehát a halálfalók átjöttek a Borgin & Burkesből az iskolába, hogy segítsenek neked... Okos terv, nagyon okos terv... és jól mondtad, mindez az orrom előtt történt...

– Igen! – vágta rá büszkén Malfoy, bizarr módon önbizalmat merítve Dumbledore elismerő szavaiból. – Az orra előtt!

– De voltak pillanatok – folytatta az igazgató –, ugye, voltak, amikor kételkedtél benne, hogy sikerül megjavítanod a szekrényt? Akkor folyamodtál más, primitív és átgondolatlan módszerekhez: elküldted nekem a megátkozott nyakláncot, pedig sejthetted, hogy rossz kezekbe fog kerülni... és a mérgezett mézbort, amiről szintén aligha hihetted, hogy valóban én fogom meginni...

– De maga nem jött rá, hogy én voltam! – vágott vissza Malfoy. A mellvédnek támaszkodó Dumbledore közben kicsit lejjebb csúszott, mintha lábai nem bírnák már tartani, Harry pedig folytatta néma, kilátástan küzdelmét a testét gúzsba kötő bűbáj ellen.

– Ki kell, hogy ábrándítsalak: rájöttem – felelte Dumbledore. – Biztos voltam benne, hogy mindez a te műved.

– Akkor miért nem tett semmit?

– Az túlzás, hogy nem tettem semmit. Utasítottam Piton professzort, hogy figyeljen téged...

– Ő nem a maga parancsára figyelt, hanem mert megígérte anyámnak...

– Hát persze, neked azt mondta, de...

– Piton kettős ügynök, maga vén bolond, nem magának dolgozik, csak úgy tesz!

– Ebben nem értünk egyet, Draco. Feltétlenül megbízom Piton professzorban...

– Akkor teljesen bolond! – feleselt Malfoy. – Piton folyton ajánlgatta, hogy segít nekem! Azt hitte, hagyom, hogy az övé legyen a dicsőség... Folyton faggatott, miben mesterkedek – hogy az ő szavaival éljek. Kérdőre vont a nyaklánc miatt, ostobaságnak tartotta, ami mindent elronthatott volna... De én nem árultam el neki, miért járok a Szükség Szobájába, és mikor holnap reggel felébred, már túl leszünk az egészen, és már nem ő lesz a Sötét Nagyúr kedvence! Egy nagy senki lesz hozzám képest!

– Megérdemelt jutalom – mondta csendesen Dumbledore. – Valóban annak jár az elismerés, aki megdolgozott érte... De segítőtársra akkor is szükséged volt. Kellett valaki Roxmortsban, aki odaadja Katie-nek a... a... áááá...

Dumbledore ismét behunyta a szemét, és lassan bólintott.

– ...hát persze... Rosmerta. Mióta áll az Imperius-átok hatása alatt?

– Hát felfogta végre? – gúnyolódott Malfoy.

Lentről újabb fájdalmas kiáltás szűrődött fel, a korábbinál jóval hangosabban és tisztábban. Malfoy nyugtalanul hátrapillantott, majd ismét Dumbledore-ra nézett, aki időközben folytatta:

– Szegény Rosmertát tehát arra kényszerítetted, hogy a saját mosdójában leselkedjen, és átadja a nyakláncot az első roxfortos diáklánynak, aki egyedül lép be az ajtón. És a mézbor... hát persze, Rosmerta megmérgezhette, mielőtt felküldte Lumpslucknak, nekem szánt karácsonyi ajándék gyanánt. Ügyes, igazán ügyes... Frics úr természetesen nem ellenőriz egy Rosmertától érkező palackot... De mondd csak, hogyan érintkeztél Rosmertával? Úgy tudtam, ellenőrzésünk alatt tartjuk a kastély és a külvilág közti összes kommunikációs csatornát.

– Megbűvölt pénzérméket használtunk – adta meg a választ Malfoy. Olyan volt, mintha valami kényszerítené rá, hogy beszéljen. A kezében vadul remegett a pálca. – Nálam volt az egyik, nála a másik, és üzenni tudtam neki...

– Nem ugyanezzel a titkos módszerrel kommunikáltak tavaly a Dumbledore Seregének nevezett csoport tagjai? – Dumbledore hangja könnyed, szinte derűs volt, pedig beszéd közben a háta megint néhány centivel lejjebb csúszott a mellvéden.

– Igen, tőlük vettem az ötletet – felelte undok mosollyal Malfoy. – A mérgezett mézborhoz meg a sárvérű Grangertől. Hallottam, amikor a könyvtárban azt magyarázta, hogy Frics nem tudja kimutatni a mérgeket...

562

– Kérlek, ne használd előttem azt a becsmérlő szót – mondta Dumbledore.

Malfoy élesen felkacagott.

– Pont a sárvérű szó zavarja, miközben meg akarom ölni?

– Igen. – Harry látta, hogy Dumbledore erőtlen lába kissé megcsúszik a kövön, ahogy igyekszik álló helyzetben tartani magát. – De ami a szándékodat illeti, Draco, hosszú percek óta semmi sem akadályoz a cselekvésben. Nincs itt senki más rajtunk kívül. Védtelenebb vagyok, mint álmodni merhetted, mégsem tudod elszánni magad...

Malfoy önkéntelenül elfintorodott, mintha valami keserűt dugtak volna a szájába.

– De térjünk vissza a ma estére – folytatta Dumbledore. – Nem egészen értem, hogyan zajlott a dolog... Tudtad, hogy elhagytam az iskolát?... Hát persze – válaszolta meg a saját kérdését. – Rosmerta látott a faluban, és bizonyára értesített téged a remek kis pénzérmék segítségével...

– Igen – erősítette meg Malfoy. – De azt mondta, maga csak lement a faluba egy italra, aztán visszajön...

– Az ital valóban megvolt... és vissza is jöttem – motyogta Dumbledore. – Így hát elhatároztad, hogy csapdát állítasz nekem?

– Úgy döntöttünk: fellőjük a Sötét Jegyet a torony fölé, hogy maga iderohanjon megnézni, ki halt meg. És bele is esett a csapdába!

– Hát igen... vagy mégsem... – felelte Dumbledore. – Viszont ezek szerint nem halt meg senki?

– De, valaki igen. – Malfoy hangja ennél a mondatnál egy oktávval magasabbra ugrott. – A maga egyik embere... Nem tudom, hogy ki, sötét volt... Átléptem egy holttest fölött... Úgy volt, hogy itt fogom várni magát, de a főnixe az utamba állt...

– Ő már csak ilyen – bólogatott Dumbledore.

563

Durranás és kiáltások szűrődtek fel odalentről, az eddiginél jóval hangosabban: úgy tűnt, mintha a csata már a toronyba vezető csigalépcsőn dúlna. Harrynek némán kalapált a szíve láthatatlan mellkasában... Valaki meghalt... Malfoy átlépett egy holttest fölött... Ki lehetett az...?

– Fogytán az időnk, Draco – szólt Dumbledore. – Beszéljük meg a lehetőségeidet.

– Az én lehetőségeimet!? – fortyant fel Malfoy. – Itt állok, pálcával a kezemben – meg fogom ölni...

– Ne áltassuk magunkat, kedves fiam. Ha meg akarnál ölni, megtetted volna, miután lefegyvereztél, és nem csevegnénk itt a kalandjaidról.

Malfoy arca hirtelen ugyanolyan fehér lett, mint Dumbledore-é.

– Nincs választási lehetőségem! – harsogta, mintha önmagát győzködné. – Meg kell tennem! Különben megöl! Megöli az egész családomat!

– Tudom, hogy nehéz helyzetben vagy – nézett rá elkomorodva Dumbledore. – Mit gondolsz, mi másért nem avatkoztam közbe? Tudtam, hogy Voldemort nagyúr végezne veled, ha megtudná, hogy gyanúsítalak.

Malfoy összerezzent a név hallatán.

– Tudtam, mi a feladatod, de ezt nem árulhattam el neked – folytatta Dumbledore. – Féltem, hogy Voldemort legilimenciával vizsgál téged. De most végre nyíltan beszélhetünk... Még mindig nem történt nagyobb baj, nem bántottál senkit, igaz, csak a szerencsén múlott, hogy a két ártatlan áldozatod életben maradt... Még tudok segíteni rajtad, Draco.

– Nem, nem tud – rázta a fejét Malfoy, és épp úgy rázkódott pálcát markoló keze is. – Rajtam senki nem tud segíteni. A Sötét Nagyúr azt mondta, vagy megteszem, vagy megöl. Nincs választásom.

– Állj át a jó oldalra, Draco, és olyan oltalmat kapsz, amit remélni se mernél. Mi több, még ma éjjel elküldöm a Rend tagjait édesanyádhoz – őt is a védelmünkbe vesszük. Apád pillanatnyilag biztonságban van az Azkabanban, de ha eljön az ideje, őt is elrejtjük majd. Állj át a jó oldalra, Draco... Te nem vagy gyilkos.

Malfoy némán bámult Dumbledore-ra.

– De hát eljutottam idáig – szólalt meg végül. – Mindenki azt hitte, belehalok, ha megpróbálom, és mégis itt vagyok... pálcát szegezek magára... a kezemben van az élete...

– Tévedsz, Draco – felelte csendesen Dumbledore. – A te életed van az én kezemben.

Malfoy nem válaszolt. Résnyire nyitva volt a szája, és pálcát tartó kezét – Harry úgy látta – mintha egy kicsit lejjebb eresztette volna.

Ekkor azonban léptek szapora dobogása hangzott fel a lépcsőn, s egy másodperccel később négy fekete táláros alak rontott ki a toronykilátóra, félresodorva az ajtó előtt álló Malfoyt. Harry rémülten bámulta az idegeneket rezzenéstelenné dermedt szemével: úgy tűnt, a halálfalók megnyerték a csatát.

Az egyik alak, egy alacsony, ragyás, furcsán félrebillent fejű férfi kehesen felvihogott.

– Dumbledore védtelenül! – szólt egy mohón vigyorgó, zömök nőhöz fordulva, aki akár a nővére is lehetett. – Dumbledore pálca nélkül! Dumbledore egyedül! Ügyesen csináltad, Draco, nagyon ügyesen!

– Jó estét, Amycus – köszönt Dumbledore olyan nyugalommal, mintha a halálfaló teázni érkezett volna a toronyba. – Látom elhozta Alectót is... elragadó...

A nő dühösen vihogott.

– Azt hiszi, a viccelődés megmenti a haláltól? – károgta.

– Viccelődés? – vonta fel a szemöldökét Dumbledore. – Téved, ezt jómodornak hívják.

– Gyerünk! – szólalt meg a Harryhez legközelebb álló idegen, egy sovány, csimbókos szürke hajú, pofaszakállas férfi,

565

aki szemlátomást feszengett a fekete halálfaló-talárban. Recsegő ugatással beszélt – Harry még sose hallott ember szájából ilyen hangot –, és a testszaga is sajátos volt: a mocsok és a verejték bűze keveredett benne a kiontott vér összetéveszthetetlen illatával. Piszkos ujjain hosszúra nőtt, sárgás körmök éktelenkedtek.

– Maga az, Fenrir? – kérdezte Dumbledore.

– Én vagyok – felelte a pofaszakállas. – Örül, hogy eljöttem, Dumbledore?

– Nem, nem állítanám.

Fenrir Greyback elvigyorodott, kivillantotta hegyes fogait, majd lassan, élvetegen megnyalta ajkát. Az állát lecsordult vér szennyezte.

– De hiszen tudja, mennyire szeretem a gyerekeket, Dumbledore.

– Értsem úgy, hogy már nem is csak teliholdkor vadászik? Ez roppant szokatlan... Annyira megkedvelte az emberhúst, hogy havonta egy nap nem elég az étvágya csillapítására?

– Jól mondja – vigyorgott Greyback. – Ez megdöbbenti, ugye? Most megijedt, mi?

– Bevallom, undorodom kissé – felelte Dumbledore. – És valóban megdöbbent, hogy Draco elhívta magát ide, ahol a barátai élnek...

– Nem hívtam – motyogta Malfoy. Tekintetével kerülte Greybacket, mintha a látványát se tudná elviselni. – Nem tudtam, hogy ő is jön...

– Hogy is hagyhattam volna ki egy roxforti kirándulást, Dumbledore? – ugatta Greyback. – Hisz annyi szétmarcangolni való torok van itt... annyi ínyencfalat! – Mutatóujja sárga körmével piszkálni kezdte metszőfogait. – Maga lesz a desszert, Dumbledore...

– Nem – szólalt meg a negyedik halálfaló, egy széles, durva arcú férfi. – A parancs világos: Dracónak kell megtennie. Gyerünk, Draco, ne késlekedj!

Malfoy azonban mintha a maradék elszántságát is elvesztette volna. Borzadva bámulta Dumbledore falfehér arcát, amire most fel se kellett néznie, hisz az igazgató már félig leroskadt a mellvéd tövébe.

– Nézzetek rá, amúgy se húzná már sokáig – jegyezte meg a félrebillent fejű halálfaló. – Mi történt magával, Dumby?

– Gyengeség, lassuló reflexek, Amycus – felelte Dumbledore. – A hajlott kor átkai... Egyszer majd maga is megtapasztalja... ha szerencséje van, és megéri...

– Mit fecseg? Mit fecseg? – hadarta hirtelen dühvel a halálfaló. – Mindig ilyen volt maga, csak beszél, beszél, de nem csinál semmit! Nem is tudom, mit törődik magával a Sötét Nagyúr! Gyerünk, Draco, öld meg!

Ekkor azonban ismét lépések hallatszottak lentről, majd egy hang harsant:

– Eltorlaszolták a lépcsőt! *Reducto! Reducto!*

Harrynek megdobbant a szíve. Tehát a négy behatoló mégsem győzte le a roxfortbeliek ellenállását... Csupán átverekedték magukat a toronyig, és – a jelek szerint – valahogy elzárták üldözőik útját...

– Gyerünk, Draco, mire vársz? – türelmetlenkedett a durva arcú.

Malfoy keze azonban annyira remegett, hogy célozni se tudott már.

– Majd én! – recsegte Greyback, és vicsorogva megindult Dumbledore felé.

– Azt mondtam, nem! – kiáltott rá a durva képű.

Fény villant, és az ártás a mellvédnek lökte a vérfarkast. Harry hihetetlennek érezte, hogy senki sem hallja szívének vad kalapálását, senki nem veszi észre, hogy ott áll Dumbledore varázsától dermedten – ha csak a kezét mozgatni tudná, kilőhetne egy átkot a köpeny rejtekéből...

– Tedd meg, Draco, vagy állj félre, hogy valamelyikünk...

– kárálta a nő, de ebben a szempillantásban ismét kicsapódott a toronykilátó ajtaja, és megjelent Piton. Ott állt a csigalépcső tetején, kezében a pálcájával, s fekete szeme gyorsan végigsiklott a jelenlévőkön: a mellvéd tövébe roskadt Dumbledore-on, a négy halálfalón, köztük a megvadult vérfarkason, és Malfoyon.

– Van egy kis gond, Piton – szólt a ragyás Amycus, szemét és pálcáját egyaránt Dumbledore-ra szegezve. – Úgy tűnik, a gyerek nem képes...

Ekkor azonban még valaki kimondta Piton nevét, ha egészen halkan is:

– Perselus...

Ez a hang jobban megrémítette Harryt, mint bármi más aznap este. Dumbledore rimánkodott...

Piton nem szólt, csak megindult előre. Malfoyt durván félrelökte, a három halálfaló pedig szó nélkül hátralépett, s még a vérfarkas is behúzta a nyakát.

Piton ránézett Dumbledore-ra. Arca az undor és a gyűlölet kifejezésébe merevedett.

– Perselus... kérem...

Piton felemelte a pálcáját, és Dumbledore-ra szegezte.

– *Avada Kedavra!*

A pálca hegyéből kitörő zöld fénycsóva a mellkasa közepén találta el Dumbledore-t. Harry ordítani akart, de nem tudott – némán és mozdulatlanul kellett néznie, hogy az átok a magasba taszítja Dumbledore-t. Az ősz varázsló egy pillanatig mintha lebegett volna a zöld koponya alatt, majd lassan zuhanni kezdett, akár egy hatalmas rongybaba, és eltűnt a mellvéd mögött a mélyben.

A Herceg szökése

Harry úgy érezte, mintha ő maga is zuhanna – *nem, ez nem történt meg... ez nem történhetett meg...*

– El innen, gyorsan! – mondta Piton, azzal galléron ragadta Malfoyt, betuszkolta a lépcsőre vezető ajtón, majd ő maga is utána ment. Greyback és a köpcös testvérpár követte őt, az utóbbiak izgatottan zihálva. Már eltűntek, mikor Harry egyszerre rádöbbent, hogy újra tud mozogni – egy ideje már nem a varázslat, hanem a sokk bénította meg a tagjait. Épp mikor a durva arcú halálfaló az ajtóhoz lépett, ledobta magáról a láthatatlanná tévő köpenyt.

– *Petrificus totalus!*

A fekete taláros felbukott, mint egy kuglibábu, de szinte még földet sem ért dermedt teste, mikor Harry már át is ugrott rajta, hogy aztán lerohanjon a sötét lépcsőn.

Minden porcikáját átjárta az iszonyat. Meg kell keresnie Dumbledore-t és el kell kapnia Pitont... A két dolog valahogy összekapcsolódott a fejében. Visszafordíthatja, ami történt, ha egy helyre viszi a két embert... Dumbledore nem halhatott meg...

Egyetlen ugrással maga mögött hagyta a csigalépcső utolsó tíz fokát, aztán rögvest meg is torpant, és felemelte pálcáját. A gyéren megvilágított folyosót gomolygó porfelhő töltötte be. A mennyezet egy nagy darabon beomlott, és még mindig dúlt a csata, de mielőtt Harry megállapíthatta volna, ki harcol

569

ki ellen, ismét felharsant a gyűlölt hang: Vége, indulás! – és Harry látta, amint Piton eltűnik a folyosó túlsó végén. Sikerült tehát sértetlenül áthaladnia Malfoyjal a csatázók között. Harry elindult, hogy kövesse Pitont, de ekkor kivált egy alak a harcolók közül, és felé lendült: Greyback volt az. Mielőtt pálcát szegezhetett volna, a vérfarkas elkapta őt; hanyatt esett, arcán érezte a csimbókos hajfürtöket, orrában és szájában a verejték és a vér szúrós szagát, torkán a forró leheletet...

– *Petrificus totalus!*

Greyback egy rándulással megdermedt, és rádőlt Harryre. Harry nagy nehezen lelökte magáról a vérfarkast, de alighogy felállt, egy zöld fénycsóva suhant el a füle mellett. Előregörnyedt, és fejjel előre belerohant a kavarodásba. Néhány lépés után azonban megcsúszott, aztán elbotlott valami súlyos, puha dologban: a földön két hason fekvő test hevert, jókora vértócsával körülvéve. Mielőtt Harry megnézhette volna, kik azok, lángcsóvaként lengő vörös hajtömeg vonta magára a tekintetét: Ginny a dudoros Amycusszal küzdött. A halálfaló sorozatban küldte az átkokat a lány felé, aki fürgén félreugrált előlük. Amycus vihogott, élvezte a játékot: – *Crucio!* – *Crucio!* – előbb-utóbb belefáradsz a táncba, szépségem...

– *Obstructo!* – kiáltotta Harry.

Ártása mellbe találta Amycust, aki fájdalmas visítással felrepült a levegőbe, nekivágódott a szemközti falnak, aztán a padlóra rogyott valahol Ron, McGalagony professzor és Lupin mögött, akik mind egy-egy halálfalóval viaskodtak. Távolabb Tonksot pillantotta meg Harry; a boszorkány ellenfele, egy tagbaszakadt, szőke halálfaló szinte vaktában szórta az átkokat. Azok ide-oda pattogtak a falak között, zúzták a köveket, kitörtek egy közeli ablakot...

– Hol voltál, Harry? – kiáltotta Ginny, de Harry akkor már továbbrohant. Egy eltévedt átok közvetlenül a feje fölött csapódott a falba, és vakolatdarabokkal szórta tele a haját. Piton nem szökhet meg, utol kell érnie Pitont...

– Gazemberek! – harsant McGalagony professzor kiáltása, majd a következő pillanatban Harry meglátta a halálfalónőt, Alectót, aki a fejét fogva menekült a folyosón, sarkában a testvérével. Harry utánuk vetette magát, de megbotlott, és azon kapta magát, hogy keresztben fekszik valakinek a lábán. Oldalra nézett, és Neville sápadt, kerek arcát pillantotta meg a földön.

– Jól vagy, Neville?

– Igen – motyogta a hasát szorongatva a fiú. – Harry... Piton és Malfoy... itt szaladtak el...

– Tudom, őket üldözöm! – felelte Harry, és fektében küldött egy ártást a káosz elsődleges okozója, a tagbaszakadt, szőke halálfaló felé. A varázs a férfi arcát találta el – az felordított a fájdalomtól, megpördült, tántorgott egy kicsit, aztán elfutott a testvérpár után.

Harry felpattant a földről, és továbbrohant a folyosón. Nem törődött a háta mögött felhangzó durranásokkal, a kiáltásokkal, se a földön heverő, talán élő, talán holt emberekkel.

Alig tudott elesés nélkül befordulni a sarkon, annyira csúszott a cipője talpa a rátapadt vértől. Pitonnak jókora előnye volt – talán már el is érte a Szükség Szobája-béli volt-nincs szekrényt... hacsak nem gondoskodtak róla a Rend tagjai, hogy arra ne menekülhessenek a halálfalók. Harry a következő, üres folyosón rohanva nem hallott más zajt, csak saját lépteit és dübörgő szívverését, de aztán megpillantott a padlón egy véres lábnyomot, ami arra utalt, hogy a halálfalók közül legalább egy a tölgyfa ajtó felé menekült. Talán tényleg lezárták a Szükség Szobáját...

Megint befordult egy sarkon, s szinte azon nyomban egy átok röppent el mellette. Gyorsan beugrott egy lovagi páncél mögé, s az egy másodperc múlva szétrobbant. Látta, hogy a halálfaló testvérpár lefelé rohan a márványlépcsőn – ártáso-

571

kat küldött utánuk, de csupán a lépcsőfordulóban lógó egyik festmény parókás boszorkányait találta el, akik erre sikoltozva átmenekültek a szomszédos portrékba. Harry átugrott a páncél roncsain, s közben újabb kiáltásokat és sikolyokat hallott. Tehát már mások is felébredtek a kastélyban...

Úgy döntött, az egyik titkos lépcsőn folytatja útját, hátha meg tudja előzni a testvérpárt, és utoléri Pitont meg Malfoyt, akik időközben már bizonyára kiértek a parkba. Miután gondosan átugrotta az eltűnő fokot a rejteklépcső közepén, egy falikárpiton át kirontott egy folyosóra, ahol egy csapatnyi megzavarodott, pizsamás hugrabugos ácsorgott.

– Harry! – szólította meg Ernie Macmillan. – Zajokat hallottunk, és valaki azt mondta, hogy a Sötét Jegy...

– Félre az útból! – kiáltotta Harry, s két fiút félrelökve kirohant a lépcsőfordulóra, ahonnan a márványlépcső utolsó szakasza vezetett lefelé. A tölgyfa nagyajtó tárva-nyitva állt, s a bejárati csarnok kőpadlóján vérfoltok csillogtak. Egy eltévedt átok lyukat ütött a Griffendél pontjait mutató óriás homokórán – a rubinkövek kopogva záporoztak belőle, és szanaszét gurultak a padlón.

Harry átszaladt a csarnokon, majd a bejárati lépcsőre érve gyorsan körülnézett. Szinte azonnal megpillantott a parkban három mozgó, fekete árnyat. Az alakok a vadkanos kapu felé futottak, el kellett hagyniuk a birtokot, hogy dehoppanálni tudjanak. Az egyik árnyék a tagbaszakadt szőke halálfalónak tűnt, néhány lépéssel előtte pedig mintha Piton és Malfoy szaladt volna...

Harry tüdejébe fájdalmasan beleszúrt a hideg éjszakai levegő, ahogy futni kezdett a menekülők után. Valahol elöl megvillant valami, s a fény egy pillanatig élesen kirajzolta a fekete alakok sziluettjét. Harrynek fogalma sem volt, miféle villanás lehetett az, de nem is gondolkodott rajta, csak rohant, ahogy a lába bírta. Le kellett dolgoznia a hátrányát, ilyen távolságból nem találhatta el őket...

Újabb villanás, kiáltások, egymást keresztező fénylövedékek... és Harry most már látta, mi folyik nem messze tőle: Hagrid kirontott a vadőrlakból, és megpróbálta feltartóztatni a menekülőket. Harry minden lélegzetvételnél úgy érezte, darabokra szakad a tüdeje, és mintha tüzes vassal égették volna a mellkasát, mégis fokozta a tempót, mert egy kéretlen hang a fejében egyre azt ismételgette: *Hagridot ne... csak Hagridot ne...*

Egyszerre valami hátba vágta, arcra bukott tőle. Érezte, hogy vér szivárog mindkét orrlyukából. Miközben a hátára fordult, már tudta, hogy a megelőzött testvérpárt fogja megpillantani...

– *Obstructo!* – kiáltotta, s ártása csodával határos módon célba talált: az egyik halálfaló megtántorodott és felbukott, a másik keresztülesett rajta. Harry felpattant, és már rohant is tovább, Piton után...

Néhány másodperc múlva meglátta Hagridot: a felhők mögül előbújó hold megvilágította a vadőr óriási alakját. A szőke halálfaló sorban szórta rá az átkokat, de úgy tűnt, Hagridot megvédi emberfeletti ereje, no meg a vastag bőr, amit óriásnő anyjától örökölt. Piton és Malfoy azonban nem álltak meg harcolni, egyre közeledtek a kapuhoz, amin túl semmi nem akadályozta őket a dehoppanálásban...

Harry elrohant Hagrid és ellenfele mellett, és megcélozta Piton hátát.

– *Stupor!*

Az ártás célt tévesztett, elsuhant Piton feje mellett. – Fuss, Draco! – kiáltotta Piton, aztán megállt és megfordult. Húsz méterre voltak egymástól Harryvel, s egy pillanatra találkozott a tekintetük, mielőtt mindketten felemelték pálcájukat.

– *Cruc...*

Mielőtt Harry végigmondhatta volna az átkot, Piton egy villámgyors ártással ledöntötte őt a lábáról. Harry a hasára fordult és felpattant, épp mikor a tagbaszakadt halálfaló elordította magát:

– *Piroinitio!*

Dörgő robaj hallatszott, s a következő pillanatban narancssárga fény árasztotta el valamennyiüket: Hagrid háza lángokban állt.

– Odabent van Agyar, te gazember! – bömbölte Hagrid.

– *Crucio!* – kiáltotta ismét Harry a táncoló tűzfényben álló alakra célozva, de Piton ezúttal is kivédte a varázst, és gúnyosan elmosolyodott.

– Ne próbálkozz főbenjáró átkokkal, Potter! – kiáltotta, túlharsogva a tűz ropogását, Hagrid bődüléseit és az égő házba zárt Agyar rémült ugatását. – Nem vagy hozzá se elég bátor, se...

– *Incarcer*... – ordította Harry, de Piton egy lusta pálcaintéssel beléfojtotta az ártást.

– Támadjon! – dühöngött Harry. – Támadjon, maga gyáva...

– Én vagyok gyáva, Potter? – harsogta Piton. – Apád csak akkor mert rám támadni, ha négyen voltak egy ellen! Őt minek neveznéd, mi?

– *Stup*...

– Mindent kivédek, amíg meg nem tanulod csukva tartani a szádat és az agyadat! – kiáltotta Piton. – Gyerünk innen! – Ez már a tagbaszakadt halálfalónak szólt. – El kell tűnnünk, mielőtt ideérnek a minisztérium...

– *Obstruc*...

Mielőtt Harry végigmondhatta volna az ártást, iszonyatos fájdalom hasított a testébe. Összerogyott a gyepen. Távoli ordítást hallott, és arra gondolt, hogy ez már a halál, Piton addig fogja kínozni, amíg belepusztul vagy beleőrül...

– Ne! – mennydörgött Piton hangja, s a fájdalom egyszeriben elmúlt. Harry zihálva kuporgott a sötét fűben, és a pálcáját szorongatta. Valahol a feje fölött Piton tovább kiabált:

– Elfelejtetted, mi a parancs? Potter a Sötét Nagyúré – nem bánthatjuk! Gyerünk innen!

574

Szapora léptek dobbantak Harry feje mellett – olyan közel, hogy remegett tőlük a föld az arca alatt: a testvérpár és a tagbaszakadt halálfaló engedelmeskedtek, elfutottak a kapu felé. Harry felordított dühében – nem érdekelte, hogy él-e vagy meghal, feltápászkodott, és botorkálva megindult Piton felé. Semmi mást nem akart, csak elpusztítani az embert, akit most talán még Voldemortnál is jobban gyűlölt...

– Sectum...

Piton egy apró pálcamozdulattal elnémította. Két méterre sem voltak már egymástól, s Harry tisztán látta a varázsló tűzfényben villogó arcát: azon most nyoma se volt gúnynak vagy megvetésnek – csak izzó harag ült rajta. Harry minden erejével koncentrált, és a varázsigére gondolt: *Levi...*

– Azt már nem, Potter! – ordította Piton. Rémisztő dörrenés hallatszott. Harry érezte, hogy hátrafelé repül, majd a földnek ütközött a háta meg a tarkója, és kirepült a pálca a kezéből. Hallotta Hagrid kiabálását, Agyar ugatását, és látta fölé magasodó ellenfelét... Ott feküdt pálcáját vesztve, védtelenül, épp úgy, mint nem sokkal korábban Dumbledore. Piton sápadt arca pedig ugyanúgy eltorzult a gyűlölettől, mint a gyilkosság előtt.

– A saját varázslataimat mered használni ellenem, Potter? Én találtam fel ezeket – én, a Félvér Herceg! És te rám szórnád őket, ahogy a mocskos apád tette? Hát nem fogod... nem fogod!

Harry közben a pálcája felé kapott, de Piton egy ártással odébb röpítette azt. A pálca eltűnt a fekete fűben.

– Akkor öljön meg! – zihálta Harry. A harag és a megvetés minden félelmet kiűzött a szívéből. – Öljön meg, ahogy őt is megölte, maga nyomorult gyáva...

– Ne merj gyávának nevezni! – ordította Piton, s az arca hirtelen olyan eszelős, torz kifejezést öltött, mintha az égő házba szorult, panaszosan üvöltő kutya kínjában osztozna. – Ne merészelj!

Azzal megsuhintotta pálcáját. Harry úgy érezte, mintha egy tüzes ostor csapott volna az arcába, és hanyatt vágódott a fűben. Fényfoltok táncoltak a szeme előtt, másodpercekig képtelen volt levegőt venni. Aztán egyszerre hatalmas szárnyak csattogása hangzott fel, és valami eltakarta a csillagos eget: Csikócsőr rátámadt Pitonra, aki hátrahőkölt a közeledő pengeéles karmok láttán. Harry még mindig szédült az eséstől, de nagy nehezen feltornászta magát ülő helyzetbe. Piton közben menekülőre fogta a dolgot, lélekszakadva rohant a kitárt szárnyú hippogriff elől. Csikócsőr olyan vérfagyasztóan vijjogott, ahogy Harry még sose hallotta...

Feltápászkodott, és szédelegve keresni kezdte a pálcáját, hogy folytathassa Piton üldözését. Kitartóan tapogatózott a sötét fűben, sorban dobálta félre az ujja közé akadó gallyakat, de sejtette, hogy nincs esélye – és valóban, mire megtalálta a pálcát és körülnézett, már csak a kapu fölött köröző hippogriffet látta: Pitonnak sikerült kijutnia a birtokról, és dehoppanált...

– Hagrid... – motyogta kótyagosan Harry, és a vadőrlak felé fordult. – Hagrid...!

Szédelegve megindult az égő ház felé, de alig tett néhány lépést, mikor egy hatalmas, púpos alak lépett ki a lángok közül: Hagrid volt az, Agyarral a hátán. Harry felkiáltott a megkönnyebbüléstől, és térdre rogyott; reszketett keze-lába, fájt minden porcikája, és ha levegőt vett, mintha mellbe szúrták volna.

– Jól vagy, Harry? Nem esett bajod? Szólalj meg, Harry...

Hagrid nagy, szőrös arca úszott be Harry szeme elé, s az orrát égett fa és kutyaszőr szaga csapta meg. Oldalra nyúlt – és Agyar reszkető, de megnyugtatóan meleg testét érezte a keze alatt.

– Jól vagyok – zihálta. – És te?

– Ugyan, semmi bajom... Velem nem olyan könnyű elbánni.

Hagrid Harry hóna alá nyúlt, és talpra állította őt – de olyan lendülettel, hogy Harry lába egy pillanatig nem is érte a földet.

Hagrid arcán vér csordogált, s fél szeme, ami alatt csúnya seb éktelenkedett, másodpercről másodpercre jobban bedagadt.

– El kell oltanunk... a házadat – nyögte Harry. – Az Aguamenti-bűbáj kell hozzá...

– Igen, ezt a szót kerestem – dörmögte Hagrid, azzal a házra szegezte füstölgő, virágmintás esernyőjét. – *Aguamenti!*

Az esernyő hegyéből vízsugár lövellt ki. Harry felemelte pálcát szorongató kezét – ólomsúlyúnak érezte –, és ő is elmotyogott egy aguamentit. Addig locsolták Hagriddal a kunyhót, amíg ki nem hunyt az utolsó lángnyelv is.

– Semmi vész – szólt derűlátón Hagrid pár perccel később, házának füstölgő romjait szemlélve. – Dumbledore se-perc alatt rendbe rakja nekem...

Harrynek elszorult a szíve a név hallatán. Egyszerre rémisztő, iszonyatos némaságnak érezte az éj csendjét.

– Hagrid...

– Épp egy pár bólintér lábát kötözgettem, amikor meghallottam a zajt – dörmögte szánakozva Hagrid. – Szegénykéim szénné égtek...

– Hagrid...

– De hát mi történt? Láttam, hogy azok a halálfalók jönnek a kastély felől, de hát mi a nyavalyát keresett közöttük Piton? És hova ment – üldözi őket, mi?

– Piton... – Harry megköszörülte a füsttől és a felindultságtól kiszáradt torkát. – Hagrid, Piton megölte...

– Megölt valakit? – Hagrid nagy szemeket meresztett. – Piton megölt valakit? Miket beszélsz, Harry?

– Dumbledore-t... Piton megölte Dumbledore-t.

Az a kis rész, ami Hagrid arcából látszott, teljes értetlenséget tükrözött.

– Mi van Dumbledore-ral?!

– Meghalt. Piton megölte...

577

– Hogy mondhatsz ilyet!? – mordult fel a vadőr. – Még hogy Piton megölte... Ne butáskodj, Harry, hogy jut ilyen az eszedbe?

– Láttam.

– Nem láttál te semmit!

– Mondom, hogy láttam, Hagrid!

A vadőr a fejét csóválta. Gyanúja rá volt írva sajnálkozó arcára: azt hitte, Harry megzavarodott valami ártástól, vagy nagyon beverte a fejét...

– Biztos úgy volt, hogy Dumbledore elküldte a halálfalókkal Pitont – jelentette ki magabiztosan a vadőr. – El kell játszania, hogy velük van. Gyere, Harry, menjünk fel a kastélyba...

Harrynek még mindig vadul reszketett keze-lába. Nem vitatkozott, nem győzködte tovább Hagridot... Higgyen, amit akar, amíg még teheti...

Elindultak a kastély felé, s Harry látta, hogy időközben számos ablakban világosság gyúlt. El tudta képzelni a bent zajló jeleneteket: a diákok és tanárok szobáról szobára járnak, riadtan viszik egymásnak a hírt, hogy halálfalók törtek be a kastélyba, hogy a Roxfort fölött ott lebeg a Sötét Jegy, hogy valakit biztosan megöltek...

A tölgyfa kapu még mindig nyitva állt, fény ömlött ki rajta az útra és a gyepre. Hálóruhás alakok lépkedtek tétován a bejárati lépcsőn, megannyi nyugtalan, pásztázó tekintet kereste a menekülő halálfalók nyomát az éjszakában. Csak Harry nézett konokul egyetlen pontra: a legmagasabb torony tövébe. Azt képzelte, hogy egy fekete alakot lát ott a fűben feküdni, jóllehet túl messze volt ahhoz, semhogy ilyesmit valóban kivehetett volna. De miközben arra a pontra meredt, ahol Dumbledore élettelen testét sejtette, látta, hogy emberek közelednek a torony alja felé – s ez már nem a képzeletének játéka volt.

– Azok meg mit néznek ott? – kérdezte csodálkozva Hagrid, ahogy Harryvel az oldalán és a sarkában Agyarral a bejárati lépcső felé közeledett. – Mi van ott a fűben? – tette hozzá élesen, azzal elkanyarodott a csillagvizsgáló torony felé, ahol most már kisebb tömeg verődött össze. – Látod, Harry? Ott, a torony tövében. Pont a Sötét Jegy alatt... Szent ég, ugye, nem lehet, hogy valakit...

Hagrid elharapta a mondatot, mintha a gondolat túl borzalmas lenne ahhoz, hogy hangosan kimondja. Harry ott lépkedett mellette; szúrt és sajgott az arca meg a lába a számos ártástól, ami az elmúlt fél órában eltalálta, de valahogy kívülről érezte a fájdalmakat, mintha a meggyötört test nem a sajátja lenne. Az egyetlen igazi kín az a szörnyű szorítás volt a mellkasában...

Mintha egy álomban járnának, úgy vágtak át Hagriddal a suttogó tömegen, s léptek ki arra a területre, amit az elszörnyedt diákok és tanárok gyűrűje körülvett.

Hagrid megtorpant, s döbbent-fájdalmas nyögés szakadt fel belőle. Harry hallotta ezt, de nem állt meg; lassan továbbment egészen odáig, ahol Dumbledore feküdt, és térdre rogyott a varázsló mellett.

Már fent a toronyban tudta, hogy nincs remény: a tagjait megbénító varázslat csak azért múlhatott el, mert Dumbledore, aki rászórta a sóbálvány-átkot, meghalt. De sem ez, sem más nem készíthette fel a lelkét arra, hogy így, szétvetett tagokkal, összezúzott testtel, a földön elterülve lássa Dumbledore professzort, a legnagyobb varázslót és legbölcsebb embert, akit ezen a világon megismerhetett.

Dumbledore szeme csukva volt; ha végtagjainak bizarr helyzete nem bizonyít mást, akár úgy tűnhetett volna, hogy csak alszik. Harry óvatosan a helyére tolta a félhold-szemüveget a horgas orron, és talárja ujjával letörölte a dermedt száj sarkából kicsordult vért. Aztán rámeredt a bölcs öreg arcra, és megpróbálta felfogni a felfoghatatlant, valóságként elfogadni az elképzelhetetlent: hogy Dumbledore soha többet nem fog szólni hozzá, soha többé nem fog segíteni neki...

Hosszú idő telt el, ő legalábbis úgy érezte, mire újra meghallotta a háta mögött állók csendes moraját. Érezte, hogy valami keményen térdepel, és lenézett.

A medál, amit valamikor a távolinak tűnő múltban megszereztek, kiesett Dumbledore zsebéből. Ki is nyílt, minden bizonnyal a becsapódás következtében. Jóllehet Harry úgy érezte, megrendülése és szomorúsága nem fokozható tovább, amint felemelte az ékszert, tudta, hogy valami nincs rendjén vele...

Forgatni kezdte kezében a medált. Az kisebb volt, mint a másik, amit a merengőben látott, és nyoma sem volt rajta Mardekár jelének, a díszes M betűnek, se egyéb vésetnek. Mi több, a belsejében se rejtett mást, csupán egy kis darab összehajtott pergament, amit az arckép helyére dugtak be.

Harry gépiesen kivette a pergament, széthajtotta, és a háta mögött fellobbant megannyi pálca fényénél elolvasta a ráírt szöveget.

A Sötét Nagyúrnak
Mikor ezt olvasod, én már rég nem leszek az élők
sorában, de tudatni akarom veled, hogy én fedtem fel a
titkodat. Elloptam az igazi horcruxot, és amint tehetem,
megsemmisítem. Abban a reményben várom a halált, hogy
mikor szembenézel méltó ellenfeleddel, már ismét egyszerű
halandó leszel.
R. A. B.

Harry egyetlen dolgot fogott fel a levélből: hogy a medál nem az igazi horcrux. Dumbledore feleslegesen itta meg az iszonyú varázsitalt, feleslegesen gyengítette el magát. Harry ökölbe szoruló kezébe gyűrte a pergament, s miközben Agyar a háta mögött fájdalmas vonyításba kezdett, égő könnyek öntötték el a szemét.

A főnix siratódala

– Gyere, Harry…

– Nem.

– Nem maradhatsz itt… no gyere már…

– Nem.

Nem akart elmozdulni Dumbledore mellől, nem akart sehova menni. Hagrid keze remegett a vállán. Aztán egy másik hang is megszólította:

– Gyere, Harry.

Egy sokkal kisebb és melegebb kéz megfogta az övét, és elkezdte felfelé emelni. Harry ösztönösen engedelmeskedett. Már a tömegben lépkedett, kábán maga elé meredve, mikor a finom virágillat, amit érzett, tudatosította benne, hogy Ginny az, aki a kastély bejárata felé vezeti őt. Érthetetlen zúgássá összefolyó hangok hullámai csapták meg a fülét, kiáltások és jajszavak hasítottak körülöttük az éjszakába, de ők csak mentek, mentek, fel a lépcsőn, át a bejárati csarnokon. Homályos arcok úsztak be Harry látóterébe; suttogó, kérdezősködő emberek bámulták meg őt, s mint megannyi vércsepp, griffendéles rubintok csillogtak a csarnok kőpadlóján.

– A gyengélkedőre megyünk – mondta Ginny.

– Nincs semmi bajom – motyogta Harry.

– McGalagony parancsa – mondta Ginny. – Mindenki ott van, Ron, Hermione, Lupin, mindenki…

Harry mellkasában ismét dagadni kezdett a félelem. A földön heverő, mozdulatlan alakokról teljesen megfeledkezett.

– Ki halt még meg, Ginny?

– Ne félj, közülünk senki.

– De hát a Sötét Jegy... Malfoy azt mondta, átlépett egy holttesten...

– Billen lépett át, de nincs baj, életben van.

Ginny hangja valahogy mást sejtetett, mint megnyugtató szavai...

– Biztos?

– Persze, hogy biztos. Csak... csúnyán megsérült. Greyback támadta meg. Madam Pomfrey azt mondja, nem lehet teljesen rendbehozni... – Ginny hangja kicsit megremegett. – Nem igazán tudjuk, mire számítsunk... Greyback most nem volt átváltozva, de mégiscsak vérfarkas....

– De mások is... mások is feküdtek a földön...

– Neville a gyengélkedőn van, de Madam Pomfrey szerint fel fog épülni, és Flitwick professzort is kiütötték, de már magához tért, csak remeg egy kicsit. Ragaszkodott hozzá, hogy visszamehessen a hollóhátasaihoz. És egy halálfaló meghalt, eltalálta egy gyilkos átok, amikor az a nagydarab szőke össze-vissza lövöldözött... Harry, ha nincs a Felix Felicis, biztos, hogy mind meghaltunk volna, de így... mintha pajzs védett volna minket...

Megérkeztek a gyengélkedő ajtajához. Mikor beléptek, Harry először Neville-t pillantotta meg, aki a bejárat melletti ágyban feküdt. Ron, Hermione, Luna, Tonks és Lupin a kórterem túlsó végében álltak, egy másik ágy köré gyűlve. Az ajtónyitás zajára valamennyien megfordultak. Hermione odaszaladt Harryhez, és átölelte; Lupin is megindult felé, aggódó arccal.

– Nem esett bajod, Harry?

– Nem... hogy van Bill?

Senki nem válaszolt. Harry átnézett Hermione válla fölött, és a párnán egy, a felismerhetetlenségig szétmarcangolt, groteszk arcroncsot pillantott meg.

Madam Pomfrey valami szúrós szagú, zöld tinktúrával ecsetelte a sebeket. Harrynek eszébe jutott, milyen könnyedén eltüntette Piton a vágásokat Malfoy arcáról és testéről.

– Valamilyen bűbájjal nem lehet begyógyítani ezeket? – fordult a javasasszonyhoz.

– Nem használ itt semmilyen bűbáj – felelte Madam Pomfrey. – Mindent kipróbáltam, amit ismerek, de a vérfarkas-harapást semmi nem gyógyítja be.

– De hát nem teliholdkor történt – szólalt meg Ron, aki olyan mereven bámult bátyja arcára, mintha a puszta tekintetével eltüntethetné a sebeket. – Greyback nem volt átváltozva, vagyis Bill biztos nem lesz... nem lesz igazi... – Bizonytalanul rápillantott Lupinra.

– Nem, én sem hiszem, hogy Billből igazi vérfarkas lesz – rázta a fejét Lupin –, de nem zárható ki bizonyos mértékű fertőzöttség. Ezek átokverte sebek. Nem valószínű, hogy valaha is teljesen begyógyulnak, és... és lehet, hogy Billnek ezentúl lesznek farkast idéző tulajdonságai.

– Dumbledore biztos tud valamilyen gyógyírt – mondta Ron. – Bill az ő parancsára harcolt azokkal az őrültekkel. Dumbledore hálával tartozik neki, nem hagyhatja ilyen állapotban...

– Ron... Dumbledore meghalt – szólt csendesen Ginny.

– Nem! – Lupin szeme elkerekedett, és Ginnyről Harryre ugrott a tekintete, mintha tőle várna cáfolatot. Mikor ezt nem kapta meg, leroskadt a Bill ágya mellett álló székre, és tenyerébe temette az arcát. Harry sose látta még kiborulni Lupint; zavarba jött, s inkább elfordult. Tekintete találkozott Ronéval, s egy néma pillantással megerősítette, amit Ginny mondott.

– Hogyan halt meg? – suttogta Tonks. – Hogyan történt?

– Piton ölte meg – felelte Harry. – Ott voltam, láttam. Leszálltunk a csillagvizsgáló toronyra, mert ott lebegett a Jegy... Dumbledore nagyon gyenge volt, de amikor lépéseket hallottunk a lépcsőről, azt hiszem, rájött, hogy csapdába estünk, mert megbénított engem. Nem tehettem semmit, ott álltam a láthatatlanná tévő köpeny alatt – és akkor megjelent Malfoy és lefegyverezte őt...

Hermione a szája elé kapta a kezét, Ron döbbenten felnyögött. Lunának remegett a szája.

– Aztán jött még néhány halálfaló... utána pedig Piton... és megölte. Az Avada Kedavrával... – Harry nem tudta folytatni.

Madam Pomfrey zokogásban tört ki. Senki nem próbálta vigasztalni, de Ginny odasúgta neki:

– Csss... hallgassa!

A javasasszony remegő szájára szorította a kezét, és könnyektől csillogó szemmel felpillantott. Kint az éjszakában a főnix énekelt – de úgy, ahogy Harry még sose hallotta. Szívszorítóan gyönyörűséges siratót zengett, és Harry, mint a főnix énekét hallva már máskor is, úgy érezte, a dal nem kívülről száll felé, hanem benne, az ő lelkében kél: a saját gyásza változik varázslatos módon a birtokot és a kastélyt bezengő, végtelen dallammá.

Nem tudta, meddig álltak ott némán; azt se, hogy miért enyhítette bánatát – és talán valamennyiükét – a dalba öntött fájdalom; mindenesetre végtelenül hosszúnak tűnt az az idő, ami után a gyengélkedő ajtaja ismét kinyílt. Ezúttal McGalagony professzor lépett be rajta. A tanárnő is magán viselte a csata nyomait: horzsolások voltak az arcán, s a talárja több helyen elszakadt.

– Molly és Arthur már úton vannak – szólt, s szavai megtörték a főnixdal gyógyító varázsát. A betegágy körül állók mintha álomból ébredtek volna: megborzongtak, a szemüket dörzsölték, majd ismét Billre fordították pillantásukat.

– Mi történt, Harry? Hagrid azt állítja, maga együtt volt Dumbledore professzorral, amikor… az esemény idején. És hogy maga Piton professzort is emlegette…

– Piton ölte meg Dumbledore-t – mondta Harry.

McGalagony egy pillanatig dermedten meredt rá, azután megtántorodott. Madam Pomfrey, aki időközben összeszedte magát, odasietett, elővarázsolt egy széket a semmiből, és gyorsan McGalagony alá tolta.

– Piton… – suttogta elhaló hangon a tanárnő, és leroskadt a székre. – Mindenki furcsállta… de ő bízott benne… rendíthetetlenül… Piton… nem tudom elhinni…

– Piton rendkívül jó okklumentor – szólt rekedten Lupin. – Ezt mindig is tudtuk róla.

– De Dumbledore váltig bizonygatta, hogy a mi oldalunkon áll – suttogta Tonks. – Mindig azt hittem, tud valamit Pitonról, amit mi nem…

– Gyakran célzott rá, hogy sziklaszilárd indoka van megbízni Pitonban – motyogta McGalagony, miközben zsebkendőjével felitatta kicsorduló könnyeit. – Elvégre… Piton múltját ismerve… természetes, hogy sokan kételkedtek… de Dumbledore kijelentette, hogy Piton megbánása teljesen őszinte. Egyetlen rossz szót se akart hallani róla!

– Nagyon szeretném tudni, hogyan érte ezt el nála Piton – csóválta a fejét Tonks.

– Én tudom – szólt csendesen Harry, mire minden fej felé fordult. – Piton árulta el Voldemortnak azt, ami miatt Voldemort megölte a szüleimet. Aztán Piton azt mondta Dumbledore-nak, hogy nem tudta, mit művelt, megbánta a tettét, és sajnálja, hogy a szüleim meghaltak.

– És Dumbledore ezt elhitte neki? – fortyan fel Lupin. – Dumbledore elhitte, hogy Piton sajnálja Jamest?! Hiszen gyűlölte őt!

– És anyámat se tartotta semmire – tette hozzá Harry –, mivel mugli születésű volt… A szemébe mondta, hogy sárvérű…

Mindenki a döbbenettel viaskodott, senki nem kérdezte, honnan tud ő erről.

– Én vagyok a hibás – szólalt meg hirtelen McGalagony. Tekintete homályos volt, két kezében gyűrögette nedves zsebkendőjét. – Én tehetek mindenről. Én kértem meg Filiust, hogy szóljon Pitonnak. Elküldtem, hogy segítségül hívja! Amíg Filius nem szólt neki, Piton semmit sem tudott! Ő sem számított a halálfalók érkezésére.

– Nincs oka vádolnia magát, Minerva – jelentette ki határozottan Lupin. – Mind úgy éreztük, hogy elkél a segítség, mind örültünk, amikor Piton megjelent...

– És amikor megérkezett, a halálfalók oldalán állt be a harcba? – kérdezte Harry. Szomjazott minden szót, ami Piton aljasságáról szólt, mohón gyűjtötte a további indokokat rá, hogy gyűlölhesse Pitont, hogy bosszút esküdhessen ellene.

– Nem tudom pontosan, hogyan zajlott a dolog – felelte zaklatottan McGalagony. – Minden olyan zavaros... Dumbledore szólt nekünk, hogy néhány órára elhagyja az iskolát, és kérte, hogy a biztonság kedvéért járőrözzünk a folyosókon... Mondta, hogy Remus, Bill és Nymphadora is csatlakoznak majd hozzánk... így hát őrködtünk. De semmit nem vettünk észre. Figyeltük az iskolába vezető összes titkos alagutat. Azt tudtuk, hogy berepülni nem lehet, hiszen a legerősebb bűbájok védik a birtokot. Még most sem értem, hogyan jutottak be a halálfalók...

– Én tudom – mondta Harry, és röviden beszámolt a két volt-nincs szekrény által alkotott mágikus átjáróról. – ...szóval a Szükség Szobáján át érkeztek.

Akaratlanul rápillantott Ronra és Hermionéra, akik szégyenkezve lesütötték a szemüket.

– Elbénáztam, Harry – motyogta megsemmisülten Ron. – Azt csináltuk, amit mondtál: megnéztük a Tekergők Térképét. Mivel nem találtuk rajta Malfoyt, gyanítottuk, hogy a Szükség Szobájában van, így aztán felmentünk oda Ginnyvel és Neville-lel... De Malfoy kicselezett minket.

– Egy órával azután bukkant fel, hogy elkezdtünk őrködni – vette át a szót Ginny. – Egyedül jött ki, és nála volt az a rémes múmiakar...

– A Dicsőség Keze – magyarázta Ron. – Ami csak annak világít, aki fogja.

– A lényeg az – folytatta Ginny –, hogy valószínűleg csak meg akarta nézni, tiszta-e a levegő, mielőtt kihozza a halálfalókat, mert amikor meglátott minket, a levegőbe szórt valamit, és rögtön koromsötét lett...

– Perui instant sötétségpor – vetette közbe keserűen Ron. – Fred és George boltjában lehet kapni. Majd elmesélem nekik, mire használják egyesek az áruikat.

– Mindennel próbálkoztunk, lumosszal, piroinitióval – csóválta fejét Ginny –, de semmi nem hatolt át azon a sötétségen. Nem tehettünk mást, tapogatózva elindultunk kifelé a folyosóról, és közben hallottuk, hogy emberek szaladnak el mellettünk. Malfoynak biztos világított az a kéz, és ő vezette őket, de mi nem mertünk átkokat vagy ilyesmit használni, nehogy véletlenül egymást találjuk el. Aztán mire kiértünk egy világos folyosóra, Malfoyék már nem voltak sehol.

– Szerencsére – vette át a szót Lupin. – Ron, Ginny és Neville rögtön ezután összefutottak velünk, és elmondták, mi történt. Pár perc alatt meg is találtuk a halálfalókat, akik a csillagvizsgáló torony felé igyekeztek. Malfoynak akkor már nem volt sötétségpora, biztos nem számított további őrökre. Harcba szálltunk a halálfalókkal, azok szétszéledtek, mi meg üldözőbe vettük őket. Az egyikük, Gibbon, elvált a többitől, és felszaladt a torony lépcsőjén...

– Hogy felküldje a Sötét Jegyet? – kérdezte Harry.

– Igen, felteszem, azért. Ezt nyilván még a Szükség Szobájában beszélték meg így. De Gibbonnak bizonyára nem fűlt hozzá a foga, hogy egyedül várjon odafent Dumbledore-ra, mert nem sokkal később újra felbukkant a lépcsőn. Be akart szállni a harcba, de eltalálta egy gyilkos átok, amit eredetileg nekem szántak.

– Ha tehát Ron Ginnyvel és Neville-lel a Szükség Szobájánál őrködött – szólt Hermionéhoz fordulva Harry –, akkor te voltál...

– Én voltam Piton szobájánál, igen – suttogta könnyes szemmel a lány. – Lunával együtt. Nagyon sokáig ácsorogtunk ott, de semmi nem történt. Fogalmunk se volt, mi folyik odafent, hiszen a Tekergők Térképét Ronnak adtuk... Már majdnem éjfél volt, amikor egyszer csak lerohant a pincébe Flitwick professzor. Azt kiabálta, hogy halálfalók vannak a kastélyban. Szerintem fel se fogta, hogy Luna meg én ott vagyunk, egyenesen berontott Pitonhoz, és hívta, hogy menjen fel segíteni. Rögtön azután puffanást hallottunk, és kirohant Piton. Meglátott minket, és... és...

– És mi? – sürgette Harry.

– Olyan hülye voltam! – suttogta cérnavékony hangon Hermione. – Piton azt mondta, Flitwick professzor összeesett, menjünk és ápoljuk, amíg ő... amíg ő felmegy harcolni a halálfalók ellen...

Hermione szégyenében eltakarta arcát, és szavai ezután az ujjai között szűrődtek ki.

– Bementünk a szobájába, és ott találtuk Flitwick professzort eszméletlenül a földön... jaj istenem, most már annyira egyértelmű, hogy Piton kábító átkot szórt rá, de ez nekünk akkor eszünkbe se jutott, és futni hagytuk Pitont!

– Ezzel nem követtetek el hibát – rázta a fejét Lupin. – Ha megpróbáltátok volna feltartóztatni Pitont, titeket is elintézett volna.

– Szóval feljött a pincéből – mondta Harry. Szinte látni vélte, ahogy Piton felrohan a márványlépcsőn: fekete talárja, mint mindig, vitorla módjára dagad és lobog, futtában előhúzza a varázspálcáját... – És megérkezett oda, ahol a harc folyt...

Tonks folytatta a beszámolót:

– A halálfalók szorongattak minket, vesztésre álltunk. Gibbon ugyan elesett, de a többi ádázul küzdött. Neville megsebesült, Bill-lel elbánt Greyback... sötét volt... mindenfelé átkok röpködtek... A Malfoy fiú egyszer csak felszívódott, biztos akkor szaladt fel a toronyba... Aztán még néhányan utána futottak, és az egyik valamilyen átokkal elzárta maga mögött az utat... Neville nekiszaladt az akadálynak, és az átok a levegőbe röpítette...

– Egyikünk se tudott áttörni – folytatta a történetet Ron –, és az a nagydarab egyfolytában szórta mindenfelé az átkait, azok meg ott pattogtak a falak között, a fejünk körül...

– Aztán egyszerre megjelent Piton – mondta Tonks –, de utána megint eltűnt...

– Láttam, hogy felénk rohan – magyarázta Ginny –, de rögtön utána becsapódott a fülem mellett annak a szőke halálfalónak az egyik átka. Lekuporodtam, és nem láttam, mi történt azután.

– Én láttam – bólintott Lupin. – Piton átszaladt az akadályon, mintha nem is lenne ott semmi. Rögtön utánarohantam, de az átok ugyanúgy visszalökött, mint Neville-t.

– Piton biztos tudott egy bűbájt, amit mi nem ismerünk – vélekedett McGalagony. – Elvégre sötét varázslatok kivédését tanított... Én azt hittem, a toronyba menekült halálfalók után siet annyira...

– Úgy is volt, utánuk sietett – szólt keserűen Harry –, de nem azért, hogy rájuk támadjon... És biztosra veszem, hogy az akadályon csak az juthatott át, akinek Sötét Jegy volt a karján. Na és mi történt, amikor visszajött?

– A szőke halálfaló közvetlenül előtte lőtt ki egy rontást, amitől leszakadt a fél plafon, és az akadály-átok is megszűnt. Akik még talpon voltunk, megrohamoztuk a lépcsőt, de egyszer csak kilépett a porfelhőből Piton meg a fiú. Természetesen nem támadtunk rájuk...

– Átengedtük őket – mondta színtelen hangon Tonks. – Azt hittük, üldözik őket a halálfalók. Meg is jelent Greyback meg a többi, és folytatódott a harc. Emlékszem, Piton mintha kiáltott volna valamit, de nem értettem, hogy mit...

– Azt kiáltotta, hogy vége... – morogta Harry. – Hogy mehetnek, mert elvégezte, amit akart.

A társaság elhallgatott. A birtokot és a kastély termeit még mindig át- meg átjárták Fawkes siratóénekének hangjai. A lágy, fájdalmas dal keserű gondolatokat ébresztett Harry agyában... Vajon felhozták-e már Dumbledore holttestét a torony aljából? És mi lesz a sorsa? Hol fogják eltemetni? Harry ökölbe szorította zsebre dugott kezét. Jobbján ott érezte a hamis horcrux hideg, kemény érintését.

Valamennyien összerezzentek, amikor ismét kicsapódott a gyengélkedő ajtaja. Mr és Mrs Weasley sietett be rajta, a sarkukban Fleurrel. A lány gyönyörű arca a rettenet kifejezésébe torzult.

– Molly... Arthur... – McGalagony professzor felállt, és az érkezők elé sietett. – Annyira sajnálom...

– Bill – suttogta Mrs Weasley. Mikor megpillantotta fia szétmarcangolt arcát, azonnal otthagyta McGalagonyt, és az ágyhoz rohant. – Istenem, Bill!

Lupin és Tonks sietve félrehúzódtak, hogy a szülők odaférjenek az ágyhoz. Mrs Weasley lehajolt, és Bill véres homlokára szorította ajkát.

– Azt mondja, Greyback támadta meg? – fordult McGalagonyhoz a zaklatott Mr Weasley. – De nem volt átalakulva? Mi következik ebből? Mi lesz Billel?

– Azt még nem tudjuk – csóválta a fejét McGalagony.

– Valószínűleg megfertőződött, Arthur – szólt Lupin. – Ez egészen sajátos eset, talán nem is volt még példa ilyenre...

Fogalmunk sincs, hogyan fog viselkedni, mikor magához tér...

Mrs Weasley átvette Madam Pomfreytól a büdös tinktúrát, és ecsetelni kezdte vele Bill sebeit.

– És Dumbledore? – kérdezte Mr Weasley. – Minerva, igaz, hogy... valóban...

Miközben McGalagony professzor rábólintott a befejezetlen kérdésre, Harry érezte, hogy Ginny odalép mellé, és ránézett a lányra. Ginny kissé összehúzta a szemét, és Fleurt figyelte, aki dermedt arccal nézte a sebesült Billt.

– Dumbledore nincs többé – suttogta megsemmisülten Mr Weasley. A feleségét viszont pillanatnyilag nem érdekelte semmi más, csak szerencsétlenül járt fia. Zokogásban tört ki, könnyei Bill szétmarcangolt arcára potyogtak.

– Persze nem számít a külseje... nem az a... nem az a fontos... de olyan szép kisfiú volt... és most, felnőtt korában is... és most készült... most készült megnősülni!

– Ezzel meg mit akarh mondani!? – szólalt meg emelt hangon Fleur. – Mi az, 'ogy most készült megnősülni?

Mrs Weasley meghökkenve nézett Fleurre könnyei függönyén át.

– Hát... csak mert...

– Talán azt 'iszi, 'ogy Bill márh nem akarh feleségül veni engem? – kérdezte fagyosan Fleur. – Azt gondolja, 'ogy a 'arhapások miat márh nem szerhet?

– Nem, nem arra...

– Merht igenis szerhet! – Fleur kihúzta magát, és hátravetette hosszú, ezüstszőke haját. – Ahoz nem elég egy falka vérhfarhkas se, 'ogy Bill engem ne szerhesen többé!

– Hát persze, persze – bólogatott Mrs Weasley –, csak azt hittem, hogy ezután... most, hogy ilyen...

– Azt 'itte, márh nem akarhok 'ozzá meni? Vagy talán azt rhémélte? – Fleur orrcimpája vadul remegett. – Mit érhdekel engem, milyen az arhca? Azt 'iszem, elég szép vagyok kettőnk 'elyett is! Ezek a sebek azt mutatják, 'ogy a férhjem bátorh emberh! Ezt pedig én csinálom! – tette hozzá indulatosan, azzal félretolta Mrs Weasleyt, és kikapta a kezéből a tinktúrás üveget.

Mrs Weasley visszahátrált a férje mellé, és miközben a Bill sebeit ápoló Fleurre meredt, egészen különös kifejezés jelent meg az arcán. Senki nem szólalt meg, Harry moccanni se mert. Mint mindenki más, ő is arra számított, hogy pillanatokon belül elszabadul a pokol.

– Muriel nagynénénknek – törte meg nagy sokára a csendet Mrs Weasley – van egy gyönyörű diadémja – koboldmunka. Ha megkérem, biztosan kölcsönadja neked az esküvőre. Nagyon szereti Billt... és az a fejdísz éppen illik a hajadhoz.

– Köszönöm – felelte dacos-kimérten Fleur. – Bizonyárha nagyon szép lesz.

És a következő pillanatban – Harry legnagyobb megrökönyödésére – a két nő már egymás vállán zokogott. Harry első gondolata az volt, hogy teljesen megbolondult a világ. Körülnézett, és látta, hogy Ron ugyanúgy el van képedve, mint ő. Ginny és Hermione is nagy szemeket meresztett.

– Látod? – csendült egy felindultsággal teli hang. Tonks vádló tekintettel meredt Lupinra. – Fleurt nem érdekli, hogy Billt megharapták! Nem törődik vele!

– Az egészen más. – Lupin merev arccal válaszolt, s alig mozgott a szája. – Billből nem lesz igazi vérfarkas. A két eset teljesen...

– És engem se érdekel, érted? Engem se! – fakadt ki Tonks, és két kézzel megmarkolta Lupin talárját. – Ezerszer mondtam már neked...

Egycsapásra minden világossá vált Harry számára: Tonks patrónus-váltásának jelentése, a boszorkány egérszürke haja, az, hogy miért rohant Dumbledore-hoz, mikor hírét vette, hogy Greyback megtámadott valakit... Tonks nem Siriusba volt szerelmes...

592

– És én is ezerszer megmondtam neked – felelte konokul a padlót bámulva Lupin –, hogy túl öreg, túl szegény és túlságosan veszélyes férj lennék neked.

– Mindig mondtam, hogy nevetséges ez a hozzáállás, Remus – jegyezte meg Mrs Weasley, még mindig Fleur hátát simogatva.

– Semmi nevetséges nincs benne – makacskodott Lupin. – Tonksnak egy fiatal és ép férfi kell.

– De ha egyszer téged akar – szólt szomorkás mosollyal Mr Weasley. – És amint látod, a fiatal és ép férfiak se feltétlenül maradnak mindig azok – tette hozzá, a betegágyon fekvő fiára mutatva.

– Ez nem… nem a legalkalmasabb pillanat rá, hogy ezt megvitassuk – motyogta Lupin, és elfordította a fejét, hogy senkinek ne kelljen a szemébe néznie. – Dumbledore meghalt…

– Dumbledore lenne a legboldogabb, ha azt hallaná, hogy egy kicsivel több szeretet van a világban – jegyezte meg csendesen McGalagony, épp mikor ismét kinyílt a gyengélkedő ajtaja, és belépett rajta Hagrid.

A vadőr arcának az a kis része, ami szabadon maradt a sok haj és a szőr között, püffedt és ázott volt. Most is rázta őt a zokogás, és egy hatalmas, pöttyös zsebkendőt szorongatott a kezében.

– Meg… megtörtént, professzorasszony – dörmögte akadozva. – Felhoztam. Bimba professzor visszaküldte a gyerekeket az ágyba. Flitwick professzor is elment ledőlni egy kicsit, de azt mondta, egykettőre jobban lesz. Lumpsluck professzor értesítette a minisztériumot.

– Köszönöm, Hagrid – bólintott McGalagony, azzal felállt, és végigpillantott a jelenlévőkön. – Nekem kell fogadnom a minisztérium embereit, ha megérkeznek. Hagrid, kérem, értesítse a házvezetőket – a Mardekárt Lumpsluck képviselheti –, hogy várom őket az irodámban. Kérem, maga is jöjjön majd fel!

593

Hagrid bólintott, megfordult és kiment. McGalagony most Harryhez fordult:

– Mindenekelőtt azonban magával szeretnék néhány szót váltani, Harry. Kérem, jöjjön velem…

Harry felállt, odamotyogta Ronnak, Hermionénak és Ginnynek, hogy mindjárt visszajön, aztán követte az ajtó felé induló McGalagonyt.

A kastély kihalt folyosóinak csendjét csak a főnix távoli éneke törte meg. Harry már percek óta gyalogolt némán a tanárnő mellett, mikor rádöbbent, hogy nem McGalagony, hanem Dumbledore dolgozószobája felé mennek. További hosszú másodpercek kellettek hozzá, hogy megértse, miért: hiszen McGalagony volt az igazgatóhelyettes, s most igazgatóvá lépett elő. Így már az övé a kőszörny mögötti dolgozószoba…

Szótlanul mentek fel a mozgó csigalépcsőn és léptek be a kerek helyiségbe. Harry nem igazán tudta, mit várt: hogy a szobát fekete leplekbe borítva találja? Vagy hogy ott lesz a halott Dumbledore? De nem, a szoba szinte teljesen ugyanúgy festett, mint néhány órával korábban, amikor Dumbledore-ral elindultak onnan. Az ezüst szerkezetek békésen zümmögtek és puffogtak a faragott lábú asztalokon, Griffendél üvegdobozba zárt kardján megcsillant a holdfény, és a Teszlek Süveg ott pihent a helyén, az íróasztal mögötti polcon. Fawkes ülőrúdja viszont üres volt; a főnix még mindig siratóját zengte az éjszakában. És a Roxfort elhunyt igazgatóinak és igazgatónőinek sora egy új portréval bővült… Dumbledore ott szunyókált egy aranykeretben az íróasztal fölött, horgas orrán a félhold alakú szemüveggel, a háborítatlan béke és nyugalom kifejezésével az arcán.

McGalagony a festmény láttán egy pillanatra megdermedt, de aztán megrázta magát, és az íróasztal mögé lépve szembefordult Harryvel. Vonásai megfeszültek, a ráncok elmélyültek az arcán.

– Harry – szólt –, szeretném tudni, mit csináltak Dumbledore professzorral ma este, amikor elhagyták az iskolát.

– Nem mondhatom meg, tanárnő – felelte Harry. Számított a kérdésre, és kész volt a válasza. Éppen itt, ebben a szobában kérte meg rá Dumbledore, hogy Ronon és Hermionén kívül senkinek ne árulja el, mi történik a találkozásaik alkalmával.

– Harry, ez nagyon fontos lehet – mondta McGalagony.

– Igen, az – bólintott Harry. – Nagyon fontos, de Dumbledore professzor úr úgy akarta, hogy ne beszéljek róla senkinek.

McGalagony tekintete haragosan fellángolt.

– Potter – (Harry figyelmét nem kerülte el, hogy a tanárnő ismét a vezetéknevén szólítja) –, ha tekintetbe veszi, hogy Dumbledore professzor úr elhunyt, azt hiszem, be kell látnia, hogy némiképp megváltozott a helyzet...

– Szerintem e tekintetben nem változott semmi – felelte Harry, és megrándította a vállát. – Dumbledore professzor nem mondta, hogy a halála után nem kell követnem az utasításait.

– De hát...

– Egy dolgot viszont fontos elmondanom, mielőtt a minisztérium emberei megérkeznek. Madam Rosmerta az Imperius-átok hatása alatt áll. Ő segített Malfoynak és a halálfalóknak. Ő küldte a nyakláncot és a mérgezett mézbort...

– Rosmerta? – visszhangozta hitetlenkedve McGalagony, de mielőtt folytathatta volna, kopogtattak az ajtón. Bimba, Flitwick és Lumpsluck professzor lépett a szobába, s a nyomukban Hagrid, aki még mindig csillapíthatatlanul zokogott.

– Piton! – fakadt ki Lumpsluck, aki sápadt volt és verejtékezett a megrendültségtől. – Piton! A tanítványom volt! Azt hittem, jól ismerem!

Mielőtt bárki felelhetett volna erre, egy éles hang szólalt meg a falon: egy fekete, kurta bajuszú, sápadt varázsló épp akkor tért vissza üres vásznára.

– Minerva! Rufus Scrimgeour másodperceken belül megérkezik. Az imént dehoppanált a minisztériumban.

– Köszönöm, Everard – biccentett McGalagony, majd gyorsan a házvezető tanárokhoz fordult. – Mielőtt ideér, szeretnék beszélni magukkal a Roxfort jövőjéről. A magam részéről nem vagyok meggyőződve róla, hogy helyes lenne, ha jövőre is kinyitna az iskola. Az, hogy az igazgatónk az egyik tanár keze által halt meg, a Roxfort végét jelentheti. Borzalmas, ami történt.

– Dumbledore azt kívánná, hogy tovább működjön az iskola, ebben biztos vagyok – jelentette ki Bimba. – Úgy vélem, ha egyetlen diák is itt akar tanulni, az iskolának ki kell nyitnia.

– De lesz-e ezek után akár egyetlen diákunk is? – tette fel a kérdést Lumpsluck, verejtékező homlokát törölgetve egy selyemzsebkendővel. – A szülők bizonyára inkább otthon tartják majd a gyerekeiket, és nem is hibáztathatjuk őket érte. A magam részéről nem hiszem, hogy nagyobb veszélyben vagyunk a Roxfortban, mint bárhol másutt, de az anyáktól nem várható el, hogy ugyanígy gondolkodjanak. Együtt akarják majd tartani a családot, ez természetes reakció.

– Egyetértek – bólintott McGalagony. – Megjegyzem, Dumbledore is el tudott képzelni olyan helyzetet, amikor szükségessé válhat a Roxfort bezárása. Mikor újra kinyitották a Titkok Kamráját, fontolóra vette ezt az intézkedést – márpedig Dumbledore professzor erőszakos halála annál is súlyosabb vészhelyzet, mint Mardekár szörnyetegének jelenléte a kastélyban...

– Konzultálnunk kell az iskola felügyelő-bizottságával – szólalt meg cincogó hangján Flitwick professzor, akin már csak a homlokán éktelenkedő csúnya horzsolás emlékeztetett a Piton szobájában elszenvedett traumára. – A bevett procedúra szerint kell eljárnunk. Nem szabad elsietnünk a döntést.

– Hagrid, maga még nem nyilatkozott – fordult a vadőrhöz McGalagony. – Mi a véleménye, működjön tovább az iskola?

Hagrid, aki mindaddig csendesen zokogott nagy pöttyös zsebkendőjébe, most felpillantott, és rekedten így szólt:

– Nem tudom, professzorasszony… ezt a házvezetőknek és az igazgatónőnek kell eldönteni…

– Dumbledore professzornak mindig is fontos volt a maga véleménye – biztatta jóindulatúan McGalagony. – És nekem is az.

– Én itt maradok – mondta Hagrid, miközben kövér könnycseppek gördültek a szeme sarkából bozontos szakállába. – Nekem tizenhárom éves korom óta ez az otthonom. És ha jönnek gyerekek, hát tanítani fogom őket. De… nem is tudom… a Roxfort Dumbledore nélkül…

Hagrid megremegett, és újra eltűnt az arca pöttyös zsebkendője mögött. A dolgozószobára csend ült.

– Rendben van – szólalt meg ismét McGalagony, miután az ablakhoz lépett, hogy megnézze, közeledik-e már a miniszter. – Ez esetben Filius álláspontját támogatom, miszerint konzultálnunk kell a felügyelő-bizottsággal, és rájuk kell bíznunk a döntést.

– Ami a diákok hazautaztatását illeti… indokoltnak tűnik, hogy ennek minél hamarabb szerét ejtsük. Ha szükséges, akár már holnapra megrendelhetjük a Roxfort Expresszt…

– És Dumbledore temetése? – szólt bele most már Harry is a beszélgetésbe.

– Nos… – McGalagony professzor ezen a ponton szemlátomást veszített határozottságából, s a hangja is megremegett kissé. – Tudom… tudom, hogy Dumbledore professzor óhaja az volt… hogy itt a Roxfortban temessék el…

– Akkor úgy is lesz, nem? – vágta rá Harry.

– Ha a minisztérium beleegyezik – felelte McGalagony. – Még soha egyetlen igazgatót sem…

– Még soha egyetlen igazgató sem tett ennyit az iskoláért – vágott közbe Hagrid.

– A Roxfort legyen Dumbledore végső nyughelye – jelentette ki Flitwick is.

– Mindenképp – bólintott rá Bimba professzor.

– És a temetésig semmiképp se küldjék haza a diákokat – tette hozzá Harry. – Ők is el akarnak...

Az utolsó szó a torkában rekedt, de Bimba professzor kimondta helyette:

– Ők is el akarnak búcsúzni.

– Ez igaz – cincogta Flitwick professzor. – Tökéletesen igaz! Úgy helyes, hogy a diákjaink is leróhassák kegyeletüket. Ráérünk a temetés után hazaküldeni őket.

– Támogatom – mondta szilárd meggyőződéssel Bimba.

– Hát igen... jogos – motyogta zaklatottan Lumpsluck, Hagrid pedig zokogva bólogatott.

– Megérkezett – szólt az ablak felé forduló McGalagony. – Megjött a miniszter úr... és úgy látom, egész delegáció kíséri...

– Elmehetek, tanárnő? – kérdezte gyorsan Harry.

A gondolatától is irtózott, hogy ezen az estén Rufus Scrimgeourrel találkozzon.

– Igen, elmehetsz – felelte McGalagony. – De igyekezz.

A tanárnő az ajtóhoz sietett, és kinyitotta Harry előtt. Harry leszaladt a csigalépcsőn, és végigfutott a néptelen folyosón. A láthatatlanná tévő köpenyét a csillagvizsgáló toronyban hagyta, de most nem volt szüksége rá: nem találkozott se Friccsel, se Mrs Norrisszal, se Hóborccal. Egy lélek se akadt az útjába a Griffendél-toronyig.

– Igaz a hír? – suttogta a Kövér Dáma a közeledő Harry láttán. – Igaz, hogy Dumbledore... meghalt?

– Igen – felelte Harry.

A dáma keserves zokogásban tört ki, és jelszót se kérve szabaddá tette a bejáratot.

A portrélyukon bemászó Harryt néma csend fogadta, pedig a klubhelyiség zsúfolásig tele volt. Harry egy közeli asztalnál megpillantotta Deant és Seamust, s ebből tudta, hogy fent a hálóterem üres vagy majdnem az. Némán, lesütött szemmel átvágott a helyiségen, és bement a fiúk körletébe nyíló ajtón.

Úgy volt, ahogy remélte: Ron a hálóteremben várt rá, felöltözve ült az ágya szélén. Harry is leült a saját ágyára, s néhány másodpercig némán néztek egymásra.

– Lehet, hogy bezárják az iskolát – szólt végül Harry.

– Lupin szerint be fogják – bólintott Ron.

Hallgattak egy sort.

– Na és? – kérdezte Ron, olyan halkan, mintha attól tartana, hogy a bútorok is hallgatóznak. – Megtaláltátok a horcruxot? Sikerült megszereznetek?

Harry a fejét rázta. Réges-régi lidérces álomként élt az emlékezetében a barlangi tó... Lehetséges egyáltalán, hogy valóban jártak ott, csupán néhány órája?

– Nem sikerült megszerezni? – kérdezte letörten Ron. – Nem volt ott?

– Nem. Valaki már elvitte, és egy hamisítványt hagyott ott helyette.

– Valaki elvitte...?

Harry szótlanul elővette a medált, kinyitotta, és odaadta Ronnak. A történetet ráér máskor elmondani... annak nincs jelentősége... csak a vége számít: az értelmetlen kaland vége, Dumbledore életének vége...

– R. A. B. – suttogta Ron. – Ki lehetett az?

– Nem t'om. – Harry felöltözve hanyatt dőlt az ágyon, és a semmibe révedt. A legkevésbé sem érdekelte R. A. B.; abban sem volt biztos, hogy valaha valami érdekelni fogja még. És ahogy ott feküdt, egyszerre rádöbbent, hogy csend van: a kastélyban is, és kint a parkban is. Fawkes éneke elhallgatott.

És azon nyomban tudta, bár nem sejtette, honnan, hogy a főnix elszállt, örökre búcsút vett a Roxforttól – épp úgy, ahogy Dumbledore is elhagyta az iskolát... Elhagyta a világot, és elhagyta őt, Harryt...

A fehér kripta

A tanítást felfüggesztették, a vizsgák elmaradtak. A következő néhány nap során nem egy diákot hazavittek a szülei – a Patil ikrek már a tragédia utáni reggelen elmentek, és Zacharias Smith is távozott a kastélyból, gőgös arcú apja kíséretében. Ezzel szemben Seamus Finnigan, akiért az édesanyja jött el, kijelentette, hogy esze ágában sincs elutazni. A bejárati csarnokban viharos szócsata zajlott le anya és fia között, és Seamus végül a kastélyban maradhatott, az édesanyja pedig lement Roxmortsba szállást keresni. Ez utóbbi nem volt könnyű feladat, mert a falu lassan megtelt azokkal a messzi tájakról érkezett boszorkányokkal és varázslókkal, akik el akarták kísérni utolsó útjára Dumbledore-t.

Az alsóbb évesek körében némi izgalmat okozott, hogy a temetés előtti nap késő délutánján felbukkant az égen egy lakóház méretű, púderkék hintó, amit tizenkét szárnyas óriásló vontatott. A pompás jármű a Tiltott Rengeteg szélénél landolt. Harry az egyik ablakból nézte, hogyan száll ki belőle egy hatalmas termetű, olajbarna bőrű, fekete hajú asszony, aki aztán az elébe siető Hagrid karjába vetette magát.

A minisztérium delegációját, amelynek maga a mágiaügyi miniszter is tagja volt, a kastélyban szállásolták el. Harry gondosan kerülte a találkozást a hivatalnokokkal, bár nem volt kétsége afelől, hogy előbb-utóbb újra megpróbálják majd kikérdezni Dumbledore-ral tett utolsó kirándulásáról.

Harry, Ron, Hermione és Ginny szinte minden percüket együtt töltötték. Az időjárás, mintha csak a szívüket akarná fájdítani, csodálatosan szép volt. Harry elképzelte, milyen boldogok lennének ezekben a napokban, ha Dumbledore nem halt volna meg. Egy rendben véget ért tanévet tudnának maguk mögött, örülnének, hogy megszabadultak a házi feladatok terhétől, Ginny túl lenne a vizsgáin... Harry óráról órára halogatta, hogy kimondja azt, amit ki kell mondania, hogy megtegye, amit meg kell tennie. Olyan nehéz volt lemondania a vigasz legfőbb forrásáról.

Naponta kétszer beteglátogatóba mentek. Neville már elhagyta a gyengélkedőt, Bill viszont még mindig Madam Pomfrey kezelése alatt állt. A sebei semmivel sem lettek szebbek. Jelenlegi állapotában sajnos feltűnően hasonlított Rémszem Mordonhoz, jóllehet neki legalább megvolt mindkét szeme és lába. Személyisége azonban szerencsére a régi maradt, eltekintve attól az apróságtól, hogy rajongani kezdett a félig nyers sültekért.

– ...így 'át nagy szerhencse, 'ogy én leszek a felesége – mondta egy alkalommal Fleur, miközben Bill párnáját paskolgatta. – Mindig is mondtam, 'ogy a brhitek túlsütnek´és túlfőznek mindent.

– Asszem, bele kell törődnöm, hogy tényleg összeházasodnak – sóhajtotta néhány órával később Ginny. Már este volt; Harryvel, Ronnal és Hermionéval a klubhelyiség nyitott ablakánál ültek, és a szürkülő horizontot bámulták.

– Nem olyan vészes az a lány – jegyezte meg Harry, de mivel Ginny erre rögtön felvonta a szemöldökét, gyorsan hozzátette: – Csak hát csúnya szegény...

Ginny ezt már nem állhatta meg kuncogás nélkül.

– Mindegy, ha anya elviseli őt, majd én is kibírom valahogy.

– Meghalt még valaki, akit ismerünk? – fordult a Reggeli Prófétát szemléző Hermionéhoz Ron.

Hermione egy nyögéssel fejezte ki véleményét a fiú keserű iróniájáról.

– Nem – felelte megrovó hangsúllyal, és összehajtotta az újságot. – Keresik Pitont, de továbbra sincs nyoma...

– Persze, hogy nincs! – fortyant fel Harry, aki mindig dühbe gurult, valahányszor szóba került ez a téma. – Majd akkor lesz meg Piton, ha végre megtalálják Voldemortot. De ezek csak bénázni tudnak...

– Megyek, lefekszem – ásított Ginny. – Nem alszom valami jól, mióta... szóval rám fér az alvás.

Megcsókolta Harryt (Ron tüntetően elfordult), búcsút intett bátyjának és Hermionénak, és elindult a lányok körlete felé. Amint becsukódott mögötte az ajtó, Hermione, jellegzetesen hermionés kifejezéssel az arcán, odahajolt Harryhez.

– Figyelj, délelőtt találtam valamit a könyvtárban...

– R. A. B? – kérdezte Harry, és kiegyenesedett.

Nem volt benne a régen oly sokszor érzett izgalom, furdaló kíváncsiság, mohó vágy, hogy megtalálja a titok nyitját. Egyszerűen csak tudta, hogy ki kell derítenie, mi lett az igazi horcrux sorsa, mert csak azután teheti meg a következő lépéseket azon a sötétbe vesző, kanyargós úton, amelyen Dumbledore-ral indult el, de egyedül fog végigmenni. Legrosszabb esetben még négy horcrux rejtőzik valahol a világban, s azok mindegyikét fel kell kutatnia és meg kell semmisítenie ahhoz, hogy egyáltalán esélye legyen megölni Voldemortot. Úgy ismételgette magában a listát, mintha ezzel magához tudná bűvölni a horcruxokat: a medál... a pohár... a kígyó... valami Griffendéltől vagy Hollóhátitól... a medál... a pohár... a kígyó... valami Griffendéltől vagy Hollóhátitól...

Esténként ezzel a mantrával aludt el, és álmai minden éjjel tele voltak poharakkal, medálokkal és különféle titokzatos tárgyakkal, amelyeket sehogy sem tudott elérni, s bár Dumbledore segítőkészen felajánlott neki egy kötélhágcsót, az kígyófüzérré változott, amint mászni kezdett rajta...

Dumbledore halálának másnapján megmutatta Hermionénak a medálban talált üzenetet; reményei ellenére a lány a monogramban nem ismert rá azonnal egy obskúrus varázslóra, akiről valamikor valami könyvben olvasott – de Hermione azóta jóval gyakrabban kereste fel a könyvtárt, mint az feltétlenül szükséges lett volna egy olyan időszakban, amikor se neki, se másnak nem volt semmiféle házi feladata vagy sürgős tanulnivalója.

– Nem – hangzott most Hermione szomorú válasza. – Keresem a megoldást, de még nem találtam semmi használhatót... Van ugyan néhány többé-kevésbé ismert varázsló, akinek ez a monogramja – például Rosalind Antigone Bungs meg Rupert „Arcfaragó" Brookstanton – de úgy tűnik, egyik se a mi emberünk. Az üzenetből az derül ki, hogy aki ellopta a horcruxot, ismerte Voldemortot, viszont semmilyen utalás nincs rá, hogy Bungsnak vagy Arcfaragónak valaha is dolga lett volna vele... Nem, igazából nem a monogramról akarok beszélni, hanem... Pitonról.

Hermione szemlátomást nehezen tudta rávenni magát, hogy kimondja a nevet.

– Mi van vele? – sóhajtott Harry, és újra hátradőlt a széken.

– Hát, csak annyi – fogott bele óvatosan Hermione –, hogy valamennyire igazam volt a Félvér Herceggel kapcsolatban.

– Miért kell ezt az orrom alá dörgölnöd? Gondolod, hogy nem jöttem rá magamtól is?

– Nem-nem-nem, nem úgy értem! – hadarta Hermione, majd gyorsan körülpislogott, hogy nem hallja-e őket valaki. – Abban volt igazam, hogy a könyv valamikor Eileen Prince-é volt. Mert hogy... ő volt Piton anyja!

– Hát az a csaj elég ronda volt hozzá – morogta Harry, de Hermione eleresztette a füle mellett a megjegyzést.

– Az egyik régi Prófétában találtam egy fizetett közleményt arról, hogy Eileen Prince hozzáment egy Tobias Piton nevű férfihoz, egy későbbi számban pedig megjelent, hogy a nő szült egy...

– Egy gyilkost – morogta közbe Harry.

– Hát... igen. Szóval... tulajdonképpen igazam volt. Piton biztos büszke volt rá, hogy ő félig Herceg. Az újságból az derült ki, hogy Tobias Piton mugli volt.

– Minden stimmel – bólintott Harry. – Az aranyvérű anyjára játszott rá, hogy bevágódjon Lucius Malfoynál meg a többi banditánál... Épp úgy, mint Voldemort. Aranyvérű anya, mugli apa... Szégyelli a származását, a fekete mágiához menekül, hogy féljenek tőle, felvesz egy hangzatos új nevet – Voldemort nagyúr, Félvér Herceg... Miért nem tűnt fel Dumbledore-nak, hogy...?

Harry elharapta a mondatot, és kinézett az ablakon. Napok óta kényszeresen rágódott ezen az őrületen: Dumbledore Piton iránti indokolatlan, végzetes bizalmán... Igaz, ahogy Hermione az imént, szándékán kívül ugyan, de emlékeztette rá: ő, Harry, ugyanúgy bedőlt a színjátéknak... Hiába találkozott egyre durvább varázslatokkal a Herceg könyvében, nem volt hajlandó elítélni a hajdani fiút, aki olyan okos volt és olyan sokat segített neki...

Segített... – most már szinte kibírhatatlan volt számára ez a gondolat...

– Még mindig nem értem, miért nem nyomott fel téged Piton, amiért a könyvét használtad – jegyezte meg fejcsóválva Ron. – Biztos tudta, honnan veszed azokat a varázslatokat.

– Tudta – erősítette meg keserűen Harry. – Rájött, amikor a sectumsemprát használtam. Még legilimencia se nagyon kellett neki hozzá... Akár már előbb is kikövetkeztethette: amikor Lumpsluck áradozott, hogy milyen jó vagyok bájitaltanból. De az ő baja, minek hagyta a régi könyvét a szekrényben?

– De miért nem jelentett fel?

– Talán mert nem akarta nagydobra verni, hogy az övé volt az a könyv – vélekedett Hermione. – Dumbledore biztos nem dicsérte volna meg érte. És még csak le se tagadhatta, hogy az övé volt, mert Lumpsluck ráismert volna az írására. Különben is, a könyv Piton régi termében került elő, és Dumbledore biztos tudta, hogy Piton anyját Prince-nek hívták...

– Meg kellett volna mutatnom a könyvet Dumbledore-nak – dünnyögte Harry. – Egész idő alatt azt magyarázta nekem, hogy Voldemort már roxfortos korában is a velejéig gonosz volt, és én bizonyítani tudtam volna, hogy Piton is az volt...

– A gonosz egy kicsit erős szó – jegyezte meg csendesen Hermione.

– De hisz te magad szajkóztad, hogy az a könyv veszélyes!

– Csak azt akarom mondani, Harry, hogy túl szigorú vagy magadhoz. Tény, hogy undorítónak találtam a Herceg mágikus vicceit, de az meg se fordult a fejemben, hogy képes lenne gyilkolni...

– Egyikünk se hitte, hogy Piton... szóval értitek – motyogta Ron.

Ezután mindhárman gondolataikba merültek, s bár erről egy szó sem esett, Harry biztos volt benne, hogy barátai fejében is a másnapi temetés jár. Harry még sosem vett részt efféle szertartáson – Sirius halála után nem volt mit sírba tenni. Nem tudta, mire számítson, és kicsit tartott tőle, hogy mit fog látni, mit fog érezni. Azt latolgatta, vajon a temetés után már fel tudja-e fogni majd Dumbledore halálának tényét. Eddig is voltak pillanatok, amikor szinte letaglózta a rettenetes veszteség hirtelen rátörő tudata, de máskor, a zsibbadtság hosszú, üres óráiban még mindig nem tudta elhinni, hogy Dumbledore nincs többé, hiába beszélt a kastélyban mindenki folyamatosan erről. Arról szó se lehetett, hogy azt tegye, amit Sirius halála után: hogy valamilyen képzelt reménysugárba kapaszkodjon, azzal áltassa magát, hogy

Dumbledore visszatérhet... Most is megmarkolta zsebében a medál hideg láncát. Mindig magánál tartotta a hamis horcruxot – nem talizmán gyanánt, hanem azért, hogy ne feledhesse, milyen árat kellett fizetni érte, és milyen sok tennivaló maradt még.

Harry másnap már hajnalban felkelt, hogy összecsomagoljon – úgy volt, hogy a Roxfort Expressz egy órával a temetés után indul. Mikor lement reggelizni, a nagyteremben nyomott hangulat fogadta. Minden diák és tanár a dísztalárját viselte, és úgy tűnt, senkinek nincs igazán étvágya. McGalagony professzor a régi helyén ült, nem foglalta el a tanári asztal közepén álló igazgatói trónt. Hagrid széke szintén üres volt – Harry arra gondolt, a vadőr bizonyára egy falatot se tud lenyelni –, Piton helyére viszont odaült Rufus Scrimgeour. Harry gondosan másfelé nézett, mikor a miniszter sárgás szemével a termet pásztázta, mivel az a kellemetlen érzése támadt, hogy Scrimgeour őt keresi a tekintetével. A minisztériumi delegáció tagjainak sorában megpillantotta Percy Weasley vörös haját és szarukeretes szemüvegét. Ron nem adta jelét, hogy észrevette volna bátyját, hacsak nem azzal, hogy villáját indokolatlan dühvel döfte a sózott heringbe.

A mardekárosok asztalánál Crak és Monstro egymás mellett gubbasztottak. Hiába voltak jól megtermett fiúk, valahogy elárvultnak tűntek így kettesben: hiányzott közülük basáskodó vezérük, Malfoy magas, sápadt alakja. Harry nem sokat gondolt mostanában Malfoyra, a lelkében izzó gyűlölet csak és kizárólag Pitonra irányult. Nem felejtette el a félelmet, ami Malfoy hangjában csengett akkor este a toronyban, s azt sem, hogy Malfoy leeresztette a pálcáját, mielőtt a halálfalók megérkeztek. Meggyőződése volt, hogy Malfoy nem ölte volna meg Dumbledore-t. Változatlanul megvetette a mardekáros fiút, hogy úgy rajong a fekete mágiáért, de ellenszenvébe most egy cseppnyi szánalom vegyűlt. Hol lehet Malfoy, gondolta, vajon most mire kényszeríti őt halálos fenyegetéssel Voldemort?

Ginny könyökét érezte a bordái között, és ez kizökkentette tűnődéséből. McGalagony professzor felállt, s a teremben azonnal megszakadt a duruzsolás.

– Lassan itt az idő – szólt a tanárnő. – Kérem, sorakozzanak fel a házvezető tanáruk mögött. Kivonulunk a parkba. Griffendélesek, hozzám!

A diákok szinte zajtalanul álltak fel az asztaloktól. Harry a mardekárosok élén megpillantotta Lumpsluckot, aki pompás, ezüsttel hímzett, smaragdzöld talárt viselt. Bimba professzort, a Hugrabug házvezetőjét még sose látta ilyen tisztának: a gyógynövénytan tanárnő süvegén most egyetlen piszokfolt se volt. S mikor kiértek a bejárati csarnokba, ott találták Madam Cvikkert és Fricset: előbbi térdéig érő sűrű, fekete fátylat, utóbbi ősrégi fekete öltönyt és naftalinszagú nyakkendőt viselt.

A menet, amint azt Harry a bejárati lépcsőre kiérve megállapította, a tó felé tartott. Miközben a többi griffendélessel együtt némán követte McGalagonyt, meleg sugarakkal simogatta az arcát a nap. Hamarosan már azt is látta, hogy ott, ahova mennek, több száz, sorokban felállított szék várja őket. A sorokat középen átjáró vágta ketté, s elöl, a székekkel szemben egy márványasztal állt. Ragyogóan szép nyári nap volt.

A székeken, amelyek fele már foglalt volt, a lehető legvegyesebb gyülekezet foglalt helyet: rongyos és elegáns emberek, öregek és fiatalok. Többségükkel Harry sosem találkozott még, de azért látott jó néhány ismerős arcot is, például a Főnix Rendjének tagjait: Kingsley Shackleboltot, Rémszem Mordont, Tonksot, akinek a haja csodálatos módon ismét világító rózsaszínűre változott, mellette Remus Lupint, akivel mintha egymás kezét fogták volna, Mr és Mrs Weasleyt, Billt, Fleurt és Fredet meg George-ot, akik egyforma, fekete

608

sárkánybőr zakót viseltek. Jelen volt Madame Maxime is, aki egymagában két és fél széket foglalt el, Tom, a Foltozott Üst fogadósa, Arabella Figg, a kvibli szomszédasszony a Privet Drive-ról, a csupa szőr basszusgitáros a Walpurgis Lányai zenekarból, Ernie Prang, a Kóbor Grimbusz vezetője, Madam Malkin, az Abszol úti talárvarrónő, és voltak ott néhányan, akiket Harry csak futólag ismert, például a csapos a Szárnyas Vadkanból, meg a büfés boszorkány a Roxfort Expresszről. A roxforti kísértetek is megjelentek, bár ők alig látszottak a verőfényben – csak ha mozogtak, akkor tűnt fel ezüstösen derengő, anyagtalan alakjuk.

Harry, Ron, Hermione és Ginny a tópart közelében találtak helyet maguknak. A jelenlevők mind suttogva beszéltek; összeolvadó hangjuk a szélfútta fű suhogását idézte. A tömeg egyre nőtt, folyamatosan érkeztek az újabb és újabb emberek. Harry látta, amint Luna egy székre segíti Neville-t, és a hála melege járta át a szívét. Aznap este, amikor Dumbledore meghalt, csak ők jelentek meg Hermione hívására a DS tagjai közül, s Harry tudta, miért: nekik hiányzott a legjobban a DS… Ők bizonyára még mindig rendszeresen megnézték a pénzérméjüket, hátha újabb találkozóról kapnak hírt…

Cornelius Caramel haladt el mellettük, az első sorok felé tartva. Az exminiszter elkeseredett arcot vágott, és szokás szerint idegesen forgatta zöld keménykalapját. A következő ismerős, aki felbukkant, Rita Vitrol volt. Harry felháborodva látta, hogy a nő ismét jegyzetfüzetet szorongat vöröskarmos ujjai között – aztán még jobban fellángolt benne a harag, mert megpillantotta Dolores Umbridge-et: acélkék hajcsigáin fekete bársonymasni ült, békaképén pedig fájdalmasnak szánt kifejezés – mindaddig, amíg meg nem pillantotta Firenzét, a kentaurt, aki őrszem módjára állt a tó partján. Akkor összerezzent, majd ijedten eliszkolt a széksorok túlsó vége felé.

A tanárok és a hivatalos vendégek utolsóként foglaltak helyet. McGalagony professzor mellett Harry megpillantotta a komor és méltóságteljes Scrimgeourt, és eltűnődött, vajon a miniszter meg a többi magas beosztású személyiség tényleg sajnálja-e, hogy Dumbledore meghalt. De ekkor felcsendült egy különös, földöntúli zengésű dallam, és Harry minden másról megfeledkezve jobbra-balra pillantott, a zene forrását keresve. Nem ő volt az egyetlen, aki így tett: jó néhányan forgatták pislogva, kissé riadtan a fejüket.

– Ott, nézd! – súgta Harry fülébe Ginny.

És meglátta őket. Ott lebegtek néhány centiméterrel a tó halványzöld, napsütötte tükre alatt, az inferusok hátborzongató emlékét idézve: a sellők kórusa dalolt a maguk különös, érthetetlen nyelvén. Színtelen arcuk hullámozva elmosódott, mályvaszínű hajuk szétterülve lebegte körül őket. Harrynek a hideg futkározott a hátán az énektől, de nem azért, mert kellemetlennek érezte: a dal maga volt a hangokba öntött bánat, reménytelenség. Ahogy lenézett a sellők riasztó arcára, Harry arra gondolt, hogy ők legalább őszintén fájlalják Dumbledore elvesztését. Aztán Ginny megint oldalba bökte, és megfordult.

A széksorok közti átjáróban Hagrid közeledett. Hang nélkül zokogott, arca fényes volt a könnyektől, s a karjában hozta, arany csillagokkal teleszórt, bíborszín bársonylepelbe burkolva, Dumbledore holttestét. A látványra éles fájdalom hasított Harry szívébe; a furcsa énektől és a halott Dumbledore közelségétől egy pillanatig úgy érezte, kihűl körülötte a világ. Ron kővé váltan, falfehér arccal nézte a jelenetet, Ginny és Hermione ölét záporozó könnycseppek áztatták.

Onnan, ahol Harryék ültek, nem nagyon látszott, mi történik a széksorok előtt. Hagrid valószínűleg letette a testet az asztalra; most üres kézzel haladt visszafelé az átjáróban, s menet közben trombitálva fújta az orrát. Harry látta, hogy ezért néhányan, például Dolores Umbridge, megbotránkozva néznek rá. Harry tudta, hogy Dumbledore-nak eszébe se jutna neheztelni ezért. Küldött egy barátságos intést Hagrid felé, de a vadőr szeme rémesen be volt dagadva a sok sírástól – az is csoda volt, hogy kilát rajta. Harry követte tekintetével a hátsó sor felé tartó Hagridot, s rájött, mi mutat irányt a vadőrnek: ott állt, akár két, egymás tetejére állított sátor, egy hatalmas nadrág és zakó, s bennük Gróp, az óriás, kősziklaszerű fejét lehajtva, szelíd, szinte emberi tartásban. Hagrid leült féltestvére mellé, s Gróp vigasztalóan megveregette a fejét, amitől Hagrid székének négy lába levert karóként mélyen a földbe fúródott. Harrynek egy csodálatos, illanó pillanatig nevethetnékje támadt. De aztán elhallgatott a sellődal, és ő újra előre fordult.

Időközben egy dísztelen fekete talárt viselő, bozontos hajú kis ember állt ki Dumbledore ravatala elé. Beszédet mondott, de Harry nem sokat hallott belőle: csupán egy-egy mondatfoszlány libbent felé a többszáz fej fölött. „Nemes szellemiség"… „intellektuális hozzájárulása"… „a szív erejével"… Tartalmatlan, fellengzős szavak, idegenek attól a Dumbledore-tól, akit ő, Harry ismert. Hirtelen eszébe jutott, mit értett Dumbledore „néhány szó" alatt: „filkó, pityer, vakorcs, dzsúzli"… Megint el kellett fojtania egy vigyort, s ezen ő maga döbbent meg a legjobban.

Balról halk loccsanásokat hallott, s a tó felé pillantott. A sellők kidugták a fejüket a vízből, hogy a búcsúztatást hallgassák. Harry felidézte a két évvel ezelőtti jelenetet, amikor Dumbledore, majdnem ugyanazon a helyen, ahol most ő ült, leguggolt a tóparton, és sellőnyelven elbeszélgetett a vízi lények főnöknőjével. Vajon hol tanulhatott meg sellőül? Annyi mindent elmulasztott megkérdezni Dumbledore-tól, és oly sok mindent kellett volna még elmondania neki…

És abban a pillanatban megint rázuhant a lelkére a veszteség iszonyú tudata, fájdalmasabban, kivédhetetlenebbül, mint addig bármikor. Dumbledore meghalt, nincs többé... Olyan szorosan megmarkolta a zsebében a hideg medált, hogy belefájdult a keze, de nem tudta visszatartani kicsorduló könnyeit. Elfordult Ginnytől meg a többiektől, és kibámult a tó fölött a Tiltott Rengeteg felé. Közben a fekete táláros kis ember egyre folytatta monoton szónoklatát... és akkor mozgást vett észre az erdő szélén. A kentaurok is megjelentek, hogy leróják kegyeletüket az elhunyt előtt. Nem léptek ki a fák árnyékából, de Harry látta őket: ott álltak ünnepélyes mozdulatlanságban, íjjal a vállukon, és nézték a varázslókat. Harry felidézte az erdőben tett legelső, rémálomszerű kirándulását: az első találkozását a valamivel, ami Voldemort akkoriban volt. És felidézte, amit nem sokkal később Dumbledore mondott neki a kilátástalannak tűnő harcról: hogy mindenképp folytatni kell a küzdelmet, meg kell vívni az újabb és újabb csatákat, mert csak úgy lehet, ha nem is végképp legyőzni, de kordában tartani a gonoszt...

És Harry most, a ragyogó napsütésben ülve maga előtt látta, hogyan álltak elé egymás nyomába lépve azok az emberek, akik féltették, s életük árán is védelmezni akarták őt: az anyja, az apja, a keresztapja és végül Dumbledore... De ennek most vége. Többé senkinek nem engedheti meg, hogy eleven bástyaként beálljon ő és Voldemort közé; örökre el kell vetnie az illúziót, aminek már egyéves korában szerte kellett volna foszlania: hogy a szülői karok oltalmában senki és semmi nem bánthatja őt. A rémálomból nincs ébredés, nem suttogja senki a sötétben, hogy ne féljen, mert a veszély a képzelet játéka csupán. Meghalt az utolsó, legnagyobb védelmezője, s immár végképp egyedül van, olyan egyedül, mint még soha életében.

A fekete táláros kis ember a nekrológ végére ért, és visszaült a helyére. Harry várta a folytatást – arra számított, hogy most újabb beszéd következik, talán épp a miniszteré –, de nem mozdult, nem állt fel senki.

Aztán többen is rémülten felkiáltottak. Ragyogó, fehér tűz lobbant fel a ravatal körül. Lángjai egyre magasabbra csaptak, körülölelték, eltakarták Dumbledore testét. Tekergő, fehér füstoszlop emelkedett a magasba s terjedt szét különös alakokat öltve. Harry egy szívbe markoló pillanatig azt hitte, egy főnixet lát a kék égbe röppenni, de a következő másodpercben eltűnt a füst és kihunyt a tűz. A lángok helyén egy fehér márványkripta állt, méhében Dumbledore testével és az asztallal, amelyen a halott varázsló pihent.

Ezután ismét riadt kiáltások hangzottak fel, mert nyilak fekete rengetege tűnt fel az égen – de a félelem alaptalannak bizonyult: a suhanó vesszők a tömegtől távol fúródtak a földbe. Harry tudta, hogy ez volt a kentaurok tisztelgése; az erdő felé pillantott, s látta, hogy a lótestű lények sorban megfordulnak, és eltűnnek a hűvös homályban. Ezzel egy időben a sellőket is elnyelte a tó zölden ragyogó vize.

Harry visszafordult Ginny, Ron és Hermione felé. Ron összehúzta az arcát, mintha vakítaná a napfény, Hermionénak még mindig potyogtak a könnyei, Ginny viszont már nem sírt. Azzal az elszánt, lángoló tekintettel állta Harry pillantását, amit Harry akkor látott nála, mikor a kviddicskupa megnyerése után összeölelkeztek. És tudta, hogy most, ebben a pillanatban tökéletesen értik egymást; tudta, hogy ha majd elmondja Ginnynek, mit kell tennie, a lány nem azt fogja felelni, hogy „nagyon vigyázz magadra" vagy hogy „ne csináld", hanem elfogadja a döntését, mert nem is vár mást, kevesebbet tőle. Összeszedte hát magát, hogy végre megmondja azt, amiről Dumbledore halála óta tudta, hogy meg kell mondania.

– Figyelj, Ginny… – szólalt meg csendesen, miközben körülöttük már mozgolódni és beszélgetni kezdtek a távozni készülő emberek. – Be kell fejeznünk. Nem maradhatunk együtt. Nem járhatok veled tovább.

A lány furcsa, fanyar mosollyal nézett rá.

– És az indok valami nemes lelkű hülyeség, igaz?

– Ez a pár hét veled olyan volt... olyan volt, mint egy rész valaki másnak az életéből. De nem tudok... nem lehet... Ami ezután jön, azt egyedül kell végigcsinálnom.

Ginny nem fakadt sírva, egyszerűen csak a szemébe nézett.

– Voldemort nem kíméli azokat, akik közel állnak az ellenségeihez. Egyszer már használt téged csaliként, csak azért, mert a legjobb barátom húga voltál. Gondold meg, mekkora veszélyben lennél, ha együtt maradnánk. Voldemort megtudná, kinyomozná, és rajtad keresztül próbálna becserkészni engem.

– És ha azt mondom, hogy vállalom a veszélyt? – dacoskodott Ginny.

– De én nem vállalom – felelte Harry. – Mit gondolsz, hogy érezném magam, ha most téged temetnénk... az én hibámból?

Ginny elfordult, kinézett a tóra.

– Mindig fontos voltál nekem – szólt csendesen. – Egy percre se mondtam le rólad. Végig reménykedtem... Hermione azt mondta, éljem az életemet, ha akarok, járjak másokkal, és próbáljam megszokni a közelségedet... Hiszen emlékszel, meg se bírtam szólalni, ha ott voltál. Hermione azt mondta, talán inkább észreveszel, ha... magamat adom.

– Hermione okos lány. – Harry összehozott egy halvány mosolyt. – Csak azt sajnálom, hogy nem találtunk előbb egymásra... rengeteg időnk lehetett volna... hónapok... akár évek...

– De neked folyton csak a varázsvilág megmentésén járt az eszed – mondta félig nevetve Ginny. – Tulajdonképpen nem vagyok meglepve, sejtettem, hogy ez lesz a vége. Tudtam, hogy úgyse nyugszol, amíg nem vadászhatsz Voldemortra. Talán épp ezt szeretem benned.

Harry nem bírta hallgatni ezeket a szavakat, és azt is tudta, hogy eltökéltsége perceken belül semmivé foszlik, ha ott marad Ginnyvel. Látta, hogy Ron a karjában tartja Hermionét: hosszú orra hegyéről könnyek potyogtak, s a lány haját simogatta, míg az zokogva a vállába fúrta arcát. Harry esetlen intéssel felállt, hátat fordított Ginnynek és Dumbledore sírjának, és elindult a tó partja mentén. Járni sokkal elviselhetőbb volt, mint egy helyben ülni, mint ahogy jobb lett volna a tétlen várakozás helyett máris munkához látni, felkutatni a horcruxokat, becserkészni Voldemortot...

– Harry!

Megfordult. Rufus Scrimgeour sietett felé bicegősen, botjára támaszkodva.

– Szeretnék váltani veled néhány szót... Megengeded, hogy egy darabon elkísérjelek?

– Meg – felelte közönyösen Harry, és továbbindult.

– Szörnyűség, ami történt – morogta Scrimgeour. – El se tudom mondani neked, mennyire szíven ütött ez a tragédia. Dumbledore rendkívüli ember volt, páratlanul nagy varázsló. Voltak köztünk nézeteltérések, te is tudod, de ha valaki, én igazán...

– Mit akar tőlem? – szegezte neki a kérdést Harry.

Scrimgeour szeme bosszúsan megvillant, de aztán sietve rendezte vonásait, és együttérző arcot vágott.

– Megértem a kétségbeesésed – folytatta. – Tudom, hogy Dumbledore nagyon közel állt hozzád, és ő is téged kedvelt talán a legjobban a valaha volt összes tanítványa közül. Ami benneteket összekötött, az...

– Mit akar tőlem? – ismételte megtorpanva Harry.

Scrimgeour is megállt. Rátámaszkodott a botjára, s arckifejezése ravaszra váltott.

– Azt mondják, Dumbledore veled együtt ment el az iskolából aznap este, amikor meghalt.

– Ki mondja? – kérdezte Harry.

– Miután Dumbledore-t megölték, valaki elkábított egy halálfalót fent a toronyban. Ráadásul két seprűt találtak odafent. A minisztérium is tudja, hogy mennyi kettő meg kettő.

– Ezt örömmel hallom. Hogy hova mentünk és mit csináltunk Dumbledore-ral, az csak rá meg rám tartozik. Az volt a kívánsága, hogy ne beszéljek róla senkinek.

– Tiszteletre méltó a lojalitásod, Harry – mondta Scrimgeour, még mindig sikeresen fékezve ingerültségét –, de Dumbledore meghalt. Eltávozott közülünk.

– Az iskolából csak akkor fog eltávozni, ha már senki nem lesz hűséges hozzá – felelte Harry, és akarata ellenére elmosolyodott.

– Drága fiam… még Dumbledore se képes visszatérni a…

– Nem állítottam, hogy képes. Félreértett. Csak azt mondtam, hogy nincs mit közölnöm önnel.

Scrimgeour habozott, majd tapintatosnak szánt hangon így szólt:

– Tudnod kell, Harry, hogy a minisztérium számos eszközzel tudja biztosítani a védelmedet. Örömmel rendelkezésedre bocsátok két aurort…

Harry felnevetett.

– Voldemort maga akar végezni velem, és két auror nem fogja megállítani őt. Úgyhogy köszönöm, de lemondok róluk.

– Értem. – Scrimgeour hangja most már fagyos volt. – Ami a kérést illeti, amit karácsonykor intéztem hozzád…

– Milyen kérést? Ja persze… hogy zengjem a minisztérium dicséretét, csak hogy…

– Hogy lelket önts az emberekbe! – csattant fel Scrimgeour.

Harry elgondolkozott.

– Elengedte már Stan Shunpike-ot?

Scrimgeour arca a vörösnek arra a csúnya árnyalatára színeződött, amit Harry Vernon bácsinál ismert meg.

– Látom, még mindig…

– ...ízig-vérig Dumbledore embere vagyok – fejezte be a mondatot Harry. – Pontosan.

Scrimgeour még egy másodpercig dühösen meredt rá, aztán sarkon fordult, és köszönés nélkül otthagyta. Harry látta, hogy Percy és a minisztériumi delegáció többi tagja a fehér kriptánál várakozik, nyugtalan pillantásokat vetve a zokogó Hagrid és Gróp felé, akik még mindig nem mozdultak el a helyükről az utolsó széksorban. Ron és Hermione sietve közeledtek Harry felé, s közben elhaladtak a távozó Scrimgeour mellett. Harry megfordult, és lassan folytatta útját. Barátai annál a bükkfánál érték utol, amely alatt egykor, boldogabb időkben oly sokat ültek.

– Tudtam, hogy ezt fogod mondani – szólt szomorúan. – De hát akkor mihez kezdesz?

– Még egyszer utoljára elmegyek Dursleyékhoz, mert Dumbledore úgy akarta. De nem maradok sokáig, és utána végleg lelépek onnan.

– De hát hova mész, ha nem jössz vissza a Roxfortba?

– Talán Godric's Hollowba – dünnyögte Harry. Dumbledore halálának estéje óta érlelődött benne ez a terv. – Nekem ott kezdődött minden. És valamiért úgy érzem, most vissza kell mennem oda. Legalább eljutok végre a szüleim sírjához.

– És aztán? – kérdezte Ron.

– Aztán? Megkeresem a többi horcruxot – felelte Harry, tekintetét a fehér kriptának a tó vizében tükröződő képére függesztve. – Azt várja tőlem Dumbledore, azért mondott el mindent, amit a horcruxokról tudott. Ha helyesen következtetett – és szerintem igen –, akkor még négy horcrux van a világban elrejtve. Fel kell kutatnom és meg kell semmisítenem őket, utána pedig el kell pusztítanom Voldemort lelkének hetedik darabját is, azt, amelyik a testében van – meg kell ölnöm őt. És ha közben találkozom Perselus Pitonnal – tette hozzá –, hát annál jobb nekem, és annál rosszabb neki.

Hosszú hallgatás következett. A tó túlpartján már szétoszlott a tömeg; akik még a kripta környékén sétáltak, nagy ívben elkerülték a Hagridot dajkáló Grópot. A vadőr fel-feltörő zokogása még mindig visszhangozva szállt a tó vize fölött.

– Ott leszünk, Harry – mondta Ron.

– Tessék?

– A nagynénédéknél. És utána is veled tartunk, bárhova mész.

– Nem – rázta a fejét Harry. Álmában se gondolt ilyesmire, s azt hitte, barátai számára is egyértelmű, hogy az életveszélyes kalandba egyedül kell belevágnia.

– Egyszer azt mondtad nekünk – szólt csendesen Hermione –, hogy ha akarunk, van még időnk visszafordulni. Már épp elég időnk volt, nem?

– Kitartunk melletted, ha törik, ha szakad – jelentette ki Ron. – De figyelj, mielőtt bárhova megyünk, még Godric's Hollow előtt, el kell jönnöd hozzánk az Odúba.

– Miért?

– Hát Bill és Fleur esküvőjére!

Harry meghökkenve nézett barátjára. Azt a tényt, hogy még mindig vannak a világban olyan normális dolgok, mint egy esküvő, hihetetlennek, mégis csodálatosnak érezte.

– Hát igen, azt nem hagyhatjuk ki – felelte végül.

Ösztönösen megmarkolta zsebében a medált... Ám hiába emlékeztette rá magát, hogy sötét és veszélyes út áll előtte, aminek a végén – egy hónap, egy év vagy egy évtized múlva – még egyszer, utoljára szembe kell néznie Voldemorttal, mégis felujjongott a szíve a gondolatra, hogy vár még rá egy nap, amit a béke és a boldogság jegyében tölthet el Ronnal és Hermionéval.

Tartalom

2500—